PATTI MASSMANN
SUSAN ROSSER

Echt süß!

Buch

Diana Lowe ist davon überzeugt, daß sie alles bekommen hat, was ihr Herz begehrt: einen Mann, der in Beverly Hills Zahnarzt ist, zwei süße, intelligente Kinder, ein wunderschönes Zuhause, Freunde, die sie mögen und einen Mercedes-Benz. Alles scheint in bester Ordnung zu sein, da bekommt Dianas Mutter plötzlich einen Schlaganfall, dessen Ursache Übergewicht ist. Dieses Ereignis sorgt für mächtigen Wirbel im Haushalt der Lowes. Ehemann Harvey nimmt den Vorfall zum Anlaß, seiner Frau mächtig einzuheizen, denn auch Diana hat in all den friedlichen Jahren unglaublich viel Speck angesetzt. Harvey droht, seine Gattin zu verlassen, falls sie nicht endlich abnimmt.

Diana entwickelt daraufhin eine erstaunliche Abmagerungskur: Sie ißt kiloweise Süßigkeiten, die nicht mehr als 30 Prozent Fett enthalten! Ehemann Harvey traut seinen Augen nicht, als er den Kühlschrank öffnet und lauter Sachen zum Naschen vorfindet. Wütend trennt er sich von Diana, um sich mit seiner hübschen Assistentin zu trösten.

Diana stellt daraufhin zum ersten Mal ihr Leben völlig um. Mit ihrer entdeckten Diät nimmt sie tatsächlich enorm ab und beeindruckt damit so viele Menschen, daß sie sich entschließt, ein Buch darüber zu schreiben – eine nicht geahnte Karriere beginnt. Zu einem wahren Abenteuer wird ihr Leben jedoch erst, als der attraktive Chris Berry ihre gesamte Aufmerksamkeit fordert...

Echt süß! ist eine wunderschöne Liebesgeschichte, die außerdem verblüffende Diätvorschläge beinhaltet.

Autoren

Patti Massman studierte an der Universität von Boston Kommunikationswissenschaften und ist heute als Publizistin in Los Angeles tätig. Sie lebt zusammen mit ihren zwei Söhnen in Beverly Hills und Vail, Colorado.

Susan Rosser studierte Literaturwissenschaft und arbeitet als freie Journalistin für mehrere Zeitschriften. Nebenbei ist sie außerdem als Pressesprecherin tätig. Sie pendelt zwischen Encino und Palm Springs, Kalifornien, wo sie mit ihrem Ehemann und zwei Kindern lebt.

PATTI MASSMANN
SUSAN ROSSER

Echt süß!

Der Roman zum Verschlingen und Abnehmen

Aus dem Amerikanischen
von Ingeborg Andreas-Hoole

GOLDMANN

Deutsche Erstausgabe

Originaltitel: Just Desserts
Originalverlag: Crown Publishers, Inc., New York

Hinweis des Verlags:
In diesem Buch wird eine fettarme Diät empfohlen. Doch ist nicht jede Diät für jeden Menschen geeignet. Bevor Sie diese oder sonst eine Diät machen, sollten Sie sich von Ihrem Arzt beraten lassen.

Umwelthinweis:
Alle bedruckten Materialien dieses Taschenbuches
sind chlorfrei und umweltschonend.
Das Papier enthält bereits Recycling-Anteile.

Der Goldmann Verlag
ist ein Unternehmen der Verlagsgruppe Bertelsmann

Umschlaggestaltung: Design Team München
Umschlagfoto: Pretzl, München
Satz: IBV Satz- und Datentechnik GmbH, Berlin
Druck: Elsnerdruck, Berlin
Verlagsnummer: 41328
Lektorat: Sabine Dolt/AR
Herstellung: Heidrun Nawrot/sc
Made in Germany
ISBN 3-442-41328-1

9 10

Es heißt, ein Mann am Schreibtisch sei beschäftigt,
eine Frau am Schreibtisch sei verfügbar.

Brent und Michael Massman,
Julie, Jonathan und Bob Rosser,
die begriffen haben, daß dies nicht immer zutrifft,
widmen wir dieses Buch in Dankbarkeit und Liebe.

Erster Teil

1. Kapitel

An manchen Tagen dachte Diana Lowe, das Leben in Encino sei reine Poesie. In dieser ländlichen Idylle, die versteckt zwischen den Ausläufern der Santa-Monica-Berge lag, mußte man beim Anblick all der natürlichen, unverfälschten Schönheit geradezu ins Schwärmen geraten.

Encino. Unweit südlich des Ventura Boulevards herrschte in diesem Wohngebiet aus alten Landsitzen, wo Diana lebte, eine solche Stille, daß an Sommertagen kein lauteres Geräusch auszumachen war. Nur das Summen der Bienen oder das Knacken der Zweige unter den Hufen der Rehe, die nur wenige Meter hinter den Häusern durch die Wildnis streiften, war zu hören. Das Land war einst spanischen Siedlern zugeteilt worden, deren Ranchen und Bauernhäuser heute vielen namhaften Geschäftsleuten und Prominenten aus der Unterhaltungsindustrie gehörten.

Sie hatten Encinos rustikalen Charme entdeckt, kauften die riesigen Grundstücke für einen Bruchteil dessen, was dieselben Güter in Beverly Hills gekostet hätten, und legten anstelle der Orangenhaine Tennisplätze an, wo sie Zelte aus gestreiftem Segeltuch aufstellten.

Encino. Nachts war es hier so ruhig, daß die einzigen Laute, die durch Dianas Fenster drangen, das Heulen der Kojoten war, wenn sie eine Beute gerissen hatten, ab und zu auch das Röhren eines der vielen Rockstars, die die Ställe auf ihrem Besitz zu Tonstudios ausgebaut hatten, wo sie die Nacht durchsangen und Lieder schrieben, die später als Gold- und Platinschallplatten an ihren Wänden hingen.

Encino. Der Ort war eine ruhige Mischung aus alt und neu, was das Geld, die Ideen und sogar die Bäume betraf.

War es William Wordsworth oder Robert Browning, der die Verse geschrieben hatte, die Dianas Gefühle an jenem vollkommenen Oktobernachmittag so gut in Worte faßten? »Gott ist in seinem Himmel, alles stimmt mit der Welt« – welcher der beiden Dichter hatte empfunden, was auch sie jetzt empfand? Verflixt, wenn sie den Namen doch nur zwischen den abgelegten Wissensbruchstücken hervorkramen könnte, die sich im Lauf der Jahre wie dicker Staub angehäuft hatten.

Also strengen wir die grauen Zellen mal an, dachte sie und fuhr wie ferngesteuert weiter; vielleicht war es Wordsworth. Sie war sicher, daß die Verse von einem englischen Dichter stammten, 19. Jahrhundert.

Oder war es vielleicht Elizabeth Barrett Browning? Nie! Diana konnte die Barrett Browning nicht ausstehen und hätte sich nie eine Zeile von ihr gemerkt, außer um sich kräftig darüber zu amüsieren.

Vielleicht war es Tennyson, sinnierte sie. Falls es Browning oder Wordsworth oder Tennyson gewesen war – nein, Tennyson sicher nicht –, hatte er dann in England einen Herbsttag erlebt, der es mit einem so prachtvollen Tag wie diesem in Encino aufnehmen konnte?

Diana überkam plötzlich ein Gefühl tiefer Verbundenheit. Sie fühlte sich so stark mit allen Zeitaltern der Menschheit verbunden, allen Gedanken aller Zeiten, allen Dichtern, die jene Gedanken hervorbrachten, die über die Zeiten hinweg überliefert wurden und weiterlebten, daß sie gar nicht mehr darauf achtete, wo sie in ihre Wohnstraße abbiegen mußte. Als die Abzweigung unvermittelt auftauchte, als ob sie auf einer Kinderzeichnung nachträglich dazugepinselt worden wäre, mußte Diana den Wagen scharf herumreißen, um einem tiefen, ausgezackten Schlagloch auszuweichen, das ihren Mercedes Kombi einen Achsenbruch hätte kosten können.

Als Diana mit Schräglage durch die Kurve raste, wäre beinahe ein Eichhörnchen unter ihre Räder gekommen, das über die enge Straße huschte. Diana machte eine Vollbremsung und kam mit quietschenden Reifen zum Stehen. Eine Sekunde lang saß sie wie erstarrt, hielt das Lenkrad umklammert und schaute dem unachtsamen Eichhörnchen nach, das munter auf den Gegenstand seines außerordentlichen Interesses zuflitzte – auf Christopher Berry, Dianas Nachbarn.

»Das war wieder einmal knapp«, rief Chris Diana zu und blickte gedankenverloren zu ihr hoch. Er kniete auf der aus alten Ziegeln gemauerten Veranda vor seinem Ranch-Haus und streckte eine Handvoll Rosinen aus, die sich das Nagetier frech angelte. Chris stand auf. Das Eichhörnchen knabberte weiter, anscheinend unbeeindruckt von Chris' imposanter Gestalt, der sich zu seiner vollen Höhe von einsdreiundneunzig aufrichtete und zu Diana hinüberschlenderte, um mit ihr zu plaudern.

»Es wird nicht mehr lange dauern, bis ich eins dieser wahnwitzigen kleinen Biester um die Ecke bringe«, sagte Diana schaudernd. »Sie suchen sich anscheinend immer *mein* Auto aus, um vor den Kühler zu flitzen.«

»Sie haben eben volles Vertrauen in Mercedesbremsen«, sagte Chris ohne die leiseste Spur von Ironie. Diana hatte bereits gelernt, daß Komödienschreiber manchmal merkwürdig waren; sie konnten mit todernster Miene die unerhörtesten Dinge von sich geben.

»Aber sicher doch!«

»Nein, so ist es wirklich!« beteuerte er.

»Komm, Chris.«

»Sie gestehen mir alles. Wir führen ernste Gespräche über euch Encino-Weibsbilder. Das weißt du doch.« Bis Chris am 4. Juli dieses Jahres zur Party der Lowes gekommen war, hatte er es allerdings geschafft, jahrelang in der Live Oak Lane zu wohnen, ohne daß irgendeiner der Nachbarn, inklusive Diana, viel über ihn in Erfahrung hatte bringen können; man wußte lediglich, daß er Komödien schrieb und ein zurückgezogenes Privatleben schätzte.

»Du hast einen Knall, *das* weißt du hoffentlich.«

Chris nickte, und seine großen, grauen Augen verrieten nur einen winzigen Anflug boshaften Vergnügens, als er einen Blick auf die zahlreichen Plastiktüten hinten in Dianas Kombi warf und dann sagte: »Was hast du denn vor – willst du eine ganze Armee verpflegen?«

»Ich kann's selbst kaum glauben«, antwortete sie und lachte über sich selbst: »Ich fuhr zu Gelsons, um ein paar Tüten Marshmallows für die Kekse zu kaufen, die wir backen wollen, und herausgekommen bin ich mit dem ganzen Zeug da.«

»In meinem nächsten Leben komme ich als Supermarktbesitzer zur Welt.«

»Ich weiß nicht, was immer über mich kommt«, sagte sie, »aber wenn ich an der Kasse stehe, ist mir, als ob ich aus einem Koma erwache und als ob die Sachen von selbst in den Einkaufswagen geflogen wären. Immer überfällt mich ein merkwürdiger Drang. Kennst du das?« Ohne auf Chris' Antwort zu warten, fuhr sie fort: »Dieses Mal war's der Gedanke an Lasagne. Ich habe beschlossen, mehrere Portionen vorzukochen und einzufrieren. Ich werde auch eine Extraportion für dich und die Mädchen machen.«

Die Sonne brach mit ein paar Strahlenbündeln durch die Wattewolken und brachte die Kühlerhaube von Dianas weißem Wagen zum Gleißen, so daß Chris blinzeln mußte. »Die meisten Männer nehmen *ab*, wenn ihre Frau sie verläßt«, sagte er. »Aber die haben wohl keine Diana Lowe als Nachbarin«, setzte er mit einem herzlichen Grinsen hinzu. Diana kochte nicht nur Leckerbissen für Chris und seine Töchter, sondern war auch ein wahrer Quell nützlicher Alltagsinformationen für einen Mann, der plötzlich zusätzlich zur Vaterrolle auch noch die Rolle der Mutter übernehmen mußte. Chris zog sein graues Sweatshirt hoch und klopfte sich auf den Bauch. Für Diana sah er flach, sogar beeindruckend muskulös aus, aber Chris meinte: »Ich bin immer noch dabei, die zwei Pfund Übergewicht abzustrampeln, die ich letzte Woche von deinem Schweinebraten mit Kartoffelpuffern zugenommen habe.«

Diana blickte befangen an ihrem Oversize-Arbeitshemd hinunter. Sie wollte sich vergewissern, daß die wogende Stoffülle sie immer noch bis zu den Oberschenkeln verhüllte. Chris hatte vielleicht zwei Pfund Übergewicht, aber sie hatte mindestens zwei*undvierzig*! Gott sei Dank war nicht sie von ihrem Partner verlassen worden. Chris' Körper war für Frauen ein Leckerbissen, nach dem sie sich die Finger leckten; er war ein Mann, der immer begehrenswert bleiben würde, wogegen Diana nicht daran erinnert zu werden brauchte, daß sie übergewichtig war und sich auf der falschen Seite der Vierzig befand.

»Diese Ratte im Pelzmantel wartet auf dich«, sagte Diana. Tatsächlich versuchte das Eichhörnchen, dessen dicker Bürstenschwanz hin und her zuckte, in die Riesenschachtel Rosinen einzubrechen, die Chris mit hinausgebracht hatte.

»Warten stärkt den Charakter«, deklamierte Chris. »Mit wem bäckst du denn dieses Mal deine Kekse?«

»Meine Mutter ist hier«, erklärte Diana. »Wenn du deine Lasagne abholst, kannst du sie kennenlernen«, fügte sie hinzu.

»Ich soll eigentlich arbeiten«, sagte Chris und sah einen Moment lang frustriert aus. Ein plötzlicher Windstoß blies ein paar Strähnen seiner strohblonden Haare über seine hohe Stirn, und als er sie nachlässig mit der Hand zurückstrich, drängte sich Diana der Gedanke auf, wie er doch seinem berühmten Vater glich, Dwight Berry, Schauspieler, Academy-Award-Preisträger und *der* Herzensbrecher seiner Zeit. Wie sein Vater hatte Chris kräftige, markante Gesichtszüge mit kleinen Unregelmäßigkeiten, die bewiesen, daß das Ganze mit Sicherheit vollkommener war als die Summe seiner Teile.

»Trödelst du wieder einmal herum?« Diana kannte inzwischen Chris' Arbeitsrhythmus; er machte immer ausgedehnte Spaziergänge in der Umgebung oder saß herum und fütterte alle Tiere der Nachbarschaft, zahme wie wilde, wenn er nicht schreiben konnte. Dianas zwei Schäferhunde, Romeo und Julia, liebten ihn.

»Dieses Mal leide ich nicht an einer Schreibblockade – es ist schlimmer!« rief er, und seine dichten Augenbrauen trafen in einem Stirnrunzeln zusammen. »Mein neuer Computer hat ein ganzes Kapitel gefressen.«

»Du machst wohl Witze«, antwortete Diana.

»Schön wär's. Ich drückte auf die Taste, um abzuspeichern, was ich für die verdammt besten Seiten halte, die ich je geschrieben habe, und der Bildschirm blinkte auf und sagte ›rechtherzlichendank‹, dann verschlang er prompt meine Arbeit für alle Ewigkeit.«

Chris steckte mitten in einem neuen Projekt: Er hatte sich auf unbegrenzte Zeit von seiner letzten, mit einem Emmy preisgekrönten Fernsehserie verabschiedet, um einen Roman zu schreiben. Er wollte vollbringen, wovon jeder Komödienschreiber träumt, nämlich die große amerikanische Tragödie.

Zwei Wochen nachdem er mit den ersten Skizzen begonnen hatte, verkündete seine Frau, sie würde ihn und ihre beiden Töchter, dreizehnjährige Zwillinge, verlassen, um einen ihrer eigenen Träume zu verwirklichen: Grizzlybären in Alaska zu beobachten und zu fotografieren.

»Was kann deinen Computer zu einer so schrecklichen Untat veranlaßt haben?«

»Ein Spannungsstoß.«

»Also ich habe genau das richtige Mittel gegen Spannungsstöße«, sagte Diana, obwohl sie keine konkrete Vorstellung davon hatte, was ein Spannungsstoß sein könnte.

Er sah sie spöttisch an.

»Kekse!« sagte sie, und die Winkel ihrer weit auseinanderliegenden grünen Augen warfen vergnügte Fältchen. »Heiße, ofenfrische Halloweenkekse.«

»Du bist mir eine! Wie könnte ich da widerstehen?«

»Na ja, eine halbe Stunde mußt du schon noch widerstehen. Ich habe mit dem Backen ja noch nicht einmal angefangen.«

Diana stellte zwei schwere Einkaufstaschen in die Küche, auf die Arbeitsfläche aus Granit. Es war ein grauschwarz gesprenkelter Granit von kühler, üppiger Schönheit. Der größte Teil der Fläche war mit Dingen übersät, die zum Backen gebraucht wurden, aber von Dianas Mutter war nichts zu sehen. »Ich bin wieder da«, rief sie und ging dann zum Auto hinaus, um die restlichen Einkäufe hereinzuholen.

Diana lief zwischen Schränken und der Speisekammer hin und her, um die Sachen zu verstauen. Die Speisekammer war vor kurzem vergrößert worden und sah jetzt aus wie ein Miniladen. Die Regale waren im selben Maulwurfsgrau gestrichen wie die Küchenwände, was mit den frischgeweißten Schränken und Hartholzdielen harmonierte.

In vielerlei Hinsicht spiegelte Dianas Küche die verschiedenen Stadien ihres Ehelebens wider. Nachdem sie und Harvey, ihr Mann, vor fünfzehn Jahren ihr Traumhaus gekauft hatten, hatten sie kein Geld mehr, um das fünfzig Jahre alte Haus zu renovieren. Daher mußten sie eine Weile mit den Original-Linoleumböden und den rissigen Arbeitsflächen aus orangem Resopal leben, die den Geschmack der ersten Besitzer spiegelten. Als Harveys Zahnarzt- und Kieferchirurgie-Praxis allmählich immer mehr Gewinn abwarf, leisteten sie sich als erstes eine neue Küche. Sie rissen die alten Schränke heraus und ersetzten sie durch neue Holzschränke mit dekorativen Leisten. Anstelle der Linoleumböden verlegten sie dunkle Nut-und-Feder-Dielen aus Hartholz. Die Resopal-Arbeitsflächen wurden durch jägergrüne Fliesen im dicken siennabraunen Mörtelbett ersetzt, und auf der Kochinsel in der Mitte installierten sie als Arbeitsfläche einen riesigen Hackstock. Monatelang hatte Diana nach den perfekten grün und rosa gemusterten Tapeten im Country-Druck und einem antiken runden Frühstückstisch aus amerikanischer Eiche mit passenden Stühlen gesucht, die den Eindruck abrundeten. Diana hatte diese dunkle, gemütliche, wenn auch ein wenig überladene Küche geliebt, die haargenau ihrem Wesen entsprach. Letzten Dezember hatte Harvey jedoch erklärt, er wolle etwas anderes – etwas Sachlicheres. So war aus ihrer Küche eine Verbeugung vor modernstem High-Tech-Lifestyle geworden.

Betty Miller, Dianas 67jährige Mutter, schnaufte mühsam zur Küche herein. Sie war 24 Jahre älter und mindestens 25 Pfund schwerer als ihre Tochter, mit grauen Strähnen in den braunen Haaren, doch wie Diana war sie immer noch hübsch, trotz Doppelkinn, fleischigen Oberarmen und den Schwellungen unter ihren grünen, katzenartigen Augen. »Ich mache wohl gerade die zweiten Wechseljahre durch«, verkündete sie und tupfte sich mit einem Papiertaschentuch die Schweißperlen von der Stirn.

»Ist es heiß hier drinnen?« fragte Diana. Mit Besorgnis sah sie, wie blaß ihre Mutter in der kurzen Zeit geworden war, während Diana im Supermarkt eingekauft hatte. Seit Dianas Vater vor acht Jahren im Golfclub einem Herzinfarkt erlegen war, lastete die Sorge um Bettys Gesundheit auf Dianas Schultern.

Betty beschwichtigte: »Ach wo, mir geht's prima. Schau, es läßt schon nach.«

»Was läßt nach?«

»Das Schwindelgefühl. Da – schon weg«, sagte Betty mit einem Lächeln und einem lauten Seufzer der Erleichterung. »Hast du die Marshmallows?« fragte sie und wusch sich schon die Hände in dem übergroß dimensionierten Edelstahlbecken.

»Da sind sie.« Diana legte die Päckchen auf die Arbeitsfläche. Sie band sich ihre Schürze mit dem Aufdruck »Der Platz einer Frau ist in der Küche« um und wusch sich ebenfalls die Hände. Bald war sie eifrig dabei, eine große Kugel Buttermürbeteig auszurollen, den ihre Mutter während ihrer Abwesenheit zubereitet hatte. »Ach, fast hätte ich's vergessen. Der Nachbar, von dem ich dir erzählt habe, Chris Berry, kommt in ein paar Minuten auf ein paar Kekse vorbei. Er hat ein bißchen Aufheiterung nötig.«

»Ich dachte, du hättest mir erzählt, daß Dutzende von Filmsternchen vor seiner Schwelle kampieren und nur darauf warten, ihn aufzuheitern«, erwiderte Betty.

»Mutter, versprich mir... bitte... daß du nichts dergleichen sagst, wenn er herkommt. Das wäre mir wahnsinnig peinlich.«

Betty schob die erste Ladung Kekse in den Ofen, bevor sie ihrer Tochter antwortete. »Darf ich ihn wenigstens fragen, wie JoJo Jenkins wirklich ist?« JoJo Jenkins war der Star von Chris' neuester Situationskomödie und eine der schönsten TV-Schauspielerinnen in Los Angeles. Die lokale Regenbogenpresse dichtete Chris eine Romanze mit der »cleveren Texas-Schönen« an.

»Ich denke schon«, sagte Diana. »Geh nur nicht allzusehr ins Detail.«

»Du meinst, keine Fragen wie ›Ist Ihr Busen echt?‹«

»Ja, genau!« lachte Diana.

Ein paar Minuten später summte die Ofenuhr. »Erste Ladung fertig«, rief Betty fröhlich; ihre Stupsnase kräuselte sich bei dem köstlichen Duft, der die Küche jetzt erfüllte.

»Riecht nach Halloween«, sagte Diana. Wie liebte sie solche Festtage! Da kochte man immer so viele Leckereien, gab Partys und ging selbst auf Partys. Die Halloweenparty der Lowes war für jung und alt eine beliebte Tradition geworden. Wie die meisten ihrer Partys hatte auch diese mit einer beiläufigen Bemerkung begonnen: »Wenn du mit deinen Halloween-Vorbereitungen fertig bist, komm doch auf einen Teller Chili rüber.« Alle hatten bald festgestellt, daß Dianas Chili das beste in Encino war, vielleicht sogar das beste im ganzen San Fernando Valley, und ihre Desserts waren einfach dekadent. Darin waren sich alle einig: Niemand konnte seine Gäste mit größerer Ungezwungenheit und Raffinesse verwöhnen als Diana Lowe.

»Komm und guck dir mal die Koboldkekse an. Die sind toll herausgekommen«, lachte Betty quietschvergnügt und legte die Bleche zum Abkühlen auf ein Gestell. »Von denen machen wir noch mehr.«

Diana warf einen kritischen Blick auf das Backwerk. »Die Hexen sind auch lustig, findest du nicht?« Sie stocherte mit einem Bratwender von unten gegen die Kekse, um sie vom Blech zu lösen, damit sie nicht kleben blieben und zerbrachen, wenn sie so weit abgekühlt waren, daß man sie herunternehmen konnte. Sie entfernte ein mißlungenes Keks vom Blech und knabberte geistesabwesend daran.

Wegen Chris' bevorstehendem Besuch hatte Diana das vordere Tor offengelassen. Chris schlenderte jetzt die lange Auffahrt hoch und öffnete ein zweites Tor, das in den Hinterhof führte. Sofort sprangen Romeo und Julia auf ihn zu. Er wehrte sie geschickt ab und schaffte es, sie lange genug zu beruhigen, bis er zwei riesige Hundeknochen aus den Taschen seiner Jogginghose gezogen hatte. Er warf sie in die Luft, damit die Schäferhunde sie auffangen konnten. Mit den Knochen fest zwischen den Kiefern trotteten die Hunde glücklich ans äußerste Ende des Grundstücks, um ihren Schmaus zu genießen, so daß Chris ungehindert zur Hintertür gelangen konnte.

»Schatz, ich bin wieder da!« sang Chris, als er von der Hintertür zur Küche ging. »Ich hol mir gleich meine Kekse, wenn ich die Post aufgemacht habe.«

Sobald Diana ihn hörte, begann sie zu lachen. Inzwischen war Chris in die Küche hereingekommen und konnte sehen, wie seine Parodie aufs häusliche Eheglück Diana amüsiert hatte, doch offenbar hatte sein Auftritt Dianas Mutter ganz aus der Fassung gebracht, denn sie starrte ihn mit verwirrtem Gesichtsausdruck an.

Diana erklärte: »Mutter, er macht immer solchen Blödsinn. Chris, das ist meine Mutter, Betty Miller.«

»Mrs. Miller, sie hat recht. Das war nur Blödsinn. Ich esse nämlich meine Kekse immer, *bevor* ich die Post aufmache.«

Betty starrte ihn immer noch an.

Chris ergriff mit einer freundlichen Geste Bettys Hand. Allerdings war Bettys Hand voller Mehl. »Ach herrje, schauen Sie sich an!« rief sie.

»Das ist doch nur ein bißchen Mehl«, sagte Chris und klopfte sich mit der Hand ans Bein, wobei er einen weißen Händeabdruck hinterließ.

»Jetzt ist es auch noch auf der Hose. Oje!«

»Bei diesen Sachen macht das überhaupt nichts. Das sind nur ein paar alte Lumpen, die ich trage, wenn ich schreibe.«

»Haben Sie wirklich fünf Emmys?« platzte Betty heraus.

»Nein. Sieben.«

»Meine Tochter hat mir erzählt, wie berühmt Sie sind«, fuhr Betty fort, ohne Dianas warnenden Blick zu beachten.

»Nicht wirklich«, sagte er bescheiden. »Aber hungrig bin ich bestimmt.«

Mit Emmys konnte Betty wenig anfangen, aber Hunger war etwas ganz anderes. Hunger war ihr ein Begriff. Betty war eine ebenso großzügige Gastgeberin wie ihre Tochter und entfaltete eine hektische Aktivität; sie rannte zwischen Schrank und Kühlschrank hin und her, um für Chris einen Teller für die Kekse und ein Glas für die Milch herauszuholen.

»Erzählen Sie doch etwas über sich«, bat Betty, die wieder zu ihrem normalen, gesprächigen Selbst zurückgefunden hatte. Sie setzte sich neben Chris an den Tisch aus Stein und Glas und stellte ihm ein Glas eiskalte Milch und mehrere heiße Butterkekse hin. Bevor Chris zu Wort kam, fuhr sie vertraulich fort: »Wie kommt es, daß eine Frau nach Alaska in die Wildnis davonrennt und einen so prachtvollen Mann wie Sie sitzenläßt?«

»Mutter!« schrie Diana.

Chris kicherte. Wie sehr Diana ihrer Mutter ähnelte, dachte er – sie war genauso hübsch, lebhaft und offenherzig. »Das ist schon okay«, sagte Chris. »Um Ihre Frage zu beantworten, Mrs. Miller –«

Dianas Mutter unterbrach ihn: »Nennen Sie mich doch einfach Betty. Alle Freunde von Diana tun das.«

»Also gut, Betty.« Er entwaffnete sie mit einem Grinsen, bei dem der abgebrühtesten Frau das Herz dahingeschmolzen wäre. »Um Ihre Frage zu beantworten: Meine Frau fand, ihre Träume seien genauso wichtig wie meine. Ich glaube an Träume. Und Sie?«

»Das kommt ganz darauf an«, sagte Betty. »Ich glaube mehr an Verantwortung.«

»Aber Marylou – meine Frau – wollte sich beweisen, daß sie ihre Träume ausleben konnte. Ich konnte sie nicht aufhalten.«

»Aber was soll man von einer Frau halten, die ihren Mann und ihre Kinder einfach so verläßt?« fragte Betty.

»Ich bin voll für die Institution der Ehe. Sie wissen schon, in guten und in schlechten Zeiten, bis daß der Tod uns scheidet. Aber was ist, wenn der Partner andere Ansichten hat?«

»Gute Frage«, sagte Betty und stand auf, um Chris noch einmal Milch nachzugießen.

»Was ist deine Meinung, Diana?« fragte Chris.

»Ich finde, es war sehr dumm von ihr, dich zu verlassen.«

»Diese verdammten Verdauungsstörungen!« rief Betty und klammerte sich plötzlich an den Griff der Kühlschranktür.

»Mama, setz dich hin und hör auf, dauernd herumzuwuseln.« Diana blickte Chris besorgt an. »Ich habe sie tagelang darum gebeten, sich wie ein Gast zu benehmen und sich bedienen zu lassen.«

»Setzen Sie sich hin«, befahl Chris sanft, aber bestimmt, nahm Betty am Arm und drückte sie auf einen Stuhl am Tisch.

»Es ist schon wieder gut«, sagte Betty.

»Bist du sicher, Mama?«

»Klar bin ich sicher. Es ist der Parmaschinken, den wir gestern abend hatten, das weiß ich genau. Ich sollte das Zeugs einfach nicht mehr essen.«

»Ich weiß, was Sie meinen, Betty«, sagte Chris mit Verschwörermiene. »Jedesmal, wenn ich Delikatessen geschlemmt habe, tut es mir hinterher leid. Weil es mich so schlimm beutelt.«

Betty lächelte Chris dankbar an. »Genau. Ich esse das Mistzeugs. Es schmeckt einfach so gut! Anschließend leide ich zwei Tage und warte auf den großen Rülpser, damit der Druck endlich nachläßt.«

»Mutter! Es ist unglaublich, was du manchmal von dir gibst.«

Chris lachte. »Zensier sie nicht. Sie ist wunderbar.«

Plötzlich wurde Betty kreideweiß im Gesicht. Chris sagte sofort: »Vielleicht sollten Sie sich hinlegen.«

»Ja«, keuchte sie. Sie stemmte sich schwerfällig vom Tisch hoch. Mit langsamen Schritten schob sie sich an Chris vorbei, tätschelte seine Hand und sagte: »Ich glaube, das werde ich tun.«

»Deine Mutter ist super«, sagte Chris, nachdem Betty die Küche verlassen hatte. »Ich hoffe, daß mit ihr alles in Ordnung ist.«

»Sie hat wirklich Verdauungsstörungen. Aber diesmal...«, begann Diana, wurde aber von dem Geräusch eines dumpfen Aufpralls in der Diele unterbrochen. »Mein Gott, was war das?« Sie rannte aus der Küche, dicht gefolgt von Chris.

Sie fanden Betty quer über den beiden untersten Treppenstufen liegen. Sie preßte die Hände gegen die Magengrube. »Ich kann kaum atmen«, keuchte sie.

Chris schaffte es, die füllige Dame aufzuheben und ins Arbeitszimmer zu tragen, wo er sie vorsichtig auf die Couch bettete.

Diana saß neben ihrer Mutter auf dem Boden, wischte ihr den Schweiß mit einem Papiertuch aus dem fahlen Gesicht und strich ihr liebevoll die Haare aus der feuchten Stirn.

Chris rief die Feuerwehr an und bat, sofort den Rettungsdienst zu schicken. Als er aufgelegt hatte, schob er Diana zur Seite und fühlte Betty den Puls. Er war ziemlich kräftig. »Das wird bald wieder werden«, versicherte er Betty, in deren Augen sich jetzt Schmerz und Angst mischten.

»Bist du sicher?« flüsterte Diana.

»Ja«, sagte Chris, obwohl er überhaupt nicht sicher war. Doch seine Worte beruhigten Diana. Sie nahm den Platz neben ihrer Mutter wieder ein und streichelte Bettys Arm.

Nach ein paar Minuten war das Martin-Horn zu hören.

Chris führte die Sanitäter ins Arbeitszimmer. Sofort begannen sie, Betty zu verarzten. Es schien nur ein paar Sekunden zu dauern, bis sie sie an mehrere Geräte angeschlossen hatten, und schon war sie auf dem Weg hinaus zum Krankenwagen.

Als Chris Diana half, hinten in den Krankenwagen zu klettern, konnte er spüren, wie sie am ganzen Körper zitterte. Blitzschnell entschied er sich. Er kletterte ebenfalls hinein. »Ich komme mit dir mit«, sagte er bestimmt.

2. Kapitel

Harvey Lowe bog in den Parkplatz des Encino Grove Hospital ein, zog einen Parkschein aus dem Automaten und kurvte so lange herum, bis er einen Platz in sicherer Entfernung von allen anderen geparkten Wagen fand. Er haßte die Vorstellung, jemand könnte achtlos einen Kratzer in seinen funkelnden neuen roten Porsche 928 schrammen. Bevor er ausstieg, rief er von seinem Autotelefon aus seinen Telefonservice an und gab bekannt, daß er die nächste Stunde per Piepser zu erreichen sei. Dann prüfte er mit einem kurzen Blick in den Rückspiegel, ob seine Haare tadellos gekämmt waren. Sie waren es. Er zog den Knoten seiner Krawatte etwas enger. Er trug eine schwarzgraue Turnbull-&-Asser-Krawatte, mit peinlicher Sorgfalt auf sein Hemd abgestimmt. Sehr teuer. Sehr subtil. Wenn Turnbull & Asser gut genug waren für Prinz Charles, waren sie auch gut genug für Harvey. Die Art, wie Krawatte und Hemd die Pfeffer-und-Salz-Farben des Tweedanzugs wiederholten, behagte Harveys Bedürfnis nach Harmonie und Schönheit.

Er öffnete die Tür, deren Schwere ihm ein Millionen-Dollar-Gefühl vermittelte, und schwang die Beine hinaus. Bevor er aufstand, inspizierte er seine Slipper, ob an ihrem Glanz irgendwo etwas auszusetzen wäre. Sie waren mit Nerzöl auf Spiegelglanz hochpoliert und schimmerten beinahe wie der Lack seines Wagens. Er schnipste einen Fussel weg, der sich auf seinen Hosenaufschlag verirrt hatte, und zog die Rippen seiner wadenhohen Socken gerade, so daß jede Linie vollkommen senkrecht verlief; dann stand er auf. Er war einszweiundsiebzig – einsfünfundsiebzig, wenn man die Locken auf seinem Kopf dazuzählte. Der Lockenschopf war Dianas Idee gewesen, nachdem er sich vor drei Jahren eine Haartransplantation hatte machen lassen, um seinen schleichenden Haarausfall zu bremsen, der ihm das Leben zu einer echten Hölle machte. Sobald er sich von der Operation vollständig erholt hatte, war er zu ihrem Friseur gegangen, zu Steve bei Tressiers in Encino, der ihm eine Dauerwelle verpaßt hatte. Das Ergebnis war eine dichte Lockenfülle, die ihn jünger als seine achtundvierzig Jahre aussehen ließ.

Verdammt, wie er sich ärgerte, dachte er, als er zielstrebig durch die Empfangshalle auf den Aufzug dieses kleinen, aber hochmodernen Gemeindekrankenhauses zuging. Zwar hätte er es vor keiner Menschenseele jemals zugegeben, aber er hielt Eltern, die alt wurden, für eine zeitraubende Plage. Wenigstens hatte Dianas Vater den Anstand besessen, rasch zu sterben und ihnen qualvolle Momente wie diese zu ersparen, die sie jetzt mit Betty durchmachen mußten. Seine eigenen Eltern waren Gott sei Dank bei guter Gesundheit, obwohl sie beide viel älter waren als Betty. Und das Beste: Sie lebten weit weg in Miami und wandten sich an Harveys Schwester Heide, die in New York lebte, wenn sie etwas brauchten.

Es war nicht etwa so, daß ihm seine Eltern und Betty gleichgültig gewesen wären. Ganz und gar nicht. Er hatte sich schrecklich gefühlt, als Diana ihn mit der Nachricht angerufen hatte, sie sei in der Notaufnahme mit ihrer Mutter, die mit großer Wahrscheinlichkeit einen Infarkt erlitten hatte. Er hatte ihr versichert, er würde kommen, sobald er sich aus seiner Praxis in Beverly Hills loseisen könnte. Trotzdem hatte es mehrere Stunden gedauert, bis er den letzten seiner komplizierten Kieferchirurgiefälle versorgt hatte. Und dann wollte er sich zu Hause ausruhen – er hatte es sogar verdammt nötig –, bevor er sich in seinen neuen Smoking warf, um die Wohltätigkeitsveranstaltung des Verbands der Kieferchirurgen zu besuchen, wo er und Diana heute abend erwartet wurden. Das Drama mit Betty verpatzte die ansonsten perfekte Planung dieses Tages. Harvey fühlte sich am wohlsten, wenn alles in seinem Leben seinen geregelten Ablauf hatte, mit einem Minimum an Überraschungen.

Als er im Aufzug zur Intensivstation hochfuhr, zog er eines der DIN-A 6-Karteikärtchen hervor, die er immer in der Innentasche seines Jacketts bei sich trug, damit ihm keiner der Gedanken verlorenginge, die sein fruchtbarer Intellekt möglicherweise ausbrüten könnte. Mit seinem Montblanc-Füller mit achtzehnkarätiger Goldfeder warf er flüchtig ein paar Notizen hin. Beim Schreiben spürte er, wie die Augen einer jungen Süßigkeitenverkäuferin auf ihm ruhten. Sie war klein und blond. Recht hübsch sogar. Harvey fühlte sich jung und männlich. Er lächelte sie mit seinen braunen Hundeaugen an, als er den Füller wegsteckte und sich anschickte, den Aufzug zu verlassen. »Schönen Tag noch«, säuselte er mit seiner melodischsten Stimme, während sich die Türen hinter ihm schlossen.

Harvey ging mit federnden Schritten selbstsicher auf das Schwesternzimmer der Intensivstation zu, stolz auf sein Image eines anspruchsvollen Mannes, das er ausstrahlte. »Ich bin Dr. Lowe«, verkündete er der Krankenschwester und machte dann eine Pause, damit die atemberaubende Wirkung seiner Gegenwart die Atmosphäre erfüllen konnte. Unwillig mußte er feststellen, daß sie nicht im geringsten beeindruckt schien.

»Ja?« sagte sie gleichgültig.

Harvey erklärte rasch, wer er war.

»Sie warten alle im Besucherraum auf Dr. Litsky«, erklärte die Schwester beiläufig.

Diana sah Harvey auf die Tür des Warteraums zukommen, sprang im selben Augenblick von der Kunstledercouch hoch und warf sich ihm regelrecht in die Arme. Sie brach in Tränen aus. Er hielt sie pflichtschuldig ein paar Sekunden lang umarmt, obwohl ihm ihr Mangel an Selbstbeherrschung peinlich war. »Aber, aber«, sagte er und wand sich aus ihrer Umklammerung. Er mußte seine ganze Willenskraft aufbringen, um nicht auf seine Schulter zu schielen und automatisch eventuelle Spuren ihres tränenreichen Ansturms wegzuwischen.

»Der Arzt war vor ein paar Minuten da. Du hast ihn knapp verfehlt, Harvey. Nicht, Chris?« stieß Diana hervor.

Harvey trat einen Schritt von seiner Frau zurück und blickte sich in dem öden, winzigen Raum um. Er musterte Chris. Als erstes drängte sich ihm der Gedanke auf, daß dieser Kerl sich schämen sollte, sich in einem derart schlampigen Aufzug in der Öffentlichkeit blicken zu lassen. Da war er schon eine andere Sorte Mann als Chris. Harvey würde sich nicht einmal auf dem Totenbett in ungebügelter Unterwäsche überraschen lassen wollen, geschweige denn in ausgebeulten alten Jogginghosen und einem ausgeleierten, verblichenen Sweatshirt. Sogar die Tennisschuhe von Chris waren ausgefranst!

»Diana berichtete mir am Telefon, welche Riesenhilfe Sie heute für sie waren«, sagte Harvey zu Chris und streckte seine sorgsam manikürte Hand aus, um Chris' riesige Pranke zu schütteln. Chris' Hände waren rauh im Vergleich zu seinen, wie Harvey bemerkte, worauf in ihm ein Gefühl leisen Abscheus aufstieg.

Chris entgegnete: »Ich war eben gerade da. Das war doch das wenigste, was ich tun konnte.«

»Der Arzt sagte, Mamas EKG sei okay, aber er glaubt, sie hätte möglicherweise einen Myokardinfarkt erlitten«, gab Diana die Worte des Mediziners wieder. Sie öffnete ihre Tasche, nahm ein zerknittertes Taschentuch heraus und wischte sich über Augen und Nase.

Harvey konnte seine Frau kaum anschauen, so ungepflegt sah sie aus. Ihre Frisur saß schief; die von Natur aus dicken Haare hingen wild herum. Ihr Make-up war vom vielen Weinen fleckig geworden. Die dunklen Spuren der Wimperntusche ließen sie wuchtiger und älter wirken. Bei solchen Anlässen schien Harvey sie neu zu sehen, und die unschöne Frau, zu der sie geworden war, versetzte ihm einen Schock. Die klägliche Realität seiner Ehe versengte ihn wie ein glühendheißer Schmerz, vor allem, wenn er sich daran erinnerte, wie bezaubernd Diana ausgesehen hatte, als sie sich kennenlernten. Die weichen Linien ihres Gesichts ließen ihm damals das Herz stocken, und ihre glatte, feste Haut hatte geradezu um Zärtlichkeiten gebettelt. In der Zeit vor ihrer Heirat konnte Harvey keinen Moment lang die Finger von ihr lassen. Der sinnliche junge Mann hatte angesichts ihrer absoluten Schönheit hilflos die Waffen gestreckt – und jetzt konnte sich Harvey des Gefühls nicht erwehren, betrogen worden zu sein, ja, fast übers Ohr gehauen, denn bald nach der Hochzeit schnellte Dianas Gewicht in die Höhe. Erst dann gab sie zu, daß sie immer mit ihrem Gewicht zu kämpfen hatte, immer wieder auseinanderging und sich dann für eine kurze, glückselige Zeitspanne schlank hungerte. Er hatte sie in einer ihrer dünnen Phasen kennengelernt und sich in sie verliebt. Wie hätte er wissen können, daß diese Phase nur etwa zwanzig Minuten lang dauern würde? Sie stritten ständig über Dianas Diäten. Harvey erwartete von ihr, daß sie immer über ihre Figur wachte. Sie erwartete von ihm, daß er sie trotz ihrer Neigung zur Schweinchenfülle liebte und respektierte. Doch das konnte er nicht. Ihre Wülste und Schwellungen kamen ihrer Beziehung in jeder Hinsicht in die Quere. Offen gesagt widerten ihn ihre überflüssigen Pfunde an, und ihr kläglicher Versuch, die Speckrollen unter wallenden Blusen zu verstecken, hatte keinen Sinn. Seiner Meinung nach sah sie darin erst recht wie ein Zweitonner aus.

Von Anfang an stachen ihm andere junge Frauen gleichen Alters ins Auge, die in winzigen Bikinis herumstolzierten, und er empfand ein Verlustgefühl, als ob er sich für sündteures Geld etwas hätte schicken lassen, das dann überhaupt nicht dem entsprach, was die Anzeige versprochen hatte. Jahrelang hatte Harvey versucht, ihr mit gutem Beispiel voranzugehen und sie zu Diäten und Abmagerungskuren zu motivieren, doch in letzter Zeit gab sie sich nicht einmal mehr den Anschein, auf die Kalorien, die sie zu sich nahm, zu achten. Durch die Krankheit der Mutter rückte für Harvey die Horrorvision von Dianas düsterer Zukunft jetzt erst recht in den Brennpunkt.

»Was ist mit den Laborergebnissen?« fragte Harvey, und in seine Stimme schlich sich ein Unterton gereizter Überlegenheit. »Sie geben uns Aufschluß darüber, was wirklich mit ihrem Herzen los ist.«

»Die Ergebnisse stehen erst später am Abend fest. Das hat mir jedenfalls der Arzt gesagt.«

»Wie heißt der Arzt?« fragte Harvey ungeduldig.

»Litsky. David Litsky. Er hatte Dienst, als Mutter mit dem Rettungswagen hergebracht wurde.«

»Nie gehört«, sagte Harvey.

»Er schien jedenfalls sehr nett... und kompetent«, erwiderte Diana und suchte mit ihrem Blick Unterstützung bei Chris.

»Der Meinung bin ich auch«, sagte Chris.

»Okay. Aber ich will mich trotzdem lieber selbst mit ihm unterhalten. Wir haben doch heute diesen Galaabend.«

»O Gott!« schrie Diana. »Ich kann mir nicht vorstellen, jetzt dorthin zu gehen.«

»Beruhige dich«, warnte Harvey. »Warten wir erst einmal ab, was Litsky zu sagen hat. Du weißt nicht einmal, ob es wirklich ein Herzinfarkt war.«

»Es ist mir egal, was er sagt, Harvey. Ich weiche nicht von Mutters Seite.«

Harvey stieß einen schweren Seufzer aus, drehte sich auf seinen Absätzen, die eine beträchtliche Höhe aufwiesen, um und marschierte aus dem Wartezimmer.

Die Oberschwester ließ Dr. Litsky für Harvey ausrufen. Kurz darauf unterhielten sich die beiden Männer auf der Schwelle des Wartezimmers. Litsky sagte, daß es Betty gutginge und sie sich jetzt aufgrund des Schmerzmittels in Ruhe erholen könne. »Sie hatte Glück, daß sie so schnell in die Klinik kam«, sagte er. »Persönlich bin ich der Meinung, daß sie tatsächlich einen Herzanfall erlitten hat, allerdings einen schwachen.«

»Wäre es unvorstellbar, daß meine Frau und ich sie heute abend allein ließen, um an einer sehr wichtigen Wohltätigkeitsveranstaltung teilzunehmen?« fragte Harvey.

Litsky rieb sich gedankenvoll das Kinn, das mit roten, einen Tag alten Bartstoppeln überzogen war. »Nein, ich glaube nicht«, sagte er schließlich. »Sie ist stabil.«

Harvey warf Diana einen triumphierenden Blick zu. »Siehst du, Liebes?« sagte er. »Ich meine, Mutter würde verstehen, wie wichtig es ist, BeeBee Benedict nicht zu enttäuschen, die bedeutendste Wohltäterin des Verbands. Wir sitzen an ihrem Tisch, und du weißt ja, daß dieser Abend für den Verband das größte gesellschaftliche Ereignis des Jahres ist.«

Diana wischte Harveys vernünftige Ausführungen mit einem verächtlichen Funkeln ihrer Augen beiseite. »Ich weiß, daß Mutter das verstehen würde, Harvey. Darum geht es überhaupt nicht. Ich will sie nicht verlassen, nicht einmal für BeeBee Benedict und ihren ganzen Mund voll künstlicher Zähne!«

»Erwartest du von mir, daß ich allein hingehe?« fragte er ungläubig. »Ich brauche dich an meiner Seite.«

»Und wie sieht's damit aus, was ich brauche?« Diana wandte sich ab und setzte sich ans andere Ende der Couch, auf der Chris saß. Er sah sie mitfühlend an, ein Blick, der Harvey nicht entging.

»Dann habe ich wohl keine andere Wahl; ich muß alleine gehen«, sagte er und überging ihre Frage. »Wie kommst du von hier nach Hause?« fragte er.

»Mit dem Taxi? Ich weiß nicht«, sagte sie kurz angebunden. »Todd kann mich abholen, wenn er vom Fußballtraining nach Hause kommt.«

»Bist du dir auch ganz sicher?« fragte Harvey.

Diana nickte; sie sah fix und fertig aus.

»Ich werde jetzt ein paar Worte mit Mutter sprechen«, erklärte Harvey. »Dann mache ich mich auf den Weg. Bis später dann.«

Er verabschiedete sich kurz von Chris und verließ sie dann, um seinen 5-Minuten-Besuch in der Intensivstation abzustatten. Eine Stunde später bestand Diana darauf, daß Chris nach Hause gehen solle. »Du warst mir heute ein echter Rettungsanker«, sagte sie. »Aber du hast zwei Töchter. Die glauben wahrscheinlich, du bist gekidnappt worden. Sie brauchen dich auch.«

»Kein Problem«, erwiderte Chris, »Consuelo ist ja da und kocht ihnen alles fetttriefende Zeugs, wonach es sie heute abend gelüstet.«

»Nein, wirklich. Für dich gibt es hier nichts mehr zu tun. Mit mir ist schon alles in Ordnung. Todd wird sowieso seine Großmutter sehen wollen, wenn er hört, was passiert ist. Dann nimmt er mich mit nach Hause.«

Chris stand auf und streckte sich. Er ächzte. »Ich bin wirklich müde«, gab er zu. »Werd wohl nach Hause joggen, damit die alten Knochen wieder aufwachen.« Diana sah ihn entsetzt an. Wenn sie müde war, wäre Joggen wirklich das letzte, was ihr in den Sinn käme! »Es sind nur fünf Kilometer«, sagte Chris mit einem Lächeln.

»Dann nur zu! Ich komme mit dir zum Ausgang. Ich brauche frische Luft.«

Nachdem sie sich bei Chris überschwenglich für seine emotionale Unterstützung bedankt hatte, schlenderte Diana zum Verkaufsstand der Klinik, um sich etwas zu Knabbern zu kaufen, bis Todd, ihr sechzehnjähriger Sohn, käme. Nichts reizte ihren Appetit. Schließlich entschied sie sich für zwei Snickers, ihre Lieblings-Schokoriegel. Wenigstens waren da Erdnüsse drin, eine gute Eiweißquelle, beruhigte sie ihr schlechtes Gewissen mit einem vernünftigen Grund. Außerdem war Snickers der offizielle Lieferant für die Olympischen Spiele 1984 gewesen.

3. Kapitel

Sobald Todd am nächsten Morgen zur Schule gegangen war, stellte sich Diana kurz unter die Dusche, schlüpfte in einen Jogginganzug aus Nickistoff und raste zu ihrer Mutter, deren Herzinfarkt von den Laborergebnissen bestätigt worden war.

Mittags fuhr Diana wieder zur Herzstation, um ihre Mutter ein drittes Mal zu besuchen. Betty machte sich Sorgen über die Herzkatheteruntersuchung, die sie später an diesem Tag über sich ergehen lassen müßte, wie sie gerade erfahren hatte.

»Das ist überhaupt nicht schlimm, Mutter. Würde ich den Ärzten erlauben, dir weh zu tun?« sagte Diana mutig.

»Es ist wirklich nicht so furchtbar«, fiel eine der Schwestern ein, die sich gerade an Bettys Tropf zu schaffen machten. »Jeder hier muß da früher oder später durch.«

»Für mein Geld würde ich es vorziehen, wenn es später wäre«, sagte Betty scherzhaft.

Diana lachte. Wenn ihre Mutter Witze machen konnte, bedeutete das, daß sie über dem Berg war. Sie drückte Bettys Hand. »Ich hab dich sehr lieb, Mama.«

Betty drückte zurück. Ihr Händedruck war fest. »Ich werde mir jetzt öfter ein Wehwehchen zulegen.« Sie lächelte. »Du hast mir schon seit Jahren nicht mehr gesagt, daß du mich liebhast!«

Dr. Litsky kam zur Herzstation herein. Betty erspähte ihn. »Wie sehe ich aus?« fragte sie Diana. »Er ist reizend. Mir gefallen seine roten Haare.«

»Mutter, er ist doch höchstens fünfunddreißig Jahre alt!« rief Diana mit einem Lachen.

»Na und? Darf ich vielleicht nicht mehr träumen, nur weil ich alt bin? Er hat nette, sanfte Hände.«

»Da kommt er ja. Ich werd's ihm gleich erzählen«, neckte Diana.

»Du wirst dich hüten, eine arme Frau in Verlegenheit zu bringen, die gerade einen Herzinfarkt hinter sich hat«, warnte Betty.

Diana beugte sich vor und küßte ihre Mutter mitten in ihr rundes Gesicht. »Ich komm zu dir, sobald du von der Untersuchung zurück bist. Mach die Augen zu und ruh dich noch ein bißchen aus.«

Als sie ins Wartezimmer zurückkehrte, war es leer. Diana war dankbar, daß es so ruhig war und sie sich ausbreiten konnte. Sie legte sich auf die unbequeme braune Kunstledercouch, stopfte sich die zusammengerollte Jacke ihres Trainingsanzugs unter den Nacken und schloß die Augen.

»Klopf, klopf, ist jemand zu Hause?« tönte ein paar Minuten später die vertraute Stimme ihrer besten Freundin, Carol Benton.

Diana öffnete die Augen. »Hallo!« begrüßte sie Carol und setzte sich auf. »Woher wußtest du, wo ich zu finden bin?« Diana hatte noch keinem ihrer Freunde von dem Herzanfall ihrer Mutter erzählt.

»Chris Berry.«

Carol war die Inhaberin des meistbeschäftigten Reisebüros in Encino, Eyeful Tours. Chris war einer ihrer besten Kunden.

»Wohin fährt er denn jetzt wieder?« fragte Diana.

»Nirgendwohin. Marylou kommt zum Thanksgiving. Er darf zahlen. Sie hat sich wirklich ins warme Nest gesetzt«, sagte Carol in ihrer rauhen, kurz angebundenen Art. »Er sollte einfach die Scheidung einreichen und die Nabelschnur durchtrennen.«

»Das will er aber nicht, Carol. Das weißt du doch. Er hofft, daß sie zurückkommt und bei ihm bleiben will.«

Carol schleuderte mit einer ihrer schlanken Hände ihre Farrah-Fawcett-Mähne zurück und sagte: »Also wirklich, Mädel. Sie lebt doch mit irgendeinem Naturburschen in der Wildnis, in einer Berghütte. Ihr Abenteuer hat nicht nur mit dem Ablichten von Grizzlybären zu tun! Ich persönlich würde sie nicht zurückhaben wollen, nicht für die ganze Tee-Ernte Chinas!«

»Dann ist es ja gut, daß sie nicht mit dir verheiratet ist.« Diana lachte. Sie bemerkte eine braune Tüte, die aus Carols schwarzer Lackledermappe hervorquoll, die ihr als Handtasche wie auch als Aktenkoffer diente. »Was ist denn in der Tüte da, Gänschen?« fragte sie mit einem breiten Grinsen.

»Bevor ich's dir sage, erzähl mir, wie's deiner Mutter geht. Ist es etwas Schlimmes?«

»Wir wissen es noch nicht«, antwortete Diana; ihr Lächeln war plötzlich weggewischt. »Ein Dr. Williamson wird heute später eine Herzkatheter-Untersuchung an ihr vornehmen.«

»Sandy Williamsons Mann. Das sind Superleute. Kunden von mir«, sagte Carol nüchtern, und ihr Computer-Gehirn begann, Daten auszuspucken. »Sind letztes Frühjahr nach Paris gefahren. Machen im Sommer eine Kreuzfahrt in der Ägäis.«

»Das klingt ganz danach, als ob er viele solche Untersuchungen machen würde«, kommentierte Diana.

»Hat sich jedenfalls einen goldenen Daumen verdient.«

»Nun, ich hoffe, daß bei Golddäumchen Williamson auch die restlichen Finger gut funktionieren. Er sticht Mama eine Nadel ins Herz.« Diana erschauerte. »Bei der Vorstellung bekomme ich Magenkrämpfe.«

»Vielleicht hilft dies hier dagegen«, sagte Carol mitfühlend, öffnete die braune Tüte mit dem schmucken Aufdruck »Fromin's Feinkost« und zog zwei Roastbeef-Baguettes mit Krautsalat und russischem Dressing gigantischer Ausmaße hervor. »Als ich Arnie erzählte, für wen und aus welchem Anlaß ich das kaufe, ging er in die Küche und machte die Sandwiches höchstpersönlich.« Arnie war der bärbeißige Besitzer von Fromin's, dem beliebtesten Feinkostgeschäft Encinos.

»Er hat sich selbst übertroffen«, sagte Diana träumerisch. Jede Hälfte des Sandwiches war mit so viel Roastbeef belegt, daß man vier weitere Brote davon machen könnte.

»Genieße es, Mädel«, sagte Carol, reichte Diana ein Sandwich und behielt das zweite für sich selbst.

Diana biß sofort ein Stück beeindruckender Größe davon ab. Carol saß da und studierte ihr Sandwich. »Je länger ich dieses Fleischgebirge anschaue, desto weniger Hunger habe ich. Was zuviel ist, ist zuviel.«

»So etwas kann nie zuviel sein!« nuschelte Diana, die Backen voll zartrosa Roastbeef.

Diana stopfte munter das Sandwich weiter in sich hinein. Carol nahm mindestens die Hälfte Fleisch heraus, mit der Behauptung, damit könne sie eine ganze Woche lang die Pausenbrote ihrer Tochter belegen. Wie ein Vogel, der sich so lange dreht und wendet, bis an seinem Nest nichts mehr auszusetzen ist, und sich erst dann endgültig zum Brüten niederläßt, war Carol schließlich mit ihrem stark abgemagerten Sandwich zufrieden und öffnete den Mund, um ihren ersten Bissen zu genießen.

»Ich dachte, du beginnst mit einer Diät!« rief Harvey, als er ins Wartezimmer hereinplatzte, so daß Carol und Diana aufschreckten. »Gönn der armen Frau eine Verschnaufpause, Harvey«, gab Carol scharf zurück. »Sie kann eine Diät machen, sobald Betty hier herauskommt.«

Diana fragte einfältig: »Was machst du denn hier mitten am Tag?«

»Schwiegermütter haben Vorrang vor Schneidezähnen«, antwortete Harvey. »Ich habe alle meine Nachmittagstermine abgesagt.«

Diana hörte auf zu kauen. »Ich bin so froh, daß du hier bist, Lieber.« Es war erstaunlich, wie eine kleine, freundliche Geste von Harvey den Schmerz besänftigen konnte, den er ihr in letzter Zeit mit seiner mangelnden Rücksicht und oft auch Grobheit zugefügt hatte.

Er lächelte kurz und sagte dann: »Carol, Mädchen, du siehst großartig aus. Dein Pulli auch.«

Carol trug einen elfenbeinfarbenen Kaschmirrolli, der ihren langen Hals umschmeichelte und ihren Pfirsich-Sahne-Teint unterstrich. Der Pulli hatte genau denselben Farbton wie ihre Hose aus Wollgabardine. Sie war die schlichte Eleganz in Person.

»Warum kaufst du dir nicht auch mal so schicke Sachen?« fragte Harvey Diana, die rasch den Rest der ersten Hälfte ihres Sandwiches hinunterschlang.

Weil solche Sachen nicht in Schleppdampfergröße hergestellt werden, hätte sie ihm am liebsten entgegengeschleudert. Doch sie zwang ihre Stimme zu einem freundlichen Tonfall und sagte statt dessen: »Vielleicht werde ich das tun. Sobald Mutter hier herauskommt.«

Harvey stichelte weiter. »Schau sie doch an, Carol. Immer trägt sie diese unvorteilhaften sackartigen Blusen.«

Diana wurde puterrot. Sie spürte, wie ihre Magensäure mit dem Roastbeef kämpfte.

»Ich finde, Diana sieht wunderbar aus«, sagte Carol solidarisch und schoß funkelnde Blicke auf Harvey ab.

»Du brauchst dich nicht mit Komplimenten zu überschlagen«, sagte Diana zu ihrer Freundin. »Ich weiß selbst, daß ich zu dick bin. Harvey versucht eben auf seine perverse Art, mich wieder zu einer Diät zu überreden.«

»Schau doch, was du da schon wieder in dich hineinfrißt, um Himmels willen!«

Diana blickte auf die andere Hälfte ihres Sandwiches hinunter, das sie eigentlich hätte gründlich genießen wollen. »Da. Iß du es doch«, sagte sie und hielt es ihm hin.

»Ich habe die Sandwiches mitgebracht, Harvey«, sagte Carol. »Du brauchst Diana keine Vorwürfe zu machen.«

»Ich sehe, daß du noch nicht ein einziges Mal davon abgebissen hast, aber meine Frau hat schon die Hälfte von ihrem Sandwich verschlungen!« Er stieß Dianas ausgestreckte Hand weg. »Ich will das nicht haben. Mein Gott, Diana. Müssen wir sogar hier wegen deines Übergewichts streiten?«

Diana fühlte sich leicht verwirrt. Sie hatte den Streit doch nicht begonnen... oder doch? Er war in letzter Zeit so unberechenbar und attackierte sie ohne jede Vorwarnung. Sie nahm die anstößige Sandwichhälfte, legte sie zurück in den Styroporbehälter und klappte ihn zu. Sie war so verlegen, daß sie nicht einmal zu Carol hochblickte. »Ich steck sie in meine Handtasche und nehm sie mit nach Hause für Todd. Bist du jetzt zufrieden?«

Unter dem mißbilligenden Blick ihres Mannes öffnete sie ihre Handtasche. Zufällig wanderten seine Augen nach unten, ihrer Hand nach, und erspähten einen der Snickers, die Diana am Abend zuvor gekauft hatte.

»Auch noch Schokolade!« explodierte er, sein Gesicht schwoll an vor Zorn. »Jetzt reicht's. Ich kann das nicht länger mit ansehen. Deine Mutter hat es mit ihrer Fresserei zu einem Herzinfarkt gebracht und steht vor einer Operation, die sechzigtausend Dollar kosten wird. Und mit dir wird es genauso enden. Ich halte es hier keine Minute länger aus.« Er drehte sich auf seinen nerzölpolierten Slippern um und stürmte hinaus.

Nach diesem Ausbruch sah Carol ganz erschüttert aus. Diana war wütend, aber auch erschrocken. Noch nie hatte Harvey einen solchen Zorn gegen sie öffentlich zur Schau gestellt.

Ohne ein Wort zu verlieren, ließ sie Carol stehen und rannte Harvey nach. Sie konnte sich gerade noch in den Aufzug quetschen, bevor sich die Türen schlossen. Da sie nicht allein waren, fuhren sie in brütendem Schweigen nach unten.

Sie folgte ihm nach draußen, schnaufte und keuchte, um mit seinem raschen Tempo Schritt halten zu können, und trottete ihm quer über den Parkplatz bis ans andere Ende nach, wo einsam sein glänzender roter Wagen geparkt stand.

»Warum tust du mir in einem solchen Moment so etwas an?« schluchzte sie.

Harvey wirbelte dramatisch herum. »Ich habe es satt, Diana. Ich werde dich verlassen, wenn du nicht abnimmst. Ich kann es nicht ertragen, was du mit dir anstellst.«

»Was sagst du da?« fragte Diana.

»Mir wird schlecht, wenn ich zuschauen muß, wie du auseinandergehst«, sagte er müde.

»Das wird anders werden.«

»Du hast jede Diät gemacht, die der Menschheit bekannt ist – und noch etliche dazu«, sagte er. »Und du hast bei jeder versagt. Warum sollte ich dir jetzt glauben? Hm?«

»Ich weiß nicht«, antwortete sie. Seine Stimme klang so merkwürdig – so lieblos, so endgültig. Sie jagte ihr einen fast ebenso großen Schrecken ein wie die Krankheit ihrer Mutter. »Aber gib mir noch einmal eine Chance.«

Eine Woche später saß Diana vor dem Schreibtisch ihres Internisten. Sie war abgetastet und abgeklopft worden, hatte Blut- und Urinproben abgegeben. Anders, als es sonst ihrem Naturell entsprach, hatte sie sogar einen Anfall schlechter Laune, als sie gebeten wurde, im Flur vor dem Untersuchungsraum auf die Waage zu steigen. Sie protestierte und betonte, bei ihrem Gynäkologen hätte sie sich noch niemals wiegen müssen.

»Mrs. Lowe«, sagte die Arzthelferin, »wir bestehen darauf, daß in *unserer* Praxis alle Patienten gewogen werden.«

Widerwillig stellte sich Diana auf die Waage und wartete nur auf den höchst peinlichen Moment, wenn die Helferin lauthals wie durch ein Megaphon zum Mithören für alle verkünden würde, sie wiege so viel, daß die Waage durchgebrochen sei.

Schließlich war die Nervenprobe der Untersuchung vorbei. Diana wartete darauf, daß ihr Internist in das Sprechzimmer gestürmt käme, wie er es immer tat, um ihr knapp und präzise seine Diagnose mitzuteilen. Sie war überzeugt, er würde ihr sagen, ihre Kurzatmigkeit, derentwegen sie diesen Termin vereinbart hatte, sei weiter nichts Beunruhigendes.

Statt dessen kam Dr. Fernberg mit langsamen Schritten herein, setzte sich langsam hin und richtete langsam seine Augen auf sie. Sie wußte, daß etwas nicht stimmte. »Wie schlimm ist es?« piepste sie schließlich, als sie sich wieder genügend gefaßt hatte.

Fernberg saß auf dem Rand seines Drehstuhls, seine Hände waren auf der Schreibtischunterlage zu einem Zelt gefaltet, seine Augen blickten sie unter ihren schweren Lidern scheinbar unendlich lange gedankenvoll an. Endlich sagte er: »Diana, Sie sind ein körperliches Wrack.«

»Das weiß ich! Aber wie geht's mir?« scherzte sie.

»Im Ernst, Diana. Ihre Testwerte sind durch die Bank abnorm. Ihr Blutdruck ist 160 zu 90 – schrecklich für Ihr Alter. Der Blutzuckerspiegel ist überhöht. Die Cholesterinwerte liegen über 300; ich bestehe darauf, daß meine Patienten immer Werte unter 200 einhalten.« Er sah sie an, als ob er sie fragen wollte, ob sie überhaupt das Zeug dazu hätte, weiterhin seinem Patientenkreis angehören zu dürfen.

Sie lächelte ihn unterwürfig, aber hoffnungsvoll an. Doch er behielt seine düstere Miene bei.

»Und Ihre Triglyzeride – die die Fettmenge in Ihrem Körper wiedergeben – lassen ebenfalls die Normalwerte weit hinter sich. Diana...Diana, deshalb kommen Sie immer so rasch außer

Atem. Nicht nur das Befinden Ihrer Mutter bedeutet Streß für Sie. Meine Liebe, jetzt geht es um Ihre eigene Gesundheit. Sie sind nicht nur übergewichtig –«

»Dr. Fernberg, die letzte Woche habe ich mich mit einer Diät kasteit. Und wissen Sie, was passiert ist? Ich habe drei Pfund *zugenommen*!«

»Das überrascht mich nicht«, sagte er nüchtern.

Verblüfft sagte Diana: »Wirklich nicht?«

»Wie viele Diäten haben Sie in den letzten Jahren gemacht?«

»Nennen Sie irgendeine Diät – ich habe sie ausprobiert. Ich habe es mit der Stillman-Diät versucht, mit der Scarsdale-Diät, dem Diätzentrum, Nutri/System, Jenny Craig, der Beverly-Hills-Diät, der Französische-Pillen-Diät. Harvey hat mich sogar einmal zur Trinkdiät überredet.«

»Genau, wie ich dachte«, sagte Fernberg. »Modediäten und Blitzkuren haben nie Erfolg. Wissen Sie, warum?«

»Ich vermute, der Grund liegt darin, daß ich nach dem Absetzen der Diät wieder in meine alten Eßgewohnheiten verfalle und die verlorenen Pfunde sofort zunehme.«

»Das ist richtig. Die meisten dieser Diäten sind nicht für längere Anwendung bestimmt. Wenn Sie solche Diäten länger durchführten, Diana, würden Sie so krank werden, daß man Sie auf der Trage zu mir bringen müßte. Manche dieser Diätpläne sind von Grund auf so ungesund, vom Nährwert her so unausgewogen, daß das Endergebnis nicht nur Krankheit ist, sondern sogar noch mehr Fett, das sich in Ihrem Körper ansammelt.«

»Wie bitte?«

»Ohne allzusehr ins Detail zu gehen, möchte ich Ihnen nur sagen, daß das, was Sie am Anfang dieser Modediäten verlieren, vor allem Wasser ist. Sie steigen nach zwei Wochen auf die Waage und glauben, Sie seien dünner, weil die Waage anzeigt, daß Sie leichter sind. Die Waage ist in Wirklichkeit Ihr schlimmster Feind.«

»Also, *das* wußte ich schon immer«, stöhnte Diana. »Aber ich muß unbedingt abnehmen«, fügte sie mit einem verzweifelten Blick hinzu.

»Das führt mich zu Ihren Testwerten zurück. Hören Sie zu,

Diana«, sagte er und rieb sich den Nasenrücken, auf dem sich rote Druckstellen von der Brille abzeichneten. »Ich glaube, Sie müssen an erster Stelle an Ihrer Gesundheit arbeiten, an zweiter Stelle an Ihrem Gewicht. Wenn Sie wirklich Vertrauen zu mir haben, werde ich Ihnen einen neuen Ernährungsplan aufstellen. Vielleicht kommt er Ihnen zuerst merkwürdig vor, aber mit seiner Hilfe wird Ihr Cholesterinspiegel sinken, möglicherweise auch Ihr Blutzucker- und Triglyzeridspiegel.«

»Natürlich habe ich Vertrauen zu Ihnen«, erklärte Diana.

»Dann möchte ich, daß Sie von diesem Tag an aufhören, Kalorien zu zählen und statt dessen die verzehrten Gramm Fett zählen.«

Diana blickte ihren Arzt an, als hätte er plötzlich begonnen, auf Altgriechisch zu ihr zu sprechen. »Ich hab's noch nicht kapiert«, sagte sie.

»Es ist wirklich sehr einfach. Jedes Gramm Fett hat neun Kalorien. Daher möchte ich, daß Sie die in einem Lebensmittel enthaltenen Gramm Fett mit 9 multiplizieren. Anschließend dividieren Sie die erhaltene Zahl durch die Gesamtmenge der Kalorien der betreffenden Portion. Wenn der Fettgehalt 30 Prozent der gesamten Kalorienzahl übersteigt, dürfen Sie das Lebensmittel nicht essen.«

»Dr. Fernberg, es ist mir peinlich, daß ich es zugeben muß, aber ich bin eng mit den niedrigen Primaten verwandt, wenn es um Mathematik geht. In anderen Worten, ich bin etwas zurückgeblieben. Ich verstehe kein Wort von dem, was Sie mir gerade erzählt haben.«

Dr. Fernberg kicherte und zog Papier und Füller heraus. »Nehmen wir zum Beispiel eine Dose Parduccis Erbsensuppe.«

Diana lief das Wasser im Mund zusammen. Sie liebte Parduccis Erbsensuppe – mit Speck.

»Die Marke Parducci hat 140 Kalorien und 6 Gramm Fett.« Er notierte diese Zahlen auf dem Papier.

»So weit, so gut«, sagte Diana.

Er lächelte über ihren Eifer und schrieb langsam weiter. Die wichtigen Punkte unterstrich er mit kühnen Linien. »Bis dahin kapiert?« Er schaute Diana an.

Sie zwinkerte ihm zu. »Ich kann Ihnen immer noch folgen.«

»Ich wußte, daß Sie verstehen würden«, sagte er glücklich. »Als nächstes müssen Sie ausrechnen, welchen Prozentanteil das Fett am gesamten Kaloriengehalt hat.«

Diana sah ihm zu, wie er rechnete und dann das Ergebnis von 38 Prozent niederschrieb. Sie lächelte breit. »He, das verstehe ich ja. Ich verstehe es wirklich!«

»Nach unserer Regel liegt dieser Prozentsatz über dem erlaubten Prozentsatz von Fett, also dürfen Sie diese Erbsensuppe nicht essen. Aber wenn Sie eine kluge Verbraucherin sind und gerne Erbsensuppe mögen, wette ich, daß Sie eine Marke finden werden, die wenig oder gar kein Fett enthält. Diese Suppe dürfen Sie dann kaufen – und essen. Ohne Schuldgefühle!«

»Ohne Schuldgefühle«, wiederholte Diana mit angehaltenem Atem. »Ich habe schon seit Jahren nichts mehr in den Mund gesteckt, ohne dabei Schuldgefühle zu haben.«

»Nun, dann dämmert für Sie jetzt ein neues Zeitalter heran, Diana. Und denken Sie daran: Das ist keine Diät. Das ist Ihr neuer Lebensstil. Anstatt Kalorien Fett zählen. Wenn Sie wollen, machen Sie Ihr Mantra daraus. Es gibt mehr Dinge, die Sie essen dürfen, als Sie sich je vorzustellen wagten. In zwei Monaten möchte ich Sie wiedersehen.«

»Keine Diät, keine Schuldgefühle. Ich habe schon jetzt Schuldgefühle«, murmelte sie, als sie seine Praxis verließ.

4. Kapitel

Das war vielleicht ein Tag gewesen, dachte Diana, als sie im Dunklen mit ihrem Schlüssel herumfummelte und die Hintertür aufsperrte. Sie war ausgepumpt nach der Aufregung des Arztbesuchs wie auch von der Achterbahn der Gefühle, die sie heute wegen ihrer Mutter durchlebt hatte: Für Betty war in wenig mehr als vier Stunden eine fünffache Bypass-Operation angesetzt worden. Betty hatte früh am Abend ein Beruhigungsmittel bekommen, das aber nicht gleich gewirkt hatte. Diana hatte den größten Teil des Nachmittags und Abends am Bett ihrer Mutter verbracht. Als das Medikament endlich anschlug und Betty gegen zwei Uhr früh in einen betäubungsähnlichen Schlaf fiel, hatte sich Diana rasch entschlossen, doch nicht in dem überfüllten Wartezimmer zu kampieren, sondern lieber ein paar Stunden in ihrem eigenen Bett zu schlafen.

Diana schleppte sich in die Küche und goß sich ein Glas Orangensaft ein. Während sie im Stehen schlückchenweise den sprudelnden Saft genoß, hörte sie aus dem Wohnraum, der von der Küche durch Jalousietüren abgetrennt war, schwache Fernsehergeräusche. Sie öffnete einen der Türflügel. Der Raum war dunkel; nur die Mattscheibe warf gespenstische Schatten.

Diana erblickte Harvey, der nur in der Unterhose auf dem L-förmigen Ledersofa saß. Er war ganz in den Film vertieft und bemerkte nicht, daß sie da war. Während sie ihn ungestört beobachtete, blitzte beim Anblick seiner Begeisterung plötzlich die Erinnerung daran auf, wie sie ihn das erste Mal gesehen hatte, als er mit einer ihrer Freundinnen über den Collegecampus geschlendert kam. Harvey war damals zweiter Studentensprecher und wichtiger Organisator auf dem Campus gewesen. Diana konnte nicht glauben, daß er ihr auf die Frage nach der Uhrzeit antworten würde, ganz zu schweigen davon, daß er sich mit ihr verabreden wollte. Sein grenzenloser Charme und sein jungenhaftes, gutes Aussehen – spöttische braune Augen, kleine Nase, tief eingekerbtes Kinn – machten ihn bei der ganzen Clique Dianas zu einem heißbegehrten Flirt. Schlagartig kam Diana die Erkenntnis, daß sich der weichere Harvey ihrer Jugend dieser Tage selten blicken ließ. An seine Stelle war ein herber, kritischer Mann getreten. Mit den Jahren war er ein aufbrausender Egozentriker geworden, der großen Wert auf materiellen Besitz legte, als ob er für sich und seine Familie eine neue Charakterrolle erfunden hätte, die allerdings nur er richtig zu spielen verstand. In letzter Zeit wußte Diana nicht mehr recht, woran sie mit Harvey war. Es schien fast, als hätten der Erfolg seiner Zahnarztpraxis und die Macht, die das Geld und die Beschäftigung von Hilfskräften zur Ausführung jedes kleinsten Befehls mit sich brachten, ihren Mann umgemodelt und bis in seine genetische Struktur hinein verändert – ihn verhärtet und sogar seine Gesichtszüge spröder, unnachgiebiger gemacht.

Wie kam es, daß er jetzt wieder so sehr wie sein altes, zugängliches Selbst aussah? fragte sich Diana. Sie wandte ihre Augen dem Fernseher zu und wurde Zeugin einer scharfen Sexszene aus einem garantiert nicht jugendfreien Film mit zwei Frauen, einer Eurasierin und einer kastanienbraunen Schönheit, und einem goldblonden Mann, die alle drei in offensichtlicher Ekstase stöhnten. Diana blickte wieder auf Harvey zurück. Dann auf die Mattscheibe. Dann auf Harvey. Sie war wie betäubt und konnte keinen Ton hervorbringen. Mit jedem Lustgestöhn des verknäulten Trios wurde Harveys eigener Atem mühsamer. Als er seine Erregung nicht länger zurückhalten konnte, tastete er nach der Schwellung zwischen seinen Schenkeln, die sich über den elastischen Rand seines schwarzen Slips hochgeschoben hatte.

Mit knappen, geschickten Bewegungen streifte Harvey seinen Slip nach unten und begann, sich zu streicheln – zuerst langsam, dann mit steigender sexueller Spannung immer schneller; mit beiden Händen bearbeitete er seine Erektion, wobei er die Augen keine Sekunde lang vom Bildschirm ließ.

Diana wartete. Und schaute zu. Einerseits schäumte Wut in ihr hoch, andererseits überrollte sie eine Flutwelle von Einsamkeit. In dem Augenblick, als Harvey seinen Höhepunkt erreichte, den er eindrucksvoll präzise mit den leidenschaftlichen Schreien des eurasischen Vamps koordinierte, fand Diana die Sprache wieder.

»Ich bin wieder da«, stotterte sie.

Harveys Hände froren mitten im Krampf der Erregung ein. Während er versuchte, seine Unterhose hochzuziehen, wandte er sich zu ihr um; gleichzeitig tastete er nach der Fernbedienung, um den Fernseher auszuschalten. Wenn Diana nicht so wütend gewesen wäre, hätte sie vielleicht gelacht.

»Ich dachte, du bleibst in der Klinik bei deiner Mutter!« sagte er viel zu laut.

Diana stand wie versteinert da und schaute ihn lange an. Dann knallte sie, ohne ein Wort zu sagen, die Türe zu.

Sie rannte nach oben und sah immer noch den ekstatischen Ausdruck im Gesicht ihres Mannes. Einen solchen verzückten Blick hatte sie schon seit Jahren nicht mehr an ihm gesehen. Sie konnte sich nicht mehr erinnern, wann Harvey sie das letzte Mal mit wirklicher Leidenschaft liebkost hatte. Und sie hatte den Versuch aufgegeben, ihn zu erregen. Seit Monaten hatten sie nicht mehr miteinander geschlafen.

Zur Hölle mit ihm, dachte sie elend, als sie ihr ältestes Flanellnachthemd überwarf und sich rasch bis über die Ohren unter der Decke vergrub. Erinnerungen an ihr früheres Liebesleben stürzten auf sie ein. Auf ihrer Hochzeitsreise hatten sie sich so oft geliebt, daß am Ende ihres zehntägigen Tahititrips keiner der beiden bequem sitzen konnte. Damals hatte er ihre Hände, nur ihre Hände, auf seinem Körper spüren wollen. Obwohl die Häufigkeit ihrer Begegnungen mit den Jahren abgenommen hatte, hatten sie doch weiter Momente intensiven Verlangens miteinander geteilt, und die Anziehung schien immer beiderseitig gewesen zu sein. Oder vielleicht auch nicht. Sie war sich nicht mehr sicher. Doch. Sie war sicher. Einmal hatte Harvey sie gewollt.

Sie erinnerte sich an ihren Golfurlaub auf den Bermudas. Ein Freund hatte ihnen einen Marihuanajoint mit auf die Reise gegeben mit der Versicherung, er würde ihren sexuellen Genuß steigern. Sie waren skeptisch, hatten aber trotzdem eines Abends kurz vor dem Essen einen Teil davon in ihrem Zimmer geraucht. Erst spürten sie keine Wirkung; sie gingen zum Speisesaal hinüber und tranken fast eine ganze Flasche Champagner. Plötzlich veränderte sich Dianas Wahrnehmung. Sie behauptete, sie könne die Musik des Gitarristen durch ihren Hinterkopf hören. Harvey sagte, er hätte nie im Leben etwas so Köstliches gegessen. Diana fand das zum Brüllen komisch. Harvey fand ihr Lachen sexy. Während des zweiten Gangs und der drei Nachspeisen, die jeder von ihnen aß, zogen sie einander wüst durch den Kakao. Dann wurden sie sogar noch einen Grad alberner.

Und kühner.

Sie beschlossen, nicht auf dem Weg, sondern über den stockdunklen Golfplatz zu ihrem Bungalow zurückzuirren. Immer wieder blieben sie stehen, um sich zu küssen. Diese Küsse waren von Drogen angeheizt, Seelenküsse, bei denen Harveys und ihre Zungen akrobatische Manöver vollbrachten. Die Küsse wurden immer heftiger. Harvey zerrte Dianas Sommerkleid nach unten, das nur von einer elastischen Blende in Schulterhöhe hochgehalten wurde. Er nahm ihre Brüste in den Mund, spielte mit ihren Brustspitzen und preßte sein Gesicht zwischen ihren Busen.

Er zog ihr Höschen herunter und schleuderte es fast grob ein paar Meter weg. Er fiel auf die Knie und liebkoste mit der Zunge ihre Perle. Diana war unvorstellbar erregt und wühlte stöhnend in Harveys Haaren. Er stand auf, und sie riß ihm das Hemd vom Leib und schleuderte es vage in die Richtung, wo auch ihr Höschen und ihre Schuhe lagen.

Diana spürte plötzlich den Drang loszurennen. Harvey jagte ihr nach. Der Wind trieb eine Wolkenbank vor den Mond. Ins Dunkel gehüllt, blieb Diana stehen, damit er sie erreichen konnte. Er sprang sie fast an, und lachend fielen sie ins samtige Gras. Diana lag auf dem Rücken, Harvey richtete sich über ihr auf. Er hob ihre Beine hoch und legte sie sich um den Hals. Er tauchte in sie hinein, und sie spürte tief in ihrer Möse Lustempfindungen, die sie nie zuvor gespürt hatte. Ihr Orgasmus war mächtig und lang.

Danach war er auf ihr liegengeblieben, wollte die Zeit nicht weitergehen lassen und murmelte Liebesworte. Als sie sich endlich voneinander lösten, konnten sie ihre Kleider nicht finden. Sie lachten wie die Verrückten und pflückten Palmwedel, um ihre Blöße zu verdecken; und als sie zu ihrem Strandbungalow zurückschlichen, entgingen sie nur knapp der Entdeckung.

Als sie am nächsten Morgen Golf spielten, hing im Clubhaus ein Anschlag aus, auf dem bekanntgegeben wurde, daß »ein Frauen-Sommerkleid usw. sowie ein Männer-Sporthemd, Shorts usw.« auf dem zehnten Grün sichergestellt worden seien und bei der Fundstelle des Clubhauses abgeholt werden könnten. Sie lachten sich schief über die »usw.«, aber es war ihnen doch zu peinlich, sich ihre Besitztümer aushändigen zu lassen.

Während sich Diana nun drehte und wälzte und darüber nachdachte, was sie sagen würde, wenn ihr zerknirschter Mann neben ihr ins Bett kröche, wurde ihr bewußt, daß ihre Golf-Sexkapade schon fast acht Jahre zurücklag! Wo war die Zeit nur hingeflossen? Und wichtiger – warum war ihre Leidenschaft gestorben? In ihrem müden Kopf tauchte keine griffige Antwort auf. Diana fiel schließlich in einen unruhigen Schlaf, als ihr klarwurde, daß Harvey heute nacht nicht zu ihr nach oben kommen und sie um Vergebung anflehen würde, weil er das Beste seiner selbst... für sich selbst aufgehoben hatte.

Am nächsten Nachmittag bewegte sich Diana im Schneckentempo durch den Supermarkt, beglückt darüber, sich auf diese Weise von ihren Problemen mit ihrer Mutter und Harvey ablenken zu können. Normalerweise war das Durchkämmen der Regale für Diana eine wunderbar gedankenlose Betätigung. Heute aber verfiel sie kein einziges Mal in ihr übliches Halbkoma, sondern blieb hellwach und auf der Hut. Sie prüfte das Etikett jedes Artikels und studierte die Nährwertangaben.

»Hallo, Typin«, rief Carol Benton, so daß Diana vor dem Crackerregal zusammenzuckte. Diana hielt eine Schachtel Nelsons Nibbles in der einen Hand, einen Mini-Taschenrechner in der anderen. »Ich habe nicht gedacht, daß du heute noch mal aus der Klinik ans Tageslicht kommst. Wie lief's für Betty?«

»Sieben Stunden unter dem Messer, kaum zu glauben!« sagte Diana mit einer Grimasse. »Gerade als ich mir vor Sorgen die Haare ausreißen wollte, rollten sie sie an der Wartezimmertür vorbei.« Diana schüttelte sich bei der unangenehmen Erinnerung. »Ich dachte, sie sieht aus wie der aufgewärmte Tod, aber der Chirurg meinte, sie habe die Sache wie eine Eins überstanden. Danke übrigens für den unglaublichen Blumenkorb. Die Schwestern haben gesagt, sie würden ihn mit frischem Wasser versorgen, bis meine Mutter aus der Intensivstation herauskommt.«

»Wie lange wird das dauern?«

»Wenn keine Komplikationen auftreten, ein paar Tage. Harvey glaubt, ihr Übergewicht könnte Probleme verursachen.«

»Seit wann ist Harvey ein Herzspezialist?«

»Du kennst Harvey doch, Carol. Wenn er mir mein Übergewicht oder das meiner Mutter aufs Brot streichen kann, dann tut er es.«

»Liegt ihr euch immer noch deswegen in den Haaren?«

Diana dachte an eine zweite Szene heute früh, als sie eine Riesenauseinandersetzung über sein sexuelles Desinteresse ihr gegenüber hatten. Irgendwie hatte er den Vorfall umgedreht und sie zur Schuldigen gestempelt, die ihm unrecht getan hatte.

»Es könnte wesentlich besser laufen«, seufzte Diana. »Und jetzt gibt es noch ein anderes Problem.«

»Was denn?« fragte Carol.

»Mein Arzt sagt, ich muß mich um meine Gesundheit kümmern, bevor ich ans Abnehmen überhaupt nur denken kann. Deshalb gehe ich mit diesem albernen Ding einkaufen.« Sie zeigte auf den Taschenrechner in Kreditkartengröße.

Carol blickte sie verständnislos an.

»Ich zähle die Gramme Fett. Ich muß nämlich aufhören, Kalorien zu zählen, und mich vergewissern, daß mein Fettkonsum weniger als 30 Prozent der gesamten Kalorien beträgt, die ich zu mir nehme.«

Carol war eindeutig verblüfft und sagte: »Du mit deinen verrückten Entdeckungen.«

»Es ist wirklich ganz einfach.«

»Ja, wie die Beverly-Hills-Diät. ›Ich esse nur noch Obst‹, hast du gesagt. Ich dachte, du würdest bei dem Durchfall draufgehen, den du davon bekommen hast.«

Diana prustete. »Ja, ich erinnere mich. Ich kann keine Ananas mehr ansehen, ohne daß sich meine Lippen verziehen und meine Innereien sofort rebellisch werden.«

»Und denk dran, wie einfach deine Trinkdiät begonnen hat? Bis wir alle nach Hawaii gefahren sind und du drei Extrakoffer mitschleppen mußtest, die bis an den Rand mit ekligen Eiweißdrinks vollgepackt waren.«

»Also, diese Diät ist anders. Es handelt sich nicht einmal um eine Diät. Sondern um einen neuen Lebensstil.«

»Selbstverständlich«, sagte Carol skeptisch. »Ich kann dazu nur sagen, daß wenigstens eins dabei herauskommen wird: Wenn du nur eifrig und lang genug suchst, wirst du einen Arzt finden, der dir erzählt, was du hören willst.«

Diana sah betroffen aus und fragte: »Willst du damit sagen, ich will gar nicht wirklich abnehmen und suche deshalb nach jemand, der mir einredet, ich solle dick bleiben?«

»Ich sage gar nichts. Oh, ich muß rennen. Um vier Uhr kommt ein Kunde ins Büro. Tschüß«, verabschiedete sich Carol und blies ein Küßchen an Dianas Wange vorbei. »Ach ja, und viel Spaß beim Rechnen.«

Diana wandte ihre Aufmerksamkeit wieder der Schachtel zu, die sie in der Hand hielt. Sie las, daß diese winzigen, harmlos aussehenden Cracker ein gefürchtetes Pflanzenfett enthielten, das sich aus teilweise gehärteten Fetten zusammensetzte. Sie erinnerte sich, daß Dr. Fernberg sie vor allem Gehärteten gewarnt hatte – das gehöre zu dem Schlimmsten, was ein Mensch zu sich nehmen könne.

Aber Todd liebte diese kleinen runden Cracker. Kaufen oder nicht kaufen? Das war die Frage. Sie fand diese Cracker früher immer so süß, jetzt stufte sie Nelsons Nibbles als mörderisch ein.

Weiter unten im Cracker-Gang fand sie jedoch mehrere Produkte, die akzeptabel waren. In Diana stiegen Machtgefühle hoch; sie hatte den Eindruck, sie hätte ihr eigenes Schicksal unter Kontrolle. Schwungvoll ging sie zu den Frühstücksflocken hinüber und verstaute ein Dutzend Pakete fettfreier Müslimischungen in ihrem Wagen.

Diana wurde von ihren Entdeckungen immer mehr beflügelt und vertiefte sich eifrig in die Suppen. Hurra! Die Schatzsuche, auf die Fernberg sie geschickt hatte, fand ein glückliches Ende: Sie entdeckte Andersons Erbsensuppe, die überhaupt kein Fett enthielt! Rasch räumte Diana das Regal ab.

Jetzt zu den Broten. Zu ihrer großen Freude fand Diana, daß die meisten Brotsorten wenig oder gar kein Fett enthielten. Sie lächelte die ganze Zeit, während sie einen zweiten Wagen mit Baguettes, Brötchen, Sauerteigstangen und verschiedenen Brotlaiben belud. Sie malte sich aus, wie sie täglich mehrere Scheiben Brot ohne Butter oder Margarine verputzen würde. Sie mußte ihre Vision ein paar Sekunden lang unterbrechen, als der Gedanke an Harveys Reaktion beim Anblick, wie sie riesige Semmeln verschlang, wie eine große Wolke ihr Gemüt verdunkelte.

In der Gewürzabteilung deckte sie sich mit verschiedenen Sorten Senf ein. Senf, beschloß sie, sollte ihr Allround-Begleiter werden – er konnte jede Funktion übernehmen, die sie ihm zuteilte. Im Moment sollte er als Mayonnaise einspringen.

Bei den Salatdressings allerdings sank ihr der Mut. Als sie sah, daß die meisten ihrer sahnigen Lieblingssaucen tabu waren, dachte sie betrübt: Diana, altes Mädchen, von nun an mußt du eben deine eigenen Dressings machen. Ihre Lebensgeister kehrten zurück, als sie sich vorstellte, wie sie köstliche Essigkreationen zusammenmixte – einige der neuen Essigsorten waren mit ganzen Wäldern gewürzt, die in den Flaschen wuchsen – und sie mit ihren verschiedenen Senfsorten kombinierte. Ihr lief sogar das Wasser im Munde zusammen, als ihr einfiel, sie könne ja an den Tagen, an dem sich ihr Drang zum Süßen regte, Senf mit Honig verrühren. Angetrieben von der irrationalen Hoffnung, sie würde vielleicht ein fettarmes Dessert entdecken, blieb sie vor dem Kühlregal stehen und prüfte das Etikett einer nicht milchhaltigen Süßspeise auf Tofubasis. Das war der Siegeskandidat, Diana war ganz sicher. Wie könnte sie bei ›Tofu‹ und ›nicht milchhaltig‹ etwas falsch machen, wo auch noch ›cholesterinfrei‹ grell aufgedruckt stand? Sie war entsetzt, als sie das Kleingedruckte las und entdeckte, daß mehr als 56 Prozent der Kalorien von Fett stammten. Viermal wiederholte sie ihre Berechnungen, um sicherzugehen, daß ihr Taschenrechner nicht plötzlich zusammengebrochen war. Er war es nicht.

Keep smiling!

Kartoffeln. »Kohlenhydrate pur«, hörte sie Harveys Stimme höhnend in ihren Ohren dröhnen. Na und, na und, na und? dachte Diana nur. Fernberg hatte sie am frühen Nachmittag in der Klinik angerufen, um sich zu erkundigen, wie ihre Mutter die Operation überstanden hatte, und als er schon auflegen wollte, stieß er noch hervor:

»Kartoffeln.«

»Was?« hatte Diana gefragt.

»Ich vergaß, Ihnen zu sagen, daß Sie so viele Kohlenhydrate essen dürfen, wie Sie wollen, Kartoffeln inbegriffen. Ohne Butter natürlich.«

Natürlich. Kartoffeln ohne Butter? Er sagte ihr, sie müsse erfinderisch sein.

Sie las die Aufschriften aller Steak- und Grillsaucen und entdeckte, daß gegen die meisten nichts einzuwenden war. Kartoffeln mit Schnittlauch und Steaksauce. Klingt gut, dachte sie. Vielleicht nicht so gut wie Sauerrahm, aber akzeptabel. Kartoffeln mit Grillsauce. Kartoffeln mit Spaghettisauce. Warum nicht? Wie wär's mit Kartoffeln mit Spaghetti? Lebe gefährlich. Diana kam allmählich in Schwung.

Was war das? Butter Buds? Sie suchte den Filialleiter auf und fragte, ob dieses Produkt etwas tauge. Er versicherte ihr prompt, es handle sich um eine wunderbare Alternative zu Butter, etwas für die Kundin, die fettfreie Produkte wünscht.

»Sie steht vor Ihnen«, sagte sie und lud fünf Packungen in den vierten Wagen dieser Einkaufs-Odyssee.

Sie kreuzte durch die Obst-Gemüse-Abteilung und kaufte alles in Sichtweite, auch die früher als Kalorienbomben verbotenen Bananen. Sie konnte kaum das Frühstück morgen erwarten. Bei der Vision von Müsli garniert mit Bananenscheibchen lief ihr das Wasser im Mund zusammen. Vielleicht würde sie schon heute abend frühstücken.

Als Diana die Käseabteilung erreichte, waren bereits über zwei Stunden vergangen.

»Ich kann's nicht glauben, daß du immer noch da bist«, rief Carol. Sie mußte für eine kleine Party heute abend noch eine Ecke Brie besorgen, die sie bei ihrem ersten, hastigen Einkauf vergessen hatte.

»Oh, hi«, brummte Diana zerstreut und wie erschlagen von ihren stundenlangen mathematischen Berechnungen.

»Schreibst du ein Buch?« witzelte Carol und lachte über die seitenlangen Listen Hunderter von Nahrungsmitteln, die sich Diana notiert hatte.

»Du glaubst nicht, wieviel Fett sich in unsere Ernährung einschleicht«, rief Diana. »Hast du vielleicht gewußt, daß die meisten Käsesorten zu über 90 Prozent Fettkalorien enthalten?«

Carol zuckte mit den Schultern und sagte: »Ich kaufe für mich immer die fettarme Sorte da.«

»Darum geht's ja gerade!« Diana schrie fast. »Die Hersteller sind gewieft. Ihre Werbung verkauft uns für dumm und wiegt uns in dem Glauben, die neuen Produkte seien fettarm. Aber schau mal!« Diana angelte eine Schachtel aus dem Kühlregal und wedelte damit vor Carols Nase herum. »Der ist vielleicht nicht so fett wie der normale Käse, aber er enthält immer noch über 50 Prozent Fettkalorien.«

Sie rechnete rasch nach und zeigte Carol das Ergebnis, die wieder nur die Achseln zuckte. »Mich überläuft's kalt, wenn ich daran denke, daß ich an das Gefasel geglaubt und das Zeug gekauft habe.«

»Beruhige dich. Du kriegst gleich einen Schlaganfall.«

»Ich kann mich nicht beruhigen. Begreifst du denn nicht? Jahrelang habe ich Frischkäse ›light‹ auf meinen Toast und meine Semmeln geklatscht. Er enthält vielleicht nicht 90 Prozent Fettkalorien wie normaler Frischkäse der Rahmstufe, aber immer noch 79 Prozent. Mir wird schlecht!«

Carol schüttelte den Kopf und betrachtete Diana mit amüsierter Skepsis. »Diana, du bist immer gleich so fanatisch, wenn du mit einer neuen Diät anfängst. Du wirst diesmal genauso darüber hinwegkommen wie sonst. In mancher Hinsicht kann ich Harveys Frust verstehen. Was ist denn das«, fragte sie, »dein zehnter vollbeladener Einkaufswagen?«

Diana grinste dümmlich. »Nein. Erst mein vierter.«

»Mädel, geh heim und ruh dich aus. Deine Mutter wird dich bald brauchen.«

»Findest du das wirklich alles blöd?«

»Ich weiß nicht. Ehrlich. Ich weiß nur, wenn ich mit diesem Brie nicht bald nach Hause komme, werden meine Gäste ohne mich herumsitzen und sich gegenseitig anstarren!« Sie schwenkte herum und ließ Diana im Strudel ihres Kielwassers zurück, wie es ihrem Hang zur Dramatik entsprach.

Nach über drei Stunden bewegte sich Diana schließlich auf die Kasse zu. Als sie in der Schlange wartete, ging sie mehrere Angebote durch, die auf dem Tisch neben ihr aufgebaut waren. Darunter befanden sich auch Dianas Lieblingskekse Granola. Diana war inzwischen zu müde, um zu denken, und warf automatisch zwei Schachteln in den Wagen. Plötzlich erinnerte sie sich an ihre Mission und holte sich eine Packung der gesunden Müslikekse, die als cholesterinarm und eiweißreich angepriesen wurden. Mit Expertenaugen überflog sie rasch die Zutatenliste. Herrgott, wie Harvey immer sagte, diese gesunde Knabberei enthielt mehr als 40 Prozent Fettkalorien.

Wo würde die Welt enden? fragte sich Diana und legte die Schachtel zurück auf den Verkaufstisch. Wieder ein Hersteller, der ein Produkt als gesundheitlich wertvoll rühmte, das ganz und gar nicht gesund war.

Und offensichtlich gab es einen großen Unterschied zwischen Fett und Cholesterin, etwas, das sie nie wieder durcheinanderbringen würde. Sie fragte sich, ob sich alle Verbraucher so leicht hinters Licht führen ließen wie sie vor ihrem Besuch bei Dr. Fernberg. Sie hatte den starken Verdacht, daß das der Fall war. Sie schaute sich um und bemerkte all die fettigen Sachen, die die Leute im Supermarkt einkauften. Der Drang überkam sie, lauthals in die ganze Welt hinauszuschreien, was ihr bei einem einzigen Gang durch den Supermarkt wie Schuppen von den Augen gefallen war, aber sie wußte, daß sie dann wahrscheinlich verhaftet werden würde. Im Moment konnte sie es sich nicht leisten,

Zeit im Knast zu verplempern, beschloß sie; ihre Mutter brauchte sie. Sie müßte wohl oder übel ihre Aufregung für sich behalten, bis sie zu Hause wäre und die Neuigkeiten bei ihrer Familie anbringen könnte.

Es dämmerte schon, als Diana den Supermarkt verließ. Als sie ihre Straße erreichte, die etwas über drei Kilometer entfernt lag, war es dunkel. Vor sieben Jahren hatte Diana einen Antrag auf zwei Straßenlampen für die Live Oak Lane gestellt mit der Begründung, ohne ausreichende Beleuchtung bestünde für die anwohnenden Kinder Gefahr. Nach einem langen, erbitterten Kampf hatte sie Erfolg. Eine Lampe wurde an der Sackgasse in der Nähe ihres Hauses installiert, eine zweite am anderen Ende des Straßenzugs neben Chris Berrys Haus. Kein einziges Mal in den sieben Jahren hatte sie die Anwesenheit dieser Lampen bedauert – bis auf heute abend.

Als sie forsch ihre Straße hinaufbrauste, strahlte die Lampe, die die Einfahrt und den vorderen Garten der Berrys beleuchtete, voll auf Chris herab, der an seinem Auto lehnte. Obwohl es ziemlich kalt war, war er barfuß und hatte nur einen Frottee-Bademantel an. Selbst wenn sich Diana bemüht hätte wegzugucken, hätte sie bemerken müssen, daß seine Haare dunkel vor Feuchtigkeit waren, daß er fast nackt war und daß er niemand anderes als JoJo Jenkins in inniger Umarmung umschlungen hielt.

Diana hatte, ohne es zu merken, bereits fast bis zum Schritttempo abgebremst und kam vor Chris' Auffahrt nahezu völlig zum Stehen.

Plötzlich kam ihr ihr Verhalten recht auffällig vor, und sie trat heftig aufs Gaspedal, was Chris erst recht aufschreckte. Als er Diana sah, rief er ihr zu, sie solle doch anhalten. Diana fühlte sich, ohne zu wissen, warum, gekränkt und raste vorbei, ohne auch nur die Hand zu heben.

Als sie die ersten der zahlreichen Einkaufstüten ins Haus trug, klingelte das Telefon. »Todd!« brüllte sie. »Entweder gehst du an das verdammte Telefon oder zum Auto und trägst ein paar Tüten herein.«

Todd bog um die Ecke. Er ähnelte immer stärker seinem Vater, dessen Augen- und Kopfform er besaß, und in seinem immer noch unbehaarten Kinn saß dieselbe Kerbe. Er stand da, kaute Chips und tat, als ob er plötzlich taub geworden wäre. »Ich hab das Telefon nicht gehört«, sagte er zu seiner Verteidigung, während es weiterklingelte.

»Es könnte die Klinik sein«, antwortete Diana verärgert und hastete in die Küche, um selbst ans Telefon zu gehen.

»Warum hast du nicht angehalten?« fragte Chris in dem Moment, als sie den Hörer abhob. »Ich hätte dich gern mit JoJo Jenkins bekannt gemacht.«

»Wie nett«, sagte Diana und zwang ihre Stimme zu einer Freundlichkeit, die sie im Moment gar nicht für Chris empfand.

»Wie geht's Betty?« fragte er. »Die Sache mit ihr hat mich beschäftigt.«

Als sie Chris' Anteilnahme spürte, kam Diana ihre Gereiztheit plötzlich dumm vor. Chris war ihr Freund; er hatte das Recht, jede zu küssen, die er wollte – sogar JoJo Jenkins. »Mama ist eine Pferdenatur, Chris. Sie hat heute die Hölle durchgemacht, aber der Arzt sagte, sie würde durchkommen.«

»Wann kann ich sie besuchen?«

»Im Augenblick dürfen sie nur die engsten Verwandten besuchen. Aber es ist wirklich nett von dir, daß du fragst.«

»Ich bin eben ein netter Kerl«, antwortete er lachend.

»Ich weiß. Aber trotzdem mußt du warten, bis sie aus der Klinik herauskommt.«

»Vielleicht bin ich dann schon weg.«

»Weg? Wo denn?«

»In Hawaii.«

»Das klingt ja toll. Wie lange denn?«

Chris sagte: »Monatelang. Es ist ein Angebot, das ich vielleicht nicht ablehnen kann.«

Todd hatte wirklich den Rest der Einkäufe hereingebracht und verstaute sie gerade. Doch mit jeder Sekunde, die verstrich, begriff er mehr und mehr, daß seine Lieblingsschleckereien nicht auftauchen würden, und er blickte immer finsterer und bedrohlicher drein.

Diana entging das nicht; sie versuchte jedoch, ihre Unterhaltung mit Chris fortzusetzen. »Meinst du ein Arbeitsangebot?«

»Das beste Angebot, das ich seit Jahren hatte, wirklich. Eine dramatische Serie, diesmal über die Frauen, die am Vietnamkrieg teilgenommen haben. Aber ich weiß nicht. Es gibt viel zu bedenken. Missy und Meg müßten die Schule wechseln. Ich glaube, ich brauche den Rat einer Mutter, Diana. Was würdest du tun?«

»Kinder hassen Veränderungen. Das ist eine schwere Entscheidung, Chris. Aber du bist der Erwachsene. Du mußt tun, was für dich am besten ist. Kinder sind flexibler, als du glaubst. Sie passen sich an.«

Todd funkelte Diana an; in seinen Augen blitzten Mordgelüste.

Sie schaute weg.

Chris sagte: »Vermutlich könnte ich sie an schlimmere Orte verpflanzen als nach Hawaii.«

Dem stimmte Diana zu. Sie hörte aufmerksam zu, als Chris ihr kurz das neue Projekt beschrieb. Seine Aufregung war nicht zu bremsen.

»Sosehr ich dich auch vermissen werde«, sagte sie aufrichtig, als er fertig war, »ich glaube, du wärst schön blöd, wenn du diese Chance ausschlagen würdest.«

»Mama«, quengelte Todd, der keine Minute länger ruhig warten konnte.

»Chris, ich muß Schluß machen. Mein Sohn spielt gerade Nervensäge.« Sie starrte Todd wütend an, der ebenso wütend zurückstarrte. »Tut mir leid, Chris.«

»Das braucht dir nicht leid zu tun. Du hast gerade sämtliche Probleme meines Lebens gelöst.«

Diana legte auf. »Alsdann, junger Mann«, schnauzte sie ihn an, »was hast *du* denn für ein Problem?«

Todd legte einen Tobsuchtsanfall aufs Parkett, der dem, was Harvey in letzter Zeit geliefert hatte, in nichts nachstand, und beschimpfte seine Mutter mit wüsten Worten, weil sie nichts Eßbares gekauft hätte. »Wo sind meine Nelsons Nibbles?« schrie er. »Und mein Eis? Und die Kekse mit Cremefüllung? Nicht mal eine lausige Tüte Chips hast du mitgebracht«, kreischte er und streckte seiner Mutter eine Tüte entgegen, damit sie sah, daß höchstens ein Dutzend Chips übrig waren.

»Jetzt reicht's!«

»Aber –«

»Beruhige dich erst mal!« Diana war gezwungen, das Geplärr ihres Sohnes zu übertönen. »Schau, Todd, das Zeug, was du dir zu essen angewöhnt hast, ist nicht gut für dich. Es ist mit einem Killer vollgepumpt, der F-E-T-T heißt!«

Diana stürzte zur Speisekammer und zerrte Packungen mit Nudel-Käse-Auflauf, Dosen mit Chili con carne, Kekse, Kuchenmischungen, Cracker heraus – Dinge, von denen ihre Familie seit Jahren lebte.

»Lies doch mal die Packungsaufschriften«, forderte sie ihn auf. Er weigerte sich. »Gut, dann lese ich sie für dich.« Sie ging alles durch, von A bis Z, um zu beweisen, daß sie recht hatte. Dann leerte sie jede einzelne Packung mit großem Elan in den Mülleimer. Todd stand da und schaute zu, als ob die Welt über ihm zusammenstürzte.

Harvey war gerade noch rechtzeitig aus seinem Arbeitszimmer gekommen, um das Ende von Dianas dramatischer Vorstellung eines rasenden Derwischs mitzuerleben. »Was hat denn das zu bedeuten: Gramme Fett anstatt Kalorien zählen?« fragte er.

Diana wandte sich ihrem Mann zu. »Ich bin froh, daß du das mitgehört hast«, antwortete sie. »Dr. Fernberg möchte, daß ich meine Gesundheit wiederherstelle, bevor ich irgendeine neue Diät mache. Er sagt, ich muß aufhören, Kalorien zu zählen.«

»Wunderbar!« zischte Harvey sarkastisch. »Und ich muß seine horrenden Rechnungen bezahlen?«

»Harvey, hör mir zu. Er sagt, ich darf alle Dinge essen, bei denen der Anteil der Fettkalorien unter 30 Prozent liegt.« Sie erklärte ihm rasch, wie man das berechnet.

»Schluß jetzt!« brüllte Harvey. »Diesen Unsinn mache ich nicht mit. Was für eine Sorte Arzt ist denn aus Fernberg geworden? Ha? Hat er den Verstand verloren? Schau dich doch an! Kann er nicht sehen, daß du eine strenge Diät brauchst, keinen Taschenrechner?«

Diana schrie zurück: »Hör auf, an mir herumzukritteln. Ich

bin krank, Harvey. Du mußt mich einen Versuch machen lassen.«

»Muß ich?« höhnte er. »Das werden wir ja sehen.«

»Droh mir nicht schon wieder.«

»Ach, dann soll ich also zusehen, wie du dich mit allem vollstopfst, wonach dir gerade ist, nur weil es nicht mehr als 30 Prozent Fett enthält?«

»Ja«, antwortete Diana unter Aufbietung aller Würde, die sie besaß.

Todd war in der Speisekammer verschwunden. Jetzt kam er mit zwei Beuteln Mini-Schokoriegeln heraus. »Wenigstens hat sie die nicht weggeschmissen«, sagte Todd zu seinem Vater.

»Laß mich mal sehen«, befahl Harvey. Er schnappte sich eine Tüte aus Todds Hand und untersuchte die Packung mit Mini-Snickers.

»Hier steht, pro Portion seien 80 Kalorien und sechs Gramm Fett enthalten.« Er ging zum Küchentisch und holte sich Papier und Bleistift. Rasch stellte er ein paar Berechnungen an und wandte sich Diana zu. »Die Dinger enthalten über 67 Prozent Fett.«

Diana erblaßte.

Harvey lächelte seine Frau triumphierend an. »Willst du vielleicht behaupten, du wirst nie wieder deine allerliebste Lieblingsschokolade essen?«

Diana schluckte. »Ja«, sagte sie schwach, »genau das behaupte ich.«

»Ich glaube dir nicht!«

»He«, rief Todd, »ich habe gerade bei den Amigo-Riegeln nachgerechnet, und sie enthalten nur 22 Prozent Fett.«

»Laß mal sehen«, sagte Diana und packte die Tüte, bevor Harvey sie in die Finger bekommen konnte.

Diana studierte die Nährwertangaben. Sie nahm ihren Taschenrechner aus der Handtasche und tippte die Zahlen ein.

Tatsächlich, einer dieser Amigo-Miniriegel mit seinen 80 Kalorien enthielt nur 22 Prozent Fett. »Die Jupiter Candy Company hat damit einen Riesenhit!« rief Diana. »Der Riegel ist nur ein Drittel so fett wie ein Snicker derselben Größe.« Mars Candy

Company, verzehr dich in Gram, dachte sie. Du hast gerade eine deiner besten Kundinnen verloren. Sollte sie vorher an ihrer Willenskraft leise gezweifelt haben, so waren jetzt alle Zweifel ausgelöscht – ein Snickers würde ihr nie mehr über die Lippen kommen!

»Todd, geh hinaus. Ich möchte mit deiner Mutter sprechen – allein.«

Todd schaute seinen Vater argwöhnisch an und ergriff dann die Flucht.

Diana stand mit der Tüte voller Amigo-Riegel da.

»Gib sie mir«, sagte Harvey.

»Nein.«

»Diana, das ist dumm. Du weißt genausogut wie ich, daß Süßigkeiten tabu sind. Sei kein Narr. Gib sie mir. Jetzt.« Er streckte die Hand aus wie ein Vater, der nur darauf wartet, sein Kleinkind aufzufangen, das bei seinen gefährlichen ersten Schrittchen ins Stolpern geraten war.

»Nein. Fernberg hat gesagt –«

»Zum Teufel mit Fernberg und seinem Geschwafel!« tobte Harvey.

Diana hielt die Stellung. »Sie enthalten weniger als dreißig Prozent Fett.«

»Hast du dann vor, sie zu essen?«

Diana schaute eine Sekunde lang nachdenklich an Harvey vorbei. Plötzlich blickte sie ihm unvermittelt in die Augen, und etwas, das einem Lächeln nahekam, verzog ihr Gesicht in Fältchen. »Ja. Genau das habe ich vor«, sagte sie. Damit drehte sie Harvey den Rücken zu, warf mit einer stolzen Bewegung die Haare zurück und stolzierte aus der Küche hinaus.

Dianas neu errungene Selbstsicherheit behagte Harvey gar nicht. In den nächsten paar Wochen wurde er ihr gegenüber noch kühler und distanzierter. Diana versuchte in jeder Hinsicht, die Wogen zu glätten, vor allem, weil sich ihre Mutter bei ihnen aufhielt, bis sie sich erholt hätte, und Diana wußte, daß Harvey Bettys Anwesenheit lästig war.

Bettys Unfähigkeit, die Anweisungen ihres Arztes zu befolgen, machte ihn rasend. Einen Tag nachdem sie dem Arzt versprochen hatte, nie wieder eine Zigarette anzurühren, fand er sie rauchend in ihrem Zimmer. Dann beschwatzte sie Todd so lange, bis er hinauslief und ihr Schlagsahne für ihren Kaffee kaufte, und als Harvey mit ansehen mußte, wie sie ihre halbe Tasse damit füllte, stürmte er aus dem Haus. Später erklärte er einer Diana, die außer sich vor Verzweiflung war, daß er es für das beste halte, länger zu arbeiten und so wenig Zeit wie möglich zu Hause zu verbringen, da er keinerlei Einfluß auf seine Schwiegermutter hätte und auch nicht daran zu denken sei, sie darum zu bitten, das Haus zu verlassen.

Diana war zwischen der Liebe zu ihrer Mutter und der Loyalität ihrem Mann gegenüber hin- und hergerissen. Vielleicht reagierte sie deshalb so heftig, als sie ein paar Tage später vom Supermarkt zurückkam und ihr der Duft von gebratenem Speck entgegenschlug.

Betty war wieder auf den Beinen, aber diese muntere Rückkehr zu ihrer alten Form war für Diana einfach zuviel. Ihre Mutter hatte sich ihren Bademantel lose umgeworfen. Mit ihren immer noch beträchtlichen Massen, die über den Rand des Küchenstuhls quollen, erinnerte sie Diana an den Fettwanst aus *Krieg der Sterne*. Schamlos tunkte Betty ein Butterhörnchen in eine Tasse Kaffee, der mit der Schlagsahne angereichert war, die sie wegzuwerfen versprochen hatte. Mit ihrer freien Hand stocherte sie in einem Stück Frühstücksspeck. Der Anblick einer so hemmungslosen Genußsucht versetzte Diana in grenzenlosen Zorn. König Lears glanzvollste Haßtiraden verblaßten vor der tobenden Diana. Wie aus einem Vulkan brach der aufgestaute Frust aus ihr heraus; sie überhäufte ihre Mutter mit einer nicht enden wollenden Flut ätzender Schmähungen. Betty saß in eigensinnigem Schweigen da und schien taub für die Beschimpfungen ihrer Tochter.

»Sag was!« befahl Diana schließlich.

Betty setzte ihre Tasse ab. Sie angelte sich einen zweiten Speckstreifen und biß hinein. Sie kaute. Sie schluckte. Sie starrte Diana an.

Diana stöhnte und sagte: »Weißt du, was ich denke?«

»Du hast mich nonstop angebrüllt, ohne Luft zu holen. Meinst du nicht, daß ich jetzt weiß, was du denkst?«

»Nein! Was ich *wirklich* denke?«

»Also schön.« Betty verzog grimmig ihren Mund. »Was denn?«

»Ich habe noch das Bild vor mir, wie du in der Klinik liegst, mit den ganzen Schläuchen, die in dir drinstecken, mit blutenden Operationswunden, mit kurzen, abgehackten Atemzügen. Ich höre noch, wie du nach mir schreist und mich anflehst, ich soll dich festhalten. Ich erinnere mich, daß du nicht husten konntest, um den Schleim aus deinen Lungen zu lösen, weil es zu weh tat. Wie du immer wieder erbrochen hast. Wie... mein Gott, begreifst du immer noch nicht? Ich will nicht, daß du stirbst.«

»Solltest du das nicht mir überlassen?«

»Ist es dir denn egal, ob du lebst?«

»Willst du die Wahrheit hören?«

»Selbstverständlich will ich das.«

»Seit dein Vater tot ist...« Bettys Stimme brach ab. Tränen füllten ihre Augen. Sie blinzelte sie weg und schob trotzig ein weiteres Stück Speck in den Mund, auf dem sie entschlossen herumkaute. Dann legte sie ihre Serviette weg, stützte sich mit ihren Grübchenhänden auf die Tischplatte, drückte ihren Körper vom Stuhl in die Höhe und ging langsam aus der Küche hinaus. Diana saß da wie betäubt und konnte sich minutenlang nicht rühren. Ihr Magen krampfte sich zusammen. Ihr war körperlich übel. Ihrer Mutter war es gleichgültig, ob sie lebte oder starb. Sie hatte jede Kontrolle über sich aufgegeben und brachte sich mit ihrer Fresserei langsam um.

Diana fand Betty auf dem Rand ihres Bettes sitzen und still vor sich hin weinen. Sie sah so verloren aus – beinahe *klein*. Auch Diana begann zu weinen. »Ach Mama. Kannst du mir verzeihen?« sagte sie schließlich. Sie setzte sich hin und legte ihrer Mutter den Arm um die Schultern.

Betty zog aus dem Ärmel ihres Bademantels ein Taschentuch hervor und wischte sich die Tränen ab. »Was gibt's da zu verzeihen? Laß mich nur in Ruhe essen.«

Und so hielt sich Diana zurück, obwohl Harvey von ihr verlangte, strenger zu sein. Doch die Waffenruhe war nicht einfach. Der Umgangston zwischen ihr und ihrer Mutter war gezwungen. Bei jedem Gespräch schlichen sie auf Zehenspitzen vorsichtig umeinander herum, als hätten sie Angst, ein schlafendes Ungeheuer zu wecken. Diana fing an, über ihre Beziehung zu ihrer Mutter nachzudenken. Worin hatte sie bestanden? Wohin führte sie? Es würde keine stundenlangen Backorgien mehr geben, bei denen sie zusammen in einer bemehlten Küche Kekse, Kuchen und Pies fabrizierten. Keine langen Telefongespräche mehr, in denen sie diskutierten, welche Rezepte wirklich die besten für sahniges Hühnerfrikassee oder Boeuf Stroganoff wären.

Warum war Essen zu ihrem gemeinsamen Nenner geworden? Diana grübelte über diese Frage nach, ohne irgendwelche befriedigenden Antworten zu finden. Hatten sie in den letzten Jahren überhaupt über etwas anderes gesprochen? Wahrscheinlich nur noch über die Kinder. Manchmal über Harveys berufliche Erfolge. Sonst über nicht viel. Übergewicht war jetzt zu einem Tabuthema geworden, wie auch Glück, Liebe und Einsamkeit, die aus dem Verlust eines Mannes entstanden war, der Betty jeden Tag ihrer langen Ehe auf Händen getragen hatte. Essen war zu einem ruhigen Hafen geworden, einem sicheren Ankerplatz in einem Meer generationsbedingter Unterschiede. Je weiter Diana von der Küche wegruderte, desto weiter schien sie sich auch von ihrer Mutter zu entfernen. Diana schmerzte der Gedanke, ihr und ihrer Mutter fehlten wie Menschen, die nicht auf einen Wetterwechsel vorbereitet waren, die richtigen Hilfsmittel, mit denen sie sich aus einem Sturm herausmanövrieren und aufeinander zubewegen könnten. Ich treibe ab, dachte Diana oft in den Tagen nach dem Streit und der Versöhnung mit ihrer Mutter. Flüchtige Augenblicke lang sehnte sie sich danach, jene kindliche Nähe zu Betty wiederzufinden, in ihre Arme zurückzusegeln, die in der Vergangenheit immer ihr Anker gewesen waren. Wer hatte gesagt, »Du kannst nicht zurück nach Hause gehen«?

Und es half auch nicht, daß Harvey ihr das Leben jeden Moment schwerer machte.

Merkwürdigerweise fand Diana in Chris eine Oase der Freundschaft und menschlichen Wärme. Drei Wochen lang besuchte er täglich ihre Mutter, obwohl er alle Hände voll zu tun hatte, seinen Hawaii-Aufenthalt vorzubereiten. Er heiterte Betty und Diana mit Anekdoten aus seiner Arbeit und den glanzvollen Tagen seines Vaters als Filmstar auf.

Aber bald ließ auch er Diana im Stich. Chris und ihre Mutter verließen Encino sogar am selben Tag. Diana würde beide schrecklich vermissen. Ihre Mutter würde ihr immer willkommen sein, obwohl sie ein Eindringling in ihr spannungsgeladenes Eheleben geworden war, der viel Zeit beanspruchte und Zündstoff lieferte. Und Chris. Nun, er war eben einfach Chris, und der Gedanke, daß er das nächste Jahr nicht in ihrer Nähe wäre, es vielleicht nie wieder sein würde, hinterließ in Diana das Gefühl, als sei dort, wo ihr Lächeln geboren wurde, ein Loch gerissen worden.

Den ganzen ersten Tag nach der Abreise von Chris und ihrer Mutter kämpfte Diana gegen das wachsende Gefühl von Einsamkeit. Sie suchte nach Beschäftigung und verbrachte mehrere Stunden damit, das Zimmer ihrer Mutter zu putzen. Sie war erstaunt, in jedem Winkel, jeder Schublade noch mehr verbotene Schleckereien zu finden, die Betty gehortet und vergessen hatte. Als sich Diana auf diese Weise erneut mit dem selbstzerstörerischen Verhalten ihrer Mutter konfrontiert sah, mußte sie Harvey zugestehen, daß er schon gewisse Einsichten besaß. Sie beschloß, ihm seine Plumpheit gegenüber ihrer Mutter zu verzeihen. Sie beschloß, ihm sein *ganzes* verletzendes Benehmen der letzten Zeit zu verzeihen, einschließlich der Demütigung, daß es ihm mehr Spaß gemacht hatte, sich mit sich selbst als mit ihr zu vergnügen.

Als die helle Novembersonne zu einem frühen, eisigen Dämmerlicht verblaßte, machte sich Diana ausgehfertig und gab sich besondere Mühe, einen raffinierten moosgrünen Lidschatten aufzutragen, der ihre Augen hervorhob, und ihre Wangenknochen mit einem rostroten Rouge zu betonen, so daß sie sogar noch im November nach Sonnenbräune aussahen.

Wie immer ließ sie sich von Harveys Geschmack leiten, als sie ein Kleid nach dem anderen hervorzog und nach der Anprobe wieder verwarf, nachdem sie sich im Spiegel durch die kritischen

Augen ihres Mannes betrachtet hatte. Schließlich fand sie ein Kleid in der hintersten Ecke ihres Schranks. Sie hatte es seit Ewigkeiten nicht mehr getragen, doch Harvey hatte es geliebt. Er hatte es sogar selbst für sie gekauft. Wie er war sie der Meinung, das Etuikleid aus flaumweicher, bordeauxroter Merinowolle stünde ihr hervorragend, und als sie sich jetzt vor dem Spiegel drehte, fand sie, daß sie immer noch gut darin aussah. Sie setzte einen Akzent mit einer diamantbesetzten Schmetterlingsbrosche, die Harveys Mutter ihr zur Verlobung geschenkt hatte.

Die Edelsteinbrosche war Estelle Lowes liebste Erinnerung an Florenz. Auf Michelangelos *David* konnte sie verzichten. Die einzige Art von Kunst, für die sich Harveys Mutter erwärmen konnte, war Käufliches, mit dem sie sich behängen konnte. Diana trug also die Lowesche Vorstellung von Kunst zur Schau und wußte, daß ihr Mann darüber erfreut sein würde.

Als sie auf das Taxi wartete, das sie durch den Canyon nach Beverly Hills bringen würde, wo sie sich mit Harvey und ein paar Geschäftsfreunden zum Essen treffen sollte, fühlte sie sich wieder optimistisch und voller Hoffnung, ihr Leben würde sich schon wieder einrenken. Eifrig schmiedete sie Pläne, was sie und Harvey tun könnten, um ihre Ehe wieder mit romantischer Liebe zu erfüllen.

5. Kapitel

Im Herzen von Beverly Hills saß Harvey im *Allee-Grill* an der Bar und machte für sich Notizen auf seinen Din-A 6-Karteikärtchen, während er auf Diana und das Ehepaar wartete, mit denen sie zum Essen verabredet waren. Er schlürfte seinen Beefeater Martini on the Rocks, blickte sich um und kam wie jedesmal, wenn er hier aß, zu dem Schluß, daß er dieses Restaurant liebte. Der mit viel dunklem Holz ausgekleidete Raum strahlte Männlichkeit aus und entsprach ganz seiner Vorliebe für bewußte Gestaltung und Proportion. Für ihn war dies der Inbegriff eines unaffektierten Gourmettempels mit dem Flair alter Urbanität. Die traditionellen schwarzweißen Bodenfliesen, die einfachen grünen Lederbänke und die weißgestärkten Tischdecken waren eine gezielte Untertreibung. Die Speisekarte bot eine elegante Kombination aus raffinierter Haute Cuisine und bodenständigen Spezialitäten: Leber mit Zwiebeln und Apple Pie à la Mode standen in friedlichem Einklang neben Lachsmousse auf Sauerampfercreme.

Harvey war um halb sieben eingetroffen, eine halbe Stunde vor ihrer Verabredung. Er wollte sich entspannen, einen Drink zu sich nehmen und planen, wie er strategisch am besten vorginge, um Mark Rifkins Vertrauen voll für sich zu gewinnen. Mark war der einzige Zahnarzt und Kieferchirurg im elitären Westen von Los Angeles, dessen Praxis sich an Größe mit Harveys messen konnte. Rifkin hatte ein Jahr nach Harvey zu praktizieren begonnen; beide hatten sich als Partner älteren Ärzten angeschlossen, die bereits etabliert waren. Harveys Partner hatte sich vor fünf Jahren in den Ruhestand begeben. Harvey hatte keinen Ersatz gesucht, sondern beschlossen, eine Weile im Alleingang zu arbeiten und das zusätzliche Einkommen selbst einzustreichen. Vor fünf Monaten war Rifkins Partner plötzlich gestorben. Harvey hatte sofort daran gedacht, was für einen Coup er landen könnte, wenn er sich mit Rifkin zusammentäte. Gemeinsam würden sie in diesem Stadtteil praktisch den Markt beherrschen.

Harvey und Mark hatten sich ein paarmal zum Mittagessen und auch zum Frühstück getroffen, um zu überlegen, ob sie beruflich miteinander etwas zustande bringen könnten. Sie hatten sich im Prinzip darauf geeinigt, ihre vorbereitenden Pläne zur Vereinigung der beiden Praxen weiter voranzutreiben. Seit einer Woche hüpften vor Harveys Augen nur noch Dollarnoten herum. Heute abend gingen sie zum ersten Mal privat miteinander aus. Mark fand, es sei für den Erfolg des Unternehmens entscheidend, daß sich auch die Frauen gut verstünden. Harvey hatte gesagt, dem stimme er voll zu, obwohl er in Wirklichkeit überhaupt nicht zustimmte. Wer gab schon einen Furz darauf, ob sich die Frauen mochten oder nicht?

Harvey steckte seine Karteikärtchen in die Tasche und bestellte einen zweiten Martini. Während er darauf wartete, blickte er auf seine Hose herunter. Sie war neu, er hatte sie letzte Woche bei *Polo* am Rodeo Drive gekauft, ein paar Blocks vom Grill entfernt. Er klopfte liebevoll auf die messerscharfe Bügelfalte der grauen Flanellhose und schlenkerte kurz mit dem Fuß, damit der Aufschlag korrekt auf seinen Socken mit grauem, schwarzem und burgunderrotem Schottenkaro zu liegen kam. Er stellte fest, wie gut diese Socken zu seinen italienischen Krokoslippern aussahen, die am Spann weiter ausgeschnitten waren als normale Schuhe und mehr von den Socken zeigten. Eine gute Kombination, dachte er; das Burgunderrot der Socken wiederholte sich in seiner Krawatte und in einem feinen, eingewebten Faden im Tweed seines englisch geschnittenen Country-Jackett, auf dessen einer Schulter ein Stück butterweiches Wildleder aufgesteppt war.

Von seiner Mutter hatte er gelernt, daß er durch die Wahl der richtigen Kleidung ein Image von Erfolg ausstrahlen konnte. Sie hatte ihren leicht beeindruckbaren Sohn mit den Jahren davon überzeugt, daß sein eigener Vater, hätte er nur auf ihren Rat gehört und sich nach ihren Vorstellungen gekleidet, die Kluft hätte überwinden können, die einfache Buchhalter wie ihn von den Managern trennte, die sich Investmentberater nannten und mit der Crème de la Crème auf du und du waren.

»Flott sehen Sie aus«, sagte der Restaurantbesitzer, der von hinten auf Harvey zukam, als er gerade seinen Drink an die Lippen setzte. Er hatte nicht gesehen, wie Bob Spivak durch eine neben dem Eingang liegende Tür den Barbereich betreten hatte.

Harvey drehte sich auf seinem Barhocker herum. »Danke«, sagte er und schüttelte Bob strahlend die Hand. Harvey genoß es, wenn er von den Besitzern seiner Stammrestaurants begrüßt und als besonderer Gast hervorgehoben wurde. Vor allem in In-Lokalen wie dem *Grill.* Anerkennung war sein Lebenselixier, und er wuchs gleich zehn Zentimeter. »Hab heute ein wichtiges Geschäftsessen.«

Bob nickte, schaute an Harvey vorbei und winkte einem anderen Kunden zu, den er kannte. Bob war hier aufgewachsen und kannte viele Leute auf beiden Seiten des Hügels. Harvey hatte ihn kennengelernt, als die Söhne der beiden in derselben Juniorenmannschaft spielten. Harvey würde Todd immer eine Spur inniger lieben, weil er seinem Vater die Chance gegeben hatte, die Bekanntschaft eines Mannes zu machen, der ihm eines Tages in einem Restaurant den besten Tisch verschaffen könnte.

»Wo ist denn deine bessere Hälfte?« erkundigte sich Bob und wandte seine Aufmerksamkeit einen Moment lang wieder Harvey zu. Harveys erster Impuls drängte ihn zu dem Protest, *er* sei mit Abstand die bessere Hälfte, doch statt dessen sagte er: »Diana wird gleich hier sein. Könntest du uns den Gefallen tun und uns den Tisch da vorne reservieren?«

Harvey zeigte auf seinen Wunschtisch. Er wollte die Rifkins unbedingt beeindrucken, die zweifellos sofort erkennen würden, daß er Beziehungen hatte. »Wir essen mit den Rifkins. Kennst du sie?«

»Rifkin. Klingt vertraut.«

»Großartiger Zahnarzt. Praktiziert hier in der Nähe. Seine Frau ist Schriftstellerin«, führte Harvey aus.

»Ich glaube, sie ist ein paarmal hier gewesen. Alison Rifkin, stimmt's?«

Harvey nickte.

»Jetzt erinnere ich mich. Hat einen Bestseller geschrieben. Tolles Weib.«

Er redete noch, als Diana aus dem Vorraum auftauchte. Harvey schaute seine Frau an und spürte maßlose Enttäuschung in sich hochsteigen. Eins stand fest: Sie war alles andere als ein tolles Weib. Er konnte nur sehen, wie ihr wollenes Schlauchkleid ihre breiten Hüften betonte. Ihre Ausmaße waren ihm peinlich, und Harvey war überzeugt, Bob müsse denselben Eindruck von ihr haben wie er, daher war er überrascht, als Bob Diana in seine Arme schloß und sie mit solcher Herzlichkeit begrüßte. Harvey weigerte sich, die Tatsache zur Kenntnis zu nehmen, daß Diana und nicht er sich eng mit Bob angefreundet hatte – solche Trivialinformationen verdrängte er in seiner mißgünstigen Denkart. Diana und ihre Begeisterung für gutes Essen war es gewesen, die den Grundstein für eine enge Freundschaft mit Bob gelegt hatten, denn in den aufreibenden Monaten vor der Eröffnung dieses Restaurants hatte sich Bob oft an Diana um Rat gewandt, als er die Speisekarte zusammenstellte. Als Bob sie aus seiner Umarmung freigab, stand Harvey auf und hauchte seiner Frau ein Küßchen auf die Wange.

»Sind die Rifkins noch nicht da?« fragte sie.

Harvey warf einen Blick auf seine goldene Panzerglasuhr und schob die Manschette seines Hemds lange genug zurück, damit Bob Spivak sehen konnte, daß er das neueste Cartier-Modell trug. »Ich erwarte sie in fünfzehn Minuten. Setz dich doch.«

Diana nickte und setzte sich neben Harvey an die Bar. Bob entschuldigte sich und verließ sie.

»Du willst doch sicher nichts Alkoholisches trinken, oder?« fragte Harvey in dem Augenblick, als Diana beim Barkeeper ihren Drink bestellen wollte. Alkohol macht dick, und Harvey ärgerte sich jedesmal, wenn Diana einen Cocktail trank und sich damit eine geballte Ladung versteckter Kalorien einflößte.

»Dr. Fernberg hat's mir nicht verboten, weißt du?« protestierte sie schwach.

Harveys Augen verengten sich, und ein finsterer Ausdruck legte sich über sein Gesicht; wo seine Augenbrauen zusammentrafen, bildeten sich zwei steile Falten. »Du weißt ja, was ich von Fernberg halte!«

»Okay, Liebling, ich nehme nur einen Perrier mit Zitrone, Limettensaft und zwei Süßstoff.«

»Fein.« Harvey bestellte für Diana.

Sie schlürften ihre Drinks, und Diana plauderte über die Abreise ihrer Mutter, die sich von einem Taxiunternehmen heim nach Palm Springs fahren ließ, und wie einsam sie sich den Rest des Tages gefühlt hatte. Er nickte, obwohl er insgeheim darüber jubelte, daß seine Schwiegermutter endlich das Feld geräumt hatte.

Die Rifkins kamen keine Sekunde zu früh – Dianas Stimme dröhnte ihm auf schwer zu ertragende Weise in den Ohren.

Mark und Alison Rifkin waren ein umwerfendes Paar. Er war groß und breitschultrig und bewegte sich auf eine nonchalante Art, so daß sich die Frauen bewundernd nach ihm umdrehten. Auch seine dicken, kupferfarbenen Haare und seine durchdringenden blauen Augen taten ihm keinen Abbruch.

Alison war zierlich, aber wohlgeformt, mit großem Busen und schmaler Taille. Sie trug einen knallblauen Kaschmirpulli mit einem V-Ausschnitt, der ihren Brustansatz aufreizend enthüllte, dazu einen engen schwarzen Lederrock, der Harvey ganz aus dem Häuschen brachte, weil er ihren hohen, runden Po so verführerisch umspannte. Der breite schwarze Gürtel um ihre winzige Taille ließ Diana im Vergleich wie eine Boeing 747 aussehen. Alison war eine Frau, die sich Schrilles leisten konnte: An ihren schwarzen Strümpfen liefen hinten sexy Nähte hoch, und ihre Pumps mit Bleistiftabsätzen gaben ihr den Anstrich einer Edelnutte, die sich ausschließlich mit Männern abgab, die tausend Dollar für eine Stunde ihrer Dienste hinblättern konnten. Sogar ihre Haare, eine pechschwarze Lockenmasse, sprühten vor Leben in einer jungen, verwegenen, fast rebellischen Art. Sie unterstrichen ihren äußerst blassen Teint. Sogar ihre Ohren, an denen riesige Silberohrringe baumelten, waren sexy. Harvey registrierte den kleinen Höcker auf ihrem Nasenrücken, doch es gefiel ihm, wie sich die schmale Nasenspitze keck nach oben drehte. Ihre schwarzbraunen Augen waren von den dichtesten Wimpern gesäumt, die er je gesehen hatte, und ihre vollen Lippen leuchteten in einem saftigen Kirschrot. Sie verstand sich auch hervorragend darauf, diese Lippen zur Geltung zu bringen: Sie zog einen Schmollmund, und beim Sprechen leckte sie sich immer wieder ganz leicht über die Lippen, so daß sich Harvey kaum auf die Anfänge ihrer oberflächlichen Konversation konzentrieren konnte.

Nach Harveys Ansicht unternahm Diana allerdings alles in ihrer Macht Stehende, um jede Chance zur Anknüpfung eines freundschaftlichen Kontakts zu ruinieren, der der heiß begehrten beruflichen Verbindung mit Mark Rifkin den Rücken stärken sollte. Und zwar begann sie ihr Zerstörungswerk an den zarten Fäden ihrer Beziehung in dem Moment, als sie alle anfingen, die verschiedenen Spezialitäten des Hauses zu erörtern.

»Leber mit Zwiebeln ist mein Lieblingsgericht«, sagte Harvey zu Mark und Alison.

Diana platzte sofort mir ihrer großen Klappe dazwischen: »Wenn ich mich nicht irre, enthält Leber etwa 79 Prozent Fett.«

»Na und?« gab Harvey zurück, der seinen Ärger nicht verbergen konnte. Er spürte, wie Alisons riesige braune, üppig bewimperte Augen eine Sekunde lang auf ihm ruhten. »Nicht jeder an diesem Tisch muß sich wegen eines hohen Cholesterinspiegels Sorgen machen«, sagte er mit einem kurzen Auflachen und starrte Alison direkt ins Gesicht.

Alison mied seinen Blick und richtete ihre Bemerkung an Diana. »Ich erinnere mich an eine Erklärung der Gesundheitsbehörde, der zufolge jeder Amerikaner weniger Fett essen sollte.«

»Das stimmt«, antwortete Diana in jenem überschwenglichen Tonfall, der Harvey unsäglich nervte. »Ich mache selbst eine fettarme, fast fettfreie Diät.«

»Wirklich? Erzählen Sie mir davon. Ich bin immer auf der Suche nach einer neuen Diät«, sagte Alison und lächelte Diana herzlich an.

»Nun, eigentlich ist das gar keine Diät. Es ist eine Ernährungsform, die meinen Cholesterinspiegel senken soll; anschließend mache ich eine Schlankheitsdiät.« Sie lächelte und fügte hinzu:

»Ich darf alles essen, was weniger als dreißig Prozent Fett enthält.«

»Ist das etwas Spartanisches in Richtung Pritikin?«

»Ganz und gar nicht! Es ist meine eigene Richtung. Ich darf sogar das Brot da essen.« Sie griff nach einer dicken, weichen Scheibe des ofenwarmen Sauerteigbrots mit blättriger Kruste, das in dem Korb auf der Mitte des Tisches lag, doch Harvey nahm es ihr mit Bestimmtheit aus der Hand und legte es zurück; dabei hatte er immer noch dasselbe, aufgesetzte Lächeln im Gesicht.

Diana wurde rot. Alison wandte den Kopf ab, als ob sie den Ober rufen wollte, um noch einen Drink zu bestellen. Mark starrte Harvey an. Ein peinliches Schweigen hing in der Luft.

»Jeder weiß, daß Brot auf der Verbotsliste steht«, rechtfertigte sich Harvey mit einem nervösen Lachen.

Diana wollte das Thema nicht fallenlassen. »Das ist nicht ganz richtig, mein Lieber«, sagte sie. »Wie mein Arzt erklärt hat, sind nicht Kohlenhydrate unser Feind, sondern Fett.« Sie machte eine Pause, um Harveys Hand zu tätscheln. Harvey mußte sich sehr beherrschen, um seine Hand nicht wegzuziehen. »Aber da sich mein Mann solche Sorgen über mein Gewicht macht, kann ich wohl auf das Brot verzichten.«

Harvey hielt den Korb Alison hin. Sie wollte schon eine Scheibe nehmen, lehnte dann aber ab.

Der Ober kam und nahm ihre Bestellung auf. Harvey orderte trotzig Leber mit Zwiebeln, Kartoffelbrei und Sauce. Als Diana bestellte, hätte Harvey sie am liebsten erwürgt, weil sie gute zwei Minuten damit verbrachte, genau zu diktieren, wie sie ihren Fisch und die Nudeln zubereitet haben wollte.

Harvey beneidete Mark. *Seine* kleine Zuckerpuppe von Frau hatte offensichtlich mehr Verstand, als das Boot an einem so wichtigen Abend, der für beide Männer von solcher Tragweite war, ins Schwanken zu bringen. Sie besaß die Feinfühligkeit, dasselbe langweilige Essen wie Diana zu bestellen, obwohl Harvey sie im Verdacht hatte, Alison hätte wahrscheinlich ein Steak mit Pommes frites gewählt, wenn Diana nicht eine solche Spielverderberin gewesen wäre.

Als die Nervenprobe der Bestellung vorüber war, schaltete die Unterhaltung in den vierten Gang und rollte glatt dahin. Alle schienen gut miteinander auszukommen. Die Frauen hörten schweigend den Männern zu, die über ihre Praxen redeten.

Harveys Laune hob sich, gleichzeitig auch seine Hoffnung auf eine profitable Verbindung zwischen ihm und Mark.

Während des Essens trampelte Diana allerdings erneut ins Fettnäpfchen, bevor er die Geistesgegenwart aufbringen konnte, sie unter dem Tisch anzustoßen. Warum um Himmels willen konnte diese Frau nicht ihren Mund halten und Alison ein paar bescheidene Teelöffel Parmesan auf ihren Nudeln genießen lassen? Wem außer Diana machte es schon etwas aus, daß Parmesan 70 Prozent Fett enthielt?

Als die Frauen ihr Make-up auffrischen gingen, entschuldigte sich Harvey bei Mark für Dianas zwanghaftes Benehmen. Mark sagte, er und Alison mache es Spaß, sie kennenzulernen. Bestimmt, dachte Harvey gramvoll – so viel Spaß, wie in einem Schlangennest zu sitzen.

»Mark, morgen essen wir mexikanisch«, rief Alison, als sie und Diana von der Damentoilette zurückkehrten. »Diana hat mir gerade ein Superrezept für fettarme Burritos gegeben – mit Kidneybohnen.«

»Ist meine Frau nicht großartig?« fragte Mark. »Immer zu allen Schandtaten bereit und begeistert, wenn sie etwas Neues ausprobieren kann.«

Alison drehte sich um und schaute anbetend zu ihrem Mann hoch. Harvey bemerkte, wie sie verführerisch an Marks Arm rieb. Seit sie sich hingesetzt hatten, hatte sie ihre Finger nicht von ihm gelassen, wie Harvey schien. Er konnte sich lebhaft vorstellen, was ihre Füße mit den schlanken Fesseln unter dem Tisch anstellen mußten. Wahrscheinlich rieb sie mit Zehen, die in demselben knalligen Rotton lackiert waren wie ihre Fingernägel, an seinem Bein – und anderen Stellen. Und er war mit einer dämlichen Diana geschlagen, die in einem altmodischen Schlauchkleid steckte und am Rand des körperlichen Zusammenbruchs stand, genau wie ihre Mutter. Sollte sein Plan fehlschlagen, dann war niemand anderer schuld als Diana.

Als Nachspeise bestellte Harvey Käsekuchen, Mark einen Eisbecher mit heißer Caramelcreme und Diana und Alison – die sich jetzt bei jedem Gang Diana anschloß – frisches Obst.

Als der Ober die Desserts vor sie hinstellte, glaubte Alison, zwischen den Heidelbeeren und Himbeeren ein Stückchen von einer Erdbeere entdeckt zu haben. »Oh, das kann ich nicht essen«, sagte sie rasch, bevor der Ober entschwinden konnte. »Ich reagiere tödlich allergisch auf Erdbeeren.«

»Sie meinen, sogar auf eine einzige?« fragte er ehrerbietig.

Diana nahm den Glasbecher von Alisons Platz und rührte mit einem Löffel in den Früchten herum, bis das anstößige Erdbeerstückchen voll sichtbar war. »Da ist es«, rief sie.

»Ich bin äußerst allergisch«, erklärte Alison. »Wenn ich etwas in den Mund stecke, das mit einer Erdbeere auch nur in Berührung gekommen ist, bricht ein ekliger Ausschlag aus, der erst nach Tagen verschwindet.« Sie schüttelte sich, und ihre silbernen Ohrringe klimperten verführerisch.

»Bitte bringen Sie der Dame einen anderen Früchtebecher – ohne die Erdbeeren«, bestellte Harvey galant.

»Aber ich hätte gern noch einen winzigen Klacks Sahne drauf.« Alison lächelte und hielt ihren Lockenkopf anbetungswürdig schief.

Harvey kam zu dem Schluß, ihr dickes Haar mit den Naturlocken eigne sich perfekt für eine Affäre. Sie konnte in ein Jacuzzi tauchen oder unter der Dusche vögeln, ihr Haar anschließend mit einem Handtuch trockenrubbeln und heimgehen, ohne daß irgend jemand Verdacht schöpfen würde, was sie getrieben hatte.

»Ich glaube, ich nehme auch ein bißchen Sahne«, sagte Diana, platzte in Harveys Phantasie und ruinierte sie.

»Nein, keine Sahne«, sagte er mit einem erneuten gezwungenen Lächeln zum Ober. »Das war nur ein Scherz.«

Diana blickte drein wie ein Schaf. »Er hat recht. Ich brauche keine Sahne. Und das ist pures Fett. Gott, es ist schwer, schlechte Gewohnheiten zu durchbrechen.«

»Sie nehmen Ihre Diät sehr ernst, nicht wahr?« erkundigte sich Alison.

Diana dachte einen Augenblick nach und antwortete dann: »Es geht mir vermutlich nicht viel anders als Ihnen mit Ihrer Erdbeer-Allergie. In gewisser Hinsicht«, fügte sie in einer blitzartigen Erleuchtung hinzu, »bin ich allergisch gegen Fett. Der jahrelange Verzehr von Fett hat mich fett gemacht, und jetzt macht Fett mich auch noch körperlich krank – genau wie Erdbeeren Ihnen zu schaffen machen.«

»Das ist ein typisches Beispiel für die Versuche meiner Frau, wissenschaftlich zu denken. Wirklich, Diana, das ist lächerlich!« stieß Harvey hervor, der sich so fühlte, als ob Dianas Ausführungen ihn in den Augen der Rifkins herabgesetzt hätten.

Der Abend endete mit einer Runde gutgelaunter Abschiedsworte, doch Harvey verfiel in ein brütendes, halsstarriges Schweigen, als er und Diana in seinem Wagen davonbrausten.

»Sag was!« bettelte Diana schließlich.

»Was soll ich schon sagen?« antwortete er gequält und stieß einen hörbaren Seufzer aus.

»Warum ärgerst du dich über alles, was ich tue?« Dianas Stimme klang angespannt, wie ein straff auseinandergezogener Gummi, der gleich knallt.

»Weil... du dumm bist?« sagte er, als handle es sich um eine rhetorische Frage. »Weil du fad bist?« Er fletschte die Zähne. »Weil du mich immer kleiner machst, nie *größer!* Wer kann denn dich schon brauchen!«

»Ist das alles?« fragte Diana mit einem Anflug von Galgenhumor in der Stimme.

Harvey wandte den Kopf, um ihr einen Blick zuzuwerfen, und wäre fast in den Straßengraben gefahren. »Siehst du, was du aus mir machst?« schrie er schrill. »Alle Fehlschläge in meinem Leben sind *deine* Schuld.«

Diana saß jetzt schweigend da.

Harvey fuhr mit Rachegefühlen nach Hause, riß am Lenkrad herum und bog mit halsbrecherischer Geschwindigkeit in den Benedict Canyon ein.

Als er später in ihre Sackgasse raste, bemerkte Diana ein einsames Licht in Chris' Haus. Ein Gefühl der Verlassenheit spülte über sie hinweg, als sie sich erinnerte, daß er fort war. Wie war es möglich, sinnierte sie, daß sie neben einem anderen lebendigen, atmenden, menschlichen Wesen saß – ihrem *Mann* – und sich doch so mutterseelenallein fühlte, als ob sie auf einer einsamen Insel ohne Hoffnung auf Rettung ausgesetzt worden wäre?

Sie wünschte, ihre Mutter wäre noch länger dageblieben. Wäre Betty noch hier gewesen, hätte Diana zu ihr ins Zimmer schlüpfen und ein paar Minuten mit ihr reden können, bevor sie jene Treppe hochstieg, die zu der öden Wüste führte, zu der ihr Bett geworden war. Warum hatte sie sich vor ein paar Stunden eingebildet, sie könne Harvey dazu bringen, sie wieder so zu lieben wie früher? Vielleicht würde sie ihre Tochter anrufen. Jessica wäre sicher noch auf. Nein, sie wollte es nicht riskieren, sich am Telefon ihre Traurigkeit anmerken zu lassen. Jessica hatte in letzter Zeit schon zu viele traurige Anrufe von zu Hause bekommen, bei denen es um ihre geliebte Großmutter ging. Sie sollte jetzt eine glückliche Zeit genießen: das erste Jahr an der Uni, neue Freunde, eine ganze aufregende Welt neuer Erkenntnisse. Egal, wie elend sich Diana fühlte, sie war entschlossen, ihrer Tochter den Spaß nicht zu verderben und sie nicht mit vorübergehenden häuslichen Problemen zu belasten.

Und mit ihrem Sohn konnte sie schon gar nicht reden, selbst wenn er wach gewesen wäre, denn Todd war gerade in jener unmöglichen Phase, wo sich der ruppige, hartgesottene Kerl mit dem lieben kleinen Jungen in ihm herumschlug, und er entzog sich ihrer Reichweite täglich mehr.

Als sie in ihr Ankleidezimmer ging, merkte sie mit einem freudigen Schreck, daß sie die Treppen ohne Atemnot hinaufgestiegen war. Das erste Mal seit Wochen! Sie fragte sich, ob sich das durch die psychische Entspannung erklären ließ, die sie spürte, weil ihre Mutter endlich nach Hause abgereist war, oder ob die Verbesserung tatsächlich körperliche Gründe hatte, wie ihr Arzt hatte durchblicken lassen.

Während sie ihr Kleid aufhängte, schlenderte Harvey in seinen Bereich des Ankleidezimmers, um seinen Anzug wegzuräumen. Seit ihrem bitteren Wortwechsel im Auto hatte er nicht mehr mit ihr gesprochen.

Als Diana auf dem Weg ins Bad, wo sie sich ihr Make-up abwaschen wollte, an ihm vorbeistreifte, fiel ihr Blick in den Spiegel an der Tür. »Findest du nicht, ich sehe ein bißchen dünner aus?« fragte sie zögernd.

Harvey zog noch die Jacke gerade, die er auf einen speziell markierten Kleiderbügel gehängt hatte, so daß er sofort alle Hemden, Krawatten, Hosen und Schuhe ähnlicher Farbe und Musterung in seinem Schrank einander zuordnen konnte. Er wandte sich um und schaute Diana flüchtig an. »Wie kannst du nur auf die Idee kommen, daß du bei einer so lächerlichen Diät abnehmen könntest? Brot. Süßigkeiten. Würdest du dich wenigstens ab und zu einmal wiegen, wüßtest du, daß du genauso fett bist wie immer«, sagte er mit demselben angeekelten Tonfall, wie sie sich ihn bei einem Richter vorstellte, der das Todesurteil für einen Polizistenmörder verkündet.

Dianas Augen verdunkelten sich vor Enttäuschung, als sie an Harvey vorbei ins Bad rauschte; vor der Waage blieb sie stehen. Sie starrte sie an, als ob sie sich herausgefordert fühlte, daraufzusteigen. Ein paar Sekunden gingen vorüber, und so auch ihr Entschluß, zu sehen, ob sie dünner geworden sei. Sie drehte sich zu dem hohen Badspiegel um, der ihr Bild in voller Lebensgröße zurückwarf, und kam zu dem traurigen Schluß, daß Harvey wahrscheinlich recht hatte. Sie fühlte sich niedergeschlagener denn je und warf sich ein Flanellnachthemd über, weil sie dachte, für Harvey brauche sie heute abend ja nicht sexy auszusehen – oder an sonst einem Abend, was das betraf.

Sie schlüpfte ins Bett und drehte sich auf ihre Seite. Harvey kam bald nach und knipste rasch seine Lampe aus. Zwischen ihnen herrschte eine Kluft des Schweigens, die so tief war wie der Grand Canyon. Sie konnte es nicht länger aushalten.

Sie drehte sich um und schaute ihm ins Gesicht, versuchte, seine Gesichtszüge im Dunkeln zu erkennen. Sie strich mit den Fingernägeln zärtlich über seinen Unterarm. Das hatte ihn immer erregt. Jetzt rückte er sofort weg. »So kann das nicht weitergehen«, sagte sie zornig, setzte sich auf und machte die Nachttischlampe an.

Harvey rollte sich schwerfällig herum und stützte sich auf einen Ellbogen auf. »Was kann so nicht weitergehen?«

»Wir! Auf diese Weise! Du machst mich in aller Öffentlichkeit herunter. Bist immer wütend auf mich. Wir reden nicht miteinander. Nicht einmal im Bett.«

Harvey setzte sich auf und rieb sich die Augen. Ein paar seiner Locken waren auf einer Seite bereits flachgedrückt. Diana verspürte den Drang, ihn darauf aufmerksam zu machen, denn sie wußte, wie sehr er es haßte, wenn seine Haare durcheinander waren. Statt dessen fuhr sie fort, ihn regungslos anzustarren, und hielt die Arme über die Brust gekreuzt. Er schaute auf die Uhr; es war nach Mitternacht. »Kann das nicht bis morgen warten? Ich habe morgen viele Patienten.« Er versuchte immer, unangenehmen Auseinandersetzungen mit dieser Entschuldigung aus dem Weg zu gehen.

»Nein, das kann es nicht«, sagte sie so emotionslos sie konnte, obwohl sie am liebsten losgekreischt hätte. »Irgend etwas ist furchtbar schiefgelaufen mit dieser Ehe. Mit uns.«

Harvey holte tief Atem und blies dann die Luft aus. »Darin stimme ich dir zu«, sagte er schließlich.

Diana blickte ihn an, und plötzlich breitete sich Panik in ihr aus. In seiner Stimme klang dieselbe Endgültigkeit durch wie auf dem Parkplatz vor der Klinik, als er ihr gesagt hatte, sie müsse abnehmen, sonst werde er sie verlassen.

»Schau, Diana«, sagte er, als ob er um Luft ringen müsse. »Ich dachte immer, ich glaube an die Ehe. Aber in letzter Zeit... Ich weiß nicht. In letzter Zeit habe ich angefangen zu glauben, daß die Sache bei manchen Leuten einfach nicht funktioniert.«

»Was willst du damit sagen?« fragte Diana und begann in dem kalten Wind zu frösteln, der plötzlich durch ihr Herz wehte.

»Schau, was ich zu sagen versuche... Zwar bin ich dir sehr verbunden, aber ich liebe dich nicht. Nicht mehr.«

»Seit wann?« fragte sie.

»Seit... seit langem, eigentlich. Ich weiß nicht genau, seit wann, aber es ist schon lange so.«

»Redest du von Jahren? Monaten? Minuten?« drängte sie ihn flehentlich.

»Hör auf. Das ist nicht fair dir gegenüber«, sagte er. »Vielleicht sollten wir an... an eine Trennung denken.«

»Ich kann nicht glauben, was da passiert«, rief Diana gequält; Tränen stiegen ihr in die Augen und ließen sie in einem hinreißenden Blaugrün schimmern, einer Farbe, bei der Harvey früher immer wieder zur Besinnung kam. Heute schien er sie allerdings gar nicht wahrzunehmen.

»Ich habe dich gewarnt. Du hättest heute abend deinen Mund halten sollen«, sagte er.

Diana erwiderte: »Was macht es schon für einen Unterschied – heute, morgen? Empfindest du morgen anders? Wenn ja, vergessen wir doch einfach, daß ich davon angefangen habe.«

Harvey stand auf und begann, in dem geräumigen Schlafzimmer auf und ab zu schreiten. Ein paar Sekunden lang blieb er stehen und lehnte sich gedankenschwer an die Kamineinfassung aus grauem Marmor, dann lief er rastlos wieder los. »Zur Umkehr ist es schon zu spät«, sagte er in einer Marschpause. »Vielleicht sollte ich ausziehen.«

»Tu uns das nicht an, Harvey. Bitte. Du stehst jetzt einfach unter Druck. Mutters Herzinfarkt, die Operation... und heute abend der Versuch, diese Leute zu beeindrucken.«

»Kannst du der Wahrheit nicht ins Gesicht sehen?«

»Und was ist die Wahrheit?«

»Du bist fett, du bist langweilig, du hast keinerlei Kontrolle über dich, du hast alberne Vorstellungen – zum Beispiel, du seist allergisch gegen Fett, wie andere Leute allergisch gegen Obst oder Nüsse sind. Ich habe es einfach satt, mit einer... dummen Pute verheiratet zu sein. Ich schlage vor, wir lassen uns scheiden.«

Diana konnte nicht glauben, daß sich diese schreckliche Szene in Wirklichkeit abspielte. So etwas passierte anderen Leuten, aber doch nicht ihr. In allen Ehen tauchen Klippen auf, aber die umschifft man eben. Oder nicht? Sie vergrub sich unter ihrer Decke und zitterte, bis ihr die Zähne klapperten. »Komm zurück ins Bett«, flehte sie. »Morgen fühlst du dich besser.«

6. Kapitel

Der Jammer verblaßte nicht mit dem ersten Tageslicht. Auch nicht beim Frühstück, als Diana und Harvey mit Todd am Tisch saßen und kein Wort miteinander wechselten.

Todd zog mit mürrischem Gesicht zur Schule ab. Harvey sah aus wie zerschlagen; er ging kurz nach Todd. Diana saß in der Küche und war unfähig, sich zu rühren; nach einer Stunde zwang sie ihren erschöpften Körper, aufzustehen und sich die Kleider überzuziehen. Sie wußte, daß sie aus dem Haus heraus sollte, aber sie hatte nicht die Energie dazu. Sie saß da und hörte Radio. Irgendein Psychologe gab gute Ratschläge, wenn man anrief. Sie wählte ein paarmal die Nummer, legte aber jedesmal auf, wenn sie die Stimme der Assistentin hörte.

Endlich begann Diana zu heulen und saß den ganzen Nachmittag herum; der laufende Fernseher lieferte die Hintergrundgeräusche zu ihrem lauten Schluchzen.

Als Todd zum Abendessen nach Hause kam, lag das Haus im Dunkeln, und das Frühstücksgeschirr war immer noch nicht abgespült. Seine Mutter entdeckte er zusammengekauert auf dem Sofa im Wohnzimmer, eingemummt in eine alte karierte Wolldecke. Ihre Augen waren vom Weinen rot und geschwollen. Beunruhigt fragte er Diana, ob mit seiner Großmutter alles in Ordnung wäre.

Diana schaute ihren Sohn an und begann von neuem zu schluchzen; sie konnte gerade hervorbringen, daß es Betty gutging, aber sie selbst am Ende sei. »Dein Vater liebt mich nicht. Er will sich scheiden lassen«, krächzte sie kläglich.

»Das ist doch nur ein Streit«, sagte er nüchtern.

»Nicht dieses Mal«, entgegnete Diana.

Todd musterte seine Mutter ein paar Sekunden lang, dann platzte er heraus: »Ich kann es Papa nicht verübeln. Du tust nichts anderes, als ungenießbares Zeugs zu kochen und zu essen, und heute hast du nicht einmal abgespült.«

Damit drehte er sich um und stürmte hinaus, ohne Diana in Kenntnis zu setzen, wohin er ging. Sie war wie vor den Kopf geschlagen und zu kaputt, zu schwach, um ihm zu folgen. Erst nach acht Uhr abends fuhr Harvey in die Garage.

Sobald Diana ihn hörte, rannte sie nach oben, um Make-up aufzulegen.

Sie fand ihn im Wohnzimmer, wo er sich einen harten Drink mixte.

»Du siehst furchtbar aus«, sagte er.

Ihre Augen waren rot gerändert, wahrscheinlich für alle Zukunft, und so viel Schminke gab es gar nicht, daß sie hätte verbergen können, was sie den ganzen Tag durchgemacht hatte. »Ach, ich fühle mich schon okay«, log sie, obwohl sie an der Kippe zu einem weiteren Weinkrampf stand. »Ich habe nichts gekocht.«

»Gehen wir doch essen«, schlug er vor. Seine Stimme klang gezwungen und fremd.

»Oh, das könnte ich nicht«, protestierte sie. »Ich koche hier etwas.«

»Ich möchte lieber essen gehen«, bestand er.

Sie gingen in ein nahegelegenes Lokal, wo sie mindestens fünf Paare sahen, die sie kannten. So tun zu müssen, als ob zwischen ihnen nichts vorgefallen wäre, war die schwerste Prüfung, die Diana in ihrem Leben durchstehen mußte.

»Fühlst du dich jetzt besser?« brachte sie schließlich den Mut auf zu fragen.

Harvey schaute Diana ein paar Sekunden lang an. Seine Augen sahen traurig aus, obwohl er seine Lippen zu etwas wie einem Lächeln verzogen hatte. »Ich empfinde dasselbe wie gestern abend«, sagte er ruhig. »Es hat sich nichts geändert.«

»Oh.« Diana wäre gern zusammengeschrumpft und in ein Mauseloch verschwunden. Sie hatte das Bedürfnis, zu Hause zu sein, umgeben von ihren Taschentüchern, nicht in diesem Bistro, wo alle sie kannten und sie so tun mußte, als sei sie glücklich.

»Ich möchte, daß du mich als Freund betrachtest«, sagte er später zu ihr, als sie ins Bett stiegen.

»Ich will einen Mann«, rief sie. »Ich habe alle Freunde, die ich brauche!«

»Fang nicht wieder an«, warnte er.

»Wie kannst du mir das antun? Ich will mir nicht einen neuen Mann suchen müssen. Ich will kein Single sein. Ich bin für die Ehe gemacht, Harvey. Bitte...«

Er knipste das Licht aus und drehte sich von ihr weg.

In den nächsten beiden Tagen ließ die Spannung zwischen ihnen zögernd nach. Wenn Harvey zu Hause war, benahm er sich wie ein Schlafwandler. Diana ging wie auf Eiern, ihr Selbstvertrauen war untergraben. Ein einziger Gedanke erfüllte sie: Harvey den leisesten Wunsch von den Lippen abzulesen. Das war ganz und gar nicht, was er wollte.

»Hör auf, so zu tun, als seien wir ein glückliches Paar«, sagte er schließlich. »Das ist so unecht.«

»Aber ich möchte, daß du mit mir zufrieden bist.«

»Das ist unmöglich.«

Kurz nach diesem Wortwechsel fand sie Todd weinend in seinem Zimmer. Sie ging hinein, setzte sich neben ihn auf den Rand seines Betts, schlang den Arm um ihn und weinte mit. Die Spannung im Haus hatte schließlich auch ihn erreicht.

»Ich will nicht, daß sich mein Leben ändert«, schluchzte Todd.

»Es wird sich nicht ändern«, versprach Diana ohne große Überzeugungskraft.

»Ich halte das nicht viel länger aus«, sagte sie später am Abend zu Harvey.

»Ich auch nicht«, gab er zu.

»Ich sterbe, wenn du mich verläßt«, drohte sie.

»Nein, das wirst du nicht.«

Am nächsten Tag telefonierte Diana stundenlang mit allen seinen alten Freunden. »Red mit ihm«, bat sie. »Wir waren so lange zusammen, daß diese verrückte Laune unsere Ehe nicht zerstören darf.«

»Wie ich sehe, hast du Maulwurfsarbeit geleistet«, griff Harvey sie an, als er nach zehn heimkam, ohne eine Erklärung für seine Verspätung zu liefern. »Laß das!«

»Also gut«, lenkte sie schwach ein und haßte sich für ihre Feigheit. »Ich liebe dich, Harvey. Deshalb habe ich alle diese Leute angerufen.«

»Aber ich liebe dich nicht«, sagte er mit einem erbitterten Unterton. »Kannst du das nicht akzeptieren?«

»Nein.«

»Diana, ich will die Scheidung. Ich werde großzügig sein.«

»Ich will nicht in die Scheidungsstatistik eingereiht werden! Ich will keine geschiedene Frau sein.«

»Ich kann das nicht länger ertragen.«

Am nächsten Nachmittag machte sich Diana fein und fuhr nach Beverly Hills. Sie überraschte Harvey in seiner Praxis, gerade als er mit seiner Assistentin Laurie Lewis zum Mittagessen gehen wollte. Als er Diana durch die Tür kommen sah, wurde er aschfahl.

Er zog sie in sein privates Arbeitszimmer und griff sie lauthals an, wieso sie einfach so hineingeplatzt käme. Sie erinnerte ihn daran, daß sie immer unangemeldet gekommen sei. Damals sei alles anders gewesen, gab er zurück. Sie war so verstört, daß sie eine medizinische Zeitschrift nahm und nach ihm warf; sie verfehlte nur knapp sein Gesicht. Er packte ihren Arm und drehte ihn herum.

»Au!« schrie sie auf. »Jetzt kommt zu allem anderen auch noch körperliche Mißhandlung dazu.«

»Ich will dir nicht weh tun«, sagte er und zog sich ans andere Ende des Raums zurück, um einen sicheren Abstand zu ihr zu gewinnen. »Aber geh. Geh einfach. Und zwar sofort.«

Gedemütigt schlich Diana an Harveys Assistentin vorbei und verließ die Praxis.

Sofort, als sie heimkam, rief sie Carol an und schluchzte hysterisch ins Telefon. Carol ließ ihre Arbeit liegen und verbrachte den restlichen Nachmittag damit, Diana zu trösten. Nichts half. Jedesmal wenn es so aussah, als ob sich Diana ausgeheult hätte, fing sie wieder von neuem an.

Nach sieben Uhr ging Carol schließlich heim, obwohl Todd

angerufen hatte, er würde bei einem Freund übernachten, und Harvey sich telefonisch mit der lahmen Ausrede, er hätte ein »Treffen«, abgemeldet hatte.

Nach zehn hörte Diana Harveys Wagen zu ihrer langen Einfahrt einbiegen. Sie war gefühlsmäßig zu ausgelaugt, um sich vom Wohnzimmersofa zu erheben. Sie hörte, wie er ihre beiden Hunde begrüßte. Der Gedanke, auch sie würden ihren Herrn verlieren, wie Diana und ihre Kinder einen Mann und Vater verlieren würden, brach ihr das Herz. Als Harvey ins Wohnzimmer kam, war sie in Tränen aufgelöst.

»Du siehst aus wie eine wandelnde Leiche«, sagte er.

»Ich weiß«, antwortete sie. »Ich bin nie besonders in Form, wenn mein Mann sagt, er will sich von mir scheiden lassen.«

»Hör mit deinen blöden Witzen auf«, warnte er. Er stand in der Tür, als hätte er Angst, sich bei ihr mit einer ekelhaften Krankheit anzustecken, wenn er ihr zu nahe käme.

»Früher haben dir meine blöden Witze gefallen«, erinnerte sie ihn. Sie schneuzte sich laut. Er zuckte zusammen.

»Ich bin zurückgekommen, um ein paar Sachen zu packen. Ich habe ein Apartment gemietet.«

»O mein Gott! Nein!« schrie sie.

»Du wußtest, daß das nur eine Frage der Zeit war«, sagte er traurig.

»Harvey, tu uns das nicht an. Sag mir, was ich sagen soll, was ich tun soll, und ich werd's tun.«

Er schüttelte den Kopf und wandte sich abrupt ab. Sie starrte den leeren Fleck an, den er gerade ausgefüllt hatte.

Eine Weile später kam er zurück, nachdem er mehrere Koffer in seinen Wagen geladen hatte. Er stand zögernd in der Tür und sagte: »Es tut mir wirklich sehr leid, daß es so kommen muß.«

Diana konnte nicht zu ihm aufblicken.

»Ich liebe dieses Haus. Die Kinder. Die Hunde. Irgendein Teil von mir liebt sogar dich immer noch.« Diana schaute endlich hoch zu ihm und sah, daß ihm wirklich die Tränen das Gesicht hinunterliefen. Er war trotz allem ein Mensch. Eine irrationale Hoffnung stieg in ihr hoch.

»Dann geh nicht«, bettelte sie. »Wir können doch reden.«

»Ich habe genug geredet. Jetzt muß ich handeln«, sagte er und wischte sich mit dem Handrücken über die Augen. »Ich muß herausfinden, ob es in diesem Leben nicht noch mehr für mich gibt.«

Damit drehte sich Harvey um und verließ sie endgültig. Sie hörte das schwache Geräusch der zuschlagenden Wagentür, die Krallen der Hundepfoten auf dem gepflasterten Weg, als sie ihm bis zum elektrischen Tor nachsetzten, und ihren eigenen Herzschlag. Sie war überrascht, das rhythmische Pochen zu spüren, denn sie fühlte sich, als sei sie gestorben.

Als sie begriffen hatte, daß sie weiteratmen, weiterleben würde, kam ein unkontrollierbarer Eßdrang über Diana. Sie stand vom Sofa auf, zog die Wolldecke wie einen Poncho um ihre Schultern und stürmte in die Küche auf der Suche nach Eßbarem. Sie hatte nicht nur Heißhunger, weil sie den ganzen Tag nichts gegessen hatte; auch sonst reagierte sie auf Streß und alles Unangenehme, indem sie sich vollstopfte – am liebsten mit Süßem.

Sie durchsuchte die Speisekammer. Doch hier ließen sich keine Süßigkeiten aufstöbern, nicht einmal ein lumpiges, altbackenes Keks. Sie leerte den Gefrierschrank in der Küche und wühlte nach der guten Pfirsichtorte. Sie war weg; wahrscheinlich hatte ihre Mutter sie verputzt, als sie sich hier erholte.

Diana ging zum Kühlschrank hinüber. Auch dort war nichts.

In der Garage, die ohne Harveys Wagen so leer aussah, öffnete sie den Deckel der Gefriertruhe und suchte nach der Pekannußtorte von der besten Konditorei in Los Angeles, die sie seit letztem Weihnachten für eine besondere Gelegenheit aufgehoben hatte – eine Gelegenheit wie diese. Gott sei Dank war die Schachtel noch da! Sie öffnete sie. Verdammt, ihre Mutter war auch darüber hergefallen! Die Torte war weg. Nicht der kleinste Krümel war übriggeblieben, an dem sie sich hätte laben können.

Hinter mehreren Fertiggerichten, die sie für Notfälle in der Gefriertruhe lagerte, erspähte sie eine altvertraute Packung. Häagen-Dazs. Eis. Schokolade mit Schokochips. Ihre Lieblingssorte. So sahnig. So cremig. Und mit den köstlichen dunklen Schokoladestückchen, an denen man knabbern konnte, während der cremige Eisgenuß den Gaumen überzog.

Sie drückte die Packung an ihre Brust wie eine schützende Mutter ihr Kind. Sie rannte in die Küche zurück und zog den größten Löffel aus der Schublade. Sie riß den ausgefransten Pappdeckel des Kartons ab. Meine Güte, eine randvolle Schachtel Eis blickte sie an. Ihre Augen wurden groß und rund vor Aufregung. Sie nahm den Löffel und grub ihn tief, tief in die Schachtel hinein, damit er wirklich vollbeladen mit dieser schokoladenen Köstlichkeit wieder auftauchen würde.

Plötzlich starrte sie auf das Eis. Ein Lächeln begann, sich über ihr Gesicht auszubreiten. Ein wirkliches Lächeln, das ihre Augen zum Leuchten brachte. Sie fühlte sich, als ob sie aus ihrem Körper herausgestiegen wäre und sich von außen beobachten könnte, während sich der Löffel ihrem Mund näherte. Dann passierte etwas Merkwürdiges. Ihre Hand konnte kein Stückchen weiterrücken. Sie beobachtete, wie ihre Hand ihren Körper quer durch die Küche zur Spüle führte. Sie beobachtete, wie die andere Hand das heiße Wasser aufdrehte und über den Löffel laufen ließ, der den größten Batzen Eis enthielt, den sie je auf einmal hatte verschlingen wollen. Sie beobachtete, wie das Eis mit dem heißen Wasser hinunterrann und in einer bräunlichen Schmiere durch den Abfluß verschwand. Du hast's wirklich vollbracht, dachte sie und wunderte sich über die gewaltige Kraft der Überzeugung, die sie erfüllte.

Du willst nicht nur dieses Eis nicht essen, sagte sie sich. Du *kannst* es nicht essen! Du und Alison Rifkin, ihr leidet beide an einer Allergie, und wie Alison, das zierliche Persönchen mit der 50-cm-Taille, nie daran denken würde, eine Erdbeere – eine harmlose Erdbeere, von der du eine Million essen könntest – in den Mund zu nehmen, kannst du nicht länger daran denken, Eis oder andere fette Sachen in *deinen* Mund zu nehmen. Nicht einmal, wenn du traurig bist... oder wütend oder glücklich. Niemals wieder. Du bist allergisch gegen Fett, deshalb wirst du es nicht essen. Sie begann, dies laut vor sich hin zu sagen, als Begleitung zu dem Strudel, mit dem das restliche Eis den Abfluß hinuntergurgelte.

Als alles weg war, lächelte sie. Vielleicht hatte Harvey recht. Vielleicht war ihre Logik abstrus. Vielleicht war sie eine dumme

Pute. Aber mit ihrer Denkerei hatte sie Erfolg. Sie hatte tatsächlich das Eis weggeworfen, weil sie es so wollte. Niemand gab einen Deut darum, ob sie es aß oder nicht; sie könnte hundert Pakkungen Eis oder zehntausend Pommes frites oder fünf Millionen Big Macs verschlingen. Niemand scherte sich darum. Harveys Hand würde nie mehr aus dem Nichts auftauchen und sie daran hindern, irgend etwas zu essen. Sie war bei diesem Kampf allein. Und tief in ihr begann sich eine Wärme auszubreiten, weil sie wußte – wirklich *wußte* –, daß sie die erste große Schlacht gewonnen hatte. Abstruse Logik oder nicht, sie wußte, daß sie aus der Zwangsjacke ihrer Gewohnheiten ausbrechen konnte, weil sie fest daran glaubte, daß sie ihren Körper von nun an genauso vor den üblen Wirkungen des Fetts schützen würde wie Alison Rifkin ihren Körper vor Erdbeeren. Und dieser Sieg baute ihre Entschlußkraft für die vielen Schlachten, die ihr noch bevorstanden, enorm auf.

7. Kapitel

Bevor sich Harvey aus ihrem Leben davongemacht hatte, wäre Diana jede Wette eingegangen, daß sich ein Mensch unmöglich noch zu seinen Lebzeiten auflösen könne. Einen Monat nach der Trennung wußte sie, daß das wirklich passieren konnte.

Die nebensächlichsten Entscheidungen türmten sich wie Dämonen über ihr auf und ließen sie immer unsicherer werden. Sie hatte jedes Gespür für sich selbst verloren. Sogar eine so belanglose Entscheidung wie die, in welchem Zimmer sie sitzen sollte, wurde zu einer Qual, die sie viel Zeit kostete.

Die Pflege ihres Äußeren dagegen, die früher einen großen Teil ihrer Zeit verschlungen hatte, erledigte sie jetzt gedankenlos in einer Minute. Heute morgen hatte Diana lediglich die Kleider aufgesammelt, die sie gestern abend im Schrankzimmer in einem unordentlichen Haufen hatte fallen lassen; sie schlüpfte hinein und verließ rasch den Raum, ohne einen weiteren Gedanken an den Jogginganzug zu verschwenden, den sie seit über einer Woche täglich trug.

Sie setzte sich an ihren Frisiertisch, fuhr mit der Bürste durch die Haare, strich sie streng zurück und befestigte sie im Nacken mit einer Schildpattspange. Harvey hatte diese Frisur gehaßt und behauptet, ihr Gesicht sähe damit wie ein Vollmond aus. Was Diana mehr störte, war die Beobachtung, daß ihre Haare ihren früheren strahlenden Glanz fast ganz verloren hatten. Gott, sogar meine Haare sind traurig, dachte sie und fügte im Geiste diese neue Erscheinung dem Sammelsurium auf dem Altar zu, den sie zur »Verunglimpfung Harveys« errichtet hatte. Vor diesem imaginären Altar kniete sie jeden Abend, wenn sie nicht schlafen konnte, und jeden Morgen, wenn sie in den Spiegel schaute und sich selbst kaum wiedererkannte. Sie gab jeden Anspruch auf ein präsentables Äußeres auf, denn tief im Inneren wußte sie, daß ihr ungeschminktes, leidgezeichnetes Gesicht das verzweifelte Gefühl der Verlassenheit, das in ihr wütete, auf angemessene Weise widerspiegelte.

Damit war Diana auch schon bereit für einen weiteren Tag selbst auferlegter Einsamkeit, machte das Bett auf ihrer Seite und wanderte nach unten. Sie war nicht in der Lage, sich auf etwas zu konzentrieren, das ihre Gehirnwindungen auch nur im entferntesten beanspruchte; sogar die Klatschspalte der Zeitung war ihr in letzter Zeit zuviel. Statt dessen streunte sie durch die Zimmer des stillen Hauses und nippte an einer Tasse Tee, während sie die unberührten Kissen auf den Sofas geradezog und unsichtbare Stäubchen von makellos sauberen Möbeln schnippte. Schließlich ließ sie sich vor dem Fernseher nieder und starrte mit stierem Blick in den Kasten, wobei ihre Gedanken zu dem wichtigsten Ereignis dieses Vormittags zurückglitten.

Ihre Kinder waren schon vor sieben Uhr früh von einem Taxi, das Harvey bestellt hatte, abgeholt und zum Flughafen gebracht worden, um nach Denver zu fliegen. Es war zwei Tage vor Weihnachten, und zum ersten Mal in ihrem Leben würde Diana an diesen Feiertagen allein sein. Todd und Jessica hatten Harveys Einladung angenommen, ihre zweiwöchigen Ferien mit ihrem Vater in Vail beim Skilaufen zu verbringen.

»Nein, ihr solltet wirklich fahren«, hatte Diana vor ein paar Wochen halbherzig gesagt, als Harvey die Sache erstmals vorschlug. Die Kinder fürchteten, ihre Mutter zu verletzen, wenn sie sie über die Feiertage allein ließen, aber wie hätte sie ihnen den Spaß verderben können?

Obwohl sie den Urlaub in den Bergen liebte, war sie nie eine begeisterte Skiläuferin gewesen. Sie mochte die gemütliche Winterstimmung in den Skiorten, die romantischen Gasthäuser mit offenem Steinkamin und prasselndem Feuer. Sie liebte den Glühwein, den heißen Tee mit Rum und die Kasserollen, in denen das Käsefondue Blasen warf, für dessen Zubereitung sie Stunden gebraucht hatte, während Harvey Ski lief und schließlich mit rosigen Backen und einem Gefühl männlicher Stärke zurückkam.

Aber in den flauschigen Skianzügen hatte sie sich immer so plump wie ein tapsiger Eisbär gefühlt. Noch dazu war diese Bekleidung mit ihren wasserdichten Materialien äußerst geräuschvoll; es machte sie wahnsinnig, wenn sie beim Gehen hörte, wie ihre Schenkel aneinanderscheuerten. Nein. So war es besser. Harvey und die beiden Kinder zusammen. Diana allein. Zornfunken schossen durch sie wie winzige, schmerzhafte Elektroden, die ihr unter den Fingernägeln staken.

Wie hatte Harvey ihr das antun können? Oh, sie konnte sich lebhaft vorstellen, wie er auf den Pisten in seinen teuren Skianzügen der Nobelmarke, mit seinen neuen Skiern und High-Tech-Skistiefeln angab. Angab, wo es leichtfiel. Sie hoffte, Harvey würde stürzen, sich mit den Skispitzen verhaken und Hals über Kopf den Hang hinunterkugeln, bis zur Nasenspitze im Pulverschnee vergraben. Nein. Noch besser wäre es, wenn er am hellen Mittag vor der vollbesetzten Gasthausterrasse auf den Arsch fiele – auf völlig ebenem Gelände, wie ein ungeschickter Hampelmann. Oder er könnte sich das Bein – und den Hals – brechen, vor den Augen einer Gruppe zwanzigjähriger, langbeiniger sexy Mädchen, die sich über ihn lustig machen würden.

Die Vision eines schmerzverzerrten Harvey mit gewaltig angeknackstem Ego tat ihr gut. Diana holte ein paarmal tief Atem und ließ die Luft langsam ausströmen, wie sie es vor Jahren in der Lamaze-Gruppe gelernt hatte. War es genauso beschwerlich, sich von seiner Wut zu befreien, wie ein Kind zur Welt zu bringen?

Sie stand auf und ging ziellos in die Küche. Sie brühte sich eine frische Kanne Kaffee auf. Es war erst elf. Sie beschloß, ihre Töpfe und Pfannen neu zu ordnen.

Mittags rettete Carol Benton Diana eine Stunde lang vor sich selbst. In ihrer üblichen forschen Art kam sie unangemeldet hereingesegelt, um eine von Dianas zahlreichen prunkvollen Punsch-Schalen für die Zabaione-Party auszuleihen, die sie und ihr Mann Billy am Heiligabend geben würden. »Es kommt mir so merkwürdig vor, dir das mitzugeben«, sagte Diana, und ihre Stirn runzelte sich düster, als sie Carol ihre beste Schale aus geschliffenem Kristallglas überreichte.

»Ich weiß«, antwortete Carol mitfühlend. Sie preßte die Lippen aufeinander und schüttelte den Kopf. »Deine traditionellen Partys eine nach der anderen aufzugeben, muß hart für dich sein. Erst Halloween wegen Betty... und jetzt Weihnachten.«

Diana stand da und starrte an Carol vorbei, als ob sie im Geiste alle guten Zeiten noch einmal durchleben würde.

Carol fragte: »Wann sind Todd und Jessica abgefahren?«

»Wie bitte? Ach, schon vor sieben. Darüber möchte ich nicht reden«, warnte Diana.

Carol zog in einer drolligen Pantomime ihre Lippen mit einem Reißverschluß zu und folgte dann schnuppernd der köstlichen Duftspur von Zimtkaffee, von dem sie sich eine Tasse eingoß.

»Bleib doch zum Mittagessen«, bat Diana mit einem flehentlich bittenden Unterton in der Stimme.

Carol warf einen Blick auf die Uhr. »Ich hab nur noch ein paar Minuten Zeit«, entschuldigte sie sich. »Im Büro geht's in dieser Woche zu wie im Irrenhaus. Und ich bin wirklich auf Hungerkur. Ich lebe nur von Kaffee.«

»Ich mache eine meiner fettfreien Spezialitäten für dich«, sagte Diana begeistert und nahm Carols Einwände einfach nicht zur Kenntnis. Sie begann zu hantieren, während Carol die Schale zu ihrem Auto trug.

»Ist dir klar, daß in deiner Stimme nur dann eine Spur Glück durchtönt, wenn du von deinem Essen sprichst?« witzelte Carol mit einem Lachen, als sie bei ihrer Rückkehr Diana entdeckte, wie sie einen Salat mit weißem Thunfisch und scharfem Senf anstatt mit Mayonnaise anmachte. Diana löffelte eine Ladung davon auf ein Sauerteigbrötchen.

»Da«, sagte sie, »guten Appetit.«

Carol verzog ihr Gesicht in bedenkliche Falten. »Wie kannst du erwarten, daß ich das alles esse und trotzdem bis morgen drei Pfund abnehme?« jammerte sie. »Wenn sich mein Bauch auch nur zwei Zentimeter vorwölbt, ist das Kleid ruiniert.«

Diana zuckte mit den Schultern.

Carol schwatzte weiter: »Dieses Partykleid ist echt gewagt, sogar für mich. Roter Jersey mit Pailletten. Es liegt überall dort hauteng an, wo ich dünner werden muß!«

»Dann esse ich eben auch noch die Hälfte von deinem Brötchen.«

Diana nahm ohne Umstände den Deckel von Carols Brötchen ab und legte ihn auf ihren Teller. »Bist du jetzt zufrieden?«

Angst kroch in Carols Augen. »Du mußt raus aus diesem Haus.«

»Warum?«

»Weil du nichts anderes tust als... Wenn du unter die Leute gehst, ißt du vielleicht weniger«, platzte Carol heraus und ließ jeden Anstrich von Diplomatie sausen.

Zwischen zwei Bissen murmelte Diana: »Ich esse doch nur ein Brötchen.«

»Aber dein Gewicht –«

»Ach, zum Teufel mit meinem Gewicht. Ich habe niemand, für den ich dünn sein muß! Übrigens darf ich jeden Krümel davon essen, Carol.«

»Aber so ein Riesenbrötchen?«

»Beruhige dich! Ich halte mich strikt an meine Regeln. Ich nehme fast immer weniger als 30 Prozent Fett zu mir.«

»Ich mache mir eben Sorgen um dich.«

»Dann hör auf damit.« Diana hob ihr Sweatshirt hoch und ließ Carol einen Blick auf ihren Bauch werfen. »Siehst du? Ich habe nur noch zwei Speckrollen hier statt drei. Gestern habe ich das bemerkt.«

»Du meinst, du nimmst wirklich ab?«

»Vielleicht.« Plötzlich schlich sich Zweifel in Dianas Stimme, als sie fragte: »Hast du das nicht gemerkt?«

»Wie könnte ich denn? Ich habe dich in nichts anderem gesehen als in diesen verdammten weiten Sweatshirts.«

»Ich habe niemand, den ich beeindrucken könnte.«

»Beeindrucke dich selbst. Geh raus und hau auf die Pauke, und schick dem Scheißkerl Harvey die Rechnung.«

»Eine Speckrolle weniger ist noch kein Grund zum Feiern«, sagte Diana. »Ehrlich gesagt fällt mir überhaupt kein Grund ein, um rauszugehen, außer gelegentlich auf den Markt.«

»Genau das ist es! Du, ausgerechnet du, gehst nicht mindestens fünfmal die Woche auf den Markt? Alle reden schon,

Diana! Du kannst kein... kein... Einsiedler werden. Bitte erlaube Harvey nicht, dir das anzutun!«

»Es ist nicht seine Schuld, wirklich.« Ein schwaches, gezwungenes Lächeln kräuselte Dianas Lippen.

»Ach Mädel, leg nicht schon wieder diese Platte auf. Freilich ist es seine Schuld! Du warst eine perfekte Ehefrau...«

Wie im Selbstgespräch fuhr Diana fort: »Er hat mich gewarnt... hat mich inständig gebeten, abzunehmen. Gott, er hat mich früher so geliebt.« Diana ging zum Gefrierschrank und machte ihn auf. »Als wir frisch verheiratet waren, konnte Harvey seine Finger nicht von mir lassen.« Sie lachte kurz und traurig auf und holte zwei Mini-Amigo-Riegel aus der Schublade. »Carol, er hat sich wirklich den Kopf zerbrochen, um sich romantische Dinge für mich auszudenken... für uns beide zusammen. Alles, was ich tun mußte, war, schlank zu bleiben. Das war doch nicht zuviel verlangt, oder? Doch! Ich habe versagt, nicht er.«

»Das ist doch kein Grund für ihn, dich zu verlassen.«

»Ich gebe zu, er ist schwer zufriedenzustellen. Aber so war er schon immer. Außerdem haßt er Übergewicht. Vor allem bei mir oder bei unseren Kindern. Er sagt, wir werfen damit ein schlechtes Licht auf ihn. Willst du einen?« fragte sie und bot Carol einen der Schokoriegel an.

»Nein, danke«, winkte Carol ab. Sie sah zu, wie Diana an dem Riegel kaute. »Ich habe gehofft, du würdest... als Folge dieses Schlags... vielleicht aufhören, so viel zu essen«, sagte Carol.

»Cindy Wilton hat nach der Trennung Tonnen abgenommen.«

Diana aß das letzte Stückchen auf, beäugte den zweiten Riegel, legte ihn jedoch unberührt in den Gefrierschrank zurück. »Ich bin eben ich. Wenigstens richte ich mich immer noch nach Dr. Fernbergs Anweisungen. Ich habe keinen Löffel Eis mehr angerührt, und das ist für mich erstaunlich. Es ist, als ob ich eine Fettallergie hätte.«

Carol sah Diana skeptisch an.

»Also wenigstens leide ich nicht mehr an Atemnot.«

»Das ist toll! Gehst du mit mir in die Gymnastik?« fragte Carol hoffnungsvoll.

»Nööö.«

»Du mußt dich irgendwie körperlich betätigen.«

»Das tue ich. Ich heule fünfmal täglich.«

Carol kicherte. »Das ist nicht die Art von Anstrengung, die mir für dich vorschwebt. Du mußt mehr an dich selbst denken.«

»Um die Wahrheit zu sagen, ist mir ziemlich egal, was aus mir wird. Ich meine, ich würde mich nicht umbringen oder so, aber wenn ich in einem abstürzenden Flugzeug säße, ließe mich die Aussicht auf den Tod völlig kalt«, gestand Diana, als sie Carol nach draußen zu ihrem Auto begleitete.

Carol wirbelte herum und schaute Diana entsetzt an. »Red nicht so! Viele Menschen lieben dich. Sorgen sich um dich.« Sie umarmte Diana, beiden standen jetzt Tränen in den Augen. »Du fühlst dich ein bißchen dünner an, weißt du?«

»Wirklich?« Diana machte einen Schritt zurück und lachte durch die Tränen. »Ganz im Ernst?«

»Ich bin immer ernst, wenn's um den Speck geht!«

Diana schniefte. »Ich habe nicht einmal ein Taschentuch.«

»Da.« Carol fischte zwei Tempos aus ihrer Handtasche und reichte Diana eins. »Bitte versprich mir, daß du morgen abend zu meiner Party kommst.«

»Ah, jetzt kommt der wahre Grund für deinen unerwarteten Besuch ans Tageslicht«, sagte Diana.

»Ohne dich wäre es nicht dasselbe.«

»Es wird sowieso nicht dasselbe sein. Früher habe ich immer diese Party gegeben... mit Harvey.« Sie wischte sich die Nase. »Reden wir nicht darüber, oder ich fange wieder an zu heulen. Manchmal erinnern mich diese Heulkrämpfe an Pillen, die mit zeitlicher Verzögerung wirken: Sie überfallen mich in regelmäßigen Abständen.«

»Vielleicht fühlst du dich besser, wenn du rausgehst und dir ein wirklich schickes neues Kleid kaufst. Vielleicht würde dich dann auch die Aussicht auf meine Party mehr reizen... und auf die männlichen Singles, die ich extra für dich eingeladen habe.«

»O Gott, was hast du denn da angestellt? Männer! Und außerdem – wer würde mich schon wollen? Ich bin hilflos den Launen der Schwerkraft ausgeliefert. Ich bin jeden Augenblick darauf gefaßt, daß meine Hüften zu meinen Knöcheln hinunterrutschen.«

»Hör sofort auf!«

»Nein, echt. Schau dir die Säcke unter meinen Augen an. Und diese Falten um den Mund. Ich bin kein Volltreffer, weißt du.«

»Natürlich bist du das!« protestierte Carol. »Mit einem Klacks Make-up bist du wieder die alte, umwerfende Diana. Ich hasse es, wie du dich in letzter Zeit heruntermachst.«

»Was soll ich denn tun?« murmelte Diana plötzlich. »Ich fühle mich so schrecklich. So einsam.«

»Diana, ich hab eine Idee. Komm zu mir. Bleib die nächsten paar Tage bei uns.«

»Um Gottes willen, nein. Das wäre noch schlimmer. Alle lachen und sind glücklich. Ich meine, ich muß hierbleiben.« Diana holte tief Atem und seufzte. »Es wird schon gehen«, versicherte sie. »Aber du mußt jetzt los, damit du deine tausend Besorgungen erledigen kannst.«

»Bist du sicher? Ich bleibe, wenn –«

»Nein! Ich bin sicher. Mit mir ist alles in Ordnung. Ehrlich.«

Aber solbald Carol fort war, brach ein weiterer Anfall von Verzweiflung über Diana herein, wie die riesige schwarze Stahlbirne eines Abbruchunternehmens, die plötzlich aus heiterem Himmel niedersaust.

Vor ihr drehte sich alles. Sie verbrachte den restlichen Nachmittag und einen Teil des Abends in Tränen.

Diana schreckte aus dem Tiefschlaf hoch. Daß sie auf der Couch im Wohnzimmer vor dem laufenden Fernseher einnickte, kam in diesen Tagen öfter vor. Gewöhnlich weckte Todd sie auf und schickte sie ins Bett. Ein paar Sekunden lang blinzelte sie desorientiert ins Leere, dann erinnerte sie sich, daß Todd nicht da war. Sie war allein. Sie schaute auf die Uhr. Mitternacht war vorüber, und jedes Licht im Haus leuchtete immer noch hell vor sich hin. Diana zog die karierte Wolldecke enger um ihre gebeugten Schultern und tappte im Untergeschoß von einem Raum zum anderen, um das Licht zu löschen. Nach kurzem Zögern beschloß sie, alle Außenlampen brennen zu lassen.

Sie tätschelte Romeo und Julia und erlaubte ihnen, ein paar Minuten an ihr hochzuspringen. »Jetzt sind nur noch wir da, ich und ihr beide«, flüsterte sie ihnen zu und wurde wieder trübsinnig, als sie die Hunde auf den Kopf küßte. Als sie das Tor zum Hinterhof zusperrte, wo die beiden Hunde nachts schliefen, fühlte sich Diana so verletzlich, daß sie sie beinahe mit ins Haus genommen hätte.

Diana wurde von der Stille überwältigt, mit der sie das dunkle Haus empfing, und drehte alle Lichter wieder an, die sie gerade ausgeschaltet hatte. Dazu kontrollierte sie alle Türen, damit sie ja sicher verschlossen waren.

Endlich war sie soweit, daß sie die letzte Barrikade zwischen ihr und etwaigen unerwünschten Besuchern errichten konnte; sie stieg zu ihrem Schlafzimmer hinauf, wo sie die Doppeltüren verschloß, und drückte dann die Zahlen, die die Alarmanlage einschalteten. Sogar dabei stiegen ihr heute Tränen in die Augen. Die Kombination war Harveys Geburtsdatum: 23, 12, 41.

Diana lag in ihrem Bett, unter ihrer Steppdecke zusammengerollt. Trotzdem bibberte sie. Nichts gab ihr die menschliche Wärme, in die sie sich so gern hineingekuschelt hätte. Ihre Gedanken rasten wild durch Erinnerungslandschaften und verdarben ihr jede Aussicht auf Schlaf.

Harveys Geburtstag.

Sie erinnerte sich lebhaft an den ersten, den sie miteinander gefeiert hatten, obwohl das schon über zwanzig Jahre her war.

»Ich weiß nicht, was ich für dich kaufen soll«, hatte sie ihm gesagt. Sein Geburtstag und Weihnachten lagen nur einen Tag auseinander. Sie hätte ihrem Verehrer, der sie seit sechs Monaten umwarb, gern ein großzügiges Geschenk gemacht.

»Es gibt etwas Besonderes, was ich möchte«, hatte er ihr ins Ohr geflüstert, als sie in seinem Auto hoch über der Stadt an einem verlassenen Landsträßchen standen und miteinander schmusten.

In ihrem einsamen Bett konnte Diana sogar jetzt noch den Geruch seines Aftershaves auferstehen lassen, das nach Wald duftete.

»Was möchtest du denn?« hatte sie gemurmelt.

»Dich.«

Das Wort hatte ihr Gesicht gestreift wie ein Sommerwind: Dich, ich will dich, Diana... dich.

Wie konnte sie ihm widerstehen? Sie war neunzehn Jahre alt. Sie hatte noch keinen Mann gehabt. Atemlos hatte sie gefragt: »Wann?« In seiner charakteristischen Begeisterung hatte Harvey alles geplant. Ihre Freundinnen fanden, sie sei das glücklichste Mädchen auf der Welt. Das fand sie auch. Sie fand es toll, wie er die Dinge in die Hand nahm. Damals war ihr sein Bedürfnis, alles unter Kontrolle zu haben, als angemessen erschienen. Sie hatten die Nacht im Bel Air Hotel verbracht. Das Hotel lag hinter üppigen Blütensträuchern und liliengesäumten Teichen versteckt, auf denen anmutige Schwäne dahinglitten, und war viel zu teuer, aber für die Bedeutung des Ereignisses ideal. Obwohl die Nacht ihr Geschenk für ihn war, wollte er sie nicht bezahlen lassen; sie durfte nur für den teuren französischen Wein zahlen, den er bestellt hatte und der in einem silbernen Eiskübel auf einem Gestell in ihrem blumenduftenden Zimmer auf sie wartete.

Sie war nervös gewesen, oje, so nervös! Doch Harvey hatte sie durch den Abend gesteuert, bis zum Moment ihrer ersten Vereinigung, und mit einem stetigen Strom von Komplimenten überschüttet. »Du bist das schönste Mädchen, das ich je kennengelernt habe«, sagte er immer wieder. Sie hatte in seinen Augen das verzückte Staunen aufleuchten sehen, als er sie entkleidet hatte und jeder Teil ihres Körpers vor seinen brennenden, forschenden Blicken bloßlag. Sie hatte sich unter dem Bann seiner Liebesworte und fieberhaften Zärtlichkeiten gewunden. Er hatte ihre Brustspitzen mit Wein benetzt und abgeleckt.

Sogar jetzt, als sie allein in ihrem Bett lag und sich mit ihren Händen über die Brüste strich, die er einst geliebt hatte, konnte sie ein wenig von dem erloschenen Feuer anfachen, das in jener Nacht gelodert hatte. Er konnte nicht genug von ihr bekommen. Sie hatten sich mit wahnsinniger, drängender Leidenschaft geliebt. Eine so große Leidenschaft hatten sie miteinander geteilt. Für Diana war es immer eine unumstößliche Tatsache gewesen, daß keine zwei Menschen auf der ganzen Welt sich so heftig – oder so tief – lieben konnten wie sie beide in jener Nacht. Sie hatten Harveys Geburtstag gefeiert und gleichzeitig die Geburt ihrer ewigen Verbundenheit miteinander.

Was war schiefgelaufen?

Sie warf sich auf die Seite und starrte in die Dunkelheit. War es wirklich ihr Übergewicht, das eine solche Kluft zwischen sie getrieben hatte? War sie ein anderer Mensch, als sie schlank war? Nein, glaubte sie. Wie konnte er sein Glück auf den Umfang ihrer Schenkel gründen? Hatte sie ihre hingebungsvolle Liebe jahrelang an einen derart oberflächlichen Menschen verschwendet? Oder benutzte er ihr Übergewicht als Ausrede, damit er sich nicht mit Problemen auseinanderzusetzen brauchte, die schwieriger zu benennen waren? Sie hatte den Verdacht, daß Harvey tief im Innersten unglücklich und unbefriedigt war. Projizierte er seine eigene Unzufriedenheit einfach auf sie? Sie hatte im Lauf der Jahre so viele Entschuldigungen für seine Unfähigkeit gefunden, Erfüllung zu finden – sich geweigert, diese Unfähigkeit zu sehen, sie weggewünscht, als ob sie Schmutz unter den Teppich kehrte.

Sie schaute auf die Uhr. Halb drei Uhr früh. Sie versuchte, sich daran zu erinnern, wie man sich fühlte, wenn man glücklich war. Es gelang ihr nicht. Alles, was sie jetzt empfinden konnte, war diese überwältigende Einsamkeit, eine so durchdringende Traurigkeit, daß sie sie schmecken konnte.

Sie hoffte, daß sich Harvey in seinem Bett in Vail genauso einsam fühlte.

Warum quälte er sie so? Sie haßte es, allein zu sein. Sie haßte ihn.

Sie brauchte das Geräusch eines vertrauten Herzens, das neben ihr klopfte. Sein Herz. Warum war er jetzt nicht bei ihr? Er hatte sie sogar der Wärme ihrer Kinder beraubt.

Diana stand auf und warf sich den Bademantel über. Sie stellte die Alarmanlage ab und eilte nach unten, hinaus in den Hinterhof. »Kommt her, ihr beiden«, flüsterte sie den schlafenden Hunden zu, »ihr dürft heute bei mir schlafen.«

Romeo und Julia waren sofort hellwach und aufgeregt, daß sie drinnen bleiben durften, und sprangen auf dem Weg nach oben zu Dianas Zimmer übermütig gegen die Wände und aufeinander.

»Das war ein Fehler«, sagte sie liebevoll, sobald sie ihre Tür verschlossen und die Alarmanlage wieder eingeschaltet hatte. Die beiden Hunde waren übermütig und sprangen ausgelassen aufs Bett und wieder hinunter. Diana tat es leid, daß Harvey darauf bestanden hatte, ihr Platz wäre draußen; sie hatten keine Schlafzimmermanieren gelernt.

»Sitz!« befahl sie. Sie schauten Diana mit leerem Hundeblick an und zerrten weiter an einem ihrer Kissen. »Hört sofort damit auf!« schrie sie und erschreckte sie damit.

Sie zeigte mit dem Finger auf den Boden. Romeo gehorchte diesem Befehl und legte sich augenblicklich zu Dianas Füßen. Er begann, ihre nackten Zehen abzulecken. Julia fand das lustig, deshalb legte auch sie sich hin und begann, am Saum von Dianas Nachthemd zu knabbern.

Diana streichelte sanft ihre feuchten Nasen, bis die Hunde ganz ruhig waren. »Okay. Jetzt versuchen wir zu schlafen.« Sie legte erst Julia, dann Romeo auf Harveys Seite des extrabreiten Bettes, schlüpfte dann rasch auf ihrer Seite unter die Decke und knipste das Licht aus.

Ein paar ruhige Minuten lang lag Diana umgeben von Hundeatem und feuchtem Fell da. Plötzlich robbte Romeo zum oberen Ende des Betts und machte sich quer auf Dianas Kopf breit; er begrub fast ihr Gesicht unter seinem Körper. Sie versuchte, den Hund ruhig, aber bestimmt wegzuschieben.

Julia spürte wohl eine Veränderung in Dianas Körpersprache und beschloß, vom Bett zu springen und sich in einen Kissenhaufen am anderen Ende des Raums zu wühlen. Bald sprang Romeo von Dianas Kopf hinunter und schoß hinüber, um zu sehen, was Julia da trieb.

»So geht das nicht«, stöhnte Diana. »Raus, ihr beiden«, seufzte sie und zog das sich sträubende Hundepaar am Halsband aus ihrem Zimmer und führte sie wieder in ihren Hinterhof, wo sie sich sofort zufrieden in ihrer Schlafstellung zusammenrollten, wie sie Diana vorher vorgefunden hatte.

Ihr Bett roch nach Hund, und ihr Kopfkissen und ihre Bettdecke waren von Hundehaaren übersät. Sie mußte niesen. Jede Sekunde fühlte sie sich einsamer und elender. Sie brauchte menschliche Wärme. Sie konnte sich nur ein Leben in Zweisamkeit vorstellen. »Ich bin gern verheiratet«, hatte sie Harvey angeschluchzt, als er meinte, es wäre für sie eine gute Erfahrung, wieder einmal allein zu leben. »Ich mag dich aber jede Nacht bei mir im Bett haben.«

Sie streckte ihren Arm nach Harveys Kissen aus. Sie drückte es an ihre Brust und ihren Bauch, als ob es ihr Mann wäre. Der Schmerz, der in ihrem Herzen entsprang und sich durch ihren ganzen Körper fortpflanzte, wollte nicht weggehen.

Jetzt kamen Diana die Tränen, und sie stand wieder auf und lief im Kreis herum, weil sie in Bewegung bleiben mußte, sonst würde sie anfangen zu kreischen.

Sie hatte den verzweifelten Drang, sich an irgend etwas anzuschmiegen, das sie an glücklichere Zeiten erinnerte, und lief ins Schrankzimmer, um die Steppdecke zu holen, die sie nicht mehr benutzten, seit sie ihr kleineres Bett verkauft hatten. Diana hatte sich nie von dieser fleckigen, schäbig gewordenen Decke trennen können; beide Kinder waren darauf gezeugt worden.

An der Tür blieb Diana plötzlich stehen und blickte zurück. Das Schrankzimmer schien ihr den ersehnten Schutz zu bieten, gerade weil es so klein war, daß es sie ringsum einhüllte. Sie machte einen Schritt in die Mitte, schloß die Tür und löschte das Licht, bevor sie sich auf dem Fußboden ein Nest baute. Sie wikkelte die zerschlissene Decke um sich, als ob sie ein Baby ringsum warm einpackte. Dann lag sie starr und zitternd da, trotz der vertrauten Kokonhülle aus ihrer glücklicheren Vergangenheit. Ich schnappe wahrscheinlich über, war Dianas letzter tränenerstickter Gedanke, bevor sie einschlief.

8. Kapitel

Diana kam sich auf dem Flur von Dr. Fernbergs Praxis vor wie auf dem Hauptbahnhof: Arzthelferinnen und Patienten eilten geschäftig zwischen den Untersuchungsräumen und der gefürchteten Waage hin und her, auf der sie sich jetzt wiegen sollte. Diana seufzte ergeben und schlüpfte aus ihren Schuhen. »Ich kann gar nicht hinschauen«, stieß sie nervös hervor, als sie auf die Waage stieg und das Metallgewicht sofort niedersausen sah, bevor die Helferin es exakt auf ihr Gewicht hin austarieren konnte. Die Helferin schnalzte mit der Zunge und sagte: »Nanu, nanu.« Diana war sicher, sie hätte gehört: »So eine Kuh!« Sie hätte gern einen Blick riskiert, um zu sehen, ob sich der geheime Verdacht, den sie seit mehreren Wochen hegte, bestätigte und sie tatsächlich ein paar Pfund verloren hatte, aber sie schaffte es nicht; sie stand starr und steif auf der kalten Metallplatte und kniff die Augen fest zusammen. Es schien eine Ewigkeit zu dauern, bis die Helferin die Waage zu ihrer Zufriedenheit eingestellt hatte.

»Gewogen zu werden ist qualvoller als eine Wurzelbehandlung ohne Betäubung!« gestand Diana der Helferin.

»Also, ich weiß gar nicht, was Sie haben, Diana. Seit Ihrer letzten Untersuchung im November haben Sie neunzehn ein viertel Pfund abgenommen«, sagte die Helferin sachlich.

Dianas Augen weiteten sich ungläubig. Als die dritte Speckrolle während der Weihnachtsferien dahingeschmolzen war, hatte sie erwartet, etwa fünf oder vielleicht sechs Pfund abgenommen zu haben. Aber neunzehn ein viertel Pfund? Nie. Man mußte kämpfen, um so viel abzunehmen. Man schaffte es bestimmt nicht, wenn man täglich drei befriedigende Mahlzeiten zu sich nahm, und das auch noch mit Genuß! »Sind Sie sicher?«

Die Helferin sagte: »Natürlich bin ich sicher.«

Diana wirbelte die Frau, die keine Chance zu entkommen hatte, in einer wilden Umarmung herum. »Ich liebe Sie!« rief Diana lachend. »Sie sind wunderbar!« schrie sie, während sich alle Anwesenden umdrehten und sie anstarrten.

Die Helferin war von Dianas Ausbruch sichtlich verwirrt und stotterte: »Moment mal. Ich habe doch gar nichts gemacht, sondern Sie. Sie sind diejenige, die neunzehn Pfund abgenommen hat.«

»Und ein Viertel«, brabbelte Diana. »Das habe ich echt!« Tränen der Aufregung und des Glücks traten ihr in die Augen. »Dürfte ich Sie um einen Gefallen bitten?«

»Natürlich«, sagte die Helferin und strich sich die Haare glatt, die Diana durcheinandergebracht hatte.

»Könnten Sie mich noch mal wiegen?«

Die Helferin musterte Diana, als ob sie eine entsprungene Irre vor sich hätte. »Wenn Sie wünschen.«

Diana stieg eifrig wieder auf die Waage. Sie sah zu, wie die Helferin die Gewichte verschob und wieder einstellte. Ihr Herz schien ein paar euphorische Schläge lang auszusetzen, während sie darauf wartete, daß sich der Zeiger genau in der Mitte einpendelte und ihr neues, niedrigeres Gewicht anzeigte. »Das ist einfach toll«, rief sie und bestand darauf, daß die Helferin die Waage noch dreimal neu einstellte.

Als Dr. Fernberg ins Untersuchungszimmer kam, erhielt ihr geknicktes Selbstwertgefühl noch mehr Auftrieb. Er beglückwünschte sie überschwenglich zu ihren Fortschritten bei der Änderung ihres Lebensstils und erklärte, sie sei körperlich in wesentlich besserer Verfassung als noch vor drei Monaten. Den Rest der Untersuchung schwebte sie wie auf Wolken, sogar während des schwierigen Teils, als sie Fernberg von ihrer Trennung von Harvey berichten mußte.

Harvey.

Oh, wie sich Diana wünschte, die guten Neuigkeiten mit ihm zu teilen! Sie konnte sich lebhaft vorstellen, was für ein erstauntes Gesicht er bei ihrem Anruf machen würde. Plötzlich fühlte sie sich wieder attraktiv und selbstsicher. Sie hatte eine bessere

Idee, als ihn anzurufen: Sie würde einfach zu ihm in die Praxis fahren.

Sie zog ihren alten Nickianzug wieder an und war endlich bereit zu glauben, daß ihre Sachen wirklich so weit waren, wie sie sich anfühlten. Doch ihre gehobene Stimmung sank, sobald sie sich im Spiegel sah. Sie hatte immer noch dunkle Ringe unter den Augen und trug kein Make-up. Neunzehn ein viertel Pfund oder nicht, wie sie jetzt aussah, konnte sie sich nicht vor Harvey blikken lassen.

Diana fuhr in Richtung Oak Valley Ladenzentrum los. Sie ließ ihre Gedanken sorglos und ungebremst durch die Gefilde ihrer neuen Eßgewohnheiten streifen: Ich esse drei Amigo-Riegel und habe fast zwanzig Pfund abgenommen; ich esse Toast mit Honig, Marmelade und sogar Apfelmus und habe fast zwanzig Pfund abgenommen; ich esse Nudeln mit würziger Sauce und habe fast zwanzig Pfund abgenommen; ich esse dicke Sandwiches und habe fast zwanzig Pfund abgenommen – ich *esse* und *nehme ab!*

Harvey?

Sie *konnte* die Frau sein, die er haben wollte.

Anders.

Schlank.

Diana empfand wieder die Hochstimmung, die ihr in den letzten Monaten abhanden gekommen war. Sie nahm das Tiefblau des Februarhimmels nach der Regennacht wahr, den verblüffenden Kontrast des Azurblaus zu den schneebedeckten Bergen in der Ferne und zu den Baumriesen in ihren verschiedenen Grünschattierungen, die die Straße säumten. Sie kurbelte das Fenster einen Spalt herunter, genoß den kühlen Winterwind, der ihr durchs Haar blies, und schwelgte im frischen Geruch von nassem Gras.

Schwungvoll bog Diana in den überfüllten Parkplatz des Ladenzentrums ein und fand sofort eine Lücke. Das war eindeutig ein Zeichen des Schicksals, daß es in ihrem Leben wieder bergauf ging.

Zielstrebig marschierte Diana auf ihr Lieblingsgeschäft zu, das einzige, in dem sie in den letzten paar Jahren passende Kleidung hatte finden können: Die *Neue Frau* für Größe 42 und aufwärts. Die Modelle dieser teuren Boutique basierten auf dem Schnitt von Umstandsmoden und zielten darauf ab, Bauch, Taille und Po zu strecken.

Diana blieb vor dem Schaufenster stehen und schaute, ob ihr eines der ausgestellten Stücke gefiel. In der Regel erspähte sie schon, bevor sie überhaupt in den Laden ging, mehrere Ensembles, die sie unbedingt haben mußte. Heute schien ihr nichts Passendes dabei zu sein. Vielleicht gehöre ich hier nicht mehr hin, dachte Diana. Sie kehrte der *Neuen Frau* den Rücken zu und ging zwanzig Meter weiter ins *Saks Fifth Avenue.*

Diana fuhr mit der Rolltreppe in die Designer-Boutique hinauf.

»Kann ich Ihnen helfen?« fragte eine Verkäuferin.

Diana musterte die große, gertenschlanke Frau. Keine Verkäuferin der *Neuen Frau* war dünn. »Ich schaue mich nur um«, sagte Diana.

»Wenn Sie etwas sehen, das Sie gern anprobieren möchten, sagen Sie mir nur Bescheid, dann bin ich Ihnen gern behilflich. Mein Name ist June.« Sie lächelte Diana warm an.

Diana stöberte die Ständer von Giorgio Armani, Ralph Lauren und Anne Klein durch und fühlte sich wie im siebten Himmel. Beladen mit mehreren Sachen wandte sie sich an June, damit sie ihr den Anproberaum zeigte. »Ich bin in einer Minute zurück«, sagte June und ließ Diana allein, damit sie mit ihrem neuen Selbst vor einen dreidimensionalen Spiegel treten konnte.

Sie probierte einen Poloanzug an und strahlte über ihr Spiegelbild. Zwar saß der Anzug perfekt, doch er gefiel ihr nicht so gut, daß sie ihn kaufen wollte. In den letzten Jahren hatte sie vieles nur deshalb gekauft, weil ihr nichts anderes paßte, nicht, weil es ihr so gut gefallen hätte.

Genauso verhielt es sich mit einem sehr teuren Giorgio-Armani-Hosenanzug aus schwarzem Wollcrêpe. Er ist ganz nett, dachte sie, aber ich kann mir etwas Besseres aussuchen. *Aussuchen!*

Diana schlüpfte in ein Anne-Klein-Kostüm Größe 42. Sie

hatte es bis zum Schluß aufgehoben, weil schon feststand, daß sie den Blazer mit seinem winzigen Druck in Beige und Schwarz und den passenden Rock liebte. Sie konnte es nicht glauben; der Rock war tatsächlich zu groß! Gott, sie *liebte* Anne Klein. Am liebsten hätte sie den Rock geküßt. »Könnten Sie mir das in Größe 40 bringen?« bat sie June stolz, als die Verkäuferin zurückkam und sich erkundigte, ob sie etwas bräuchte. Am liebsten hätte sie auch June geküßt, als sie ihr keineswegs ins Gesicht lachte, weil sie etwas so Absurdes wie eine kleinere Größe verlangt hatte.

»Größe 40 haben wir nicht mehr da«, sagte June, als sie zurückkam, fügte aber rasch hinzu, »aber ich habe Ihnen das hier mitgebracht.« Sie hielt vor Dianas prüfenden Blicken eines der erstaunlichsten Ensembles hoch, die Diana seit langem gesehen hatte. Es war anders als alles, was sie besaß. Rock und Rollkragenpulli waren aus weichster Wolle, in einem ins Graue spielenden Lilaton, in den kleine, zitronengelbe Tupfer eingewebt waren. Die Mohairjacke hatte ein Fischgrätmuster aus Maisgelb und Grauviolett; Raglanärmel und modische Schulterpolster hoben den verlängerten Schnitt der Kurzjacke hervor, die bis zur Hüfte reichte und nicht, wie sonst üblich, in der Taille endete.

»Escada«, sagte June ehrfürchtig. »Wir haben es erst heute bekommen.«

Harvey liebte Escada-Modelle. Jedesmal, wenn Carol Benton eines dieser teuren deutschen Ensembles trug, machte er eine Bemerkung darüber, wie wunderbar sie geschnitten wären.

»Ich probiere es«, sagte Diana und nahm June die Bügel ab.

»Das ist wie für Sie gemacht, da leg ich meine Hand ins Feuer«, sagte June, als ob sie dicke Freundinnen wären.

Diana nickte und wartete schon etwas ungeduldig darauf, daß sie ungestört probieren konnte.

June spürte dies offenbar, zog sich rasch zurück und schloß die Türe hinter ihr.

Diana schlüpfte in den Pulli. Sie musterte sich beifällig im Spiegel. Es gefiel ihr sehr, wie sich die kleinen gelben Tupfen verspielt gegen das kühne Webmuster der Jacke abhoben. Das Material fühlte sich auf ihrer Haut traumhaft an. Sie strich sich verführerisch die Arme entlang. Harvey wird ausflippen, wenn er diesen Pulli sieht, dachte sie.

Sie stieg in den Rock. Der Pulli fiel perfekt über den Bund und enthüllte keinen einzigen unschönen Wulst. Diana erlag nicht der törichten Selbsttäuschung, alle ihre Polster seien dahingeschmolzen, doch einige waren wirklich weg, und sie durfte sich ruhig eingestehen, daß sie von jedem Blickwinkel aus besser aussah. Sie ließ ihre Hände sinnlich über ihre Hüften gleiten – so wie Harvey sie früher liebkost hatte. Plötzlich konnte sie sich lebhaft eine Szene vorstellen, die sich später zwischen ihnen abspielen würde. Er säße in seinem privaten Arbeitszimmer, und sie würde in diesem unglaublichen Outfit hereinschlendern. Er würde mit einem erschrockenen Blick von seinem Schreibtisch hochschauen, einem Blick, der in Entzücken umschlagen würde.

Sie machte vor dem Spiegel eine halbe Drehung und nahm die Jacke vom Bügel. Als sie hineinschlüpfte, versuchte sie zu entscheiden, ob sie schicker aussah, wenn sie die Jacke richtig anzog, oder ob es nicht aufregender wäre, sie lässig über die Schulter zu werfen.

Natürlich würde Harvey aufspringen und auf sie zustürzen, sie an den Schultern fassen und ihr tief in die Augen schauen. Er würde ihr sagen, wie schön sie aussehe, wie anders... wie schlank. Dann würde er ihr die Jacke abnehmen. Ja, sie würde sie um die Schultern hängen, damit er sie einfach wegziehen konnte. Er würde die Jacke auf die Couch werfen und das wunderbare, lila-gelb-karierte Futter bemerken; dann könnte er sich nicht länger beherrschen und würde sie küssen.

Vielleicht, nur vielleicht würde Harvey ihren Pulli hochschieben und ihre Brüste streicheln, ihr den BH aufhaken und das Teil aus grauem Satin – das sie zu kaufen vorhatte, sobald sie für das Escada-Ensemble gezahlt hätte – auf den Boden fallen lassen. Ihre Brustwarzen würden unter seiner Berührung hart und dunkel werden. Sie und Harvey würden zu Boden sinken und sich lieben, den neuen Rock bis zur Taille hochgeschlagen, weil ihre Leidenschaft zu groß wäre, als daß sie eine Sekunde länger ans Ausziehen verschwenden könnten. Diana malte sich die Szene so plastisch aus, daß sie feucht zwischen den Schenkeln wurde, als sie fast spürte, wie Harvey in sie eindrang, sie ausfüllte, sich langsam in ihr bewegte, dann immer drängender –

»Wie geht's denn da drinnen?« trällerte June durch die Lamellentür.

Diana wurde puterrot, als sie so unvermittelt aus ihren Träumen gerissen wurde und wieder auf dem Teppich des Anproberaums von *Saks Fifth Avenue* landete. Sie schwenkte die Türflügel zurück.

»Was meinen Sie dazu?« fragte sie zögernd, gar nicht mehr der selbstsichere Vamp ihrer Phantasien.

»Genau wie ich sagte: Wie für Sie gemacht!« strahlte June stolz.

»Das ist mehr, als ich je für Kleider ausgegeben habe«, gab Diana etwas später zu und schluckte, als sie den Kassenbon unterschrieb. June hatte Diana überzeugt, daß sie zu Rock, Pulli und Jacke ein passendes Seidentüchlein bräuchte, das sie in die Brusttasche steckte. Diana wußte, daß sie ein kleines Vermögen ausgab, doch sie beruhigte ihr sich leise regendes schlechtes Gewissen damit, dies sei schließlich eine Investition für ihre Zukunft!

Federnden Schritts – fast auf den Fußballen hüpfend – ging sie in die Wäscheabteilung, wo sie graue Seidendessous mit Alençon-Spitze und ein Paar eisgrauer Strümpfe erstand. In einer Kabine schlüpfte sie in die sexy Unterwäsche und ihr neues Ensemble und knüllte die alten Sachen in eine Tüte, die in der Mülltonne landen würden, sobald sie heimkäme.

»Ach, ist das aufregend«, sagte die Verkäuferin in der Wäscheabteilung, als Diana ihr erzählte, warum sie jetzt die neuen Sachen anzog. »Wenn ich so etwas unternommen hätte, wäre ich vielleicht heute immer noch verheiratet«, seufzte sie.

»Wer weiß, ob's was nützt«, murmelte Diana.

»Also wenigstens haben Sie so schön abgenommen – fast zwanzig Pfund!«

»Ich habe aus gesundheitlichen Gründen diese Diät gemacht, und fast aus Versehen sind die Pfunde buchstäblich dahingeschmolzen. Ich habe mich mit Brot vollgestopft, mit Nudeln, Kartoffeln, all den Kohlenhydraten, die bei den meisten Diäten auf der Verbotsliste stehen. Ich habe erkannt, daß mich diese Sachen an und für sich nicht dick machen, sondern Fett. Deshalb habe ich mir eingeredet, ich sei allergisch gegen Fett.«

»Ich selber bin und bleibe eine Bohnenstange«, lachte die Verkäuferin, »aber ich werde diese Diät auch mal ausprobieren. Man weiß ja nie, was sich alles in den Arterien ablagert. Bar oder Kreditkarte?«

»Kreditkarte«, sagte Diana. Sie grub in ihrer Handtasche nach dem Geldbeutel und stieß auf etwas Rundes. »Oh«, brummte sie und nahm einen Film heraus, den sie entwickeln lassen wollte. »In welchem Stock ist der Foto-Schnelldienst?«

»Das weiß ich leider nicht. Haben Sie eine Reise gemacht?« erkundigte sich die Verkäuferin.

»Meine Kinder. In den Weihnachtsferien. Mein Sohn verspricht ständig, er läßt die Bilder entwickeln, aber Sie wissen ja, wie sechzehnjährige Lümmel sind. Vergeßlich. Der Film lag zwei Monate unberührt in der Küche.«

Sie steckte ihn in die Jackentasche und unterschrieb den Kassenbon.

Nachdem sich Diana graue Wildlederpumps und eine passende Handtasche gekauft hatte, blieb sie in der Kosmetikabteilung stehen. Sie wollte nicht zurück nach Hause fahren, um sich zu schminken; es wäre einfacher, gleich hier etwas zu kaufen. Diana steuerte auf die Theke zu, wo mehrere Verkäuferinnen bereitstanden. Während sie die Lidschatten in Lavendeltönen inspizierte, wurde sie vom Visagisten angesprochen.

»Haben Sie schon einmal Gelb probiert?« fragte er mit einer hohen, näselnden Stimme. »Zu diesem phantastischen Ensemble, das Sie da anhaben, würde das umwerfend aussehen.«

»Na ja, äh –«, stotterte Diana. Sie hätte nie im Traum daran gedacht, sich Gelb auf die Lider zu pinseln.

»Sagen Sie das nicht!« tadelte er sanft. »Das würde nicht nur wunderbar mit Ihren Kleidern harmonieren, sondern auch mit Ihrer Augenfarbe.«

»Gelb?«

»Wir könnten etwas von diesem Purpur dazumischen ... oder Holzkohle. Und ... darf ich Ihnen dies hier zeigen?« sprudelte er so schnell hervor, daß sich Diana wie überrumpelt fühlte. Er suchte ein paar merkwürdige Lidschattentöne aus. »Warum lassen Sie mich denn nicht gleich Ihr ganzes Gesicht machen? Wir haben heute Gratis-Demonstrationen.«

»Ich war gerade auf dem Weg –«

»Es dauert nur fünfzehn bis zwanzig Minuten. Ich bin zufällig gerade frei und würde rasend gern an Ihren Augen arbeiten«, säuselte er. »Sie sind traumhaft.«

Diana errötete. »Nun, eigentlich –«

»Ach, lassen Sie sich doch überreden«, drängte er.

Diana warf einen Blick auf die Uhr. Erst Viertel nach eins. Vielleicht war Harvey immer noch beim Essen, und sie müßte auf ihn warten. Das wäre eine blöde Situation. »Kann ich in drei Minuten wiederkommen?« fragte sie. »Dann kann ich vorher einen Film beim Schnelldienst abgeben. Wissen Sie, wo der ist?«

»Zweiter Stock. Ich warte auf Sie«, sagte er.

Diana reichte den Film ein und spurtete zurück. Sie hatte jetzt bei jedem Schritt mehr Energie als monatelang im ganzen Körper. Der Visagist wartete auf sie wie versprochen. Bevor sie wußte, wie ihr geschah, versank sie in einem Sessel und wurde hydraulisch in die Höhe befördert; ein Baumwoll-Latz schützte ihren neuen Pulli.

Der Visagist machte sich an die Arbeit und plauderte anerkennend über Dianas schöne Augen und Haut, obwohl er sie schalt, daß sie ihre Poren leicht hätte austrocknen lassen.

Er überzeugte Diana, daß sie ganz neue Kosmetikprodukte nötig hätte, einschließlich einer Anti-Aging-Creme, Kräutermasken, Lippenbefeuchtern, Augen-Gels, Lidstiften, Lippenstiften, Rouge, Lippengloss, Make-up-Grundierungen und einer Auswahl an Lidschatten, die zu den Farben ihrer neuen Kleider paßten.

Nach 35 Minuten stand eine um 500 Dollar erleichterte Diana auf und ächzte: »Jetzt muß ich wohl oder übel zum Friseur.«

»Ich rufe für Sie im Salon oben an und mache einen Termin mit Raphael aus – er ist der neue José Eber«, zwitscherte er.

Endlich war Diana fix und fertig. Mit frisch lackierten Fingernägeln und in letzter Minute enthaarten Beinen, mit neuer Lokkenpracht, neuem Make-up und neuem Outfit war sie bereit, ihren Mann zurückzufordern.

Das alles hatte sie fast 3000 Dollar gekostet.

Als sie die Fotos abholen ging, standen fünf Leute vor ihr in der Schlange. Alle schienen ewig zu brauchen, um ihre Fotos doppelt und dreifach nachzukontrollieren. Als Diana zahlte, hatte sie es viel zu eilig, um die Fotos durchzusehen. Es war schon drei Uhr vorbei.

Sie schlug einen anderen Mercedes beim Rennen zur Parkplatz-Ausfahrt und bog tollkühn wie eine Taxifahrerin nach links ab. Sie raste Nebenstraßen entlang und fuhr Schleichwege, um den verkehrsreichen Ventura Boulevard wenigstens zum Teil zu umgehen. Sie fädelte sich in den Freeway ein und fuhr auf ihr Ziel los, und jedesmal, wenn sie sich im Rückspiegel erblickte, machte ihr Herz einen kleinen Freudensprung.

An der Biegung, wo der Ventura Freeway auf den San Diego Freeway traf, geriet Diana in einen Stau. Sie schaltete den Verkehrsfunk ein. Schon nach ein paar Sekunden erfuhr sie, daß ein Unfall am Sepulveda Pass, in den drei Autos verwickelt waren und es bei dem auch Verletzte gab, das Chaos verursacht hatte. Der Verkehr staute sich kilometerweit zurück und blockierte drei Freeways.

Also mußte sie sich auf eine lange Wartezeit gefaßt machen. Sie stellte den Oldies-Sender ein, öffnete das Schiebedach und ließ die kühle Luft über sich streichen. Als der Verkehr völlig zum Stillstand kam, beschloß Diana, sich Todds Fotos anzuschauen. Das erste Foto zeigte Todd und Jessica vor Harveys schicker Apartmentanlage in Century City an dem Vormittag, als sie nach Vail abfuhren.

Auf den nächsten paar Bildern waren Todd und Harvey am Flughafen zu sehen. Sie zogen Grimassen und blödelten überhaupt albern herum. Diana fühlte sich plötzlich betrogen, bezwang aber dieses Gefühl.

Der Verkehr schob sich ein paar Zentimeter weiter. Diana fuhr an und sang lauthals einen alten Folksong mit.

Allmählich wurde sie ungeduldig und beschloß, den Freeway zu verlassen und die Einkaufsstraßen zu benutzen. Wenn sie weiter in dieser Geschwindigkeit vorwärts käme, hätte Harvey seine Praxis längst verlassen, bevor sie dort überhaupt einträfe. Sie bog auf den Seitenstreifen hinaus und fuhr auf die Ausfahrt Van Nuys zu. Anscheinend war jeder auf dieselbe Idee gekommen, denn jetzt steckte Diana in einem Stau, der sogar noch schlimmer war als auf dem Freeway.

Außer sich um ruhig Blut zu bemühen, hatte sie nichts weiter zu tun, deshalb hob sie den Packen Fotos wieder auf. Das nächste Bild war auf dem Flughafen von Denver aufgenommen worden und zeigte Harvey, Todd und eine Frau. Irgendeine Fremde, dachte Diana zuerst. Dann erkannte sie, daß es sich um Harveys Assistentin handelte, Laurie. Was für ein Zufall, staunte Diana und wunderte sich, warum die Kinder nie erwähnten, sie getroffen zu haben.

Auf dem nächsten Foto waren Harvey und Laurie abgelichtet; beide lächelten. Nach und nach drangen bestürzende Erkenntnisse zu Diana durch, als sie die restlichen Bilder durchblätterte, nur um zu entdecken, daß auf den meisten Laurie mit drauf war. Kein Wunder, daß Todd mich nicht darum gebeten hat, seinen Film für ihn entwickeln zu lassen, dachte sie, als die Wahrheit sie wie eine Keule traf: Diese Frau – diese *Assistentin* – hatte zwei Wochen lang mit *ihren* Kindern und *ihrem* Mann gelebt!

Diana unterdrückte einen plötzlichen Brechreiz. Da saß sie in ihrem Auto, eine Gefangene im Verkehrschaos von Los Angeles, ihr war schlecht, und sie wußte nicht, was sie tun sollte. Am liebsten hätte sie losgekreischt. Wie konnte es Harvey fertigbringen, zu einem Urlaub mit *ihren* Kindern eine Freundin mitzunehmen? Auch von Todd und Jessica fühlte sie sich verraten. Sie hatten die ganzen Wochen über gewußt, daß ihr Vater ein Verhältnis mit einer anderen Frau hatte, und hatten es ihr nicht gesagt.

Wie dumm war sie gewesen. In dem Moment, als Harvey sagte, er liebe sie, sei aber nicht in sie verliebt, hätte sie wissen müssen, daß er in eine andere verliebt war. Wie konnte sie so einfältig sein und sich einbilden, daß er nur darauf wartete, daß sie in seinem Leben wieder auftauchte, sie nach einem einzigen Blick – um fast zwanzig Pfund und 3000 Dollar leichter – in seine Arme schloß und liebte, wie sie es sich von ihm wünschte?

Hier ging es überhaupt nicht um Fett! Es ging um Verlangen – Harveys Verlangen nach einer anderen Frau!

Tränen strömten ihr übers Gesicht. Rinnsale schwarzer Wimperntusche vermischten sich mit gelbem und grauem Lidschatten und Lidstiften und zeichneten ein trauriges Muster auf die künstliche Bräune ihrer Wangen. Sie machte nicht den geringsten Versuch, die farbverschmierten Tropfen von ihren neuen Kleidern fernzuhalten.

Zweiter Teil

9. Kapitel

»Eyeful Tours«, meldete sich Diana liebenswürdig am Telefon, zum hundertsten Mal an jenem Tag. »Kann ich etwas für Sie tun?«

»Carol Benton, bitte«, sagte der Anrufer, fügte aber dann hinzu: »Moment mal. Spreche ich mit... Diana, bist du's?«

»Chris!« rief Diana aufgeregt.

»Diana, du bist's wirklich! Verdammt, bin ich froh, daß ich dich an der Strippe habe.« Er schwieg einen Herzschlag lang und platzte dann heraus: »Wieso bist du denn überhaupt am Telefon?«

»Ich arbeite jetzt hier.«

»Du nimmst mich wohl auf den Arm«, sagte Chris. »Ich telefoniere herum, um dich zu finden, und da bist du auch schon.«

»Um mich zu finden? Bist du wieder zurück?«

»Nö. Schufte immer noch auf Hawaii. Aber ich wollte dich um einen kleinen Gefallen bitten«, erklärte Chris. »Mein Haus in Encino steht unter Wasser. Zumindest die Vorratskammer und die Küche, und wer weiß, was inzwischen sonst noch. Consuelo ist bei Katastrophen absolut untauglich.«

»Natürlich helfe ich dir. Mach dir keine Sorgen.«

»Ich wußte, daß ich mich auf dich verlassen kann. Aber ich bin schockiert, daß du arbeitest. Du zerstörst meine Lieblingsvorstellung – die letzte lebende Voll-Hausfrau hat abgedankt.«

Diana räusperte sich. »Chris, sitzt du oder stehst du?«

»Sollte ich denn sitzen?« fragte er.

»Harvey und ich haben uns getrennt.«

»Was!« rief Chris. »Wann denn?«

»Kurz vor Thanksgiving.«

»Wie geht's dir denn soweit?«
»Besser. Aber ich war wirklich ein Häufchen Elend gewesen.«
»Ich wünschte, du hättest mich angerufen.«
»Ich konnte nicht darüber reden«, sagte Diana. »Du kannst dir nicht vorstellen, was hier alles abgelaufen ist. Wenigstens ist die Arbeit eine Ablenkung.«
»Du bist also eine Arbeitnehmerin. Brrr!«
»Ich arbeite nur Teilzeit. Carol hatte Mitleid mit mir«, sagte Diana.
»Warum überhaupt? Kommt Harvey nicht für deinen Unterhalt auf?« fragte Chris.
»Erst war er die Großzügigkeit selbst. Schuldgefühle, vermute ich. Dann habe ich herausbekommen, daß er ein Verhältnis hatte – mit seiner Assistentin. Da habe ich alle Schlösser an den Türen ausgetauscht. Du hättest seinen Blick sehen sollen, als er aufschließen wollte, um ein paar von seinen Sachen zu holen. ›Das ist nicht mehr dein Haus‹, habe ich ihm gesagt. ›Wenn du herein willst, mußt du mich um Erlaubnis fragen.‹ Jetzt ist er nicht mehr so freigiebig.«
»Schau an! Wie nehmen's die Kinder auf?«
»Jessica trägt's mit Fassung. Sie ruft mich ab und zu von der Uni an und sagt, es ginge ihr gut. Todd und ich reden kaum miteinander. Er hat sich in einen kleinen Harvey verwandelt. Das ist hart für mich. Aber ich überleb's. Bist du nicht froh, daß du angerufen hast?« lachte Diana.
»Das bin ich wirklich. Und ich will alles hören, aber ich muß zurück zum Drehort. Ein Gewitter zieht auf. Wir müssen die Szene abdrehen, bevor es zu gießen anfängt. Ich ruf dich heute abend zu Hause an.«
»Fein!« sagte Diana und fühlte sich plötzlich glücklicher als seit Wochen.

Um Mitternacht Ortszeit Los Angeles rief Chris an. Er konnte kaum sein »Hallo!« anbringen, da schilderte ihm Diana auch schon, wie sie sein Überschwemmungsproblem mit zwei kurzen Anrufen erledigt hatte. Im Moment herrschte Ruhe an der kalifornischen Front.

Chris klang müde und entschuldigte sich, so spät noch anzurufen, aber er wäre gerade erst mit seiner Arbeit fertig geworden. Er klang gestreßter als am Morgen, wollte sie aber nicht mit langweiligen Einzelheiten belasten, wie er es nannte, bevor sie ihm alles über ihre momentane Situation erzählt hätte.

Diana fertigte Harvey mit ein paar ätzenden Bemerkungen ab. Als Chris jedoch begann, bei ihrer getrübten Beziehung zu ihrem Sohn nachzubohren, gelang es Diana nicht mehr so recht, die starke Frau zu spielen.

Ihr tat immer noch das Herz weh, wenn sie daran dachte, wie sie an jenem Nachmittag nach Hause gefahren war, nachdem sie entdeckt hatte, daß Harvey eine Geliebte hatte; wie eine Furie hatte sie sich auf Todd gestürzt, der an seinem Schreibtisch Schularbeiten machte. Sie konnte immer noch sehen, wie seine Finger den Bleistift immer fester umklammerten; sie konnte immer noch hören, wie die Spitze schließlich unter dem Druck abbrach, bevor er sich auf seinem Drehstuhl herumschwang und seine tobende Mutter mit Tränen in den Augen ansah. Er war schweigend dagesessen, die Augen liefen ihm über, die Tränen rannen ihm die Wangen hinunter, und er hörte ihr zu, wie sie tobte und ihm Verrat vorwarf, weil er ihr nichts von Harveys schäbiger Affäre erzählt hätte.

»Kein Wunder, daß du nicht wolltest, daß ich den Film für dich entwickeln lasse!« hatte sie hervorgestoßen und ihm den Bilderpacken hingeworfen, der ihn mitten auf die Brust traf. Sie konnte immer noch sehen, wie er zusammenzuckte, aber er blieb stumm.

»Sag was!« hatte sie gekreischt.

»Was gibt's denn schon zu sagen?« hatte er schließlich geflüstert. »Papa mag sie halt.«

»Papa mag sie? Er *mag* sie! Ist das alles, was du dazu zu sagen hast?« schrie sie. Diana durchquerte mit zitternden Knien das Zimmer und rüttelte ihren Sohn an den Schultern. Er saß da wie ein nasser Lappen, ließ sich von ihr durchschütteln und ihren Wahnsinnsausbruch passiv über sich ergehen.

Noch immer wurde sie von den Dämonen der Eifersucht, des Verrats und der Demütigung gebeutelt; wie eine Rasende stürmte sie aus seinem Zimmer. Die nächste halbe Stunde verbrachte sie am Telefon und schrie Jessica in derselben Weise an.

Im Gegensatz zu ihrem Bruder hatte Jessica Diana schließlich unterbrochen und mit der Erklärung beruhigt, Laurie hätte in einem anderen Apartment ihres Hotelkomplexes gewohnt, und während Laurie äußerst »nett« zu Harvey zu sein schien, hatte er sie mit Rücksicht auf die Gefühle seiner Kinder eher kühl behandelt. Jessica bestand darauf, ihr Vater hätte seine »tiefe« Zuneigung zu Laurie erst vor einem Monat zugegeben.

Diana war immer noch verletzt vom letzten Tiefschlag, den ihr die Erkenntnis der Tatsachen versetzt hatte, doch Jessicas vernünftige Stimme hatte sie für den Moment beruhigt. Sie legte auf und ging sofort in Todds Zimmer, um ihm zu sagen, ihre heftige Reaktion täte ihr leid. Doch Todd war geflüchtet.

Harvey hatte später an jenem Abend angerufen und Diana, die außer sich vor Verzweiflung war, informiert, Todd sei zu ihm gezogen. Sogar nachdem Diana Harvey berichtete, warum sie die Kontrolle über ihre Gefühle verloren hatte, bestand er darauf, sie hätte mit *ihrem* Verhalten ihren unglücklichen Sohn aus dem Haus getrieben. Dieses und alle folgenden Gespräche mit ihrem Mann, der sich von ihr stark distanziert hatte, ließen in ihr immer das Gefühl zurück, sie sei die Schuldige – niemals Harvey. Und sie wußte, daß er sich nie bemühte, die Kluft zwischen ihr und ihrem Sohn zu überbrücken. Wenn überhaupt, dann trieb er den Keil nur noch tiefer.

Über drei Wochen lang weigerte sich Todd, mit Diana zu reden. Harvey blieb das einzige Bindeglied zwischen ihnen, und er machte Diana das Leben zur Hölle, wenn er selbstgefällig beteuerte, Todd lebe genauso gern bei ihm, wie er selbst Todds Gesellschaft genieße. Trotz Harveys hochkarätigem Spielzeug – einem voll ausgerüsteten Body-Building-Raum, der es mit jedem Fitneßcenter aufnehmen konnte, einem Wasserbett im Gästezimmer und einer 8000 Dollar teuren THX-Verstärkeranlage für den Fernseher – kam Todd schließlich nach Hause zurück. Er schien mürrischer denn je, weigerte sich aber, mit Diana über seine Gefühle zu reden. Auch wollte er ihr nicht sagen, warum er nach Hause zurückkehren wollte.

Todd redet mit so gut wie niemandem mehr, erzählte Diana Chris.

»Er hat mit seinen Gefühlen dichtgemacht«, gab sie traurig zu, »und das ist alles meine Schuld.«

»Willkommen im Club der von Schuldgefühlen geplagten Eltern«, sagte Chris und klagte ihr sein eigenes Lied über die Probleme seiner Töchter, sich in ihrer neuen Schule zurechtzufinden. Er sagte, seine Mädchen hätten ihn als Ungeheuer beschimpft, weil er sie gezwungen hätte, ins Paradies überzusiedeln.

»Harvey nimmt meine Kinder an Ostern wieder zu einer Vergnügungsreise mit – nach Mexiko«, sagte Diana. »Laurie fährt auch mit.«

»Die Zwillinge setzen Segel nach Alaska, um Marylou zu besuchen.«

»Dann sind wir also über die Feiertage beide allein.«

»Ja«, sagte er gedehnt und machte eine Pause. »He, das braucht doch gar nicht so zu sein, oder?«

»Ich hasse Single-Kneipen«, blödelte Diana.

»Ich hatte eigentlich eher an etwas wie den Diamond Head und blaue Lagunen gedacht«, sagte er. »Feier doch Ostern mit einem alten Kumpel. Besuch mich doch, Diana.«

Diana zögerte.

Seine Begeisterung für »den Plan«, wie er den Besuchsvorschlag sofort taufte, brachte die Mauer, die Diana zwischen ihren Gefühlen und dem Rest der Welt errichtet hatte, zum Bröckeln, und sie willigte schließlich ein.

Trotzig trat Diana in die Pedale des Trainingsrads, das Harvey dagelassen hatte, als er auszog. Sie hatte vor kurzem von Todd erfahren, daß Harvey es nicht mehr brauchte: Er hatte sich für 3000 Dollar ein Modell mit Simulator gekauft, der einem das Erlebnis suggerierte, bei der Tour de France mitzustrampeln.

Erst betrachtete sie das alte Rad als Feind, und sie schreckte davor zurück, sich draufzusetzen und alsbald wieder aufzugeben, wie es ihr bisher mit jeder körperlichen Betätigung ergangen war. In einer Nacht aber, als sie unter besonders hartnäckiger Schlaflosigkeit litt, stieg sie aus Verzweiflung und rein, um sich die Zeit zu vertreiben, auf den Sattel und radelte bei Nullwiderstand los. Nach fünf Minuten keuchte sie bereits so heftig, daß ihre Zunge taub wurde und sie absteigen mußte. Aber nachdem sich ihr wild klopfendes Herz beruhigt hatte, geschah ein Wunder. Diana stolperte auf Beinen, die sich so weich wie zu lange gekochte Spaghetti anfühlten, ins Bett zurück und sank auf der Stelle in einen wonnevollen, traumlosen Schlaf. Während die Trainingstage zu Wochen wurden, lernte Diana, daß sie um so besser schlief, je mehr sie schwitzte. Langsam hatte sie sich auf eine Stunde jeden Abend hochgearbeitet. Das Rad konnte noch ein zweites großes Plus verbuchen: Diana merkte, daß sich Schenkel und Bauch rascher strafften, als wenn sie ausschließlich ihre Diät befolgten, sich aber nicht bewegen würde.

Heute abend hörte Diana den Gästen der laut aufgedrehten Talkshow, die das Fahrradsurren übertönte, nur mit halbem Ohr zu. Ihre Gedanken waren woanders, wanderten träumerisch zu ihrem Urlaub in Honolulu nächste Woche. Sie war gespannt, was Chris sagen würde, wenn er sie sah. Zwar hatte er noch ein paarmal angerufen und über die neuesten Querschläger bei seiner zermürbenden Dreharbeit geschwatzt, doch sie hatte ihm nie ein Wort von ihrer enormen Gewichtsabnahme erzählt – 27 Pfund waren es jetzt. Auch hatte sie nicht im geringsten angedeutet, daß seine Anrufe in ihr den Entschluß reifen ließen, sexy Klamotten zu kaufen, die ihm hoffentlich ins Auge stechen würden.

Carol stachelte sie dabei noch tüchtig an – sie gab zu, daß die Möglichkeit, Chris könnte gegenüber Diana romantische Absichten hegen, ihr stellvertretend einen wohligen Schauer über den Rücken jagte. Diana machte in jedem Laden großzügigen Gebrauch von ihren Kreditkarten; das Ergebnis war eine beeindruckende Urlaubsgarderobe in Größe 40. Diana warf einen liebevollen Blick auf ihre zahlreichen Fundstücke, die sie in ihrem Schlafzimmer ausgebreitet hatte, wie ein Innenarchitekt, der Musterstoffe auslegt: temperamentvolle Faltenshorts und Slacks in kräftigem Limonengrün, Mandarine und Marineblau, passend dazu lässige Sommerjacken, Pullis und Tops in aufsehenerregendem italienischen Design von Duomo und Uffizi; drei einteilige

Badeanzüge mit tiefem Rückenausschnitt und riesigen Mustern in Knallpink, Kanariengelb und Schwarz, dazu das passende Darüber; mehrere Paare italienischer Sandalen; fünf Sonnenkleidchen: drei witzige Tageskleider und zwei trägerlose sexy Modelle, die ideal für ein romantisches Dinner zu zweit waren, dazu einen Haufen weicher Seidenwäsche – in ihrer Phantasie malte sie sich schon aus, wie Chris ihr diese Dessous langsam abstreifen würde, bevor sie sich wild an dem einsamen Strand vor seiner gemieteten Villa am Diamond Head liebten.

Ein Werbespot für das Magazin *People* flimmerte über die Mattscheibe und erregte ihre Aufmerksamkeit. »Lesen Sie in der nächsten Woche über diese Stars«, sagte eine Stimme, während berühmte Gesichter in rascher Montage über den Bildschirm flatterten. Darunter auch ein Foto von Chris, der neben Barbie Mallory am Swimming-pool stand, einem zwanzigjährigen sexy Kätzchen und Star seiner neuen Serie. Chris starrte auf Barbies Busen hinunter, der sich durch eine tropfnasse, an ihr klebende Bluse deutlich abzeichnete. Barbie schaute zu Chris hoch wie ein liebeskrankes Hundebaby.

Diana mußte das Magazin unbedingt haben.

Sie sprang sofort vom Fahrrad herunter, rannte ins Schrankzimmer und zog einen Jogginganzug über Shorts und T-Shirt. Mit einem kleinen Handtuch rieb sie sich hastig den Schweiß vom Gesicht und riß ihre Handtasche mit der Hast eines Menschen an sich, der aus einem brennenden Haus flüchtet.

Sie raste um etliches schneller als erlaubt einen fast menschenleeren Ventura Boulevard hinunter; tausend wirre Gedanken schossen ihr durch den Kopf. Sie kam am Kiosk in dem Moment an, als der Inhaber schließen wollte. »Haben Sie *People?«* fragte sie den alten Mann.

»Da drüben«, brummte er und deutete vage in Richtung Pornomagazine. Diana suchte die Reihe mit *Hustler* und einer Masse anderer Teenie-Zeitschriften ab und gelangte endlich zu ein paar Exemplaren *People*, zwei Wochen alten Nummern. Enttäuscht ging sie zum Auto zurück. Sie saß ein paar Sekunden ruhig da, um ihre Gedanken zu ordnen. Das ist doch blöd, dachte sie. Fahr nach Hause.

Statt dessen fuhr Diana wie unter Zwang noch weiter zu einem Kiosk an der Kreuzung des Ventura und Van Nuys Boulevards, der die ganze Nacht über offen hatte. »Wo haben Sie *People?*« herrschte sie den Inhaber an.

Ohne von dem Blatt mit den Ergebnissen der letzten Pferderennen aufzublicken, das er eingehend studierte, zeigte er wortlos ans andere Ende des Stands.

Diana fand die Ausgabe der letzten Woche. Niedergeschlagen schlich sie zum Auto zurück.

»Nichts gefunden?« rief ihr der Mann nach.

Diana drehte sich um und sagte: »Nicht die richtige Nummer.«

»Ach, Sie wollen die von der nächsten Woche. Wir haben sie grade reinbekommen. Können Sie einen Moment warten?«

Der Mann kappte mit einem Messer den dicken Bindfaden, der das Zeitschriftenbündel zusammenhielt. »Genau das ist es«, sagte Diana. Sie zahlte und zog sich eilig in ihr Auto zurück. Hier war es ruhig. Sie blätterte das Magazin durch und fand das Foto von Chris und Barbie Mallory, das sie vorher in der TV-Werbung gesehen hatte. Ihr sank das Herz.

Als sie nach Hause kam, schaffte sie es gerade bis zur Küche, dann mußte sie stehenbleiben und wieder die Starkolumne des Magazins aufschlagen, in der sie ein Eselsohr eingeknickt hatte. Da war es – DAS FOTO. Es hatte sich nicht verflüchtigt, auch nicht der verlangende Blick von Chris, wie er so auf Barbie hinunterstarrte. Warum mußte Dianas Leben immer durch Fotos aus der Bahn geworfen werden – erst von Harvey und Laurie, jetzt von Chris und Mallory? Zum zehnten Mal las sie die niederschmetternde Bildunterschrift: *»Der neueste Coup Chris Berrys: Wie es scheint, hat er nicht nur die Vietnam-Serie ›Wo ist Charlie geblieben?‹ an Land gezogen, sondern sich dazu auch das Herz seiner blutjungen Hauptdarstellerin geangelt.«* Jedesmal, wenn sie das Foto betrachtete, fühlte sich Diana mieser. Am liebsten hätte sie sich den Hintern versohlt, weil sie Chris' Anrufe und seine Einladung so gründlich mißdeutet hatte. Dabei hatte er es doch die ganze Zeit über gesagt: Sie waren prima Kumpel. Kumpel. Das war alles, was sie einander je bedeuten würden.

»Du bist eine dumme Nuß, Diana Lowe«, sagte sie laut und klatschte das Magazin zu.

Sie stand auf und warf es in ihren Müllschlucker. Während sie den befriedigenden Geräuschen zuhörte, wie Chris' Foto zerschnipselt wurde, kramte sie in der Speisekammer nach einer Tüte Marshmallows. Sie nahm die ganze Packung fettfreier Süßigkeiten mit sich hinauf ins Schlafzimmer. Sie setzte sich auf den Bettrand, legte die Marshmallows zu einem großen C aus und aß sie langsam eins nach dem anderen auf, wobei sie in Gedanken jede einzelne Unterhaltung, die Chris und sie in letzter Zeit geführt hatten, noch einmal durchging. Traurig erkannte sie, daß er nie auch nur im geringsten angedeutet hatte, sie seien mehr als gute Freunde.

Sie schlurfte ins Schrankzimmer und zog den Jogginganzug aus. Sie drehte sich vor Harveys Flügelspiegel, inspizierte ihren Körper aus jedem Winkel und versuchte sich vorzustellen, was Chris von ihr halten würde, wenn er sie so sähe. Ihr erstarb jeder Gedanke.

Diana setzte sich wieder auf ihr Fahrrad und radelte noch eineinhalb Stunden weiter und zwang sich dabei, sich auf einen öden Spätfilm zu konzentrieren. Um zwei Uhr früh fiel sie ins Bett. Schlaflos lag sie da und spann eine komplizierte, verwicklungsreiche Story nach der anderen zusammen – was sie Chris zur Begründung erzählen wollte, warum sie doch nicht nach Honolulu kommen könnte. Leider hatte jede Geschichte eine Schwachstelle, und zwar eine so riesige, daß bequem ein Laster durchfahren könnte. Endlich fiel ihr die Ausrede ein, die so einfach war, daß sie bis jetzt nicht darauf gekommen war: ihre Mutter. Betty braucht mich echt, würde sie zu Chris sagen. Ich muß über Ostern bei ihr in Palm Desert bleiben. Was könnte er dagegen schon einwenden? Falls er ihr doch widerspräche, dann vielleicht... begann sie zu träumen.

Aber er tat es nicht.

Er akzeptierte ihre schwache Entschuldigung mit Worten, aus denen die Enttäuschung spürbar herausklang. Tagelang nährte sich Diana von diesen Worten. Dann nagten wieder Zweifel an ihr. Hatte Chris wirklich gemeint, was er sagte? Oder wollte er einfach nett zu einer einsamen Nachbarin sein? Als preisgekrönter Schriftsteller wußte er besser als die meisten seiner Mitmenschen, wie man Phrasen drischt. Aber er hatte so aufrichtig geklungen. Konnte er seine Stimme so verstellen? Natürlich nicht. Natürlich schon ... Nein ... Doch. Diana machte sich selbst verrückt und schwankte hin und her wie ein verliebter Teenager, der Blütenblätter abzupft, bis sie schließlich das aufrichtige Bedauern in seiner Stimme völlig aus ihrem Gedächtnis gelöscht hatte.

Als sie in die Wüste fuhr, um die Feiertage mit ihrer Mutter zu verbringen, erinnerten sie nur ein paar inzwischen nichtssagende Floskeln, eine überwältigende Urlaubsgarderobe und eine Riesenflasche Sonnenöl mit Lichtschutzfaktor 30 daran, worauf sie verzichtet hatte.

10. Kapitel

Harveys innere Alarmglocke schrillte in dem Moment, als er den enttäuschten Blick wahrnahm, der Lauries Augen überschattete, sobald der Hotelpage ihnen ihr Zimmer im *Pierre Marques* in Acapulco gezeigt hatte. Das Hotel bildete zusammen mit einem anderen den exklusiven Strandkomplex *Princess Resorts.* Allerdings hatte man Harvey die Information vorenthalten, daß das *Pierre Marques* das zweite Haus am Platze war.

»Ach Schatz!« jammerte Laurie, als sie rasch den tristen Raum und das genauso triste und enge Bad inspizierte. Nicht einmal der hübsche Ausblick auf die tropischen Gärten und der Zipfel Meer, der sichtbar war, konnten ihr Mißfallen dämpfen. Harvey hatte ihr ein luxuriöses, exquisites, romantisches Liebesnest im früheren Privatdomizil eines amerikanischen Räuberfürsten versprochen, das zu einem Hotel umgestaltet worden war. Und nun war das nichts weiter als eine protzige Empfangshalle, von der ein Wirrwarr heruntergekommener Gästezimmer ausfächerte.

Trotzdem hätte Laurie dankbar sein können, dachte Harvey flüchtig. Zwar war das *Pierre Marques* kein 5-Sterne-Hotel mehr, aber sicher immer noch besser als Rosarita Beach, wo Laurie vor Harveys Zeiten immer in einem jämmerlichen Wohnmobil Urlaub machte.

»Ich rufe zur Rezeption hinunter und lasse uns in ein besseres Zimmer verlegen«, sagte er entschuldigend zu Laurie und ärgerte sich, daß er den Pagen mit einem so großen Trinkgeld hatte abziehen lassen, bevor das Problem mit ihrer Unterbringung geklärt war.

Kaum hatte Harvey die Nummer gewählt, klopfte es an der Tür. Laurie öffnete rasch.

»Wir gehen spazieren«, sagte Jessica und strahlte förmlich vor Begeisterung, wie üblich. Harvey bewunderte seine Tochter immer, wie sie sich überall sofort zu Hause zu fühlen schien. Sie war die Anpassungsfähigkeit in Person. Schon hatte sie mehrere der Kleiderschichten abgeworfen, die sie im Flugzeug getragen hatte, und war rundum darauf vorbereitet, einen Nachmittag unter mexikanischer Sonne zu genießen. Zehn Pfund leichter wäre sie eine Idealfrau, dachte Harvey.

»Habt ihr Lust mitzukommen?« fragte sie Laurie und Harvey. »Ihr könnt ja später auspacken.«

Harvey lächelte sie an. Jessica wußte, daß er im Urlaub vor allen anderen immer zuerst auspackte.

»Yeah«, sagte Todd, der hinter Jessica ins Zimmer trat. »Ich will den Pool testen.«

»Geht schon mal allein«, forderte Harvey sie auf. »Bis ihr zurückkommt, habe ich alles aufgeräumt. Si. Un momento, por favor«, sagte er plötzlich in den Hörer. Er machte Laurie ein Zeichen, sie solle doch mit den Kindern gehen. Sie küßte ihn rasch und verschwand – zurück blieb ein Hauch Giorgio-Parfum und die Erinnerung an ihre wohlgeformten Beine, hauteng umschlossen von französischen Jeans.

Harvey wogte der Gedanke durchs Hirn: Ich würde alles für dich tun, Baby, alles...

»Si, sprechen wir englisch«, sagte Harvey. »Ja. Diese Zimmer... Ich bin sicher, mein Reisebüro konnte unmöglich eine derartige Unterkunft für uns buchen.« Harvey war zu einem Reisebüro in Century City übergewechselt, weil ihn die Aussicht, mit Carols zorniger Reaktion auf seinen neuen Lebenswandel fertig werden zu müssen, überforderte. Jetzt tat es ihm leid, daß er so übereilt gehandelt hatte, denn der Hotelmanager versicherte ihm, diese Zimmer seien in der Tat für ihn gebucht worden. »Sind das Ihre besten Zimmer? Nun denn. Haben Sie vielleicht eine Suite? Nein, nur eine.« Die Kinder könnten ruhig in ihrem Zimmer bleiben. »Nein, es ist egal, ob die Suite in der Nähe liegt.« Es gefiel ihm ohnehin nicht, daß sein Zimmer und das der Kinder nebeneinanderlagen; Laurie zählte eindeutig zu den Frauen, die beim Orgasmus kreischen.

»Ich würde alles für dich tun, Baby, alles...«

Der Manager rief ein paar Minuten später zurück. Er bedaure, aber die Suite, die seines Wissens nach hätte frei werden sollen, bliebe noch weiter besetzt. Vielleicht in ein paar Tagen...

Harvey saß in düsterer Stimmung auf der Bettkante. Laurie würde nicht erfreut sein. Er schaute auf die Uhr. Sie war seit siebzehn Minuten weg. Harvey vermißte sie schon.

Er stand auf und begann, seine Kleider auszupacken. Im Hotel war Harvey genauso pingelig wie zu Hause: Hemden, Socken, Hosen, Unterhosen – alles wurde im Schrank und in den Schubladen nach Farben sortiert.

Nach genau achtundzwanzig Minuten kam Laurie allein zurück. Todd und Jessica wären immer noch dabei, die Umgebung zu erforschen, erklärte sie. Der Spaziergang und vielleicht auch die feuchte mexikanische Hitze hatten ihr die Röte ins Gesicht getrieben. Er liebte den rosigen Hauch, der ihre Brüste überzog und sich nach oben fortsetzte. Er ließ die Kleider Kleider sein und ging auf sie zu, um sie auf den Nacken zu küssen, wo einige ihrer seidigen, blonden Locken feucht anhafteten.

Sie wand sich aus seiner Umarmung heraus. »Schatz, wir ziehen um«, sprudelte sie verzückt hervor. »Ins *Princess.* Du mußt es sehen. Die Lobby ist atemberaubend. Sie erwarten uns auf der Stelle.«

Harvey war perplex. Nicht einmal Diana würde sich anmaßen, seine Pläne zu ändern, ohne sich vorher mit ihm zu besprechen.

»Ich weiß, es ist sehr, sehr, *sehr* teuer, Liebling, aber es ist ein zum Dahinschmelzen schönes Hotel. Sie hatten nur noch Suiten, aber sie sind traumhaft. Und die Suite der Kinder –«

»Die Kinder auch?«

»Komm einfach mit und schau's dir an, Schatz.«

Sie kuschelte sich an Harvey, knöpfte sein Hemd aus ungebleichtem Leinen auf und schlang sich seine Brusthaare in kleinen Röllchen um die Finger, bevor sie einen feuchten Kuß auf seine linke Brustwarze drückte.

Er ließ seine Hand in ihre Jeans gleiten. Sie trug keinen Slip. Sie lehnte sich an ihn und erlaubte ihm, mit der Hand zwischen ihre Schenkel zu schlüpfen. Sie war schon feucht. Bereit.

»Okay«, sagte er rauh. »Aber ich gehe die Sache nur besichtigen.«

Eine halbe Stunde später kam der Page wieder und holte ihr Gepäck für den Umzug in das neuere, lautere, betriebsamere und viel, viel teurere *Princess Hotel.*

Doch der verzückte Blick in Lauries Gesicht, als sie zu ihrer Penthouse-Suite mit Meeres- und Gebirgsblick hinauffuhren, war Harvey jeden Preis wert.

Und die Suite der Kinder lag nicht neben ihnen, sondern auf einer ganz anderen Etage.

»Ich würde alles für dich tun, Baby, alles...«

Dennoch mußte Harvey, als er in weniger als zwei Stunden zum zweiten Mal auspackte, einen Anflug leise bohrenden Ärgers unterdrücken. Oder war es das Gefühl, die Situation nicht unter Kontrolle zu haben? Oder der Verdacht, ausgenutzt zu werden? Oder die Tatsache, daß Laurie nicht ganz das war, was sie vor ein paar Monaten zu sein schien, als sie noch seine bescheidene – und dankbare – Assistentin war?

An ihr gab es so vieles, was ihn zweifeln ließ, wie »echt« sie eigentlich war. Ihre Fingernägel, zum Beispiel. Monatelang hatte er ihre lange, vollkommene Form bewundert, bevor sie lachend gestand, sie bestünden aus Acryl. Ihre eigenen Nägel hätte sie bis aufs Fleisch abgekaut.

Dann diese hauchfeinen Narben unter den Achseln, sie waren ihm aufgefallen, kurz nachdem sie angefangen hatten, miteinander zu schlafen. Als er sie danach befragte, berichtete sie ihm stolz, sie hätte sich vor zwei Jahren die Brüste vergrößern lassen. Er war schockiert gewesen, denn sie fühlten sich so weich und wirklich an.

Auch als er erfuhr, daß ihre so natürlichen blonden Locken gebleicht und dauergewellt waren, redete er sich ein, daß ihm das wenig ausmache.

Nicht, daß es für ihn etwas zu bedeuten hätte, aber was sonst wäre an ihr noch künstlich? erkundigte er sich lachend eines Nachts. Laurie ließ sofort eine ihrer knallblau gefärbten Kontaktlinsen herausspringen und weihte ihn in ihr kleines Geheimnis ein: Ihre natürliche Augenfarbe war ein unscheinbares Braun.

Aber das war alles. Wenigstens ihre Stupsnase, ihr flacher Bauch, ihre wohlgeformten Beine und ihr knackiger Po waren echt. Und das Wichtigste: Lauries Verlangen nach Harvey war echt. Da war er sich ganz sicher. Sie sagte, sie könne nicht genug von ihm kriegen. Und noch nie hatte ihn eine andere Frau so erregt. Sie liebten sich in jeder Stellung, nichts war Laurie zu abartig. Und sie liebten sich überall – in der Praxis, während sich die Patienten von chirurgischen Eingriffen erholten, in Flugzeugtoiletten, auf Rücksitzen und sogar am Strand, mitten am hellichten Tag. Die Frau war einfach schamlos.

Und ihre Haut war so sahnig, weiß, glatt und fest, daß es ihm körperliche Schmerzen verursachte, wenn er nicht seinen Arm ausstrecken und sie berühren konnte. Und die Tiefen ihrer Möse umschlangen ihn so fest.

»Ich würde alles für dich tun, Baby, alles...«

Trotzdem. Er *konnte* noch nein zu ihr sagen. Die Liebe hatte ihm nicht völlig den Verstand geraubt. Er besaß noch einen gewissen Stolz.

Warum brachte es ihn dann in den folgenden Tagen so in Rage, wenn Todd und Jessica ihn mit dem Singsang neckten: »Was Laurie will, das kriegt sie auch?«

Wie konnten Kinder bloß ahnen, was in ihm ablief, wenn er sie sah und spürte?

Nun ja, wenn er sie nicht in jenem atemberaubenden, erektionsauslösenden brasilianischen Bikini aus Zahnseide gesehen hätte, der ihren ganzen Po auf köstliche Weise enthüllte, ein Anblick, der jedem Mann in ganz Mexiko vor Neid den Atem stokken ließ, dann hätte Harvey vielleicht wirklich auch nein gemeint, als er ihr die unerhörte Bitte abschlug, beim Hoteljuwelier in der Einkaufsarkade diesen überteuerten Firlefanz zu kaufen.

»Das ist doch eine Touristenfalle«, flüsterte er ihr überlegen zu, als sie ihn eines Vormittags nach dem Brunch in den Laden zog und ihm eine Kette aus Lapislazuli, Diamanten und Goldnuggets mit passendem Armband zeigte.

»Harvey«, jaulte sie, »das gefällt mir so.«

»Mir nicht.«

»Aber *mir!*«

Er nahm sie am Arm und schob sie aus dem Laden. »Mach das nicht noch einmal«, warnte er sie.

»Was denn?« Sie schien echt verwirrt.

»Daß du darauf bestehst, ich solle dir etwas kaufen, wenn ich nein gesagt habe.«

»Okay«, sagte sie und zog eine beleidigte Schnute.

Harvey sank das Herz; sie verstand es hervorragend, ihn spüren zu lassen, er sei ein Schuft erster Klasse.

Sie kehrten zum Pool zurück, wo sie kein Wort mit ihm redete. Harvey versuchte, ein Buch zu lesen. Er konnte jedoch nichts anderes tun, als die anderen Männer dabei zu beobachten, wie sie Laurie beobachteten, die um den Pool stolzierte.

Seine Kinder kamen vorbei und erzählten ihm, daß sie zu Mittag gegessen hatten, obwohl das bei der Halbpension, die er gewählt hatte, um ein paar Dollar zu sparen, nicht inbegriffen war. Er warnte sie, den Fehler nicht noch einmal zu machen, wenn ihnen ihr Leben lieb sei.

»Wir hatten aber Hunger, Papa«, verteidigte sich Todd.

»Dann iß morgen mehr zum Frühstück.« Frühstück und Abendessen waren im Preis inbegriffen.

»Ich kotze, wenn ich das tun muß«, beschwerte sich Jessica.

Harvey musterte sie mißbilligend. »Gut! Ein paar Pfund weniger stünden dir nicht schlecht.«

»Du bist gemein, Papa«, zischte Jessica; ihre Wangen röteten sich vor Ärger.

»Okay, okay«, warf Todd ein. »Wir gehen zum Parasailing. Wir wollten dir nur Bescheid sagen, damit du weißt, wo wir sind.«

»Nicht, daß dich das groß interessieren würde«, sagte Jessica sarkastisch und wandte ihren Kopf ab, um Laurie zu suchen.

»Natürlich interessiert es mich. Vor allem, weil Parasailing teuer klingt. Ist das im Angebot inbegriffen?«

»Nein«, antwortete Todd ruhig.

»Dann spielt Tennis.«

»Wir haben schon Tennis gespielt«, lachte Jessica affektiert. »Ich kann dir zum Beweis eine Blutblase an der Fußsohle zeigen. Nicht, daß –«

»– dich das interessieren würde«, beendete Harvey den Satz für sie. »Doch, das interessiert mich.«

»Dann gönn uns das Parasailing. Es sind doch unsere Ferien.«

»Wieviel kostet das?«

»Etwa 25 000 Pesos pro Person. Glaube ich.« Todd warf seiner Schwester einen fragenden Blick zu.

Sie zuckte mit den Schultern.

»Warum macht ihr zwei nicht beim Sandburgen-Wettbewerb oder etwas anderem Kostenlosen mit?« schlug Harvey vor.

»Ach, Papa, sei doch nicht doof«, entgegnete Jessica lachend.

»Ich meine das ganz ernst. Sandburgen oder Tennis. Mehr habe ich zu diesem Thema nicht zu sagen.«

»Aber –«

»Kein Aber, von keinem von euch beiden!«

Todd und Jessica schlichen davon.

Wenigstens fühlte sich Harvey jetzt wohler; eine Sache zumindest hatte er im Griff.

Dann bemerkte er Laurie. Sie saß am anderen Ende des Pools neben dem Wasserfall, der bei der Schwimmerbar in den Pool plätscherte. Schon seit einiger Zeit hatte sie sich viel zu angeregt mit einem Arnold-Schwarzenegger-Typ unterhalten, einem sonnenverbrannten Muskelpaket, der keinerlei Veranlassung hatte, sie derart lüstern anzuglubschen.

In Harvey erwachte neuer Tatendrang. Er erinnerte sich gerade noch rechtzeitig daran, die Schultern zu straffen und den Bauch einzuziehen, bevor er hinüberschlenderte, um dem Zwischenspiel ein Ende zu bereiten. »Hi!« sagte er.

Laurie schaute zu Harvey hoch, als seien seine gesamten Haartransplantate plötzlich herausgefallen. »Oh, hi!«

Muskelmann dehnte sich und ließ dann die ganze schneeweiße Reihe seines Gorillagebisses aufblitzen. Mit gekünsteltem Unmut fragte er: »Können wir etwas für Sie tun?«

»Sie ist meine Begleiterin.«

Der Schrank von Mann machte ein verblüfftes Gesicht und fragte Laurie: »Echt?«

Laurie zuckte mit den Schultern und stand auf. »Ich hab Hunger. Gehen wir doch was essen«, forderte sie Harvey auf.

»Ich würde alles für dich tun, Baby, alles...«

»Und hättest du auch mal Lust auf Parasailing?« fragte er. »Ich hab gehört, das sei ein permanenter Nervenkitzel.«

Laurie allerdings war in jener Nacht alles andere als ein permanenter Nervenkitzel; sie weigerte sich sogar, ihm überhaupt in die Nähe zu kommen. Sie behauptete, sein Atem röche noch nach dem Jalapeñopfeffer in dem Hamburger, den er mittags gegessen hatte, und das törne sie ab.

Am nächsten Vormittag spielte er alleine neun Löcher Golf, während Laurie Aerobics vorzog. Anschließend ging er zum Juwelier, nur um sich umzuschauen. Nach zwanzig Minuten verließ er den Laden nicht nur mit der Kette und dem Armband, sondern auch noch mit Ohrringen, damit das Set komplett war.

In der Suite zog sich Harvey aufgeregt aus und ging ins Bad, wo er sich mit einer Mixtur aus vier Designer-Aftershaves übergoß, die Laurie so gern mochte. Er betupfte sich überall mit dem Gebräu und verwandte große Sorgfalt darauf, keine der geheimen Stellen auszulassen, die sie so gern erkundete.

Düfte waren so wichtig. Diana hatte nie Geschmack an den verschiedenen neuen Duftnoten gefunden, mit denen er im Lauf der Jahre ihre Beziehung anreichern wollte. Ich mag deinen alten Duft, sagte sie immer. Sie war so von gestern.

Diana. Dieses Weibsstück wußte in letzter Zeit ganz genau, wie sie sein Geld am besten verschleuderte. Die hatte vielleicht Nerven! Sie schien sich im *Saks Fifth Avenue* häuslich niedergelassen zu haben, nach den Rechnungen zu urteilen, die ihm auf den Schreibtisch flatterten.

Frauen. Immer mußten sie Geld ausgeben. Ausgeben, ausgeben, ausgeben. Wofür hielten sie ihn eigentlich? Für einen verdammten Geldautomaten?

Für einen Sexautomaten vielleicht.

Er schlüpfte ins Bett und stellte sich schon Lauries strahlendes »Danke« vor.

Er streckte seinen Arm aus und tätschelte das hübsch verpackte Geschenk, das er auf ihr Kopfkissen gelegt hatte. Geistesabwesend streichelte er an sich selbst herum, während er seine Blicke durch die Suite wandern ließ. Lauries Gegenwart erfüllte jeden Zentimeter. Ihr neues Gepäck, ihre neuen Kleider – meist Geschenke aus anderen überteuerten Touristenfallen – waren überall verstreut.

Harvey ließ seinen plötzlich erschlafften Penis sinken. Er schloß die Augen und hatte für einen kurzen Augenblick das Gefühl, die Wände würden an ihn heranrücken und ihn erdrücken.

Er holte tief Atem und hielt die Luft an. Irgend etwas von dem Druck, der auf ihm lastete, mußte weichen. Je mehr Laurie ausgab, desto mehr Wut hatte er auf Diana. Endlich fiel ihm die Lösung ein.

Harvey atmete laut aus.

Er würde ihr zeigen, wer hier der Boß war.

11. Kapitel

»›Im Gegensatz zu Ihrem sonstigen normalen Lebensstil und Ihrem Verhalten vor Ihrer Trennung von Harvey Lowe benutzen Sie jetzt die wahrscheinlich bevorstehende Scheidung als Vorwand, um mittels Ihrer persönlichen Kreditkarten das Konto meines Mandanten mit exorbitanten Summen zu belasten‹«, las Peter Webb, Dianas Anwalt, aus dem infamen Schreiben vor, das sie in dieser Woche von Harveys Anwalt erhalten hatte.

Webb, ein peinlich gepflegter, gelehrt aussehender Mann Ende Vierzig, warf über den Rand seiner Lesebrille einen Blick auf Diana. »Alles in Ordnung mit Ihnen?« fragte er.

Trotz des eleganten Bilds, das sie in ihrem Escada-Ensemble bot, sah sie psychisch fix und fertig aus. Ihr war schwindlig. Wie könnte mit ihr nach dem Schock der Ereignisse, die in den letzten Tagen über sie hereingebrochen waren, alles in Ordnung sein? Es fing an mit der demütigenden Erfahrung bei *Neiman-Marcus* in Beverly Hills, wo sie sich in der Hoffnung umschaute, ein Geburtstagsgeschenk für Jessica zu entdecken, die Ende der Woche von Acapulco zurückkäme.

Heute habe ich meinen Glückstag, dachte sie, als sie schon nach fünf Minuten in der Young-Fashion-Abteilung auf einen Zopfmusterpulli stieß. Mit seiner schlabbrigen, übergroßen Weite schrie er förmlich nach Jessica, fand Diana – genau, was ihre lässige Tochter gerade gern trug. Und die kräftigen Regenbogenfarben auf schneeweißem Hintergrund würden Jessicas rosigen Teint unterstreichen.

»Ich nehme ihn«, hatte Diana zur Verkäuferin gesagt, die erkennen ließ, wie begeistert sie von einer so entschlußfreudigen Kundin war. Diana reichte der Frau die Kreditkarte, weil sie auf ihrem eigenen Konto nur noch 50 Dollar hatte. »Und könnten Sie ihn bitte als Geschenk einpacken?«

Die Frau begann, die Rechnung auszustellen, und fragte, als ob ihr dies erst nachträglich eingefallen wäre: »Wie wär's mit dem passenden Rock dazu?«

»Er gefällt mir sehr«, sagte Diana, »aber der Pulli kostet schon über 100 Dollar.«

Die Frau nickte und schrieb fertig. Als sie den Betrag mit der Nummer von Dianas Karte in die Kasse eintippte, meinte sie: »Da stimmt was nicht. Haben Sie eine neue Karte bekommen?«

»Nein. Warum?« fragte Diana.

»Der Computer nimmt diese Karte nicht an.«

»Das muß ein Fehler sein«, antwortete Diana zuversichtlich.

»Ich probier's noch mal«, erbot sich die Verkäuferin. »Ich frage am besten gleich bei der Bank nach.«

Als die Frau den Hörer auflegte, blickte sie Diana merkwürdig an.

»Es sieht so aus, als sei diese Karte annulliert worden.«

»Das verstehe ich nicht«, wehrte Diana ab und spürte, wie sie mit einem Schlag rot wurde.

»Haben Sie noch andere Karten – Visa, Master, American Express?«

»Ja, natürlich«, antwortete Diana. »Alle.« Sie forschte in ihrer Brieftasche und reichte der Frau ihre Visa-Karte.

Auch die war gesperrt.

In Diana wallte eine merkwürdige Mischung von Gefühlen hoch, mit einem deutlichen Schwerpunkt auf peinlicher Verlegenheit und Wut, als sie nach und nach erfahren mußte, daß alle ihre Kreditkarten eingezogen worden waren.

Doch das war nur der Anfang. Vierundzwanzig Stunden später erhielt sie per Einschreiben Harveys Drohbrief, den er von einem Anwalt hatte abfassen lassen. Der Ton des Briefs traf sie wie ein Schlag ins Gesicht; er versetzte ihrem Herzen einen Stich, auch jetzt noch, obwohl ihn Peter Webb ohne jede Gefühlsregung vorlas. Obwohl Webb die bitteren Worte monoton herunterleierte, brachte Diana es kaum fertig, sie sich anzuhören: »›Es hat sich mittlerweile herausgestellt, daß Sie seit dem Tag Ihrer Trennung

Summen für Kleidung aufgewendet haben, die es mit dem Jahresbudget gewisser Dritte-Welt-Nationen aufnehmen können.‹« Webb nahm seine Brille ab und starrte Diana an. »Nun?«

Sie starrte wortlos zurück.

»Diana, enthalten diese Beschuldigungen einen Funken Wahrheit?« Diana gab sich zwar äußerlich ruhig, doch in ihr brodelte es. Sie rückte ihren Rock zurecht und beugte sich in dem ledernen Polstersessel vor. »Mr. Webb«, sagte sie schließlich, »ich habe in letzter Zeit dreißig Pfund abgenommen. Ich brauchte ein paar neue Sachen, und ich mußte meiner Tochter ein Geburtstagsgeschenk kaufen. Ist das ein Verbrechen?«

Webb stand von seinem Drehstuhl hinter dem Eichenschreibtisch auf und ging gedankenschwer zu dem Panoramafenster hinüber, das in seiner geräumigen Praxis im zehnten Stock eine ganze Wand einnahm. An diesem smogfreien Tag zeichnete sich hinter ihm das San Fernando Valley bis hin zu den ersten hügeligen Ausläufern des Los Angeles National Forest kristallklar ab. An jedem anderen Tag hätte Diana die Schönheit der riesigen Ebene, die zu den grünen Hügeln und zackigen Felsformationen anstieg, genießen können; heute konnte nichts ihre widerstreitenden Gefühle besänftigen.

Webb schlenderte zu den Aufzeichnungen auf seinem Schreibtisch zurück. »Also gut. Sie haben mir berichtet, Ihr Mann hätte Sie im November letzten Jahres verlassen.«

»Das ist richtig«, bestätigte Diana.

»Und er hat alle Ihre Ausgaben übernommen?«

»Ja.« Diana zögerte. »Nun ja, nicht alle. Erinnern Sie sich, daß ich Ihnen erzählt habe, ich hätte die Schlösser an den Haustüren ausgetauscht?« Webb nickte. »Danach hat Harvey den Geldhahn etwas gedrosselt. Ich habe einen Teil der Differenz durch Teilzeitarbeit bei einer Freundin ausgeglichen, die ein Reisebüro hat. Alles lief gut, bis er meine ganzen Kreditkarten sperren ließ. Darf er das denn machen?«

»Gesetzlich hat er Ihnen gegenüber keinerlei Verpflichtungen«, erklärte Webb sanft. Diana bemerkte, daß er freundliche Augen hatte, mit kleinen Lachfältchen um die Augenwinkel. Überhaupt schien Webbs ganzes Auftreten in Widerspruch zu seinem Ruf zu stehen, den Kontrahenten seiner Klienten, die zu 98 Prozent aus Frauen bestanden, erbarmungslos an die Gurgel zu springen. »Sind Sie sich bewußt, daß Sie der Großzügigkeit Ihres Mannes ausgeliefert sind?«

»Ich dachte eben, er würde einfach so weitermachen... wissen Sie, mir halt geben, was ich brauche.«

»Diana, Sie müssen begreifen, daß er seine Zahlungen jederzeit, wenn es ihm einfällt, einstellen kann, bis ihn das Gericht auffordert, Ihnen Unterhaltszahlungen zu leisten. In der Tat würde das Gericht das gesamte Geld, das er Ihnen bisher gegeben hat, als Geschenk betrachten.«

»Als *Geschenk?* Es ist doch auch mein Geld, oder nicht?«

»Lassen Sie es mich schlicht und einfach so ausdrücken: Wer das Konto kontrolliert, hat die Macht. Sind Sie berechtigt, über irgendeines seiner Konten zu verfügen?«

»Da muß ich erst mal nachdenken...«, sagte sie, und ihre Stimme verlor sich. »Vielleicht über eins. Oder vielleicht auch nicht. Ach, ich weiß nicht. Das war nie ein Thema, wissen Sie. Er hat mir am Monatsanfang immer einen Scheck gegeben, den ich auf mein Haushaltskonto eingezahlt habe.«

»Und was ist mit Sparkonten, Aktien, Wertpapieren?«

Diana war jetzt wirklich frustriert und stieß hervor: »Ich habe das alles immer ihm überlassen. Begreifen Sie nicht, ich habe nie darüber nachgedacht. Ich habe einfach angenommen... Ich komme mir vor wie ein kleines Kind. So dumm.«

»Diana, Sie sind nicht die einzige. Ich werde täglich mit Situationen wie der Ihren konfrontiert. ›Laß mich nur machen und unterschreib da‹, sagt der Mann immer. Und die Frau tut es – wie Sie auch.«

»Was hat das alles zu bedeuten?« fragte Diana.

»Der Brief?« Diana nickte. Webb erklärte: »Das ist eindeutig ein taktisches Manöver. Ihr Mann hat offenbar beschlossen, Sie dazu zu zwingen, juristische Maßnahmen zu ergreifen.«

Sie starrte ihn verwirrt an.

»Solange das Geld, das er Ihnen gibt, als Geschenk gilt, kann er es nicht von der Steuer absetzen. Sie kosten ihn sozusagen Geld. Der Anwalt Ihres Mannes hat ihm zweifellos dazu geraten, alle

Zahlungen einzustellen, um Sie zu nötigen, die Trennung zu erklären und beim Gericht die Zahlung von Unterhalt zu beantragen.«

»Ich koste ihn Geld? Wissen Sie, wieviel *er* jeden Monat ausgibt?« wandte Diana mit einem bitteren Auflachen ein.

»Das tut nichts zur Sache. Wahrscheinlich wurde er darauf hingewiesen, er zahle Ihnen jeden Monat mehr, als er müsse. Die Höhe der Unterhaltsleistungen richtet sich nach dem finanziellen Einkommen, punktum. Wenn Sie die Trennung einreichen, kann er die Zahlungen von der Steuer absetzen und auch Sie dazu zwingen, Einkommensteuer dafür zu bezahlen.«

»Ich begreife ihn in letzter Zeit überhaupt nicht mehr. Ich habe ihm keinerlei Anlaß gegeben, mich derart schäbig zu behandeln. Jetzt bin ich mit meiner Weisheit am Ende. Ich will doch nur, was mir fairerweise zusteht.«

»Natürlich wollen Sie das«, sagte er teilnehmend.

»Gehört mir nicht die Hälfte von allem?«

»In der Tat. Aber es wird einige Zeit dauern, dies genau festzustellen.«

»Ich finde das alles unglaublich!« rief Diana.

Webb setzte sich an seinen Schreibtisch und wartete, bis Diana sich etwas beruhigte, bevor er wieder das Wort ergriff. Schließlich fragte er: »Schickt Harvey Ihnen immer noch jeden Monat einen Scheck fürs Haushaltsgeld?«

»Ja, aber diesen Monat habe ich ihn noch nicht bekommen. Er war mit meinen Kindern verreist.« Diana hielt inne, und plötzlich breitete sich Panik auf ihrem Gesicht aus. »Halt. Sie wollen doch nicht andeuten, daß –«

»Ich fürchte, auf Sie wartet ein schlimmer Schock«, informierte Webb sie stirnrunzelnd. »Ich gehe jede Wette ein, daß Ihr Mann keinerlei Absicht hat, für diesen oder einen der kommenden Monate eine Zahlung zu leisten.«

Diana preßte ihre Hände auf ihre schmerzenden Schläfen und stammelte: »Ich dachte... Ich habe darauf vertraut... Ich hätte nie erwartet, daß es zum Krieg kommt.«

Die Fronten waren rasch gezogen. Jeder Tag schlug Diana eine weitere blutige Wunde.

Wie ihr Anwalt vorausgesagt hatte, stellte Harvey jede Zahlung an Diana ein.

Ihr blieb nichts anderes übrig, als vor Gericht die Trennung zu erklären und eine gerichtliche Anordnung zur Unterhaltszahlung zu beantragen, doch ihre Forderungen würden nicht allzu schnell erfüllt werden. Bis zur Anhörung ihres Falls würden etliche Wochen vergehen.

Diana wurde wegen ihrer prekären finanziellen Situation von quälenden Sorgen geplagt; sie schwankte innerlich zwischen lähmender Depression und schierem Entsetzen.

Einige Wochen nach Beginn dieser Zerreißprobe füllte sie abends wieder einmal einen Antrag auf eine Kreditkarte aus und starrte auf die Zeile, in der sie ihr Jahreseinkommen eintragen sollte. Sie fühlte sich geschlagen, bevor sie den Antrag überhaupt abschickte. Überhaupt hatten ihr alle Bemühungen, neue Kreditkarten auf ihren eigenen Namen zu bekommen, bewußtgemacht, daß sie im Moment der Eheschließung jeden Anspruch auf ihre eigene Identität aufgegeben hatte. Es war, als ob Diana aufgehört hätte, als eigenständige Person zu existieren. Auf dem Höhepunkt ihres Frusts über den Formularkram und die drohende Absage schlenderte Todd nichtsahnend herein und bat um 100 Dollar, um sich den neuesten Hit an Tennisschuhen kaufen zu können.

Sofort griff sie ihn heftig an: »Du bist so verwöhnt. Ich brauche mich nur einmal umzudrehen, und schon wieder willst du neue Tennisschuhe, obwohl die alten noch völlig in Ordnung sind.«

»Aber *dir* kaufst du alles, was du willst. Papa hat mir erzählt, daß du deshalb so in der Patsche sitzt.«

»Ach, hat er das?«

»Ja, das hat er«, sagte Todd unverblümt.

»Hat er auch gesagt, daß er mehr ausgibt, als ich jemals ausgegeben habe?«

»Er hat ja auch das Recht dazu, das Geld auszugeben, Mama. Er ist derjenige, der dafür arbeitet.«

»Raus mit dir! Ich will dich nicht mehr sehen«, schrie sie, innerlich viel zu aufgewühlt, um klar denken und sich gegen Harveys haarsträubende Versuche, sie in den Augen ihrer Kinder herabzusetzen, verteidigen zu können.

»Prima«, schrie er zurück. »Ich geh zu Papa und laß mir die Schuhe von ihm kaufen.« Er drehte sich um und stürmte aus ihrem Zimmer hinaus.

Danach weinte sie die ganze Nacht und haßte sich, weil sie immer nein sagen mußte, wenn Todd etwas Neues haben wollte. Sie haßte die Vorstellung, daß er jederzeit zu seinem Vater gehen konnte, der immer ja sagte und dabei großzügig über ihre Hälfte des Geldes verfügte, an die sie nicht herankam. Oh, wie sie Harvey dafür haßte, daß er ihre Beziehung auf Dollars und Cents reduziert hatte!

Die Intensität ihrer Gefühle überwältigte sie. Sie hatte nicht gewußt, daß sie so stark hassen und trotzdem weiteratmen konnte. Nicht einmal ihre Mutter konnte für Diana den rettenden Engel spielen. Zwar könnte Betty reichlich Geld erübrigen, doch Diana weigerte sich eisern, ihr von der üblen Wendung zu berichten, die die Ereignisse genommen hatte, weil sie Angst hatte, ihren bedenklichen Gesundheitszustand zu verschlimmern.

»Ich geb dir einen Vollzeit-Job«, bot Carol an, als Diana ihr gestand, wie schlimm die Dinge standen.

»Das geht nicht. Mein Anwalt hat mir geraten, vor der Anhörung meines Falls überhaupt nicht mehr zu arbeiten. Er meint, es könnte dann vor Gericht so aussehen, als sei ich in der Lage, meinen Lebensunterhalt selbst zu bestreiten. Er sagt, auch ich müsse mit harten Bandagen kämpfen. Es sieht zappenduster aus, Carol. Ich gehe in den Supermarkt und starre das Katzenfutter an. Das wird bald alles sein, was ich mir noch leisten kann.«

Carol schlug sich mit der Hand gegen die Stirn und stöhnte neckisch: »Nicht schon wieder eine neue Diät!«

»Du bist furchtbar«, tadelte Diana. »Dir fehlt einfach der Glaube. Für mich ist meine Diät immer noch Religion. Ich habe tatsächlich schon wieder fünf Pfund abgenommen.«

»Ich dachte doch, du siehst dünner aus. Laß mich mal gukken«, forderte Carol sie auf und bestand darauf, daß Diana mitten in der Küche die Hose herunterließ. »Mein Gott, schau dir das an! Du hast an deinen Oberschenkeln überhaupt keine Zellulitis mehr«, rief sie aus.

Diana kicherte und zog sich die Jeans wieder hoch. »Ich sag's dir doch, das Fett schmilzt einfach dahin. Ich frage mich allmählich, ob ich bei dieser Art von Ernährung jemals aufhören werde abzunehmen.«

»Bitte verschrei's nicht!« warnte Carol. »Du weißt doch, daß man niemals zu reich oder zu dünn sein kann.«

»Was das Dünnsein betrifft, schaff ich's vielleicht wirklich. Wer hätte das gedacht?« sagte Diana lachend.

»Also das muß ich dir lassen, Mädel. Ich hätte nie gedacht, daß du es schaffen würdest, deine fettarme Diät durchzuhalten, geschweige denn abzunehmen, während du dich durch diese ganze Scheiße durchbeißen mußt. Vor allem, wenn ich dir zusah, wie du einen Amigo-Riegel nach dem anderen in dich hineingestopft hast.«

»Ich hab dir doch gesagt, daß der Feind nicht Zucker, sondern Fett heißt.«

»Vielleicht sollte ich es auch mit deiner Diät versuchen«, überlegte Carol. »Egal, wie sehr ich hungere, meine Oberschenkel fangen an, wie Hüttenkäse auszusehen.«

»Dann mach's doch. Ich muß zugeben, daß mir meine neue Ernährungsform leichtfällt. Sie ist zu einem Teil meines Lebens geworden. Weißt du was, Carol? Meine Diät ist der einzige Fels in einem Meer stürmischer Veränderungen.«

»Vielleicht ist das Schlimmste bald vorbei«, tröstete Carol sie voller Hoffnung.

Diana klopfte gegen den Tisch.

Aber es half nichts. Es kam noch schlimmer.

Peter Webb rief sie eines Nachmittags an und verkündete, er hätte gute und schlechte Nachrichten. Welche sie zuerst hören wolle?

»Die guten«, sagte sie.

»Ihr Gerichtstermin steht fest. Sie werden bald wieder über Geld verfügen.«

Die schlechten Nachrichten bestanden darin, daß Webbs Nachforschungen ergeben hatten, Harvey hätte das luxuriöse Apartment in Century City, das er angeblich gemietet hatte, als sein alleiniges Eigentum gekauft, und zwar einen Monat bevor er Diana verließ.

»Ich dachte, er hätte dazu einen Teil Ihrer Hälfte des gemeinsamen Vermögens verwendet und versucht, dies vor Ihnen zu verbergen«, erklärte Webb. »Leider behauptet Ihr Mann, er hätte ein Konto gehabt, in das er die Gewinne von Investitionen vor Ihrer Ehe eingezahlt hätte.«

»Das ist unmöglich!« rief Diana. »Er war Student. *Ich* mußte arbeiten.«

»Geben Sie die Hoffnung nicht auf. Die Beweislast für seine Behauptungen liegt bei ihm. Ich werde den besten Wirtschaftsprüfer der Stadt auf Ihren Fall ansetzen. Wenn wir erst einmal Harveys Bücher durchleuchtet haben, wird er sich wünschen, das Wort Scheidung nie gehört zu haben.«

12. KAPITEL

»Lügen haben kurze Beine.« Wie wahr, wie wahr, sinnierte Diana, denn Harvey steckte schön im Schlamassel: Als er mit den Wahrheiten konfrontiert wurde, die Peter Webb über sein geheimes Bankkonto und dessen zweifelhafte Ursprünge ans Licht gebracht hatte, mußte er zugeben, daß sein allzu draufgängerischer Anwalt im Zuge seiner Vorstellungen von »kreativer Buchführung« dieses Windei ausgebrütet hatte. Harvey machte schließlich einen schmachvollen Rückzieher und ein vernünftiges Angebot zur Unterhaltszahlung, so daß Diana ihren früheren Lebensstil annähernd wiederaufnehmen konnte.

»Ich schlage einen Toast vor«, sagte Carol und hob ihr Glas Champagner mit Himbeeren. »Auf die Wissenschaft.«

Diana nahm die Sonnenbrille ab und beäugte ihre beste Freundin mit verwirrter Miene.

»Nur Geduld.« Carol lächelte. »Ich meine es ernst.« Sie ließ behutsam ihr Glas gegen Dianas klingen und tönte: »Auf die Wissenschaft. Wenn wir es schaffen, einen Mann auf den Mond zu befördern, warum nicht alle Männer?«

»Genau, was ich mir schon immer gedacht habe«, lachte Diana.

Sie stocherte in den Himbeeren am Grunde ihres Champagnerglases. »Das Leben ist manchmal so herrlich«, murmelte sie und schaute in die flache Brandung mit den Wellen, die sich ein paar Meter von ihnen brachen.

Sie und Carol räkelten sich auf einer Decke vor dem Ferienhaus der Bentons in Malibu, einem kleinen, bezaubernden viktorianischen Holzhäuschen, das früher einer berühmten Chansonnette gehört hatte. Als Billy mit Carol zur Besichtigung hingefahren war, hatte sie sich augenblicklich in das Häuschen mit den lavendelfarbenen und gelben, in Mustern verlegten Schindeln verliebt. Sie hatten es voll möbliert gekauft. Innen wie außen war das Häuschen ein Musterbeispiel für amerikanischen Stil des 19. Jahrhunderts, und Carol war es egal, daß es zwischen dem Jugendstil-Plagiat und dem modernen Glas-Stahl-Betonbau, zwischen denen es eingeklemmt war, wie eine altjüngferliche Tante aussah. Es war gut genug für ein ruhiges Wochenende, das sie selten genug mit Billy und sogar noch seltener mit ihren drei vielbeschäftigten Teenagern hier verbrachte.

Diana hielt ihren leeren Champagnerkelch hoch. Carol goß sofort aus einer Flasche Louis Roederer Cristal nach, die sie aus Billys erstklassig bestücktem Weinkeller in Encino mitgebracht hatte. Dann stellte sie die bernsteinfarbene Flasche zurück in den antiken Silberkübel, der im Sand stand.

»Noch ein paar Himbeeren dazu?« fragte Carol.

»Klar, warum nicht?«

Carol löffelte die Himbeeren in Dianas Glas und auch noch ein paar in ihr eigenes. »Wo dieser Mann nur bleibt?« sagte sie und blickte sich um, ob von ihrem Mann irgendeine Spur zu sehen wäre.

Diana schaute auf die Uhr. »Es ist erst Viertel nach zwei. Warum bist du so nervös?«

»Er hat gesagt, daß er hier sein würde«, brummte Carol mit gerunzelten Brauen.

»Du bist doch sonst kein so besorgtes Eheweib«, erwiderte Diana.

Carol und Billy waren seit 22 Jahren verheiratet, und nach bewegtem Auf und Ab hatten sie in ihrer Beziehung einen gesunden Respekt vor den Freiräumen des anderen entwickelt.

Carol war ständig für ihr Reisebüro unterwegs, und Billy makelte im großen Stil Immobilien für ausländische Investoren, so daß auch er immer auf der Überholspur herumflitzte. Trotzdem fanden er und Carol immer genug Zeit füreinander, um sich nahe zu bleiben.

»Bei uns wurstelt zwar jeder unabhängig dahin, aber ich wünschte, er würde nur einmal pünktlich sein«, seufzte Carol.

Diana zog die Sonnenbrille zur Nasenspitze herunter und schielte Carol mißtrauisch über den Brillenrand an. Sie fragte: »Billy hat aber nicht vor, mit dem Trauerspiel von einem Chirurgen hier aufzukreuzen, mit dem ihr mich die letzte Woche verkuppeln wolltet, oder?«

»Um Himmels willen, nein«, kicherte Carol. »Billy hat sich die Lektion hinter die Ohren geschrieben. Ich kann immer noch nicht glauben, daß dieser Heini den ganzen Abend lang herauszufinden versuchte, ob du in der Ehe fremdgegangen bist.«

»So war's aber. Ich hab noch nie einen so geilen Bock erlebt. Erst als ich ihm versicherte, daß er nie einer Frau begegnen würde, die einer Nonne so nahe käme wie ich, hat er sich entspannt. Ich meine buchstäblich. Er hat mich in Wirklichkeit nur auf meine Eignung als Bettgenossin hin ausgeforscht. Die Angst dieses Mannes vor Krankheiten ist pathologisch! Aber er hätte sich seinen Atem sparen können. Ich würde nicht mit ihm ins Bett gehen, selbst wenn er der letzte Mann auf Erden wäre! Wenn alle frei herumlaufenden Männer so sind, Carol, dann habe ich keine Lust auf Männerbekanntschaften!«

»Mach dir keine Sorgen, Mädel, du wirst einen wunderbaren Mann finden. Laß dir einfach Zeit.« Carol machte eine Pause und setzte dann hinzu: »Da ist immer noch Chris Berry. Angst vor Frauen kann man ihm wirklich nicht nachsagen.«

Diana wurde rot.

»Hast du in letzter Zeit mit ihm gesprochen?« fragte Carol.

»Er hat letzte Woche angerufen und wollte mit mir plaudern. Aber ich war nicht in Stimmung. Ich glaube, ich hab seine Gefühle verletzt.«

»Na wunderbar«, schimpfte Carol. »Der größte Fang diesseits der Rocky Mountains, und du läßt ihn links liegen.«

»Was macht das schon aus? Bei der Sorte Frau, die ihm gefällt, ist mein Typ nicht inbegriffen.«

Carol ließ ein mißbilligendes »tss, tss« hören und schüttelte den Kopf, als ob sie sagen wollte, was für ein hoffnungsloser Fall Diana wäre. Dann blickte sie wieder ungeduldig über die Schulter zu ihrem Haus.

»Was ist denn mit dir los?« fragte Diana. »Ist Billy ganz allein mit dem Boot hinausgefahren oder was?« Wenn Carol unter Ängsten litt, dann darunter, daß ihr Mann allein mit dem Boot hinausfuhr, irgendeinen Blödsinn machte und ins Wasser fiel; so viel wußte Diana.

Carol verneinte: »Heute ist er nicht beim Segeln. Er kauft sich ein neues Spielzeug – einen Zwei-Mann-Katamaran diesmal.«

»Dann entspann dich doch«, drängte Diana. »Wie oft kannst du schon einen ganzen Tag mit Nichtstun am Strand verbringen?«

»Du hast recht.« Carol schenkte sich den Champagnerkelch voll, nippte daran und starrte träumerisch ins Wasser. »Was für ein Tag.«

»Du sagst es«, gab Diana zurück. Es war Anfang Juni, ein leicht bewölkter, aber ungewöhnlich heißer Nachmittag, und die Luft war durchtränkt von schwachem Salz- und Tanggeruch – genauso ein Tag, wie Diana ihn liebte, weil der Strand nicht so überfüllt war wie mitten im Sommer.

Sie lagen da und saugten sich mit den gefilterten Sonnenstrahlen voll, beide schwiegen jetzt und verloren sich in ihren eigenen Gedanken.

»Weißt du, wer gesagt hat: ›Am Meer findest du nur dich selbst‹?« fragte Diana nach einer Weile.

»E. E. Cummings«, antwortete Billy Benton III. in seinem klangvollen Bariton. »Ich bin überrascht, daß die einzige mir bekannte Person mit brillant abgeschlossenem Literaturstudium – außer mir selbst natürlich – das vergessen haben sollte«, fügte er lachend hinzu.

Er hatte sich unbemerkt von hinten an Carol und Diana herangeschlichen. Da stand er, die ausgeblichenen, verschlissenen Jeans hochgerollt, die dicken, muskulösen Beine leicht gegrätscht, um im Sand einen besseren Stand zu haben. Er schob die Fliegerbrille zur Stirn hoch, und Diana wurde von seinen riesigen, haselnußbraunen Augen in Bann gezogen, die sonst hinter der Sonnenbrille oder der normalen Brille, die er immer trug, kaum zur Geltung kamen.

Carol knotete sich die Bikiniträger zusammen und stand auf. »Diana hat zur Zeit anderes im Kopf als Lyriker«, sagte sie, schlang ihre Arme um Billys ausladende Mitte und drückte ihm einen zärtlichen Kuß auf den Mund. Er tätschelte ihr liebevoll den Po. »Ich dachte schon, du würdest nie mehr kommen«, sagte sie.

»Ich konnte mich nicht entschließen, welche Farbe ich für die Segel des Hobie Cat nehmen sollte. Ich überlegte immer hin und her – Brian mag Rot, dann fiel mir ein, daß Jenny Blau liebt. Welche Farbe Helen mag, weiß ich gar nicht.«

»Gelb ist ihre Lieblingsfarbe – diesen Monat«, informierte ihn Carol lachend.

»Das ist jetzt egal. Ich habe mich schließlich für eins dieser bunten Dinger entschieden. So ist jeder zufrieden.«

Diana setzte sich auf und zupfte an ihrem Badeanzug herum. Zwar hatte sie fast ihr ganzes Übergewicht verloren, fast vierzig Pfund, doch fühlte sie sich in einem so sparsamen Aufzug immer noch befangen.

»Steh auf und laß dich anschauen«, forderte Billy sie auf. Er kam aus dem Staunen nicht heraus, wie sich Diana in den letzten paar Monaten verwandelt hatte, und hatte ihr das schon mehrmals gesagt.

Diana stand schüchtern auf.

»Na komm schon, dreh dich um und laß dich in voller Gänze sehen«, fuhr Billy fort. »Potztausend, du siehst umwerfend aus.«

Diana strahlte.

»Ich kann es kaum erwarten, Harvey davon zu berichten, wenn ich ihn das nächste Mal treffe.«

»Mach dir nicht die Mühe«, sagte Diana, und das Strahlen verschwand aus ihrem Gesicht. »Die Kinder haben ihm erzählt, daß ich jetzt viel dünner bin. Das läßt ihn völlig kalt, seit er den Vamp seiner Träume gefunden hat.«

»Du schlägst sie um Längen, Diana, in jeder Hinsicht«, versicherte ihr Billy. Er lächelte seine Frau verschmitzt an: »In der Tat solltest du lieber aufpassen, Carol, sonst –«

»Sonst tausch ich dich einfach gegen etwas Jüngeres, Knackiges um«, unterbrach ihn Carol. Billy war in seiner Collegezeit Star des Fußballteams gewesen, aber mit den Jahren waren die Muskeln, die er früher stolz vorgezeigt hatte, beträchtlich schlaffer geworden. Zum Glück dehnte Carol ihre ängstlichen Bestrebungen um eine schlanke Linie nie auf Billy aus; es schien ihr wirklich nichts auszumachen, daß der Mann, den sie liebte, in der Bauchgegend etliches Zusatzgepäck mit sich herumschleppte.

»Sie weiß genau, wo ein Mann am empfindlichsten zu treffen ist«, sagte er zwinkernd zu Diana. »Ich bin liebesbedürftig. Komm her und gib mir einen Kuß«, befahl er Diana in seiner rauhen, aber herzlichen Art.

Diana umarmte ihn und streifte ihm ein Küßchen über die Wange. Sie setzte sich wieder neben Carol auf die Decke, während Billy weiter über ihnen thronte und genüßlich seine nackten Zehen in den warmen Sand grub.

Er lächelte spitzbübisch auf die beiden Frauen herab. »Worüber habt ihr beiden Mädchen euch denn unterhalten?« fragte er gönnerhaft.

Diana spürte, daß er etwas im Schilde führte. Er schaffte es einfach nicht, ein Pokerface aufzusetzen, wenn eine Überraschung in der Luft lag.

»Billy, setz dich und halt den Mund«, befahl Carol freundlich.

Er ließ sich neben Carol in den Sand plumpsen und grinste weiter wie der Kater, der gerade den Kanarienvogel verspeist hat.

»Raus damit: Was habt ihr beiden vor?« fragte Diana.

»Schau dir bloß dieses Gesicht an«, sagte Carol. »Billy, du bist schlimmer als ein kleines Kind! Er kann's nicht erwarten, es dir zu erzählen.«

»Mir was zu erzählen?«

»Darf ich es ihr jetzt sagen?« flehte Billy seine Frau an.

»Nein, ich will!«

»Und wer benimmt sich *jetzt* wie ein kleines Kind?« blödelte Billy.

»Ja, um was geht's denn nun?« rief Diana.

Carol packte Dianas Hand und knetete sie aufgeregt. »Du weißt doch von der zehntägigen Gratisreise nach Sankt Moritz, die das *Palace Hotel* mir und Billy für nächsten Monat geschenkt hat?«

»Natürlich. Habe ich nicht vor Neid geglüht, seit du mir davon erzählt hast?«

»Diana, du brauchst nicht mehr zu glühen«, sagte Billy.

»Wie meinst du das?«

»Du fährst an Billys Stelle mit mir mit«, platzte Carol voller Begeisterung heraus.

Diana war sprachlos. »Wieso?« stotterte sie.

»Billy hat letzte Woche in San Diego diese Segelkanone kennengelernt, du weißt schon, Dennis Conner. Der den America's Cup gewonnen hat. Die beiden haben sich prächtig verstanden, und Dennis hat Billy nach Ensenada eingeladen, um bei einer Regatta mitzusegeln. Die findet in derselben Woche statt wie unsere Reise in die Schweiz. Selbstverständlich läßt Billy sein altes Eheweib für das Macho-Abenteuer seines Lebens sitzen. Er kam auf die absolut brillante Idee, daß ich statt dessen dich mitnehmen könnte. Mal dir nur mal aus, was wir beide in Europa alles anstellen könnten!«

»Ach, so was kann ich mir doch nicht –«

»Sag nicht, du kannst dir das nicht leisten«, unterbrach sie Carol. »Die ganze Zehntagesreise kostet dich keinen Pfennig – sie ist gratis.«

»Für dich. Ich meine, du hast geschäftlich so viel mit den Hotels zu tun«, widersprach Diana.

»Wenn ich dich mitnehme und das Zimmer mit dir teile, ist das genauso, als ob ich Billy mitnähme.«

»Na ja, ein bißchen anders schon, meine Süße«, wies Billy sie mit lüsternem Grinsen hin.

»Er hat recht«, warf Diana ein. »Verschiebt doch den Termin. Warum solltest du mit mir dorthin fahren?«

»Weil Billy Europa nicht mag. Weil du einen Urlaub verdient hast. Weil du das Recht auf ein bißchen Spaß hast, nach dem ganzen Mist, den du in der letzten Zeit mit dem gräßlichen Harvey durchgemacht hast. Du kommst mit.«

»Sag lieber ja, Diana. Wenn Carol erst einmal solche Töne anschlägt, hast du keine Chance mehr.«

»Aber –«

»Kein Aber. Deine Kinder sind sowieso nicht den ganzen Sommer über da«, sprudelte Carol weiter.

»Also, da hast du recht«, stimmte Diana zu. Jessica hatte sich entschlossen, in Berkeley zu bleiben und Sommerkurse zu belegen; Todd wollte sechs Wochen lang durch die Staaten touren. »Die Schweiz«, murmelte Diana. »Ich kann's kaum glauben.«

»Du solltest dich lieber an den Gedanken gewöhnen, Mädel. Alles, was du brauchst, ist eine Zahnbürste und ein Paar Wanderstiefel.«

»Und noch etwas«, sagte Diana sarkastisch und öffnete ihre Strandtasche, um ihren kostbarsten Besitz herauszuholen. »Ohne das hier sollte man nicht aus dem Haus gehen«, sang sie lachend und zeigte ihre funkelnagelneue American-Express-Karte vor. »Die ist vielleicht nicht aus Gold wie Harveys, dafür gehört sie mir ganz allein.«

13. Kapitel

Diana saß im Speisewagen der privaten Schweizer Rhätischen Eisenbahn und starrte durch das Fenster auf die sich ständig verändernde Landschaft.

Als sie diesen letzten Abschnitt ihrer Reise angetreten hatte, sah sie erst düstere Burgen vorbeiziehen, weißgetünchte, anheimelnde Bauernhäuser, und Bahnhöfe wie aus dem Spielzeugladen. Später hatte sie zauberhafte Bergdörfer gesehen, und jetzt, wo der Zug immer höher keuchte und sich ihrem Bestimmungsort Sankt Moritz näherte, offenbarten sich ihr in einer fast berükkenden Vision die Berge mit ihren steilen Schluchten, und aufgeregt nahm sie das Bild der hervorbrechenden Bäche und turmhohen Felsen in sich auf.

Im Speisewagen, wo sie Weißwein trank und gerade ein 5-Gänge-Menü beschloß, umgab Diana eine andere Art von Schönheit, denn der Designer dieses Zugs hatte bis ins letzte Detail den eleganten Stil der frühen dreißiger Jahre kopiert. Auf Dianas Tisch lag eine Decke aus gestärktem weißem Leinen. Das massive Tafelsilber lag schwer in der Hand. Die mit viel echtem Mahagoni getäfelten Wände und sogar die zarten Porzellanteller und Servierschüsseln erzeugten ein Flair von Vornehmheit und höherer Gesellschaftssphäre.

Obwohl Diana Momente reiner Freude verspürte, wenn sie die Landschaft betrachtete, die Atmosphäre im Speisewagen auf sich wirken ließ und das volle Aroma des Weins genoß, konnte sie die Wogen der Beklommenheit, die immer wieder mitleidlos über ihr zusammenschlugen, nicht ganz abwehren.

In solchen Augenblicken fühlte sich Diana wie ein steuerloses Boot, das auf stürmischer See herumgeworfen wurde und ganz den Gezeiten und anderen unkontrollierbaren, manchmal bösartigen Gewalten ausgeliefert war, die sie treiben konnten, wohin sie wollten.

War diese Reise nicht die aberwitzige Krönung eines Wechselbads kapriziöser Ereignisse? In der einen Minute war sie mit Harvey wegen finanzieller Dinge in einer blutigen Schlacht verwickelt und wußte nicht, woher sie das Geld für die nächste Hypothekenrate fürs Haus nehmen sollte. In der nächsten Minute, wie es Diana schien, überließ ihr Billy Benton fröhlich sein Tikket, damit sie mit Carol zu einem der aufregendsten Ferienorte der Welt aufbrechen konnte.

Dann wurde schlagartig wieder alles über den Haufen geworfen. Zwei Tage vor Carols und Dianas Abreise verrenkte sich Billy bei der Arbeit auf seiner Yacht das Kreuz. Am Abend wand er sich vor Schmerzen und konnte nicht mehr laufen. Seine Pläne, mit Dennis Conner segeln zu gehen, waren gestrichen. Billys Orthopäde verordnete ihm strikte Bettruhe und wollte ihn sogar ins Krankenhaus einweisen, damit er völlig ruhig gestellt werden könnte. Doch Billy war von einer irrationalen Angst vor Krankenhäusern besessen; er machte einen solchen Wirbel, daß der Arzt schließlich nachgab, allerdings erst, nachdem er Carol das Versprechen abgeknöpft hatte, zu Hause strengstens über ihren Mann zu wachen. Ihr blieb nichts anderes übrig, als bei ihm zu bleiben und Florence Nightingale zu spielen. Diana war ganz der Meinung, Billys Gesundheit sei unendlich wichtiger als eine Spritztour nach Europa. Sie schlug sofort vor, die Reise fallenzulassen oder wenigstens zu verschieben.

Carol entgegnete, sie fände es ein Verbrechen, einen 5-Sterne-Urlaub in den Wind zu schlagen. Verschieben war unmöglich, so gern sie das auch getan hätte. Denn ihr Terminkalender war für die nächsten sechs Monate randvoll mit einer ausgetüftelten Serie von Reisen – hätte sie eine davon verschoben, wäre die ganze sorgfältige Planung zusammengebrochen.

Sie bestand darauf, daß Diana trotzdem abreiste. Diana sträubte sich. »Alles ist schon arrangiert«, versicherte Carol ihrer widerstrebenden Freundin. »Ich habe sogar Andrea Badrutt angerufen, den Besitzer des *Palace Hotels,* und er wird dich mit offenen Armen empfangen. Du brauchst dich nur ins Flugzeug zu setzen und daran zu denken, daß du in Zürich aussteigen mußt. Der Zug wartet dann schon direkt am Flughafen. Das Gepäck wird automatisch weitergeleitet. Glaub mir, es ist so einfach wie eins und eins zusammenzuzählen.«

»Aber du weißt doch, wie schlecht ich in Mathe bin«, witzelte Diana und versuchte, sich nichts von ihrer aufsteigenden Panik anmerken zu lassen. Sie versuchte sich auszumalen, wie sie allein in den Alpen wandern würde. Es gelang ihr nicht. Wie sie allein essen würde. Das gelang ihr genausowenig. Nicht einmal ein einsamer Einkaufsbummel konnte sie reizen. »Ich kann unmöglich ohne dich fahren«, protestierte sie.

»Natürlich kannst du das«, beharrte Carol.

»Aber so ganz allein?«

»Ja. Diana, du bist doch eine fähige Frau. Und du brauchst mal was anderes um die Ohren.«

Jetzt war Diana also allein. Und die Landschaft hier war unbestreitbar etwas anderes. Doch wenn sie sich ihre Mitreisenden anschaute, die alle zu zweit, zu dritt oder zu viert an den anderen Tischen saßen – die meisten lachten und plauderten vergnügt in verschiedenen Sprachen –, dann fragte sich Diana wie schon mehrmals seit ihrem Abflug von Los Angeles, wie zum Teufel sie die nächsten zehn Tage allein überstehen sollte.

Wie das Schicksal so spielte, wurde auch noch das Wetter schlecht, und der Zug stampfte das letzte Stück nach Sankt Moritz unter strömendem Regen hinauf.

Der schwarzgraue Himmel, unter dem Diana ausstieg, schien nichts Gutes zu verkünden, und sie stand eine Minute verwirrt und verloren da und ließ den Blick über den betriebsamen Bahnhof schweifen.

Vom Regen wurde ihr eiskalt, eine Gänsehaut überlief sie. Sie knöpfte ihren Regenmantel bis zum Hals zu. Jetzt war sie froh, daß sie für die Reise einen Lambswool-Rock mit passendem Pulli angezogen hatte und nicht das Sommerkostüm aus Baumwolle.

Einen so plötzlichen Wetterumsturz hatte sie nicht erwartet, auch nicht einen so gewöhnlichen Allerweltsbahnhof. In ihr klang das Echo von Carols Stimme nach. »Was Sankt Moritz eigentlich ausmacht, sind die Leute«, hatte Carol doziert, »und natürlich die Schönheit der Natur.«

Der Chauffeur des *Palace Hotels* erwartete sie am Gepäckschalter. Sie konnte ihn unter den anderen Fahrern leicht ausfindig machen, da er eine schwarze Chauffeursmütze trug, auf deren Vorderblende der Name des Hotels in quer aufgestickten Goldbuchstaben prankte. Der vierschrötige Mann mit dem breiten Gesicht, der weit vorspringenden Nase und der unreinen Haut sah unnahbar aus, doch als Diana sich vorstellte, begrüßte er sie warmherzig in tadellosem Englisch. Er sagte, er hoffe, sie hätte eine gute Reise den Berg hinauf gehabt, und versicherte ihr, daß der Regen nur ein Schauer sei und das »Champagnerklima«, für das dieser Teil der Schweiz so berühmt sei, sich morgen sicher wieder einstellen würde.

Der Chauffeur ging Diana zum Wagen voraus; ein Träger schleppte das Gepäck hinterher. Draußen stand ein langer, schwarzer Rolls-Royce, eine der eindrucksvollsten Limousinen, die Diana je gesehen hatte. Während der Träger die Koffer in den Kofferraum lud, hielt der Chauffeur einen großen schwarzen Regenschirm über Diana gespannt, als diese hinten einstieg.

»Möchten Sie gern eine unserer Decken benutzen?« erkundigte er sich. »Die Fahrt dauert nicht lang, aber heute ist es schrecklich feucht.«

Sofort holte er eine weinrot-lila Mohairdecke hervor, die er ihr sorgsam über den Schoß drapierte, so daß ein Teil der Decke über ihre nackten Beine fiel.

Sie lehnte sich zurück, um die Fahrt zum *Palace Hotel* zu genießen. Trotz eines hartnäckigen Rests von nagendem Unbehagen gestattete sie dem allmählich anwachsenden Gefühl, eine Prinzessin zu sein, in ihr Bewußtsein zu sickern.

Doch fast bevor sie sich wohl fühlen konnte, bog der Chauffeur in den Halbkreis einer Einfahrt ein, stellte den Motor vor einem wenig beeindruckenden Hoteleingang ab und begleitete sie durch eine Drehtür, die von einem diskret nickenden Diener in weinroter Livree bewacht wurde.

Dianas vernünftige 3-Zentimeter-Absätze klickten auf den schwarzweißen Fliesen, außer bei den letzten Schritten, bei denen der Perserteppich vor der Rezeption jedes Geräusch verschluckte. Ein Clan von Arabern in fließenden Gewändern und Turban meldete sich gerade an. Ihre zahllosen Bedürfnisse schienen die Kräfte sämtlicher verfügbarer Angestellten zu erschöpfen, obwohl einer von ihnen Diana lange genug zur Kenntnis nahm, um ihren Namen zu notieren und ihr zu versichern, daß man sich umgehend um sie kümmern würde.

Ein paar Augenblicke später tauchte ein drahtiger, sportlicher Mann in grauen Flanellhosen, Rollkragenpulli und Glencheckblazer aus einer der Türen neben der Rezeption auf. Als er auf Diana zuging, bemerkte sie, daß er deutlich hinkte und sich auf einen Stock stützte.

»Sie müssen Diana Lowe sein«, sagte der Mann, als er sie erreicht hatte.

Sie war erfreut. »Richtig. Und Sie müssen...«

»Andrea Badrutt. Zu Ihren Diensten«, antwortete er, schlug die Hacken zusammen und streckte seine freie Hand aus, um die ihre zu schütteln. Seine Augen zwinkerten vergnügt, seine Gesichtszüge waren von schönem Ebenmaß, und seine silbergrauen Haare dicht und voll. Diana dachte, daß er mindestens Ende Sechzig sein müßte. »Wir haben Sie erwartet. Entschuldigen Sie bitte die Wartezeit, aber so etwas läßt sich nicht immer vermeiden«, erklärte er mit ausgeprägtem Schweizer Akzent.

»Ach, das macht doch nichts. Ich habe inzwischen den schönen Ausblick bewundert«, sagte sie verschmitzt und zeigte auf einen Schaukasten mit Schmuck von Harry Winston.

»Wir versuchen, unsere Gäste in jeder Hinsicht zufriedenzustellen«, scherzte Badrutt. »Auch die schwierigsten.« Er nickte diskret in Richtung Rezeption, wo die Araber schließlich besänftigt worden waren und einem der Bediensteten durch eine große Flügeltür folgten.

»Sie wollten unbedingt in der Turm-Suite von Gunther Sachs wohnen«, sagte er vertraulich. »Aber Gunther läßt sie nie vermieten.«

»Gunther Sachs?« fragte Diana. Sie spürte einen Anfall von

Panik nahen. Wie könnte sie in diesen schwindelnden Höhen bestehen, wenn sie nicht einmal ihre Mitspieler kannte?

»Entschuldigen Sie, meine Liebe. Gunther Sachs hat sich unter anderem dadurch Ruhm erworben, daß er sich einst als Ehemann Brigitte Bardots glücklich schätzen durfte.«

»Ach *der* Gunther Sachs!« Diana tat so, als ob sie sich erinnere.

»Das *Palace Hotel* hat viele berühmte Gäste gesehen. Ich könnte Ihnen stundenlang Geschichten darüber erzählen. Ihre reizende Freundin Carol war immer eine meiner besten Zuhörerinnen.« Er schüttelte bedauernd den Kopf. »Schade, daß sie Sie nicht begleiten konnte«, bedauerte er.

»Das finde ich auch«, erwiderte Diana. »Allein zu reisen ist für mich etwas Neues.«

»Ja. Carol hat mir alles ausführlich berichtet. Ich und mein Hotel stehen Ihnen auf den leisesten Wink zu Diensten«, bot er ihr galant an. »Jetzt sind Sie sicher müde. Ich werde Dieter bitten, es Ihnen gemütlich zu machen.« Badrutt verabschiedete sich formvollendet und zog sich zurück.

Nach ein paar Minuten wurde Diana durch die beiden Türflügel, an denen zwei ebenfalls in weinrote Hotellivree gekleidete Diener standen, in die große Lobby des *Palace Hotels* geleitet. Diana überkam das Gefühl, nicht den zentralen Aufenthaltsraum eines Skihotels, sondern eine Kathedrale zu betreten, so eindrucksvoll waren das hohe, gotische Deckengewölbe und die riesigen Wandmalereien.

»Hier ist es, Madame«, sagte der Diener, als sie bei Dianas Zimmer auf der Beletage angekommen waren. Carol hatte ihr eingeschärft, sie solle sich unbedingt auf dieses Stockwerk verlegen lassen, falls man sie aus irgendeinem Grund irrtümlich woanders unterbrächte. Hier lagen die besten Zimmer, wie Carol sagte, mit einer überwältigenden Aussicht.

Der Ausblick war in der Tat aufsehenerregend, wenn er auch durch den Regen etwas an Glanz verlor. Der Diener band die schweren Damastvorhänge zurück und zog die Vorhänge aus Schweizer Spitze zur Seite, um das weite Panorama des Sees mit dem steil ansteigenden Gebirge im Hintergrund zu enthüllen; die meisten Gipfel waren allerdings von tief hängenden Wolken verdeckt. Der Diener legte Diana ans Herz, morgen früh gleich nach dem Aufwachen hinauszuschauen; falls sich das Unwetter verzogen hätte, würde sie mit einem phantastischen Ausblick belohnt, weil die Gipfel noch von Schnee bedeckt seien.

Diana gab dem Diener ein großzügiges Trinkgeld, und bevor er sich zurückzog, sagte er noch, daß Badrutts *Palace Hotel* mit allem aufwarten könne, wonach ihr der Sinn stünde.

Wie wär's mit einem Mann? dachte sie flüchtig, verjagte diesen Gedanken aber sofort.

»Du bist allein in der Schweiz«, murmelte Diana vor sich hin, als sie ihre Kleider in einen der vier geräumigen Schränke hängte. Nach dem Auspacken schlenderte sie ins Bad. Es war fast so groß wie ihr Schlafzimmer zu Hause.

Sie füllte sich ein Glas mit dem reinen, kristallklaren Wasser, das aus der Leitung kam, und ging zurück in das geräumige Schlafzimmer. Sie schleuderte die Schuhe von den Füßen und genoß das kitzelnde Gefühl des samtigen, rosenfarbenen Teppichs unter ihren schmerzenden Fußballen.

Diana war von der langen Reise erschöpft, und die Doppelbetten sahen so einladend aus. Die Kopf- und Fußteile aus weiß lakkiertem, goldverziertem Holz paßten zu den Schränken im französischen Landhausstil; insgesamt wirkte das Mobiliar vornehm, aber dennoch gemütlich. Sie setzte sich auf eines der Betten und versank in der molligen Daunendecke. Der jungfräulich weiße Bettüberwurf aus Satin und Spitze paßte zu den seidenen Bettbezügen und den weißen Leintüchern und Kissen, die sich weicher anfühlten als Seide.

Diana legte sich hin und streckte sich aus. Sie begann gleich zu dösen; halb wachte, halb träumte sie.

Sie fragte sich, was Harvey wohl gerade täte. Wahrscheinlich bumste er Laurie in seinem privaten Arbeitszimmer. Gott, wäre er von diesem Luxushotel begeistert! Er hätte tagelang gestrahlt, wenn Andrea Badrutt ihn so begrüßt hätte wie Diana. Carol hatte ihr versichert, daß sie sich ruhig geschmeichelt fühlen dürfe, wenn der würdevolle alte Herr sie bei ihrer Ankunft persönlich empfinge. Das tat er nur bei wichtigen Gästen und alten Freunden.

Verzehr dich nur vor Neid, Harvey Lowe, sinnierte Diana noch, als sie immer tiefer in den Halbschlaf wegdämmerte. Du hast das Flittchen deiner Träume, und ich habe ein schönes Zimmer mit Balkon und traumhaftem Seeblick – ganz allein in Sankt Moritz…

Das schrille Läuten des Telefons weckte Diana. Die Rezeption teilte ihr mit, daß Herr Badrutt sich die Freiheit genommen hätte, für sie einen Tisch für neun Uhr im *Restaurant* zu reservieren, dem exquisitesten Speisesaal des Hotels.

Diana brummelte ein Dankeschön in den Hörer und legte auf. Sie lag ein paar Minuten regungslos da und fühlte sich immer noch vom Schlaf verwirrt. Schließlich war sie ganz wach, blickte auf die Uhr und war überrascht, daß sie nur eine halbe Stunde geschlafen hatte. Insgeheim wünschte sie, sie hätte das Abendessen ganz verschlafen. Vielleicht könnte sie alle Mahlzeiten verschlafen.

Vielleicht könnte sie den ganzen Urlaub verschlafen.

Sie hob den Hörer ab, um die Rezeption zu benachrichtigen, daß sie die Reservierung doch nicht bräuchte.

Sei nicht blöd, hörte sie Carols spöttische Stimme. Geh einfach hin und schmeiß sie um, Mädel.

Sie wog den Hörer in der Hand. Sie hob ihn ans Ohr. Sie legte ihn wieder auf.

Es gab nur eine einzige Methode, diese Angst zu überwinden. Mit dem *Schweiz*-Baedecker in der Hand schloß Diana die Tür zu ihrem Zimmer und begab sich nach unten, um einen Tee zu trinken.

Die Lobby summte von Stimmengewirr. »Das ist der Regen«, erklärte der Maître d'hôtel, als sie eine Bemerkung darüber machte, wie voll es hier sei. »Im Sommer ist es um diese Zeit gewöhnlich ruhiger, außer wenn es regnet oder schneit.«

»Schneit?« fragte Diana erstaunt.

»Ein- bis zweimal jeden Sommer haben wir Schnee. Dies ist schließlich ein Gebirgsort, nicht wahr? Hier haben wir einen schönen Platz für Madame.« Er verbeugte sich und zog sich zurück.

Diana saß an einem kleinen Tisch für zwei Personen, der nahe genug an einem zehn Meter hohen Erkerfenster stand, so daß sie genießen konnte, was ihr der Regenvorhang vom See und den Bergen enthüllte.

Wie beim ersten Mal, als sie die Lobby durchquert hatte, bestaunte Diana ihre ungeheuren Ausmaße und das turmhohe gotische Gewölbe, dessen Rippenbögen aus Holz verschiedener Schattierungen zusammengesetzt waren. Noch eindrucksvoller waren die mannshohen offenen Steinkamine, in denen jetzt das Feuer loderte, um die feuchte Luft aufzuwärmen.

Ein Ober näherte sich ihr mit einem Wagen. Darauf standen Teller und Tassen aus feinstem Porzellan, ein Biedermeier-Teeset, verschnörkeltes Silberbesteck, das sogar noch schwerer war als das im Zug, und eine reiche Auswahl an Tee und Kuchen.

Nachdem sie gewählt hatte und wieder in ihrem Stuhl zurechtgerückt war, trank sie ihren Tee und knabberte an einem blättrigen Keks mit Orangenkonfitüre. Sie tat, als sei sie in ihren Führer vertieft, während sie in Wirklichkeit mehr an den drei Leuten am Nebentisch interessiert war – einer auffallend attraktiven Frau und zwei aufmerksamen Begleitern. Die Frau sprach Englisch mit Upper-Class-Akzent, und die beiden Männer schienen sich ausschließlich auf sie zu konzentrieren. Diana konnte das Alter der Frau nicht schätzen, aber sie wirkte jung, wenn sie den Kopf zurückwarf und herzlich lachte. Ihr tuschschwarzes Haar war modisch aufgebauscht, am Kinn in einer strengen Linie abgeschnitten und an der Stirn zu mehreren kunstvollen Locken gedreht. Sie trug einen pinken Rollkragenpulli, der zu ihrem Lippenstift paßte, und ein buntes, locker um die Schultern geschlungenes Hermès-Halstuch, das den Pulli farblich abrundete.

Diana hatte den einen der Männer besser im Blickfeld, der sich vorbeugte, als ob ihm kein Wort, das die dynamische Frau von sich gab, entschlüpfen dürfe. Er war ein eleganter älterer Herr mit kantigem Gesicht, geröteten Backen, grauen, perfekt gescheitelten Haaren und einem bleistiftdünnem Schnurrbart. Er trug eine kurze bayrische Trachtenjacke, und Diana war überzeugt, er würde auch einen jener drolligen Trachtenhüte mit Feder im Hutband aufsetzen.

Der Mann an der anderen Seite der Frau erregte Dianas äußerste Aufmerksamkeit, denn er war der Latin Lover, wie er im Buche steht. Der junge Mann trug einen gelangweilten Blick zur Schau, wenn der andere Mann redete, und nur, wenn die Frau eine Bemerkung direkt an ihn richtete, kam Leben in ihn. Die hat's gut, dachte Diana, denn mit seinen glänzenden schwarzen Haaren, der kleinen geraden Nase, dem festen Kinn und dem athletischen Körper war er ein ausgesucht schönes Exemplar männlichen Sex-Appeals. Für Diana sah er aus, als wäre er direkt der Kolumne *Was ist los in Europa?* einer Klatsch-Zeitschrift entsprungen.

Trotz des gedämpften, aber anhaltenden Stimmengewirrs um sie herum konnte Diana, ohne daß man es ihr allzusehr anmerkte, die drei bei ihrer munter dahinplätschernden Unterhaltung belauschen. Die Frau flatterte wie ein Schmetterling leichtflügelig von einem Thema zum anderen: Partyplänen, einem bevorstehenden Tennisturnier des Hotels, einer Sotheby-Auktion und mehreren musikalischen Höhepunkten des Festspielsommers im anderen Schweizer Nobelort Gstaad.

Gelegentlich hörte Diana nur Bruchstücke eines Satzes, wenn einer von ihnen die Stimme dämpfte. Sie mußte dem Drang widerstehen, sich hinüberzubeugen, damit ihr kein Wort entginge. Als die Gruppe aufstand, hörte Diana, wie die Frau vorschlug, sich doch um neun alle wieder an der Renaissancebar des Hotels auf einen Drink zu treffen, bevor sie zum Essen gingen. Diana notierte im Geiste: Renaissancebar, vor dem Essen. Das klang gut. Es hätte ihr gefallen – aber nicht, wenn sie allein dorthin gehen müßte.

Am nächsten Tag strahlte die Sonne wieder, wie vom Chauffeur vorausgesagt. Nicht vorbereitet hatte er Diana allerdings auf den köstlichen, frischen, erdigen Geruch des Wassers, das von den Blättern und Baumstämmen verdunstete, oder auf den prachtvollen Anblick von Blumen aller Farben und Formen, der sie erwartete, als die Seilbahn sie und andere Wanderer in halber Höhe auf dem Corviglia absetzte.

Auf ihrer ersten Wanderung hatte Diana vor, das Panorama zu

genießen und auf dem Rückweg nach Sankt Moritz ein improvisiertes Picknick einzulegen.

Obwohl sie mit ihren Jeans, Tennisschuhen und einem leuchtend bunten Sweatshirt durch und durch amerikanisch aussah, fühlte sich Diana mit ihrer Umgebung innerlich verbunden, als sie so auf dem Rand der Welt stand. Wie Maria von Trapp in *Meine Lieder, meine Träume* drehte sie sich rundherum und sah in jeder Richtung schneebedeckte Berge, die zu üppig grünen Weiden hinabführten. Wie Punkte waren Bauernhöfe und Landhäuser darauf verstreut, die bemalt waren wie in den Bilderbüchern ihrer Kindheit.

Hier könnte sie allein und gleichzeitig glücklich sein.

Und das war sie auch.

Mit federndem Schritt begann Diana zu wandern, hielt sich an die gut markierten Pfade und wich nur gelegentlich davon ab, um besonders schöne Tannengruppen und Flecken mit Butterblumen, Gänseblümchen und anderen Wildblumen zu bewundern, deren Namen sie nicht kannte, die aber wunderschön waren.

Als sie die halbe Strecke, die auf ihrer Wanderkarte markiert war, zurückgelegt hatte, machte sie Rast, um das Picknick zu verspeisen, das im *Palace Hotel* für sie eingepackt worden war. Zum ersten Mal seit Wochen fühlte sie sich wahrhaft zufrieden, als sie sich eine Weile zurücklehnte, auf die Ellbogen gestützt, und die gesunde Bergluft in sich einströmen ließ.

Gelegentlich kamen andere Wanderer vorbei. Sie winkte und nickte ihnen lächelnd zu. Sie winkten zurück. Manche sagten sogar ein paar Worte zu ihr, manchmal in einer Sprache, die sie nicht verstand. Das war egal, denn sie spürte, daß jeder dasselbe Gefühl des Einsseins mit der Natur empfand, von dem auch sie erfüllt war, und das war ihre gemeinsame Sprache. Sie fühlte sich dazugehörig und doch freier als lange zuvor.

Eine Biene summte um ihren Kopf herum und flog dann zu einem Gänseblümchenteppich. Diana stand auf und schlug denselben Weg ein, pflückte ein Blümchen und steckte es sich hinters Ohr. Nicht einmal auf Hawaii hatte Diana je Blumen im Haar getragen. Harvey hatte das kitschig gefunden. Irgendwie schien es aber hierher zu passen.

Diana ging weiter auf dem anstrengenden Weg den steilen Abhang hinunter, der im Winter eine Abfahrt für Könner war; sie ließ sich von der beruhigenden Wirkung der Umgebung durchfluten. Welche Ironie, dachte sie, daß ausgerechnet die Schweizer das Valium erfunden und weltweit verbreitet haben. Es war sehr schade, daß sie nicht ihre Landschaft in Flaschen abfüllen konnten, denn während der streßreichen Monate, die sie Harvey zu verdanken hatte, hatte sich Diana nach der Einnahme der kleinen gelben Pillen nie so entspannt gefühlt wie jetzt.

»Hallööchen«, trällerte ihr Dierdre Nieuwirth an der letzten Weggabelung vor dem endgültigen Abstieg nach Sankt Moritz mit ihrem gesangvollen englischen Akzent entgegen. »So treffen wir uns also wieder. Hätten Sie gern ein bißchen Gesellschaft?«

Dierdre war die attraktive Engländerin, die Diana gestern beim Tee aufgefallen war. Andrea Badrutt hatte sie einander beim Abendessen vorgestellt, denn er war an Dierdres Tisch gestanden und hatte sich mit ihr und ihren Begleitern unterhalten, als Diana an ihnen vorbeiging.

»Liebend gern«, antwortete Diana, entfernte unauffällig die Blume von ihrem Ohr und steckte sie in die Jeanstasche. »Ich bin überrascht, Sie hier draußen alleine anzutreffen.«

»Aber dafür lebe ich doch«, gab Dierdre theatralisch zurück. »Eine Stunde oder zwei in der Natur. Das läßt die Seele aufleben, finden Sie nicht?«

»Doch, doch.«

Die beiden Frauen verfielen in Gleichschritt. »Was halten Sie von unserem entzückenden kleinen Städtchen?« erkundigte sich Dierdre, nachdem sie eine Weile schweigend nebeneinanderher getrabt waren. Sie waren nur noch wenige Meter vom Hotel entfernt, dem sie sich heute von der Seeseite her näherten.

Der Anblick des *Palace Hotels* war von hinten so grandios, wie die Vorderfront schlicht war. Das Hotel schien wie ein mittelalterliches, mit vielen Türmchen besetztes Schloß aus dem Wasser aufzusteigen.

»Mir verschlägt es hier einfach die Sprache«, gestand Diana. »Es läßt sich nicht mit Worten beschreiben, wie energiegeladen und trotzdem innerlich ruhig ich mich schon nach einem Tag fühle.«

Eine leichte Brise kam auf. Dierdre schlang sich ihren überdimensionalen Schal mit ihren langen, ausdrucksstarken Fingern um den Hals. Alles, was sie tat, war bühnenreif – fand wenigstens Diana, die von dieser hochgewachsenen, alterslosen Schönen in Bann gezogen war. Sogar ein einfacher Faltenrock, ein Wollpullover und bequeme Wanderschuhe aus Wildleder sahen an ihr schick aus.

»Hätten Sie Zeit für ein Schlückchen Wein?« fragte Dierdre plötzlich, als sie den Poolbereich des Hotels betraten.

Vom Pool aus, der teilweise im Freien, teilweise in einer Halle lag, hatte man einen schönen Blick auf den See und die grünen Hügel und Berge, über die Diana gerade gewandert war. Ein Wasserfall, der sich an einem Ende in den Pool ergoß, trug mit seinem stetigen Rauschen zur beruhigenden Atmosphäre bei, denn er übertönte das Geschrei der zahlreichen Kinder, die am flachen Ende herumplantschten, unter Aufsicht ihrer Kindermädchen oder, in einigen Fällen, auch ihrer topmodisch gestylten Mütter.

Dierdre wählte einen Tisch direkt an der gläsernen Trennwand, wo die gleißende Nachmittagssonne sie nicht erreichte. Sofort erschien ein Ober und schwänzelte um die Dame herum, die er beim Namen kannte.

Sie bestellte einen ihrer Lieblingsweine aus der Region und bestand darauf, daß Diana mittrank; allerdings lehnte Diana ab, sich ihr beim Risotto di carne di maiale anzuschließen, weil sie immer noch zu satt von ihrem Picknick war, um schon wieder etwas zu essen.

»Sie kommen sicher öfters her«, bemerkte Diana, als sie auf ihr Bestelltes warteten. »Jeder scheint Sie zu kennen.«

»Ach ja, jeder kennt mich«, antwortete Dierdre, als ob das ganz selbstverständlich sei. »Ich habe mein ganzes Leben lang den Winter in Sankt Moritz verbracht. Ich bin zwar Engländerin, wurde aber in der Schweiz geboren. Im Sommer bin ich sonst allerdings nicht hier«, sagte Dierdre.

»Ach nein?«

»Ich habe ein Sommerhaus auf Sardinien. Doch diesen Sommer lasse ich mein Landhaus renovieren.«

»Ist es in der Nähe?«

»Ja, ziemlich. In Suvretta, nur ein paar Kilometer entfernt. Mein Haus steht neben dem Domizil des iranischen Schahs.«

»Oh.«

»Und beide befinden sich in der Nähe von Christina Onassis' Chalet. Aber natürlich sind beide schon tot. Die Häuser stehen leer. Jammerschade. So eine Verschwendung wunderschöner Möbel.«

Dierdre lachte ausgelassen über ihren schlechten Scherz.

Diana fiel spontan ein; irgendwie hatte sie einen Draht zu dieser Frau, die sie so charmant fand – und so anders.

»So was, *so was!* Fritzie hatte recht«, sagte Dierdre aus heiterem Himmel und brachte Diana fast aus der Fassung, als sie ihr so unverblümt und taxierend ins Gesicht starrte. »Sie haben erstaunliche grüne Augen. Sie sind besonders hinreißend, wenn Sie lachen. Sie sollten immer lachen.«

Diana errötete und fragte: »Wer ist Fritzie?«

»Fritz Konenberg, der grauhaarige Gentleman mit dem kleinen Bärtchen, der beim Abendessen neben mir saß. Alle nennen ihn Fritzie. Er hat eine Leidenschaft für Frauen mit schönen Augen. Er besteht absolut darauf, daß Sie heute abend mit uns essen.«

Deshalb also hatte Dierdre Nieuwirth sie auf dem Wanderweg angesprochen. Offensichtlich genoß sie es, die Kupplerin zu spielen, dachte Diana.

»Sie kommen doch, nicht?«

Falls Diana überhaupt je einen Gedanken an Herrn Konenberg verschwendet hätte, dann als passenden Gefährten für ihre Mutter! Wenn einer von Dierdres Clique ihr Interesse weckte, war es der schnuckelige Latino, Pedro Samaranche, ein brasilianischer Tennisprofi, der im Jet-Set heimisch war, wie sich herausstellte.

»Ich stecke gerade mitten in einer unangenehmen Scheidung«, erklärte Diana.

»Wie bedauerlich.«

»Es ist nett von Ihnen, mich einzuladen, aber ich glaube nicht, daß ich der Situation gewachsen bin«, wiegelte Diana diplomatisch ab.

Dierdre bohrte weiter. »Ach, Fritzie ist ganz harmlos. Recht charmant sogar. Ein brillanter Mann. Witzig. Reich wie Krösus – nein, reicher. Männer seines Kalibers sind immer ein guter Fang, egal, wie alt sie sind. In jeder Ecke der Welt gibt es Frauen, die ganz aus dem Häuschen wären, wenn sie von seinem Interesse erführen.«

»Ich fühle mich geschmeichelt. Aber ich bin wirklich nicht in Stimmung.«

»Ach, Unsinn. Man kann unmöglich in Moritz und nicht in Stimmung sein.«

Diana zögerte, und bevor sie etwas erwidern konnte, sprudelte Dierdre weiter: »Fritzie hat eine glückliche Hand – wie Midas ungefähr.«

»Ach ja?«

»Seine Familie war im Besitz sämtlicher Druckereien im Vorkriegsdeutschland. Sie druckten Zeitungen, sogar alle Theaterkarten, Fahrscheine. Haben sich gerade noch rechtzeitig abgesetzt, mit Hitler auf den Fersen. Er ist nämlich Jude.«

»Dann hatte er wirklich Glück, daß er davongekommen ist«, sagte Diana.

»Ja, das kann man sagen. Mußte noch mal ganz von vorn anfangen. Heute hat er Grundbesitz auf der ganzen Welt. Und überall reißen sich die Leute um seine Gesellschaft.«

»Das klingt wirklich nach einem außergewöhnlichem Mann.«

»Ich bin sicher, Sie werden ihn amüsant finden. Aber ich will Ihnen nichts vormachen, Diana: Wenn Fritzie sich einmal etwas in den Kopf gesetzt hat, läßt er nicht locker. Und Ihre Augen haben es ihm angetan.«

»Vielleicht sollte ich eine Sonnenbrille aufsetzen«, schlug Diana vor und lachte.

Dierdre kicherte. »Au ja. Gute Idee.«

»Wie steht's mit Ihnen, sind Sie verheiratet?« fragte Diana.

»Nun, ich bin Witwe. Mein lieber Mann ist vor fünf Jahren gestorben. Jammerschade. Nach zwei kurzen Mesalliancen hatte ich schließlich den idealen Mann für mich gefunden.« Dierdre runzelte einen kurzen Moment lang die Stirn, dann schien sie sich bewußt zu einem Lächeln zu zwingen.

»Es tut mir so leid für Sie«, sagte Diana.

»Schon gut. Ich habe gelernt, ganz gut alleine zurechtzukommen. Sehen Sie, meine Liebe, zwischen Alleinsein und Einsamsein besteht ein großer Unterschied.«

Diana nickte und dachte daran zurück, wie einsam sie sich mit Harvey in den letzten Monaten gefühlt hatte, bevor er sie verließ.

»Kennen Sie Texas?« fragte Dierdre unvermittelt und wechselte in ihrer flatterhaften Art wieder einmal abrupt das Thema.

Diana lernte allmählich, ihren Gedankensprüngen zu folgen. »Ich war einmal kurz in Dallas, bei einer Zwischenlandung in Fort Worth«, sagte Diana lächelnd. »Warum fragen Sie?«

»Ach, nichts von Bedeutung. Nun ja, meine einzige Tochter, aus erster Ehe, lebt in Dallas. Wahnsinnsstaat, dieses Dallas. Gefällt mir nicht besonders. Zu viele Frauen, die Cowboystiefel zur Abendrobe tragen.«

Diana lachte. Dierdres närrische Weltsicht war ihr irgendwie sympathisch.

»Hab Penelope schon fast drei Jahre lang nicht mehr gesehen. Sie ist ungefähr in Ihrem Alter – fünfunddreißig.«

»Ich bin dreiundvierzig«, gestand Diana.

»So sehen Sie wirklich nicht aus. Ich selbst bin zweiundsechzig«, verkündete Dierdre stolz, während sie den Rest ihres Risottos auf die Gabel schob. »Und ich habe mich nie liften lassen.«

Diana stockte der Atem. Dierdre sah nicht älter aus als fünfzig, wenn überhaupt. Abgesehen von ein paar müden Fältchen um ihre braunen Mandelaugen herum besaß sie den Teint und die Figur einer jungen Frau.

»Sie sind eine unglaubliche Frau«, platzte Diana heraus, »wirklich.«

»Ich werde Sie in mein Geheimnis ewiger Jugend einweihen, Diana.« Sie beugte sich vor und flüsterte: »Das Geheimnis besteht darin, sich nie über Dinge zu grämen, die sich nicht ändern lassen.«

»In letzter Zeit gräme ich mich über alles«, gab Diana zu.

Dierdre sah sie mitfühlend an und tätschelte ihr die Hand. »Also Schluß damit. Alles, was Ihnen dieses Verhalten einbringt, sind Falten und ein frühes Grab«, sagte sie. Dann fiel ihr Blick auf die Uhr. »Ach herrje! Ich hatte keine Ahnung, daß es schon so spät ist. In zwei Minuten habe ich eine Massage.«

»Das klingt wunderbar«, seufzte Diana. Sie spürte schon die Anspannung in ihren Beinmuskeln nach dem anstrengenden Marsch den Berg hinunter.

»Wenn ich hier bin, lasse ich mich täglich massieren«, sagte Dierdre. »Stefan ist himmlisch. Warum kommen Sie nicht mit mir in den Fitneßclub, und wir schauen mal, ob Sie einen Termin nach mir bekommen können?«

»Haben die auch eine Frau – eine Masseuse?« fragte Diana befangen. »Ich habe mich noch nie von einem Mann massieren lassen.«

»Nein, keine Frau. Nur Stefan.«

»Ist Madame bereit?« fragte der Masseur Diana, die sich die Wartezeit damit vertrieben hatte, Wünschte-du-wärst-hier-Postkarten an alle Leute, die sie kannte, zu schreiben, außer an Harvey. »Ich bin Stefan«, stellte er sich in sanftem Tonfall mit einem charmanten osteuropäischen Akzent vor.

Hinter dem Akzent sah Diana einen Schopf dicker, strohblonder Haare, die gerade bis auf seine sonnengebräunten Schultern fielen, fjordblaue Augen, einen sinnlichen Mund und einen Körper, der wie das lebende Modell zu Michelangelos *David* aussah.

Als sie ihm in den kleinen Massageraum folgte, konnte sie nicht umhin, sein hohes, festes Hinterteil wahrzunehmen, das sich deutlich durch die dünne, weiße, von einer Schnur hochgehaltene Baumwollhose abzeichnete, und seine ausgebildeten Rücken- und Armmuskeln, die unter seinem eng anliegenden, gerippten T-Shirt spielten.

Während er seine Massagemethode erklärte, fiel Diana auf, wie spartanisch der Raum war. Die Einrichtung bestand lediglich aus einer kleinen Anatomietafel neben der Tür, auf der die Druckpunkte abgebildet waren, einer Massageliege in der Mitte des Raums und einem Tischchen in der Ecke, auf dem Ölflaschen und ein Kassettenrekorder standen.

»Sind Sie Massagen gewöhnt?« fragte er, als er mit seinem schon unzählige Male abgespulten Vortrag zu Ende war.

»O ja. Ich bevorzuge sie tief und hart.« Plötzlich errötete sie und hoffte, sein Englisch wäre entweder gut genug, daß er den Sinn ihrer Antwort richtig deutete, oder schlecht genug, daß ihm der unbeabsichtigte Hintersinn entging.

»Fein.« Er lächelte, nahm ein Handtuch von der Massageliege und reichte es Diana, damit sie es sich anstatt ihres Bademantels umwickeln konnte. »Ich drehe mich solange um«, sagte er.

Als er sich ihr wieder zuwandte, lag Diana bereits auf dem Rücken, nachdem sie ihr Bestes getan hatte, um ihren Körper mit dem knappen Handtuch so gut wie möglich zu bedecken.

»Gut. Haben Sie eine Verletzung, von der ich wissen sollte?«

»Nein, nur daß ich heute zum ersten Mal gewandert bin. Ich bin gerade den Berg heruntergekommen, und jetzt gibt es kein Fleckchen, das mir nicht weh tut«, sagte sie und verlor allmählich ihre Befangenheit vor den Berührungen dieses attraktiven Masseurs, dessen Umgangsformen angenehm, aber in jeder Hinsicht durch und durch professionell waren.

Er antwortete: »Ich werde mein Bestes tun. Schade, daß ich nur eine halbe Stunde Zeit habe.«

Er dimmte das Licht herunter, legte eine Kassette mit beruhigender klassischer Musik ein und deckte ihre Augenlider mit feuchten Wattepads ab.

Stefan begann bei ihrem schmerzenden Fußgewölbe und massierte jeden Fuß einzeln. Dann ließ er seine öligen Finger zwischen ihre Zehen gleiten und knetete sie, bis sie das Gefühl hatte, alle Spannungen in ihrem Körper lösten sich auf. Eine halbe Stunde, allein ihren Füßen gewidmet, wäre den Preis der Massage schon wert, dachte Diana.

Er war gut. *Wirklich* gut. Er hatte die kräftigsten und dennoch sanftesten Hände, die sie je erlebt hatte. In all den Jahren, in denen sie Massagen bekommen hatte, war ihr nie bewußt geworden, was ihr entging, wenn sie sich nicht von einem Mann massieren ließ.

»Tue ich Ihnen weh?« fragte er etwas später, als er sich nach den Waden zur Innenseite ihrer Oberschenkel hinaufarbeitete.

»Ganz und gar nicht. Das fühlt sich wunderbar an«, brummte Diana schläfrig.

Er schlug das Handtuch zur Seite, so daß ihre Hüfte freilag. »Sie haben eine wundervolle Bräune«, sagte er.

Diana war von den fünf Tagen in Carols Strandhaus und einigen Sonntagen zu Hause am Pool ziemlich braun geworden. Der Kontrast zwischen dem weißen Bikinistreifen und ihrer übrigen Haut war verblüffend.

»Wirklich entzückend«, murmelte er.

Diana rückte die Wattepads auf ihren geschlossenen Augen zurecht. »Ich fühle mich so entspannt.«

Darauf sagte Stefan nichts mehr, so daß Diana daliegen konnte, ohne sich unterhalten zu müssen. Ihre Gedanken flogen in tausend Richtungen gleichzeitig. Sie spürte, wie sie in einen immer wohligeren Zustand glitt. Laß los, Diana, dachte sie. Laß alles los.

Viel zu schnell war die halbe Stunde vorbei.

Am nächsten Tag entschied sich Diana für eine kürzere Wanderung und eine längere Massage.

»Eine einstündige Massage ist immer vorzuziehen«, sagte Stefan lächelnd zu Diana, als er sich zu ihr umdrehte, noch bevor sie ihr Handtuch ganz zurechtgelegt hatte. Sie war sicher, er hatte ihren Körper so gut wie ganz gesehen. Irgendwie kam ihr der Gedanke, Teile ihres Körpers vor ihm zu verbergen, unnötig vor. Während sie das dachte, fühlte sie sich leichtfertig und kühn – genau wie nach einem Cocktail auf leeren Magen.

Sie lag auf dem Rücken, die geschlossenen Augen mit feuchten Wattepads abgedeckt; die beruhigende klassische Musik floß um sie herum, über und unter sie, in sie hinein, als er ein zweites Mal mit seiner Massage routinemäßig bei ihren Füßen begann.

»Mir war nie klar, wie ermüdend es sein kann, berg*ab* zu wandern«, erklärte Diana und erzählte ihm kurz von den Spaziergängen, die sie am Vormittag und frühen Nachmittag gemacht hatte.

»Ich sorge dafür, daß Sie sich gut fühlen«, versprach er. Sein englischer Wortschatz war angenehm begrenzt, fand Diana mit einem innerlichen Lächeln.

Sie hatte das Gefühl, als kannte sie den Rhythmus, den seine Hände auf ihrem Körper spielen würden. Kneten, kreisen, ziehen. Kneten, kreisen, ziehen.

Mit geschlossenen Augen ließ sie die blonde Vision von Stefan noch einmal an sich vorüberziehen, wie er sie heute an ihrem Tisch beim Pool abholen kam. Sein strahlend weißes Lächeln. Die Andeutung eines Kinngrübchens, die ihr bisher entgangen war. Die plötzliche Anspannung in seinen Unterarmmuskeln. Seine breiten Finger, mit denen er sie auf den Trainingsbereich des Clubs aufmerksam machte. Das Klappern seiner Sandalen auf dem Boden, wo kein Teppich lag. Seine gebräunten Zehen, die unter dem Saum seiner weißen Hose hervorlugten.

Kreisen, kneten.

Seine Massage war wunderbar rhythmisch, er kam ihr vor wie ein kraftvoller, aber anmutiger Tänzer.

Ein Gedanke blitzte in Diana auf: Wäre es nicht wunderbar, wenn sich dieser Rhythmus in eine sexuelle Begegnung fortsetzte? Genauso schnell verflüchtigte sich der Gedanke wieder.

Sie ließ ihre Erinnerung zurück zum vergangenen Abend schweifen und lebte gewisse Momente noch einmal durch. »Sie haben nicht nur ein schönes Gesicht und eine entzückende Figur«, hatte ihr Fritzie beim Essen gesagt. »Mit Ihrer erfrischenden Offenheit und Ihrem wunderbaren Humor könnten Sie jeden Mann in diesem Raum um den Finger wickeln. Einschließlich mich«, setzte er hinzu, wobei er den Kopf drollig schräg hielt.

Sie hatte ihn charmant vertröstet und mit tausend Fragen über sein Leben und seine Freunde abgelenkt. Er befriedigte ihre Neugier bezüglich jeder Person und gab sich besondere Mühe, sie vor Pedro Samaranche zu warnen, der nach Dianas Ansicht viel zuviel Champagner trank, aber trotzdem sexy war, nüchtern wie betrunken.

Diana war keineswegs überrascht, als sie erfuhr, daß Pedro zu Dierdres Besitztümern gehörte – »mit Leib und Seele«, wie Fritzie die Liaison beschrieb. »Was ihre Vorlieben angeht, macht sie nicht viel Federlesens«, vertraute er ihr augenzwinkernd an. »Dierdre hat eine Schwäche für *sehr* alte Autos und *sehr* junge Männer.«

In Dianas Lachen schäumte reinstes Entzücken auf. Fritzie sagte, er liebte es, wie ihre Augen funkelten, wenn sie glücklich war. Er hatte eine Art, seine Annäherungsversuche in die Form charmanter, unschuldiger Komplimente zu kleiden. Am Ende des Abends hatte er Diana gesagt, er würde gern ihre gesamte Zeit, die sie in Sankt Moritz verbrächte, mit Beschlag belegen.

»Nun ja«, hatte sie kokett gegen die lautstarke Musik in der beliebten Hoteldisco geantwortet, »einen *Teil* der Zeit kann ich Ihnen vielleicht schon abgeben.« Merkwürdigerweise, dachte Diana jetzt, als sie im Massageraum lag und Händels *Wassermusik* lauschte, hatte sich ihr bei diesen Worten ausgerechnet Stefan ins Bewußtsein gedrängt, und sie hätte aus dem Gedächtnis die köstliche Empfindung aufleben lassen können, die seine Hände auf der Innenseite ihrer Schenkel hervorriefen, wo sie sich auch jetzt befanden.

Läßt er sich heute in dieser Körpergegend mehr Zeit als gestern? fragte sie sich plötzlich und wehrte die aufwühlenden Gefühle ab, die seine Berührung in ihr erregten. Natürlich tut er das, Dummchen, tadelte sich Diana, du bist heute eine halbe Stunde länger da. Allem wird heute mehr Aufmerksamkeit gewidmet.

Doch später, nach einem angenehmen, reibungslosen Essen mit Fritzie und einem seiner Freunde, einem Baulöwen aus Marbella, lag Diana allein im Bett und rief die Erinnerung an Stefans gekonnte Berührung wach. Sie kam zu dem Schluß, daß sie sich keineswegs etwas einbildete: Er hatte wirklich mehr Zeit auf die Innenseite ihrer Schenkel verwendet als auf einen anderen Bereich ihres Körpers. Doch ein paar Augenblicke bevor sie in einen tiefen Schlaf versank, änderte sie ihre Meinung wieder.

So kam es, daß sich Diana am dritten Nachmittag in Stefans privatem, musikerfülltem Kämmerchen noch mehr Zeit ließ, um sich selbst und ihr dürftiges Handtuch auf der Liege zu drapieren. Stefan schaute wortlos zu.

Aber als er bei der Innenseite ihrer Schenkel anlangte, verlangsamten sich seine Bewegungen. Und verlangsamten sich noch mehr. Ein neuer, träger Rhythmus griff nach ihr.

Seine Finger überschritten die Bikinigrenze um ein paar Millimeter, da war sie ganz sicher.

Was, wenn er mich berührt? dachte sie. Einen Augenblick lang schlug Bestürzung über ihr zusammen. Wollte sie es denn? Mit allem, wonach ihr der Sinn stünde, könne Ihnen das *Palace Hotel* aufwarten, erinnerte sich Diana an die Worte des Dieners vor ein paar Tagen. Wie wär's mit einem Mann, hatte Diana damals gedacht. Jetzt dachte sie: Wie wär's mit *diesem* Mann?

In jener Nacht träumte Diana, daß sie mit Carol, Fritzie und Dierdre auf Hawaii wäre. Alle trugen Blumen im Haar, außer Diana, die sich weigerte und sagte, das wäre doch albern. Aber wie aus dem Nichts schob sich Stefan ins Bild. Er trug sein weißes Baumwoll-T-Shirt und die knappste Badehose, ähnlich wie die zahlreichen Männer, die sich jeden Nachmittag am Pool des *Palace Hotels* räkelten. Dann ging Diana allein mit Stefan den Strand entlang; sie waren nicht mehr in Hawaii, sondern am Ufer des Sees, an dem Badrutts Hotel lag. »Warum stecken Sie sich keine Blumen ins Haar?« fragte er sie mit jenem interessanten Akzent, den Diana so charmant fand. »Das ist doch albern«, antwortete sie, allerdings mehr fragend als feststellend. »Nein, nein«, versicherte er ihr und schob sofort seine Hand in die Tasche ihrer Jeans. Ihr wurde ganz heiß, sie war aufgeregt. Was würde er jetzt tun? Sie öffnete ihre Schenkel ein wenig, bereit für seine Hand – sollte sie doch durch den Saum der Tasche stoßen und sich auf die warme Suche nach... Statt dessen zog er seine Hand heraus und hielt darin das Gänseblümchen, das sie verlegen eingesteckt hatte, als sie Dierdre beim Wandern traf. Es sah immer noch frisch aus und duftete wie eine Rose. »Ich stecke Ihnen das ins Haar, weil Sie so schön sind«, sagte er, und seine eisblauen Augen glänzten, als er auf sie herabsah. Zärtlich flocht er ein paar Haarsträhnen um den Blumenstengel. Sie fühlte sich linkisch und befangen, weil sich ihre Haare plötzlich lockten und nicht mehr wie ihre eigenen Haare aussahen. Dann flog er den Berg hinauf, und sie folgte ihm zu dem Teppich von Gänseblümchen, den sie bei ihrer ersten Wanderung entdeckt hatte. Er verwandelte sie in ein lebendes Kunstwerk. Dann legte er sie auf ein Bett, das plötzlich inmitten der Blumen auftauchte, und...

Den ganzen Vormittag hatte sie an nichts anderes gedacht als an ihren Massagetermin. Nicht einmal ein Besuch von Dierdres beeindruckendem Chalet konnte sie aus ihrem entrückten Zustand der Vorfreude reißen. Dierdre hatte Dianas geistige Abwesenheit bemerkt – sie benahm sich wie eine verliebte Frau. Waren Dianas Gedanken mit Fritzie beschäftigt? Oder mit jemand anderen, den sie selbst getroffen hatte?

Diana hatte gelächelt und blieb äußerlich ruhig, während sie alles abstritt.

Nicht einmal Stefan hätte erraten, wie nervös sie war, als sie sich an jenem Nachmittag mit dem Rücken nach unten auf die Massageliege legte und darauf wartete, daß er die Musik anschaltete und das Licht dämpfte. Er weiß es nicht, dachte sie erleichtert. Sie kam auf den Gedanken, daß sie vielleicht passiv die Spielregeln diktieren könnte.

Sie ließ ihre Beine entspannter daliegen, ein wenig weiter geöffnet als an den vorangegangenen Tagen.

Endlich arbeitete sich Stefan zur Innenseite ihrer Schenkel hoch. War er ruhiger geworden? Massierte er intensiver?

Ein Schenkel. Dann der andere. Diana schluckte, als sie spürte, wie sein kleiner Finger hauchzart ihre Schamhaare streifte; fast ging die Empfindung im festeren Rhythmus unter, in dem seine übrigen, mit warmem Öl eingefetteten Finger weiter unten kreisten. Da. Noch einmal.

Ihre Beine öffneten sich eine winzige, fast unmerkliche Spur weiter.

Was für Finger er hatte! Weich, hart. Geschmeidig. Sich in immer weiteren Bewegungen um ihren Körper schmiegend.

Näher an ihre Schamlippen heran. Berührten sie fast. Zuckten bis zu... Kamen näher.

Diana versuchte, nicht zu schlucken. Das Geräusch wäre ohrenbetäubend, da war sie sicher.

Die erotische Spannung im Raum war fast greifbar. Es bleibt dir überlassen, Diana, dachte sie. Aber wollte sie wirklich, daß er noch weiter ginge?

Sie könnte sich statt dessen mit dem eifrig um sie bemühten Fritzie vergnügen. Der reicher als Krösus war. Er könnte ihr die Welt zu Füßen legen. Diamanten. Smaragde. Rubine. Perlen.

Doch da war Stefan. Ah. Die wilde Leidenschaft der Jugend. Das Versprechen körperlicher Ekstase im Rhythmus seiner Hände. An ihrem gesamten Körper – überall.

Fritzie?

Stefan?

Was preßte sich gegen ihren Arm? Seine Erektion? Sie wagte sich nicht zu rühren. Oh, wie schmerzhaft sehnte sie sich danach, ihn zu erleben. Auf ihr. Über ihr. Unter ihr. In ihr!

Aber sie konnte es ihm nicht sagen. *Wollte* es ihm nicht sagen. War es möglich, fragte sich Diana, hoffte es, als sie äußerlich so still, aber innerlich so aufgewühlt und bereit dalag – war es möglich, Stefan rein mit ihrem *Willen* dahin zu bringen, daß er sie liebte, ohne daß sie mit dem geringsten Muskel zu zucken brauchte?

14. Kapitel

Obwohl Chris Berry nie die Augen von der kurvigen Straße ließ, die ihm nicht vertraut war, gelang es ihm, an seinem Autoradio so lange herumzudrehen, bis er den gewünschten Country-Music-Sender gefunden hatte. »He, hör dir das mal an«, sagte er zu Carol Benton, die neben ihm saß. »Das ist eins meiner Lieblingslieder.«

Ohne Vorwarnung erschütterte Chris' Stimme plötzlich den ganzen Wagen mit einer perfekten Nachahmung von Randy Travis' beliebtem näselnden Gesangsstil.

Carol applaudierte und sagte: »Ich wußte gar nicht, daß du ein Country-Music-Fan bist.«

»Im Grunde meines Herzens habe ich mich immer zum Land hingezogen gefühlt. Und jetzt, wo ich vielleicht eine eigene Ranch besitzen werde...«

»Jetzt steigere dich nicht schon in etwas rein, bevor du die verdammte Hütte überhaupt gesehen hast«, rief Billy Benton von hinten.

Carol verrenkte sich in ihrem Sitz, um zu kontrollieren, ob Billys Position noch stimmte. Er lag im Laderaum von Chris' Allradantrieb-Jeep auf einer Luftmatratze mit aufgestellter Rückenstütze hingestreckt.

Selbstverständlich hätte Billy eigentlich noch das Bett hüten müssen und schon gar nicht im Auto in den Malibu Canyon fahren dürfen, um eine Ranch mit 16 Hektar Grund zu besichtigen, die einst einem Stummfilmstar gehört hatte. Aber die Zeit drängte, wie Chris erklärt hatte, als er anrief und um Billys fachmännischen Rat bat. Billy war der einzige Immobilienmensch, dem Chris vertraute.

Die Ranch gehörte momentan dem Freund eines Freunds, einem Regisseur, der in der Branche ums Überleben kämpfte und dringend Bargeld brauchte. Und da Chris nur für ein paar Tage nach Los Angeles gekommen war, um den Mitarbeitern des Studios und des Senders die zweistündige erste Folge seiner neuen Serie vorab vorzuführen, bedeutete das Angebot: jetzt oder nie.

Billy war so wild darauf, das Haus für ein paar Stunden zu verlassen, daß er selbst dem Vorschlag, das Wachsen des Grases zu beobachten, begeistert zugestimmt hätte. Er bestand darauf, er sei glücklich, Chris beraten zu können.

Als sie die enge Zufahrt zur Ranch entlangholperten, versuchte Billy, sich etwas aufzurichten, um das Gelände besser im Blick zu haben, und stieß bei jedem Schlagloch einen schwachen Schrei aus.

»Es ist sehr staubig hier«, bemerkte Carol beim Aussteigen, nachdem Chris den Wagen geparkt hatte. Mißbilligend zog sie die Augenbrauen hoch, als sie sich umblickte und dann zu ihren weißen Tennisschuhen und den noch weißeren Jeans hinunterschielte.

»Herrgott noch mal, wir sind eben auf dem Land«, grollte Billy. »Als ich sagte, zieh dir Jeans an, meinte ich nicht die weiße Salonausgabe. Was hast du denn erwartet?«

Carol ignorierte ihren Mann. Seine erzwungene Bettruhe ließ ihn vor Gereiztheit schier die Wände hochgehen, und seit Tagen sprangen sie einander ständig an die Kehle.

»Hilf mir da raus«, quengelte Billy nach einem erfolglosen Versuch, sich aufzusetzen. Chris eilte ihm zur Hilfe und beförderte ihn schwungvoll über den Rand des Laderaums.

Billy ächzte, als er versuchte, sich aufzurichten. Er gab eine tragikomische Figur ab, wie er so vornübergebeugt dastand, und unter seinem T-Shirt schaute ein Teil des Stützkorsetts hervor, das ihm der Arzt verpaßt hatte.

Carol stieg über einen verirrten Salbeistrauch und klemmte sich so unter Billy, daß er seinen Arm um ihre Schulter legen und sich beim Gehen auf sie stützen konnte.

»Na also«, verkündete er und bemühte sich sichtlich, sein Gesicht nicht vollständig vor Schmerz zu verzerren. »So geht's prima.« Er machte zwei Schritte und wirbelte beim Schlurfen unabsichtlich eine Staubwolke auf, die sich hübsch auf Carols weißen Schuhen und Jeans niederließ.

Die Ranch besaß einen gewissen rauhen Charme. Von den steilen Felsen aus konnte man das Gelände mit seinem Buschwerk und den Baumgruppen weit überblicken, zwischen denen ein schimmernder See lag. Das Ufer war ebenfalls mit Bäumen bestanden, und an einem Ende hing das Spitzenwerk der Zweige so tief, daß es immer wieder das Wasser kräuselte, wenn der heiße, trockene Sommerwind auflebte.

»Der Typ, dem die Ranch gehört, bewohnt sie nicht. Er vermietet sie an Filmgesellschaften als Drehkulisse«, erklärte Chris Carol, deren Aufmerksamkeit sich allerdings mehr auf das merkwürdige Braun richtete, mit dem der Schmutz und Staub ihre weißen Kleider und Schuhe überzog.

»Wie interessant«, sagte sie abwesend und zog ein paar Brombeerdornen aus ihrem Hosenbein.

»Aber das Geschäft läuft nicht gut, seit die hier gedrehte Serie abgesetzt wurde, und ich bin nicht sicher, daß ich erfolgreicher als er neue Verträge an Land ziehen könnte«, fuhr Chris fort.

»Du solltest ein solches Stück Land ohnehin nicht mit der Absicht kaufen, Geld daraus zu schlagen«, meinte Billy.

»Ich weiß. Aber falls sich herausstellt, daß ich doch nicht der Typ für eine Ranch bin und wieder verkaufen will – wie viele Grundstücke könnte man wohl daraus machen, glaubst du?«

Billy blieb stehen, stützte die Hände in die Hüften und beugte sich noch eine Spur weiter vor. »Ich habe gestern abend die Pläne studiert. Wie ich die Sache sehe, ließen sich die 16 Hektar wohl in zehn Parzellen aufteilen. Aber das ist nicht das Problem.«

»Sondern?«

»Eine Aufteilung des Grundstücks ist nach den herrschenden Bestimmungen und Einschränkungen hier ausgeschlossen.«

Das setzte Chris' Überschwang einen Dämpfer auf. Er sah enttäuscht aus, als sie ein paar Meter weiter zu einem Landesteg gingen, der in den See hineingebaut war; daneben gab es eine Sitzgelegenheit. In einiger Höhe auf einem Fundament im Hang stand ein unfertiges Steinhaus, das den Steg überschaute.

»Ich glaube, ich leg mich eine Weile in den Schatten«, kündigte Billy plötzlich an, »und spiele Huckleberry Finn.«

»Ihm gefällt die Vorstellung, er sei auf einer Farm aufgewachsen«, sagte Carol.

»Ja, mir auch«, lächelte Chris. »Eine Farm mitten in Bel Air. Vielleicht stelle ich mir's deshalb hier so toll vor. Ich male mir aus, wie die Zwillinge reiten und ich in einem kleinen Boot auf dem See herumrudere. Und wir leben alle glücklich bis an unser Ende in dem *casa* da droben, das gar nicht so *grande* ist. So dumme Hirngespinste eben. Aber ich will auf keinen Fall fünf Millionen Dollar ausgeben und mit einer unverkäuflichen Rarität dastehen, wenn's mir hier doch nicht gefällt.«

»Genau meine Meinung«, bestätigte Billy. »Persönlich bin ich der Ansicht, daß diese Ranch keine besonders gute Investition ist«, fügte er mit einem Aufstöhnen hinzu, als er versuchte, sich in Bauchlage niederzulassen.

Chris und Carol halfen Billy gemeinsam, sich auf den Steg zu legen. Er ließ eine Hand ins Wasser baumeln und sah endlich aus, als ob er sich wohl fühlte. Er bestand darauf, daß Chris und seine Frau ihn allein lassen und den Rest der Ranch erkunden sollten. Chris und Carol stiegen vorsichtig die Felsen hinauf. Als sie oben waren, standen sie ein paar Minuten gedankenverloren da und ließen die Aussicht auf sich wirken.

Carol brach als erste das freundschaftliche Schweigen. »Ich kann kaum glauben, daß ich hier mit dir im Gestrüpp stehe, anstatt mit Diana in den Alpen zwischen Edelweiß herumzuklettern.«

»Das Leben nimmt oft komische Wendungen, nicht?« antwortete Chris mit leiser Stimme.

»Du kannst dir nicht vorstellen, wie Diana sich an dem Tag aufgeführt hat, als ich sie zum Flughafen fuhr. Ich mußte das kreischende Mädchen praktisch ins Flugzeug schubsen.«

»Klar doch«, lachte Chris, drehte sich um und begann mit dem Abstieg.

Carol folgte ihm und rief: »Ich wette, du hättest geglaubt, sie würde in eine Gaskammer und nicht nach Sankt Moritz geschickt.«

»Warum eigentlich?«

»Die Vorstellung, allein zu reisen, ließ sie vor Entsetzen erstarren.«

»Wirklich? Ich hätte sie nicht für den Typ gehalten, der Gesellschaft braucht.«

»Wir brauchen doch alle Gesellschaft.«

Chris blieb am Fuß des Abhangs stehen, um Carol das letzte abschüssige Stück hinunterspringen zu helfen. Er reichte ihr die Hand, und obwohl sie gut landete, verursachte der Aufprall ihrer Füße im lockeren Boden eine weitere kleine Staubwolke, die die letzten weißen Flächen ihrer Schuhe und Jeans eindreckte.

»Was du brauchst, sind vor allem saubere Kleider.« Er stand da, starrte Carol an und begann zu lachen. »Echtes Landvolk seid ihr!«

»Ich sollte ja eigentlich in Europa sein, mich in der Alpensonne räkeln und Champagner mit meiner einsamen Freundin bechern.«

»Du unterschätzt sie«, sagte Chris.

»Da täuschst du dich gewaltig. Niemand kennt Diana besser als ich.«

»Ich hab wohl immer nur gesehen, wie sie jeden bemutterte. Sie hatte die Dinge echt im Griff. Sie wirkte so unabhängig.«

»Da liegst du schief. Sie war in jeder Hinsicht von ihrem Scheißmann abhängig, außer was das Kochen anbelangt. Und jetzt ist sie ganz allein auf sich gestellt im Ausland. Das war schwer für sie.«

»Redet ihr von Diana?« fragte Billy, als sie mitten ins Gespräch vertieft näher kamen.

»Von wem denn sonst?« fragte Carol mit einem Grinsen.

Chris half Billy hoch. Er stützte ihn während des kurzen Wegs zum Auto ab.

»Hast du Diana in letzter Zeit gesehen?« fragte Billy Chris.

»Nicht seit ich nach Hawaii gegangen bin, das war – Gott – im November.«

»Dann kann er sich auf eine Überraschung gefaßt machen, nicht wahr, mein Honigbär?« sagte Carol.

»Ach ja?« fragte Chris.

»Mann, sie hat sich so verändert, daß du sie nicht wiedererkennen wirst«, schmunzelte Billy. »Ihre Figur ist sogar besser als –« Er unterbrach sich und schielte nach Carol. »Also, fast so gut wie die von meiner Frau.«

»Nein!« rief Chris aus und pfiff vor sich hin. »Das kann ich mir schwer vorstellen.«

»Nun, mach die Augen zu und stell dir die Ausklappseite im Playboy vor«, sagte Billy. »Die dichte Mähne länger, als sie sie seit Jahren getragen hat; ihre grünen Augen auffälliger, weil ihr Gesicht schmaler ist, weißt du, mit solchen aufregenden Linien; Beine bis hier« – er deutete auf seinen Hals – »und Titten –«

»Also wirklich, Billy«, unterbrach ihn Carol lachend. »Man könnte meinen, mein Mann sei ihr Presseagent oder so was.«

»Ich mag gar nicht daran denken, daß sie nicht hier ist«, sagte Chris. »Ich hätte sie so gern gesehen. Mich mit ihr unterhalten.«

»Dann ruf sie doch an«, befahl Carol. »Sie sieht wirklich erstaunlich gut aus.«

»Aber ist sie glücklich?« fragte Chris.

»Ach, das ist eine andere Geschichte«, rief Billy aus dem Laderaum des Jeeps, wo er wieder in sich zusammengesackt war.

»Billy hat recht. Ich mache mir wirklich Sorgen über ihren seelischen Zustand.«

Chris wurde schweigsam, und das Bild einer schlanken, leidenden Diana schwebte ihm vor Augen. »Ich wünschte, daß es bei ihr wieder aufwärts ginge und sie glücklich wäre«, sagte er.

»Ich auch«, gab Carol zurück. »Ich werde immer so traurig, wenn ich mir vorstelle, wie sie in ihrem luxuriösen Hotelzimmer sitzt und nichts unternimmt. Sie sagte mir rundheraus, sie glaube nicht, daß sie alleine wandern gehen könne. Und sie fühle sich zu befangen, um in jener Andeutung von Bikini, wie ihn alle Jet-Set-Europäerinnen tragen, am Pool herumzusitzen. Und ich kann mir selbst nicht vorstellen, daß sie am Abend allein in einer Disco herumhüpft. Was für eine Verschwendung. Manchmal tut es mir leid, daß ich sie zu dieser Reise gedrängt habe.«

»Du brauchst die Schuld nicht bei dir zu suchen, wenn sie unglücklich ist«, sagte Chris ruhig.

»Vermutlich hast du recht«, seufzte Carol, »aber offen gestanden glaube ich nicht, daß Diana reif für Sankt Moritz war.«

15. Kapitel

Stefan schob das Handtuch, das Dianas Leib bedeckt hatte, so zurecht, daß Brust und Bauch freilagen. Ich kann nicht glauben, daß das wirklich geschieht, dachte sie, als er anfing, die Seiten ihrer Brüste zu massieren.

Nie zuvor hatte er sie dort berührt.

»Tut Ihnen das gut?« fragte er.

O ja! wollte sie rufen. Statt dessen brachte sie mit einer belegten, atemlosen Stimme nur »mhm« heraus.

Ich kann nicht glauben, daß mir das wirklich passiert, dachte Diana wieder, als er plötzlich eine ganze Brust mit der Hand umfing und sie spürte, wie seine öligen Finger über ihre Brustwarze streiften, die sofort steif wurde.

»Ist das angenehm?« fragte er. Er nahm die Wattepads von ihren Lidern, damit sie nicht nur spüren, sondern auch sehen konnte, was er tat. Sie öffnete die Augen und starrte ihn an, zögerte etwas mit ihrer Antwort. Wollte sie wirklich, daß es geschah? »Ja«, sagte sie einfach. »Ja.«

Er lehnte sich gegen sie; sie konnte spüren, wie sein Penis gegen ihren Arm drückte, als er sich ihren Bauch hinabarbeitete; seine Hände zogen immer größere Kreise, bis er das Handtuch erreichte, das ihr Flies bedeckte.

Ohne die Hände von ihrem Bauch zu nehmen, fegte er das Handtuch auf den Boden. Sie lag seinen Blicken preisgegeben da, nicht die geringste Spur verlegen, und hatte nur den Wunsch, daß er sie anschaute.

»Sie haben einen so schönen Körper«, murmelte er und schob mit den Händen sanft ihre Schenkel auseinander, tastete forschend, bis seine Finger die verborgene Perle gefunden hatten.

Sie schloß die Augen.

»Schau mich an«, sagte er.

Ihre Augenlider flatterten und öffneten sich. Sie richtete ihren Blick fest auf sein Gesicht, in seine blauen, blauen Augen, als seine Hände sie langsam in die Höhen reiner Lust hoben.

Neben der Musik von der Kassette konnte Diana hören, wie die Frau, die die Massagetermine vergab, im Gang vor ihrem winzigen Massageraum mit einem Kunden sprach. Sie konnte hören, wie im Gymnastikraum die Gewichte der Trainingsgeräte hochgewuchtet wurden und wieder auf den Boden prallten.

»Aaah«, murmelte sie, und alle Geräusche von draußen verklangen plötzlich, als ihre sämtlichen Sinne sich auf seine Finger richteten, die sie zu einem Orgasmus jenseits von Lust und Schmerz trugen.

Sie mußte ihre geballte Faust zwischen die Lippen pressen, um ihr stürmisches Stöhnen zu ersticken, als sie unter seiner Berührung erbebte.

Als er spürte, wie sie sich entspannte, beugte er sich dicht zu ihr und flüsterte ihr ins Ohr: »Dreh dich um.« Bereitwillig legte sie sich auf den Bauch.

Stefan verließ die Seite der Liege und ging ans Kopfende, wo ihre Arme über den Kopf gestreckt lagen, so daß ihn ihre Hände leicht hätten erreichen und berühren können. Sie wußte nicht, ob sie auf ihn zugehen sollte; daher ließ sie es bleiben. Sie regte sich nicht.

Und er verlangte nichts von ihr. Er schien ganz in Dianas Lust versunken, als er seine sinnliche Reise von ihren Schultern ihren Rücken hinab fortsetzte. Er massierte ihre Pobacken und ließ die Hand dazwischengleiten, bis er ihre Klitoris aus jenem erotisch anderen Winkel fand.

Sie kam noch einmal und noch einmal, die Orgasmen rollten über sie hinweg wie Wellen in einer scheinbar nie endenden Folge.

Als er seine Hand einen Moment wegzog, faßte sie danach und leckte seine Finger. Sie sog ihren eigenen Duft ein, unter den sich die aromatischen Öle mischten, die er verwendete. »Das war schön«, gestand sie.

»Für mich auch«, sagte er und beugte sich noch weiter zu ihr hinunter, um sie auf den Hals zu küssen.

Er trat einen Schritt zurück und öffnete seinen Reißverschluß. »Bitte«, sagte er und legte ihre Hände um seinen halb erigierten Penis.

Ich kann nicht glauben, daß das wirklich geschieht, dachte Diana noch einmal, als sie beide – seine Hände lagen auf ihren – seinen Schwanz streichelten, bis er hart war. Sie bemerkte, daß seine Vorhaut nicht beschnitten war, was diese Premiere noch exotischer für sie machte. Ihn so zu berühren erregte sie neu. Sie wollte ihn zum Höhepunkt bringen, doch er unterbrach sie, weil sich ihre Zeit dem Ende zuneigte.

Sie setzte sich auf, und Stefan küßte sie. Sein Mund bedeckte den ihren; seine Lippen waren weich, und sie liebte den sanften Druck seiner Zunge, die nach der ihren suchte.

»Bin ich dir zu nahe getreten?« fragte er, als die letzten Sekunden ihrer Intimität dahintickten.

Diana sah, daß er besorgt aussah, fast verängstigt. Er wirkte plötzlich jünger und verletzlich. Sie berührte ihn an der Schulter. »Du bist mir nicht zu nahe getreten«, versicherte sie ihm.

In jener Nacht hatte Diana einen erotischen Traum. Zwar konnte sie sich an keine Einzelheiten erinnern, doch der Orgasmus, in dem der Traum gipfelte, weckte sie auf. Sie lag stundenlang im Bett und konnte nicht mehr einschlafen; vor ihr zogen nur noch Bilder von Stefan vorüber.

»Du hast einen schönen Körper«, hatte er an jenem Tag gesagt. Nun zeichnete sie mit ihren eigenen Händen die Rundung ihrer Brüste nach, staunte über die Schmalheit ihrer Hüften, die Festigkeit ihrer Schenkel, die glatte Fläche ihres Bauchs.

Sie spürte ihre Sinnlichkeit und war noch erregt von ihrem Traum und den Erinnerungen ihres erotischen Nachmittags; so ahmte sie Stefans gekonnte Berührungen nach und schenkte sich selbst einen weiteren intensiven Orgasmus.

Am nächsten Morgen trödelte Diana auf ihrem Balkon herum, ließ verträumt die Aussicht und den süßen Wohlgeruch der unzähligen Topfpflanzen und Blumen auf sich wirken, die die Schweizer anscheinend für lebensnotwendig hielten. Die verschiedenen Düfte von Rosen, Azaleen, Geranien und Geißblatt mischten sich unter das köstliche Aroma ihres Frühstücks: starker Kaffee, Melone und Walderdbeeren.

Es klopfte an ihrer Tür, und sie ging hinein. Ein Bediensteter überbrachte ihr ein handgeschriebenes Kärtchen von Dierdre Nieuwirth. Sie und Fritzie luden sie und Pedro diesen Nachmittag auf einen Bummel nach Zürich ein. Sie wollten etwa gegen sechs Uhr abends nach Sankt Moritz zurückkehren.

Diana rief Dierdre an, um das Angebot abzulehnen. Sie sagte, sie wolle lieber einen Tag faulenzen, und gestand, sie sei noch ganz mitgenommen von der letzten Nacht, als sie mit Dierdre und allen, die sie im Schlepptau hatte, gefeiert hatte. Sie hatten im *Heuboden* hervorragend gespeist und danach ein paar ausgelassene Stunden lang im *Chesa Veglia* gekegelt, einem bei Touristen und Einheimischen gleichermaßen beliebten Lokal in der Nähe des Hotels. Diana war fasziniert, wie ungezwungen die Europäer altes Gemäuer für neue Zwecke benutzten, denn das 1658 erbaute Haus, das seinen alten Charme großenteils erhalten hatte, beherbergte heute mehrere beliebte Restaurants und Discos sowie die Kegelbahn.

Zwar stimmte es wenigstens teilweise, daß die Fete, die bis spät in die Nacht gedauert hatte, Diana müde gemacht hatte, doch der wahre Grund ihrer Absage war, daß Diana keine einzige der Sitzungen mit Stefan auslassen wollte. Auf ihn richtete sich ihre ganze Energie; er war der Höhepunkt ihres Tages, um den herum sie alles andere nur als Beiwerk arrangierte.

So phantastisch ihr die ganze Affäre mit Stefan auch vorkam, die Reinheit, die schlichte Einfachheit ihrer Beziehung mußte sie anerkennen. Er schenkte Lust. Sie nahm sie.

Als sie an ihrem Stammplatz im Café am Pool auf Stefan wartete, ließ sie die Blicke über die männlichen Gäste schweifen, die vor Stefan vielleicht ihr Interesse geweckt hätten. Glücklich stellte sie fest, daß keiner von ihnen sie jetzt reizen konnte. Stefan hatte sie von dem Druck befreit, sich nach Männern umzuschauen, sich möglicherweise einen Korb zu holen. Sie brauchte sich nicht in eine Art von Beziehung verwickeln zu lassen, die zu Konversation, Sich-Kennenlernen und Verpflichtungen zwang.

So wunderbar Dierdre und Fritzie auch waren – sie hatten sie mit offenen Armen in ihre Clique aufgenommen, sie bei ihren zahlreichen Schickimicki-Unternehmungen mitgeschleppt –, sie gehörten zu einer anderen Welt, der sich Diana auf die Dauer nicht anschließen wollte. Sie empfand es als Druck, für diese Leute, die erwarteten, von ihr unterhalten zu werden, immer fröhlich, witzig und »voll dasein« zu müssen.

So wild und unerhört diese Affäre mit Stefan auch schien, so verzehrend sinnlich und schamlos sie auch war – Diana fühlte sich bei dem Gedanken wohl, daß sie jenseits aller »Realität« stattfand.

»Ist Madame bereit?« fragte Stefan wie jeden Tag, wenn er sie an der Snackbar abholte, wo sie ein Gläschen Wein trank.

Seine beiläufige Frage nahm für sie jetzt eine andere Bedeutung an. Sie stand auf und nickte. Er lächelte. Sie konnte die neue, unausgesprochene Intimität zwischen ihnen spüren.

Sie lag auf der Massageliege und versuchte, nicht ungeduldig zu werden, als er sich außergewöhnlich lange mit ihren Füßen, ihren Waden, ihren Schenkeln zu beschäftigen schien. Hatte sie sein Lächeln und die Bedeutung zwischen den Zeilen mißverstanden? Waren die Ereignisse gestern eine einmalige Verirrung?

Sie war schon naß, als er endlich seine Finger in sie gleiten ließ. Sie kam fast sofort und erstickte ihr Stöhnen mit dem Handtuch, damit keiner außerhalb des kleinen Raumes erahnen könnte, was drinnen vor sich ging.

»Spreiz die Beine weiter«, flüsterte er und ging ans Fußende der Liege, lehnte sich so darauf, daß sein Gesicht zwischen ihren Schenkeln lag, und liebkoste ihre Brüste mit den Händen. Dieselbe Zunge, die so sanft in ihrem Mund gespielt hatte, leckte sie jetzt, reizte sie mit scharfen kleinen Stößen, daß sich ihr Körper wand.

Stefan brachte sie mit seinem Mund zu einem weiteren Orgasmus, dann zu noch einem und noch einem.

Es war klar: Jetzt waren alle Grenzen zwischen ihnen unwiderruflich überschritten. Er zog sich das T-Shirt über den Kopf und schlüpfte aus der Hose.

Diana liebte den Anblick seines nackten Körpers. Überall war er muskulös, wie gemeißelt, aber nicht übertrieben. Er begann, sich auf sie zu legen.

Plötzlich traf sie mit voller Wucht ein sehr realer Gedanke.

»Hast du ein Kondom?« flüsterte Diana.

Er stützte sich über ihr auf, zögerte und blickte ihr in die Augen.

»Nein.«

»Dann kann ich nicht… können wir nicht –«

»Ich verstehe«, sagte er sanft und glitt geschmeidig von Diana herunter. Ohne Groll führte er nackt die Massage zu Ende.

»Morgen?« fragte er.

»Morgen«, murmelte Diana und fühlte sich auf köstliche Weise verausgabt.

Mein Leben spielt sich ganz in diesem Massageraum ab, gestand sich Diana ein. Alles andere war nur Zeitvertreib, bis Stefan kam.

Auch wenn sich ihre Liebesbeziehung Tag für Tag weiter entfaltete, spielte sie im Geiste immer wieder die Szene durch, als er endlich in sie eindrang. Er hatte zwei kleine Kissen unter ihren Po gelegt, dann ihre Schenkel mit seinen Händen weit auseinandergeschoben und sie langsam, Millimeter für Millimeter, ausgefüllt. Es war so viele Monate her, seit sie das letzte Mal mit einem Mann zusammengewesen war. Es war sogar noch besser als in ihren Phantasien. Sie hatte sich nie lebendiger gefühlt als in jener kleinen Kammer mit ihrem jungen Liebhaber.

Und wie sie glücklich feststellte, versetzten sie die leidenschaftlichen Umarmungen mit Stefan in die Lage, kühn alles mitzunehmen, was Sankt Moritz sonst noch zu bieten hatte. Alles, was sie sah, roch, hörte, spürte, hatte für sie mehr Fülle und Realität, weil ihre geheime Liebesaffäre emotional so befreiend und so heilsam auf ihre Psyche wirkte.

Erst einen Tag vor ihrer Abreise sagte sie ihm, daß sie wegfuhr. Sie lagen zusammen auf der Massageliege, nachdem sie sich geliebt hatten, und berührten einander zum letzten Mal.

Er erzählte ihr schließlich in vertraulichem Geflüster ein wenig über sein Leben in Jugoslawien. Er war an der Küste Dalmatiens aufgewachsen und hatte sein Handwerk im Feriengebiet

Dubrovniks gelernt. Er war verheiratet und hatte eine kleine Tochter. Diana war überrascht, als sie erfuhr, daß er erst vierundzwanzig Jahre alt war. Er wollte wissen, wie alt sie wäre. »Alt genug, um dich zu schätzen«, wich sie ihm aus und küßte ihn auf die Schulter.

Diana hatte bereits den Entschluß gefaßt, sie würde Stefan nie eine der Fragen stellen, die sie ständig beschäftigten, wenn sie nicht bei ihm war: Warum er seinen Job für sie riskiert hatte und so weiter. Denn sie spürte instinktiv, daß sie ihn damit zu einer schmeichelhaften Antwort gezwungen hätte. Später wurde ihr in einer plötzlichen, fröhlichen Erkenntnis bewußt, daß es eigentlich keine Rolle spielte; sie wollte es gar nicht wissen.

Es war einfach ein Naturereignis für sie beide gewesen. Punkt. Ihre Zeit mit Stefan war eine einsame, beinahe existentielle Erfahrung gewesen, die sie befreit hatte. Nie wieder wäre sie die alte Diana. Dafür war sie dankbar.

»Wirst du nächsten Sommer wiederkommen?« fragte er fast flehend. »Ich muß dich wieder spüren.«

»Vielleicht«, sagte sie und meinte es damals auch.

Aber als sie in Zürich ins Flugzeug gestiegen war und von ihrem Fenstersitz aus zusah, wie die Schweiz aus ihrem Blickfeld verschwand, während der Pilot Kurs auf Amerika nahm, wußte Diana, daß sie die »Stunde des Glücks« nicht zurückbringen konnte und es auch nicht wollte.

Stefan, kam sie zu dem Schluß, hatte ihr ein kostbares Geschenk gemacht: ihre wiedergefundene Sexualität. Durch Harvey war Diana schließlich so weit gekommen, sich für ihren Körper zu schämen und sich des starken erotischen Interesses eines Mannes für völlig unwürdig zu halten. Stefan hatte ihr immer wieder mit unterdrückter Stimme ins Ohr geflüstert, was für eine tolle Frau sie sei, wie aufregend. Sie sah selbst, wie gut sie es verstand, ihn so weit zu bringen, daß er vor Lust aufschluchzte.

Plötzlich kam Diana der Gedanke, daß sie immer das Gefühl hatte, wenn sie nur dünner, klüger und was weiß Gott nicht alles werden könnte, *dann* würde Harvey sich ihr vielleicht zuwenden, sie wieder lieben, wie er sie vor langer Zeit geliebt zu haben schien.

Doch in Sankt Moritz entdeckte Diana nicht nur, daß Stefan ihr gegenüber seine professionelle Distanz nicht wahren konnte; auch Fritz Konenberg, ein Mann, der von Frauen in der ganzen Welt mit Aufmerksamkeit überschüttet wurde, hatte ihr unmißverständlich erklärt, er würde sie bis ans Ende des Universums verfolgen, wenn sie ihm nur ein Zeichen der Ermutigung gäbe.

Während der Jet den Atlantischen Ozean überquerte, erkannte Diana, daß es nichts gab, was sie hätte tun können, damit Harvey sie mehr liebte und mehr an ihr um ihrer selbst willen interessiert wäre.

Sie hätte ihm in keiner Hinsicht jemals genügen können. Irgendwie gab ihr diese Erkenntnis ein noch größeres Gefühl der Freiheit, als sie es in Sankt Moritz empfunden hatte. Das Scheitern ihrer Ehe, durchfuhr es sie wie ein Blitz, war nicht ihre Schuld, und am liebsten hätte sie diese Erkenntnis sofort der Frau entgegengeschmettert, die im Sitz neben ihr schlief.

Du bist, wer du bist, Diana, sagte sie sich immer wieder vor – in der Lage, dich an eine Diät zu halten, klug und witzig genug, um einen der reichsten Junggesellen der Welt zu bezaubern, sexy genug, um einen Masseur hinzureißen, der jeden Tag in seinem Leben mit schöneren Körpern als deinem arbeitet.

Diana Lowe, dachte sie, du bist einfach verdammt großartig!

16. Kapitel

»Was hast du denn da drin – Felsbrocken?« alberte Carol, als sie den größeren von Dianas beiden Koffern zum Auto schleppte.

»Felsbrocken? Nein. Erinnerungsstücke«, sagte Diana mit einem kurzen, befangenen Lachen. »Damit bin ich voll beladen.«

»Aha?« sagte Carol und schaute Diana fragend an. Sie wuchtete den Koffer hoch und ließ ihn mit einem Aufstöhnen in den Kofferraum plumpsen. »Beladen mit Erinnerungen, sagt sie. Was für welchen denn, bitte?«

»Es war ein netter Urlaub. Was sag ich da? Es war ein *toller* Urlaub. Der tollste aller Zeiten! Ich stehe tief in deiner Schuld, Carol, mehr als du ahnst.« Diana errötete und versuchte, Carols Blicken auszuweichen.

Carols Gesichtsausdruck verwandelte sich von absoluter Verständnislosigkeit in etwas, was mit einem dunklen Raum vergleichbar wäre, der schlagartig von grellen Scheinwerfern erhellt wird.

»Was ist in Sankt Moritz passiert?« fragte sie einen Grad eindringlicher.

Diana beugte sich hinunter, um an den Rollen ihres kleineren Koffers herumzufummeln, und wich der Frage immer noch aus.

»Diana, schau mich an.«

Diana schaute hoch, blickte Carol mit einem dümmlichen Grinsen ins Gesicht, sagte aber immer noch nichts. Es schien eine Ewigkeit zu dauern, bis sie den zweiten Koffer im Kofferraum verstaut hatte.

Es war ein feuchter Sommernachmittag in Los Angeles, und Diana war zu warm angezogen; als ihr Zug von Sankt Moritz abfuhr, war es kalt und regnerisch gewesen, seltsamerweise genau wie an ihrem Ankunftstag. Jetzt glänzte ihr Gesicht vor Schweiß. Kam das nur von der Hitze? Plötzlich merkte sie, daß es schwieriger sein würde, als sie gedacht hätte, ihr kostbares Geheimnis preiszugeben. Aber warum? überlegte sie flüchtig, als sie sich mit dem Handrücken die Schweißperlen von der Stirn wischte. Sie sagte immer noch nichts. Einfach abwarten!

»Du lieber Himmel, jetzt verstehe ich«, rief Carol. »Du bist hingegangen und hast dich umlegen lassen. Und du kannst's mir nicht sagen. Das ist es doch, Mädel, oder nicht?«

Diana knallte den Kofferraumdeckel zu, ging dann langsam zur Beifahrertür und schaute ihre Freundin übers Autodach an. »Mhm«, gab sie schließlich zu. »Ich hatte eine Art... kleine Eskapade.«

Diana wurde puterrot.

»Ich wußte, sobald du aus dem Flugzeug gestiegen bist, daß du verändert aussiehst! Da ist dieses... dieses –«

»Dieses *was?«* unterbrach Diana ungeduldig.

»Strahlen. Du hast etwas Strahlendes an dir. Sogar wie du gehst, ist eine Spur anders. Eine Art He-schau-mich-mal-an-Stolzieren.« Carol lächelte Diana an und schüttelte den Kopf. »Ich kann's nicht glauben. Du hast gebumst, daß dir das Hirn rausfliegt, und mich nicht mal angerufen!«

»Psch!« lachte Diana und schaute sich um, ob nicht einer der zahlreichen Passanten Carols lauten Kommentar mitgehört hatte.

»Also gut. Steig ein«, flüsterte Carol verschwörerisch. »Wir verriegeln alle Türen und kurbeln die Fenster hoch. Ich kann nicht weiteratmen, bis ich alles höre. Und ich meine wirklich *alles!«*

Nach ein paar mißglückten Anläufen im Auto auf der Heimfahrt und anschließend einem großen Glas Gin mit einem Spritzer Tonic, den Carol an der Loweschen Bar zusammenmixte, entspannte sich Diana und fühlte sich der Aufgabe gewachsen.

Endlich befriedigte sie Carols lüsterne Neugier mit Hilfe eines bis dahin verborgen gebliebenen Talents zu anschaulichen und genußvoll romantischen Beschreibungen jeder sexuellen Begegnung, die sie mit ihrem großartigen osteuropäischen Liebhaber gehabt hatte.

Als ihr Bericht zu Ende war, beschlich Diana ein Moment des Zweifels, ob es richtig gewesen war, Carol alles zu erzählen. »Was passiert ist, klingt irgendwie schmierig, nicht?«

»Wieso glaubst du denn *das?«* fragte Carol überrascht.

»Ach, ich weiß nicht.« Diana zögerte und dachte nach. »Doch, ich weiß schon. Ich habe im Flugzeug beschlossen, ich würde nie jemand etwas von Stefan erzählen. Nicht einmal dir.« Diana sah aus, als sei sie weit, weit weg. »Mit ihm zusammenzusein war etwas so Besonderes, so Romantisches, so... so vollkommen Reines, daß ich fürchtete, wenn ich meine Erlebnisse in Worte faßte, würde das, was wir miteinander geteilt haben, abgewertet, es würde dann schäbig und gewöhnlich aussehen, was es aber gar nicht war.«

»Diana, schau mir ins Gesicht. Siehst du jemand, der ein abwertendes Urteil über dich fällt?«

Diana zuckte mit den Schultern. »Wahrscheinlich nicht.«

»Wahrscheinlich nicht! Du solltest mir lieber glauben, daß ich höllisch eifersüchtig bin. Welche Frau mit nur einer einzigen normal funktionierenden Gehirnzelle wäre nicht hingerissen, wenn ein Mann ihr auf eine Weise Lust schenkte, wie du es gerade erlebt hast? Wenn ich speziell für dich eine Liebesaffäre bestellt hätte, hätte ich nichts Besseres finden können, als was du ganz allein gefunden hast. Ich bin stolz auf dich, Diana. Wirklich stolz. Komm nur nie auf die Idee, Stefan sei ein schäbiger Moment in deinem Leben gewesen!«

»Aber es war bloßer Sex.«

»Und was sollte damit nicht in Ordnung sein?«

»Wunderbarer Sex«, berichtigte Diana lachend.

»Und das ist genau, was du gerade gebraucht hast. Herzensdinge können später kommen.«

»Zu der Erkenntnis bin ich auch gelangt«, sagte Diana. »Aber... ach, ich weiß nicht. Ich glaube, ich habe mir Sorgen gemacht, wenn ich es jemand erzähle, könnte ich mißverstanden werden.«

»Glaub mir, Mädel, ich verstehe voll und ganz.«

»Und du schwindelst nicht?«

»Jesus, manchmal treibst du mich mit deiner Unsicherheit zum kreischenden Wahnsinn! Natürlich schwindle ich nicht. Außer«, setzte sie mit einem lüsternen Blick hinzu, »du hast mir etwas *echt* Perverses verschwiegen.«

Nachdem Diana Carol versichert hatte, es gäbe nichts mehr zu erzählen, beendeten sie das Kapitel Stefan und frönten dem Klatsch. Carol weigerte sich einfach zu gehen, bis Diana ihr nicht das Neueste von ihrem Freund Badrutt erzählt hätte; dann wollte sie jede Einzelheit über Dierdre, Fritzie und den Rest des Jet-Sets in Sankt Moritz hören.

Fünf Stunden später, als Carol endlich ging, war Diana heiser; ihre Augen brannten, und sie war viel zu müde, um auszupacken. Sie warf ihre Kleider ab und ließ sie liegen, wo sie auf den Boden ihres Schrankzimmers fielen; sie gab sich nicht einmal die Mühe, in ein Nachthemd zu schlüpfen. Ihre Kinder waren ja noch weg, daher hatte sie keinen Grund, sich zu verhüllen. Zum ersten Mal, seit Harvey sie verlassen hatte, genoß Diana das Gefühl, völlig allein in ihrem Haus zu sein.

Im Morgengrauen weckten sie die Eichhörnchen, die übers Dach flitzten; das kratzende Geräusch ihrer Krallen wetteiferte mit den Gepiepse der Vogeljungen im Nest auf dem Schornstein, in den der offene Kamin ihres Schlafzimmers mündete. Diana konnte nicht mehr einschlafen.

Sie stand auf und schlüpfte in lässige Shorts, T-Shirt und Tennisschuhe.

Sie schwelgte immer noch im Nachglanz ihrer Urlaubserinnerungen, als sie mit Romeo und Julia stramme fünf Kilometer durch die Umgebung marschierte und die frische Luft einsog, die die Abgase des Tagesverkehrs noch nicht verschmutzt hatten. Nach einer Dreiviertelstunde kehrte sie zurück, empfangen vom köstlichen Duft frischen Kaffees, den ihre Kaffeemaschine inzwischen aufgebrüht hatte. Sie goß sich eine Tasse ein, setzte sich an den Küchentisch und trank den Kaffee in kleinen Schlückchen. Da sie ihr Zeitungsabo zwei Wochen lang hatte unterbrechen lassen, hatte sie keine Ausrede, den dreißig Zentimeter hohen Poststapel, der sich während ihrer zehntägigen Abwesenheit angehäuft hatte, ungeöffnet liegenzulassen. Sie ging die Post methodisch der Reihe nach durch und stieß auf einen Umschlag mit Harveys neuer Adresse als Absender.

Sie öffnete ihn und fragte sich sarkastisch, ob Harvey sie wohl zur Einzugsparty einlud.

Das war nicht der Fall. Im Umschlag steckte einc Notiz, die Harvey in seiner ordentlichen Handschrift mit schwarzer Montblanc-Tinte geschrieben hatte. »Diana«, lautete sie, »ich bedaure dir mitteilen zu müssen, daß unsere wichtigste Investition – das R.-K.-Wilder-Gebäude – rote Zahlen schreibt. Der Pächter hat bankrott erklärt.«

Sie las die Papiere durch, die der Notiz beigefügt waren. Das Ganze lief darauf hinaus, daß die Investoren, auch Harvey und Diana, ernsthafte finanzielle Einbußen zu erwarten hätten. Das Gebäude, das jedem von ihnen bisher jeden Monat 10000 Dollar eingebracht hatte, kostete sie ab sofort über 15000 Dollar pro Nase. *Sie* müßten aus eigener Tasche die Ratenzahlungen für die Hypothek des Multimillionendollar-Objekts bestreiten.

Sie rief Harvey in der Praxis an.

Sie hatte seit Monaten seine Stimme nicht gehört. Er klang vertraut und doch wie ein Fremder, als er über ihr gemeinsames Leben sprach, als wäre er ein unbeteiligter Dritter. Er erklärte, aufgrund der finanziellen Belastung durch die Investition sei er gezwungen, die monatlichen Zahlungen an sie bis auf weiteres zu kürzen.

»Aber Harvey –«, antwortete sie, denn sie glaubte nicht an seine Aufrichtigkeit.

»Kein Aber, Diana.«

»Du kannst nicht von mir verlangen, von Luft zu leben. *Du* tust's ja auch nicht.«

»Ich verlange nicht von dir, von Luft zu leben. Und außerdem muß ich jetzt alles doppelt bezahlen. Ich unterhalte zwei Haushalte, und deine Ausgaben übersteigen die meinen bei weitem, auch wenn du's nicht glaubst.« Er seufzte so laut, daß Diana dachte, sie hätte ihn auch ohne Telefon quer durch die Stadt hören können.

»Das finde ich nun wirklich schwer zu glauben«, zischte sie.

»Ich will mich mit dir nicht anlegen, Diana. Fakten sind Fakten. Ich sage nur, daß wir diese Investition gemeinsam getätigt haben. Wir müssen auch die Verluste *gemeinsam* tragen. Vielleicht sollten wir darüber nachdenken, ob wir nicht das Haus verkaufen sollten.«

»*Mein* Haus verkaufst du nicht!« schrie sie und knallte den Hörer auf die Gabel.

Im nächsten Moment wählte sie Peter Webbs Nummer. »Kann er mich zwingen, das Haus zu verkaufen?« fragte sie.

»Wenn Sie zum Leben eine gewisse Summe brauchen und er aufgrund nachweislicher finanzieller Rückschläge diese Summe nicht zur Verfügung stellen kann, müssen Sie das Haus vielleicht wirklich verkaufen. Oder sich nach einem Ganztagsjob umsehen.«

»Oder mich umbringen!« jammerte Diana.

»Oder Harvey umbringen und die Versicherungssumme kassieren«, witzelte Webb.

»Das ist die beste Idee, die ich seit meiner Ankunft gehört habe.« Sie schaute auf die Uhr und sah, daß sie erst seit vierundzwanzig Stunden aus Europa zurück war. Und schon fühlte sie sich, als sei sie nie weg gewesen, als hätte der Alptraum, den sie seit der Trennung von Harvey durchlebte, ohne Unterbrechung angedauert.

»Verzweifeln Sie nicht«, sagte Webb. »Sie sind stark, Diana. Sie lassen sich nicht unterkriegen. Wenn es eine Möglichkeit gibt, das Haus zu retten, wird sie uns schon einfallen. Und wenn Sie mir die Notiz und die übrigen Papiere, die mit dieser Investition zu tun haben, rüberschicken, werd ich mich darum kümmern.«

»Alles klar«, sagte Diana unterwürfig.

»Es könnte schlimmer sein.«

Und es kam noch schlimmer.

Betty rief an, um Diana nach ihrer Rückkehr aus Europa zu begrüßen und sich aus Chicago zu melden, wo sie ein paar Wochen lang ihren Bruder und ihre Schwägerin besuchte. »Übrigens«, erwähnte sie fast beiläufig, »mußte ich in Chicago wegen Schwindelanfällen in die Klinik.« Dianas Herz sank in die Hose, als ihre Mutter berichtete, die Ärzte hätten nach einigen Untersuchungen gesagt, möglicherweise seien zwei ihrer Bypass-Transplantate kollabiert, doch die restlichen drei seien funktionstüchtig und würden genügen. »Es könnte schlimmer sein«, sagte Betty, bevor sie auflegte.

Und es kam noch schlimmer.

Vom Finanzamt flatterte ein Einschreiben ins Haus. Ein Immobilienobjekt, in das Harvey und Diana 1983 aus steuerlichen Abschreibungsgründen investiert hatten, war als Betrug entlarvt worden. Damit schuldeten die Lowes dem Staat rückwirkend über 100000 Dollar Steuern, die sofort fällig waren, sonst würden weitere Schuldzinsen auflaufen.

»Sagen Sie nicht, es könnte schlimmer sein«, warnte Diana ihren Anwalt, den sie in rasender Verzweiflung gleich wieder anrief und mit ihrer nicht enden wollenden Leidensgeschichte überschüttete. Peter Webb wollte sich nicht festlegen, welche finanziellen Konsequenzen möglicherweise auf sie zukamen, und tat wenig, um ihre überstrapazierten Nerven zu beruhigen.

»Ich glaube, ich brauche Billy«, sagte Diana zu Carol, die sie sofort anrief, nachdem sie sich von Peter Webb verabschiedet hatte.

»Nach der schwülen Sexstory aus Masseurskreisen, die du mir gestern abend erzählt hast, brauchst du wohl das nächste Jahr keinen Mann mehr«, entgegnete Carol mit einem wollüstigen Lachen.

»Carol, ich meine es ernst«, beteuerte Diana. »Ich stehe am Rand des Nervenzusammenbruchs.«

»Was ist passiert?« fragte Carol.

Diana berichtete kurz von der Serie von Anrufen und Briefen, die im Lauf des Vormittags über sie hereingebrochen waren. Sie sagte, sie bräuchte Billys fachmännischen Rat.

»Ich werde ihn gleich auftreiben und meld mich dann bei dir«, versprach Carol.

Nach fünfzehn qualvollen Minuten rief Carol zurück und sagte, Diana könne Billy um vier Uhr im *Gold Grill* treffen, einem beliebten Schlemmerlokal in Los Encinos Plaza. Vor zwei Jahren hatte Billy dem Besitzer, Ted Gold, finanziell unter die Arme gegriffen, damit er das Restaurant eröffnen konnte.

Diana kam ein paar Minuten zu früh und fand einen letzten schattigen Parkplatz unter einem Baum ganz am Ende des offen und mit viel Grün angelegten Ladenzentrums. Sie verkürzte sich die Wartezeit damit, eine der vielen Eichen zu bewundern, Encinos Wahrzeichen. Der siebenhundertjährige, ehrfurchtgebietende Baum mit dem massigen, meterdicken Stamm hielt sein weit verzweigtes Astwerk wie einen Schirm über das Zentrum des zweistöckigen Einkaufskomplexes, der im mexikanischen Stil erbaut und mit einem traditionellen roten Ziegeldach gedeckt war. Diana machte einen möglichst weiten Umweg zum Restaurant und ging an einer Dim-Sum-Bar, zwei Kosmetikläden, einem Enthaarungssalon und mehreren Nobelboutiquen vorbei. Sie bemerkte, daß die luftigen Sommersachen aus pastellfarbenen Baumwollstoffen in den Schaufenstern schon durch Wolle und Cord in Herbstfarben ersetzt worden waren. Draußen herrschte immer noch eine Hitze wie im Backofen, so daß man wenig Lust bekam, sich mit warmer Kleidung zu befassen. Im Valley blieb das Wetter weiter sommerlich, also heiß und trocken, vormittags, mittags wie abends; erst Anfang November kühlte es ab. Außerdem konnte sie es sich jetzt gar nicht leisten, an neue Kleider auch nur zu *denken*, sagte sich Diana und bemühte sich, nicht in Selbstmitleid zu zerfließen.

Ein sengend heißer Windstoß blies mutwillig den Saum ihres duftigen weißen Spaghettiträger-Kleidchens hoch und zeigte fast die ganze Länge ihrer gebräunten Beine. Sie strich sich den Rock wieder bis zu den Knien glatt und ging die letzten Meter bis zum *Gold Grill*.

Das Restaurant schloß nach dem Mittagessen und öffnete erst wieder um sechs Uhr, doch Diana stieß unbeirrt die unverschlossene Tür aus gebürstetem Holz mit Glaseinsätzen auf und ging hinein.

Das Innere war kühl und einladend, im populären Stil des Südwestens eingerichtet. Draußen im Patio saß Billy an einem runden Holztisch. Es war immer noch heiß, doch eine ockerfarbene Segeltuchmarkise spendete Schatten. Billy war in ein Gespräch mit Ted Gold und einer jungen Frau vertieft, die Diana nicht kannte.

Sobald Billy Dianas Sandalen auf den Terrakotta-Fliesen klappern hörte, unterbrach er Ted, sprang von seinem Stuhl auf und begrüßte Diana mit einer herzlichen Umarmung.

Nachdem er sie Susan St. John vorgestellt hatte und Ted Gold noch einmal vorstellen mußte, der gestand, er hätte die neue Diana nicht wiedererkannt, führte Billy sie zu einem Tisch auf der anderen Seite des Innenhofs, wo sie sich ungestört unterhalten konnten.

Dianas Stuhl stand neben einer niedrigen Hecke. Auf der anderen Seite plätscherte ein künstlich angelegter Bach mit bemoosten Ufern, auf denen Unmengen bunter Iris wuchsen; er nahm seinen sorgfältig geplanten Lauf durch das mit vielen Bäumen bestandene Einkaufszentrum. Normalerweise liebte es Diana, hier draußen in diesem Restaurant zu sitzen und dem beruhigendem Gemurmel des Wassers zuzuhören. Heute aber war das einzige beruhigende Geräusch, das sie hören wollte, Billys Stimme, die ihr versichern sollte, sie müsse ihr Haus nicht verkaufen.

»Carol hat mir kurz erzählt, was passiert ist, aber warum fängst du nicht noch einmal von Anfang an?« bat Billy.

Statt dessen überreichte ihm Diana einen Stoß Papiere, den sie mitgebracht hatte.

Billy studierte sie und schaute dann hoch.

»Sind wir jetzt ruiniert?«

»Laß uns die Sache doch mal vernünftig betrachten, Diana.«

»Was in letzter Zeit Harvey und Gelddinge angeht, bin ich keiner vernünftigen Betrachtung fähig«, stöhnte Diana.

»Ich weiß«, sagte er ruhig. »Aber machen wir einen Versuch. Harvey hat vielleicht versucht, dich mit seinem Apartmentkauf übers Ohr zu hauen, aber bei diesem Immobilienbetrug war er der Dumme. Der Teilhaber ist ein branchenbekannter Gauner. Aber das wird dir beim Finanzamt nicht weiterhelfen. Jeder, der dort investiert hat, muß Steuern und Zinsen zurückzahlen. Harvey muß über hunderttausend Mäuse lockermachen. Das ist eine Tatsache.«

»Aber –«

»Moment. Laß mich ausreden. Die zweite Tatsache ist, daß Harvey mehrere Jahre lang voll über die ersparten Steuern verfügen konnte, und da ich einer seiner Hauptberater bin, weiß ich, daß er das Geld gut angelegt hat. Harvey kann es sich leisten, seine Steuerschulden zu bezahlen, ohne daß du am Hungertuch zu nagen brauchst. Er muß halt eine einmalige Schlappe wegstekken.«

»Dann brauche ich mich also nicht länger wegen dieses Fiaskos verrückt zu machen?«

»Genau. Womit wir zur R.-K.-Wilder-Affäre übergehen können. Interessanterweise stand vor ein paar Tagen im *Wall Street Journal* ein Artikel über die Bankrotterklärung der Gesellschaft. Wenigstens hast du es mit einem seriösen Unternehmen an der New Yorker Börse zu tun und nicht mit irgendeiner zwielichtigen Schattenfirma.«

»Das wußte ich gar nicht«, gab Diana zu.

»Und deshalb stehen schon mehrere große amerikanische Lieferanten und ein japanisches Konsortium in vorderster Reihe und beraten über die Möglichkeit, die Gesellschaft zu übernehmen. Wenn das geschieht, Diana, dann stehst du am Ende mit einem finanzkräftigeren Pächter da als vorher.« Er schöpfte Atem und sagte dann: »Hat Harvey dir das nicht erklärt? Er hat mit mir schon wochenlang darüber gesprochen.«

»Nein«, antwortete Diana, »und als er vorschlug, ich solle das Haus verkaufen, habe ich einfach aufgelegt.«

Billy lachte. »Carol hätte dasselbe getan.«

»Es ist so frustrierend, wenn man nie mit finanziellen Dingen zu tun hatte und dann plötzlich alles wissen, alles verstehen soll – was ich nicht kann. Was noch schlimmer ist, ist das Gefühl, Harvey ganz ausgeliefert zu sein, und ich habe kein Vertrauen mehr zu ihm. Von dem Ganzen fühle ich mich so ausgelaugt... und so verunsichert«, klagte Diana.

»Du darfst dich davon nicht unterkriegen lassen. Uns wird schon was einfallen, wie sich das Geld, das Harvey dir gibt, ein bißchen aufstocken läßt. Ich werde darüber nachdenken.« Er drückte ihre Hand und setzte hinzu: »Weißt du, daß Carol und ich immer für dich da sind?«

»Sprichst du im Ernst? Wenn es euch beide nicht gäbe, weiß ich nicht, wie mein Leben aussähe!«

»Vielleicht wie das von Susan St. John«, sagte Billy. »Sie hat versucht, sich selbständig zu machen, aber es läuft nicht besonders gut. Wir haben gerade gemeinsam über ihrem Fall gebrütet, als du hereinkamst. Gehen wir doch hinüber zu ihnen. Geteiltes Leid ist halbes Leid, wie man so schön sagt.«

»Danke, aber ich glaube, ich geh lieber nach Hause. Ich habe deine Zeit heute schon lange genug in Anspruch genommen.«

»Ich laß dich jetzt nicht davonschleichen, damit du dich in deinem Haus verstecken und in Selbstmitleid schwelgen kannst. Komm schon, Diana, vielleicht kannst du Susan helfen. Du hast immer so tolle Ideen.«

Billy nahm Diana am Arm, als ob sie weglaufen könnte, und bugsierte sie zu Susans und Teds Tisch.

»Mir gehört der Laden da drüben.« Susan, ein elfenhaftes Wesen Anfang Zwanzig, zeigte auf ein schmales Schaufenster, auf dem der Name *Festkörper* prangte. Es lag auf der anderen Straßenseite, dem *Gold Grill* gegenüber. »Das ist ein Fitneß-Studio.«

»Sie sind unglaublich in Form«, sagte Diana, die Susans muskulöse Arme und Schultern bemerkte und sich fragte, wie wohl sie selbst in einem Outfit wie Susans aussähe – im giftgrünschwarzen Top und passenden Knieleggings. »Wann haben Sie Ihr Studio eröffnet?«

»Vor sechs Monaten. Früher habe ich Privatstunden bei den Leuten zu Hause gegeben. So habe ich Ted kennengelernt.«

»Ich habe sie dazu überredet, hier ein Studio zu eröffnen«, erläuterte Ted.

»Aber seit sie auf den Boulevard zog, hat sich das Geschäft nicht so rasch ausgeweitet, wie sie und Ted es sich vorgestellt hatten«, erklärte Billy. »Ted hat mich gefragt, ob mir ein Manöver einfällt, wie man Susans Laden in Schwung bringen könnte.«

»Nicht, daß ich keine Kunden hätte«, sagte Susan, wie um sich zu verteidigen. »Aber die Miete ist so hoch, daß es schwer war, schnell genug groß zu werden, um den Kopf über Wasser zu halten.«

Diana nickte höflich, obwohl sie trotz Billys tröstlichen Hinweisen immer noch zu angespannt war, um dazusitzen und sich anzuhören, in welchen finanziellen Schwierigkeiten jemand anders steckte. Sie hätte Billy gern gesagt, daß sie gehen wollte, wußte aber nicht, wie sie das anstellen sollte, ohne unhöflich und undankbar zu wirken.

»Sie hat es mit allen üblichen Werbegags probiert, die mit bescheidenen Mitteln zu verwirklichen sind«, erzählte Ted Diana.

Susan seufzte und lächelte Ted an. »Aber das hat auch nicht viel gebracht.«

»Ich verstehe«, antwortete Diana und bemerkte den innigen Blick, den Susan Ted zuwarf. Dieser Blick und dazu Teds beschützerisches Herumscharwenzeln um Susan funkten laut und deutlich: »Liebesromanze.«

»Als du kamst, haben wir gerade die Möglichkeit durchgespielt, ob Susan einen Teil ihres Ladens an jemand untervermieten könnte, der Trainingskleidung und Accessoires verkauft«, erklärte Billy. Dies führte zu einer eingehenden Erörterung der Untervermietbestimmungen des Ladenzentrums.

Während die anderen redeten, trank Diana ein Glas Eistee, den Ted ihr aus einem Kurg, der auf dem Tisch stand, eingegossen hatte. Sie spürte ein erstes Magenknurren und merkte, daß sie das Essen ganz vergessen hatte, seit die Unglücksserie von Anrufen und Briefen am frühen Morgen ihren Anfang genommen hatte. Sie durchstöberte ihre Handtasche, fand einen Amigo-Riegel und zog ihn hervor. Sie riß das Papier auf und entschuldigte sich, daß sie vor den anderen aß, mit der Erklärung, sie sei halb verhungert.

»Du kannst etwas aus unserer Küche haben«, sagte Ted. »Einen kleinen Salat. Oder kaltes Hähnchen. Ruiniere doch nicht deine Wunderdiät mit Süßem.«

»Mach dir keine Sorgen, Ted. Ich hab jetzt mehr Lust auf das hier«, lehnte Diana entschieden ab.

»Hätten das nicht alle von uns?« fragte Susan. »Aber nehmen Sie doch lieber Salat. Sie wollen doch jetzt nicht zunehmen.«

»Das werde ich auch nicht«, sagte Diana vertraulich, brach die Hälfte des kleinen Riegels ab und ließ ihn in ihrem Mund verschwinden. »In so einem Ding ist weniger Fett enthalten als in einem einzigen Löffel von Teds Diät-Dressing.«

»Sie ißt diese kleinen Teufelsdinger die ganze Zeit«, sagte Billy stolz. »Ich hab sie ihr früher immer weggeschnappt, aber ich hab's inzwischen aufgegeben. Gegen Erfolg kommt man nicht an. Ich meine, diese kleine Dame hat ständig Zuckerzeug genascht und dabei über vierzig Pfund abgenommen!«

»Wirklich?« Susan sah skeptisch aus. »Erzählen Sie mir, wie sie *dieses* Wunder vollbracht haben.«

Im Nu wandte sich das Gespräch von Susans geschäftlichen Problemen ab, als Diana zu einer leidenschaftlichen Rede über Fett und Gesundheit und Gewichtsabnahme ansetzte.

Billy saß da, schaute Diana an und lauschte ihren Worten. Er strahlte wie ein Vater, dessen Kind daheim ein Tolpatsch ist, aber auf der Bühne einen fehlerlosen, anmutigen Auftritt hinlegt.

Er hielt sich ganz im Hintergrund, als Ted und Susan, die sich von Dianas Begeisterung mitreißen ließen, sie mit einer Reihe ausufernder Fragen bestürmten, die Diana alle mit Leichtigkeit beantwortete.

»Da reden wir über meine Diät«, sagte Diana schließlich nach fast einer Stunde, »wenn Susan Billys Hilfe braucht – und ich auch.«

»Ich glaube, du hast dir gerade selbst geholfen – und Susan dazu«, sagte Billy ruhig, lehnte sich in seinem Stuhl zurück und tippte mit einem Finger auf die Unterlippe.

Alle drei drehten sich ihm zu und starrten ihn an.

Billy beugte sich vor und lächelte. »Ted, du kannst ebenfalls helfen.«

»Wie?« fragte Ted.

»Ich habe nachgedacht.«

»Und was gibt's sonst noch Neues?« lachte Ted.

Billy schlug plötzlich einen ganz geschäftsmäßigen Ton an. »Schau, dein Restaurant ist zwischen halb vier und sechs geschlossen. Könntest du dich mit dem Gedanken anfreunden, Susan und Diana den Grill und den Tresen in dieser Zeit eineinhalb Stunden lang zur freien Verfügung zu stellen?«

»Das könnte ich«, bejahte Ted. »Ja, ich glaube, das ließe sich arrangieren.«

»Okay. Also gut«, sagte Billy, und er redete immer schneller, als seine Ideen sich überschlugen. »Als Ergänzung zum Fitneßtraining bietet Susan ihren Kunden Informationen über eine neue, revolutionäre Ernährungsform an – Essen ohne Schuldgefühle. Die Interessenten erhalten für eine zusätzliche Gebühr eine praktische Vorführung im populärsten neuen Restaurant Encinos sowie einen Vortrag von Diana Lowe, wie man fettarm, aber mit Genuß einkaufen, kochen und essen kann. Was haltet ihr davon?«

»Ich weiß nicht«, meinte Diana, der Billys neuester Plan fast die Sprache verschlagen hatte.

»Diana, du brauchst Geld.« Billy schaute erst sie an, dann Susan und Ted. »Diana braucht einen Job und ein Einkommen; Susan braucht mehr Kunden und ein Zugpferd. Das Zugpferd ist Diana. Mit Hilfe von Teds Restaurant lassen sich alle eure Bedürfnisse befriedigen. Das wär's!« Er lächelte, lehnte sich zurück und faltete die Hände über seinem Bauch.

»Ich find's gut«, verkündete Susan und blickte Diana hoffnungsvoll an.

»Und ich würde für die Kochdemonstrationen und Vorträge bezahlt werden?« fragte Diana mit einem schrägen Blick auf Billy.

»Klar«, antwortete Billy und sah sehr zufrieden mit sich aus.

»Also wenn die Idee einschlägt«, platzte Susan heraus, »dann gibt es keinen Grund, warum Ted uns sein Restaurant nicht auch am frühen Morgen benutzen lassen könnte. Meine 7-Uhr-Damen reißen sich um jede neue Diätidee, sie sind ganz fanatisch!«

»Sie übernimmt schon mein ganzes Restaurant«, rief Ted.

»So sind die Frauen«, sagte Billy. »Du gibst ihnen fünfzehn Zentimeter, und sie wollen zwanzig.«

»Oder zweiundzwanzig«, setzte Susan mit einem spitzbübischen Grinsen hinzu.

In Diana blitzte die Vision von Stefan auf, voll erregt und bereit, in sie einzudringen. Errötend sagte sie: »Oder fünfundzwanzig!«

Dritter Teil

17. Kapitel

Diana war so in ihre Studien vertieft, daß sie erst jetzt merkte, wie ihr die Lesebrille allmählich schwer auf die Nase drückte. Sie nahm sie ab und rief den Schmerz weg, während sie die Datensammlung überflog, die sie in stundenlanger Fleißarbeit erstellt hatte – sie saß in der Medizinischen Forschungsbibliothek der Uni von Los Angeles, ging die Kataloge durch und starrte auf Microfiche-Karteien. Obwohl ihre Augen überanstrengt waren und die Buchstaben auf dem Bildschirm zu flimmern begannen, wirkte die Arbeit auf Diana wie eine Energiespritze. In den letzten beiden Monaten, seit sie in Encino mit Kochkursen und Vorträgen an die Öffentlichkeit getreten war, hatte sie keine Zeit mehr für Schaufensterbummel und Selbstmitleid; statt dessen durchstöberte sie die Forschungsbibliotheken und Buchläden der ganzen Stadt. Seit Dr. Fernberg Dianas Unternehmen tatkräftig unterstützte und sie auf einen Berg von Grundlagenforschung angesetzt hatte, lebte sie praktisch in der Medizinischen Forschungsbibliothek. Bei ihrer Untersuchung letzten Monat, als sich herausstellte, daß sie weitere zehn Pfund abgenommen hatte – insgesamt also fünfzig Pfund in weniger als einem Jahr –, erzählte Diana ihrem Arzt von ihrer neuen Karriere. Sie erwähnte auch, daß mehrere ihrer Kursteilnehmerinnen sie um private Beratung gebeten hatten; sie wollten mit Dianas Hilfe ein persönliches Programm ausarbeiten, das dauerhaften Gewichtsverlust garantieren würde. Fernberg erkannte, daß Diana eine großartige praktische Umsetzung erwiesener wissenschaftlicher Fakten entwickelt hatte, wobei sie selbst das Versuchskaninchen spielte. Er bot ihr an, ihren Kundenstamm zu erweitern, indem er ihr seine übergewichtigen und gesundheitsbewußten Patienten zur Beratung schickte. Er berechnete ihnen eine Pauschalgebühr für das Gesamtprogramm, von der er Diana einen gewissen Prozentsatz für Beratung und Rezepte überließ. Nach einem nervösen, etwas zaghaften Anfang hatte Diana jetzt zehn private Kunden, fünfzig von Dr. Fernbergs Patienten und vier volle Klassen eifriger Frauen am *Gold Grill*, die ganz scharf auf die neue Diät waren.

Als Diana in der Schlange darauf wartete, daß sie an die Reihe kam und beim Bibliothekar die Bücher und Artikel bestellen konnte, die in den offenen Regalen nicht zugänglich waren, fiel ihr eine Frau auf, die für einen ziemlichen Wirbel sorgte. Sie stach unter den anderen Studenten und Wissenschaftlern durch ihren khakifarbenen Minirock und passender Jacke mit riesigen Schulterpolstern hervor; ihre Wildseidenbluse war weit genug aufgeknöpft, um einen freizügigen Blick auf ihren üppigen Busen zu erlauben, als sie sich vorbeugte und einige Papiere in ihre Schlangenleder-Mappe stopfte. Die Femme fatale schien die Seitenblicke nicht zu bemerken, die ihr jeder Mann und fast jede Frau im Lesesaal zuwarfen, und stöckelte keß zum Ausgang, wobei ihre großen Ohrringe bei jedem Schritt schaukelten und die Absätze ihrer kniehohen Wildlederstiefel auf dem Boden klapperten. Diana beobachtete die Frau neugierig und erkannte plötzlich, daß diese Person niemand anders war als Alison Rifkin, die Schriftstellerin und Frau von Mark Rifkin, die sie vor etlichen Monaten getroffen hatte. Sie sprintete zur Tür, um Alison am Ausgang abzufangen. »Hi«, begrüßte Diana sie munter.

Alsion blieb stehen und lächelte in einem freundlichem Reflex, doch Diana konnte an Alisons verständnislos starrendem Blick sehen, daß sie keine Ahnung hatte, wer Diana war.

»Diana Lowe«, stellte sie sich vor; sie hatte sich immer noch nicht daran gewöhnt, daß alte Bekannte ihr neues Gesicht und ihre neue Figur nicht wiedererkannten. Heute hatte Diana diese neue Figur in enge Cordjeans gezwängt und auch noch ihren Pulli hineingestopft, um einen Silbergürtel und ihre schmale Taille zur Geltung zu bringen. Seit ihrem Zusammentreffen mit Alison hatte sich Diana auch die Haare schneiden und Strähnchen einfärben lassen. Sie waren jetzt nur noch schulterlang, natürlich gelockt und an einer Seite so gescheitelt, daß ihr ein paar Strähnen provozierend über die Stirn fielen.

»Mein Gott! Ich kann's nicht glauben, daß Sie es sind«, platzte Alison heraus und zog damit ärgerliche Blicke von den in Büchern vertieften Studenten, die in der Nähe saßen, auf sich.

Diana lächelte und machte eine Geste, ob sie nicht nach draußen gehen sollten. »Ich vergesse immer, was für einen Schock die Leute kriegen, die mich lange nicht gesehen haben«, erklärte Diana, sobald sie auf dem Klinikflur standen, wo emsiger Betrieb herrschte.

»Ich hätte Sie nie erkannt«, sagte Alison. »Sie haben sich total verändert.«

»Erstaunlich, nicht?« sagte Diana stolz. »Diese fettarme Diät, die ich gar nicht für eine Diät hielt, stellte sich als die beste Diät heraus, die ich je gemacht habe.«

»Diese fettarme Ernährungsform, von der Sie mir erzählt haben, hat *das* geschafft?«

Diana nickte.

Alison sagte: »Wissen Sie, ich hätte Sie gern angerufen, nachdem ich diese köstlichen Burritos zustande gebracht hatte, aber als Mark mir erzählte, Sie und Harvey hätten sich getrennt, kam ich mir komisch vor. Ich weiß nie, was ich in so einem Fall sagen soll.«

»Das kenne ich«, sagte Diana. »Ich weiß auch nie, was ich in so einem Fall sagen soll. Und es war wahrscheinlich noch schwieriger, weil Mark und Harvey schließlich doch nicht zusammengefunden haben.«

»Daran lag es wohl teilweise auch.«

»Dafür, daß Mark die Partnerschaft abgelehnt hat, sollte ich dann irgendwie auch noch schuld sein«, sagte Diana mit einem Stirnrunzeln. »Harvey warf mir vor, der Grund dafür sei wahrscheinlich, daß ich an jenem Abend zuviel dahergeredet hätte, als wir im *Allee Grill* gegessen haben.«

Überraschung spiegelte sich auf Alisons Gesicht. »Diana, ich mische mich nicht gern in Trennungen ein – man weiß nie, ob ein Paar nicht wieder zusammenfindet –, aber trotzdem. Ich möchte Ihnen sagen, daß wir beide, Mark und ich, Sie entzückend fanden. Machen Sie sich nur keine Vorwürfe, weil zwischen meinem Mann und Harvey nichts zustande kam.«

»Danke, Alison«, strahlte Diana mit einem erleichterten Lächeln. »Es tut mir gut, das zu wissen.«

»Aber erzählen Sie mir doch etwas über sich. Was treiben Sie denn hier?«

»Forschung«, sagte Diana und lachte, weil sich ihre Antwort eigentlich von selbst verstand. »Meine Diät hat sich zu Kursen über fettarmen Lebensstil ausgeweitet. Ich habe auch private Kunden, die zu mir zur Beratung nach Hause kommen. Und was treiben Sie hier?«

»Auch Forschung – für eine Figur in meinem neuen Roman. Ich muß sie nach langwieriger Krankheit sterben lassen, wobei sie immer noch prachtvoll und gesund aussehen soll«, seufzte Alison. »Gar nicht so einfach, die richtige Krankheit zu finden. Ich hab mich den ganzen Tag damit geplagt. Jetzt wollte ich einen Spaziergang durch Westwood machen, um wieder einen klaren Kopf zu kriegen. Wollen Sie mitkommen?«

Fünf Minuten später schlenderten Alison und Diana über den Unicampus und zielten auf den Kern von Westwood Village zu. Sie gingen an Kinos vorbei, an gemütlichen und coolen Studentenkneipen, Buchläden und Schaufenstern, in denen junge Mode phantasievoll dekoriert war.

»Möchten Sie gern einen gefrorenen Joghurt?« fragte Alison, als sie bei *Penguins* vorbeikamen. »Hier gibt's den besten. Ich genehmige mir jedesmal einen, wenn ich nach Westwood komme. Dürfen Sie Joghurt essen?«

»Klar. Den fettarmen. Klingt gut.«

Beide kauften sich einen kleinen Becher fettarmen Joghurt. Diana ließ sich den ihren mit frischen Früchten garnieren, Alison nicht, weil in der Mischung Erdbeeren waren.

»Ich bin allergisch gegen Erdbeeren«, sagte Alison.

»Ich weiß«, antwortete Diana.

»Tatsächlich?«

»Erinnern Sie sich nicht? Damals am Abend im Restaurant? Das Dessert?«

»Ach, das habe ich ganz vergessen.«

»Nun, Ihre Erdbeerallergie hat mir geholfen, meine Diät durchzuhalten.«

»Das kann doch nicht Ihr Ernst sein!« rief Alison.

»Doch, doch. Erinnern Sie sich, daß ich sagte, vielleicht sei ich gegen Fett genauso allergisch wie Sie gegen Erdbeeren?«

»Eigentlich nicht«, gab Alison zu. »Ich glaube, ich habe an jenem Abend ein Glas Wein zuviel getrunken. Ich erinnere mich überhaupt an wenig, außer daß Ihnen Harvey gleich, nachdem wir uns hingesetzt hatten, das Brot aus der Hand gerissen hat, und an das Burritorezept, das Sie für mich aufgeschrieben haben.«

Sie bummelten zur Bibliothek zurück, aßen ihren Joghurt und unterhielten sich über Harvey und Dianas Diät. »In vieler Hinsicht stehe ich ganz in Ihrer Schuld«, gestand Diana, »weil Sie mir das psychologische Stichwort geliefert haben, damit ich nie vergesse, warum ich meinem Körper keine fettreichen Nahrungsmittel zumuten darf. Ich habe meiner ganzen Vortragsserie sogar den Titel gegeben: ›Allergisch gegen Fett.‹ Meine Kunden sind von dieser Idee alle begeistert!«

Alison sagte aufgeregt, sie sei ganz aus dem Häuschen darüber, daß sie unbewußt das Fundament zu Dianas Ernährungsprogramm gelegt habe.

»Sogar meine dünnen Freundinnen ziehen mit und essen nach meiner Diät«, sagte Diana, »weil ich jetzt am ganzen Körper weniger Zellulitis habe als sie an einem Oberschenkel!«

»Damit ist die Sache für mich klar!« rief Alison. »Machen Sie sofort einen Vertrag mit mir.«

Sie erörterten mögliche Termine, aber weil sich in Alisons vollgestopftem Zeitplan keine Lücke mehr finden ließ, lud Diana sie ein, einen Abendvortrag zu besuchen, den sie in der nächsten Woche an der Stony Ridge Academy halten würde, einem privaten Mädchengymnasium in Hancock Park. Die Mutter einer der Schülerinnen besuchte Dianas Kurse im *Gold Grill* und war der Meinung, die Teenager sollten Dianas bedeutungsschwere Botschaft hören. »Ich werde alles besprechen, was Sie wissen müssen, um Ihre Ernährung auf fettarm umzustellen«, sagte Diana zu Alison.

Nachdem sich Alison mit dem Versprechen verabschiedet hatte, sie würde wenigstens versuchen zu kommen, kehrte Diana in die Bibliothek zurück und ließ sich für eine weitere lange Sitzung nieder. Sie wünschte, der harte Holzstuhl wäre gepolstert, aber alle Unbequemlichkeit war in der Aufregung ihrer Entdckkungen und der Freude, ihre Theorien bestätigt zu sehen, schnell vergessen.

Wie besessen schrieb Diana ihre Notizen auf einen Block; ihre Hand flog über die Linien der gelben Blätter und füllte eine Seite nach der anderen. Immer mehr festigte sich in ihr die Erkenntnis, daß die neuesten Forschungen alle zu demselben Schluß führten: Das Fett, das man heute ißt, trägt man morgen am Leib, und nicht das Zählen von Kalorien führt zur dauerhaften Lösung von Gewichtsproblemen, sondern die Kontrolle des Fettkonsums.

Was Diana sogar noch aufregender fand, war, daß sie bei ihren ganzen Studien keinen einzigen Diätplan fand, der so einfach zu befolgen war wie ihrer, oder der sich so leicht durchhalten ließ – und sicher keiner, der soviel Spaß machte.

Hancock Park hatte einmal zu den exklusivsten Gegenden von ganz Los Angeles gehört. Die glanzvollen Tage reichten von den zwanziger bis zu den fünfziger Jahren. Die Villen, die die breiten, baumbestandenen Straßen säumten und sich an Pracht gegenseitig übertrumpften, waren einst von der Crème de la Crème der Gesellschaft Los Angeles' bewohnt worden, deren Sprößlinge viele der Privatschulen in dieser Gegend besuchten.

Ab Ende der fünfziger und in den sechziger Jahren begann die Beliebtheit dieser exklusiven Wohngegend zugunsten von Beverly Hills, Bel Air und Pacific Palisades, die vom Westen her lockten, zu sinken. Dann erlebten alle Viertel um Hancock Park herum einen Niedergang, bis die einstige Schickeria-Enklave zu einer merkwürdigen Insel luxuriöser Behausungen inmitten eines Meers von Armut wurde.

Eine Zeitlang hatte es mit der Zukunft der dort angesiedelten Privatschulen düster ausgesehen. Dann ließ Ende der siebziger Jahre der Zufluß ausländischen Geldes die Häuserpreise auf der Westseite in den Himmel schießen, und Hancock Park wurde von jungen Familien wiederentdeckt, die einen Hang zu herrschaftlichen Villen hatten. Doch dieser Wiederaufschwung allein hätte für Privatschulen wie Stony Ridge das Blatt noch nicht gewendet. Was die Schüler schließlich endgültig scharenweise zurückbrachte, war die jahrelange umstrittene Politik der staatlichen Schulen, die Schüler in Schulbussen in andere Viertel zu karren, um der Rassendiskriminierung entgegenzuwirken.

Obwohl die finanzielle Zukunft endlich gesichert war, hatte die Stony Ridge Academy in den achtziger Jahren mit denselben Problemen zu kämpfen wie auch die staatlichen Schulen dieser Gegend: Drogen, Alkohol und unerwünschten Schwangerschaften. Und in letzter Zeit hatte im Stony Ridge ein anderes Ungeheuer seinen häßlichen Kopf erhoben: Eßstörungen. An dieser Privatschule schienen mehr Mädchen an Bulimie, Anorexia nervosa oder schlicht an schlechten Ernährungsgewohnheiten zu leiden, die zu lebenslänglichen Gewichtsproblemen führten, als an allen anderen Störungen im Sozialverhalten.

Seit Monaten wurde an einem Ernährungsprogramm für die Mädchen an der Stony Ridge Academy gearbeitet, das aber noch keine endgültigen Formen angenommen hatte, als Nancy Gumbel, eine der ersten Schülerinnen Dianas im *Gold Grill,* der Direktorin Diana Lowe empfahl, die ideal dazu geeignet sei, vor der Schülerschaft einen Vortrag über Ernährungsfragen zu halten.

Da die Gumbelsche Familienstiftung den neuen Sportkomplex der Schule subventioniert hatte, war die Direktorin geneigt, allem zuzustimmen, was Nancy Gumbel vorzuschlagen hatte. »Sie müssen sie unbedingt einladen«, sagte die Direktorin.

Schließlich war der große Abend gekommen.

Als Diana ihren Overhead-Projektor im Auditorium aufbaute, einem ehemaligen Ballsaal in der Jugendstil-Villa, die zum Herzstück des Stony Ridge geworden war, bemerkte sie, daß fast jeder der 150 Stühle bereits besetzt war. Nancy Gumbel hatte sie vorgewarnt, daß sie mit einem großen Besucheransturm rechnen müsse, doch dies war das größte Publikum, dem Diana bislang in ihrer kurzen Karriere gegenübergestanden war.

Sie spürte in ihrer Magengrube das erste ängstliche Rumoren wie immer vor einem Vortrag; heute war es jedoch doppelt schwierig für sie, weil sie ganz und gar nicht sicher war, wie ein Haufen überprivilegierter Teenager auf sie reagieren würde.

»Ich hab's geschafft«, schnaufte Alison, die von hinten auf Diana zueilte und ihr auf den Rücken klopfte.

Diana wandte sich ihrer neuen Freundin zu. Sie war überrascht, Alison konservativer als sonst gekleidet zu sehen, in einem zurückhaltenden muschelfarbenen Leinenkostüm und beigen Lederpumps; das einzige Accessoire war eine einfache Chanel-Umhängetasche. »Ich freue mich riesig, daß Sie hier sind«, sagte Diana lächelnd. »Ich habe für Sie einen Stuhl ganz vorne freigehalten.« Sie deutete auf einen unbesetzten Klappstuhl. »Kommen Sie doch bitte mit, dann stelle ich Sie der Direktorin, Nancy Gumbel und ihre Tochter Sean vor. Nancy ist Vorsitzende des Ernährungsprogammes.«

Nach ein paar Minuten oberflächlichen Geplauders entschuldigte sich die Direktorin, eine imposante, tadellos gekleidete Frau von Präsidentengattinnenformat, und schritt in die Mitte des Raums. Sie klopfte mit einem Stock ans Rednerpult und rief die versammelte Schülerschaft zur Ordnung, wonach sie sich fünf Minuten lang über die dringlichen sozialen Probleme ausließ, die dafür gesorgt hatten, daß dieser Abend zustande kam. Sie entschuldigte sich ein wenig verlegen für die kaum schlankheitsfördernde Auswahl an Keksen und Muffins, die die Mütter gebacken hatten und die anschließend auf der Veranda serviert würden. Dann verbrachte sie weitere fünf Minuten damit, Diana weitschweifig vorzustellen und ihre Leistungen zu rühmen.

»Danke für die vielen Komplimente, Mrs. Fields. Ich werde mein Bestes tun, um ihnen gerecht zu werden.«

Diana machte eine Pause und ließ ihre Blicke übers Publikum schweifen, fand durch Augenkontakt einen Draht zu den Mädchen und sagte dann: »Früher habe ich so ausgesehen.« Sie zog mit dramatischer Geste ein weißes Blatt Papier vom Projektortisch, so daß ein übergroßes Porträt ihrer selbst sichtbar wurde, aufgenommen einen Monat, bevor ihr Dr. Fernberg die fettarme Diät verordnet hatte. Immer wenn sie dieses Foto in einem ihrer Kurse zeigte, erwartete sie laute Ach-Herrjes, und auch heute bekam sie sie zur Genüge zu hören.

»Vor weniger als einem Jahr war ich fünfzig Pfund schwerer«, sagte sie, als das Gemurmel erstarb. »Ich wollte verzweifelt abnehmen, wußte aber nicht, wie. Im Laufe der Jahre hatte ich so viele Diäten ausprobiert, alles blieb bei mir ohne Wirkung. Ich hab's sogar mit Fasten probiert, und nicht einmal das hat gewirkt. Ich habe dabei sogar zugenommen.«

Diana machte eine Pause und fuhr dann fort: »Was noch schlimmer war: Ich kam außer Atem, wenn ich etwas so Harmloses tat wie eine Treppe hinaufzusteigen. Also ging ich zu meinem Arzt, um die Ursachen herauszufinden. Er führte eine Menge Untersuchungen durch. Dann mußte ich mich setzen, und er sagte mir, daß ich jahrelang meinen Körper mit einer Modediät nach der anderen malträtiert hätte und der jämmerliche Zustand, in dem ich mich jetzt befand, die Rechnung dafür sei – ich war fett und krank. Er wollte, daß ich ihm verspreche, sofort mit jeglicher Diät aufzuhören.« Diana zögerte und sprach dann weiter. »Aber ich bekam Panik und sagte, das könne ich nicht tun; aus persönlichen Gründen stand ich unter großem Druck, rasch schlank werden zu müssen. Doch mein Arzt war sehr überzeugend. Er versetzte mich in einen solchen Schrecken, was meinen Gesundheitszustand betraf, daß er mich schließlich überreden konnte, seinen Vorschlag wenigstens auszuprobieren. Nach ein paar diätfreien Wochen geschah etwas Merkwürdiges – ich nahm tonnenweise ab. An der Erfahrung, wie das zuging, möchte ich Sie alle heute abend teilhaben lassen.«

Diana zog mit einem Ruck ihr Porträt vom Projektortisch. Nun starrten ihre Zuhörer auf das Bild eines Stücks Schokoladentorte, bei der einem das Wasser im Mund zusammenlief; daneben lag eine Möhre.

»Wer von Ihnen würde eine Schokoladentorte essen, wenn Sie gerade eine Schlankheitsdiät machen?« fragte Diana. Kein einziger erhob die Hand.

»Und wer würde sich bei einer Diät für die Möhre entscheiden?«

Die Antwort war einstimmig.

»Richtig. Diese Entscheidung war einfach. Aber« – sie klappte das Blatt um, so daß das nächste Bild zum Vorschein kam – »wie steht's mit einem Stück fettarmen Käse gegenüber zwei dicken Scheiben Krustenbrot? Was dürften Sie bei einer Diät essen? Den Käse?« Sie machte eine Pause. »Oder das Brot?« Fast der ganze Saal votierte für den Käse.

Ohne weiteren Kommentar fuhr sie fort: »Und was ist mit Popcorn?« Sie ging zu einer Abbildung einer Popcorntüte und einer Schachtel Cracker über. »Wie viele von Ihnen würden automatisch die Cracker links liegenlassen und sich für Popcorn entscheiden, wenn Sie ins Kino oder auf den Fußballplatz gehen?« Das Publikum gab seine Stimme einhellig dem Popcorn.

Diana nickte und machte rasch weiter. Die nächsten Abbildungen stellten das Publikum vor die Wahl zweier Tiefkühl-Fertiggerichte: ein Diät-Hähnchen-Gemüseragout und ein Backhähnchen. Obwohl die Mädchen über beide Angebote angewidert stöhnten, entschied sich die Mehrheit für das Diätgericht in der Annahme, jegliches Diätgericht sei einem Nicht-Diät-Gericht vorzuziehen. Schließlich warf Diana das Foto eines Mini-Amigo-Riegels an die Leinwand, neben dem ein winziges Päckchen cholesterinfreier, ohne Kokosöl gerösteter Erdnüsse lag. Die Zuschauer waren sich einig, daß die Erdnüsse besser für sie seien.

»Danke für Ihre lebhafte Mitarbeit«, sagte Diana. »Jetzt machen wir eine kleine Pause und überlegen uns ein paar Dinge. Sie haben Ihre Wahl danach getroffen, was Ihnen bisher über angeblich dick machende Lebensmittel eingetrichtert worden ist. Doch ich bitte Sie jetzt, machen Sie sich frei von diesem Vorwissen und tun Sie, worum mich mein Arzt gebeten hat: Beurteilen Sie Diäten und Nahrungsmittel nicht mehr nach den Kriterien von gestern. Nicht auf die Kalorien kommt es an, sondern auf den Fettgehalt. Mein Arzt hat eine 30-Prozent-Regel aufgestellt: Bei jedem Lebensmittel, das ich esse, dürfen nicht mehr als 30 Prozent der gesamten Kalorien von Fett stammen. Im Fall der Möhre und der Schokoladentorte liegt es klar auf der Hand, daß eine Möhre, wie sämtliche Gemüse- und Obstsorten, kein Fett enthält, während der Kuchen davon nur so strotzt. Doch bei den anderen Beispielen ist die Sache verzwickter.

Brot oder Käse? Wie oft habe ich meine Tochter und ihre

Freundinnen beobachtet, wie sie im Kühlschrank nach einem kleinen Snack stöberten und ein Stück Käse herauszogen! Auch ich habe meinen nachmittäglichen Hunger oft mit einem Stück Käse befriedigt. Und doch würden wir alle uns einen großen Gefallen tun, wenn wir ein bis zwei Scheiben Brot äßen und den Käse vergäßen. Die meisten Brotsorten enthalten sehr wenig Fett – manche überhaupt keines, doch die meisten Käsesorten starren vor Fett –, manche enthalten bis zu 90 Prozent. Sogar Parmesan enthält 70 Prozent Fett. Und bei dem fettarmen Käse, für den Sie sich mit überwältigender Mehrheit entschieden haben, stammen fast 50 Prozent der Kalorien von Fett.

›Na und?‹ werden Sie sagen. ›Beim Abnehmen und Schlankbleiben zählen doch in Wirklichkeit nur die Kalorien und nicht der Prozentsatz an Fett, den man zu sich nimmt.‹ Sagen Sie das mal den Dellen in Ihren Oberschenkeln! Denn Zellulitis ist nichts anderes als taschenartige Ansammlungen von Fett. Der Witz von der Frau, die sagt, anstatt Eis zu essen, könnte sie es sich genausogut direkt auf die Oberschenkel schmieren, ist gar nicht so weit her geholt. Die neuesten Forschungen beweisen: Das Fett, das Sie heute essen, ist das Fett, das Sie morgen am Leib tragen. Fett wird nicht wie Kohlehydrate und Eiweiß abgebaut und verdaut. Fett wandert auf direktem Weg zu den Fettzellen und wird fast sofort gespeichert.

Das bringt uns zum nächsten Paar: Cracker oder Popcorn. Popcorn wird als gesunde, kalorienarme Knabberei angepriesen. Das kann es auch sein – wenn es mit Heißluft, ohne Öl und Butter hergestellt wird. Doch das meiste Popcorn, das wir im Kino oder am Kiosk kaufen können, auch das in der Mikrowelle hergestellte, dessen gesundheitliche Vorzüge uns die Werbung mit Riesenslogans einhämmern will, ist nicht gesund. Nach Angaben der Verbraucherzentrale enthalten die meisten Popcornmarken so viel Fett, daß man genausogut Kartoffelchips essen könnte, die 60 Prozent ihrer Kalorien von Fett beziehen. Mikrowellen-Popcorn hat durchschnittlich 56 Prozent Fett, dasselbe gilt für normales Popcorn.

Das große Plus bei der richtigen Sorte Cracker dagegen ist nicht das unbrauchbare Spielzeug, das oft mitgeliefert wird –

sondern das beruhigende Gefühl, daß hier nur 13 Prozent der Gesamtkalorien von Fett stammen! Nimmt die Sache allmählich Formen an?« Diana machte eine Pause und sprach dann weiter. »Als Verbraucher werden wir oft von denen verschaukelt, die uns ihre Produkte verkaufen wollen.« Diana wartete, um diesen Gedanken in die Köpfe einsickern zu lassen, bevor sie fortfuhr: »Es ist wichtig, daß Sie alle sich dessen bewußt sind. Aber wie können Sie sich davor schützen? Ganz einfach.« Sie blätterte eine Seite weiter und zeigte die Rückseiten der Tiefkühlgerichte mit den Nährwertangaben; die Kalorienangabe und die Fettangabe in Gramm waren mit einem Marker hervorgehoben.

Diana wies darauf hin, daß das normale Gericht 450 Kalorien und 13 Gramm Fett enthielt – mit anderen Worten, nur 25 Prozent der Kalorien stammten von Fett. Das Diät-Hähnchen-Gemüse-Ragout hatte 260 Kalorien und 15 Gramm Fett – und damit über 50 Prozent der Gesamtkalorien an Fett!

»Meine Damen, persönlich würde ich keines dieser Gerichte empfehlen«, sagte Diana, »aber was ich Ihnen hier zeigen möchte, ist, daß das Normalgewicht zwar mehr Kalorien, doch das Diätgericht einen höheren Fettanteil hat. Forschungen haben gezeigt, daß eine Diät mit hohem Fettgehalt, selbst wenn sie kalorienarm ist, nicht den dramatischen und dauerhaften Gewichtsverlust ermöglicht wie die drastische Einschränkung des Fettkonsums.

Lassen Sie mich noch einmal die Frage stellen: Was würden Sie wählen, die cholesterinfreien Nüsse oder den Schokoriegel?« Das Publikum blickte ratlos drein. »Wenn ich Ihnen nun erzähle, daß die Nüsse 90 Kalorien und 7 Gramm Fett haben und der Schokoriegel 80 Kalorien und 2 Gramm Fett? Ohne groß zu überlegen: Was hat Ihrer Meinung nach einen niedrigeren Fettgehalt?«

Die Mädchen im Zuschauerraum schrien: »Der Schokoriegel!«

Diana strahlte. »Genau. Sie brauchen den Fettgehalt in Prozent der Gesamtkalorien gar nicht genau auszurechnen; man sieht es auf den ersten Blick: Wenn die Nüsse 7 Gramm Fett enthalten und der Schokoriegel nur 2 Gramm Fett und die Kalorienzahl fast dieselbe ist, dann enthält der Schokoriegel weniger Fett.«

Diana wandte sich der nächsten Seite zu, und auf der Leinwand wurde die mathematische Formel sichtbar, mit der sich der Fettgehalt eines Nahrungsmittels in Prozent errechnen läßt. Bevor Diana weiterreden konnte, bemerkte sie ein besorgt dreinblickendes Mädchen, das wild mit der Hand wedelte. »Ja, bitte?« forderte Diana die Schülerin zum Sprechen auf.

Das Mädchen stand auf und sagte entrüstet: »Wie können Sie behaupten, Süßigkeiten seien besser für uns als Nüsse?«

Diana lächelte. Sie hatte solche Einwände schon vorher erlebt. Sie sagte freundlich: »Ich bin froh, daß Sie diesen Punkt angesprochen haben. Ich werde später auf den Stellenwert von Eiweiß, das in Nüssen ja enthalten ist, gegenüber Kohlehydraten und Fetten eingehen, aber wir können gleich jetzt mit einem Märchen über Zucker aufräumen und uns so vielleicht auch davon befreien, immer wieder unseren Begierden zum Opfer zu fallen. Der wichtigste Einwand gegen Zucker ist der, daß es sich dabei um leere Kalorien ohne Nährwert handelt, doch Zucker allein führt nicht zur Gewichtszunahme. Forscher wie Adam Drewnowski von der Universität Michigan haben gezeigt, daß wir uns vor dem Fett in acht nehmen müssen, das bei Süßigkeiten meist mitenthalten ist, denn die Kombination von Fett und Zucker macht natürlich dicker als Zucker allein. Drewnowski hat auch gezeigt, daß wir unseren süßen Gelüsten ruhig nachgeben dürfen, solange wir uns insgesamt fettarm ernähren. Zucker macht uns also nicht fett. Fett macht uns fett. Fett ist der Bösewicht, nicht Zucker. Ist die Frage damit beantwortet?« fragte Diana.

Das Mädchen antwortete mit einem schwachen Ja, das kaum durch das aufgeregte Raunen im Publikum drang, und setzte sich wieder hin.

Als es wieder still wurde, fuhr Diana fort.

»Jetzt werde ich Ihnen den Kernpunkt meiner Ernährungsform vorstellen: Jedes Gramm Fett hat 9 Kalorien, während jedes Gramm Kohlehydrate und Eiweiß nur 4 Kalorien hat – das heißt, Fett hat mehr als doppelt so viele Kalorien pro Gramm als

Eiweiß und Kohlehydrate. Wenn ich Portionen derselben Größe esse, anstatt Fett aber Eiweiß und Kohlenhydrate wähle, nehme ich nur die Hälfte der Kalorien zu mir.

Wenn Sie sich von dem ganzen Vortrag nur an eines erinnern, dann bitte an diese Tatsache: Jedes Gramm Fett hat neun Kalorien. Daher müssen Sie jedes Gramm Fett mal 9 nehmen. Nehmen Sie zum Beispiel die Nüsse, die 7 Gramm Fett enthalten.« Sie wandte sich dem Projektor wieder zu und ließ die Rechnung aufleuchten:

7 Gramm Fett × 9 = 63

»Um den Anteil der Fettkalorien in Prozent zu erhalten, müssen wir die 63 Kalorien durch die Gesamtzahl der Kalorien dividieren.« Sie blätterte weiter, um den nächsten Rechnungsschritt vorzuführen:

$$\frac{63 \text{ Fettkalorien}}{90 \text{ Gesamtkalorien}} = 0{,}7$$

»Die korrekte Prozentangabe ergibt sich, wenn Sie das Ergebnis mit 100 multiplizieren, damit das Komma zwei Stellen weiter nach rechts rückt.«

0,7 × 100 = 70%

»Wie Sie jetzt sehen können, bin ich auf diese Weise zu dem Schluß gekommen, daß 70 Prozent der Gesamtkalorien dieser kleinen Packung Erdnüsse von Fett stammen.«

Dann führte sie dieselbe Berechnung mit dem Schokoriegel durch, der 80 Kalorien, aber nur 2 Gramm Fett enthielt.

2 Gramm Fett × 9 = 18

$$\frac{18 \text{ Fettkalorien}}{80 \text{ Gesamtkalorien}} = 0{,}225$$

0,225 × 100 : 22,5% Fett

»Diese Rechnungen lügen nicht. Mein Körper auch nicht. In weniger als einem Jahr habe ich fünfzig Pfund abgenommen, weil ich nichts gegessen habe, was mehr als 30 Prozent Fett enthält. Das Wunderbarste an dieser Ernährungsform ist, daß man ausschließlich Fett verliert, keine Muskelmasse. Ich bin von Größe 46 auf Größe 36 geschrumpft. Ich habe mich nie wohler gefühlt und habe auch in meinem Verbraucherverhalten im letzten Jahr einiges dazugelernt.«

Nun machte sich Diana an die Definition von »Fett« und verglich diese mit dem häufig benutzten Wort »Cholesterin«. Sie zeigte, daß die beiden Begriffe nicht austauschbar waren, zeigte weiter, daß cholesterinarme oder cholesterinfreie Produkte nicht unbedingt fettfrei zu sein brauchen.

»Schreiben Sie sich hinter die Ohren«, sagte sie in ihrer schwungvollen Art, »daß der Dickmacher nicht Cholesterin, sondern Fett heißt.«

Dann nahm sie sich das Thema Eiweiß vor, beleuchtete den Begriff für ihr Publikum, das ihr gebannt folgte, und sagte abschließend: »Außer in der Schwangerschaft, wenn wir für zwei essen müssen, brauchen wir keine Megadosen Protein zu uns zu nehmen, um bei bester Gesundheit zu bleiben.«

Dies führte naturgegeben zu einer Erörterung der Kohlenhydrate. Diana berichtete den Mädchen und ihren Müttern über die neuesten Forschungen, denen zufolge wir wie die Marathonläufer essen sollten, wenn wir genauso fit werden wollten wie sie: 70 Prozent unserer Ernährung sollten aus komplexen Kohlenhydraten bestehen wie Kartoffeln, Brot, Getreide und Hülsenfrüchten, 20 Prozent aus Eiweiß und nur 10 Prozent aus Fett.

»Ist unser Leben nicht wie ein Marathonlauf? Sind wir nicht alle letztendlich das, was wir essen?«

Anschließend nahm Diana mehrere der momentanen Erfolgsdiäten aufs Korn. »Was diese Diäten Ihnen verweigern, ganz im Gegensatz zu meiner Diät«, sagte sie, »ist die Kontrolle über Ihr eigenes Leben. Diese Diätunternehmen, die sich in der Werbung gegenseitig übertrumpfen und um Ihr Geld und Ihren Beifall buhlen, verlangen von Ihnen, daß Sie Ihre Selbstkontrolle aufgeben. Im Gegenzug erhalten Sie einen Diätplan, mit dem Sie rasch abnehmen werden, wenn Sie ihre Produkte, ihre Pillen und ihre Gedanken einsetzen. Sobald Sie ein paar Pfund abgenommen haben und ihren Plan, ihre Produkte und ihre Pillen beiseite legen, schleichen sich die Pfunde wieder an, weil sich Ihre innere Einstellung um keinen Deut verändert hat. Untersuchungen haben erwiesen, daß niemand dauerhaft abnehmen kann, ohne als erstes seine geistige Haltung zu verändern. Ungefähr das einzige, was bei diesen Diäten auf lange Sicht schlank wird, ist Ihr Geldbeutel«, scherzte Diana unter heftigem Beifall.

»Ich weiß ganz genau, wie man sich als ständiger Versager fühlt«, stöhnte Diana. »Sie nehmen tüchtig ab, und ein paar Monate später ist der ganze Speck wieder drauf. Vielleicht sogar noch ein paar Pfund als Dreingabe. Mädchen, ihr müßt begreifen, warum das passiert, warum es jedesmal passieren wird, wenn ihr hungert oder Abführmittel nehmt.«

Diana erklärte knapp Grundlegendes zum Stoffwechsel und seiner Funktion. Sie umriß in klaren Worten, warum er auf Spargang schaltet und weniger Kalorien verbrennt, wenn der Körper mit Hunger zu kämpfen hat; daß er nach einer Radikalkur nicht mehr richtig funktioniert; wie man mit extremen Diäten, denen die meisten Mode- und Blitzdiäten zuzurechnen wären, jede Aussicht auf dauerhaften Gewichtsverlust zunichte macht.

»Was ist also so toll an meiner Diät, fragen Sie. Was ist der große Unterschied an meiner Ernährungsform, wollen Sie wissen.«

Diana blätterte zurück zu dem ersten Bild von ihr, als sie noch fünfzig Pfund schwerer war.

»Sie funktioniert«, sagte sie schlicht, aber stolz. »Und wissen Sie, warum sie funktioniert? Ich werde es Ihnen sagen. Sie funktioniert, weil sie *keine* Diät ist. Meine Ernährungsform ist genau, was der Arzt verordnet hat: eine totale Veränderung der inneren Einstellung, ein völlig anderes Eßverhalten. Wie Sie sich erinnern, fing meine Antidiät in dem Moment an, als mein Arzt mir sagte, ich solle mit jeder Diät aufhören und keine Kalorien mehr zählen. Ich habe meine Ernährung umgestellt, um gesund zu werden. Ich habe gelernt, daß mein Körper schon lange zu fett war, bevor ich Übergewicht bekam. Ich habe gelernt, daß meine inneren Organe wahrscheinlich schon lange mit einer Fettschicht überzogen waren, bevor sich jene unansehnlichen Fettpolster und Zellulitis auf meinem Gesicht, meiner Taille, meinen Hüften, meinen Oberschenkeln, meinen Knöcheln niederließen – überall!

Und dann habe ich eines Abends erfahren, daß eine meiner

Freundinnen an einer Lebensmittelallergie litt. Die schöne Dame sitzt übrigens heute abend unter uns.« Diana wies auf Alison und bat sie, aufzustehen. »Das ist Alison Rifkin, Autorin von *Friendly Strangers* und zwei weiteren Bestsellern.« Die Zuhörerinnen reckten die Hälse, um einen Blick auf die bekannte Romanautorin zu erhaschen, während Diana weitersprach. »Alison ist allergisch gegen Erdbeeren. Wenn sie davon ißt, bekommt sie einen fürchterlichen Ausschlag. Nie käme sie auf die Idee, eine dieser harmlosen kleinen Früchte in den Mund zu stecken. Ich habe sie beobachtet und war fasziniert von ihrer Willensstärke. Sie sagte, sie bräuchte nicht viel Willensstärke, um auf etwas zu verzichten, was sie häßlich und krank macht. Da traf mich ein Gedanke so heftig wie ein Blitz. Wenn Sie je einen dieser lichten Momente erlebt haben, in denen einem die Realität schlagartig klar wird – eine Erleuchtung sozusagen –, dann werden Sie verstehen, wie deutlich ich mein eigenes Leben vor mir sah. Ich wußte ohne die leiseste Spur eines Zweifels, daß ich gegen Fett genauso allergisch war wie Alison Rifkin gegen Erdbeeren. Es dauerte ein paar Tage, bis mir die volle Tragweite meiner Erkenntnis bewußt wurde, doch ich begann zu verstehen, daß ich an mir zwar keine sofortigen Reaktionen beobachten konnte, wenn ich Fettes aß – ich bekam keine Ausschläge wie Alison, wenn sie Erdbeeren ißt –, dafür aber verzögerte, lang anhaltende Reaktionen, zum Beispiel Cellulitis an den Oberschenkeln, einen dicken Bauch, Doppelkinn, Atemnot; wahrscheinlich waren auch die meisten Arterien mit Ablagerungen verstopft, wie die Ärzte so schön für das Fett sagen, das an den Arterienwänden haftet und zum Herzinfarkt führt. Und schließlich habe ich gelernt, daß ich mir Brustkrebs oder vielleicht sogar Darmkrebs zuziehen kann, wenn ich weiter so fett esse.

Danach war ich durch nichts mehr aufzuhalten. Ich begann alles, was ich aß, als möglichen Allergieauslöser zu betrachten, falls darin mehr als 30 Prozent Fett enthalten waren. Ich brauchte die unliebsamen Nahrungsmittel nur anzuschauen und sah vor meinem inneren Auge schon das Fett darin. Ich sah, wie es meine inneren Organe überwucherte; ich sah, wie es mich krank machte. Ich brauchte nur eins meiner einstigen Lieblingsschokoladenkekse in die Hand zu nehmen und zu spüren, wie fettig meine Hände danach waren, um zu wissen, daß ich sie nicht mehr essen dürfte, wenn ich am Leben bleiben wollte, damit ich von meinen Erkenntnissen berichten könnte. Ich brauchte nur zu sehen, wie das Öl von einer Pepperoni-Pizza troff, um zu wissen, daß ich mir etwas anderes einfallen lassen müßte, wenn ich Lust auf Pizza hatte.

Und ich ließ mir etwas einfallen. Ich esse leidenschaftlich gern. Früher aß ich leidenschaftlich gern Hot dogs, Pizza, alle Arten von Süßem. Heute habe ich gelernt, daß ich auch weiter viel von dem essen kann, was mir Spaß macht, wenn ich es entsprechend präpariere. Wenn ich zum Beispiel ins Stadion gehe, darf ich von meinem Hamburger das Brötchen, die Zwiebeln, die Würzsauce und den Senf essen. Ich sage dem Verkäufer einfach, er dürfe das Fleisch behalten. Früher hätte ich die kohlenhydratreiche Semmel weggeworfen und das fette Fleisch gegessen, heute tue ich das Gegenteil, mit großartigem Erfolg.

Und wenn mich mal eine Pizza anlacht, halte ich's genauso. Während ich früher immer den Käse gegessen und den Teigboden weggeworfen habe, hebe ich heute den Käse ab und essen den köstlichen Boden. Heutzutage machen doch viele Italiener die leckersten Pizzas ohne Käse, mit dem ausgefallensten Belag, der gut schmeckt – und Ihnen guttut.

›Aber wie kann ich so essen, wenn meine Freunde es nicht tun?‹ werden Sie fragen. Ihnen können Sie sagen: ›He, ich hab 'ne Allergie.‹ Ich habe entdeckt, daß einen niemand bedrängt, wenn man an einer Allergie leidet, obwohl einige Leute sich wirklich fast ein Bein ausreißen, um sogar ihre besten Freunde von ihrer Diät abzubringen. Probieren Sie's mit der Antwort, Sie hätten eine Allergie und suchen eine fettarme Alternative. Davon gibt es genug, und ich habe eine meterlange Liste zusammengestellt, die es Ihnen beweisen wird.

Sie sehen also, es ist möglich, abzunehmen, schlank zu bleiben und trotzdem mit Genuß und ohne Reue zu essen. Nichts ruiniert eine Diät gründlicher als Schuldgefühle. Bei meiner Ernährungsform brauchen Sie nie Schuldgefühle zu haben, wenn Sie einmal des Guten zuviel getan haben. Bei meiner Ernährungsweise haben Sie die Dinge immer im Griff. Wenn es eine Süßigkeit gibt, die Sie essen dürfen, wie den Amigo-Riegel, warum sollten Sie dann ein Snickers derselben Größe essen wollen, das dreimal soviel Fett enthält? Ich sage mir einfach, ›he, ich hab 'ne Allergie‹, und mache einen großen Bogen um die Fettbombe. Für Sie heißt die Alternative vielleicht nicht Amigo-Riegel, sondern fettfreie Marshmallows, Gummibärchen, Feigenschnitten, fettarmer geforener Joghurt oder Pfirsiche in Weingelee. Es gibt viele fettarme Möglichkeiten, um seine süßen Gelüste zu befriedigen – ohne Schuldgefühle.«

Diana sammelte ihre Notizen auf und sagte dann: »Meine Ernährungsform ist das Gegenteil von Einschränkung. Sie ist kreativ. Sie können in der ganzen Welt reisen, in jedem Restaurant essen, alle möglichen Gerichte ausprobieren – je kohlehydratreicher, desto besser. Und die ganze Zeit über werden Sie abnehmen, was Sie abzunehmen haben. Ihr wirklicher Körper wird sich herausschälen, wenn das überflüssige Fett dahinschmilzt und Ihr wahres Selbst zum Vorschein kommt.

Klingt das wie ein Wunder? Nun, für mich war es wirklich eins. Ich bin nicht länger die Sklavin meiner Waage. Ich esse nicht mehr und möchte anschließend ins Bad rennen, um mich zu übergeben. Ich stelle mir nie mehr die Frage, ob ich jemals schlank genug sein werde.

Ein Philosoph hat einmal gesagt: ›Es ist besser, mit Kindern einen neuen Anfang zu machen, als Menschen zu reparieren.‹ Ich bin zu dem Schluß gekommen, daß wir alle, egal welchen Alters, in Ernährungs- und Gesundheitsfragen naive Kinder sind. Wir müssen gezeigt bekommen, wie wir richtig essen sollen. Wir sind alle jung genug, um die Grundlage für ein gesünderes Morgen zu legen. Warum fangen wir nicht gleich heute damit an?«

Sogar noch bevor alle Fragen aus dem Publikum beantwortet waren und Dianas Vortrag mit einem donnernden Applaus endete, standen die Mädchen und ihre Mütter reihenweise Schlange, um sich für Dianas Kurse anzumelden.

Als sich die Menge schließlich lichtete und Diana begann, ihre Materialien zu ordnen und sich für den Aufbruch vorzubereiten, kam Alison nach vorn zu ihr.

»Was halten Sie davon?« fragte Diana.

»Ich finde, Sie waren phantastisch, und mir gefällt Ihre Idee einer Fett-Allergie. Eine verrückte Vorstellung, aber irgendwie treffend. Eigentlich hab ich mir gedacht…«, sagte Alison, »ob Sie nicht vielleicht ein Buch schreiben möchten?«

»Wer braucht denn noch ein Diätbuch?« erwiderte Diana, während sie den Gumbels zum Abschied zuwinkte, die zum Empfang auf die Terrasse gingen.

Alison half Diana, das Demonstrationsmaterial zum Parkplatz zu tragen, und redete ihr die ganze Zeit ermutigend zu, sich doch als Autorin zu versuchen. »Es wäre doch überhaupt nicht *noch ein Diätbuch*«, sagte sie. »Wer auf der ganzen Welt hat je ein Buch über Fett-Allergie geschrieben?«

»Niemand«, gab Diana zu. Sie kicherte plötzlich und sagte: »Ich glaube, wenn Harvey meinen Namen über diesem Titel gedruckt sehen würde, würde er mich in eine Heilanstalt einweisen lassen.«

»Wen kümmert schon, was Harvey denkt!«

Diana hielt inne und war fast wie vor den Kopf geschlagen von der Erkenntnis, daß sie sogar jetzt noch die Gewohnheit hatte, die Welt danach zu beurteilen, was sie für Harveys Reaktionen hielt. »Sie haben recht.«

»Natürlich habe ich recht!« sagte Alison. »Morgen rufe ich meinen Verlag an und biete das Buch an.«

»Wie Sie wollen«, sagte Diana. »Ich habe nichts zu verlieren. Eins habe ich in den letzten paar Monaten gelernt«, setzte sie hinzu und dachte an Stefan und Dierdre und sogar an Fritzie, der, bevor er endgültig aufgegeben hatte, sie den ersten Monat nach ihrer Rückkehr aus der Schweiz regelmäßig angerufen hatte. »Bleib locker und laß auf dich zukommen, was immer da auch kommen mag.«

18. Kapitel

Diana hatte den braunen Umschlag fest unter den Arm geklemmt und wartete auf den Aufzug, der sie in den 32. Stock zum Lektorat der Beecham Press in der Madison Avenue bringen sollte. Warum nur hatte sie sich von Alison überreden lassen, nach New York zu fliegen und ihren Buchvorschlag persönlich zu überbringen?

Wenn sie nun Blödsinn redete?

Wenn sie nun mit ihrem Vorschlag ausgelacht und gleich wieder hinauskomplimentiert wurde?

Wenn nun ihr Vorschlag gefiele und man ihr Geld anböte, damit sie anfangen könnte zu schreiben? Diese Möglichkeit jagte ihr von allen den größten Schrecken ein.

Erst vor einer Stunde hatte Diana von ihrem Zimmer im Regency Hotel aus Alison, mit der sie sich mittlerweile eng angefreundet hatte, in Los Angeles angerufen, in der Hoffnung, Alison würde ihr zustimmen, daß es das Beste wäre, das Material per Boten zu Beecham hinüberschicken zu lassen und auf eine Antwort zu warten, bevor sie persönlich bei der Lektorin erscheinen würde. Alison hatte über ihre plötzliche Scheu gespottet. *Du* bist für den Verlag bei der Vermarktung des Buches genauso wichtig wie dein Buch, hatte ihr Alison zum x-ten Mal eingehämmert. *Dich* kaufen sie, auf dich setzten sie ihre Hoffnung für die Talkshows, bei denen du die Runde machen wirst. Geh einfach, mach dir nicht so viele dumme Gedanken, hatte Alison befohlen und aufgelegt, bevor Diana noch ein einziges Aber vorbringen konnte.

Die Messingtüren des Art-déco-Aufzugs öffneten sich. Diana schluckte nervös und ließ sich von der Menschenwoge mit hineinschwemmen. Ab dem 29. Stock waren nur noch Diana und zwei andere Frauen im Aufzug übriggeblieben. Eine trug ein dickes Manuskript, die andere zwei Kartons mit Manuskripten. Diana fragte sich, ob sie wohl Autorinnen oder Lektorinnen wären. Beide Frauen schienen Mitte bis Ende Dreißig zu sein, waren leger gekleidet und trugen die Haare schlicht frisiert. Diana entschied, es sollten Autorinnen sein, die ums Überleben kämpften. Geteiltes Leid ist halbes Leid, dachte Diana, und fühlte sich plötzlich wohler. Sie lächelte ihnen zu.

Die Türen glitten auseinander, und die drei Frauen traten in einen kahlen, engen Empfangsraum. Gegenüber der Aufzugsbank stand eine Rezeptionstheke.

Die zwei »Möchtegernautorinnen« gingen ganz selbstverständlich an der Rezeption vorbei und verschwanden durch die Milchglas-Flügeltür am Ende des Gangs. Also doch Lektorinnen. Das Herz hüpfte ihr in den Hals und blieb dort stecken wie ein Hühnerknochen.

Die Knie wurden ihr weich. Zögernd näherte sie sich der emsig arbeitenden Empfangsdame, die vor dem Beecham-Press-Signum saß, das sich in großen Messingbuchstaben quer über die ganze Wand hinzog. An einer anderen Wand bemerkte Diana ein langes Regal, auf dem die neuesten Bestseller des Verlags zur Schau gestellt waren.

Diana fühlte sich immer unbedeutender und dümmer; ihr wurde klar, daß diese Leute sich wenig von ihren angestrengten Bemühungen beeindrucken lassen würden, sich so zu kleiden, daß sie schon durch ihr bestechendes Äußere überzeugte – Diana trug Carols hochelegantes Gianni-Versace-Kostüm in sattem Jägergrün, passende Strümpfe und Carols grüne Schlangenlederpumps. Wie hatte sie so oberflächlich sein können? So frivol? Für diese Büchermenschen war ausschlaggebend, was man *sagte* und *wie* man es sagte, nicht, wieviel Zeit man auf sein neuestes Outfit verwendet; das wurde Diana jetzt immer deutlicher bewußt. Alison andererseits, dachte Diana, zog sich doch immer umwerfend an mit ihren teuren, schrillen Klamotten! Und Jackie Collins auch! Aber wenn sie, Fräulein Diana Nobody, es nun übertrieben hatte und die Verlagsleute gegen sich einnahm? Gott, wie einfach die alle gekleidet waren! Hätte sie vielleicht Jeans anziehen sollen? Oder vielleicht ein Leinenkostüm von C & A mit einer Schleife um den Hals? »Diana Lowe ist mein Name, und ich möchte gern, äh, Guinivere Wineberg und Prescott Dickson sprechen«, sagte Diana mit fast flüsternder Stimme.

Die Empfangsdame sah mit leerem Blick zu ihr hoch, mit genau jenem starrenden Ausdruck, der Dianas Meinung nach der Null angemessen war, als die sie sich fühlte. »Ah. Momentchen, bitte«, antwortete die Frau mit näselndem New Yorker Akzent.

Diana schritt im Foyer auf und ab und bemühte sich, Carols 800-Dollar-Schuhe auf dem Parkett nicht allzusehr klappern zu lassen. Sie spürte, wie die Schmetterlinge, die vor jedem wichtigen Ereignis ihren Magen heimsuchten, zu flattern begannen. Sie war froh über ihren Entschluß, erst *nach* ihrem Verlagstermin zu essen.

Ohne Vorwarnung wurde die Milchglas-Flügeltür aufgestoßen.

»Diana?« fragte eine junge, sympatisch aussehende Frau, die auf Diana zukam.

Diana nickte nur und lächelte; sie traute ihrer Stimme nicht.

»Ich bin Guinivere Wineberg. Alison hat mir schon so viel von Ihnen erzählt.« Sie lächelte und streckte ihr die Hand entgegen.

Guinivere war wie die beiden anderen Frauen im Aufzug gekleidet – ohne jeden Anspruch, als wären Kleider Dinge, die ihr völlig fern lägen. Mit ihrem künstlichen 2000-Dollar-Gebiß erinnerte sie Diana an eine weibliche Ausgabe von Ichabod Crane. Diana war von ihrem strahlenden Lächeln fast geblendet, doch es nahm ihr die Befangenheit, und sie fand ihre Stimme wieder.

»Und Alison hat mir so viel von Ihnen erzählt. Sie sagte, ohne Ihre Hilfe hätte sie nie so großen Erfolg gehabt.«

Guinivere strahlte. »Bitte mir nach.« Sie führte Diana durch die Flügeltür ins innere Heiligtum von Beecham Press.

Die Räume waren schmucklos ausgestattet; von Ausstattung konnte man eigentlich gar nicht reden. Das Ganze war nichts anderes als ein unüberschaubarer Wirrwarr verglaster Büroabteile, die meist so klein waren, daß nicht mehr als zwei Leute hineingepaßt hätten. Als Cheflektorin saß Guinivere in einem der größeren Büros. Darin standen ein Schreibtisch, drei Stühle, ein kleines Sofa und ein Tischchen, alles mit Manuskripten übersät. Guinivere entschuldigte sich für das Durcheinander und räumte für Diana einen Platz auf dem Sofa frei.

»Der Verleger kommt gleich«, sagte Guinivere und setzte sich an ihren Schreibtisch auf den einzigen anderen Stuhl, der nicht mit einem Manuskriptstapel beladen war.

Diana nickte. Der *Verleger*. Die Schmetterlinge flatterten wieder heran.

»Hatten Sie bisher einen guten Aufenthalt?« fragte Guinivere.

Diana war dankbar für ein bißchen Geplauder. »O ja. Ich liebe New York. Ich war erst zweimal hier.« Als sie sechzehn war, erklärte Diana, hätte sie mit ihren Eltern Manhattan besucht. Als Teenager war sie sehr befangen und tat so, als gehöre sie nicht zu den glotzenden Touristen, als die sich ihre Eltern aufführten. Beim zweiten Mal war sie mit Harvey hergekommen, als sie schon ein paar Jahre verheiratet waren. Diana erzählte Guinivere allerdings nicht, daß Harvey ihr zwar versprochen hatte, sie nach Strich und Faden zu verwöhnen, ihr aber die ganze Reise mit seinem ständigen Gejammer verdorben hatte; seinen Lieblingskommentar über New York City hatte er auch noch von dem Komiker Morey Amsterdam geklaut: »Ich bin gestern abend mit meiner Frau essen gegangen und mußte mein Auto verkaufen, um die Rechnung zu bezahlen!« Jetzt war sie allein hier, keiner brachte sie in Verlegenheit, keinem war sie Rechenschaft schuldig. »Ich kann gar nicht glauben, von welcher Energie diese Stadt vibriert. Keiner scheint hier je zu schlafen.«

»Darum wohne ich auch in einem Vorort«, erwiderte Guinivere mit einem weiteren blendenden Lächeln. »In meinem Pendlerzug habe ich endlich die Gelegenheit, das ganze Zeugs zu lesen, das Sie hier sehen«, sagte sie und wies auf die Manuskripte und Fahnenabzüge. »Ist das Ihre Buchidee?« fragte Guinivere mit einer Geste auf den braunen Umschlag, der unter Dianas Achseln festgenietet zu sein schien, so lange hielt sie ihn dort schon an sich gepreßt.

»Ja. Hier.«

Eine weitere Woge von Nervosität schwappte über Diana wie

ein Fluß, der bei Sturm über die Ufer steigt, als sie Guinivere zusah, wie sie die kleine Metallklammer des Umschlags löste und den Begleitbrief mit dem zehnseitigen Exposé herauszog. Plötzlich wurde Diana bewußt, wieviel ihr an dieser Chance lag, mit ihrer fettarmen Ernährungsform an die breite Öffentlichkeit zu treten. Fast hätte sie der Lektorin angeboten, den Entwurf laut vorzulesen, damit all die feinen Nuancen und Bedeutungen ihrer Formulierungen auch bestimmt rüberkämen, doch sie biß sich auf die Lippen und zwang sich, den Mund zu halten. Sogar Diana war klar, daß Guinivere mit ihrem Ivy-League-Lächeln sehr wohl in der Lage wäre, die subtilen Untertöne ihres Texts zu erfassen.

»Nun«, sagte Guinivere, nachdem sie etwa zwei Sekunden in Dianas Exposé gelesen hatte, »das sieht ja recht interessant aus. Ich muß es natürlich später noch einmal sorgfältiger durchgehen.«

»Natürlich.« Diana wurde schlecht. Ihr leerer Magen hob sich. Guinivere bat Diana, ihr ein bißchen über die Entwicklung ihres Konzepts einer Fett-Allergie zu erzählen.

Was sie damit bloß meint? fragte sich Diana, als sie zögernd mit einer Erläuterung ihrer Diät begann. Aber wie immer, wenn sie innerlich auf ein Rednerpodest stieg, um sich über ihr Lieblingsthema auszubreiten, fiel rasch alle Spannung von ihr. Die ganze steife Befangenheit, die sie zu Boden zu drücken drohte, verschwand aus ihrem Körper wie aus ihren Worten, und ehe sie sich's versah, waren fünfzehn Minuten verflogen und Prescott Dickson trat in Guiniveres Kabäuschen ein.

Alison hatte Diana auf Prescott Dickson nicht vorbereitet. Aus seinem klangvollen Namen hatte Diana geschlossen, er wäre ein großer Mann mit breiten, von feinem englischen Tweed umhüllten Schultern; sie erwartete dichte Haare – egal, welcher Farbe –, die ihm lässig über die hohe Stirn fallen würden, wie bei William Buckley, wenn er eine Rede hielt; sie hatte sich vorgestellt, er würde wohlüberlegt, wenn auch mit Pausen, in brillanten Absätzen sprechen und die Beine übereinanderschlagen, damit sie seine Churchill-Schuhe aus braunem Wildleder sehen könnte.

Was statt dessen hereinkam, konnte nicht anders als ein Zwerg genannt werden. Prescott Dickson maß höchstens einen Meter fünfundsechzig, hatte schmale Woody-Allen-Schultern und mausbraune Stirnfransen, über denen der Rest seines kahlen Kopfs wie ein hartgekochtes Ei aussah. Er redete in einem Stakkato, als wäre sein Mund ein Gewehr voller Gedankenkugeln, die er im Schnellfeuer verschoß.

»Schön, Sie kennenzulernen, Diana«, sagte er und blitzte sie mit seinen kleinen braunen Augen einen Moment lang an. Er lächelte kurz, als ob ein Lächeln eine Vergeudung wichtiger Energie wäre. »Haben Sie sich das Exposé angesehen?« fragte er Guinivere, die die schroffen Manieren ihres Chefs gar nicht zu registrieren schien.

Sie nickte und reichte ihm das zweite Exemplar. Er warf einen flüchtigen Blick darauf. »Gut, gut«, sagte er, und ein weiterer freundlicher Ausdruck flackerte kurz über sein Gesicht.

Diana befand, er könne nicht älter als fünfunddreißig bis vierzig sein. Aus der gleichgültigen Art, mit der er ihr Exposé entgegennahm, schloß sie auch, daß er ihre Idee verabscheute und diesem Treffen nur zugestimmt hatte, um seiner Starautorin, Alison Rifkin, einen Gefallen zu tun.

»Ich muß zu einem anderen Termin«, sagte er. »Nett, Sie kennengelernt zu haben.« Fast wie eine Rauchwolke löste er sich in Nichts auf.

»Sie dürfen sich nichts daraus machen, wie er sich benimmt«, lachte Guinivere, als sie Dianas Bestürzung sah. »In all den Jahren, seit ich hier bin, habe ich nie erlebt, daß Prescott sich länger als zwei Minuten hingesetzt hätte. Sie haben ihm gefallen.«

Trotz dieser Versicherung sah Diana immer noch wie betäubt aus. Sie schaute Guinivere in die Augen. »Woraus schließen Sie das?«

»Ach, ich weiß es einfach«, sagte Guinivere beiläufig. »Wollen Sie sehen, wie's in unserem Verlag zugeht?«

Sie führte Diana in den anderen Stockwerken des Verlagshauses herum, in denen es genau wie im ersten aussah.

Eine Stunde später stand Diana wieder auf der Madison Avenue, und Guiniveres unverbindliche Verabschiedung »Wir werden Sie anrufen« klang ihr wie Grabgeläut in den Ohren. Sie entschied sich dafür, trotz der eisigen Nachmittagskälte zu Fuß ins Hotel zurückzulaufen, weil sie zu deprimiert war, um sich gleich in ihr Zimmer zurückziehen zu können. Beim Gehen kam ihr flüchtig der Gedanke, wenn sie nur wüßte, wo Osten wäre, wäre sie nicht abgeneigt, sich im East River zu ertränken. Zum Glück wußte sie es nicht, und ein paar Blocks weiter hob sich ihre Stimmung wieder, denn im pulsierenden Rhythmus der Stadt spürte sie wieder Lust am Leben.

Sie entschied, daß es ihr nicht wirklich etwas ausmachte, wenn ihre Karriere als Diätbuch-Autorin nie zustande käme, denn sie war sicher, daß Guinivere sie bei ihrer Verabschiedung *endgültig* entlassen hatte. Trotzdem war die Erfahrung interessant gewesen. Einmal etwas anderes. Wie viele Hausfrauen aus Encino oder sonstwoher bekamen schon die Gelegenheit zu einem Treffen mit der Cheflektorin und dem Verleger eines der anspruchsvollsten Verlagshäuser der Welt? Das stellte sogar einen Nachmittag bei *Bloomingdale's* in den Schatten. Oder vielleicht doch nicht. Sie winkte einem Taxi, als ob sie keine einzige Minute mehr verlieren wollte, und ließ sich vor dem luxuriösen Kaufhaus absetzen. Diana blieb in fast jeder Abteilung stehen und kaufte kleine Geschenke für ihre Kinder und Freunde, die sie nach Los Angeles schicken ließ. Eine Ewigkeit später mischte sie sich unter die Menschentrauben, die zur Stoßzeit die Gehwege überschwemmten.

Diana drängte sich durch das Menschenmeer – vielleicht war es auch ein Unmenschenmeer – und ging die paar Blocks zu ihrem Hotel zurück.

Die Lobby des *Regency Hotels* war klein, aber elegant. Trotz der sparsamen Möblierung wirkte sie imposant, mit ihren unterkühlten Farben und marmornen Böden. Alles hier strahlte Reichtum und Macht aus, einschließlich der Menschen, die die Lobby durchquerten. Hier war man auf Tuchfühlung mit Finanzmagnaten, die nach New York kamen, um lang eingefädelte Pläne zum Abschluß zu bringen; mit Kunstsammlern aus der ganzen Welt, die zu einer Auktion von Sotheby's oder Christie's kamen; oder sogar mit einem Filmstar wie Harrison Ford, der sich zufällig an der Rezeption eintrug, als Diana herankam und fragte, ob Nachrichten für sie gekommen wären.

»Ja, mehrere«, antwortete der Angestellte und nahm einen Packen Telefonnotizen aus ihrem Brieffach.

Nachdem sie einen letzten verstohlenen Blick auf Harrison Ford geworfen hatte – sie hätte schwören können, er habe sie eines bewundernden Kennerblicks gewürdigt, als sie kaum einen halben Meter von ihm entfernt stand –, beschloß sie, die Nachrichten bei einem Drink in der Regency Bar durchzugehen.

Alison hatte sie fünfmal angerufen. Carol hatte sie angerufen und ihr »Hals- und Beinbruch« gewünscht. Ihre Mutter hatte zweimal angerufen. Sogar Jessica hatte von Berkeley aus angerufen, um ihr für ihr Verlagstreffen viel Glück zu wünschen. Auch Guinivere Wineberg hatte angerufen. Diana vergewisserte sich, zu welcher Uhrzeit der Anruf gekommen war – vor oder nach ihrem Treffen. Sie hatte zwei Stunden *danach* angerufen, während Diana den Nachmittag bei *Bloomingdale's* verplemperte.

Als der Ober Diana ihren Tangueray Tonic auf Eis brachte, bat sie um ein Zitronenscheibchen und ein Telefon.

Ein paar Minuten später kam er mit beidem zurück. Er steckte das Telefon in einen Anschluß hinter der Lederbank, auf der sie saß, und sie wählte die Nummer von Beecham Press, um sich bei Guinivere Wineberg zu melden.

Die Empfangsdame stellte zu Guiniveres Apparat durch. Niemand hob ab.

»Sie muß schon gegangen sein«, sagte die Empfangsdame in gelangweiltem Ton. »Es ist schon fast sechs.«

»Könnten Sie mich dann bitte mit Prescott Dicksons Büro verbinden?« Diana war immer noch ein solcher Neuling in der Geschäftswelt, daß sie naiv annahm, sie könnte sich direkt an die Firmenspitze wenden, wenn sie etwas herausfinden wollte.

Dicksons Sekretärin hob ab. Als sie Dianas Wunsch hörte, sagte sie kurz angebunden, sie würde ein paar Minuten später zurückrufen.

Diana nippte an ihrem Drink und schnippte beim Warten nervös kleine Salzbrezeln in zwei Hälften. Endlich rief Dicksons Sekretärin an. Sie sagte Diana, daß er und Ms. Wineberg sie am

Ende der Woche zu einem Frühstückstreffen im Speisesaal des Hotels erwarteten.

Diana lächelte. Alison und Carol hatten ihr alles über die hochkarätigen Frühstückstreffen im *Regency* erzählt. Diana hatte sogar heute früh mehrere davon mit eigenen Augen und Ohren mitbekommen, als sie ihren Kaffee trank. Vielbeschäftigt aussehende, konservativ gekleidete Männer und Frauen mit eleganten Aktenkoffern wurden sich bei pochiertem Ei und Toast mit gedämpfter Stimme handelseinig.

»Ich werde da sein«, sagte sie zu Dicksons Sekretärin und freute sich, ihren Aufenthalt in New York ausdehnen zu können. »Wenn ich das schaffe, kann ich alles schaffen...«, summte sie vor sich hin. Ein *Regency*-Frühstück! lachte Diana fast laut vor sich hin. Wenn Harrison Ford vorbeigegangen wäre, hätte sie ihn an ihren Tisch gezogen und ihm erzählt, sie würde sich demnächst mit einem Verleger und einer Lektorin hier zum Frühstück treffen. Mit wem er denn morgen zum *Regency*-Frühstück verabredet wäre?

Mit niemandem? Wie schade.

Diana Lowe beim *Regency*-Frühstück. Klang beeindruckend. Vielleicht war es doch keine so schlechte Idee gewesen, sich in Carols sündteures Kostüm zu werfen.

Ein *Regency*-Frühstück... das war *eindeutig* ein vielversprechendes Zeichen. Oder?

Sobald im Flugzeug die Leuchtanzeige »Bitte anschnallen« erlosch, öffnete Diana den Sitzgurt und zog ihren Aktenkoffer unter ihrem Sitz hervor. Ihren *neuen* Aktenkoffer. Ihren Aktenkoffer aus Schlangenleder. Genau wie Alisons. Den Aktenkoffer, den sie sich selbst versprochen hatte, falls Beecham Press ihr einen Vertrag anböte.

Diana ließ die glänzenden Goldschließen aufschnappen. Aus den Augenwinkeln beobachtete sie, wie der Mann neben ihr den Aktenkoffer betrachtete. Wenn er erst wüßte, was darin war, dachte Diana frohlockend. Ein Buchvertrag. Diana Lowe, Autorin. Schließt ihre Verträge beim Frühstückstreffen im *Regency*.

Sie öffnete den Aktenkoffer und spähte hinein. Ja, das Dokument war immer noch darin, alle fünfzehn Seiten vollgedruckt mit Juristenjargon.

»Der Aktenkoffer sieht prächtig aus«, sagte der Mann.

Zögernd schloß sie ihn, wobei sie ihre Finger langsam über das teure, geprägte Leder gleiten ließ, und wandte sich ihm zu. Sie hatte nicht bemerkt, wie gut er aussah. Sie schenkte ihm ein strahlendes Lächeln und erwiderte: »Danke. Er ist ganz neu.«

»So sieht er auch aus«, antwortete er und rückte seine kleine runde Schildpattbrille auf seiner geraden Aristokratennase zurecht. Er hatte genau solche Haare, wie sie sie bei Dickinson erwartet hatte: dunkelbraun, ungelockt, mit einer jungenhaften Strähne, die ihm in die Stirn fiel.

Rasch musterte sie den restlichen Mann. Mit seinem konservativen Nadelstreifenanzug, der streng geknoteten Krawatte und den auf Hochglanz polierten Schuhen machte er auf Diana den Eindruck eines Wall-Street-Börsenmaklers oder eines Rechtsanwalts. Wohnte wahrscheinlich in Rye, New York, und schwamm beim Yale Club in Manhattan mit. »Ich habe mir versprochen, wenn dieser – äh – Abschluß, auf den ich hinarbeitete, zustande käme, würde ich mir diesen Koffer kaufen. Ihn und ein First-Class-Flugticket.« Sie lachte und tätschelte die Armlehne des breiten First-Class-Sessels, in dem sie jetzt saß.

Er schien amüsiert zu sein.

»Klingt das nach verwöhnt?« fragte sie.

»Nein, überhaupt nicht«, antwortete er aufrichtig. Diana stellte fest, daß er tiefliegende blaue Augen und ein angenehmes Gesicht hatte, mit ausgeprägten Zügen, doch ohne übertriebene Bemühungen, männlich zu wirken. »Ich mag Leute, die sich etwas gönnen können. Sind Sie aus New York?«

»Nein. Ich fliege nach Hause, nach Los Angeles. Eigentlich nach Encino. Kennen Sie das San Fernando Valley?«

»Nicht sehr gut. Ich stamme aus Montana, aber ich lebe jetzt in Santa Barbara.«

Diana schaute aus dem Fenster, öffnete dann wieder ihren Aktenkoffer und holte einen Notizblock heraus. Sie begann, sich eine Liste davon zu machen, was sie nach ihrer Rückkehr nach Los Angeles alles erledigen müßte.

Ihre Gedanken wanderten zum Frühstück im *Regency* von heute morgen zurück. Erst war sie zu nervös gewesen, um einen Bissen herunterzubringen. Doch als ihr Dickson den Vertrag ausgehändigt hatte, hatte sie ihr gesamtes Frühstück verschlungen. Guinivere und Dickson waren beeindruckt, welche Mengen sie in ihrem grazilen Körper unterbringen konnte. Sie erzählte im Scherz, daß sich früher ihr ganzes Leben um die täglichen Mahlzeiten gedreht hatte. Jetzt allerdings käme ihre Arbeit immer vor dem Essen, versprach sie ihnen. Sie waren erleichtert, daß Diana so arbeitsbesessen war, denn es lag ihnen genauso sehr daran wie Diana, daß ihr Buch ein Riesenerfolg würde. Von der Zeit redeten sie wie von einem Feind und entlockten Diana das Versprechen, den ersten Manuskriptentwurf innerhalb von drei Monaten fertigzustellen und abzuliefern.

Diana hätte den Vertrag am liebsten auf der Stelle unterschrieben, doch Dickson empfahl ihr dringend, ihn zu Hause von einem Anwalt prüfen zu lassen, da sie sich nicht durch einen Agenten vertreten ließ.

Sie nahm den Vertrag aus ihrem Aktenkoffer und überflog die unverständlichen Formulierungen; einige der Klauseln murmelte sie leise vor sich hin. Wenn sie sich juristisches Kauderwelsch laut vorlas, konnte sie manchmal den Worten mehr Sinn entlocken.

Der Mann neben ihr, der ins *Wall Street Journal* vertieft schien, blickte zu ihr hinüber und fragte: »Brauchen Sie vielleicht Hilfe bei Ihrer Lektüre?«

»Sind Sie zufällig Rechtsanwalt?«

»Ja und nein«, sagte er, faltete die Zeitung zusammen und stopfte sie in die Tasche am Vordersitz. »Das heißt, ich bin kein praktizierender Anwalt mehr. Ich bin jetzt in der Immobilienbranche tätig.«

»Bitte sagen Sie mir, ob Sie sich mit Autorenverträgen auskennen.« Sie lachte. »Schreiben ist mein Beruf, aber ich verstehe nicht einmal die Hälfte von dem, was ich da lese.«

»Sie schreiben?« fragte er neugierig.

»Noch nicht ganz. Sobald dieser Vertrag unter Dach und Fach ist.«

»Belletristik oder Sachbuch?«

»Sachbuch. Ich arbeite an einem Diätbuch. Eigentlich an einem *Anti-Diätbuch*«, erklärte sie. »Das ist etwas ganz anderes. Ein neues Konzept.«

»Ich würde gern mehr darüber hören«, sagte er und beugte sich ein wenig zu ihr herüber.

Dabei wehte sie ein Wölkchen seines After-shaves an. Ein harziger Duft. Sie mochte ihn. Je mehr er redete, desto besser gefiel er ihr, dieser Mann aus Montana. Ein Cowboy mit Schliff. Sie brannte darauf, zu sehen, ob er einen Ring trüge.

»Übrigens, mein Name ist Rodney Carter.«

»Und ich bin Diana Lowe«, antwortete sie und schielte auf seine Hand – er trug keinen Ring. Sie lächelte ihn breit an und ließ einen ausgedehnten Monolog vom Stapel, der den ganzen Film lang dauerte, dem keiner der beiden Beachtung schenkte.

Anschließend warf Rodney Carter einen kurzen Blick auf Dianas Vertrag und bot ihr an, sie mit einer Freundin bekannt zu machen, die bei einer angesehenen Anwaltskanzlei in Los Angeles als Spezialistin für Rechtsfragen in der Unterhaltungsbranche arbeitete.

»Aber bedenken Sie, daß mein Vorschuß recht bescheiden ist«, sagte sie mit einem reizenden Lächeln, »ich kann mir also keine allzu angesehene Anwältin leisten!«

Eine Weile setzten sie ihre Unterhaltung noch fort, die zum größten Teil aus freundlichem Geplänkel bestand. Zuletzt gab Rodney Carter Diana seine Karte, auf deren Rückseite er Namen und Telefonnummer der befreundeten Anwältin notiert.

Kurz vor Los Angeles sagte er, er müsse jetzt wirklich ein paar Dokumente studieren, da er mit ein paar Investoren verabredet sei, sobald er aus dem Flugzeug steige.

Auch Diana war froh über die Pause; sie wollte ihre Liste fertig machen. Sie notierte sich Guiniveres aufregenden Vorschlag, dem sich Dickson sofort begeistert angeschlossen hatte, sofort Kontakt mit der PR-Abteilung von Beecham Press aufzunehmen. Die sollte für Dianas Diätbuch eine gemeinsame Kampagne mit der Jupiter Candy Company auf die Beine stellen, dem Familienunternehmen, das die Amigo-Riegel herstellte. Guinivere hatte beim Frühstück vorgeschlagen, daß Diana den Marketingleuten bei Beecham Press sämtliche Artikel und Informationen zukommen lassen sollte, die sie zum Thema Fett/Zucker angesammelt hatte. Mit Beechams Marktstrategie, den Amigo-Riegel als Verkaufsaufhänger zu benutzen, war Diana voll einverstanden. Sie war sogar begeistert, daß ihre Verleger begriffen hatten, wie revolutionär ihr ganzes Konzept war, und daß sie schon planten, möglichst großes Kapital daraus zu schlagen.

Dianas Hand fiel auf den gelben Notizblock, während sie sich ihren Phantasien hingab. Sie sah sich in der Johnny-Carsons-Talkshow auftreten, wie sie ihr Buch der Kamera entgegenhielt und der respektlose Moderator vor ihrem überwältigenden Charme sämtliche Waffen streckte.Dann erzählte Oprah Winfrey ihren Millionen Zuschauern, daß Diana Lowe ihr mit ihrem vernünftigen Ernährungsprogramm das Leben gerettet habe. Diana malte sich aus, wie sie zu einer weltweiten Sensation wurde, ihr Buch jahrelang die Bestsellerlisten anführte und alle anderen Diätbücher in den Staub trat. Sie malte sich aus, wie sie sich in Geld wälzte – Bergen von Dollars. Sie sah, wie sich die mächtigen Drahtzieher dieser Welt wie Fritz Konenberg gegenseitig ausstachen, um ihr den Hof zu machen, ihr zu gefallen und ihre Gunst zu erringen, und als das Flugzeug schließlich zum Anflug auf Los Angeles ansetzte, schwelgte Diana in der besten aller Phantasien: Sie trug ihr Hochzeitskleid – um zwei ganze Nummern enger genäht – und drehte Harvey eine lange Nase, der ihr fix und fertig zu Füßen lag und um Vergebung winselte.

19. Kapitel

»Ich sehe keinen Grund, warum Sie die Unterzeichnung dieses Vertrags hinauszögern sollten«, sagte die Rechtsanwältin Sarah Good zu Diana. Sarah war Juniorpartnerin in der Anwaltskanzlei Marley, O'Brian und Cohen mit Sitz in Century City. Trotz ihrer jugendlichen Erscheinung stand das zierliche Persönchen der leistungsstarken Abteilung vor, die sich mit Rechtsfragen auf künstlerischem Sektor befaßte; und nach Rodney Carters Ansicht regierte Sarah mit eiserner Hand über ihre Mitarbeiter. Diana faszinierte die anziehende Mischung von Weiblichkeit im Auftreten und Äußeren und einer gewissen aggressiven Härte, die in ihrer Stimme durchklang.

»Das wollte ich hören«, sagte Diana begeistert; sie war erleichtert, daß die Prüfung ihres Vertrags nur wenige Tage in Anspruch genommen hatte. Auch war sie froh, Rodney Carters Ratschlag im Flugzeug angenommen und Sarah Good angerufen zu haben.

»Es handelt sich um einen Standardvertrag, in dem absolut nichts Ungewöhnliches auftaucht.« Sarah schob den Vertrag über den Konferenztisch aus lackiertem Ebenholz. Ihr eigenes Büro war modern eingerichtet, während der Empfangsraum, die Büros ihrer Partner und der riesige Konferenzraum mit Glasfront aussahen wie der Phantasie eines Regisseurs entsprungen, der eine erzkonservative Anwaltskanzlei darstellen will.

Diana rutschte in dem schwarzen Sessel mit Chromgestell nach vorn, um die Papiere in Empfang zu nehmen, und setzte ihren Namen auf mehrere gepunktete Linien. Als sie ihre schnörkelige Unterschrift ausführte, dachte sie an das erste Mal zurück, als sie von sich aus einen Anwalt aufgesucht hatte. Das war erst ein paar Monate her, bei ihrem ersten Besuch bei Peter Webb. Damals war sie eine unterwürfige, jammernde, mit gutem Grund verstörte Hausfrau gewesen, die sich fragte, wie sie je ohne die Unterstützung ihres Mannes überleben sollte.

»Das wär's dann«, verkündete Diana und schob die Papiere zurück zu Sarah. »Jetzt ist die Sache offiziell.«

»Meinen Glückwunsch!« sagte Sarah lächelnd.

»Ich kneife mich immer wieder selbst, um mir zu versichern, daß dieses Riesenglück nicht nur ein Traum ist«, sagte Diana. »Ein Buchvertrag. Ich fühle mich, als hätte ich einen Sechser im Lotto.«

»Ein Lottogewinn ist wirklich reine Glückssache, Diana. Was Sie erreicht haben, ist das Ergebnis harter Arbeit. Wenn ich danach urteile, was Sie mir erzählt haben, dann haben Sie Ihren Erfolg verdient.«

»Alles scheint wieder ins Lot zu rücken«, räumte Diana ein. »Sogar mein abtrünniger Ehemann kann mich nicht mehr so unter Druck setzen, wenn ich einen Teil meiner Ausgaben selbst finanzieren kann. Ich brauche mich nicht länger zu ängstigen, mein Haus verkaufen zu müssen und den Boden unter den Füßen zu verlieren. Ich habe manchmal das Gefühl, daß da oben jemand auf mich aufpaßt. Was für ein glücklicher Zufall zum Beispiel, daß ich Rodney Carters Bekanntschaft gemacht habe – zwei völlig Fremde, die nebeneinander im Flugzeug saßen! Und im nächsten Moment sitze ich hier bei Ihnen.«

»*Das* ist nun wirklich Schicksal! Er fliegt äußerst selten mit Linienmaschinen. Sein Privatjet ist gerade außer Betrieb, weil er innen neu eingerichtet wird.«

»Sie wollen sagen, daß er ein eigenes Flugzeug besitzt?«

Sarah lachte. »Genau das. Sie wissen wohl nicht wirklich, wer Rodney Carter ist?«

Diana blickte Sarah mit einem dümmlichen Grinsen an. »Sieht ganz danach aus. Wer ist er denn nun eigentlich?«

»Man könnte ihn wohl als den größten Gewerbeimmobilienbesitzer an der Westküste nennen. Ich traue ihm voll zu, daß er einmal Präsident der Vereinigten Staaten wird – aber im Moment hält er sich lieber im Hintergrund.«

»Du lieber Himmel! Er hat mir weisgemacht, er sei ein mäßig erfolgreicher Geschäftsmann aus Montana, der jetzt in Santa Barbara lebt.«

»Und in London, New York, und – Momentchen – auch noch in Südfrankreich! Merkwürdig. Weil er alle fünf Minuten angerufen hat, um sich zu vergewissern, daß unsere Kanzlei Ihren Vertrag auch ja mit peinlichster Genauigkeit prüft, nahm ich an, Sie seien alte Freunde.«

»Hat er das?« Diana fiel aus allen Wolken. Sie hatte mit Rodney seit ihrer Ankunft kein Wort gesprochen.

»Ich sollte wohl nicht überrascht sein, daß er so starkes Interesse für jemand völlig Fremden zeigt«, sagte Sarah. »Rodney Carter ist berühmt dafür, das Unerwartete zu tun.«

»Was zum Beispiel? Erzählen Sie mir mehr über ihn«, bat Diana.

Sarah lehnte sich in ihrem Sessel zurück und rieb sich gedankenverloren das Kinn. Plötzlich deutete sie zum Fenster hinaus. »Sehen Sie das Hotel da?«

Diana konnte es unmöglich verfehlen – das *Century Plaza Hotel* beherrschte mit den Towers das Bild von Century City.

»Nun, unsere Kanzlei steckte mitten in Verhandlungen, für Rod den ganzen verdammten Bau zu kaufen, als er es für wichtiger befand, nach Washington, D.C. zu fahren und an einer Demo für das Recht der Frauen auf Abtreibung teilzunehmen.«

»Das hat er getan? Ich kann ihn mir gar nicht vorstellen, wie... Ich meine, er sieht so konservativ aus.« Sie erinnerte sich an Rodneys Nadelstreifenanzug, den gestärkten weißen Hemdkragen, die runde Schildpattbrille, die grauen Schläfen. Das einzige, was noch fehlte, war eine Meerschaumpfeife.

»Nur einer seiner schrulligen Einfälle. Damit will er die Leute ablenken. Also ist er mitmarschiert und hat den Hoteldeal an eine Firmengruppe in Chicago verloren.« Sarah stieß einen Seufzer aus; Diana vermutete, sie dächte an all die Dollars, die der Kanzlei verlorengegangen waren. »Aber ihn ließ das völlig kalt. Er sagte, es gäbe genug andere Hotels um die Ecke. Ein erstaunlicher Mann.« Sie machte eine Pause und setzte wieder an: »Und dann hat er einmal...«

Das Summen ihres drahtlosen Telefons unterbrach sie. Sie nahm den Anruf entgegen und sagte: »Ja, schicken Sie ihn herein.« Sie betrachtete Diana mit einem ganz neuen Gesichtsausdruck. War es Ehrfurcht? Mitten in Dianas Überlegungen hinein sagte Sarah: »Wenn man von Mr. Unberechenbar spricht, kommt er auch schon... Rodney Carter ist hier.«

Dianas Herz fing an wie wild zu klopfen. »Was für ein Zufall«, rief sie und hoffte, es wäre keiner.

Ein paar Sekunden später stürmte Rodney Carter wie ein Wirbelwind in den Konferenzraum und schwenkte eine Flasche Dom Pérignon, die er mit großem Pomp öffnete. Er schmeichelte sich bei Diana noch ein Stück weiter ein, als er sagte, wenn er schon der erste gewesen wäre, der ihren Vertrag gesehen hätte, wollte er auch der erste sein, der ihre Unterschrift darauf sah.

Seine Stimme klang tiefer und voller, als sie sie in Erinnerung hatte, und obwohl alles an ihm Autorität ausstrahlte, wirkte seine starke Persönlichkeit doch nicht erdrückend, weil sie durch seine anziehende, jungenhafte Begeisterung gelockert wurde.

Als sie den Champagner geleert hatten, entschuldigte sich Rodney, daß er gleich wieder losrennen müsse, weil er in weniger als einer Stunde einen Termin in der Stadt hätte und anschließend noch einen am Flughafen.

Diana packte ihre Sachen zusammen und schlug vor, mit ihm in die Tiefgarage hinunterzufahren, da ihre geschäftlichen Angelegenheiten bei Sarah erledigt seien.

Im Aufzug flüsterte Rodney: »Sie sind reizvoller, als ich in Erinnerung hatte.«

Diana bedankte sich und suchte nach einer witzigen Entgegnung. Doch bevor sie ihre Gehirnwindungen in Schwung bringen konnte, sagte Rodney Carter: »Ich habe noch ein Geschenk für Sie, Diana.« Sie blickte ihn belustigt an und hatte keine Ahnung, womit ihr unberechenbarer neuer Freund als nächstes aufwarten würde. Flink zog er aus der Brusttasche seines sportlichen Tweedmantels einen Amigo-Riegel hervor.

Diana nahm ihn lachend entgegen. Ihr fiel sofort auf, daß der Riegel eine neue Verpackung hatte: Er war in leuchtende Goldfolie eingesiegelt. Die Aufschrift war zwar die alte, jedoch um ein paar neue Worte ergänzt: »Neu. Fünfzehn Prozent mehr Schokolade!«

»Woher haben Sie denn das?« fragte sie.

»Das verrate ich nie«, antwortete er mit einem Lächeln. Dann fügte er hinzu: »Außer, Sie gehen heute abend mit mir essen.«

Diana gab schelmisch zurück: »Dann bleibt mir wohl keine andere Wahl. Um wieviel Uhr?«

Rodney lachte und sah erfreut aus. »Ich habe den Riegel am Kiosk im ersten Stock dieses Gebäudes gekauft«, gestand er.

Diana drehte den Riegel um und prüfte rasch die Nährwertangaben. Sie runzelte die Stirn.

»Stimmt was nicht?« fragte er auf ihren besorgten Blick hin.

»Nein, nein.« Diana zwang sich, eine plötzliche Furcht zu unterdrücken, was die Zahlen auf diesem neuen Riegel wohl zu bedeuten hätten. »Ich habe diese goldene Ausführung einfach noch nie gesehen.«

Rodneys schwarzer Ferrari Testarossa stand am Pförtnerhäuschen für ihn bereit. Als er anbot, so lange zu warten, bis Dianas Wagen aus den Eingeweiden des Gebäudes ans Tageslicht befördert würde, winkte sie ab, er solle doch lieber gleich losfahren, damit er sich bei seinem Treffen nicht verspäte. Bevor er Gas gab, sagte er noch, er würde sie am späten Nachmittag anrufen, um ihr Bescheid zu sagen, wann er sie abholen käme. Er ordnete auch noch an, sie solle sich in Schale werfen, weil er sie zur Feier ihrer Vertragsunterzeichnung in ein außergewöhnliches Lokal ausführen wolle.

Sie lächelte, bis er außer Sichtweite war, und ließ dann der Panik, in die sie dieser neue Riegel versetzte, freien Lauf. Sie bat den Pförtner, ihren Wagen an der Seite abzustellen, und spurtete schnurstracks zum Kiosk im ersten Stock. Sie mußte sehen, ob auch die Tüten mit den Mini-Riegeln in dieser neuen goldenen Aufmachung verkauft würden. Der Kiosk hatte aber nur die größeren Riegel – eine Schachtel Goldriegel und eine Schachtel Originalriegel.

»Was hat das zu bedeuten?« fragte Diana und hielt je einen Riegel von beiden Sorten hoch.

»Ich weiß nicht«, antwortete der Verkäufer.

»Alles klar.« Aber Diana war überhaupt nichts klar, außer daß Schwierigkeiten auf sie zukamen. Sie zog ihren Taschenrechner hervor und stellte fest, daß der neue Riegel mit 15 Prozent mehr Schokolade über 30 Prozent mehr Fett enthielt.

Diana raste zum nächsten Supermarkt, um herauszufinden, ob Jupiter plante, den alten Riegel vom Mark zu nehmen. Sie entdeckte, daß die Tüten mit Mini-Riegeln sowohl in der goldenen als auch in der alten weißen Verpackung angeboten wurden. »Was hat das zu bedeuten?« fragte sie den Filialleiter.

»Keine Ahnung«, sagte er.

»Heißt das, daß die alten Riegel nicht mehr verkauft werden? Oder heißt das, daß von jetzt an beide Riegel angeboten werden?« Sie klang jetzt schon leicht hysterisch, weil sie errechnet hatte, daß bei nur einem Gramm Fett mehr und ohne, daß sich an der Gesamt-Kalorienzahl etwas verändert hätte, die neuen Mini-Riegel 34 Prozent Fett enthielten, die alten dagegen nur 22,5 Prozent!

»Keine Ahnung«, sagte er.

»Danke«, sagte sie schlechtgelaunt. »Weiß sonst jemand etwas darüber?«

»Keine Ahnung.«

Sie fuhr zurück ins Encino Valley und ging in ihren Gelsons Supermarkt. Sie hatten noch keine der neuen goldverpackten Amigo-Riegel. Sie erkundigte sich beim Filialleiter danach. Er wußte nicht, wovon sie redete, und hielt ihre Sorge für völlig unbegründet. Diana fühlte sich erleichtert und umarmte ihn spontan; dann fuhr sie nach Hause und dachte nur noch an ihre Verabredung mit dem zuvorkommenden, aufregenden, mächtigen – und steinreichen – Rodney Carter.

Todd wartete schon auf sie. »Ich hab dir was Tolles zu berichten, Mama«, sagte er. Zu Dianas Erstaunen verkündete ihr Sohn – derselbe Junge, der sich vor ein paar Monaten noch ihrer geschämt hatte –, er hätte seiner Fußballmannschaft angeboten, Diana würde einen Vortrag vor ihnen halten. Sein Trainer mache gerade auf »Gesundheit und so« und hätte gern, daß sie »den Kerlen beibringe, was sie essen sollen«. Offenbar hatte Rogers, der Trainer, in der Zeitung einen Artikel über die Washington

Huskies gelesen, deren Spieler mittels einer fettarmen Diät abgespeckt, an Kampfkraft dafür aber aufgedreht hatten; doch im Gegensatz zu Dianas Diät schien das Programm eher freudlos.

»Todd, mir bleibt die Spucke weg!«

»Du bist doch nicht böse auf mich, oder?«

»Böse? Bist du verrückt? Ich fühle mich über alles geschmeichelt! Wenn ich mir vorstelle, du möchtest, daß ich mich vor alle deine Freunde hinstelle und ihnen erzähle, wie sie sich richtig ernähren sollen... Ich kann nur noch staunen.«

»Ich bin stolz auf dich, Mama.« Todds Augen füllten sich plötzlich mit Tränen. Er blinzelte sie weg und blickte ein paar Sekunden lang beiseite. Plötzlich lachte er und riß Diana in einer rauhen Umarmung an sich. Sie drückte ihn mit aller Kraft an sich, und ihr stiegen selbst die Tränen in die Augen. »Keiner der anderen Typen hat 'ne Mutter wie du. Ich meine, die beklagen sich dauernd, daß ihr Mütter immer nur im Restaurant essen wollen oder den ganzen Tag einkaufen.«

Also war ihr Sohn stolz auf sie. Sie setzte sich an den Tisch und ließ ihren Blick auf ihm ruhen; ein Lächeln brachte ihr ganzes Gesicht zum Leuchten.

»Du machst doch mit, Mama, oder?«

»Ich weiß nicht, ob sich deine Mannschaft das leisten kann«, sagte sie verschmitzt und wedelte ihm lachend mit ihrem unterschriebenen Buchvertrag unter der Nase herum. »Oder ob ich in der Lage sein werde, euch zwischen meinen unzähligen Talkshows einzuschieben.«

»Danke«, sagte er und ignorierte ihr Gewitzel einfach. »Ich wußte, daß du es tun würdest.«

»Vielleicht kann ich dir nicht jeden zweiten Tag Tennisschuhe für 100 Dollar kaufen, aber ich kann dich und deine Kumpel in Ernährungsfragen so viel beraten, wie ihr wollt.«

Todd beugte sich herunter und küßte Diana auf die Stirn. »Ich glaube, ich brauche sowieso nicht so viele Schuhe.« Er richtete sich wieder auf und sah aus, als sei er stolz auf sich selbst.

»Ich muß jetzt los, zu Bryan. Wir büffeln für die Geo-Arbeit morgen.«

»Okay. Viel Spaß.«

»Schon gut.« Er schnitt eine Grimasse und latschte aus der Küche.

»Ich bin zum Essen nicht zu Hause«, schrie er ihr noch zu, bevor er die Hintertür zuknallte.

»Ich auch nicht«, trällerte Diana fröhlich.

Doch eine Stunde später rief Rodney Carter an und sagte, er könne sich nicht aus der Sitzung loseisen, die sich bis spät in den Abend hinziehen würde, und sie müßten ihre Verabredung auf einen anderen Tag verschieben. Am Ende der Woche würde er zu einem klassischen Konzert in der Hollywood Bowl nach Los Angeles zurückkommen. Er würde sich geehrt fühlen, wenn sie ihn begleiten wollte. Er hatte eine Loge, und sie könnten unterm Sternenzelt picknicken.

»Das wäre herrlich«, sagte sie und bot an, das Essen mitzubringen.

»Nicht nötig«, antwortete er. »Ich spiele immer selbst den Koch.«

Ich bin verliebt, dachte Diana. Ein Cowboy mit Schliff – der auch noch kocht. Diana ging wie auf Wolken, bis später am Abend Carol anrief. Ob Diana schon gehört hätte, wollte sie wissen, und sprudelte weiter mit der Neuigkeit heraus, daß ihr Supermarkt in Malibu keine der alten Amigo-Riegel mehr hätte, sondern nur noch die neuen goldenen. Des weiteren hätte der Filialleiter sie informiert, daß sie keine Lieferungen der alten Riegel mehr erhalten würden.

»Wie kann mir Jupiter so etwas antun?« grübelte Diana, als sie um vier Uhr früh schlaflos im Bett lag. Sie wußte nicht, was schlimmer war – daß sie in Zukunft auf ihre Lieblingssüßigkeit verzichten müßte, oder daß man bei Beecham Press entdeckte, der Riegel sei als Aufhänger für die Diätbuch-Kampagne unbrauchbar, und ihr Vertrag somit ungültig.

Um fünf Uhr früh beschloß sie völlig aufgelöst, die Firma Jupiter anzurufen. Wo hatte die überhaupt ihren Sitz? Sie rannte nach unten zum Gefrierschrank, nahm eine Tüte Mini-Riegel heraus und studierte das Etikett. Die Hauptniederlassung der Jupiter Candy Company befand sich in Portland, Maine. Bei einer

Zeitverschiebung von drei Stunden waren sie vielleicht schon zu erreichen.

Sie ließ sich von der Auskunft in Maine die Nummer heraussuchen und wählte. Niemand meldete sich. Langsam ging sie nach oben und nahm zwei Aspirin. Während sie im Schlafzimmer auf und ab schritt und die Uhr beobachtete, spürte sie, wie sich rasende Spannungskopfschmerzen anbahnten.

Um halb sechs war sie wieder unten, saß mit stierem Blick am Küchentisch, trank eine Tasse Kaffee und wählte immer wieder Jupiters Nummer, bis Schlag sechs zu ihrer Überraschung plötzlich jemand abhob.

Sie ließ sich zur PR-Abteilung weiterverbinden. Diana kam sich vor wie eine Idiotin, als sie der Frau am anderen Ende der Leitung erklärte, Jupiter ruiniere ihr Leben. Ob sie vorhätten, die ursprünglichen Amigo-Riegel endgültig vom Markt zu nehmen, fragte sie in einem flehentlichen, verzweifelten Ton.

Die Dame, die für Verbraucherkontakte zuständig war, bejahte dies.

»Warum denn nur?« krächzte Diana mit fast versagender Stimme.

Die Frau erklärte ihr ruhig, daß die Gesellschaft nach ausgedehnten Marktuntersuchungen und Geschmackstests zu dem Schluß gekommen sei, daß sich der Geschmack verändere, daß der Verbraucher ein neues Produkt haben wolle und daß es Zeit für eine neue Aufmachung und eine neue Geschmacksrichtung sei – schließlich sei der Riegel seit 1932 auf dem Markt.

»Aber das können Sie doch nicht machen«, lamentierte Diana. »Ist Ihnen nicht klar, daß Sie mit den 15 Prozent mehr Schokolade auch den Fettgehalt erhöhen?«

»Ich bin sicher, unsere Marktforscher haben an alles gedacht«, antwortete die Frau, die klang, als spräche sie von einem Tonband.

Nach diesem Anruf klinkte Diana aus. Sie stieg nicht einmal mehr unter die Dusche, sondern warf sich gleich einen Jogginganzug über. Dann klapperte sie einen Supermarkt nach dem anderen, eine Drogerie nach der anderen ab, wild entschlossen, alles aufzukaufen, was es von den alten Riegeln noch gab. In manchen Läden waren bereits nur noch die neuen Riegel erhältlich. Die restlichen Geschäfte verkauften die Originalriegel als Sonderangebot, und wenn alles weg wäre, hieße das aus und vorbei für alle, die diesen Schokoriegel liebten – den einzigen mit einem Fettgehalt unter 30 Prozent!

Obwohl der Laderaum ihres Kombis mit über dreihundert Tüten ihrer Lieblingssüßigkeit gefüllt war, fühlte sich Diana auf der Heimfahrt immer noch so, als ob ihr jemand das Herz aus dem Leibe reißen wollte. Wie konnte Jupiter ihr das antun, dachte sie immer wieder, als sie die Gefriertruhe in der Garage mit den Schokoriegeln füllte und anschließend die restlichen Tüten in jeden freien Winkel des Gefrierschranks in der Küche stopfte. Sie hörte die Hintertür auf- und zugehen. »Todd, ich bin froh, daß du heimkommst«, rief sie.

Plötzlich legten sich Männerhände über ihre Augen. Ihr Körper wurde steif.

Sie war schon ganz panisch, als eine rauhe Stimme schnarrte: »Rat mal, wer da ist?«

Bevor sie loskreischen oder auch nur Atem holen konnte, wirbelte der Mann sie zu sich herum und ließ seine Hände auf ihre Schultern fallen.

»Chris!« rief Diana und ließ die Tüten fallen.

Chris schloß sie in seine riesigen Arme und sagte: »Du lieber Himmel, wo ist der Rest von dir?« Er trat einen Schritt zurück, um sie besser anschauen zu können. Jetzt war sein Schockerlebnis fällig. »Mir verschlägt's die Sprache!« sagte er und hörte nicht auf, sie anzustarren.

»Chris, schau mich nicht so an. Du bringst mich in Verlegenheit.« Ungeachtet ihrer Worte genoß Diana jede Sekunde, in der Chris sie so unverhohlen beglotzte – bis ihr einfiel, daß sie die ganze Nacht schlaflos zugebracht und ohne eine Spur Make-up aus dem Haus gerannt war – kaum daß sie mit dem Kamm durch die Haare und mit der Zahnbürste über die Zähne gefahren war! Sie dachte daran, wie sie sich das Wiedersehen mit Chris in ihrer Phantasie ausgemalt hatte; diese Szene war eindeutig nicht darunter. »Ich bin ein Wrack«, stotterte sie und versuchte krampfhaft, ihre Haare zurechtzuzupfen.

»Wenn ein Wrack so aussieht, dann leg bitte nie mehr Hand an dein Äußeres.« Er lächelte. »Billy hat mir gesagt, daß du toll aussiehst. Er hat recht. Ich kann immer noch nicht glauben, daß du's bist.«

Diana erwiderte lachend: »Ich bin's wirklich. Aber ich kann nicht glauben, daß du's bist. Wann bist du denn nach Hause gekommen?«

»Ungefähr vor einer Stunde«, sagte er und sah Diana zu, wie sie die Tüten, die sie bei seiner überraschenden Ankunft fallen gelassen hatte, vom Boden aufhob. Er bückte sich, um ihr zu helfen. »Für wen ist denn das ganze süße Zeug?« fragte er. »Doch sicher nicht für dich?«

»Doch; ich hab sogar noch mehr davon«, sagte sie. »Komm mit, ich zeig's dir.«

Sie führte ihn in die Garage und öffnete die Gefriertruhe.

»Herr im Himmel.« Er pfiff durch die Zähne. »Was ist das – ein Altar für Amigo-Riegel?«

Diana lachte. »Auf gewisse Weise schon.«

»Du wirst mir doch nicht erzählen, du wärst um dein halbes Selbst geschrumpft, indem du dich von diesen Dingern ernährt hast?«

»Das ist eine lange Geschichte. Wie viele Stunden hast du Zeit?«

»So viele du brauchst«, sagte er.

Es dämmerte schon, als Chris auf dem neuesten Stand der denkwürdigen Ereignisse war, die sich in Dianas Leben abgespielt hatten, seit sie sich vor Monaten das letzte Mal unterhalten hatten. Er sagte, er sei unglaublich stolz auf ihre neue Karriere und fände vor allem die Sache mit ihrem Buchvertrag äußerst spannend. Er zog sie sogar auf, daß sie eine erfolgreiche Autorin werden würde, noch bevor er sich wieder an den ersten Teil seines großen Amerika-Romans setzten könnte.

»Ein Diätbuch gehört wohl kaum in dieselbc Kategorie wie das, was du schreibst«, sagte sie. »Und wenn ich keine Lösung für dieses Amigo-Fiasko finde, das sich das zusammenbraut, werde ich ohnehin auf die kürzeste Autorenlaufbahn in der Geschichte des Verlagswesens zurückblicken!«

»Jetzt reg dich nicht auf«, sagte er. »Wir werden unsere schnuckeligen Köpfe zusammenstecken und eine blendende Idee ausbrüten.«

»Aber wie konnte Jupiter auf eine so blödsinnige Idee kommen?« stöhnte sie. »Wissen die nicht, was für eine Goldmine sie haben? Während jeder Hersteller im ganzen Land neue Produkte mit weniger Fettgehalt entwickelt, schwimmt Jupiter total gegen den Trend und klotzt noch Fett *hinein*!«

»Dann mußt du ihnen das klarmachen.«

»Das habe ich schon versucht. Ich habe heute früh mit der PR-Dame gesprochen, und ihr ist das alles schnurzpiepegal.«

»Dann mußt du eben eine Etage höher anklopfen.«

»Aber wie?«

»Das müssen wir uns eben überlegen.«

Irgendwie durchkreuzten die beiden Flaschen Prosecco, die sie auf ihrer Terrasse unter den Sternen einer milden Septembernacht leerten, ihr Vorhaben, einen Schlachtplan auszuhecken.

Irgendwann zwischen der ersten und zweiten Flasche verflüchtigte sich Dianas Befangenheit und es war ihr egal, daß sie sich noch nicht umgezogen, Make-up aufgetragen und die Haare gebürstet hatte. Chris jedenfalls schien das nicht im mindesten zu stören. Später, nachdem er heimgegangen war, lag Diana im Bett und ließ den Klang von Chris' Stimme und die Wärme in seinem Blick, wenn er sie anschaute, noch einmal lebendig werden.

Und sie war verwirrt. Sie *waren* doch nur Freunde, oder?

Sie dachte an JoJo Jenkins und die heißen Küsse, deren Zeugin sie geworden war, als sie an jenem Abend an seinem Haus vorbeigefahren war. Sie erinnerte sich an den hungrigen Blick in Barbie Mallorys Augen auf dem Foto von ihr und Chris im *People Magazine.* Diana könnte ihn nie kriegen.

Sie zwang sich dazu, sich Chris aus dem Kopf zu schlagen. Das war leichter gesagt als getan. Dann galoppierte Rodney Carter durch ihre Gedanken: Rodney, der sie in seinem Privatjet für einen Abend nach New York entführte; Rodney, der sie zum Diner ins Weiße Haus einlud; Rodney und Diana am Strand von Tahiti; Diana und Rodney, die im Mondschein tanzten – irgendwo.

Trotzdem, dachte sie, bevor sie endlich in tiefen Schlaf fiel, Chris' Augen waren größer als Rodneys, sein Gesicht war ausdrucksvoller, wenn er redete, seine Witze waren brillanter, an ihm war einfach alles eine Klasse besser. Aber sie würde ihn nie kriegen.

20. Kapitel

Harvey saß am Schreibtisch in seinem privaten Arbeitszimmer und starrte ins Leere. Er ballte die Fäuste, als er an seine neue Assistentin dachte. Er mußte sich auf die Lippen beißen, damit seine Wut nicht von neuem losbrach. Wahrscheinlich hätte er sich sein Stirnhaar gerauft, wenn die Transplantation nicht so verdammt viel Geld gekostet hätte. Ein Zahnarzt von seinem kometenhaften Ruf konnte sich keine Assistentin leisten, die grobe Fahrlässigkeiten beging; es hätte seinen beruflichen Ruin bedeuten können, wenn er nicht auf den Fehler gestoßen wäre, den sie beim Beginn des ersten Eingriffs an diesem Vormittag gemacht hatte.

Die Assistentin hatte sich morgens verspätet, und vor lauter Hast beim Reinigen des Tabletts im OP hatte sie das Ventil verstellt, das den Valium-Tropf des Patienten regulierte, während Harvey kurz den Raum verlassen hatte. Als er zurückkam, rang sein Patient um Atem. Hätte Harvey nicht so schnell entdeckt, daß der Zeiger am Gerät nicht mehr dort stand, wo er ihn eingestellt hatte, hätte der Patient sterben können. Harvey bekam einen Tobsuchtsanfall und feuerte die Frau auf der Stelle.

Jetzt saß er da und grübelte darüber nach, wie sehr er Laurie vermißte. Sosehr er auch ihren Absichten ihm persönlich gegenüber mißtraut hatte, an ihrer Arbeitsmoral hatte er nie gezweifelt. Als Assistentin war sie mehr als perfekt gewesen – nie entging ihr das kleinste Detail, sie war intelligent und wußte, was er brauchte, fast noch bevor er selbst es wußte. Ein solcher Patzer wäre ihr nie passiert. Jetzt wünschte er, er hätte sie nicht so einfach gehenlassen.

Harvey stieß einen lauten Seufzer aus. Was war mit ihm nur

los? fragte er sich. In letzter Zeit war er nicht mehr sicher, ob er die richtigen Entscheidungen traf.

»Dann heiraten wir also nie?« hatte ihn Laurie vor zwei Wochen gefragt, an einem sonnigen Sonntagmorgen, als sie in seiner winzigen Küche beim Brunch saßen.

»Nie habe ich nicht gesagt«, hatte er geantwortet, doch seine Stimme klang hohl in seinen Ohren, so billig wie die Worte selbst. Er wußte im Grunde seines Herzens, daß er Laurie nicht heiraten konnte, jetzt nicht und später nicht. Soviel ihm auch an ihr lag, ihrer Beziehung fehlte etwas Grundsätzliches. Sie hatte zwischen den Zeilen seiner Versprechungen ganz richtig gelesen. Jedesmal, wenn er sich vorstellte, sein restliches Erdendasein mit ihr zu verbringen, überfiel ihn eine solche Depression, daß er sich stundenlang zu nichts aufraffen konnte. Wenn er sein bisheriges Leben mit ihr betrachtete, wurde ihm klar, daß sie unter falschen Vorzeichen begonnen hatten, daß alles, was sie von ihm wollte, mit Dollars zu tun hatte. Sie konnte reden, was sie wollte; was sie tat, übertönte alle ihre schönen Worte und untergrub sein Selbstwertgefühl.

»Ich kann mit dieser Unsicherheit nicht weiterleben«, sagte sie ihm.

Er applaudierte ihrem Instinkt; er bewunderte ihre Fähigkeit, ihn zu durchschauen – daß seine Vorstellungen von einer langfristigen Beziehung nur leeres Gerede waren. Aber selbst wenn sie ihn beeindruckte, selbst wenn sie rasend verliebt in ihn schien, sogar dann verhinderte irgend etwas seinen Wunsch, sie zu heiraten. »Was willst du damit sagen, Laurie? Stellst du mir ein Ultimatum?«

Er schlürfte seinen Kaffee und beobachtete sie, als ob er auf ihren nächsten Schachzug wartete. Denn so schätzte er ihr Verhalten ein, wie ihm jetzt bewußt wurde. Sie verfolgte einen klug eingefädelten Plan, der zum Schachmatt führen sollte, und er war der König, den sie einfangen wollte – nur daß er das Spiel besser beherrschte, als sie es jemals könnte, wie er dachte.

»Das tue ich wohl wirklich, Liebling«, hatte Laurie in ihrer kätzchenhaften Stimme gefiept, und Tränen traten ihr in die Augen. »Ich will einen Mann. Ich will ein Baby.«

»Ein Baby!« hatte er gebrüllt. »Jetzt willst du auch noch ein Baby!« Für Diamanten und Perlen war er bereit aufzukommen, aber ein Baby? Er hatte doch schon seine Kinder.

»Ich kann nicht mir dir reden, wenn du anfängst, mich anzuschreien«, maulte sie und stand auf. Ihr Bademantel war vorn auseinandergefallen, und Harvey konnte einen Blick auf ihren nackten Körper darunter erhaschen. Er zwang sich, teilnahmslos zu bleiben. Vor ein paar Monaten hätte er sein Verlangen nach ihr nicht beherrschen können. Schon ihr bloßer Anblick ließ ihn vor sie hinstürzen und ihr zu Füßen fallen.

»Versuchst du, mich dazu zu zwingen, dich zu verlassen?« hatte sie gefragt.

Daran hatte er noch nicht gedacht. Versuchte er das? Vielleicht. »Äh...«

»Verkauf mich nicht für dumm, Harvey. Denk daran, ich bin die andere Frau. Ich weiß, wie dein Hirn funktioniert.«

»Ach ja? Was verleiht dir plötzlich eine so geniale Erkenntnisfähigkeit?«

»Ich brauche nicht genial zu sein, um dich zu durchschauen«, sagte sie mit einer solchen Würde, daß es ihm die Sprache verschlug.

Sie war zu dem Bogen zwischen der Küche und dem Wohnzimmer gegangen und stand da, mit vollständig offenem Bademantel. »Ich verlasse dich, wenn du jetzt nichts tust, nichts sagst, was mir beweist, daß du mich wirklich liebst«, sagte sie tonlos, als ob sich alle Gefühle in ihr erschöpft hätten.

Harvey wurde klar, daß die kleineren Streitereien, die sie in den letzten paar Monaten über das Thema Ehe gehabt hatten, Aufwärmübungen für diesen großen Krach gewesen waren. Die Spannungen hatten an ihren Kräften gezehrt. Auch er fühlte sich emotional ausgelaugt. Trotzdem hatte er sich gezwungen, reglos zuzusehen, wie sie sich umdrehte und ging. Die ganze Zeit, während sie sich duschte, anzog und ihre Sachen packte, saß er da wie aus Stein. Zwar bestand er darauf, ihr die Koffer zu ihrem Auto tragen zu helfen, wollte aber die stummen Tränen nicht sehen, die ihr die Wangen hinabrannen. Denn er wußte, hätte er nur eine Bewegung gemacht, um sie wegzuwischen – hätte er nur eine Sekunde lang ihre weiche Haut gespürt –, dann hätte er die Beherrschung verloren. So unklar er sich auch über Laurie und ihre wahren Gefühle ihm gegenüber war, wußte er doch mit kristallklarer Gewißheit, daß sie eine körperliche Anziehungskraft auf ihn ausübte, von der er sich nur schwer befreien könnte. Deshalb war er auf der Hut, daß er von ihr nichts berührte außer ihr Gepäck.

Dann war Laurie weg.

Erst hatte Harvey eine Erleichterung verspürt, die sich in ihrer Intensität in den ganzen Kosmos auszubreiten schien. Doch wie der Ancient Mariner in Coleridges Ballade, als er den Albatros endlich loswurde, merkte auch Harvey, daß seine Unzufriedenheit nur vorübergehend verschwand. Die Stille, die Einsamkeit des Alleinseins nagten an ihm. Jetzt durchlebte er eine neue Art von Hölle. Während eines absoluten Tiefs hatte er eines Abend Laurie angerufen und mit der Idee gespielt, sie zu bitten, zu ihm zurückzukommen. Doch sie gab in den Punkten Dauerbeziehung, Ehe und Kinder keine Handbreit nach, und er beendete das Gespräch schließlich mit der Bitte, ob sie sich wenigstens überlegen würde, wieder bei ihm zu arbeiten. »Nie«, hatte sie mit einem Brustton der Überzeugung geantwortet, der ihm fast den Rest gegeben hätte.

Und jetzt stellte sich diese neue Assistentin als die größte aller Pleiten heraus. Wieder erwog er, ob er nicht Laurie anrufen sollte, entschied sich aber dagegen, denn er wußte, daß sie als Gegenleistung etwas verlangen würde, was ihm an die Substanz ging – die Ehe.

Das wuchs ihm alles über den Kopf, dachte er, als er seine Praxis früher als üblich verließ und zu seinem ruhigen, aufgeräumten Apartment in Century City fuhr. Er war dankbar, daß Todd heute Abend zum Essen kam; er hatte keine Lust auf einen weiteren einsamen Abend.

Plötzlich kam er auf eine großartige Idee. Todd fuhr meist für ihr wöchentliches Abendessen in die Stadt, doch heute abend überkam Harvey das Bedürfnis, seinen Sohn zu Hause in Encino abzuholen. Wie lange war er dort schon nicht mehr gewesen? Nicht, seitdem Diana die Schlösser ausgewechselt hatte, damit er nicht mehr hereinkam. Fast ein Jahr! Doch sogar jetzt noch könnte er aus dem Gedächtnis jeden Winkel, jede Ritze in dem riesigen Haus mit seinen gut 500 Quadratmetern zeichnen. Er wollte die lange Auffahrt wieder hochfahren, seine Eichen wiedersehen, von seinen Hunden begrüßt werden, vielleicht sogar seine Frau treffen. Er rief Todd per Autotelefon an.

»Papa, ich bin froh, daß du angerufen hast«, sagte Todd. »Ich hab dich in der Praxis gerade verpaßt. Hab vergessen, dir zu sagen, daß es heute abend bei mir nicht geht.«

»Warum?« fragte Harvey; er fühlte sich plötzlich von Müdigkeit überwältigt.

»Mama hält heute abend einen Vortrag vor meinem Fußballteam über Diät und Fitneß. Ich hab gestern vergessen, dir das zu sagen.«

»Oh.« Er hatte Schwierigkeiten, auch nur so viel herauszubringen.

»Papa, stimmt was nicht mit dir?« fragte Todd.

»Nein, nein. Bin nur ein bißchen müde, das ist alles. Ein paar Probleme in der Praxis.«

»Ach. Aber nächste Woche sehen wir uns ja.«

»Geht's nicht ein bißchen früher? Wie wär's am Sonntag?«

»Geht nicht. Mama stellt in ihrem Kochkurs gerade eine neue Serie von Festtagsmenüs vor.«

»Na und?« Allmählich wurde er gereizt.

»Sie muß ein paar ihrer neuesten Rezepte ausprobieren, deshalb veranstaltet sie ein besonderes Thanksgiving-Essen, fettarm. Ein paar von meinen Freunden kommen vorbei. Wir spielen die Versuchskanichen.«

Harvey zwang sich zu sagen: »Das klingt ja lustig!« Als er in seine Straße einbog, roch er fast die köstlichen Düfte, mit denen Diana *sein* Haus jedes Jahr an Thanksgiving erfüllt hatte.

Er öffnete die Tür zu seinem Apartment und ging hinein; er fühlte sich, als beträte er ein Hotelzimmer. Als er sein Jackett im Schlafzimmerschrank aufhängte, fiel ihm auf, daß ihm nichts in dieser Wohnung das Gefühl vermittelte, hier zu Hause zu sein. Er durchquerte das Wohnzimmer, dessen steriles Weiß in Weiß ihn jetzt nervte, ging in die Küche und blieb vor dem Kühlschrank stehen. Er nahm ein Bier heraus. Sogar der Kühlschrank war von der Sorte, wie sie in so vielen Hotelzimmern stehen, außer daß sie besser bestückt sind als seiner.

Als Harvey vor dem Fernseher saß und den Abendnachrichten mehr zuschaute als zuhörte, wurde er von seinen Gefühlen überrollt. Er begann zu weinen; heftige Schluchzer schüttelten plötzlich seinen Körper. Dieser Ausbruch kam für ihn so überraschend wie ein Schneesturm in Los Angeles.

Er stand auf und schlich ins Bad. Alles war ordentlich und sauber, keine Haare im Waschbecken, keine Lebenszeichen außer seinen eigenen. Er betrachtete sich im Spiegel und war schokkiert, wie müde und fertig er aussah. Was, zum Teufel, war nur los mit ihm? fragte er sich, während er sich kaltes Wasser ins Gesicht spritzte.

Ohne genau zu wissen, was er tun würde, setzte sich Harvey aufs Bett und nahm den Telefonhörer in die Hand. Er rief schließlich Jessica an. Während er darauf wartete, daß Jessicas Zimmergenossin Jessica aus einem anderen Zimmer am anderen Ende des Gangs holte, machte er einen Plan.Es war immer noch früh genug, um nach Berkeley zu fliegen und mit Jessica in San Francisco Abendessen zu gehen.

»Ich kann dich nicht begleiten, Papa«, sagte sie, als er aufgeregt erklärte, was er vorhatte. »Ich muß übermorgen einen zehn Seiten langen Literaturaufsatz abgeben.«

»Schon gut, Liebes«, sagte er. »Ich muß mich selber durch einen Stapel Zeitschriften durchackern. Ich dachte nur –«

»He, Papa«, unterbrach ihn Jessica, »hast du schon das Neueste von Mama gehört?«

»Was denn?« fragte er mit dem irrationalen Wunschgedanken, er würde hören, Diana sei wieder fett und unglücklich.

»Sie geht unter die Autoren!«

»Was?«

»Du hast richtig gehört, Papa. Sie hat gerade einen Vertrag für ein Diätbuch unterschrieben. Ist das nicht toll?«

»Für Geld?«

»Ach Papa. Ist das alles, woran du denken kannst?«

»Jemand in dieser Familie muß es tun«, antwortete er.

»Sie bekommt eine Menge Geld dafür, glaube ich.«

Als Jessica aufgelegt hatte, lehnte sich Harvey an das gepolsterte Kopfende seines Bettes und starrte ins Leere. Nichts in seinem Leben lief mehr in vertrauten Bahnen. Was war los mit ihm? Er versuchte, sich Diana als Autorin vorzustellen. Wie konnte irgend jemand der Meinung sein, sie wüßte über irgendein Thema Bescheid, von Diäten ganz zu schweigen? Wieviel Geld war eine Menge?

Plötzlich lachte er, was ihn kaum weniger überraschte als sein Schluchzen vorhin. Nur Diana konnte die Leute so hinters Licht führen, daß sie ihr glaubten; so viel gestand er ihr zu. Mit Worten, mit Menschen und mit Essen konnte sie wirklich umgehen. Vielleicht sollte er sie anrufen. Nur so zum Plaudern. Hieß es nicht, Schreiben sei ein einsamer Job? Wahrscheinlich war sie genauso einsam wie er.

21. Kapitel

Diana konnte förmlich spüren, wie sich an den Ballen ihrer nackten Füße Blasen bildeten, als sie auf dem nassen Sand lief. Sie versuchte, sich auf ihre Atmung zu konzentrieren, aber es war zu schwierig; tief in ihrer Kehle, wo die Luftröhre sitzen sollte, begann sie, kleine pfeifende Geräusche von sich zu geben. Sie schaute zu Chris hinüber, an dem ihr Schmerz unbemerkt abprallte, den sie bei dem Versuch, mit ihm auf gleicher Höhe zu bleiben, ertragen mußte.

»Ich putze keine Fenster, schrubbe keine Böden und jogge nicht«, hatte sie protestiert, als er ihr in aller Frühe vorgeschlagen hatte, sie solle doch ihr Trainingsradeln ausfallen lassen und stattdessen mit ihm am Strand von Santa Monica entlanglaufen. Er hatte ihre Scherze einfach nicht zur Kenntnis genommen und sie in seinen Jeep bugsiert. Das nächste, was ihr zu Bewußtsein kam, war, daß sie an seiner Seite wie ein Dackel entlangtrappelte, der versuchte, mit einer Dänischen Dogge Schritt zu halten.

Es war ein typischer Septembertag – Nebel hing über dem Ozean wie ein dicker Schild aus Zinn. Ab und zu drohten Sonnenstrahlen durchzubrechen, doch sie schafften es nicht. Diana war dankbar für das kühle Wetter, obwohl der Nebel die Unterscheidungen zwischen Wasser, Himmel und Sand verwischte und alles zu einem einheitlichen Grau verschmierte.

»Auf Hawaii ist's nie so«, sang Chris und wandte seinen Kopf kurz vom Meerespanorama ab, um Diana, die immer weiter zurückblieb, einen Blick zuzuwerfen. »Jeder Tag ist strahlend blau und weiß.«

»Was?« keuchte sie und versuchte, von ihrer Backe ein Spukefädchen abzuwischen, bevor er es sah.

Chris verlangsamte sein Tempo, Diana beschleunigte, und als sie aufgeholt hatte, sagte er: »Die Insel Hawaii. Das Wetter dort ist nie so. Sogar wenn es stürmt, wirkt alles hell. Deshalb habe ich diese Ranch in den Hügeln über dem Ozean gekauft. Soweit das Auge reicht, gehört alles mir. Riesige Strände, türkisfarbenes Wasser, Lava und rote Erde. Bäume. Trillionen von Blumen. Auf meiner Ranch grasen die Pferde Orchideen. Ich liebe diesen Ort, Diana.«

Diana grunzte irgend etwas wie »na fein«.

»Wenn du dich beim Laufen unterhältst, klappt's besser«, schlug er vor und zog sie sanft am Arm, damit sie nicht zurückfiel.

Sie hatte das Gefühl, als versänken ihre Beine im Sand. »Ich versuch's«, keuchte sie.

»Ich dachte, du wärst gut in Form«, lachte er. »All die Kilometer auf dem albernen Fahrrad in deinem Schlafzimmer.«

»Das dachte... ich auch«, brachte sie heraus.

»Aber du siehst wirklich gut aus in diesen hautengen Hosen und dem Top«, sagte er bewundernd.

»Aber ich fühle mich... beschissen!« rief sie. Sie trug ihren speziellen Susan-St.-John-Trainingsanzug. Er war einer von mehreren, den Susan Diana geschenkt hatte, zum Dank dafür, daß sie dazu beigetragen hatte, daß das Fitneßstudio Gewinn abzuwerfen begann. »Das ist das mindeste, was sie tun konnte!« hatte Carol sarkastisch kommentiert, als Diana ihr von dem Geschenk erzählt hatte.

»Dann rede eben ich«, sagte Chris und verlangsamte sein Tempo noch weiter. Er ergötzte Diana – die jetzt überzeugt war, sie litte an einem totalen Sauerstoffentzug – mit weiteren Geschichten über seine Töchter. Monatelang hatten sie ihm Kopfschmerzen bereitet, weil es ihnen in Honolulu nicht gefiel, aber dann hatte er die Ranch auf der Insel Hawaii gekauft, und den Mädchen gefiel es dort so gut, daß sie sich geweigert hatten, mit ihm nach Los Angeles zurückzukommen. Zum Glück hatte er eine Privatschule für sie gefunden, die sie ebenfalls liebten, und er war drauf und dran, sein Haus in Encino zu verkaufen und für immer dorthin überzusiedeln.

Diana sank das Herz. Chris wollte für immer wegziehen? Sie versuchte, rascher zu atmen, und merkte, daß die spärlichen Luftwege, über die sie noch verfügte, sich noch weiter zusammengeschnürt hatten. Sie hatte das Gefühl, jemand hätte ihr einen Korken in die Luftröhre gepreßt. »Vielleicht bin ich allergisch gegen Joggen«, quiekte sie, blieb plötzlich stehen und setzte sich in den nassen Sand.

Chris lief ein paar Schritte weiter, drehte dann um und kam zurück. Er ließ sich neben sie fallen. »Alles okay?«

»Hast du nicht gehört, wie ich neben dir gekeucht habe?«

»Jeder klingt erst so«, sagte Chris mit einem Achselzucken. »Komm, steh auf. In einer Minute geht's dir wieder prächtig.«

»Bist du ein Sadist?« Sie lachte, stand aber auf, atmete ein paarmal tief ein und begann, wieder neben ihm herzutrotten. Nach etwa hundert Metern hatte Diana endgültig genug. Sie plumpste zu Boden und sagte Chris, sie würde hier wie ein geräucherter Lachs liegen bleiben und warten, bis er damit fertig wäre, seinen Körper so zu mißhandeln.

Er winkte ihr zu und lief den Strand entlang, wurde immer kleiner, bis er gar nicht mehr zu sehen war. Ob Rodney Carter wohl in Jogging-Shorts genauso umwerfend aussah? fragte sich Diana flüchtig. Sie fand ein paar flache Steine im Sand, stand auf und ließ sie übers Wasser springen, beobachtete sie, wie sie auf der glasigen Oberfläche hüpften, versanken und nicht mehr zu sehen waren.

Sie hörte Chris erst, als er wieder bei ihr war.

»Mein Gott, warum tust du dir so etwas an?« rief sie, als sie seinen keuchenden Atem hörte und sein puterrotes Gesicht sah, über das der Schweiß vom Haaransatz bis zur Kinnspitze herabströmte, wo er sich sammelte und ihm auf die Brust tropfte.

»Damit ich so schön werde wie du.« Er zog sich sein T-Shirt hoch und wischte sich damit das Gesicht ab.

Diana konnte nicht umhin, seine gut entwickelten Bauchmuskeln zu bemerken. Sie hatte fast vergessen, was für einen sexy Körper er hatte. Seit er nach Hause gekommen war, zeigte er eine Vorliebe für ausgebeulte Baumwollhosen und übergroße Aloha-Hemden mit grellen Drucken von Hibiskusblüten oder anderen tropischen Blumen – die Art von Hemden, über die Harvey sich lustig machte, wenn er die »Hinterwäldler« darin herumlaufen sah.

»Weißt du was?« sagte Chris. »Wenn du mich beim Rennen zurück zum Auto schlägst, erlaube ich dir, mir einen Brunch zu kaufen.«

Sie hinkte ihm ohne jeden Versuch, die Wette zu gewinnen, nach; sie konnte mit ihren riesengroßen Blasen kaum auftreten.

Als sie endlich den Jeep erreichte, bot ihr Chris galant an, sie zu einem riesigen Essen einzuladen. Sie sagte, das Laufen hätte ihr den Appetit verdorben.

»Ich mag billige Unternehmungen«, versicherte er ihr und warf sich sein schäbiges Sweatshirt über.

Beim Frühstück in einem Straßencafé in Venice, wo sie die Rollschuhläufer auf dem Gehweg beobachten konnten, erklärte Chris, Diana würde ihm eine Extrafahrt ins Valley ersparen, wenn sie mit ihm nach Hollywood in die Desilu-Studios fahren würde, um sich eine zweiteilige Arbeitskopie von dem Film anzusehen, den er für seine Serie gedreht hatte. Sie mußten einige der Szenen noch einmal abdrehen, erklärte er, und jetzt wurde die endgültige Fassung hergestellt.

»Ein Filmstudio? Du machst wohl Witze! Ich kann mich doch so nicht blicken lassen.«

»Natürlich kannst du das«, sagte er hartnäckig. »Wir kaufen dir ein bißchen Parfüm und eine Bürste, und dann bist du so gut wie neu.« Dabei schnüffelte er laut an seinen eigenen Achseln. »Ich brauche selbstverständlich gar nichts! Es ist sowieso nicht, was du dir vorstellst«, gab er zu. »Ich habe einen heruntergekommenen Vorführraum in den Hintergebäuden gemietet. Wir schleichen uns rein, und es wird sowieso niemand da sein außer uns und dem Filmvorführer.«

»Na ja«, sagte sie, hin- und hergerissen zwischen dem Bedürfnis, ihre blasenübersäten Füße einzuweichen, und dem Wunsch, mit Chris zusammenzusein.

»Ich möchte wirklich gerne, daß du dir diese Kopie anschaust, Diana«, sagte Chris. »Es ist das Ernsthafteste, was ich je geschrieben oder gedreht habe.«

»Möchtest du wirklich meine Meinung hören?«

»Was du denkst, bedeutet mir sehr viel«, sagte er.

»Wie kann ich mich da noch weigern?«

Chris lächelte. »Das kannst du nicht.«

Diana entspannte sich, sobald sie sah, daß Chris sie nicht angeschwindelt hatte: Der Vorführraum lag, wie versprochen, im zweiten Stock eines braunen Stuckgebäudes im hinteren Bereich des Desilu-Studiokomplexes.

Sie parkten neben der Treppe, die wie eine Feuerleiter aussah, und als sie in die Eingangshalle traten, begrüßte sie der Filmvorführer.

»Alles ist fertig, Mr. Berry«, sagte er.

Er war ein rundlicher Mann mittleren Alters mit einem spärlichen Bart. Er behandelte Chris ehrerbietig, als ob Louie B. Mayer höchstpersönlich durch die Tür getreten wäre. Diana begann zu spüren, welches Prestige Chris genoß, trotz der beiläufigen, bescheidenen Art, in der er über seine Arbeit und seine Position in der TV-Branche redete.

»Danke, Jimbo«, erwiderte Chris. »Darf ich Ihnen meine Freundin und wichtigste Kritikerin vorstellen, Diana Lowe?«

Jimbo nickte zur Begrüßung und sagte dann zu Chris: »Was ich so von den Studioleuten heute vormittag gehört habe, gibt's nichts zu kritisieren.«

Chris schien erfreut. »Na, dann schauen wir uns die Sache mal an.«

Sie gingen auf die schweren Metalltüren zu, die den Vorführraum von der betriebsamen Eingangshalle trennten. Jimbo berichtete, daß ein, zwei der Schauspieler angerufen hätten, sie würden vielleicht hereinschauen und sich diese Version der zweiteiligen Story ansehen. Chris nickte abwesend und drückte die Tür auf, damit Diana vor ihm eintreten konnte.

Sie erwartete *Hollywood* – gepolsterte Wände, reihenweise Telefone, Plüschsessel mit hoher Rückenlehne, Zigarrenstummel. Statt dessen war der Raum von einem trostlosen Schmutzbraun, an Sitzgelegenheiten gab es überwiegend metallene Klappsitze, außer ein paar Reihen gepolsterter VIP-Sessel, wie sie Diana sich vorgestellt hatte. Und anstatt abgestandener Zigarrenreste auf dem Kontrolltisch stand da ein Styroporbehälter mit den Überresten einer Schinkensemmel, die allmählich hart wurden.

»Setz dich da hin«, sagte Chris, »neben mich. Ich muß bei der Beleuchtung und beim Telefon sitzen«, erklärte er. »Außer du brauchst es, um Carol anzurufen und mit ihr zu plaudern.«

Sie blickte ihn an und wußte nicht, ob er blödelte oder es ernst meinte. Dann sank sie in den Sessel neben ihn. Er quietschte, als sie darin herumwippte.

Chris rief ein paarmal ins Studio hinüber. Diana hörte zu, verfolgte aber nicht wirklich, was er sagte. Aus der Klimaanlage blies eiskalte Luft auf ihre nackten Schultern. Sie begann zu frösteln und wünschte plötzlich, sie hätte nicht den Gymnastikanzug angezogen.

Chris bemerkte ihre Gänsehaut und entschuldigte sich, daß er nichts gegen die Kälte tun könnte. Wenn sie die Klimaanlage auf eine niedrigere Stufe schalteten, stellte sie sich immer ganz ab; dann wurde es in dem Raum so heiß, daß alle glaubten, sie wären in den Wechseljahren.

»Zieh dir doch das da über«, schlug er vor, zog sich sein ausgeblichenes Sweatshirt über den Kopf und reichte es ihr.

»Dann ist dir doch kalt«, wandte sie ein und schob es weg.

»Mir ist nie kalt«, versprach er. »Nun zieh's schon an.«

Sie zog es an. Es war ausgebeult und roch nach Chris, aber der Schweißgeruch störte sie nicht. Und sie hörte auf mit dem Zittern, das sich zu einem Zähneklappern auszuweiten drohte. Zufrieden und entspannt lehnte sie sich in dem Plüschsessel zurück.

»Können wir jetzt anfangen?« fragte er mit einem amüsierten Lächeln in den Augenwinkeln, mit dem er Diana betrachtete. Sie nickte. »Du siehst aus wie ein kleines Kind.« Er lächelte sie an und hob den Hörer wieder auf.

»Wir sind fertig, Jimbo«, sagte er.

Aufregung stieg in Diana hoch. Innerhalb von ein paar Sekunden verdunkelte sich der Raum, und die Leinwand wurde lebendig, als Chris' Film begann. Diana hatte nie eine private Filmvorführung besucht; sie empfand ein unglaubliches Machtgefühl, daß man in der Lage sein konnte, einen Film in genau dem Moment ablaufen zu lassen, wann man ihn sehen wollte.

Sei kritisch, sagte sie sich, während der Vorspann über die Leinwand zog. Er möchte, daß du mit tiefen Einsichten brillierst. Doch schon nach fünf Minuten verlor sich Diana in der gefühlvollen Geschichte der Rotkreuzhelferin, die in Vietnam in derselben Militärbasis arbeitete wie die von Barbie Mallory dargestellte Person. Die Beziehung zwischen den beiden Frauen wurde einfühlsam nachgezeichnet. Gut nachvollziehbar wurde gezeigt, wie sie an persönlicher Größe gewannen. Es fehlte nicht an Humor, Pathos – und Tragik: Mallorys Freund wurde eines Nachts von einem geistig zerrütteten Soldaten, der gerade von der Front zurückkam, ermordet.

Die Tragödie war so gut geschrieben und von allen Hauptdarstellern so gut gespielt, daß Diana sogar vergaß, an Barbie Mallory etwas auszusetzen zu finden, gegen die sie seit dem Abend, an dem sie jenes Foto von ihr und Chris gesehen hatte, eine unbewußte Abneigung verspürte.

Diana ging in dem Film so auf, daß sie nicht einmal merkte, wie Chris zweimal aufstand und nervös um den Vorführraum herumlief, oder wie er jemand anrief und mehrere Minuten lang ins Telefon flüsterte. Sie bemerkte nicht einmal, wie kurz nach Beginn des Films die Tür zum Vorführraum aufging, noch sah sie die rothaarige junge Frau hereinschlüpfen, die sich am äußersten Rand der letzten Sitzreihe niederließ.

Die zwei Stunden verflogen wie zwei Minuten, und als die Lampen wieder hell wurden, war Diana so erschüttert, daß sie in ihrem Sessel vor sich hin schluchzte.

»Heißt das, daß es dir gefallen hat?« fragte Chris zögernd und reichte ihr ein Taschentuch aus einer Schachtel auf dem Beleuchtungspult neben ihm.

Sie lachte durch ihre Tränen. »Dafür wirst du wieder einen Emmy kriegen«, rief sie und schneuzte sich geräuschvoll.

»Ich finde selbst, das Zeug geht einem ganz schön an die Nieren«, gab Chris zu. »Nur noch ein paar Schnitte –«

»Noch ein Schnitt, und ich steige aus!« schrie eine bekannte Stimme. »So wie es jetzt ist, ist es perfekt!«

Diana drehte sich nach der Person um, die Chris da widersprach. Sie bekam einen kleinen Schock, als sie Barbie Mallory hinter ihnen sitzen sah; sie sah genauso wild aus wie ihre ungebändigte Mähne feuerroter Haare.

Barbie stand auf und schlängelte sich in ihrem knallengen Lederdreß auf sie zu. Alles, was sie anhatte, war weiß und eng. Sie ist ein *Star,* dachte Diana, und in Wirklichkeit ist sie noch phantastischer als auf der Leinwand.

Dianas Herz sank. Sie verspürte den Drang, zu einem Spiegel zu rennen und zu begutachten, wie schrecklich sie im Vergleich dazu aussah: die Augen vom Weinen gerötet, die Haare mit einem Stretchband kunstlos nach hinten gerafft, so daß jede Unreinheit auf ihrem Gesicht deutlich hervortrat, und Chris' Riesen-Sweatshirt übergestülpt, in dem sie flachbrüstig wirkte. Sie warf Chris einen Blick zu, ob er wohl bemerkt hätte, wie sehr sie neben Barbie verblaßte.

Er schien jedoch von Barbie weniger beeindruckt als Diana. Er sah sie sogar zornig an und brüllte: »Ich dachte, ich hätte dir gesagt, du sollst dich aus dem Staub machen, während ich den Endschnitt herstelle.«

Barbie stemmte die Hände in die Hüften und forderte ihrerseits Chris mit einem wütenden Blick heraus. Beide standen einander halsstarrig gegenüber, keiner sagte ein Wort.

»Und zulassen, daß du meine beste Arbeit ruinierst?« sagte Barbie endlich, als Diana schon glaubte, die beiden wären plötzlich mit Stummheit geschlagen.

»Ohne mich, Baby, hast du keine beste Arbeit, wie du es nennst«, höhnte er. »Vergiß das nie.«

Barbie drehte sich mit einem lauten »Phhh!« um und floh aus dem Vorführraum; sie stieß die schwere Metalltür mit einem solchen Schwung auf, daß sie krachend gegen die Außenwand fiel.

»Und übrigens«, sagte Chris scherzhaft zu dem Luftwirbel, den Barbies Fahrwasser hinterließ, »das ist Diana Lowe.« Er drehte sich zu Diana um. »Es tut mir leid, daß du das mit ansehen mußtest«, entschuldigte er sich.

Mir nicht, frohlockte Diana. Er haßte sie wie die Pest! »Sie ist schön«, sagte Diana.

»Und ein Biest.« Er zuckte mit den Schultern. »Also erzähl mal, was hat dir an dem Film nicht gefallen?«

»Nach dem, was du Barbie an den Kopf geworfen hast, wage ich nichts mehr zu sagen«, erklärte sie grinsend. »Aber die Hitze, die ihr beide in diesem Raum erzeugt habt, macht das da überflüssig.« Sie streifte sein Sweatshirt ab und reichte es ihm.

»Ich muß mich wirklich entschuldigen.« Er winkte zu Jimbo in der Vorführkabine hinauf; er hatte sich von oben den Auftritt zwischen Chris und Barbie nicht entgehen lassen.

Als sie Chris nach draußen folgte, wo der Nebel verflogen und es jetzt recht sonnig war, überlegte Diana kurz, wie viele saftige Stories Jimbo wohl über die berühmten Leute erzählen könnte, die in diesem Raum gesessen hatten.

Mühsam stieg sie die Treppe hinunter und konnte ihren Körper kaum auf den Beifahrersitz von Chris' Wagen hieven. Nicht nur ihre Blasen schmerzten höllisch, auch die Waden fingen an zu ziehen, und ihre Oberschenkelmuskeln schienen nicht mehr am Rest ihres Körpers befestigt zu sein. »Dank dir bin ich ein totales körperliches Wrack«, neckte sie Chris.

»Was du brauchst, ist ein schönes Einweichbad in meinem Jacuzzi«, sagte Chris.

Diana sah, daß es schon nach vier war. Rodney Carter holte sie um sechs ab. »Das geht nicht«, sagte sie, »obwohl ich zugebe, daß das nach einer tollen Idee klingt.«

»Ich habe eine extrastarke Poolheizung. Sie kann das Wasser in einer Viertelstunde aufwärmen«, sagte er. »Ich würde wirklich gern den Film mit dir besprechen.«

»Ich hab dir doch gesagt, daß ich heute abend verabredet bin. Er holt mich um sechs ab. Es geht wirklich nicht.«

»Ich habe dich monatelang nicht gesehen. Ich komme nach Hause und entdecke, daß das Mädchen meiner Träume nebenan wohnt, und du läßt mich für einen Kerl stehen, den du im Flugzeug aufgegabelt hast«, sagte Chris. »Er hat ein paar Milliarden, na schön. Aber verfügt er über eine Garderobe von Aloha-Hemden wie ich?«

»Eins zu Null für dich«, lachte Diana. »Aber ich muß mir das Jacuzzi-Bad trotzdem für ein andermal gutschreiben lassen.«

Chris ließ den Kopf hängen. »Habe ich dir übrigens gesagt, daß ich für ein paar Tage nach Hawaii zurück muß?« fragte er nach langem Schweigen.

Diana blickte Chris an. »Nein. Das hast du nicht. Wann hat sich das ergeben?«

»Heute«, sagte er.

»Wann fährst du ab?«

»Morgen, in aller Frühe.«

»Wann kommst du zurück?«

»Das kommt darauf an…« Chris' Stimme verlor sich.

Fast hätte sie gefragt: »Worauf kommt es an?«, doch irgend etwas hielt sie zurück.

Schweigend fuhren sie ihre Auffahrt hoch. Sie öffnete die Tür, um auszusteigen, und wandte sich noch einmal zu Chris um.

Impulsiv zog er Diana an sich. Er küßte sie kurz auf die Lippen, machte eine Pause, beugte sich dann vor und küßte sie noch einmal – mit einem langen, zögernden Kuß. »Viel Spaß heute abend«, sagte er, dann ließ er sie gehen.

Diana war ganz durcheinander, als sie zu ihrem Haus ging. Wir sind doch nur Freunde, oder? dachte sie immer wieder. Als seine Lippen das erste Mal die ihren streiften, hatte das geheißen, ja, wir sind nur Freunde. Aber der zweite Kuß…

»Mama, der Typ, mit dem du heute abend ausgehst, hat angerufen«, sagte Todd, als sie gedankenverloren wie in Trance an der Küche vorbeitrottete.

»Wie? Was?«

»Der Typ«, sagte Todd gereizt. »Du weißt schon.«

Diana purzelte aus der Verzauberung, in die Chris sie entrückt hatte, auf den Boden der Tatsachen zurück. »Was wollte er denn?« fragte sie.

»Keine Ahnung. Hier ist seine Nummer. Er sagte, es sei wichtig.«

Wahrscheinlich ließ er die Verabredung platzen, dachte Diana, als sie die Tasten drückte. Sie war nicht sicher, ob es ihr etwas ausmachte.

»Ich freue mich auf heute abend«, sagte Rodney, als er ihre

Stimme hörte. »Aber ich wollte dir Bescheid sagen, daß der Wetterbericht Nebel angekündigt hat. Zieh dich warm an.«

Diana war über seine Fürsorglichkeit gerührt und sagte es ihm auch. Nur ihre Eltern hatten sich jemals um derartige Dinge gekümmert, gestand sie und fügte hinzu, sie hätte geglaubt, er hätte angerufen, um sie wieder einmal zu versetzen.

»Diesmal nicht«, sagte Rodney. Er sagte Diana, er hätte vier Zeitzonen durchquert, um rechtzeitig für heute abend zurück zu sein. »Ich möchte dich nicht aus meinem Leben davonschlüpfen lassen.«

Der ideale Mann, dachte Diana, als sie langsam die Treppe zu ihrem Zimmer hochstieg; jede Sekunde schmerzten ihre Beine mehr. Seit ich ihn kennengelernt habe, hat er noch nie etwas Falsches gesagt. Warum war sie dann nicht aufgeregter wegen heute abend? Irgendwie schien sich Chris als ausgezeichnete Antwort aufzudrängen. Doch als sie die französischen Tulpen sah, die Todd auf ihren Frisiertisch gestellt hatte – zwei Dutzend gelbe Blüten –, und das romantische Kärtchen von Rodney Carter las, wie sehr er sich auf ihre Verabredung freue, zwang sich Diana, Chris aus ihren Gedanken zu vertreiben.

Sie durchstöberte ihren Schrank nach einem Outfit, das Rodney beeindrucken würde, entschied sich aber statt dessen für etwas Warmes und Praktisches: eine Wollhose mit passendem Rolli und einen breiten bunten Schal, den sie sich um die Schultern drapieren konnte, falls ihr die feuchte Kälte wirklich bis zu den Knochen dringen würde, wie Rodney gewarnt hatte.

Als Rodney in seinem Rolls-Royce Corniche mit Faltverdeck zu ihrer Tür vorfuhr, wurden Todds Augen groß wie Untertassen. »Ein Rolls«, flüsterte er.

»Er hat auch einen Ferrari«, erwiderte Diana, selbst ganz ehrfürchtig, als sie zur Tür ging, um Rodney hereinzulassen.

»Das muß ich Papa erzählen!« rief Todd.

Diana ignorierte den Kommentar ihres Sohnes und begrüßte Rodney, der sein strahlendstes Lächeln aufsetzte und begeisterte Vorfreude über ihren gemeinsamen Abend in der Bowl versprühte. Obwohl er eigentlich nicht später als sechs aufbrechen wollte, verbrachte er ein paar zusätzliche Minuten damit, Todd zu umwerben. Und er machte seine Sache gut. Nichts an ihm schien gezwungen. Er wußte genau, was er sagen mußte, um bei ihrem anspruchsvollen Sohn einen günstigen Eindruck zu erwecken.

Als sie im Auto saßen und auf den Freeway zufuhren, machte Diana eine Bemerkung darüber, wie gut er mit Jugendlichen umgehen könnte. »Ich weiß nicht einmal, ob Sie schon einmal verheiratet waren«, lachte sie. »Haben Sie Kinder?«

Er erzählte Diana, daß er zehn Jahre lang mit einer Jugendliebe aus dem Jurastudium verheiratet gewesen und seit fünfzehn Jahren von ihr geschieden wäre. »Wir hatten eine Tochter«, setzte er nach einer Pause hinzu. »Aber sie starb mit vier Jahren.«

»Oh, wie traurig«, sagte Diana.

»Sie hatte spinale Meningitis. Meine Frau und ich sind uns danach fremd geworden. Das passiert manchmal. Schließlich trennten wir uns.«

Eine Zeitlang fuhren sie dahin, beide in gedankenvollem Schweigen versunken. Sie dachte an Rodneys öffentliches Image eines mächtigen Finanzmagnaten, und welchen Gegensatz dazu dieser Mann darstellte, der ihr zögernd erlaubte, einen Blick auf das psychische Leid zu werfen, das er in jüngeren Jahren durchgemacht hatte.

»Auch Sie haben eine Tochter, nicht?« fragte er und brach in ihre Gedanken ein, als sie sich der Ausfahrt zur Hollywood Bowl näherten und sich in eine immer länger werdende Schlange einreihten. Die Saison der Sommerkonzerte in dem weltberühmten Amphitheater, das aus den Hügeln von Hollywood herausgemeißelt war, lockte Scharen von Menschen an, die vor dem Konzert unter lauem Himmel in ihren Logen dinierten – falls sie sich die besten Plätze in der Nähe der Bühne leisten konnten, oder an den Tischen picknickten, die rund um die muschelförmige weiße Arena aufgestellt waren.

»Das ist richtig«, sagte Diana. »Jessica ist fast neunzehn.«

»Ich kann nicht glauben, daß jemand, der so jung aussieht, eine Tochter diesen Alters haben kann«, rief Rodney.

»Mit solchen schmeichelhaften Komplimenten werden Sie alle Hindernisse niederrennen, Mr. Carter«, sagte Diana leichthin.

»Ich werfe mit Komplimenten keinesfalls um mich«, erwiderte er.

»Heißt das, daß Sie einen anspruchsvollen Geschmack haben?«

»O ja. Aber bis jetzt stellen Sie tausend andere in den Schatten.«

»Sie sind nur beeindruckt, daß ich im Valley wohne«, alberte sie.

»Ich bin von allem von Ihnen beeindruckt, Diana. Für mich sind Sie wie eine Brise frischer Luft. Sie sind offen und lustig. Sie haben Ihr Leben im Griff. Sie halten dieses Haus in Schuß, haben einen Vollzeit-Job und einen großartigen Sohn wie Todd. Sie schreiben sogar ein Buch.« Er machte eine Pause und lachte dann in sich hinein. »Sie sind wie ein bunt zusammengestellter Investmentfonds.«

Diana erzählte Rodney, daß ihre Tage als Autorin vielleicht gezählt seien, und erklärte, wie der Schokoriegel, den er ihr geschenkt hätte, der Anfang des Endes ihres vertrauten, heißgeliebten Amigo-Riegels gewesen sei. Sie erzählte ihm, daß sie sogar den Hersteller angerufen hätte, nur um herauszufinden, daß man keinerlei Absicht habe, den Originalriegel wieder auf den Markt zu bringen. Rodney bot mitfühlend an, für Diana Detektivarbeit zu leisten. Zwar kannte er niemand an der Spitze dieses Familienunternehmens, er würde jedoch über die Sache nachdenken, und vielleicht könnte er jemand auftreiben, der jemand kannte, der dort seine Finger im Spiel hatte.

Sie setzten ihr Gespräch fort, während sie zu dem bewachten Parkplatzabschnitt an der Bowl fuhren, wo ein Bediensteter, der Rodney beim Namen kannte, mithalf, aus dem Kofferraum eine Sammlung von Picknickkörben, ein aufklappbares Küchenbord und isolierte Weinbehälter auszuladen. Voll bepackt machten sich Rodney und Diana auf den Weg zu seinem Logenabteil in der Mitte der vordersten Reihe.

Er schien ganz in seinem Element, stellte das Küchenbord auf, das die gesamte Breite der Loge einnahm, in der sechs Leute bequem Platz gefunden hätten. Als Diana fragte, ob er noch andere Gäste erwartete, verneinte er; er wolle sie ganz für sich allein haben. Dann ordnete er an, sie solle sich bequem zurücklehnen und die »Show« genießen, denn als solche stellten sich seine Vorbereitungen heraus.

Er zog seine wildlederne Fliegerjacke aus und rollte die Hemdsärmel hoch. Dann band er sich eine Küchenschürze um und veranstaltete, was man nur als rituelles In-Gang-Setzen des Herds, der haargenau in einen Ausschnitt an einem Ende des Küchenbords hineinpaßte, bezeichnen konnte.

»Warum zünden Sie nicht die Kerzen an und stellen diese Blumen da in die Vasen?« bat er Diana, die es genoß, im Mittelpunkt dieses verschwenderischen Genußerlebnisses zu stehen.

Sie zündete die langen weißen Kerzen an, die bereits in Haltern aus Kristallglas steckten, und arrangierte dann sorgfältig die violetten Rosen und das Schleierkraut in zwei Baccarat-Vasen.

Die Leute, die in der Nähe ihrer Loge saßen, starrten auf Rodneys vollendete Inszenierung, und einige sprachen ihn direkt darauf an. Er antwortete in seiner üblichen höflichen Art und ging sogar so weit, den direkten Nachbarn eine Kostprobe des ersten Gangs anzubieten, Hummer sautiert in Weißwein und Safran, der die Luft sofort mit einem Aroma erfüllte, daß sich die Nasen ringsum schnuppernd erhoben und die Köpfe im gesamten Logenkomplex sich in ihre Richtung wandten.

Wie auf ein Stichwort hin erschien ein asiatischer Bediensteter, und Rodney blickte auf, lächelte ihn an und sagte: »Diana, darf ich Ihnen Kim Suc vorstellen? Kim, das ist Mrs. Lowe.«

Kim verbeugte sich leicht und sagte: »Ich freue mich, Sie kennenzulernen.«

»Kim Suc ist mein Hausmann«, erwähnte Rodney beiläufig, während er schnippelte und briet.

Mit unaufdringlicher Selbstverständlichkeit entkorkte Kim eine Flasche Pouilly-Fuissé und goß zwei Gläser voll; eins reichte er Diana, das andere ließ er auf dem Küchenbord für seinen Dienstherrn stehen.

Rodney vollendete sein Werk, setzte sich hin und ließ sich und Diana von Kim die Vorspeise servieren.

Während sie den ersten Gang genossen, hielt sich Kim diskret abseits in der Nähe der Bühne.

Beim Essen wurde sich Diana bewußt, daß Rodney das Gespräch an sich gerissen hatte, fast, als ob er sie ausfragen wollte. Schließlich gelang es ihr jedoch, die Konversation auf ihn zu lenken, und sie bewies ihre Geschicklichkeit, auf Menschen so zuzugehen, daß das Eis bald gebrochen war. Je mehr er ihr erzählte, desto interessanter und vielschichtiger erschien er ihr, dieser mächtige Wirtschaftsboß, der mit seinen Gourmetgerichten sogar Diana unter den Tisch kochte.

»Und ich hatte geglaubt, Sie seien ein Cowboy«, sagte sie, als er gestand, daß er zwar in Butte, Montana, geboren sei und jeden Sommer auf der Ranch der Familie verbracht hätte, aber in der Stadt aufgewachsen sei. Sein Vater war Richter gewesen; seine Mutter stammte aus einer Bostoner Intellektuellenfamilie, bei der Bildung und Kultur höher im Kurs standen als eine Ranch und Pferde. Sie hatte darauf bestanden, daß ihr einziges Kind wie auch ihr Vater, Großvater und Urgroßvater Andover und Harvard besuchen sollte.

»Aber ich habe rebelliert«, erklärte Rodney. »Ich bin nach Yale gegangen.«

Diana hörte zu und kam zu dem Schluß, daß dieser Mann auf einer Bewertungsskala von eins bis zehn auf zwanzig Punkte kommen mußte! Warum nur vollführte ihr Herz dann keinen Freudentanz in ihrer Brust?

Während der Zubereitung des zweiten Gangs, Kammuscheln mit Schalotten, Kapern und Zitrone, tauchte Kim wieder auf und richtete den Salat an.

»Wo haben Sie denn so außerordentlich gut kochen gelernt?« fragte Diana Rodney.

»Ich lasse mich von allen meinen Köchen in ihre Berufsgeheimnisse einweihen. Vor ein paar Jahren habe ich sogar einen Cordon-bleu-Spezialisten bei mir wohnen und meine Kochkünste aufpolieren lassen. Ich habe selten Zeit zu kochen, aber wenn ich etwas mache, Diana, mache ich es ganz.«

Er nahm ihre Hand und küßte sie auf der Innenseite, wobei er ihr tief in die Augen blickte. Sie erwiderte den Blick und dachte benebelt, daß diese Nacht wie ein Traum war.

Auch sein Aprikosensorbet war perfekt.

Kim ließ alle Teller und Kochgeräte verschwinden, und ein paar Augenblicke später ertönten die Philharmoniker von Los Angeles; sie spielten ein Mozart-Konzert und zwei kurze Werke von Franz Liszt.

Während der ersten Hälfte des Konzerts zog, wie vorausgesagt, feuchte Witterung auf; eine kühle Meeresbrise hüllte sie in Nebel ein. Diana konnte spüren, wie ihre Beine noch steifer als ihr restlicher Körper wurden, und sie hatte jetzt nicht nur den Schal, den sie mitgebracht hatte, dringend nötig, sondern war auch dankbar für Rodneys Vorschlag, sich unter seine Kaschmirdecke zu kuscheln. Während sich die Musik einen Weg durch ihre umherschweifenden Gedanken bahnte, versuchte sie wieder einmal, die Absicht hinter Rodneys unmißverständlich verbalen Annäherungsversuchen zu erkennen. Wollte er wirklich eine Beziehung mit ihr, oder war er nur an einer flüchtigen Eskapade interessiert? Sie fand keine Antwort. Sie war nicht sicher, ob sie überhaupt wissen wollte, wohin diese Nacht führen sollte.

Plötzlich drängte sich Chris in ihre Gedanken. Wie er heute früh ausgesehen hatte, als er in seinen Shorts den Strand entlanglief. Er fuhr wieder weg. Ganz plötzlich. Doch sie hatte ja keinerlei Ansprüche ihm gegenüber, kein Recht, wütend zu sein. Warum fühlte sie sich dann so mies? Warum löste Chris' Gesicht, das die anschwellende Musik heraufbeschwor, in ihr den Wunsch aus, aufzustehen und zu gehen? Sie sollte Gott dafür danken, daß er diesen phantastischen Rodney Carter ihren Weg hatte kreuzen lassen, egal, was er von ihr wollte.

Sogar sein Espresso war perfekt.

In der Pause holte Rodney eine Spezial-Kaffeemaschine hervor und ließ einen starken Espresso durchlaufen, den er mit Löckchen von Zitronenschale in flachen Limoges-Tassen servierte. Der Kaffee und das anhaltende romantische Feuer in Rodneys Augen wärmten sie vollständig auf, und sie saß unter der Decke dicht an ihn geschmiegt und lauschte genußvoll dem traditionellen Schlußstück dieser Sommerkonzerte in der Hollywood Bowl, der Tschaikowsky-Ouvertüre von 1812, die mit Beckengerassel und einem Feuerwerk endete, wie Diana es nie zuvor gesehen hatte. Zehn Minuten lang leuchtete der neblige

Himmel über ihnen in einem Regenbogen strahlender Farben, als hätte jemand eine Schatzkiste geöffnet und die Juwelen in die Luft geschleudert, hinauf, hinauf, hinauf, bis sie in einem dichtgewebten Funkenschauer wieder herabsanken. Sie fuhren mit zurückgeschlagenem Verdeck nach Hause; Diana fühlte sich jetzt wohler und ungezwungener mit Rodney, obwohl sie sich immer noch gern gezwickt hätte, um sich zu vergewissern, daß dieser Abend Wirklichkeit war, während sie dem sonoren Klang seiner Stimme lauschte, die alle möglichen Zukunftspläne für sie beide entwarf.

»Ich bin ein vielbeschäftigter Mann«, erinnerte er sie noch einmal, bevor er ihre Tür aufschloß, »doch ich habe vor, die Zeit zu finden, dich in mein Leben einzubeziehen.« Er nahm sie in die Arme und küßte sie.

»Gute Nacht«, sagte sie und sah ihm nach, wie er wegfuhr, bevor sie die Türe hinter sich schloß.

Zum ersten Mal seit Jahren fühlte sie sich wie ein beschwipster Teenager. Sie mußte den Drang bekämpfen, Carol anzurufen und mit ihr wie eine Sechzehnjährige über die Bedeutung jedes einzelnen Wortes zu kichern, das Rodney ihr heute abend gesagt hatte. Aber irgend etwas hielt sie zurück. Fast hatte sie Angst, die Zukunft würde nie eintreten, wenn sie sie zerredete.

Todd saß im Wohnzimmer und sah fern. Wie er an einem Ende der Couch hingeflegelt lag, sah er genauso aus wie sein Vater.

»Gefällt dir dieser Typ?« fragte er und drehte den Ton leiser.

»Er ist nett«, gab sie beim Hereinkommen zu.

»Und offensichtlich wohlbetucht!« ergänzte Todd.

»Das Geld, das jemand besitzt, macht ihn nichts weiter als reich.«

»Ich weiß, Mama.« Todd blickte sie gereizt an.

Diana stand da und schaute Todd an; sie überlegte kurz, ob sie noch mehr sagen sollte. Sie wollte jetzt nichts verpatzen, wo sich die Gefühle zwischen ihnen gerade so zum Positiven gewendet hatten. Trotzdem war sie Mutter und konnte mit ihren Ängsten nicht hinter dem Berg halten; deshalb platzte sie heraus: »Ich mache mir Sorgen über dich, das ist alles.«

»Wieso?«

»Ich möchte nicht, daß das Materielle bei dir so in den Vordergrund tritt. Für mich sind handfeste ethische Grundsätze wichtiger.« Sie überlegte, ob sie darauf hinweisen sollte, daß die ethischen Grundsätze seines Vaters den Bach hinuntergeschwommen waren, verzichtete aber darauf.

Ärgerlich gab Todd zurück: »Und dieser Kerl da, Rodney mit dem Ferrari *und* dem Rolls-Royce, strotzt hoffentlich vor handfester ethischer Grundsätze?«

»Ich weiß es nicht«, sagte Diana.

»Aber du wirst ihn wiedersehen?«

»Ich hoffe doch. Stört dich das?«

Todd zögerte. »Vermutlich nicht. Aber ich möchte nicht, daß er dich verarscht.«

Diana lächelte und erwiderte scherzhaft: »Danke, daß du so viel Vertrauen in deine alte Mama hast. Zeig ein bißchen mehr Zuversicht, du kleines Scheusal. Ich teile dir hiermit mit, daß er mich schon bis ins nächste Jahrhundert verplant hat!«

»Fein, Mama«, sagte Todd. »Das meine ich wirklich. Ich mache mir nur Sorgen um dich, das ist alles.«

Diana wollte kaum ihren Ohren trauen. Todd war nicht nur stolz auf ihre Karriere, sondern er sorgte sich auch um sie und klang weniger wie ein Sohn als wie ein bekümmerter Vater, der in rührender Weise als ihr Beschützer auftrat.

Todd wandte sich wieder seinem Horrorfilm zu. Diana war entlassen. Sie wollte weiterreden, sich ihm weiter mitteilen, mehr darüber herausfinden, wie sich ihr Sohn entwickelte. Aber sie wußte, daß er für heute abend mit ihr fertig war. Sie konnte das Gespräch mit ihm nicht erzwingen.

Diana ging zu ihm hinüber und beugte sich hinab, um ihn auf den Kopf zu küssen. Er regte sich nicht und nahm ihren Liebesbeweis hin, ohne darauf einzugehen.

»Bis morgen dann«, flüsterte sie. Er nickte abwesend, seine Augen klebten wieder an der Mattscheibe.

In dem Moment, als sie ihr Schlafzimmer betrat, klingelte das Telefon. Sie schaute auf die Uhr: Es war Mitternacht. Besorgnis flackerte in ihr auf.

»Wer ist dran?« fragte sie.

»Ich bin's.«

»Rodney, wo bist du jetzt?«

»In meinem Auto. Ich vermisse den Klang deiner Stimme. Ich möchte, daß du mit mir frühstückst.«

Sie hatte vorgehabt, gleich morgen früh mit der Arbeit an ihrem Buch zu beginnen. Doch das konnte ein paar Stunden warten. Schließlich vermißte nicht jeden Tag ein Mann, der direkt den Seiten von *Fortune* entsprang, ihre Stimme.

Er würde sie abholen – Punkt neun.

22. Kapitel

Rodney Carters Assistentin rief an und sagte das Frühstück mit Diana ab – sie erzählte etwas von einem dringenden Meeting in London.

Zwei Tage später rief Rodney Diana aus New York an. Er hatte ihr bei einer Reihe von Boutiquen am Rodeo Drive unbegrenzten Kredit einräumen lassen. »Kauf alles, was du brauchst«, sagte er und erklärte, daß er sie zu einer dreitägigen Gala mitnehmen wollte. Der umstrittene Wallstreet-Geschäftemacher Jordan Hoch IV. ließ nächste Woche anläßlich seines Geburtstags eine Party auf seiner Privatinsel in der Karibik steigen. Der Jet-Set der amerikanischen Gesellschaft und Geschäftswelt würde anwesend sein, bis an die Zähne gestylt und mit Preziosen behängt. Er wollte, daß sich Diana in diesem Milieu wohl fühlte und konnte nicht von ihr verlangen, daß sie ihr eigenes Vermögen ausgab, obwohl sie protestierte, sie könne es sich leisten, ihre Kleider selbst zu kaufen.

»Wie er redete, klang es fast wie eine Geschäftsinvestition«, erzählte Diana Carol später und fügte hinzu, daß sie immer noch mit dem Gedanken spielte, sein Angebot abzulehnen.

»Du bist übergeschnappt«, antwortete Carol.

»Vielleicht. Aber wenn ich mit ihm schlafe, will ich, daß es meine Entscheidung ist. Nur weil er meinen Körper mit Kleidern behängt, soll er nicht glauben, daß er auch nach Belieben über ihn verfügen kann.«

»Hat er dich bisher jemals unter Druck gesetzt?«

»Nein.«

»Dann hör auf, über solchem Quatsch zu brüten. Wenn auf deinem Weg eine Brücke auftaucht, dann überquer sie.«

»Vielleicht hast du recht.«

»Natürlich habe ich recht. Danach kannst du gehen!«

Und sie ging. Ein paar Tage später schnipselte Diana Preisschildchen im Gesamtwert von 25 000 Dollar von einer neuen Gesamtgarderobe ab, die Partykleider, Tageskleider, Abendkleider, Taschen, Umhänge usw. umfaßte.

Rodney schickte ihr seinen luxuriösen Privatjet. Sie flog allein nach New York, ließ sich von Kim Suc verwöhnen und einen Teil des Flug vom Kopiloten unterhalten, der sich zu ihr setzte. Nach ihrem Schwatz überreichte ihr der Kopilot eine Notiz und zog sich zurück. Die Notiz stammte von Rodney. Sie las: »Ich hoffe, du hast einen angenehmen Flug. Tut mir leid, daß ich nicht bei dir sein konnte. Im Kühlschrank lagert genug Dom Pérignon, um den Durst von einem Regiment Soldaten zu löschen. Und ich habe ein Video eingelegt, das dich entspannen und für unser Wochenende einstimmen soll.«

Sie schaltete den Bildschirm ein und drückte auf den Knopf, der den Film in Gang setzte. Im nächsten Moment sah sie den Playboy-Special *Die Kunst der sinnlichen Massage.* Irgendwie hatte sie sich bei den Massagen mit Stefan als etwas ganz Besonderes gefühlt; doch wenn sie den Film anschaute, kam sie sich beschmutzt vor. Sie fragte sich, ob Rodney allen seinen Frauen neue Kleider vom Rodeo Drive und Softpornos in 10 000 Metern Höhe verpaßte.

Rodney holte sie vom Flughafen ab. »Hast du dir den Film angeschaut?« fragte er sie nach dem Begrüßungskuß.

»Ein paar Minuten lang. Ich ziehe die echte Sache vor.«

»Ich auch«, gurrte er und zog sie noch einmal an sich. »Es spart nur ein bißchen Zeit, das ist alles«, murmelte er ihr ins Ohr.

Ich hätte es wissen müssen, dachte sie und zog sich innerlich ein winziges bißchen von ihm zurück. Ein flaues Gefühl breitete sich in ihrer Magengrube aus. War er so beschäftigt, daß er von ihr erwartete, das Vorspiel schon mal alleine in Gang zu bringen?

»Du wirst sie an Schönheit alle in den Schatten stellen«, flüsterte er ihr zu, als sie mehrere der anderen Gäste trafen, die im Privathangar warteten, von dem aus zahlreiche Privatjets und zwei Charterflugzeuge zu Hochs Party flogen.

Mit ruhiger Stimme erklärte er ihr, wer die Leute alle waren. Die meisten Namen waren ihr bekannt, auch die Gesichter.

Als alle auf Hochs Inselparadies angekommen waren und sich eingerichtet hatten, schwenkte das Gespräch von dem Thema, wer jeder war, dazu über, wieviel ihr Gastgeber ausgegeben hatte. Gerüchten nach sollte Hoch mindestens fünf Millionen Dollar für dieses Ereignis hingeblättert haben.

Er hatte den *Cirque de Soleil* einfliegen lassen. Yachten verschiedener Größen standen für Vergnügungsfahrten oder zum Fischen zur Verfügung. Jeder nur denkbare Wassersport wurde den Gästen geboten. Hochs privater 18-Loch-Golfplatz war ständig in Betrieb, wie auch seine sieben Tennisplätze.

Abends reichten die Festivitäten von ausgelassenen Discopartys zu hocheleganten Galaveranstaltungen, und in Zelten arabischen Stils häuften sich Speisen, Getränke und Unterhaltung in solcher Fülle und Vielfalt, daß selbst Heinrich dem VIII. davon schwindlig geworden wäre.

Niemand schien je zu schlafen.

Als Außenseiterin am Arm eines Insiders bekam Diana aus der Vogelperspektive einen guten Einblick, wie unzufrieden und blasiert viele der Reichen und Berühmten waren. So großzügig und raffiniert ausgedacht alles auch war, die Gäste schwelgten ohnehin allzuoft in Genüssen solcher Art. Fast schien es, als erwarteten sie um so mehr, je mehr Hoch ihnen bot. Diana schaute ihnen in die Augen und sah bodenlose Abgründe überspannter Erwartungen.

Rodney sprühte die ganze Zeit vor Charme und guter Laune, wie ein Politiker auf Stimmenfang. Diana kam zu dem Schluß, daß er genau das war. Bei einem langen Gespräch mit dem Bürgermeister einer Stadt des Mittelwestens gab Rodney zu, er greife bestimmte soziale Streitfragen auf, weil sie ihm als Sprungbrett für politische Bestrebungen dienlich werden könnten, die er langfristig verfolgte.

»Hattest du das auch bei deiner Teilnahme an der Demo zum Abtreibungsrecht für Frauen im Sinn?« fragte sie ihn später.

»Klar«, antwortete er.

Er sank eine weitere Stufe in ihrer Achtung.

Bei den seltenen Gelegenheiten, wenn in der rasenden Folge der Sensationen eine Pause eintrat, schien Rodney gereizt. Diana fragte sich, ob er nicht wüßte, was er mit sich anfangen sollte, wenn er kein Telefon in der Nähe hatte oder die Papiere studieren konnte, die ihm täglich durchgefaxt wurden.

Auch Sex mit Rodney war eine ausgefeilte Aktion – wie seine Kochvorführungen. Die Inszenierung der Sache war genauso wichtig für ihn wie die Sache selbst. Er vollführte die richtigen Bewegungen, genau wie er bei der Zubereitung seiner Lieblingsspeisen die richtigen Hilfsmittel benutzte.

Wenn sie sich liebten, mußte er das Umfeld und den Verlauf bis ins kleinste Detail unter Kontrolle haben. Diana wollte Spontaneität, und ihr Fehlen ließ ihn in ihrer Achtung noch eine weitere Stufe abrutschen.

Die Brandung, die Sonne und die berauschende Gegenwart so vieler mächtiger Leute erregte sie genauso stark wie Rodney selbst. Sie wollte, daß er sie nahm, liebte, mitten an ihrem mit Ereignissen vollgestopften Nachmittag. Doch Rodney vertröstete sie – auf nette Art, selbstverständlich – und machte ihr klar, daß sie sich später am Abend lieben würden, wie er es geplant hatte.

Ach, wie geschickt er war! Ein gut geschulter Liebhaber. Rodney wußte, wie er seine Finger zu gebrauchen hatte. Wie er seinen Mund auf ihrem Mund, ihren Brüsten spielen lassen mußte. Er wußte genau, wie lange er sie erregen mußte, damit sie auch sicher feucht und bereit für ihn war. Sogar sein Cunnilingus war perfekt. Aber er war nicht wild; er war nicht sorglos.

»Spaß« war kein Wort, das Diana in den Sinn kam, wenn Rodney in sie kam.

Als das Wochenende dem Ende zuging, war Diana froh, daß sie abfahren konnte. Nichts schien zu stimmen, wenn sie zusammen waren, obwohl Rodney das anscheinend gar nicht bemerkte.

»Ich will ihn nicht mehr sehen«, erzählte Diana Carol, als sie wieder zu Hause war. »Wir sind zu verschieden.«

Wieder sagte Carol, sie sei verrückt, wenn sie aus der äußerst aufregenden Beziehung mit einem so brillanten und reichen Mann, die doch gerade erst aufblühte, aussteigen wolle.

»Nicht einmal der Sex war so toll.«

»Gib ihm Zeit«, sagte Carol. Die Sache müsse sich langsam entwickeln, und vielleicht könne Diana ihn ändern.

Vielleicht hatte Carol recht.

Dann wieder dachte Diana, vielleicht hätte dieses eine Mal doch eher sie recht. Vielleicht sollte sie einfach ihrem Instinkt vertrauen?

»Ich bin verrückt nach dir«, sagte Rodney, als er Diana von seinem Jet aus spätabends anrief; er war gerade unterwegs nach São Paulo. »Du warst wunderbar an diesem Wochenende. Ich weiß, daß solche Veranstaltungen nicht einfach sind. Ich weiß, daß ich nicht einfach bin.«

Er sagte immer das Richtige.

Sie schwankte.

Vielleicht hatte Carol doch recht. Was konnte es schaden, wenn sie ihrer Beziehung eine Chance gab?

»Mama, das ist nicht fair. Ich habe es satt, immer bei Freunden übernachten zu müssen. Es ist mir peinlich, daß mich jemand babysitten muß, wenn du mit diesem Typ unterwegs bist.«

Diana saß in sich zusammengesunken am Küchentisch und glotzte in eine Tasse mit schlammigem, braunem Kaffee. Ihre Reisen mit Rodney wurden allmählich sehr kompliziert. Von einer Minute zur nächsten packen und aufbrechen zu müssen war schwieriger, als man sich vorstellen kann. In den vier Wochen ihrer Beziehung war sie zweimal in New York gewesen, in London, Paris, Monaco, Rom und Deer Valley, Utah, der Aufenthalt auf Hochs Karibikinsel nicht mitgezählt. Meist wußte sie gar nicht, in welcher Zeitzone sie sich befand. Die dunklen Ringe unter ihren Augen wurden zur Dauererscheinung. Und jetzt trieb diese verrückte Beziehung einen Keil zwischen sie und Todd. Sie sah ihren Sohn nicht nur selten; er hielt auch nicht damit hinter dem Berg, daß seine Mutter allmählich ein Störfaktor für ihn wurde.

»Ich werde ihm einfach sagen, daß ich nicht mit ihm nach Acapulco fliegen kann«, sagte sie. »Es wäre sowieso nur für zwei Tage.«

»Wird Rod sauer sein?«

»Das ist mir egal. Du kommst an erster Stelle, Todd. Das weiß er. Nur ich habe es vergessen.«

Todd sah erleichtert aus. Er streifte die Wange seiner Mutter mit einem liebevollen Kuß und drückte sie an sich, dann rannte er zur Tür hinaus.

Diana rief Rodney an und hinterließ bei seiner Assistentin eine Nachricht, daß sie die geplante Reise absagte.

Rodney rief sie fast sofort zurück. »Was ist das für eine Geschichte mit Todd?«

»Er ist in letzter Zeit zu viel herumgeschoben worden, Rodney. Ich kann nicht mit dir nach Mexiko fahren.«

Rodney schwieg am anderen Ende der Leitung.

»Sag was«, bat Diana.

»Kauf ihm einen Babysitter.«

»Sei nicht absurd.«

»So habe ich es nicht gemeint. Ich bin nur enttäuscht. Ich liebe dich, Diana. Ich brauche dich bei mir.«

Er hatte ihr in den letzten Wochen viele Male gesagt, daß er sie liebe. Sie glaubte ihm. Sie glaubte allerdings auch, daß er wollte, daß alles zu seinen Bedingungen lief.

»Wenn du mich wirklich liebst, willst du auch bei mir sein«, sagte Rodney halsstarrig.

Sie wollte ihn lieben, war sich aber der Tiefe ihrer Gefühle noch nicht sicher. »Mir liegt viel an dir«, sagte sie. »Aber ich habe auch einen Sohn. Todd verlangt nicht viel. Er braucht mich jetzt. Ich kann ihn nicht im Stich lassen.«

»Das heißt also endgültig nein? Du wirst nicht bei mir sein, wenn ich dich brauche?«

»Es ist nicht fair von dir, es so hinzudrehen. Kannst du dein Treffen nicht verschieben und in Los Angeles bleiben? Unternimm doch etwas mit mir und Todd zusammen.«

»Das geht nicht«, sagte Rodney kalt.

»Aber von mir erwartest du, daß ich alles stehen- und liegenlasse.«

»Ich will nicht mit dir streiten«, sagte er heftig.

»Kein Streit. Keine Auseinandersetzung. Keine Beziehung.«

»Ist das deine Entscheidung?«

»Ich glaube, ja.«

Die Leitung war tot. Diana hielt den Hörer für ein paar Sekunden in der Hand. Plötzlich bekam sie Panik und dachte, sie hätte wirklich eine Dummheit gemacht. Sie rief ihn wieder an. Sie einigten sich darauf, daß sie mit ihm für den Nachmittag nach Acapulco fliegen würde; der Pilot würde sie dann spätabends zurückbringen. So könnte sie sowohl Rodney als auch Todd zufriedenstellen.

Doch Todd war nicht zufrieden. »Du kommst nur zurück, weil du mußt, nicht, weil du willst«, sagte er.

»Das ist nicht wahr.«

»Du gibst mir das Gefühl, daß ich nirgendwo mehr hingehöre. Nicht zu Papa. Nicht einmal in mein eigenes Haus.«

»Das ist auch nicht wahr«, protestierte sie.

»So fühle ich mich eben«, schrie er und stürmte hinaus.

Sie hatte nie gefragt, warum ihr Sohn von Harvey zurück zu ihr nach Hause gekommen war. Jetzt wurde ihr klar, daß er sich hier einfach wohl fühlte. Das hier war sein Haus, nicht irgendeine Absteige, wo ihm nichts vertraut war. Wie jedes Kind wollte er sein eigenes Bett haben, seine eigenen Sachen, eine Mama und einen Kühlschrank voller Essen. Mit diesem neuen Mann war all das erneut bedroht. Auch ihr eigenes Leben wurde auf den Kopf gestellt. Von dieser Sache mit Todd einmal abgesehen, hatte sie an ihrem Manuskript kein einziges Kapitel beendet, seit Rodney dahergestürmt kam und alles an sich gerissen hatte.

»Außer an der Kleidung, die du trägst«, schäumte Diana mit einem Blick auf seine Leinenhose und das Sporthemd in Pastellstreifen, »merkst du überhaupt nicht, ob es Sommer oder Winter ist, ob dein Treffen in einem Konferenzraum in Alaska oder in dieser Suite in Acapulco stattfindet! Kannst du deine Arbeit nie wenigstens so lange unterbrechen, daß du riechst, wie die Rosen duften?«

Rodney blickte von seinem Papierstapel auf, nahm seine Brille ab und sagte: »Wie?«

»Diese Aussicht da!« Sie deutete zornig nach draußen. »Du

hast mich hierhergeschleift, angeblich weil du willst, daß ich bei dir bin, damit ich alles mit dir genießen kann, aber ich bin es leid, auf der ganzen Welt schöne Sonnenuntergänge alleine zu betrachten.«

Rodney stand auf und ging zu Diana hinüber. »Entspann dich«, sagte er mit beruhigender Stimme und streckte seinen Arm nach ihr aus, »reg dich nicht so auf. Ich stehe unter Termindruck. Das verstehst du doch sicher.«

Diana dachte an ihren eigenen Manuskripttermin, der in Gefahr war, weil Rodney darauf bestand, daß sie ihre Arbeit *nicht* auf ihre gemeinsamen Reisen mitnahm. Er wollte, daß sie jeden Augenblick für ihn zur Verfügung stand und nicht mit ihren eigenen Gedanken beschäftigt war.

Diana wich ihm verärgert aus. Sie ging auf die Veranda ihres luxuriösen Hotels mit Blick aufs Meer, im exklusiven Viertel Las Brisas von Acapulco. Sie lehnte sich gegen das schmiedeeiserne Geländer und hörte, wie Rodney laut aufseufzte, als er ihr nach draußen folgte. »Es ist schön hier«, gab er zu. »Wenn du ein paar Tage für mich erübrigt hättest, hätten wir vielleicht mehr davon genießen können.«

Diana stampfte an ihm vorbei zurück in das Wohnzimmer. Er lehnte an der gläsernen Schiebetür, und die letzten orangenen Sonnenstrahlen brachten seine schönen Haare zum Leuchten. »Was ist denn jetzt wieder los?« fragte er müde.

»Du bist selbstsüchtig. Du willst, daß ich alles für dich aufgebe. Meine Karriere. Meinen Sohn. Du willst meine gesamte Aufmerksamkeit, aber du gibst mir nichts von dir. Ich werde nie einen genügend großen Anteil an deinem Leben haben. Doch du willst mein ganzes Leben vereinnahmen.«

Rodney setzte zu seiner Verteidigung an, doch Diana unterbrach ihn.

»Warte, laß mich ausreden«, sagte sie, und in ihrem Gesicht spiegelte sich ihre Anspannung. »Als wir einander zum ersten Mal begegnet sind, hast du mir Komplimente gemacht und gesagt, um deine eigenen Worte zu gebrauchen, ich sei wie ein bunt zusammengestellter Investmentfonds. Du hast auch gesagt, ich sei wie eine Brise frischer Luft, aber jetzt fühle ich mich schal und abgestanden, Rodney. Du hast gesagt, ich hätte mein Leben im Griff, aber die Realität sieht so aus, daß du jede Kleinigkeit in meinem Leben kontrollieren willst. Es hat dir gefallen, daß ich arbeite und ein Buch schreibe. Aber wenn ich versuche, zu Hause zu bleiben und zu arbeiten, willst du, daß ich bei dir bin, und als ich so taktlos war, meine Arbeit mitzunehmen, hast du dich nicht davon abbringen lassen, daß dich das stört, wenn ich in Gedanken mit etwas anderem beschäftigt bin. Du hast mich geliebt, weil ich mich so sehr um meinen Sohn kümmere. Aber du bringst mich dazu, ihn wegzuschieben.«

»Noch was?« fragte Rodney eisig.

»Ich kann dir nicht geben, was du willst, Rodney.«

»Und das wäre?« fragte er.

»Alles.«

Diana kam nach Mitternacht nach Hause und entdeckte, daß Todd sich in seinem Zimmer eingeschlossen hatte; er weigerte sich, herauszukommen und mit ihr zu reden. Sie fühlte sich zu müde, um sich weiter groß um ihn zu bemühen. Sie hatte nicht einmal die Energie, ihm zu sagen, daß sie Rodney nicht mehr sehen würde. Kaum war sie in ihrem Zimmer und hatte sich ausgezogen, als das Telefon zu läuten begann. Sie war daran gewöhnt, daß Rodney zu sämtlichen Tages- und Nachtzeiten anrief. Heute abend wollte sie ihm nicht zuhören, wie er sie aus der Ferne um Kuß und Versöhnung bettelte.

»Hallo«, sagte sie gereizt ins Telefon.

»Hi«, begrüßte sie eine fröhliche Stimme.

»Mein Gott, Chris! Wo steckst du denn?«

»Zu Hause… nebenan.«

»Du bist also wieder zurück.« Dianas Herz hüpfte aufgeregt. »Es ist schon spät. Ist alles mit dir in Ordnung?« fragte sie.

»Ich habe gerade gesehen, wie du in einer ziemlich eindrucksvollen Limousine die Straße hinaufchauffiert worden bist.« Er machte eine Pause. Diana sagte nichts. »Also wie war's denn bei deiner Verabredung?«

»Du rufst mich um diese Zeit an, um mich nach einer Verabredung zu fragen?« lachte sie.

»Ich habe mir Sorgen um dich gemacht. Hüte dich vor Männern, die Geschenke in Limousinen bringen... Na ja, und ich fragte mich, ob vielleicht deine Beine immer noch von dem kleinen Strandlauf schmerzen.«

»Darf ich dich daran erinnern, daß das Ewigkeiten her ist?«

»Ach richtig. Wie wär's jetzt mit einem Jacuzzi-Bad?«

»Es ist mitten in der Nacht. Ich bin kaputt.«

»Ich habe gehört, mitten in der Nacht sei die beste Zeit, um im Jacuzzi zu liegen. Gib mir nicht schon wieder einen Korb.«

»Aber ich kann wirklich nicht.« Nicht einmal sie selbst fand sich sehr überzeugend.

»Klar kannst du. Nenn mir einen einzigen wirklich triftigen Grund, und ich lege auf.«

Diana sagte: »Na dann.«

Chris lachte. »Siehst du. Du kannst keinen einzigen Grund finden, warum du nicht mit mir in meinem Hinterhof unter den Sternen sitzen solltest.«

»Es gibt keine Sterne. Es ist bewölkt heute.«

»Gut, gut«, sagte er und klang wie ein kleiner Junge. »Wenn du keine Lust hast...«

»*Das* habe ich nicht gesagt«, protestierte Diana.

»Also schön. Ich habe die Heizung schon eingeschaltet. Ich seh dich in, sagen wir mal, fünf Minuten?«

»Okay«, willigte sie ein und legte auf. Dann schlüpfte sie hastig in einen gelbgrünen Einteiler mit tiefem Rückenausschnitt, tief heruntergezogenem Dekolleté und Beinausschnitten bis zu den Hüften, eines der offenherzigeren Stücke, die sie für Hochs extravagante Feier gekauft hatte. Sie warf einen letzten Blick in den Spiegel und hätte fast einen weniger sexy schwarzen Badeanzug angezogen, doch dann beschloß sie, alle Vorsicht über den Haufen zu werfen. Sie zog sich einen Frottee-Bademantel über und eilte aus ihrem Zimmer.

Todd war in der Küche und machte sich einen nächtlichen Imbiß zurecht, also mußte sie ihm sagen, wohin sie ging. Diana war verlegen und achtete sorgfältig darauf, ihm nicht mit den Augen zu begegnen. Sie hatte keine besondere Lust auf seine billigenden, mißbilligenden oder vielleicht gar fragenden Blicke.

»Also, wie steht's mit dir und Rodney Reich?« fragte Chris, kurz nachdem sie sich in dem Jacuzzi niedergelassen hatten. »Ist es etwas Ernstes?«

Dampf stieg vom Wasser auf und erfüllte die feuchte Luft, die sie umgab; sie hing so dick und schwer über ihnen, daß man meinte, sie mit Händen greifen zu können.

Nach einer langen Pause antwortete sie. »Wenn du's wirklich wissen willst – es ist aus.«

»Soll ich dich deshalb bedauern?«

»Nein.«

»Gut.«

Sie saßen da, schlürften Cognac aus Cognacschwenkern und starrten einander an.

»Ich fühle mich einfach großartig hier drin«, sagte Chris. »Es ist so entspannend. Wie geht's deinen Beinen und Füßen?«

»Irgendwas tut immer weh«, sagte sie träge. »Vermutlich das Alter.«

»Laß mich mal reiben«, sagte Chris und stellte seinen Cognac ab. Er glitt durchs Wasser, stellte sich vor Diana hin und nahm behutsam einen ihrer Füße zwischen seine Hände, was sie dazu zwang, sich an die Wannenwand zurückzulehnen.

»Tut das gut?« fragte Chris und arbeitete konzentriert an ihren Fußballen.

Sie nippte an ihrem Cognac und starrte ihn an, ohne etwas zu sagen. Sie spürte, wie Wärme zwischen ihren Schenkeln hochstieg und der Rest der Menschheit ins Nichts verschwamm, so daß nur noch sie und Chris existierten.

»Du hast schöne Füße«, murmelte er, hob einen Fuß an seinen Mund und küßte das Fußgewölbe. Die Erinnerung an die heißen Szenen zwischen ihr und Stefan explodierten in Dianas Hirn, löste sich aber wieder auf. Chris war jetzt der Mittelpunkt ihres Universums, wie er sich vorbeugte, das Glas aus ihrer Hand nahm und es auf den Poolrand hinter ihr stellte. »Diana.« Er murmelte ihren Namen wie eine Liebkosung, sein Gesicht war nur noch wenige Zentimeter von ihrem entfernt. »Ich habe dich wahnsinnig vermißt.«

In der dampfenden Luft stoben die Funken, als sie aufeinanderprallten. Er zog sie an sich, und das Wasser trieb ihren Körper dem seinen entgegen, ihre Beine schlangen sich wie von selbst um Chris. Sie küßten sich. Erst sanft, dann immer heftiger, und ihre Umarmung war von einer großen, atemberaubenden Dringlichkeit erfüllt.

Diana hatte vielleicht seit ihrer ersten Zeit mit Harvey keinen solchen Ansturm von Gefühlen und Leidenschaft gespürt – mit Rodney hatte sich so etwas nie ereignet.

Er streifte verstohlen die Träger ihres Badeanzugs nach unten. Es war so natürlich, daß sich die Frage, ob sie dagegen protestieren sollte, erst gar nicht stellte.

Plötzlich begann das Telefon zu läuten. »Vergiß es«, sagte Chris heiser und schaute Diana mit einem solchen Verlangen in die Augen, daß sie die Zeit am liebsten hätte stillstehen lassen. Sie küßten sich leidenschaftlich, mit weit geöffneten Mündern jetzt, ihre Zungen begegneten einander.

Wieder läutete das Telefon.

»Scheiße«, sagte er. »Ich geh lieber ran. Vielleicht ist es eine von den Zwillingen. In Hawaii ist es noch nicht so spät.«

Sie ließ sich aus seiner Umarmung gleiten. »Du hast recht.«

Es war Todd. Eine Nachbarin seiner Großmutter in Palm Desert hatte gerade angerufen und berichtet, daß Betty mit dem Notarztwagen ins Eisenhower-Klinikum transportiert worden sei.

»Mein Gott!« stieß Diana hervor, und der rosige Hauch, mit dem das heiße Wasser und ihre Leidenschaft ihren Teint überzogen hatten, wich aus ihrem Gesicht. »Es ging ihr gut, als ich gestern mit ihr geredet habe.«

Sie zog die Träger hoch, kletterte rasch aus dem Wasser und warf sich den Bademantel über.

»Warte«, sagte er und faßte sie am Arm.

»Ich muß los!« rief sie.

»In die Wüste?«

Diana nickte; sie war aschfahl und sah wild entschlossen aus. Sie zitterte vor Angst genauso wie vor der kalten Nachtluft. Sie zog den Bademantel enger zusammen und stieg hastig in ihre Sandalen.

»Diana!« Chris nahm sie in seine Arme und hielt sie eng an sich gepreßt. »Ich komme mit.«

»Das brauchst du doch nicht«, antwortete sie und drückte ihr Gesicht an seine Brust.

»Ich weiß«, sagte er schlicht.

23. Kapitel

Sie kamen kurz nach vier Uhr früh im Eisenhower-Klinikum an. Diana sprang aus dem Wagen, bevor Chris fertig eingeparkt hatte. Eisige Herbstluft schlug ihr entgegen und ließ sie frösteln, als sie Chris voraus zum Eingang des Hauptgebäudes eilte.

Die Glasflügeltüren waren versperrt. »Was machen wir jetzt?« fragte sie beinahe hysterisch. Diana war nie zuvor in dieser Klinik gewesen und hatte keine Ahnung, wie sie ihre Mutter finden könnte.

»Nun«, begann Chris, als ihn eine Stimme aus der Sprechanlage in der Mauer unterbrach.

»Erklären Sie, was Sie wünschen«, sagte die Stimme. »Ich kann Sie per Kamera, die über der Tür angebracht ist, sehen.«

Chris und Diana schauten beide hoch und bemerkten die Überwachungskamera, die direkt auf sie gerichtet war.

»Meine Mutter ist in der Notaufnahme«, sagte Diana rasch. »Ich muß sie sehen.«

»Geben Sie bitten Ihren Namen und den Ihrer Mutter an«, forderte die Stimme sie unpersönlich auf.

Ein Wachmann machte seine Kontrollrunde um den viereckigen Hof, um den die Klinikgebäude lagen. Er blieb beim Brunnen in der Hofmitte stehen, der nachts abgeschaltet war, und starrte Chris und Diana an, als sei dies der erste interessante Augenblick in einer sonst ereignislosen Schicht.

Chris nickte dem Wachmann zu, der feierlich zurücknickte.

»Diana Lowe. Mein Mutter heißt Betty Miller«, sagte Diana in die Sprechanlage.

»Buchstabieren Sie bitte den letzten Namen.«

Diana war über diese Verzögerung so entnervt, daß sie am

liebsten die Kamera zertrümmert hätte. »M-i-l-l-e-r«, buchstabierte sie verärgert.

»Danke. Augenblick, bitte.«

Chris legte seinen Arm um Dianas Schulter und zog sie zu sich heran, wie um sie zu beschützen. »Versuche, ruhig zu bleiben«, flüsterte er. »Deine Mutter braucht jetzt eine starke Diana.«

Diana antwortete: »Ich weiß. Es ist nur...«

Ein Summer ertönte, und die Stimme sagte: »Treten Sie jetzt ein, und fahren Sie mit dem Aufzug ins Untergeschoß.«

In der Notaufnahme mußte Diana vor dem kalten, grellen Licht der Leuchtstoffröhren die Augen zusammenkneifen; sie hatte das unangenehme Gefühl, daß alles, was sie hier erlebte, unwirklich war: ein blutüberströmtes Unfallopfer, Schmerzensgestöhn und Würgegeräusche, der Geruch von Desinfektionsmitteln und die schwache, säuerliche Ausdünstung von Krankheit und menschlichen Exkrementen.

Chris fand das Aufnahmebüro. Diana folgte ihm und ging zur Theke.

»Ist Betty Miller noch hier?« fragte sie die müde aussehende Sekretärin, die ein Glas Cola light nippte.

Die Frau blickte zu Diana hoch. »Betty Miller? Wann ist sie denn eingeliefert worden?«

Diana schaute Chris ratlos an. Sie war inzwischen so angespannt, daß sie keinen klaren Gedanken mehr fassen konnte.

»Vor mindestens zwei Stunden. Wahrscheinlich ist es schon länger her«, antwortete Chris für sie. »Sie wurde mit dem Rettungswagen gebracht.«

»Ich schaue nach.« Die Frau hievte ihren übergewichtigen Körper aus dem Sessel. Sie watschelte auf kurzen Beinen zu einem Stapel von Ordnern und zog einen heraus, über dessen Seiten sie einen dicken Finger wandern ließ. Diana kamen ihre orange lackierten Nägel wie Papageienkrallen vor, lang und nach unten gekrümmt. Die Frau blickte hoch, wischte sich eine Haarsträhne aus dem Gesicht und fragte schließlich: »*Betty* Miller?«

Diana und Chris nickten.

»Sie ist auf die Intensivstation verlegt worden. Schlaganfall, heißt es hier.«

»O Gott! Chris...«

Chris sah Diana mitfühlend an. »Wir sollten keine voreiligen Schlüsse ziehen, bis wir nicht genau Bescheid wissen«, sagte er ruhig.

»Wo ist die Intensivstation?« erkundigte sich Diana bei der Sekretärin.

»Im ersten Stock. Gehen Sie an dem Ölschinken vom Präsidenten samt Gattin vorbei nach rechts. Dann gehen Sie den Gang entlang bis zum Ende. Sie können es nicht verfehlen. Klingeln Sie dort und...«

Diana war schon zur Türe hinausgestürzt, bevor die Frau ihre Anweisungen beenden konnte. Chris blieb da, bis sie ausgeredet hatte, und eilte dann hinter Diana her, doch sie war bereits im Aufzug unterwegs nach oben.

Diana blieb in der Empfangshalle des ersten Stocks stehen, um sich zu orientieren. Hier war nichts Krankenhausartiges zu spüren: Der Teppichboden hatte ein helles Wüstenbeige; an zwei Wänden hingen farbenfrohe Gemälde aus dem Südwesten, der Informationsstand war geöffnet und wirkte nicht einschüchternd, sondern so unaufdringlich wie eine Pförtnertheke in einem teuren Hotel; die restlichen Wände waren von großen Bronzetafeln bedeckt, die massiv und imposant aussahen. Sie wußte, daß die Namensliste lokale und internationale Berühmtheiten umfaßte, die alle diese medizinische Oase in der Wüste finanziell unterstützt hatten. Der einzige Schandfleck in dieser ansonsten geschmackvoll und licht gestalteten Empfangshalle waren ein Paar kugelförmiger Glasleuchter, die mit ihren langen, stacheligen Auswüchsen ringsherum wie monströse Spiegel von der Decke hingen; sie erinnerten Diana an die grelle, geschmacklose Einrichtung des Spielcasinos in Las Vegas.

Als Diana die Intensivstation erreichte, drückte sie auf die Klingel und wartete auf eine Reaktion. »Ich möchte Betty Miller besuchen«, antwortete sie einer Frauenstimme, die durch das Drahtgitter einer Sprechanlage in der Wand neben der Klingel ertönte.

»Augenblick, bitte«, sagte die Stimme.

Diana trat von einem Bein aufs andere, fühlte sich gleichzeitig gereizt und wie betäubt und wunderte sich, wo Chris so lange blieb. Als sie den Gang entlangblickte, dachte sie, wenn man die Empfangshalle einmal verlassen hätte, sähe der Rest des Gebäudes genauso aus wie jedes andere Krankenhaus, mit der gleichen abgestandenen Rund-um-die-Uhr-Atmosphäre, die sie immer so bedrückte.

»Wie steht's?« fragte Chris, der Diana rasch entgegenschritt.

»Jemand kommt.«

»Gut.«

Er lehnte sich gegen die beige gestrichene Wand, die Hände in den Hosentaschen. Chris schien ruhig und gefaßt, das Gegenteil von dem, wie sie wohl jetzt aussah. Diana war dankbar, daß er bei ihr war, obwohl er nichts tun konnte als Händchenhalten. Sie konnte sich überhaupt nicht vorstellen, was Rodney in dieser Situation getan hätte – wenn er überhaupt die Zeit erübrigt hätte, bei ihr zu sein.

Sie mußte an Harvey denken. Sie wußte genau, wie er sich verhalten hätte. Er hätte bereits ein Dutzend Anrufe erledigt, noch bevor sie überhaupt von Encino aufgebrochen wären; er hätte darauf bestanden, mit Bettys Ärzten zu sprechen, und hätte verlangt, über jedes kleinste Detail des Falls genauestens informiert zu werden. Harveys Bedürfnis, in jeder Situation Herr der Lage zu sein, war eine Eigenschaft, auf die sich Diana immer bereitwillig gestürzt hatte; ein Teil von ihr sehnte sich sogar jetzt noch nach Harveys tröstlicher Art, die Dinge in die Hand zu nehmen, trotz aller verheerenden Folgen für ihr Selbstwertgefühl, die das nach sich zog.

Eine der schweren Doppeltüren zur Intensivstation schwang ein Stück weit auf, und eine junge Schwester streckte ihren blonden Lockenkopf heraus. Diana schaute an ihr vorbei, ob sie vielleicht Betty erspähen könne. Sie konnte es nicht.

»Ihre Mutter schläft jetzt ruhig«, sagte die Schwester mit einer lieblichen Stimme. »Wie heißen Sie, bitte?«

»Diana. D-Diana Lowe«, stotterte sie und begann zu zittern.

Die Schwester lächelte Chris an. »Noch ein Familienmitglied?« fragte sie.

»Äh.« Diana blickte Chris fragend an, dann zur Schwester zurück. Ihr fiel auf, daß die Schwester ein paar Leberflecken neben ihrer linken Augenbraue hatte, die von ihrem sonst makellosen Teint und ihrem hübschen Gesicht ablenkten. »Macht das etwas aus?« erkundigte sich Diana. Sie wollte, daß Chris mit ihr zusammen Betty besuchen ging; er hatte ihr auf der quälenden Fahrt durch die Wüste gesagt, daß ihre Mutter ihm sehr nahestand.

»Wir können nur unmittelbare Familienangehörige hereinlassen«, antwortete sie, kam zwischen den Türflügeln hervor und ließ sie leise hinter sich ins Schloß fallen. Sie nahm ein Informationsblatt aus dem Plastikständer an der Wand neben der Sprechanlage und reichte es Diana. »Lesen Sie das. Es wird für Sie nützlich sein.«

Wie ein gehorsames Kind nahm Diana das zusammengefaltete weiße Blatt von der Schwester entgegen und hielt es in der Hand, ohne einen Blick darauf zu werfen. »Er ist ihr Neffe«, log Diana und äugte schräg nach Chris, der wie ein Unschuldslamm dastand.

Die Schwester blickte Chris an, dann Diana. Sie lächelte wissend. »Natürlich. Möchten Sie beide ein paar Minuten hereinkommen, um Betty zu sehen?«

Diana nickte. Chris setzte sich in Bewegung und nahm Diana bei der Hand. Seine Hand war so kalt wie ihre. Ihr wurde klar, daß er genauso verstört und nervös war wie sie. Sie folgten der Schwester auf die Intensivstation. Sie erklärte, daß die Maschinen, an denen Betty hing, vielleicht etwas beängstigend auf sie wirken würden. Sie gäben Geräusche von sich, die die Besucher manchmal in den Glauben versetzten, daß es dem Patienten nicht gutginge. Dabei träfe genau das Gegenteil zu, erklärte sie; das Blubbern und Gurgeln und Surren und Summen kläre die diensthabenden Schwestern über das Befinden des Patienten auf. Solche Geräusche seien ein gutes Zeichen, kein schlechtes.

Jedes Bett auf der Intensivstation war besetzt. Die meisten Patienten schliefen, manche regten sich und stöhnten. Alle waren an Maschinen angeschlossen, vor denen die Schwester sie gewarnt hatte. Diana hätte sich am liebsten die Augen zugehalten. Sie versuchte, blind gegen alles Leiden stur geradeaus zu schauen und sich auf sich selbst zu konzentrieren.

»Hier ist sie«, verkündete die Schwester.

Betty war mit einem Leintuch zugedeckt. Diana warf einen Blick auf ihre Mutter und spürte, wie die Beine unter ihr wegsakken wollten. Betty sah gespenstisch aus. Und keine der beruhigenden Erklärungen der Schwester hatte Diana auf den Anblick ihrer Mutter vorbereitet, die ohne Bewußtsein und mit verzerrtem Gesicht dalag, am Tropf und einer ganzen Reihe von Geräten hing, einschließlich einer Maschine, die die Atmung für sie übernahm. Chris fing Diana am Ellbogen auf und stützte sie, bis sie sich genügend erholt hatte, um sich selbst aufrecht zu halten.

»Sie sieht so... so entstellt aus!« rief Diana. »Was ist der Grund dafür?«

»Ödeme vielleicht. Vielleicht eine Lähmung.«

»O Gott! O Gott!« murmelte Diana.

»Sie hat einen schlimmen Abend hinter sich«, sagte die Schwester mitfühlend. »Aber jetzt geht es ihr besser. Sie ist viel stabiler als vorher, als sie von der Notaufnahme nach oben gebracht wurde.«

»War sie die ganze Zeit bewußtlos?« fragte Chris fast flüsternd.

Die Schwester nickte. Er starrte weiter mit düsterer Miene auf Betty. Sie erklärte: »Betty liegt im Koma. Wenn der Arzt zurückkommt, kann er Sie ausführlicher informieren.«

»Rufen Sie ihn«, befahl Diana in dem Gefühl, jetzt, wo Harvey nicht mehr da war, müsse sie seine Rolle übernehmen.

»Es ist halb fünf«, sagte die Schwester. »Bettys Zustand ist nicht bedrohlich. Ich kann den Arzt jetzt wirklich nicht belästigen. Er wird in ein paar Stunden zurück sein.«

Diana hatte nicht die innere Kraft, einen Streit mit dieser verständnisvollen, freundlichen Schwester anzufangen, obwohl sie wußte, daß Harvey so lange gebohrt hätte, bis er seine Ziele erreicht hätte. »Ich werde draußen vor der Tür auf ihn warten«, sagte sie, und ihr schossen plötzlich Tränen in die Augen.

Die Schwester bemerkte, wie Dianas Augen feucht wurden, und klopfte ihr sanft auf den Arm. »Ich verstehe, wie furchtbar das alles für Sie ist. Aber schenken Sie mir bitte Ihr Vertrauen. Werden Sie das tun?«

Diana nickte zögernd.

»Gehen Sie nach Hause, und ruhen Sie sich etwas aus. Kommen Sie in ein paar Stunden zurück. Schlaganfallpatienten, die im Koma liegen, brauchen den Klang Ihrer Stimme und das Gefühl Ihrer Nähe. Wenn Sie das Infoblatt gelesen haben, werden Sie sehen, wie wichtig es ist, daß Sie frisch und optimistisch, nicht traurig und verängstigt mit Ihrer Mutter sprechen.«

»Wir tun besser, was sie uns rät«, sagte Chris, nahm Diana am Arm und führte sie behutsam aus der hell erleuchteten Intensivstation.

Sobald sie draußen auf dem Gang standen, sagte Diana heftig: »Ich kann sie nicht einmal eine Minute lang allein lassen. Geh du in ihre Wohnung und ruh dich aus.« Sie begann, in ihrer Handtasche zu kramen. »Ich werde neben dieser Türe sitzenbleiben, bis sie aufwacht.«

»Aber –«

»Ich kann nicht weg.« Diana löste den Wohnungsschlüssel ihrer Mutter vom Schlüsselring und händigte ihn Chris aus. »Ich kann einfach nicht.«

»Also gut.« Er wandte sich um, blieb aber gleich wieder stehen. »So ein Quatsch«, sagte er und drückte ihr den Schlüssel wieder in die Hand. »Ich kann dich hier nicht allein lassen. Nicht einmal eine Minute lang.«

Die nächsten dreißig Stunden richteten sich Diana und Chris im Gang der Klinik häuslich ein. Sie fanden zwei unbequeme Stühle im Warteraum vor der Herzchirurgie und schoben sie für sich in den Gang hinaus. Besser, als auf dem Fußboden zu sitzen, fanden beide, nachdem sie dies am ersten Morgen mehrere Stunden lang ausprobiert hatten.

Abgesehen von der körperlichen Steifheit, die Diana schlecht ignorieren konnte, schien ihr alles an ihrem Aufenthalt in diesem Krankenhaus unwirklich. Sie lebte für die fünf Minuten stündlich, die sie Betty besuchen durfte. Wenn sie dann an ihrem Bett stand und zusah, wie die Maschine Luft in Bettys Lungen preßte, studierte sie das reglose Gesicht dieser Frau, die in allen Lebenslagen immer für sie da gewesen war. Diana fragte sich, was sie tun sollte, wenn ihre Mutter nie wieder ihre Augen öffnete. Bei dem bloßen Gedanken daran wurde Diana von einer solchen unfaßbaren Traurigkeit überwältigt, einer solchen Verzweiflung, daß sie am liebsten losgeschrien und um sich geschlagen hätte. Nur Chris' beruhigender Gegenwart war es zu verdanken, daß sie nicht völlig die Kontrolle über ihre Gefühle verlor.

Er saß geduldig da, ein intelligenter, aber unaufdringlicher Resonanzkörper, vor dem sie immer wieder die Begriffe durchkaute, die der Arzt verwendet hatte: Blockierung der zum Gehirn führenden Halsschlagader, Zustand der Blutleere, Auftreten von Blutklümpchen, Gehirnschädigung, Herzstillstand. Er hatte Diana gefragt, ob sie auf heroische Maßnahmen zur Lebenserhaltung bestünde...

Chris und Diana erzählten sich stundenlang Geschichten über ihr Familienleben. Sein Leben war so anders als das von Diana verlaufen – seine Eltern waren sogar vor ihrer Scheidung selten zu Hause, Dienstboten erfüllten ihm jede Laune. Er hatte sich dabei einsam gefühlt; seine einzige Schwester war zehn Jahre älter und schon längst aus dem Haus, bevor er eine Beziehung zu ihr hätte entwickeln können. Diana andererseits war in einer Familie aufgewachsen, wo beide Eltern immer für sie da waren. Ihr Haus war mit Lachen und Liebe erfüllt. Ihr Vater hatte Modeschmuck hergestellt, und obwohl er viel auf Reisen war, hatte Diana nur in Erinnerung, daß ihr Vater und ihre Mutter immer da waren. Sie hatten ihr einziges Kind verwöhnt, wie Diana zugab, und auch behütet. Überhaupt seien die Jahre des Heranwachsens so ereignislos gewesen, daß sie im Vergleich zu seinem Leben langweilig wirkten.

»Genau diese Art von Langeweile hätte ich mir für meine Mädchen gewünscht«, sagte er ihr.

»Ich weiß nicht, was ich ohne dich hier getan hätte«, sagte sie.

»Ich bin ein ziemlich unentbehrlicher Typ«, witzelte er; er dosierte seinen Humor sparsam, dafür aber genau zum richtigen Zeitpunkt, so daß er sie immer dann wieder aufmunterte, wenn sie sich einem weiteren Tiefpunkt zu nähern schien.

»Harvey hat es mir leicht gemacht, weißt du. Er hatte in solchen Situationen alles im Griff.«

»Was für ein toller Kerl!« sagte Chris sarkastisch. Die Heftigkeit seiner Bemerkung überraschte sie. »Tut mir leid, Diana. Du vermißt ihn wahrscheinlich.«

Sie machte eine Pause und dachte nach; dann sagte sie: »Nicht mehr.«

Chris stand von seinem Stuhl auf und setzte sich auf die hölzerne Armlehne von Dianas Stuhl. Jetzt säumten noch mehr Leute den Gang und warteten darauf, etwas über ihre Lieben zu erfahren. Alle schauten hoch, als Chris den Platz wechselte, denn jede Bewegung war während dieser ansonsten quälenden und langweiligen Wartezeit von Interesse.

Er knetete Dianas Schultern, und sie seufzte. »Das fühlt sich gut an«, sagte sie leise. »Du weißt immer, was ich gerade brauche.«

»Das ist meine Spezialität«, sagte er und beendete seine 1-Minuten-Massage, dann stand er auf und streckte sich.

Sie schienen sich schon seit einer Ewigkeit in diesem Gang oder in dem nahegelegenen Wartezimmer der Herzpatienten-Abteilung aufzuhalten.

Sie schaute auf ihre Uhr und sah, daß es fünf war. »Ist es Tag oder Nacht?« fragte Diana.

»Keine Ahnung«, antwortete Chris. »Gehen wir raus und schauen nach. Du kannst sowieso erst wieder in einer Stunde rein.«

Als sie an den tanzenden Fontänen des Brunnens vorbeischlenderten und sahen, welches Gedränge auf dem Klinikparkplatz herrschte, schlossen sie daraus, daß es fünf Uhr abends sein müsse. Sie gingen an den Kübeln mit Oleandersträuchern vorüber, deren hellrosa Blüten voll aufgeblüht waren, auf einen Teich zu, an dem weiße schmiedeeiserne Bänke unter purpurn blühenden Jacaranda-Bäumen standen. Sie setzten sich auf eine Bank in der Nähe einer Brücke, die ein Nebengebäude mit dem Hauptkomplex verband. Ein paar Minuten lang sprach keiner ein Wort.

»Ein Königreich für deine Gedanken«, sagte Chris schließlich.

»Ich habe daran gedacht, wie beschäftigt wir mit unseren eigenen kleinen Dramen sind, wie wichtig wir so viele unwichtige

Dinge nehmen.« Sie machte eine Pause und starrte Chris an. »Dann passiert eine Katastrophe, die uns aufrüttelt, und rückt unser Leben wieder in die richtige Perspektive.« Chris legte einen Arm um Diana. Sie sagte: »Weißt du, ich habe fast zwei Tage lang kein einziges Mal an die Amigo-Riegel gedacht.«

»Ich erinnere mich an meine Zeit im Rutgers College«, sprach Chris feierlich. »Ich machte mir Sorgen über das Zwischenzeugnis. Besser gesagt, ich rieb mich in neurotischer Weise auf. Dann wurde John F. Kennedy ermordet. Meine eigene Krise verblaßte im Vergleich zu dieser Tragödie. Seit damals habe ich versucht, die Ereignisse in meinem Leben im richtigen Maßstab zu sehen.«

»Wie ist's dir bei den Prüfungen ergangen?« fragte Diana.

»Ich bin bei allen durchgefallen«, sagte er mit einem Zwinkern. »Aber es war mir Wurst.«

Diana lachte und sagte: »Gehen wir lieber wieder hinein. Es ist fast Zeit für den nächsten Besuch bei Mama.«

Als sie aufstanden, erhob sich ein Kranich auf seinen schneeweißen Schwingen aus dem Wasser und setzte sich anmutig auf das Rohr einer Fontäne im Teich, die abgestellt worden war. Der Vogel schien Diana direkt ins Gesicht zu schauen. Ob das wohl ein gutes Omen wäre, fragte sie sich.

Bettys Arzt kam im selben Moment aus der Intensivstation, als Chris und Diana zu ihren Stühlen im Gang zurückkehrten.

»Oh, Diana«, sagte der Arzt, dessen Augen von buschigen, blonden Brauen überschattet wurde. »Ich freue mich, Sie hier zu sehen. Ich möchte Ihre Hoffnungen nicht allzu hoch schrauben, aber als ich Betty vor ein paar Minuten verlassen habe, flatterten ihre Lider hoch.«

»Das ist ja wunderbar!« rief Chris.

»Heißt das, daß sie bei Bewußtsein ist?« fragte Diana.

»Nicht unbedingt. Sie hat auf meine Befehle nicht reagiert. Aber es könnte heißen, daß die Schwellungen im Bereich des Blutgerinnsels zurückgehen.«

»Ja...?« fragte Diana verständnislos.

»Nun, das könnte bedeuten, daß sie das Bewußtsein möglicherweise wiedererlangen wird. Doch die Frage einer Gehirnschädigung ist damit noch nicht beantwortet.«

»Kann ich jetzt hineingehen?« fragte Diana.

»Unbedingt«, stimmte der Arzt zu. »Ich möchte, daß Sie mit ihr sprechen. Wie Sie wissen, kann der Klang einer vertrauten Stimme helfen.«

Diana hastete in die Intensivstation ans Bett ihrer Mutter und dachte an den majestätischen Kranich, der sie angeblickt hatte. Vielleicht war das Unmögliche möglich.

»Mama«, sagte Diana fröhlich, »ich bin's, Diana.« Sie hatte diesen Satz in den vergangenen Stunden viele hundertmal gesagt. Jetzt sagte sie ihn mit neuer Überzeugung. »Ich weiß, daß du vor ein paar Minuten die Augen aufgemacht hast. Machst du sie jetzt für mich noch einmal auf? Ich will sehen, ob sie grüner sind als meine«, sagte Diana. Nichts geschah. Sie nahm die welke Hand ihrer Mutter in die ihren, drückte sie und hoffte auf irgendein Lebenszeichen. Nichts geschah. Diana sank der Mut wieder. »Komm schon, Mama. Ich weiß, daß du alles über Todd und Jessica erfahren willst. Über mein Buch.« Sie redete weiter, gegen die fünf Minuten an, die verstrichen, und ihr wurde klar, daß Betty genauso leblos schien wie zuvor.

Am Ende der fünf Minuten legte Diana die Hand ihrer Mutter widerstrebend auf die Bettdecke zurück. Plötzlich meinte sie zu sehen, wie Bettys Hand zuckte. Sie starrte darauf und wartete. Es geschah nichts weiter. Diana fühlte Verzweiflung über sich zusammenschlagen, und ihre Augen füllten sich mit Tränen. Sie wünschte, der Arzt hätte ihr keine Hoffnungen gemacht. Sie fühlte sich hintergangen. Von Grund auf enttäuscht. Hoffnung wurde für sie zu einem ekelhaften Wort.

Dann bewegten sich Bettys Finger ein zweites Mal.

»Mama?« flüsterte Diana und beugte sich dicht zum Gesicht ihrer Mutter herunter. »Mama? Ich liebe dich, Mama.«

Sie stand auf und sah, wie sich die Augen ihrer Mutter öffneten.

Ihr Blick war vage und verschwommen, fast wäßrig. Leblos.

»Mama, ich bin's, Diana.«

Betty schloß die Augen wieder. Diana spürte, daß ihr etwas sehr Kostbares entglitt. Sie wollte ihre Mutter packen, sie schütteln und dazu zwingen, wieder in ihren Körper zurückzukehren.

Eine Schwester kam. »Diana«, sagte sie freundlich, »die Zeit ist um.«

Diana wirbelte herum und schrie: »Ich kann sie jetzt nicht allein lassen! Sie hat die Augen geöffnet.«

Der Gesichtsausdruck der Schwester schlug in eifriges Interesse um. »Wirklich?« Sie ging zu Betty hinüber und schnippte mit Daumen und Zeigefinger gegen Bettys Arm, wobei sie sagte: »Betty, machen Sie die Augen auf.«

Diana schaute zu. Sie wartete und betete und wußte es nicht einmal.

Bettys Augen öffneten sich wieder. Diesmal war so etwas wie Leben in ihnen. Sie richtete ihren Blick auf sie.

Die Schwester lächelte Diana an. »Sie hatten recht. Ich glaube, sie kommt aus ihrem Koma heraus.«

»Lieber Gott! Ich danke dir! Mama!«

Betty blinzelte und machte dann ihre Augen weit auf. Sie schaute jetzt nur Diana an.

»Mama, du wirst wieder ganz gesund werden«, sagte Diana, stellte sich dicht neben Betty und blickte ihr fest in die Augen. »Ich liebe dich.«

Betty blinzelte, und eine einsame Träne quoll aus ihrem Augenwinkel und rollte ihr die Wange herab. Diana beugte sich hinunter und küßte sie weg. »Ich bin jetzt bei dir. Bald geht's dir wieder gut«, flüsterte sie, fast überwältigt von Glück, so daß sie ihre eigenen Tränen kaum zurückhalten konnte.

»Möchten Sie, daß auch ihr Neffe hereinkommt?« fragte die Schwester.

Einen Augenblick lang starrte Diana sie verdutzt an. Dann lächelte sie. »Ach, Chris. Würden Sie ihn bitte holen?«

Chris und Diana standen noch weitere fünf Minuten an Bettys Bett und beobachteten ihre Rückkehr ins Bewußtsein wie stolze Eltern, die an der Wiege ihres Neugeborenen stehen.

Die nächste Nervenprobe war die Entfernung des Atemrohrs und die ängstliche Gespanntheit, ob Betty aus eigener Kraft atmen könne. Als Betty diese Prüfung mit Pauken und Trompeten bestanden hatte, wurde sie aus der überfüllten Privatstation in ein Privatzimmer verlegt. Bis der Arzt und jede Schwester auf

Bettys Station Diana schließlich überzeugt hatten, sie könne ihre Mutter beruhigt ihren kompetenten Händen überlassen, war es fast neun Uhr abends.

Diana und Chris trugen immer noch dieselbe Kleidung, in der sie angekommen waren, und fühlten sich schmutzig und verschwitzt; deshalb beschlossen sie, erst einmal in Bettys Wohnung in Palm Desert zu duschen; sonst könnten sie es kaum wagen, sich der Öffentlichkeit zuzumuten.

Obwohl Diana hungrig war wie ein Löwe – keiner der beiden hatte seit ihrer Ankunft in Palm Desert etwas anderes zu sich genommen als Kaffee und Obst –, wollte sie zuallererst ihre Kinder anrufen und ihnen die guten Nachrichten von ihrer Großmutter mitteilen, bevor sie essen gingen. Jessica wollte sofort herfliegen, doch Diana redete ihr das aus. Todd fing an zu weinen, als er hörte, Betty sei über dem Berg. Nach ein paar sprachlosen Augenblicken erholte er sich soweit, daß er seiner Mutter von einigen wichtigen Anrufen berichten konnte. Harvey hatte angerufen, und als er von Bettys Schlaganfall erfuhr, bestand er darauf, daß Todd ihr ausrichten solle, er stünde ihr bei Bedarf zur Verfügung. »Rodney Carter hat auch ein dutzendmal angerufen«, sagte Todd. Er müßte geschäftlich für ein paar Tage ins Ausland fahren, hätte aber Namen und Telefonnummer des Marketing-Direktors bei der Jupiter Candy Company ausgekundschaftet und wollte sie sofort darüber informieren. »Er wollte auch wissen, wie dir die Rosen gefallen«, fügte Todd hinzu.

»Welche Rosen?« fragte sie.

»Von denen hier das ganze Haus übersät ist«, sagte Todd mit dem Tonfall eines Teenies, der von leichtem Ekel über eine so plumpe Zurschaustellung von Zuneigung gewürgt wurde.

Diana wußte, daß die Amigo-Angelegenheit Rodneys Masche war, sie wieder in seine Fänge zurückzulocken. Doch er hatte sich verrechnet. »Gut, Todd. Bitte sorg dafür, daß die Vasen immer voll Wasser sind. Ich kann's nicht glauben – Rosen in jedem Zimmer meines Hauses!« rief Diana.

Chris wand Diana den Hörer aus der Hand. »Schmeiß die verdammten Dinger weg«, befahl er Todd lachend, dann händigte er

Diana den Hörer wieder aus. »Mit einem Rolls-Royce kann ich es aufnehmen«, sagte er zu Diana, »aber nicht mit einem Kerl, der seinen Floristen an die Spitze von *Fortunes* Liste der reichsten Fünfhundert befördert.«

Um halb elf hatten Chris und Diana endlich die guten Nachrichten von Betty ihren Kindern und so ziemlich jedem ihrer Freunde verkündet. Sie waren in ausgelassener Stimmung und machten sich auf die Suche nach einer Kneipe, in der sie zwanglos essen konnten, am besten ein Lokal mit grellen Leuchtstoffröhren. Diana lotste Chris nach El Paseo, der feudalen Prachtstraße, deren Anziehungskraft den Palm Canyon Drive allmählich in den Schatten stellte, die berühmte Goldene Meile von Palm Springs.

Chris konnte nicht glauben, was man in den letzten paar Jahren, seit er das letzte Mal hiergewesen war, alles aus dem Boden gestampft hatte. Die Gebäude prangten im Wüstenschick – im Stil zum Teil ägyptisch, zum Teil griechisch-römisch, aber auch der Südwesten war mit Terrakotta und roh behauenen Balken vertreten, und jeder prominente Bürger schien hier seinen eigenen Laden zu haben, in dem er seine Kreationen zur Schau stellte.

Sie fanden eine Trattoria, in der es noch etwas zu essen gab; dort saßen sie im Patio unter einem tintenschwarzen, mit funkelnden Sternen überstäubten Himmel. Sie aßen Pasta, tranken Pinot Grigio und ließen sich von George-Gershwin-Klängen aus den Lautsprechern umschmeicheln, die an der Lattenpergola über ihnen aufgehängt waren. Sie begossen Bettys Genesung und alle guten Dinge für alle Menschen in der Welt, von denen sie erfahren hatten oder je erfahren würden.

In dieser weitherzigen, überschwenglichen und beschwipsten Stimmung bummelten sie nach dem Essen noch kurz den El Paseo entlang und fuhren dann zu Bettys Wohnung zurück.

Im Kühlschrank fanden sie eine halbe Flasche Wein. Diana goß zwei Gläser voll und schlug vor, noch ein bißchen auf dem Balkon zu sitzen. Nachdem sie noch einmal in der Klinik angerufen hatten, um sich zu vergewissern, daß Betty wohlauf sei, streckten sie sich auf zwei Liegestühlen aus und schwatzten über

Gott und die Welt. Geplauder, das leicht dahinfloß. Gesellschaft, die einem guttat.

Diana gähnte und verstummte. Chris redete weiter auf sie ein und hielt erst inne, als er merkte, daß sie fest schlief; das Glas kippte ihr fast aus der Hand.

Er stellte das Glas auf den schmiedeeisernen Tisch neben seines. Dann hob er sie auf und murmelte: »Du bist so leicht wie eine Feder.« Dianas Lider flatterten hoch. Sie lächelte träge und schloß die Augen wieder. Ihr Kopf fiel leicht gegen seinen Hals, als er sie in Bettys Schlafzimmer trug und sie aufs Bett legte. Nachdem er Diana lange angestarrt hatte, ging er zur Tür. Dann drehte er sich um und starrte sie noch einmal an. Er zögerte. Er kam zurück, zog sich aus und legte sich neben sie. Er knipste die Nachttischlampe aus und starrte ins Dunkel, bis Diana dichter an ihn heranrückte. Dann schloß er seine Augen und schmiegte sich an die Rundung ihres Rückens. Er schlief ein; sein Atemrhythmus glich sich dem ihren an.

Ein paar Stunden nachdem Chris sie ins Bett ihrer Mutter gebracht hatte, schreckte Diana aus dem Schlaf hoch. Sie war überrascht, Chris fast nackt neben sich liegen zu sehen.

Im Schlafzimmer war es eisig kalt geworden. Sie stand vorsichtig auf, um Chris nicht aus seinem Tiefschlaf zu wecken, und ging auf Zehenspitzen durch das Zimmer, um die Heizung anzudrehen. Dann zog sie ihre Jeans, Socken und das T-Shirt aus, behielt aber die Unterwäsche an.

Sie schlüpfte ins Bett zurück und legte sich mit einigem Abstand neben Chris. Sie dachte über ihn nach, zusammenhanglos, in mitternächtlichen Gedankenfetzen: wieviel er für sie als Freund bedeutet hatte, daß sie keine Lust hatte, nur als eine weitere unter seine zahlreichen Eroberungen eingereiht zu werden, sondern etwas Besonderes für ihn bleiben wollte, so stark sie sich auch körperlich zu ihm hingezogen fühlte.

Sie döste ein und ließ sich langsam wieder in den Schlaf zurücksinken. Plötzlich spürte sie in ihrem Halbdämmer, wie sich Chris' Körper näherte und seine Hände sie fast abwesend streichelten. Sie spürte, wie er sich gegen ihre Hüfte drängte, sein

Schwanz war jetzt ganz steif. Jetzt war sie hellwach, ihr Kopf war klar, sie zog sich den BH aus, schlüpfte aus ihrem Slip und drehte sich zu ihm um. Sie preßte ihren Körper gegen seinen.

»Chris«, flüsterte sie.

Er öffnete die Augen. »Ich liebe dich so sehr«, murmelte er.

Sie bedeckte sein Gesicht mit Küssen. Kühn streifte sie seinen Slip ab, und er glitt in sie hinein. Er rollte sich auf den Rücken und zog sie mit sich, bis sie auf seinem schönen Körper saß. Schon der bloße Gedanke an seine starken Bauchmuskeln erregte sie. Schon allein daß sie seine Haare und seine Arme spürte, versetzte sie ins Delirium. Die Liebe in seinen Augen, die sich auf sie hefteten, während seine Lust wuchs, erfüllte sie mit Seligkeit. Und als er sich schließlich freien Lauf ließ und sie mit jedem Stoß, jeder Liebkosung seiner Hände, die ihren Po umfaßten, in sich hineinstampfte, erreichten sie gleichzeitig einen Höhepunkt, bei dem sie beide lachten und weinten.

Ein paar Stunden später wachten sie engumschlungen auf.

»Ich kann nicht glauben, daß ich in meine beste Freundin verliebt bin«, sagte Chris, als er Diana unter der Dusche einseifte.

»Na, so ein Wunder«, neckte sie ihn und revanchierte sich für das sinnliche Vergnügen.

»Schau, was du mit mir machst«, lachte er und preßte seine Erektion in ihre seifige Hand.

»Ich und ein paar hundert andere Frauen«, erwiderte sie und wölbte eine nasse Augenbraue hoch.

»Komm«, sagte er, setzte sich hin und zog sie auf sich. »Für mich gibt es keine außer dir.«

Sie liebten sich wild und ausgiebig, während das Wasser auf sie niederprasselte.

Noch nie war Diana so glücklich gewesen.

»Hättest du mich geliebt, wenn ich fett geblieben wäre?« fragte sie, als sie in die Klinik zurückfuhren, um Betty zu besuchen.

Chris nahm sich für seine Antwort lange Zeit. Er schaute Diana mit seinem ernstesten Gesicht an und sagte: »Ich glaube, ich liebe dich schon sehr lange. Fett war dein Hindernis, nicht meins. *Du* hast mich am langen Arm auf Abstand gehalten.«

»Na ja, ich war glücklich verheiratet oder glaubte es wenigstens.«

»Nein, sogar nachdem du und Harvey euch getrennt habt, hast du mir immer Hände-weg-Signale rübergefunkt.«

»In diesem letzten Jahr war ich stark damit beschäftigt, erwachsen zu werden.« Sie saß nachdenklich da und sagte dann: »Weißt du, Chris, vielleicht habe ich mehr zu geben, seit nicht mehr so viel von mir da ist.«

Chris lächelte, schwenkte plötzlich von der Straße ab und blieb auf dem unasphaltierten Seitenstreifen der Auffahrt zum Country Club stehen. »Ich liebe dich, Diana Lowe!« rief er laut, dann zog er sie in seine Arme und küßte sie mehrere atemlose Minuten lang voller Leidenschaft.

»Sieht heute nicht alles schöner aus?« fragte sie ein paar Minuten später, als sie auf das Klinikgebäude zugingen. »Ist das Weiß der Häuser nicht weißer? Das grüne Gras nicht grüner? Ich bin so glücklich, daß ich mich wie ein kleines Mädchen fühle. Ich bin so glücklich, daß ich alles durch eine rosige Brille sehe.«

»Kein Wort von Rosen«, warnte er sie lachend und faßte im selben Moment nach ihr.

Hand in Hand hüpften sie praktisch die Stufen zur ruhigen Empfangshalle hoch. Im Aufzug zu Bettys Station knabberte er an Dianas Hals und zog von den Mitfahrern verstohlene und auch unverblümte Blicke auf sich. »Sie liebt mich«, erklärte Chris den Leuten, als er und Diana den Aufzug verließen.

»Du bist so albern«, tadelte sie ihn und gab ihm einen leichten Klaps aufs Hinterteil.

»Du auch«, gab er zurück und kniff sie in den Po.

Diana war von dieser Bemerkung kurz irritiert. Harvey hatte ihr albernes Wesen gehaßt, ihre »blöden Witze«, wie er sich ausgedrückt hatte. Chris schätzte ihre ganze Person. »Ich liebe dich«, flüsterte sie ihm vor der Tür zu Bettys Zimmer zu.

Die Schwester, die eigens zu Bettys Pflege zur Verfügung stand, blickte von der Zeitschrift hoch, die sie in einem Stuhl am anderen Ende des Raums gegenüber von Bettys Bett las. Sie nickte. Diana und Chris, die immer noch übers ganze Gesicht strahlten, nickten zurück.

Betty lag unbeweglich und mit geschlossenen Augen da.

»Wie geht es ihr jetzt?« fragte Diana. Sie hatte schon früher am Morgen angerufen und erfahren, daß Betty immer noch ruhig schlief.

»Genau wie vorher«, sagte die Schwester. Sie war eine dunkelhäutige, hochgewachsene Frau mit kantigen Gesichtszügen. Sie sah aus, als hätte sie einen Schuß indianisches Blut in sich.

Diana nickte und näherte sich dem Bett ihrer Mutter. »Hi, Mama«, sagte sie munter. »Ich bin wieder da, um dich zu sehen.«

Betty öffnete die Augen. Sie schienen wieder sehr wäßrig, doch Betty schloß sie nicht wieder. Nach ein paar Minuten schien sich ihr Blick auf Diana und Chris zu konzentrieren, der jetzt ebenfalls an Bettys Seite stand.

»Mama, ich möchte dir etwas Wunderbares erzählen«, sagte Diana und errötete. »Chris und ich –«

»Wir lieben uns«, beendete Chris den Satz für Diana. Seine Stimme klang sicher und zuversichtlich.

Betty blinzelte.

»Ich hoffe, du verstehst uns«, sagte Diana.

Die Schwester sagte dazu: »Es könnte sein. Dann wieder...«

Chris wandte sich um und wartete, daß sie weiterredete, aber sie schaute schon wieder in ihre Zeitschrift.

Er zuckte mit den Schultern und machte Diana mit den Augen ein Zeichen. »Betty, ich brauche ein paar von den Keksen, die du bei Diana für mich gebacken hast. Meine auf Elfengröße geschrumpfte Prinzessin weigert sich jetzt, für mich Butter unter den Teig zu kneten.«

Sie plauderten mit Betty eine Zeitlang weiter, als ob sie tatsächlich am Gespräch teilnähme.

So glücklich Diana auch war, sie spürte, wie es an ihren Kräften zehrte, wenn sie so tat, als nähme ihre Mutter Anteil an allem. Schließlich wurde sogar Chris des Spiels müde, und beide setzten sich hin und starrten einander nur noch an.

»Ich glaube nicht, daß sie uns erkennt«, gab Diana traurig zu.

»Seien Sie da nicht so sicher«, widersprach ihr die Schwester. Sie bat sie, auf Betty aufzupassen, während sie ein Glas Saft holen ging.

Kaum war die Schwester ein paar Sekunden draußen, als Betty begann, Geräusche von sich zu geben. Diana sprang hoch und stürzte durchs Zimmer auf ihre Mutter zu; Chris folgte ihr auf den Fersen.

Bettys Augen rollten jetzt wild hin und her, sie wirkte aufgeregt. Sogar ihre zuvor starren Finger ballten sich immer wieder zur Faust und öffneten sich wieder. Diana ergriff ihre Hand.

»Mama, ich bin's!« rief Diana. »Du wirst wieder ganz gesund.«

Betty versuchte jetzt, ihre Lippen zu bewegen.

»Sie ist bei Bewußtsein, Chris.«

Chris nickte. »Vielleicht sollte ich für alle Fälle lieber die Schwester holen.« Bevor Diana antworten konnte, schoß Chris schon aus dem Zimmer und verschwand.

»Weißt du, wie sehr ich dich liebe?« fragte Diana. »Wie wichtig es für mich ist, daß es dir bessergeht, Mama?«

Bettys Augen bewegten sich. Sie versuchte, auch ihre Lippen zu bewegen, aber es kam nichts heraus außer gurgelnden Geräuschen. Dann spürte Diana einen winzigen Druck von der Hand ihrer Mutter. Chris kehrte mit der Schwester zurück und fand Diana in Tränen aufgelöst.

»Was ist passiert?« fragte er, während die Schwester auf Betty zueilte.

Diana blickte zu Chris hoch. »Nichts. Sie weiß, daß ich sie liebe. Sie hat meine Hand gedrückt.«

Eine Stunde später bat die Schwester Diana und Chris, einen Spaziergang zu machen, während sie Betty wusch.

Sie gingen zu ihrem Lieblingsplatz unter den Jacaranda-Bäumen neben dem Teich. Sie setzten sich ins Gras und beobachteten die Enten und den Kranich im Wasser.

»Gott ist in seinem Himmel, alles stimmt mit der Welt«, sagte Diana zu Chris, als sie langsam in die Klinik zurückgingen. »So fühle ich mich heute«, seufzte sie. »Weißt du, wer das gesagt hat? Ich kann mich um alles in der Welt einfach nicht daran erinnern.«

»Robert Browning«, antwortete Chris wie aus der Pistole geschossen. »Jeder weiß das«, neckte er sie und pflanzte ihr dann einen feuchten Kuß auf die Nasenspitze.

Sie fuhren mit dem Aufzug nach oben und alberten herum, wer von ihnen beiden mehr Gedichtzeilen auswendig wüßte; sie beschlossen, auf der Rückfahrt nach Los Angeles einen Wettbewerb zu veranstalten. Als sie um die Ecke in Bettys Gang einbogen, verstummten sie augenblicklich. Vor Bettys Zimmer herrschte ein verhaltenes Inferno.

Diana fing an zu rennen. Chris folgte ihr. Beide wurden vor der Tür von einem stämmigen Krankenpfleger aufgehalten, der den Eingang blockierte.

»Was geht hier vor sich?« sagte Diana und spürte, wie sich ein Eisring um ihr Herz schloß.

Der Krankenpfleger tauschte einen Blick mit Bettys privater Pflegeschwester. »Ihre Mutter hatte einen Herzstillstand«, sagte die Schwester in einem ruhigen, eintönigen Singsang. »Bitte arbeiten Sie mit. Sie können jetzt nicht hinein.«

»Wann denn?« rief Diana. War es gerade in dem Moment passiert, als sie glaubte, es gäbe einen Gott und er schaute auf sie herunter? »Wann denn?« schrie sie noch einmal.

Chris zog sie von der Tür weg, damit eine weitere Gruppe von Ärzten und technischem Personal eintreten konnte. »Diana...« Er hielt sie an sich gedrückt und sagte viele angespannte Sekunden lang gar nichts mehr.

Am besiegten Gesichtsausdruck der Leute, die aus dem Zimmer ihrer Mutter kamen, erkannte sie sofort, daß sie sie nicht hatten retten können. Sie ließen Diana dennoch warten, bis sie Betty »hergerichtet« hatten; dann erst durfte sie hinein und bei der Toten sitzen.

»Ich muß allein mit ihr sein«, erklärte sie Chris.

Betty sah friedlich aus. Diana traf der Gedanke wie eine Keule, daß dies das letzte Mal wäre, daß sie bei ihrer Mutter sein könnte; sie wußte, daß Betty beim Begräbnis keinen offenen Sarg wünschte.

»Mama, was werde ich ohne dich nur tun?« flüsterte sie. Tränen strömten ihr die Wangen hinunter.

Sie streckte ihre Hand aus und berührte die leblose Hand ihrer Mutter. Sie beugte sich über sie und küßte ihre kalten Wangen. Einen Moment lang glaubte sie, daß Betty ihr sagen würde – wie immer, wenn Diana einen schlimmen Traum gehabt hatte –, daß sie keine Angst zu haben bräuchte.

Jetzt bin ich niemandes Kind, dachte Diana, als sie sich schließlich losriß und aus dem Zimmer ging.

24. Kapitel

Es war nicht die richtige Art von Tag für ein Begräbnis, dachte Harvey, als er seinen Porsche am Straßenrand neben der Friedhofskapelle parkte. Die Sonne schien zu hell, das Wetter war zu mild, der Wind zu sanft; Donner, Blitz und Regengüsse würden besser zum Trauern passen.

Mindestens fünfzig Autos parkten in ordentlicher Reihe, bereit für die Prozession zum Grab nach dem Gottesdienst. Harvey war überrascht; er hatte eine kleinere Trauergemeinde für eine Frau erwartet, die schon seit so vielen Jahren nicht mehr in Los Angeles lebte.

Er rückte seine grauschwarz gemusterte Krawatte zurecht, prüfte seine Aufschlag-Manschetten, die nur ein winziges bißchen unter den Ärmeln seines kohlschwarzen Giorgio-Armani-Anzugs hervorlugen durften, und ging dann durch eine Gruppe älterer Leute mit tiefer Wüstenbräune, die aufgeregt durcheinanderliefen. Er nickte ihnen zu und trat mit der gebieterischen Miene eines, der dazugehört, in die Forest-Lawn-Kapelle in Glendale ein.

In Wahrheit war Harvey schrecklich nervös. Er hatte seit Bettys Tod einmal mit Diana gesprochen, als sie immer noch in Palm Desert war. Diana hatte ihn schockiert, als sie ihm nahelegte, sich lange und gründlich zu überlegen, ob er zum Begräbnis kommen sollte, wenn man bedachte, was für schreckliche Dinge er erst letztes Jahr über ihre Mutter gesagt hatte.

»Man sagt viel, was man gar nicht so meint, wenn man aufgebracht ist«, hatte er zu seiner Verteidigung geantwortet.

»Ach ja?« hatte sie gesagt. »Das ist mir neu.«

Ihr Angriff nahm ihm derart den Wind aus den Segeln, daß er

mit wenig Überzeugungskraft vorschlug, er könnte ja nach Palm Desert kommen, um alles Nötige für Bettys Überführung zurück nach Los Angeles in die Wege zu leiten. Sie dankte ihm kühl, schlug seine Hilfe jedoch aus, und er konnte sie nicht dazu bewegen, ihre Meinung zu ändern.

Diana hatte ihre Sache gut gemacht, dachte er, als er den mit weißen Blütenbüscheln geschmückten Zinnsarg vorn in der kleinen Kapelle aufgebahrt sah. Ein elegantes Arrangement, fand er. Er zog sich in den Hintergrund des Raums zurück, der sich rasch mit Trauergästen füllte, und hielt Ausschau nach vertrauten Gesichtern. Er erspähte Bettys Geschwister mit ihren Männern und Frauen, die vorn in der Nähe des Sargs beieinanderstanden. Alte Freunde gingen hinüber, um sie zu begrüßen, ihnen auf den Rükken zu klopfen und sie zu umarmen. Harvey bahnte sich einen Weg durch den Mittelgang und näherte sich ebenfalls dieser Gruppe. Aus ihrer offenen, herzlichen Begrüßung schloß er, daß Betty ihnen nicht viel über seine Trennung von Diana erzählt hatte. Er war erleichtert. Jetzt stand er vorn in der winzigen Kapelle, wandte sich um und bemerkte eine Schar seiner und Dianas Freunde. Er nickte einigen von ihnen zu; viele hatte er seit fast einem Jahr nicht gesehen. Andere, wie Billy und Carol Benton, standen auf und kamen zu ihm herüber.

»Ich bin froh, daß du trotz allem gekommen bist«, sagte Billy.

Harvey nickte und setzte situationsgemäß eine feierliche Miene auf. Er streifte Carols Wange mit einem Kuß. »Hast du Diana schon gesehen?« fragte sie ihn.

Harvey schaute sich nach seiner Frau und seinen Kindern um. »Nein. Aber ich hab vor, bei ihnen zu sitzen«, erklärte er.

Carol sah überrascht aus. »Weiß Diana das?« fragte sie.

»Ich habe seit jenem ersten Tag noch nicht mit ihr gesprochen«, antwortete er. »Aber ich habe mit meinen Kindern darüber geredet. Sie waren auch der Meinung, daß es richtig wäre.«

Carol warf Billy einen vielsagenden Blick zu. »Das dürfte interessant werden«, murmelte sie leise; dann entschuldigte sie sich und ging zurück zu ihrer Bank.

»Wie geht's dem Rücken?« erkundigte sich Harvey bei Billy, der leicht unbehaglich dreinblickte.

»Dem Rücken? Ach ja, es wird schon. Ich bin froh, daß ich auf dich gehört und den Arzt gewechselt habe.«

»Danke«, sagte Harvey und strahlte. Er bemerkte aus den Augenwinkeln eine hinreißend aussehende Frau und drehte sich um, um sie besser sehen zu können. »Das ist ja Alison Rifkin!« sagte er zu Billy. »Was macht sie denn hier?«

Billys Blick folgte Harveys ausgestrecktem Zeigefinger. »Ich wunderte mich schon, wer das wohl wäre«, sagte er. »Die sieht ja phantastisch aus. Carol hat mir erzählt, sie hätte Diana zu dem Buchvertrag verholfen.«

Plötzlich ging Mark Rifkin den Gang entlang, erblickte Harvey, nickte ihm zu und setzte sich dann zu seiner Frau, ohne herüberzukommen und ihn zu begrüßen.

Auf diese merkwürdige Wendung der Ereignisse reagierte Harvey sowohl mit Zorn als auch mit Verwirrung. Wie in aller Welt hatte sich Diana mit *seinen* Freunden anfreunden können, vor allem, wo Mark inzwischen sein schärfster Rivale geworden war?

Ein Angestellter des Bestattungsinstituts kam aus einer Seitentür heraus, ein Zeichen, daß der Gottesdienst wohl bald beginnen würde.

»Ich schau mich jetzt besser nach Diana und den Kindern um«, sagte er zu Billy.

Billy nickte, boxte Harvey leicht in den Arm und begab sich dann zu seiner Frau hinüber.

Harvey ging auf den Angestellten zu, einen trübsinnig wirkenden Mann mittleren Alters, dessen graue Haare, graues Gesicht und grauer Anzug nahtlos ineinander übergingen. Harvey fragte ihn nach den für die Familie reservierten Bänken. Er führte Harvey hinaus zu einem separaten Eingang, durch den die Angehörigen Zutritt zu ihrem abgeteilten Bereich hatten. »Hier«, sagte der Mann mit einem tiefen, gedämpften Leierton, der wohl beruhigend klingen sollte; Harvey fand ihn widerlich.

Er öffnete die Tür und entdeckte Chris Berry, der neben einer schlanken Frau in Schwarz stand. Sie wandte ihm den Rücken zu, doch er sah sofort, daß sie modisches Gespür hatte: trug sie doch ein Designerkostüm mit einem engen, gerade geschnittenen

Rock, dessen Schlitz schöne, wohlgeformte Waden enthüllte, und einer Jacke mit ausgestelltem Schößchen, die ihre winzige Taille betonte. Auf ihrem lockigen Haar saß ein schwarzer Hut mit breiter Krempe. Harvey nahm an, sie sei entweder Chris' Freundin – wahrscheinlich eines seiner jungen Schätzchen –, oder eine junge Verwandte von Diana, die er nie kennengelernt hatte. Harvey schloß die Tür hinter sich. Er fragte sich, ob Diana wohl kurz hinausgegangen wäre.

»Papa«, sagte Todd und stand auf, um seinen Vater zu begrüßen.

Chris Berry unterbrach seine Unterhaltung, und die Frau drehte sich um.

»Harvey«, sagte Diana ruhig und schritt auf ihn zu.

»Diana?« stieß er hervor, und es gelang ihm in seiner Verblüffung nicht, den fragenden Tonfall in seiner Stimme zu unterdrücken.

Plötzlich stand jetzt auch Jessica neben ihm. »Papi! Das ist Mama. Wir haben dir doch gesagt, wie sehr sie sich verändert hat.«

Harvey ließ seinen Blick über seine Tochter und seinen Sohn wandern. In den Gesichtern der beiden spiegelte sich ein solcher Stolz, wenn sie ihre Mutter anschauten, daß sich Harvey irgendwie herabgesetzt fühlte. Plötzlich spürte er die Hitze in seinem Gesicht; er hatte den Verdacht, daß er knallrot war.

»Diana«, sagte er noch einmal. Spontan faßte er nach ihrer Hand und zog sie an sich. »Es tut mir leid wegen Mutter«, flüsterte er.

Diana entzog sich ihm und rückte sorgfältig ihren Hut wieder zurecht, der bei der unvorhergesehenen Umarmung verschoben worden war. »Du erinnerst dich an Chris Berry«, sagte sie.

»Ich habe Ihre neue Serie gesehen«, sagte Harvey zu Chris. »Hat mir gefallen.«

»Danke«, antwortete Chris. »Wir haben gute Kritiken bekommen. Das heißt für mich wohl, daß ich wieder ein paar Monate Arbeit habe.«

Er blickte zu Diana. Sie lächelte ihn an, mit einem vertraulichen Lächeln. Harvey wandte den Kopf ab und war eifersüchtig, daß sie einen anderen Mann in einer Weise ansah, wie sie früher nur ihn angesehen hatte.

Harveys Unbehagen zerstreute sich etwas, als der Pfarrer in den abgesperrten Familienbereich kam und feierlich fragte: »Möchten die Enkel immer noch gern eine Ansprache halten?«

Diana nickte.

»Dann können wir anfangen«, sagte er und ging ihnen in die Kapelle voraus.

Ein weiterer peinlicher Moment entstand, als sich Diana setzte und Chris mit einer Geste aufforderte, er solle sich neben sie auf die Bank setzen, gerade als Harvey herüberkam, um dasselbe zu tun.

Jessica und Todd blickten betroffen drein. Diana sah gleichzeitig verlegen und wütend aus.

»Weißt du«, warf Chris rasch ein, »ich glaube, es ist besser, ich setze mich zu deinen Freunden.« Er stand auf, drückte Dianas Hand, lächelte Todd und Jessica zu, die ihn dankbar ansahen, und zog sich zurück, bevor Harvey wußte, was überhaupt los war. Selbstzufrieden nahm Harvey seinen Platz neben Diana ein. In mancher Hinsicht war er seiner Schwiegermutter dankbar; ihr Tod bot ihm die Gelegenheit, bei seiner schönen Frau und seinen Kindern zu sein – wo er hingehörte.

»Meine Großmutter Betty war eine ganz besondere Frau«, begann Jessica, als sie mit ihrer Rede an die Reihe kam. »Sie war großzügig und schenkte gern; sie war die Gutmütigkeit selbst und hatte immer Verständnis.«

Harvey hörte ihr nur mit halbem Ohr zu; seine Gedanken waren immer noch bei Diana. Er konnte nicht glauben, daß dies dieselbe Frau war, die er verlassen hatte. Er hätte seine ganze Zahnarztpraxis verwettet, daß Diana keine fünfzehn Pfund erfolgreich abnehmen könnte, geschweige denn fünfzig – um dann kein Gramm mehr zuzunehmen. Harvey hätte sie nicht erkannt, wenn er sie zufällig auf der Straße getroffen hätte. Heute war sie sogar noch schöner als damals im College, als er sich in sie verliebt hatte.

»Und deshalb, liebe Großmutter«, schloß Jessica, »werden wir dich immer vermissen.«

Dann war Todd dran. Er schien nervöser als Jessica, weniger dazu bereit, seine Gefühle vor aller Öffentlichkeit zu zeigen. Harvey litt mit ihm, denn er konnte sich in seinen Sohn besser einfühlen als jemals in Jessica. So ist es eben mit Vätern und Söhnen, hatte Harvey früher oft gedacht. Er zwang sich zur Aufmerksamkeit.

»Meine – äh – Großmutter hat mir sehr viel bedeutet«, begann Todd stockend und blickte verstohlen zu Diana auf der Bank hinter der Absperrung hinüber. »Wie Jessica sagte, war sie eine ganz besondere Lady. Sie konnte mir das Gefühl vermitteln, ich sei jemand, wie es unter Millionen keinen mehr gibt. Meine Großmutter liebte uns bedingungslos, ohne Vorbehalte...«

Todd wurde wirklich ein Mann, dachte Harvey mit großem Stolz. Wann war das geschehen? Wieder spürte Harvey Eifersucht; Diana hatte im letzten Jahr den besseren Teil erwischt.

»Wie meine Mutter«, sagte Todd und zog damit Harveys abschweifende Aufmerksamkeit wieder auf sich, »liebte mich meine Großmutter sogar dann, wenn ich nicht sehr liebenswert war. Sie hatte die Geduld zu warten, bis ich lernte, daß Familie alles bedeutet. Großmutter, du bist vielleicht als Person nicht mehr unter uns, aber deine Seele lebt in mir weiter, und in Jessica und Mama.«

Harvey fühlte sich stolz wie ein Pfau, wenn er seinen Sohn betrachtete. Er konnte die anderen Trauergäste zwar nicht sehen, war aber sicher, daß kein Auge trocken blieb. Auch Diana weinte still vor sich hin, und er nahm ihre Hand in die seine.

»Ich fühle mich, als ob die Kinder zu mir gesprochen hätten«, flüsterte er ihr während einer Pause zwischen den Schlußworten des Pfarrers zu. »Letzten Endes *ist* die Familie alles, was es gibt.«

Diana entzog ihm ihre Hand, doch ohne Heftigkeit. Er war dankbar, daß sie nicht die Absicht hatte, ihn bloßzustellen. Als er Diana so ansah, spürte er ein starkes Verlangen, mit ihr zu schlafen.

Harvey war erleichtert, daß er sein Haus immer noch so vorfand, wie er es in Erinnerung hatte: hell, heiter, mit Blumen und wunderbaren Düften erfüllt.

Diana hatte das Familienporträt nicht von seiner Stelle über dem Kamin abgehängt oder irgendeines der gerahmten Fotos vom Deckel des Stutzflügels entfernt.

Er zog sein Anzugjackett aus, band sich eine Barkeeperschürze um und machte es sich hinter der Bar gemütlich, die er selbst entworfen hatte. Er hatte vor allem Wert darauf gelegt, daß sie ein Stück nach unten versetzt wurde, damit sie nicht die Sicht auf den Garten versperrte. Alle, die am Begräbnis teilgenommen hatten, dazu noch ein Dutzend weiterer Gäste, die die Trauerfeier nicht besuchen konnten, kamen vorbei, um Diana und ihren Kindern ihr Beileid auszudrücken, wobei auch Harvey eingeschlossen wurde.

Seit Monaten hatte sich Harvey nicht mehr so wohl gefühlt. Nur Chris Berry müßte noch zu Staub eintrocknen und davonwehen, dann wäre alles perfekt. Was glaubte dieser Heini überhaupt, wer er sei, daß er sich an diesem wichtigen Tag aufdrängte, wo Diana doch Harvey brauchte?

Als ihn Todd eine Weile an der Bar ablöste, postierte sich Harvey neben Diana. Erst dann schlenderte Chris davon, um sich mit anderen Gästen zu unterhalten. Harvey machte es nicht einmal etwas aus, daß sich Diana anscheinend darüber ärgerte, daß er sie belästigte. Ihm kam es darauf an, daß sie merkte, wie sehr ihm wieder an ihr lag.

Den ganzen Tag bis spät nach dem Abendessen kamen Leute vorbei. Dianas Kochkurs-Teilnehmer hatten Dutzende ihrer Gerichte zubereitet und vorbeigebracht. Köstliche Düfte wehten aus der Küche und dem Eßzimmer; der Tisch aus Chrom und Glas und das Buffet mit der Fossilien-Steinplatte waren mit fettarmen Gourmetgerichten und traditionellen Spezialitäten beladen, die auf ihre Gäste warteten. Harvey nahm sogar ein paar Kostproben der Erzeugnisse von Dianas Schülerschar zu sich und mußte vor Jessica zugeben, daß Diana mit ihrer Diät den Vogel abgeschossen hatte.

»Ihre Schülerinnen lieben sie«, sagte Jessica zu ihrem Vater.

»Weil sie liebenswert ist«, gestand Harvey.

»Ach Papi. Das ist das Netteste, was du je gesagt hast«, rief Jessica und warf ihm ihre Arme um den Hals.

Er freute sich, daß seine Tochter offensichtlich den Wunsch hatte, ihre Mutter und ihr Vater sollten wieder zusammenfinden. *Wieder zusammenfinden!*

Waren das auch seine Wünsche? Vielleicht. Plötzlich war es ein verlockender Gedanke.

Als Harvey fertiggegessen und seine Unterhaltung mit Jessica beendet hatte, mußte er feststellen, daß Chris seinen Platz an Dianas Seite wieder eingenommen hatte. Da Harvey keine Möglichkeit sah, wie er sich ein zweites Mal dazwischendrängen könnte, ohne sich allzusehr den Anstrich eines Rivalen zu geben, wanderte er von einem Zimmer zum anderen und unterhielt sich mit den Gästen, als sei er der angestammte Gastgeber.

Als er mitbekam, wie Diana müde die Treppe in den ersten Stock hochstieg, entschuldigte er sich bei einigen ihrer Verwandten und machte Anstalten, ihr zu folgen. Er blieb stehen, als er sah, daß Chris ihm zuvorgekommen war.

Zorn stieg in ihm hoch. Was glaubte dieser Kerl eigentlich, wer er sei, daß er in sein Revier eindrang, sobald Diana begann, gut auszusehen? Er stapfte die Stufen hoch, aber als er die Schlafzimmertür erreichte, war einiges von seiner Entschlußkraft wieder dahingeschmolzen.

Er zögerte vor dem Eintreten und dachte das erste Mal realistisch, seit er in der Kapelle eine Diana erblickt hatte, die wie eine Vision der Lieblichkeit selbst aussah: Sie gehört mir nicht mehr.

Dennoch regte sich in ihm der Kampfgeist, und Harvey drückte bewußt schwungvoll die Tür auf und ging hinein. Alle Lampen im Schlafzimmer waren dunkel, außer zwei kleinen Spotlights in der Decke, die ein großes modernen Ölgemälde beleuchteten, das letzte Kunstwerk, das sie vor ihrer Trennung gekauft hatten.

Er konnte hören, wie Diana im Ankleideraum weinte. Harvey fand Diana schluchzend in Chris' Armen liegen. Er hielt sie so zärtlich, wie Harvey es je getan hatte. Der Anblick, wie Chris ihr mit seiner riesigen Pranke übers Haar strich und ihr beruhigende Trost- und Liebesworte zumurmelte, machte ihn krank. Harvey hätte ihn am liebsten ermordet. Seine Hände ballten sich zu Fäusten. Er räusperte sich.

Erschrocken blickte Chris in Richtung des Geräusches.

Harvey sah, wie Diana in Chris' Armen steif wurde. Sie löste sich von ihm und wandte ihr tränenüberströmtes Gesicht Harvey zu.

»Warum tust du mir das an?« fragte sie ihn.

Er sah ratlos aus. »Wieso – äh?«

»Sehen Sie nicht, was Sie mit Ihrer Anwesenheit anrichten?« fragte Chris.

Harvey räusperte sich noch einmal. »Als ich das letzte Mal hier war, war das auch mein Haus«, schäumte er. »Diana, willst du vielleicht sagen, ich sei bei einem Anlaß wie diesem hier nicht willkommen?«

Diana schaute Chris an, dann Harvey. Sie ließ sich müde gegen Chris sinken und sagte: »Nein. Ich danke dir für deine Unterstützung. Es ist nur so anstrengend.«

Harvey warf einen triumphierenden Blick auf Chris. »Das wäre damit wohl geklärt.«

Ohne ein weiteres Wort drehte er sich um und ließ sie stehen, zwei verlorene Gestalten, die zusahen, wie er zur Tür hinausging. Als sich die Menge allmählich lichtete und es klar wurde, daß Chris Berry nicht von Dianas Seite weichen würde, bis sie zu müde wäre, um ihre Augen offenzuhalten, wurde Harvey des taktischen Ausharrens überdrüssig. Er erklärte Diana und seinen Kindern, daß er früh am nächsten Morgen einen chirurgischen Eingriff vornehmen und deshalb gehen müsse.

Er bat Diana, ihn zur Tür zu begleiten. »Ich glaube, wir müssen uns zusammensetzen und miteinander reden«, sagte er.

»Müssen wir das?« entgegnete Diana mit offensichtlicher Überraschung.

»Wir müssen viele Entscheidungen treffen.«

»Ich weiß nicht, Harvey.« Sie zögerte. »Ich kann in Momenten wie diesem wirklich nicht klar denken.«

»Ich verstehe«, sagte er aufrichtig. »Diana, ich möchte, daß du weißt, daß ich für dich da bin. Wirklich.«

Sie nickte wortlos.

»Du siehst wunderschön aus, Liebes«, stieß er plötzlich hervor. »Ich bin stolz auf alles, was du für dich getan hast.«

Diana lächelte schwach, und ihre Augen füllten sich mit Tränen. »Danke. Irgendwie ist es mir immer noch wichtig, was du von mir denkst«, sagte sie, drehte sich dann um und ging zu Chris zurück.

25. Kapitel

In den ersten Stunden nach Bettys Tod war Diana zu betäubt, um irgendein wirkliches Gefühl zu entwickeln, und bevor ihre Betäubung nachließ, stürzte sie sich in die Organisation des Begräbnisses hinein, was sie so beschäftigt hielt, daß sie gar keine Zeit für einen Zusammenbruch hatte. Nach der Beerdigung waren ihre Kinder, Freunde und Verwandte um sie gewesen; sie hatten sich um sie bemüht, als sei es ihre Mission, Diana vor ihrer Trauer zu beschützen und sie abzulenken.

Doch am Ende der Woche fuhren alle ab, um wieder ihren eigenen Geschäften in dieser Welt nachzugehen. Als Diana schließlich allein war, schlug die furchtbare Verzweiflung, in die der Tod ihrer Mutter sie gestürzt hatte, über ihr zusammen.

Sie nahm keine Anrufe mehr entgegen, saß trübsinnig in ihrem Schlafzimmer und las immer wieder ihre Lieblingsgedichte. Sie weigerte sich, etwas zu essen, trotz des erschrockenen Gesichts von Todd, wenn er morgens von der Schule und wieder abends in einem dunklen, bedrückenden Haus mit ihr zusammen war. Sie wollte nicht einmal Chris sehen, obwohl sie wußte, daß sie ihn verletzte, wenn sie ihn so aus ihrem Leben ausschloß; nicht einmal die Tatsache, daß er bald wieder nach Hawaii abfahren würde, konnte sie aus ihrer Lethargie reißen.

Am dritten Tag ihrer Isolation stahl sich Chris ins Haus, nachdem Todd zur Schule aufgebrochen war.

Er fand eine Diana, die im Nachthemd und Plüschpantoffeln zwischen der Küche und dem kleinen Arbeitszimmer neben der Eingangsdiele hin- und herwanderte; sie murmelte etwas vor sich hin, was sehr nach einem Gedicht von T. S. Elliot klang, dabei sah sie ganz aufgelöst und verstört aus.

»Ach, Baby«, sagte er, »so darfst du nicht mit dir umgehen.« Er stellte sich ihr in den Weg und zog sie in seine Arme. Sie wollte sich loskämpfen, doch er hielt sie fest umklammert. »Los jetzt, laß es schon raus. Heul dich aus!«

Als sie in seine Augen blickte, brach der Damm. Sie begann zu schluchzen. »Ich fühle mich so entwurzelt. Kein Vater. Jetzt auch keine Mutter mehr. Das letzte Band zu meiner Vergangenheit ist zerrissen.«

Er führte sie ins Arbeitszimmer und setzte sich mit ihr auf die Couch, hielt sie dicht an sich gedrückt, den Arm um ihre Schultern gelegt. Ganz ruhig saß er da und ließ sie zwischen ihren Schluchzern reden.

»Ich denke immer daran, wie meine Mutter und ich uns in diesem letzten Jahr innerlich voneinander entfernt haben. Es durchbohrt mich wie ein Messer, wenn ich mich an den verletzten Blick in ihren Augen erinnere, als ich wütend auf sie wurde, weil sie zuviel aß und sich nicht ändern wollte... Wie konnte ich so egoistisch sein? Sie war immer für mich da, wenn ich sie brauchte. Und jetzt ist sie weg. Einfach so. Ich werde sie nie wieder bei mir haben und mit ihr reden können. Chris«, heulte sie, »wußte sie denn überhaupt, wie sehr ich sie liebe?«

»Sie wußte es, Süßes. Sie wußte es.«

»Ich vermisse sie jetzt schon so. Immer wieder muß ich an Kleinigkeiten denken. Wie sie beim Backen aussah, mit Mehl im Gesicht. Ihr Lachen. Der helle Klang davon. Sie war immer so lustig. Diese Woche hätte sie gründlich genossen«, sagte Diana und lachte plötzlich unter Tränen auf. »Sie liebte Partys über alles.«

»Sie hat dir ihre Liebe zum Leben geschenkt«, sagte Chris nachdenklich. »Sie hat das Beste von sich an dich weitergegeben. Wie Todd sagte, ist sie zwar als Person nicht mehr unter uns, aber ihre Persönlichkeit lebt weiter. Sie lebt in dir weiter. Immer, wenn du nach einer Lösung suchst, brauchst du nur nach innen zu horchen. Deine Mutter wird da sein und dir erkennen helfen, welche Richtung du einschlagen sollst.«

Sie saßen in gedankenverlorenem Schweigen da. Diana war dankbar für seine geduldige Gegenwart, wie immer.

»Ich lasse mich ganz von meinen Gefühlen beherrschen«, gab

Diana schließlich zu. Sie wand sich unter Chris' Arm heraus. »Wie kannst du mich ertragen?«

»Du glaubst nur, daß du schwach bist; ich finde, du bist einfach menschlich.« Er zog sie wieder an sich und küßte sie zart. »Jeder, den ich über das erste Hallo hinaus kennengelernt habe, kam an irgendeinem Punkt mit seinen Gefühlen nicht klar; nur können es manche besser verbergen als du in deinem Zustand der Verletzlichkeit.«

»Verletzlichkeit ist das richtige Wort. Wenn wir schon davon reden, wie bist du überhaupt hereingekommen?« fragte sie. »Alle Türen sind zugesperrt.«

»Ich bin eingebrochen«, antwortete er selbstgefällig.

»Wie denn?« fragte sie erschrocken.

Chris schaute sie an und sagte dann rasch: »Ich mach nur Witze. Todd gab mir seinen Schlüssel, als er zur Schule ging. Wir haben das Ganze schon gestern ausgeheckt. Er machte sich Sorgen, daß du vielleicht an Selbstmord denkst.«

»Hat er dich gebeten, mit mir zu reden?«

Chris nickte. »Der Junge hat dich wirklich lieb. Ganz fest. Du bist eine glückliche Frau, Diana. Ich glaube, du mußt dich allein wegen Todd zusammenreißen, wenn schon für sonst niemand. Deine Mutter würde Verständnis dafür haben, daß du dein Leben weiterlebst.«

»In den letzten Tagen ist mir immer wieder dieses Gedicht im Kopf herumgegangen. Es stammt von Edna St. Vincent Millay und handelt von einer Frau, deren Mann gestorben ist. Am nächsten Morgen sagte sie zu ihren Kindern: ›Anne, iß dein Frühstück; Dan, nimm deine Medizin. Das Leben muß weitergehen; ich vergesse nur, warum.‹«

Chris umarmte Diana. Er blickte ihr tief in die Augen und sagte leise: »Manchmal können wir nicht mehr tun, als einfach aushalten, den Alltag bewältigen.«

»Das sage ich mir auch immer. Einfach weiteratmen, und vielleicht wird der Schmerz nachlassen.« Sie versuchte zu lächeln, aber es mißlang. Sie stand auf und drehte sich zu dem Fenster, das zu ihrem Rosengarten hinausging. »Rodney Carter hat gestern abend angerufen«, sagte Diana mit dem Rücken zu Chris.

»Ach ja?«

Diana wandte sich endlich um. Chris hatte die Arme über der Brust gekreuzt und ein Bein lässig über eine Armlehne der Couch geschwungen; seine Augen blickten halb amüsiert, halb fragend drein. Sie setzte sich in Richtung Tür in Bewegung und sagte: »Er saß gerade in einer Maschine nach Madrid. Er wollte wissen, wie ich mit meinem Amigo-Feldzug vorankäme.«

»Und?« fragte Chris und folgte Diana die Treppe hinauf in ihr Bad.

»Ich habe ihm von Mutter erzählt. Er war sehr beflissen. Sagte die richtigen Dinge. Das kann er gut.«

»Ach ja?« gab Chris zurück und sah zu, wie Diana aus ihrem Nachthemd schlüpfte und die Dusche andrehte.

Sie beobachtete ihn, wie er sie mit den Augen auffraß, und ein schwacher Anflug eines Lächelns umspielte ihre rotgeweinten Augen. »Er möchte mich unbedingt sehen, wenn er zurückkommt.«

»Und was hast du ihm gesagt?« erkundigte sich Chris, wobei er sich sein T-Shirt über den Kopf zerrte, seine roten Tennisschuhe von sich schleuderte und hastig aus seinen verblichenen Jeans stieg.

»Ich habe ihm gesagt, so lange könne ich nicht warten«, sagte Diana verschämt, verschwand in den Dampfschwaden der Dusche, ließ aber die Glastür einen Spalt offen.

»Das hast du echt gesagt?« fragte Chris, der sich Diana von hinten näherte und seinen Körper gegen ihren Rücken preßte. Er drückte mit offenem Mund einen Kuß unter ihren Haaransatz. »Und hat er dir auch gesagt, daß er das mit dir machen möchte?« fragte Chris, drehte Diana zu sich herum und beugte sich dann herunter, um ihre Brüste zu küssen. »Oder das?« murmelte er und küßte sie die Körpermitte entlang bis zum Bauch ab. »Oder das?« sagte er noch, blickte eine Sekunde lang zu ihr hoch, bevor er seine Zunge zwischen ihren Schenkeln vergrub.

Am nächsten Morgen rief Diana den Marketing-Direktor der Jupiter Candy Company an. Er war in einer Besprechung, doch als sie Rodney Carters Namen erwähnte, sagte sein Assistent,

Mr. Binghamton hätte ihren Anruf erwartet und würde sie umgehend zurückrufen.

Binghamton rief sie schließlich am Spätnachmittag an.

»Stan Binghamton am Apparat«, sagte er förmlich. »Gehe ich richtig in der Annahme, daß Sie sich für die Zukunft des Amigo-Riegels interessieren?«

Diana kicherte. »So kann man es wohl ausdrücken.« Sie erklärte, wer sie war, was sie über den Schokoriegel herausgefunden hatte und wie sie ihn in eine fettarme Diät einbezogen hatte, die in ihrem Umkreis wie eine Bombe einschlug. Schließlich sagte sie noch, daß ihr Verleger ihren kleinen Schokoriegel als Aufhänger und Lockmittel für den Leser benutzen wolle.

Stan Binghamton bekundete sein Interesse, schloß aber den Vorbehalt an: »Wir sind gerade mit einer Fülle von Projekten beschäftigt, und Sie sollten wissen, daß unsere Gesellschaft noch nie auf eine Marktnische gesetzt hat.«

Die Furcht ließ Diana innerlich heftig zusammenzucken.

»Eine Marktnische?« hakte sie nach.

»Das heißt«, dozierte Binghamton, »wenn man nur auf eine bestimmte Verbrauchergruppe abzielt. In diesem Fall Leute, die eine fettarme Süßigkeit wünschen.«

»Aber Mr. Binghamton, Abnehmen ist inzwischen ein Milliarden-Geschäft. Und meine Diät ist die einzige, die den Verzehr von Schokoladenriegeln – Ihrer Schokoladenriegel – als Teil des Diätplans befürwortet. Sie erkennen doch sicher, daß Ihre Gesellschaft hier auf eine Goldgrube stoßen könnte.«

Binghamton machte eine Pause. Sie wartete. »Nun, was Sie da sagen, hat schon seine Richtigkeit«, näselte er schließlich. »Aber wir haben Millionen dafür ausgegeben, um nach gewissenhaften Marktuntersuchungen eine neue Rezeptur zu entwickeln.«

»Das weiß ich«, sagte sie und klang angesichts dieses Bürokraten etwas ungeduldiger, als sie es vorgehabt hatte. »Aber warum könnten Sie nicht den Originalriegel wieder einführen und den neuen gleichfalls auf dem Markt lassen?«

»Ich folge Ihrem Gedankengang, Mrs. Lowe, wirklich«, erwiderte Binghamton. »Und ich verspreche Ihnen, daß Ihre Idee von unserer gesamten Abteilung eingehend geprüft werden wird. Aber Sie müssen verstehen, daß wir wirklich inmitten einer Flut weiterer Projekte stecken.«

Diana legte auf. Dieser letzte Satz ging ihr nicht mehr aus dem Sinn, auch nicht der Tonfall Stan Binghamtons. Er hinterließ in ihr das drückende Gefühl, er würde ihre Anfrage schleunigst in seinen Papierkorb werfen, weil sie angesichts der erfolgreichen Einführung des neuen Amigo-Riegels auf dem Markt zu viele Probleme schaffen würde.

»Ich gebe ihm zehn Tage«, sagte sie zu Alison Rifkin, die sie unmittelbar danach anrief.

»Warum rufst du nicht einfach bei Beecham an?« erkundigte sich Alison. »Ich wette, du hast ihre Absicht mißverstanden.«

»Nein, lieber nicht, Alison«, widersprach Diana. »Guinivere hat mir eindeutig zu verstehen gegeben, was sie haben wollen. Sie hat immer über den Titel *Cholesterinfrei in acht Wochen* geredet und wie Thomsons Haferkleie die Verkaufszahlen in die Höhe schnellen läßt; sie erwartet, daß die Amigo-Riegel für mein Buch dasselbe erreichen.«

»Könnte nicht das Schlagwort *Fettallergie* dasselbe leisten? *Ich* finde die Idee prima.«

»Ach, ich weiß nicht mehr. Die Leute von Beecham finden sie nicht so aufregend wie den Schokoriegel.«

»Ich glaube, du solltest trotzdem Guinivere anrufen und dich vergewissern.«

»Ich habe Angst davor, anzurufen. Sie wollen sicher ihr Geld zurückhaben, wenn die Verbindung mit Jupiter platzt.«

»Soll ich für dich den Kundschafter spielen?« bot Alison an.

»Das wäre eine Möglichkeit«, sagte Diana nachdenklich.

»Schick ein paar gute Gedanken rüber«, sagte Alison. »Und vergiß nicht, Diana, daß ich für dich da bin. Wenn du jemand zum Reden brauchst. Oder sonst.«

Egal, was Alison von Beecham Press erfahren würde, beschloß Diana zwischen der Planung des Abendessens für Todd und Chris und einer Beratungsstunde mit einer ihrer Privatkundinnen, sie würde den Kampf um den fettarmen Schokoriegel gewinnen oder wenigstens mit fliegenden Fahnen untergehen, komme, was da wolle.

Doch als Alison eine Weile später mit den niederschmetternden Nachrichten anrief, daß sie aus Guinivere herausgekitzelt hatte, Beecham hätte tatsächlich vor, das Buch mit Amigo als Zugpferd zu vermarkten, sank Dianas Stimmung auf den Nullpunkt. Als Chris von einer Besprechung mit seinem Agenten zurückkehrte, fand er wieder eine trübsinnige Diana vor, die um ihr Buch jammerte; dazu heulte sie auch noch, sie vermisse ihre Mutter. Er bot ihr an, Todd zum Essen auszuführen, doch sie hielt dagegen, sie würde sich als noch größere Versagerin fühlen, wenn die beiden sie allein ließen.

Sie gab sich einen Ruck, wusch sich das Gesicht, trug frisches Make-up auf und stellte um acht ein passables Essen für alle drei auf den Tisch.

Beim Dessert verkündete Diana: »Ich hab's mir überlegt. Ich will den Buchvertrag nicht so einfach sausenlassen.«

»So klingst du schon besser, Mama«, rief Todd und blinzelte Chris zu.

»Das heißt also, du wirst kämpfen?« setzte Chris hinzu.

»Bis zum bitteren Ende!« antwortete Diana und kam ihrem alten Selbst näher als seit Tagen.

Chris schlug vor, es sei eine gute Therapie für sie, wenn sie sofort die ersten Kapitel in Angriff nähme und sich erst später über Jupiter Sorgen machte.

Spätabends fing sie auch tatsächlich an, lange, nachdem Chris nach Hause gegangen war, lange, nachdem sich Todd in sein Zimmer zurückgezogen hatte, wo er leise schnarchend schlief.

Als Todd am nächsten Morgen zum Frühstück herunterkam, fand er Diana schlafend an ihrem Schreibtisch im Arbeitszimmer sitzen, das Licht brannte noch, sie hielt den Stift noch in der Hand, und der gelbe Block, den sie vollgekritzelt hatte, lag am Boden zu ihren Füßen.

Vorsichtig zog er Diana den Stift aus der Hand, aber sie wachte ohnehin auf. »O Gott, mir tut alles weh«, ächzte sie, als ihr klar wurde, daß sie mehrere Stunden lang mit merkwürdig abgewinkeltem Kopf schlafend dagesessen war.

»Whow«, sagte Todd und reichte seiner Mutter den Block. »Du hast in einer Nacht fast zwanzig Seiten geschrieben!«

»Ich habe eben viel zu sagen«, triumphierte sie. Sie nahm den Block hoch und überflog die Seiten. »Das ist ja furchtbar«, stöhnte sie, riß die Hälfte der Blätter ab und warf sie in den Papierkorb. Dann lachte sie. »Das habe ich mir schon immer gewünscht. Wie eine echte Schriftstellerin.«

Sie bückte sich und sammelte die zerknüllten Seiten wieder auf.

»Was machst du denn jetzt, Mama?« fragte Todd verwirrt.

Diana glättete die Papiere und legte sie auf den Schreibtisch. »Das war nur Quatsch. Im Ernst finde ich das Zeug ganz gut. Komm, ich richte dir dein Frühstück her.«

»Ach, das brauchst du nicht. Schreib einfach weiter. Ich mach mir selbst was.«

Diana stand da und starrte Todd an. »Du brauchst mich nicht mehr!« stieß sie hervor. »Mein Leben ist vorbei.«

Todd schaute Diana prüfend ins Gesicht, bis er erkannte, daß sie ihn auf den Arm nahm, dann schmunzelte er: »Mama, ich glaube, dein Leben fängt erst an.«

»Nun, es darf in einer halben Stunde anfangen, wenn du in die Schule gegangen bist. Heute mache ich dir Frühstück, ob's dir paßt oder nicht! Ist das klar, junger Mann?«

Todd lachte. Diana auch. Arm in Arm gingen sie in die Küche.

Harvey rief an, kurz nachdem Todd gegangen war. Er klang deprimiert, und Dianas Laune sank sofort in den Keller.

»Wie geht's?« fragte er. Er hatte sie seit der Beerdigung täglich angerufen und stellte immer dieselbe Frage.

»Ach, es geht«, sagte Diana, wie immer.

»Gut.« Auch das sagte er immer. Dann berichtete er ihr wie immer kurz über seine Aktivitäten des vergangenen Tages, und wie immer hörte Diana geduldig zu. Als er fast geendet hatte, erwartete Diana den Satz, er würde morgen wieder anrufen, um zu sehen, wie es ihr ginge, aber heute sagte er: »Ich glaube, es ist Zeit, daß wir uns mal treffen. Wie ich letzte Woche schon sagte, gibt es viel, worüber wir uns unterhalten müssen.«

Diana wurde argwöhnisch. Sie zögerte.

»Willst du mich nicht sehen, Diana?« fragte er.

Er klang so niedergeschlagen, daß Diana sagte: »Natürlich

möchte ich dich sehen, Harvey. Wir haben eben bisher nur per Anwalt verhandelt, und ich weiß nicht, warum du plötzlich etwas daran ändern willst.«

»Ich habe viel nachgedacht.«

»Ach ja?« sagte Diana und erinnerte sich daran, wie sie sich an dem Tag gefühlt hatte, als ihr Harveys Gesicht neben Laurie von den Fotos ihres Sohnes entgegenlächelte, die er während der Skiferien geknipst hatte. »Wie geht's Laurie?« fragte sie eisig.

»Wir sind fertig miteinander. Aus, Schluß, vorbei. Drei Kreuze über einem Haufen Mist.«

»Hast du das Laurie auch erzählt, nachdem du mich verlassen hattest?« griff ihn Diana scharf an.

Harvey klang verwundet. »Volltreffer, Diana. Den habe ich verdient. Deshalb müssen wir miteinander reden. Ich habe dir vieles zu erklären. Aber persönlich.«

»Ich werd's mir überlegen«, sagte sie unverbindlich.

»Mehr verlange ich auch nicht«, sagte er glücklich.

Als sie und Chris mittags zum Ventura Boulevard schlenderten, um im *Gold Grill* zu essen, erzählte sie ihm von ihrer Unterhaltung mit Harvey.

»Was soll ich tun?« fragte sie Chris.

»Das ist nicht fair, meine Süße. Du kannst nicht von mir verlangen, für dich zu entscheiden, was ein Ehemann und eine Ehefrau tun oder lassen sollen.«

»Ach Chris. Komm, hilf mir doch.«

Chris hielt ihre Hand, und sie marschierten lange schweigend nebeneinanderher. »Okay«, sagte er, kurz bevor sie zum Restaurant gelangten. »Betrachten wir die Sache doch mal aus einem anderen Blickwinkel. Wenn ich dir nun erzählte, Marylou möchte sich mit mir zu einem traulichen Gespräch treffen? Hättest du dann gern, daß ich hingehe?«

»Erst würde ich schwören, ich würde dich umbringen, wenn du hingingst. Dann würde ich wohl darauf bestehen, daß du es tust.«

»Da hast du die Antwort.«

»Du sagst mir also, ich müsse ihn treffen«, sagte sie finster, als sie sich an ihren Lieblingstisch im Patio neben dem plätschernden Bach mit den bemoosten, blumenbestandenen Ufern setzten.

Er nickte mit derselben finsteren Miene.

»Wirst du nie um mich kämpfen – nicht einmal ein bißchen?« fragte sie und zupfte an der Scheibe Sauerteigbrot herum. Ihr war der Appetit vergangen.

»Vielleicht will er nur finanzielle Dinge regeln«, sagte Chris, der die Frage einer Antwort für unwürdig hielt.

Diana schielte nachdenklich zur Decke. »Vielleicht hast du recht.«

»Und wenn du ihn abblitzen läßt und in Rage bringst, wird er vielleicht rachsüchtig. So etwas habe ich schon erlebt.«

Diana wurde blaß. »Harvey ist dazu durchaus fähig. Wirklich.«

»Dann treff dich doch mit ihm. Entscheide im Zweifelsfall zu seinen Gunsten.«

»Er will mich an meinem Geburtstag ausführen«, gestand Diana. »Bist du sicher, Chris, daß du nicht noch eine Woche in Encino bleiben kannst?«

»Komm doch an deinem Geburtstag nach Hawaii. Ich mache in meinem Haus ein kleines Nest für dich, wo du schreiben kannst. Wir werden uns am Drehort zwischen den Aufnahmen hinter den Kameras lieben.«

Diana seufzte. »Wir sind beide zu beschäftigt. Ich kann noch nicht weg. Und Todd ist ja auch noch da...«

Chris beugte sich hinüber und gab Diana einen Kuß, dann lehnte er sich wieder zurück und sah sie an; seine Augen strömten über vor Liebe. »Ja, das verstehe ich.«

»Ich weiß«, sagte sie lächelnd.

26. Kapitel

Es nieselte bereits in regelmäßigen Abständen, als Chris und Diana im Century-City-Einkaufszentrum ankamen, einem wuchernden Gebäudekomplex am Nordrand des Gewerbegebiets, neben den Twentieth-Century-Fox-Studios. Chris hatte es bis zu seinem letzten Tag in Los Angeles hinausgeschoben, sich mit der Einkaufsstelle seiner Töchter zu befassen; sie behaupteten, die darauf notierten Dinge seien einzig und allein in diesem Einkaufszentrum erhältlich. Ein bittersüßes Gefühl ergriff Chris und Diana, als sie Arm in Arm durch die Ladenstraßen zogen. Sie drängten sich in ihren dicken Parkas aneinander, um sich an diesem naßkalten Nachmittag aneinander zu wärmen, aber ebensosehr, um diese letzten Stunden körperlicher Nähe auszukosten, bevor sie sich wieder trennen mußten.

Chris erledigte seine Besorgungen rasch und ohne Zeit in den Läden zu verschwenden. Als sie an einem trendigen neuen Shop vorbeikamen, der auf Kosmetik und Haarschmuck spezialisiert war, überredete Diana Chris, mit ihr hineinzugehen, damit sie den Mädchen ein bißchen Klimbim kaufen könnte. Chris war über diese Geste sichtlich gerührt. »Wenn nur ihre Mutter mal an so was denken würde!« knurrte er mit einer gewissen Schärfe in der Stimme. Diana blickte ihn an, sagte aber nichts. Er redete nicht gern über Marylou und reagierte zurückhaltend, wenn Diana auf seine bevorstehende Scheidung zu sprechen kam. Doch heute, als sie sich in der *Boulangerie*, einer Croissant-Bäkkerei im Einkaufszentrum, zu einem Cappuccino niederließen, erzählte Chris ganz von sich aus von seiner abtrünnigen Frau und wie erzürnt er darüber war, daß seine Töchter in ihrem Leben kein positives weibliches Rollenvorbild vor Augen hatten.

Diana hörte aufmerksam zu, als Chris in bitteren Worten seine fehlgeschlagene Ehe beklagte. »Jedesmal, wenn ich meine Mädchen anschaue, denke ich, welches Trauma Marylou und ich ihnen zugefügt haben, weil wir nicht in der Lage waren, etwas aus unserer Beziehung zu machen.«

»Würdest du sie denn zurückhaben wollen?« fragte Diana und hielt den Atem an, bis Chris heftig verneinte.

»Die Sache ist gelaufen. Zwischen uns herrscht absolute Funkstille. Wir waren Kinder der sechziger Jahre. Ich bin erwachsen geworden. Sie nicht. Ihre Liebesperlen und Jesuslatschen mag sie gegen Heilkristalle, Channeling und Grizzlybären eingetauscht haben, aber eine Rose bleibt immer eine Rose, auch wenn sie sich anders nennt.«

»Das klingt, als ob sie einfach keine Verantwortung übernehmen will.«

»Genau«, antwortete Chris. »Sie ist genauso sehr Kind wie meine Mädchen. Sogar noch mehr. Total egozentrisch. Sie wurde von ihren Eltern nach Strich und Faden verzogen, vor allem von ihrem Vater. Er gab ihr alles, ein riesiges Vermögen eingeschlossen. Sie hat genug Scheißkohle, um sämtliche Launen zu finanzieren, von denen sie in ihrem Leben jemals träumen kann. Aber sie hat nicht den leisesten Wunsch, eine Mutter zu sein. Das verletzt mich am meisten.« Chris machte eine Pause und zog dann die Brauen finster zusammen. Diana streichelte zärtlich seine Hand. Er lächelte sie dankbar an und sagte dann: »Es ist schon eine Ironie des Schicksals. Genau, was ich heute an Marylou so abstoßend finde, hat mich ursprünglich zu ihr hingezogen.«

»Habt ihr beide über diese Dinge gesprochen?« fragte Diana zögernd.

»Gesprochen? Wir haben uns jahrelang deshalb angebrüllt und gestritten. Nichts bringt sie dazu, sich zu ändern. Sie mag sich, wie sie ist. Sie findet, wenn jemand von uns beiden Macken hat, dann ich. Wer darunter leidet, sind die Kinder.«

»Ich weiß«, murmelte Diana.

»He«, sagte Chris plötzlich und schob sich das letzte Stück seines Croissants in den Mund, »lassen wir uns doch die Stimmung nicht vermiesen.«

Diana war ganz seiner Meinung. Sie plauderten über andere, weniger konfliktträchtige Dinge, und tranken einen zweiten, dann einen dritten Cappuccino. Obwohl Chris versuchte, den Frust und Ärger über seine Familiensituation zu verdrängen, entging es Diana nicht, daß ihm ihr Gespräch über seine gescheiterte Ehe einen Dämpfer aufgesetzt hatte, und das an einem Tag, der für keinen der beiden leicht war.

»Wir sind das unglücklichste glückliche Paar, das ich kenne«, sagte sie schließlich nach einer langen Gesprächsflaute, während er düster aus dem Fenster der Bäckerei starrte.

»Jetzt ruiniere ich auch dir noch den Tag«, bedauerte er. »Komm, laufen wir rum und kaufen uns was echt Albernes.«

Sie verließen die *Boulangerie.* Bei ihrem Bummel durchs Einkaufszentrum kamen sie am beliebten Kinokomplex mit vierzehn Kinos vorbei.

»Wie wär's mit einem Film?« fragte Chris spontan.

»Mitten am Nachmittag?«

»Klar. Warum nicht?« fragte Chris.

Diana sah, wie der spöttische Funke in seinen Augen zurückkehrte, und willigte ein.

Vollbeladen mit Tüten, kauften sie zwei Tickets und kamen gerade noch rechtzeitig, um den Vorspann über die Leinwand rollen zu sehen.

Sobald sich ihre Augen an die Dunkelheit gewöhnt hatten, gab Diana den überraschten Kommentar ab, daß das Kino mitten am Nachmittag ja halb voll sei. Chris legte seinen Arm lässig um Dianas Schultern. Auf der Suche nach der bequemsten Stellung schlug sie die Beine übereinander, doch schließlich legte sie ein Bein über seinen Schoß.

Während sich die Handlung entfaltete, schob Chris fast abwesend ihren Tennissocken nach unten und begann, Dianas Knöchel und die nackte Wade bis zum Saum ihrer Jeans zu streicheln. »Das fühlt sich gut an«, murmelte sie, war aber nicht darauf gefaßt, daß Chris auch noch ihren Schuh aufschnürte und auszog. Als er ihn mit einem Plumpser auf den Betonboden fallen ließ, blickte Diana herum, ob das Geräusch irgend jemand in ihrer Nähe gestört hätte. Sie bemerkte keine Reaktion. Dann begann

Chris, wie so oft, wenn sie allein waren, ihr Fußgewölbe sinnlich zu massieren, erst mit Socken, dann ohne Socken.

Diana drehte sich ihm etwas weiter zu und wanderte mit ihren nackten Zehen verspielt hoch zwischen seine Beine und begann, ihn zu kneten. Es sah ganz danach aus, als bräuchten sie keine Filmkomödie, um ihre Lebensgeister wieder aufzumuntern, dachte Diana. Sie und Chris schienen das auch sehr gut allein zu schaffen.

Als ob er ihre stumme Herausforderung angenommen hätte, glitt Chris mit der Hand, die auf Dianas Schultern lag, in ihre Bluse und hakte den BH auf. Diana bekam einen Schock, der noch größer wurde, als er mit ihren Brustwarzen zu spielen begann. Sie fühlte sich wie ein unartiger Teenager bei einer heimlichen Verabredung, als sie verstohlen noch einmal um sich blickte und sah, daß sich zwar niemand unmittelbar neben ihnen befand, aber mindestens zwei Leute ein paar Sitze weiter rechts von Diana saßen, dazu mehrere Leute zwei Reihen hinter ihnen sowie ein Pärchen vor ihnen. Niemand schien Notiz davon zu nehmen, was sie taten.

Dianas Mut stieg; sie öffnete die Schnalle von Chris' Gürtel und knöpfte seine Jacke auf. Er wandte seinen Kopf leicht zu ihr, sah sie stumm an und lächelte wissend. Sie unterdrückte ein Kichern und schob ihre Hand langsam in seine Jeans. Chris nahm seinen Parka vom Sitz nebenan und breitete ihn über seinen Schoß, während Dianas Hand sich in seinen Slip vorarbeitete.

Nachdem Chris seine Jacke auch noch über Dianas Schoß gezogen hatte, wurde er noch kühner. Er zog den Reißverschluß ihrer Jeans auf. Das Geräusch wurde von der Jacke gedämpft, doch Diana warf noch einen weiteren Blick nach rechts, obwohl sie zu diesem Zeitpunkt schon zu erregt war, als daß es ihr wirklich etwas ausmachte, ob jemand bemerkte, was sie trieben.

Sie saß jetzt ganz aufrecht und tat, als verfolge sie die Handlung, während sie in Wirklichkeit ganz auf Chris lange Finger konzentriert war, die mit ihr spielten. Rein. Raus. Rundherum. Rein. Raus.

»Hör lieber auf«, flüsterte sie atemlos, »oder ich krieg gleich einen Orgasmus mitten in diesem Kino!«

»Das ist genau meine Absicht«, flüsterte er ihr ins Ohr.

Sie wand sich fast unmerklich, und als ihre Erregung stieg, ließ sie seinen Schwanz los, der hart und riesig in ihrer Hand lag. Sie begann zu zittern, dann zogen sich ihre Muskeln um seine Finger herum zusammen. Ihre Füße preßten sich gegen den kalten Boden; ihre Hände umklammerten die plüschbezogenen Armlehnen; ihr Rücken hätte sich fast zurückgewölbt. Herr im Himmel, dachte sie, als sie unter seiner Berührung unkontrolliert zu pulsieren begann.

Als der Film kurz darauf zu Ende war, warf sich Diana hastig ihre Jacke um, ohne sich die Mühe zu machen, ihren BH wieder festzuhaken, und Chris bezwang mit Willensanstrengung seine eigene Erektion, so daß sie kichernd aus dem Kino gehen konnten, ohne daß jemand mitbekam, was sich hier abgespielt hatte. Diana spürte immer noch einen Kitzel und schmiegte sich im Aufzug zur Tiefgarage an Chris. Sie spürte, wie er zu neuem Leben erwachte, als sie sich an ihn preßte.

Sie hatten vorgehabt, sich groß in Schale zu werfen und in das höchst schicke und romantische Restaurant *L'Orangerie* zu gehen; wenn sie ihren Zeitplan einhalten wollten, müßte Chris sich sehr beeilen, damit sich Diana zu Hause noch rechtzeitig umziehen könne. Doch nach dem Geplänkel im Kino verspürte Chris den Drang, Diana nicht beim Anziehen, sondern beim Ausziehen zuzusehen, und trotz des inzwischen wolkenbruchartig niederprasselnden Regens brach er sämtliche Tempolimits.

In seiner Einfahrt stellte er den Motor ab und zog sie wortlos auf seinen Schoß. Sie küßten sich leidenschaftlich.

»So ein Mist!« rief Chris plötzlich. »Consuelo ist immer noch da und putzt. Und ich muß dich jetzt haben.«

Diana lachte. »Todd ist zu Hause, also können wir auch nicht zu mir. Wir müssen irgendwo parken, wo wir allein sind. Oder wir können uns immer noch einen zweiten Film anschauen.«

»Wie wär's mit hier auf der Stelle?« schlug er vor und zog sie noch näher an sich.

Der Regen, der heftig gegen die Fensterscheiben des Wagens schlug, deckte einen Schleier über sie, als sie sich aus ihren Jeans herauswanden; von ihrem heißen Atem beschlugen die Scheiben von innen. Chris lehnte sich im Beifahrersitz zurück, Diana setzte sich rittlings auf ihn. Er stöhnte, öffnete sie breit mit seinen Händen und fand in sie hinein. Langsam glitt sie auf ihn herab, bis er sie vollständig ausfüllte. Hungrig packte er ihren Po und bewegte sie in einem Rhythmus, bei dem sie sich aneinanderrieben, bis beide in einem wilden Höhepunkt zusammenbrachen.

»Was für ein interessanter Tag«, bemerkte Diana, als sie etwas später recht aufgelöst auf das Haus zugingen; ihr Gesicht war noch rosig überhaucht vor Leidenschaft.

»Und mir geht's jetzt viel besser«, sagte Chris glücklich und knöpfte seine Hose wieder zu.

»Ich sollte nach Hause gehen und mich fürs Restaurant umziehen«, sagte Diana.

»Wenn du mich verläßt, bekomme ich wieder meine Depressionen«, flachste Chris kokett.

»Wir sind wie die beiden alten Leutchen in dem Witz... Er geht durchs Zimmer, und seine Frau hängt sich an sein Bein...«

»Und unter dem Bild steht: ›Ich geh doch nur aufs Klo, Liebling‹«, vollendete Chris die Pointe für sie.

»Was machen wir denn jetzt?« fragte Diana.

»Wie lange brauchst du überhaupt, um dich umzuziehen?«

»Die Kleider habe ich in zehn Minuten übergeworfen. Aber ich muß baden und mir die Haare waschen.«

»Zehn Minuten Trennung kann ich ertragen«, sagte er grinsend, »aber baden und Haarewaschen kannst du hier. Geh nach oben und laß schon mal Wasser ein, während ich Consuelo bezahle und aus dem Haus scheuche.«

Chris' Bad war Dianas Lieblingsraum in seinem rustikalen Ranchhaus. Es war mehr als ein Bad: Es hatte eine holzverkleidete Nische mit Bücherregalen vom Boden bis zur Decke; daneben am Fenster, das auf seinen von Eichen beschatteten rückwärtigen Garten hinausging, stand Chris' Schreibplatz. Das Bad besaß auch einen nachträglich eingebauten Steinkamin, der aussah, als käme er aus einer Jagdhütte. Die Toilette und das Bidet waren vom Hauptraum abgetrennt; die Waschbecken und die große Jacuzzi-Wanne waren in einen gebleichten Holzboden eingelassen, auf dem ein braun und weiß geflecktes Fell lag.

Diana zündete ein paar Orient-Duftkerzen in Glas- und Silberhaltern an. Ihr Duft durchdrang den Raum. Sie drehte den Wasserhahn voll auf, weil es eine Weile dauern würde, bis die riesige Wanne gefüllt wäre. Diana goß ein paar Tropfen Öl ins Wasser, dessen Duft sich mit den Wohlgerüchen in der Luft mischte.

Sie zog sich aus und ging ein Handtuch holen, in das sie sich einwickeln wollte. Als sie es vom Regal nahm, schaute sie sich im Spiegel an. Ihr Körper war nicht vollkommen, aber mit Chris fühlte sie sich immer als die schönste Frau der Welt. Er hatte in ihr das Gefühl verstärkt, begehrenswert und sexy zu sein, das in der Schweiz zu keimen begonnen hatte. Sie staunte immer noch darüber, daß sie sich vor nur einem Jahr emotional und sexuell tot gefühlt hatte. Jetzt jubelte sie darüber, die glücklichste Frau der Welt zu sein. Sie genoß die Liebe und Achtung eines Mannes, den sie liebte und achtete. Ihre nachmittäglichen Wonnen im Kino und im Auto waren für Diana eine weitere kleine Offenbarung – nie in einer Million von Jahren hätte sie genügend Selbstvertrauen besessen, um sich einem Mann außer Chris so verwegen, kühn und lustvoll hinzugeben. Er brachte ihre sinnlichste Seite zum Blühen. Die Beziehung, die sie miteinander teilten, hatte so viele Dimensionen: Gemeinsam waren sie verspielt und reif, albern und ernst; sie kosteten die Freuden der Erotik aus und beteten einander an. Gemeinsam waren sie vollkommen.

Chris kam ein paar Minuten später nach. Er schloß sie in seine Arme und küßte sie wieder voller Leidenschaft. »Ich kann nicht genug von dir kriegen.«

»Ich von dir auch nicht«, schnurrte sie, als sie ihn beobachtete, wie er sich auszog und dann im Kamin Feuer machte. Die orangenen Flammen warfen interessante Schatten auf sein schönes Gesicht und seinen nackten Körper.

Sie ließen sich in das wirbelnde, ölige Badewasser sinken. Diana lehnte sich gegen Chris und fühlte sich entspannter und zufriedener als seit Jahren. Sie redeten und schwiegen, bekräftigten ihre Gedanken immer wieder mit Küssen und Gesten ihrer wachsenden Vertrautheit, und beide waren sehr traurig, daß sie so bald wieder durch Tausende von Kilometern voneinander getrennt wären. Dann saßen sie einfach ineinander verschlungen da und genossen stumm die Sinnlichkeit des warmen Wassers, ihrer Körper und den Anblick der tanzenden Flammen und der Glut.

Ins Restaurant zu gehen war das letzte, was sie jetzt wollten.

»Ich kann uns hier was kochen«, bot sie an.

In Chris' Hemd, das ihr bis zu den Knien hing, tapste sie nach unten. Chris folgte ihr; er trug nur seine Jeans, halb zugeknöpft.

Diana übernahm die Küche, als wäre sie darin zu Hause, und begann, Eier für Omeletts schaumig aufzuschlagen.

Chris beobachtete sie, wie sie würfelte, hackte, rührte und hantierte.

»Ich kann über dich nur staunen«, sagte er stolz. »Hast du Lust auf einen Gin Tonic? Den bringe ich wenigstens zustande.«

»Klingt gut«, sagte sie, ihre Augen leuchteten grüner denn je, ihre Haut rosig und glutvoll.

Chris nahm zwei Cocktailgläser aus dem Schrank und füllte sie mit Eis. Dann verschwand er ins Wohnzimmer und kam ein paar Augenblicke später zurück. Mit einem leichten Kuß überreichte er Diana ihren Drink. Er trank einen kräftigen Schluck und nahm einen Eiswürfel in den Mund. »He, schau mal«, sagte er und streckte seine Zunge heraus. Seine neue Eiswürfelform produzierte Würfel mit einem Loch in der Mitte; er war mit der Zunge durch das Loch geschlüpft.

Als sich Diana umdrehte, um zu sehen, was da so lustig wäre, griff er spielerisch nach ihr und küßte sie, schlüpfte dann mit seiner Zunge samt Eiswürfel in ihren Mund und saugte den Würfel dann sinnlich zurück in seinen eigenen.

»Das war interessant«, sagte Diana und lachte lustvoll auf.

»Ah, du magst so abartige Kinkerlitzchen«, neckte er sie, knöpfte das Hemd auf und zeichnete mit seiner Zunge langsam eine eisige Spur den Hals hinab, um ihre nackten Brüste herum, über ihre Brustwarzen, hinunter zum Bauch.

Sie begrüßte die Kälte mit Lachen und Zittern und betitelte ihn als einen Sexbesessenen.

»Du kochst einfach und achtest gar nicht auf mich«, wies er sie an und drehte sie herum, so daß sie wieder vor dem Hackstock stand. Er nahm einen zweiten Eiswürfel in den Mund und ließ ihn ihren Rücken hinabgleiten. Als er ihren Po erreichte, ließ er seine Zunge zwischen ihre Pobacken gleiten. Das Eis schmolz und rieselte in kleinen Rinnsalen die Innenseite ihrer Schenkel herab.

»Wir sind eindeutig pervers – hör bloß nicht auf«, gurrte sie und genoß jede Sekunde seiner lüsternen Erkundungen.

Er hatte sie so erregt, daß sie sich auf nichts mehr konzentrieren konnte außer auf die Lust, die er ihr schenkte.

»Dreh dich um«, befahl er mit rauher Stimme.

Sie tat es, und er kostete sie weiter aus. Als Diana fast auf seinem Gesicht thronte, nahm er einen neuen Eiswürfel in den Mund, und diesmal steckte er ihn ganz in sie hinein. Bei dem Kältereiz zog sich ihre Möse zusammen, und als er begann, mit den Lippen an ihrer Perle zu zupfen, durchzuckte sie eine Reihe spitzer Orgasmen. Als sie schließlich wieder zu Atem kam, zog sie Chris zu sich hoch, dann zeichnete sie mit ihrer Zunge ihren eigenen Weg seinen muskulösen Körper hinab, nahm ihn schließlich in den Mund und reizte ihn langsam, oh, so langsam...

Nach dem Essen liebten sie sich träge und innig – als Dessert sozusagen; diesmal in seinem Bett. Endlich waren sie ganz verausgabt und fielen, ineinander verschlungen, in einen betäubungsähnlichen Schlaf.

Eine Stunde später wachte Diana auf und lauschte Chris' regelmäßigen Atemzügen. Sogar im Schlaf war er die Ruhe selbst, dachte sie, und spürte eine wundersame Liebe zu diesem Mann, der für sie zu einer Insel der Lust und heiteren Gelassenheit geworden war. Chris regte sich. Diana kroch in die Rundung seines Körpers. Er schien vor Zufriedenheit aufzuseufzen. So schliefen sie, bis die schrägen Strahlen der Morgensonne durch die Fenster fielen und sie wachstupsten.

»Wenn ich mit zum Flughafen fahre, bringt das Unglück«, sagte Diana ängstlich bei ihrer Tasse Kaffee, bevor Chris zurück nach oben ging, um sich anzuziehen und fertig zu packen.

»Nichts kann sich jemals zwischen uns drängen«, sagte er und küßte ihre Ängste weg.

»Sag das nicht so – so selbstsicher. Das bringt Unglück.«

»Du bist die doofste Frau, die ich je geliebt habe«, sagte er und ließ sie allein am Küchentisch sitzen.

»Okay, ich fahr dich hin«, verkündete sie, als er später mit einem Armee-Packsack über der Schulter – seiner saloppen Ausrede für einen Koffer – die Treppe hinunterstieg. »Nicht so voreilig«, wiegelte er ab. »Ich hab darüber nachgedacht. Jetzt hast du mich mit deinem Aberglauben angesteckt. Ich nehme ein Taxi. Oder bringt das auch Unglück?«

Diana stürzte auf ihn zu und warf sich in seine Arme. Er war ein solches Stück größer als sie, daß er sie vom Boden aufhob und herumwirbelte. Sie kämpfte mit den Tränen, doch ohne viel Erfolg. Chris küßte ihr die salzigen Tropfen aus den Augenwinkeln, dann setzte er sie wieder ab und trat einen Schritt zurück, um sie ein letztes Mal in voller Gänze in sich aufzunehmen. »Aloha«, flüsterte er. »Das heißt Wiedersehn und Hallo. Wir werden wieder zusammensein.«

Diana blickte ihm über die Schulter nach, als er zur Tür hinausging. Chris' strohblonde Haare waren immer noch dunkel von Feuchtigkeit. Seine großen, grauen Augen waren von Gefühlen verschleiert. Seine Arme hingen ihm herunter, als wüßte er nicht, was er jetzt mit ihnen anfangen sollte, wenn sie Diana nicht mehr umschlingen konnten.

27. Kapitel

»Sobald ich dich bei der … der Trauerfeier für deine Mutter sah«, sagte Harvey zu Diana, »wußte ich, daß wir an deinem Geburtstag hierherkommen müßten.«

Sie standen auf der Steinterrasse, die vom Speisesaal des *Bel Air Hotels* nach draußen führte. Harvey hatte einen Tisch für sie reserviert.

Die Umgebung war romantisch. Der Teich vor ihnen, über dessen spiegelnde Wasserfläche Schwäne glitten, wurde von geschickt plazierten Scheinwerfern beleuchtet, die auch im dichten, tropischen Blattwerk interessante Schatten nach oben warfen.

Diana schaute Harvey in seinem modisch geschnittenen Anzug an und sagte: »Ich verstehe nicht, was du meinst.« Er faßte nach ihrer Hand. Sie wollte sich ihm entziehen, tat es dann aber doch nicht. Er blickte sie mit seinen Hundeaugen an. Sie bemerkte, daß sein Stirnhaar schütter geworden war und mehrere der Transplantationsnarben enthüllte; sogar seine sorgfältig frisierten Locken konnten sie nicht verbergen. Er tat ihr leid.

»Diana, dieses Hotel hatte immer einen besonderen Platz in meinem Herzen. Hier habe ich das Mädchen geliebt, das dann meine Frau geworden ist«, sagte er weich und streichelte ihre Hand.

Dianas Magen krampfte sich zusammen. Sie zog ihre Hand aus der seinen.

»Und jetzt ist sie zu mir zurückgekommen«, setzte er hinzu und klang so heftig verliebt wie damals, als er sie zum ersten Mal gefragt hatte, ob sie ihn heiraten wolle.

Diana starrte ihn entgeistert an. »Harvey, wovon redest du überhaupt?«

»Nun, äh…« Er machte eine Pause, als ob er nach den richtigen Worten suchen müsse.

Diana wartete und hatte nicht die geringste Lust, ihm zu Hilfe zu kommen.

»Du siehst aus wie früher. Sogar noch besser.«

»Tatsächlich?«

»Tatsächlich. Hm. Du bist ein anderer Mensch geworden, als du dick warst. Auch psychisch hattest du dich verändert. Jetzt bist du wieder dein altes Selbst«, endete er hastig.

»Aha.« Sie zögerte. »Harvey, und wenn ich dir sage, daß ich ganz und gar nicht der Meinung bin, meine Persönlichkeit hätte sich mit meinem Gewicht verändert?«

»Nun, dann sind wir einfach verschiedener Meinung. Ich weiß, wovon ich rede, Diana.«

»Und damit hat sich die Sache?« Sie stellte ihre Stacheln auf. »Du glaubst wirklich, Harvey, du könntest dich zur Autorität über das aufschwingen, was in *mir* vorgeht?«

Einen Moment lang sah er fast zornig aus, als er an ihr vorbei ans Ufer auf eine Ente starrte, die eine andere anquakte. »Ich habe so meine Erkenntnisse.« Er wandte sich um und schaute ihr in die Augen. Er lächelte, doch seine Augen blieben traurig. »Ich will nicht streiten. Es war nur eine Feststellung, das ist alles. Schließlich hast du heute Geburtstag.«

»Wenigstens in diesem Punkt sind wir uns einig!«

Harvey lachte. »Gehen wir doch was trinken drinnen, ja?«

Diana hatte einen Drink nötig. Irgendwie empfand sie es als gewaltigen Irrtum, mit ihm zusammenzusein. Sie traten in einen Clubraum mit kostbarer Holztäfelung, der einer Schloßbibliothek ähnelte; sie setzten sich auf ein kleines grünes Samtsofa vor einen Kamin mit glühenden Holzscheiten. Verstohlen schob Diana eines der Petit-Point-Kissen zwischen sich und Harvey.

»Das ist ein umwerfendes Kostüm«, sagte er und half ihr aus ihrer Escada-Jacke. »Mir gefällt dieses Karofutter.«

Sie nickte und dachte, wie ironisch das Schicksal doch spielte – endlich trug sie das schamlos teure Outfit, das sie seit dem Kauf um drei Größen hatte enger nähen lassen, bei einer Verabredung mit ihrem Mann – nur daß er sie jetzt völlig kalt ließ.

»Trinkst du immer noch so gern Weinschorle?« fragte er, räumte das Kissen zwischen ihnen auf die Seite und rückte näher an sie heran. Harvey machte dem Ober ein Zeichen.

»Nein«, antwortete sie. »Ich hätte gern einen Tangueray Tonic.«

»Zu Gin aufgestiegen, was?« kombinierte Harvey, nachdem der Ober sich entfernt hatte.

»Ich bin erwachsen geworden, Harvey«, gab Diana scharf zurück.

»Das habe ich bemerkt«, sagte er bewundernd. »Du hast jetzt eine unglaubliche sexy Ausstrahlung.« Er machte eine Pause. »Habe ich dir schon gesagt, wie gut mir dein gelber Lidschatten gefällt?«

Diana lachte, diesmal spontan. »Du bist der einzige nichtschwule Mann, dem so etwas gefällt!«

»Deshalb liebst du mich auch«, sagte er mit einem jungenhaften Grinsen, dem Lächeln, für das sie vor einem Jahr ihre Seele verkauft hätte.

»*Habe* ich dich geliebt«, berichtigte sie ruhig und blickte nach unten auf ihren Rock.

Der Ober kam mit ihren Getränken zurück. Schweigend saßen sie da, bis er wieder gegangen war.

Harvey nahm seinen Drink und stieß an Dianas Glas. »Auf meine Diana.«

Ihr Magen krampfte sich noch enger zusammen. »Wie geht's mit deinem Apartment?« erkundigte sie sich.

Harvey sagte ihr, wie sehr er es haßte.

Dann kam das Gespräch zu einem abrupten Stillstand. Ein paar Minuten lang saßen sie schweigend da und nippten an ihren Drinks. Er wendete den Blick nicht von ihr. Sie schaute überall hin, außer zu ihm.

»Hast du schon Hunger?« fragte er.

»O ja«, log sie in der Annahme, wenn sie sich erst einmal an den Tisch gesetzt hätten, könnten sie über etwas Unpersönliches, Gefahrloses wie die Menüfolge reden.

»Ich habe eine Geburtstagsüberraschung für dich«, kündigte er an, sobald sie sich in dem eleganten, in Pfirsich und Blaßgrün gehaltenen Speisesalon niedergelassen hatten. Ihr Tisch stand in einem Erker mit bis zum Boden reichenden Flügelfenstern, die auf die blumenüberwucherte Terrasse hinausgingen, wo sie zuvor gestanden hatten.

»Ich glaube, ich verzichte lieber auf Überraschungen«, sagte sie. »Ich bin zu alt dafür.«

»Für mich siehst du jung aus«, sagte er und beugte sich über den Tisch, um ihre Hand zu tätscheln. »Und sehr schön.«

Sie studierten die Speisekarte und erörterten ausführlich jedes einzelne Gericht, als ob sie wichtige weltpolitische Ereignisse diskutierten. Diana zog diese Unterhaltung jedenfalls den riskanteren Gewässern vor, in denen sie zuvor gewatet waren.

Endlich entspannte sie sich, klappte ihren Schutzschild herunter und schwatzte wie eine Elster über ihre Kochkurse, die Seminare mit Dr. Fernberg und die privaten Beratungsstunden mit Diätinteressierten. Harvey sagte, er sei von Dianas Erfolgen unglaublich beeindruckt, vor allem, nachdem er hörte, wer alles zu ihrem Teilnehmer- und Kundenkreis gehörte.

»Das ist ja ein *Who's Who* der Gesellschaft im Valley und der West Side«, rief er mehrere Male dazwischen. War er immer schon so ein Snob gewesen? überlegte sie kurz und empfand um seinetwillen Verlegenheit.

Als Harveys Vorspeise serviert wurde – Austern Rockefeller –, blickte er auf die Uhr und dann auf den Restauranteingang.

»Hast du es eilig?« fragte Diana.

Harvey schaut sie mit einem verzückten Blick an. »Nein. Ganz und gar nicht.«

Sie nippte an ihrem Drink und beobachtete ihn beim Essen. Er war immer so wählerisch, präzise, gesetzt. Ernsthaft. Über den Dingen stehend. Sie hatte einmal diese Eigenschaften an ihm bewundert. Jetzt sehnte sie sich nach einem kleinen Scherz; wie sie doch Chris vermißte!

Harvey blickte wieder auf die Uhr, als der Ober seinen Teller entfernte und dann mit ihren Salaten zurückkehrte.

»Bin gleich wieder da«, sagte Harvey. Ohne Erklärung verließ er den Tisch. Sie blickte ihm verdutzt nach, ihre gekühlte Gabel hielt mitten auf dem Weg zu ihrem Mund inne.

Als Harvey mit einem befriedigten Ausdruck im Gesicht zurückkehrte, forderte er sie fröhlich auf: »Nur zu, fang schon an. Du hättest nicht auf mich zu warten brauchen.«

Er aß seinen Salat »Cäsar« mit großem Appetit, während sie in ihrem welken Spinat herumstocherte.

»Diana«, begann er beim Hauptgericht, »ich möchte mich bei dir für mein irrsinniges Benehmen im letzten Jahr entschuldigen.«

Sie ließ ihre Gabel fallen; sie kam erst mit lautem Klirren auf dem Porzellanteller auf und fiel dann auf den Boden, zu ihren Füßen. Sie sah, wie Harvey zusammenzuckte, sich aber gleichzeitig bemühte, tapfer weiterzulächeln; es war fast komisch.

Langsam hob sie die Gabel wieder auf, wischte sie sauber und legte sie auf den Teller. »Du mußtest eben tun, was dir zu deinem Glück fehlte, Harvey«, sagte sie schließlich.

»Toll, wie du das aufgenommen hast. Manche Frauen wären verbittert geworden.«

»Verbittert?« stieß sie hervor. Es klang fast wie ein Zischen. Sie hielt den Atem an und würgte dann heraus: »Ich bin darüber hinweggekommen, wie du mich gedemütigt hast. Jetzt komme ich mit meinem Leben ausgezeichnet zurecht. Warum sollte ich verbittert sein?«

Er schien nicht zu merken, wie die Wut in ihr hochsiedete. »Du hast jedes Recht dazu. Ich war selbstsüchtig. Ich habe mich benommen wie ein gemeiner Hund.«

Mit jedem Schachzug grub er ihr den Boden unter den Füßen weg. Am liebsten hätte sie ihm die Zinken ihrer Gabel ins Gesicht gespießt, aber er gab ihr keinen Anlaß dazu.

»Ach.«

»Ja, da schau her. Du hast ja gar nichts gegessen«, sagte er. Plötzlich lachte er. »Ich bin wohl an die neue Diana noch nicht gewöhnt.« Er schien stolz darauf zu sein, daß sie keinen Appetit hatte.

»An der neuen Diana ist noch viel mehr dran, als einem beim ersten Blick auffällt, Harvey. Ich bin nicht sicher, ob du sie magst.«

»*Jetzt* mag ich alles an dir, Diana.«

Er blickte noch einmal zum Eingang, aber diesmal lächelte er und winkte. »Hier kommt deine Überraschung«, sagte er.

Diana wandte den Kopf und sah Todd auf sie zukommen. Er sah aus, als fühlte er sich unbehaglich in seinem neuen sportlichen Mantel und der Hose, die offenbar Harveys Werk waren; sie hatte diese Kleidungsstücke noch nie gesehen. Eine noch größere Überraschung war der Anblick ihrer Tochter Jessica, die hinter ihrem Bruder auftauchte; sie war für diesen glückverheißenden Anlaß von Berkeley hergeflogen.

Beide grinsten von einem Ohr zum anderen.

Wider Willen mußte Diana lächeln. Und als Harvey aufsprang, um seine Kinder zu begrüßen, die er beide herzlich umarmte – er küßte sogar Todd –, spürte Diana, wie ihre Wangen heiß wurden und ihre Augen sich mit Tränen füllten.

Das Tischgespräch lebte auf. Jeder sprudelte aufgeregt los. Die Familie war wieder zusammen. Diana spürte die verschmitzte Kameraderie, das verwunderte Erstaunen der vier Menschen, die durch Blut und Gene und gemeinsame Erfahrungen miteinander verbunden waren.

Sie frönte sogar einem Schokoladensoufflé, für das sie sich anstelle einer Geburtstagstorte entschieden. Harvey flüsterte dem Ober komplizierte Anweisungen zu, und nach zwanzig Minuten kehrte er mit Kerzen in zwei der Portionen zurück, denn Todd hatte am nächsten Tag Geburtstag.

Nach dem Essen bestellte Harvey für sich und Diana einen Brandy, und sobald die Drinks auf dem Tisch standen, klopfte er mit einem Teelöffel gegen sein Glas und sagte: »Ich habe noch eine weitere besondere Überraschung für Mutter.«

Todd und Jessica strahlten und schauten erst Harvey, dann Diana voller Vorfreude an. Das Glück ihrer Kinder spiegelte sich in Dianas glänzenden Augen. Harvey hatte tatsächlich das einzige ausfindig gemacht, was noch eine echte Verbindung zwischen ihnen schaffen konnte: ihre Kinder.

Er nahm ein kleines Päckchen aus seinem Jackett und reichte es Diana. Sie zögerte. »Nimm's, Mama«, sagte Jessica und gab der Hand ihrer Mutter einen kleinen Schubs in Richtung Harvey. Er legte das Päckchen in Dianas Hand. »Ich liebe dich«, sagte er. Diana spürte, wie ihr der Lachs hochkam. Sie bemerkte, wie nervös Todd geworden war. Sie zwang sich, Harvey anzusehen und zu lächeln.

»Mach's auf, Mama«, drängte Todd.

Sie löste das weiße Band und entfernte die Geschenkfolie. Die Schachtel stammte von *Tiffany's*.

Sie dachte an das *Palace Hotel* in Sankt Moritz, an die Vitrinen in der Lobby voller Juwelen, die sie sich nicht leisten konnte; sie dachte daran, wie Chris mit ihr schlief und ihr sagte, sie würden wieder zusammensein. Sie hatte das Gefühl, als stecke ihr Kopf in einer Schlinge, die plötzlich zusammenschnurrte, und ihr ganzes Leben zog vor ihr vorüber.

Sie unterdrückte ihren Würgreiz, öffnete die Schachtel und nahm einen wunderschönen Diamant-Smaragdring heraus. Er war schlicht aus Stäbchen zusammengefügt, genauso geschmackvoll wie teuer – und ernsthaft – wie alles andere an Harvey.

Die Schachtel wurde von einem Kärtchen begleitet.

»Lies laut vor, Diana«, forderte Harvey sie auf.

Sie blickte nach unten und las mit erstickter Stimme: »›Ich möchte zurück nach Hause kommen. Willst du mich wiederhaben? Harvey.‹«

Sie sah den flehenden Blick in Jessicas Augen. Sogar Todd, der Chris anbetete, wie sie wußte, hatte das halb ängstliche, halb hoffnungsvolle Starren eines Kindes im Gesicht, das sich fürchtet, seine Mutter könnte es im wichtigsten Moment seines Lebens im Stich lassen.

Und Harvey. Er strahlte zuversichtlich; er sah wieder ausgesprochen jung aus, wie der Mann, der sie an jenem Abend vor so vielen Jahren in diesem Hotel die Liebe gelehrt hatte.

Sie brach in Tränen aus. Dann lachte sie. Dann entschuldigte sie sich, rannte zur Toilette und erbrach sich.

Als sie sich wieder gefaßt hatte, ging sie auf wackligen Beinen zurück zu ihrer Familie und sagte, sie sei so überrascht, daß sie nicht wüßte, was sie in diesem Augenblick denken sollte. Sie bräuchte Zeit. Es wäre zuviel passiert, als daß sie jetzt einfach ja sagen könnte.

Dankbar stimmte Harvey zu.

Doch Todd und Jessica wirkten schrecklich niedergeschlagen, und Diana spürte, unter welch großem Druck sie standen.

Es muß Mitternacht sein, dachte Diana, als sie von weit her das schwache Läuten von Kirchenglocken hörte. Wenn es ganz ruhig war wie heute abend, konnte sie die Glocken manchmal hören, obwohl die Kirche über zwei Kilometer entfernt war.

Diana war dem Verderben geweiht, dessen war sie sich sicher. Wenn sie zu Harvey zurückkehrte, würde sie sich innerlich völlig abgestorben fühlen; wenn sie davonlief, würden ihre Kinder sie verurteilen.

Sie wollten diese Versöhnung. Sie hatte das eindeutig an ihren strahlenden Gesichtern beim Essen gesehen. Sogar jetzt konnte sie ihre flüsternden Stimmen aus Jessicas Zimmer auf der anderen Seite des Flurs hören. Sie brauchte keine Hellseherin zu sein, um zu wissen, worüber die beiden tuschelten.

Diana schritt nervös in ihrem Schlafzimmer auf und ab, immer noch voll bekleidet, obwohl Harvey sie vor über einer Stunde hier abgesetzt hatte.

Heute nacht wäre an Schlaf nicht zu denken. Vielleicht nie wieder.

Sie setzte sich auf den Bettrand und hob den Hörer vom Telefon. Carol und Billy waren in Puerto Vallarta. Sie mußte mit Carol reden. Aber welchen Rat konnte sie schon von Carol realistisch erwarten? Sie war Dianas beste Freundin, aber Diana wußte im Innersten, daß Carol nicht in diese Entscheidung hineingezogen werden wollte. Diana wog den Hörer in der Hand.

Wenn ihre Mutter nur noch am Leben wäre! Diana spürte in diesem Moment den Verlust der verständnisvollen Augen und liebevollen Arme ihrer Mutter besonders stark. Als sie wieder wie ein Raubtier im Käfig durch das Schlafzimmer schritt, versuchte sie, Chris' Rat zu folgen und nach innen zu horchen; aber wenn sie versuchte, die grenzenlose Weisheit ihrer Mutter auszuloten, hörte sie nur, wie Betty ihr sagte, Harvey sei schließlich kein so schlechter Ehemann, und er sei der Vater ihrer Kinder. Denk an die Kinder.

Diana ließ sich gegen das Kopfteil ihres Bettes sinken und fühlte sich ausgelaugt und leer.

Sie starrte mit pochenden Schläfen in die Luft.

Jessica und Todd.

Und was ist mit Diana und Chris?

Und was mit Harvey? Er hatte seine Sünden gestanden – seine Affäre, sein Bedürfnis, in seinen mittleren Jahren Wurzeln zu schlagen – und er hatte gelernt, daß die Familie alles war.

Wieder dachte sie, daß sie ihren Sohn und ihre Tochter mehr als alles andere in der Welt liebte, sogar noch mehr als sich selbst. Sie sehnte sich schmerzhaft nach Chris – nach ihrem gemeinsamen Geblödel, nach der Art, wie er sie anblickte, wenn sie sich liebten, wie er roch und wie er sich anfühlte.

Diana nahm den Hörer wieder auf. Sie zögerte erst, doch dann wählte sie die Nummer von Chris' Ranch in Kona.

Seine Tochter Meg ging ans Telefon und schien sich wirklich darüber zu freuen, Dianas Stimme zu hören. Dianas Herz wurde schwer vor Trauer – wie konnte sie auch nur daran denken, das Glück ihrer eigenen Kinder zu ruinieren? »Ist dein Vater zu Hause?« fragte Diana.

»Er ist heute abend in Oahu«, sagte Meg und erklärte, daß Chris bei einer Party für einen General in der Schofield-Kaserne erscheinen mußte, wo Chris' Serie gefilmt wurde, und er würde erst am nächsten Morgen zurückkehren. »Aber ich habe die Nummer, unter der er zu erreichen ist«, bot sie an.

»Ach nein. Ich möchte ihn dort nicht stören«, sagte Diana. »Oder... vielleicht gibst du mir die Nummer trotzdem mal.«

Meg ratterte die Nummer fast schneller herunter, als Diana sie auf dem Block notieren konnte, der auf ihrem Nachttisch lag. Sie legte auf und starrte auf die Nummer. In Hawaii war es erst neun, auf alle Fälle früh genug, um Chris anzurufen.

An ihrer Schlafzimmertür wurde schüchtern geklopft.

»Kommt rein«, sagte sie.

Todd und Jessica standen beide in ihren sogenannten Schlafsachen – alten, vergammelten, abgeschnittenen Sweat- und T-Shirts – schüchtern im Eingang zu ihrem Zimmer. »Können wir nur für eine Minute hereinkommen?« fragte Jessica.

Diana staunte, wie ähnlich ihr Jessica jetzt sah. Ihre Augenfarbe, sogar die Form ihrer Gesichter war genau gleich. Sie hatte sich immer über Jessicas Neigung zu Übergewicht Sorgen gemacht, aber jetzt wurde ihr bewußt, daß sie nicht mehr daran dachte, seit sie ihr eigenes Gewichtsproblem im Griff hatte. Diana hatte das Gefühl, daß auch Jessica Dianas Diät annehmen würde, sobald der richtige Moment gekommen wäre.

Todd sah eingeschüchtert aus, als er zu Dianas Bett herüberkam und mit baumelnden Armen dastand. »Mama«, sagte er ernst, »Jessica und ich haben uns unterhalten.«

»Ich weiß«, antwortete Diana.

»Und wir möchten, daß du eines weißt, Mama«, fügte Jessica hinzu, als sie sich neben ihren Bruder stellte, der sie zum ersten Mal in ihrem Leben überragte. »Sosehr wir uns auch wünschen, daß du und Papa euch wieder versöhnt, wir werden dich immer lieben, egal, wie du dich entscheidest.«

Diana war die Kehle wie zugeschnürt, so daß sie keinen Ton herausbringen konnte. Sie streckte ihre Arme aus, und ihre beiden Kinder stürzten sich hinein. Die drei saßen in inniger Umarmung da.

»Aber eins will ich noch sagen«, begann Todd, der erste der drei, der sich losmachte. Er stand auf und trat einen Schritt zurück, um mehr Abstand zwischen sich und seiner Mutter zu schaffen. »Ich hoffe wirklich, du entscheidest dich, zu Papa zurückzukehren. Er ist ohne dich sehr unglücklich. Und ich vermisse ihn.«

Todd drehte sich um und verließ das Zimmer, bevor Diana antworten konnte. Auch Jessica stand auf, küßte Diana und begann dann zu weinen. Sie sagte, auch sie hoffe, Diana würde Harvey verzeihen und nach Hause kommen lassen.

Diana zwang sich, aufzustehen und sich auszuziehen. Sie wusch sich ihr Make-up vom Gesicht und beäugte sich selbstkritisch im Spiegel. Sie hatte den Eindruck, dort das Bild einer selbstsüchtigen Frau zu sehen. War das das Ergebnis ihrer Entwicklung im letzten Jahr? Egoismus, Eigennutz? Genauso schlimm wie Harvey? Nur das eigene Vergnügen im Sinn? War nicht die Familie alles?

Sie stieg in ihr Nachthemd und schlüpfte ins Bett. Sie ließ das Licht an, legte sich auf die Seite und starrte auf das Papier mit Chris' Telefonnummer.

Beim Wählen begann sie zu zittern. Eine Frau mit einem starken Südstaatenakzent hob ab. »Bleiben Sie dran, ich geh gleich los und hole ihn.« Diana hielt den Hörer, als sei er der Erzfeind, und fühlte sich plötzlich sehr unsicher. Sie hatte Chris nie gefragt, wie und mit wem er das ganze letzte Jahr seine freien Stunden in Hawaii verbracht hatte; vor ein paar Wochen schien das nicht so wichtig. Wenn er nun eine Freundin hatte? Sie sah mit unerbittlicher Schärfe, daß er sein Leben weiterleben würde, mit ihr oder ohne sie. Sie hatte kein Recht, so mit ihm umzuspringen...

»Diana?« fragte Chris mit besorgter Stimme. »Ist alles o. k.?«

Der bloße Klang seiner Stimme ließ Ströme von Tränen hervorbrechen; die Brust schwoll ihr an. Sie konnte nicht reden, sie konnte nicht Atem holen. »Ich... kann... nichts... sagen.«

»Versuch, dich zu fassen, Liebes«, sagte Chris beruhigend.

»Ich... versuch's.«

»Gut. Ich warte, solange es nötig ist. Laß dir Zeit.«

Sie weinte weiter; sie konnte seinen ruhigen Atem hören. Schließlich brachte sie ihre Gefühle lange genug unter Kontrolle, um ihm erzählen zu können, was sich im *Bel Air Hotel* an diesem Abend abgespielt hatte.

»Whow!« war alles, was er sagen konnte.

»Chris«, wimmerte sie, »was soll ich denn nur tun? Ich liebe dich... so sehr.« Die Schluchzer überwältigten sie wieder und schüttelten ihren Körper, bis ihr Brustkorb schmerzte.

Chris redete weiter auf sie ein und beruhigte sie mit Liebesworten.

Sie gewann ihre Fassung wieder. »Ich bin so hin- und hergerissen«, sagte sie. »Ich will tun, was für meine Kinder gut ist. Das kannst du sicher verstehen.«

»Natürlich«, sagte er.

»Aber was ist mit uns?«

»Das mußt du selbst entscheiden, Diana«, sagte Chris traurig. »Das kann ich dir nicht abnehmen.«

»Aber ich will dich so sehr. Du hast selbst gesagt, daß wir einander die besten Freunde sind, die wir haben.«

»Was geht denn wirklich in dir vor? Versuche, die Sache mal klar zu durchdenken, Diana.«

»Ich weiß nicht. Ich bin so durcheinander.«

»Diana, warum?«

»Ach...«

»Siehst du denn nicht, Diana, daß du durcheinander bist, weil etwas in dir wirklich testen will, ob eure Ehe nicht doch klappt? Das wolltest du im Grunde doch seit dem Tag, an dem er das Haus verlassen hat.«

Chris' Worte klatschten ihr wie Eiswasser ins Gesicht. Zum ersten Mal, seit Harvey sie vor Todd und Jessica so in die Enge getrieben hatte, begriff sie, warum sie von solcher Panik erfüllt war.

Letzten Endes war sie die Tochter ihrer Mutter. Sie glaubte an die Ehe und die Familie. Dieser Glaube hielt sie aufrecht. Er war immer ihr Lebenselixier gewesen. Sie war verrückt nach Chris. Würde sie aber um seinetwillen die Liebe ihrer Familie aufgeben, hieße das für sie, ihr ganzes bisheriges Leben sei sinnlos gewesen.

»Können wir trotzdem beste Freunde bleiben?« fragte sie hoffnungsvoll.

»Ich könnte es nicht ertragen, dich mit ihm zu sehen, Diana.« Chris machte eine Pause. Sie merkte, daß er sich jetzt bemühen mußte, seine eigenen Emotionen unter Kontrolle zu halten. »Ich wünsch dir ein wunderbares Leben«, sagte er traurig und legte rasch auf.

28. Kapitel

Ein weiteres Stück von Diana starb, als sie an dem Tag, als Harvey wieder einzog, an Chris' Haus vorbeifuhr und sah, wie ein Immobilienmakler im Vordergarten ein Schild mit der Aufschrift »Zu verkaufen« aufstellte.

Sie schnauzte Todd wegen Dingen an, über die sie monatelang hinweggesehen hatte. Sie verlor rasch die Geduld mit ihrer neuen Haushälterin, hörte ihren fünf Privatkunden nur halb zu und vergaß sogar mehrere Hauptzutaten in zwei Rezepten für ihre Kochkurse.

Harvey stellte sich zuerst blind gegenüber ihrer schlechten Laune, machte ihr Komplimente für das Essen, das sie kochte, und unterhielt sich mit Todd so blendend, daß sie sich im Vergleich dazu wie die böse Hexe aus dem Märchen vorkam.

Aber als er in ihrem Ankleidezimmer von hinten an sie herankam und ihren Po tätschelte, floh sie vor seiner Berührung wie vor einem Leprakranken, und er machte schließlich eine Bemerkung darüber, daß sie ein bißchen angespannt wirkte.

Ein bißchen angespannt! hätte sie am liebsten geschrien. Sie könnte aus der Haut fahren.

»Es ist schwer für mich«, sagte sie und hielt sich in sicherer Entfernung. »Ich empfinde immer noch Zorn, Harvey.«

»Ja? Du wirst darüber hinwegkommen.«

»Vielleicht«, sagt sie.

»Natürlich wirst du das.«

»Aber ich habe so viel durchgemacht.«

»Jetzt ist's vorbei«, sagte er im Brustton der Überzeugung. Ende der Diskussion.

Er zog sich aus, schlüpfte in einen neuen Pyjama, bürstete sich die Haare, reinigte seine Zähne mit Zahnseide und ging dann mit einer dicken Zahnärztezeitschrift ins Bett. Diana trödelte im Bad herum.

Als sie schließlich ins Schlafzimmer kam, schlief er schon tief. Gott sei Dank, dachte sie. Sie hatte sich Sorgen gemacht, er hätte sie vielleicht aufgefordert, mit ihm zu schlafen.

Am nächsten Morgen wachte sie früh davon auf, daß Harveys manikürte Hände sie zwischen ihren Schenkeln streichelten. Er war nackt und bereits voll erregt. Er ging seine Routine durch – sie wußte immer schon ein paar Sekunden vorher, welche sexuellen Berührungen jetzt kommen würden – und kletterte dann auf sie und preßte sich in sie hinein.

Sie spürte, wie er pumpte, sie hörte, wie er stöhnte. Ein Teil von ihr versuchte, weitherzig, liebevoll, sogar begeistert zu sein. Aber irgendein Begehren empfand sie nicht. Jedes intime Geräusch und Murmeln, das Harvey von sich gab, machte sie nur trauriger – und wütender – darüber, was nie mehr sein würde. Bei jedem Stoß seines Beckens fühlte sie sich tauber, als sei auch ihr Geschlecht an dem Tag abgestorben, an dem der Umzugslaster seine Sachen zurückbrachte. Sie merkte nicht einmal, wann ihr die ersten Tränen das Gesicht hinabrannen, aber als er im Endspurt seiner Befriedigung aufgrunzte, wußte sie, daß diese Versöhnung nicht einfach werden würde.

»Das war toll!« murmelte er und stand sofort auf, um sich zu duschen.

Diana fand es inzwischen fast abstoßend, wie mäkelig er in Sachen Sex und seinen schleimigen Folgen war. Sie lag auf seiner Bettseite und fühlte sich wie ein ungezogenes Kind, als sie absichtlich ihre Beine spreizte und seinen Samen aus ihr heraus auf die Laken tropfen, tropfen, tropfen ließ. Halb hoffte sie, die Laken wären ruiniert; es waren seine Lieblingslaken, die letzten, die sie von dieser Sorte hatten.

Wie konnte sie nur so garstig sein? Ihr Mann liebte sie; er wollte mit ihr morgens schlafen, bevor sie sich überhaupt die Zähne geputzt hatte!

Sie stand auf und schlenderte ins Bad. »Komm zu mir unter die Dusche«, sang Harvey, als er sie erblickte.

Das täte zu weh, fand sie, als sie sich an die leidenschaftlichen Szenen erinnerte, die sie und Chris dort erlebt hatten. »Muß mich an mein Buch setzen«, sagte sie.

»Machst du mir zuerst mein Lieblingsfrühstück?« fragte er.

»Klar doch«, antwortete sie apathisch.

Sie schaute ihm beim Essen zu und konnte es kaum erwarten, bis sie allein im Haus war.

»Geht's dir gut, Mama?« fragte Todd ruhig, nachdem Harvey weg war, und noch einmal, bevor er zur Schule aufbrach.

Sie ließ ihre Augen auf ihrem Sohn ruhen. Er durchschaut mich, dachte sie. »Natürlich geht's mir gut«, behauptete sie mit gezwungener Fröhlichkeit, die geradezu dazu herausforderte, ihre Ehrlichkeit zu bezweifeln.

»Schön«, sagte Todd und nahm sie beim Wort. Dann spurtete er zur Küche hinaus, um sich wie üblich abzuhetzen, rechtzeitig in die Schule zu kommen.

Carol kam auf dem Weg ins Büro auf eine Tasse Kaffee vorbei. Diana war kurz angebunden mit ihr und sagte, sie hätte es eilig, weil sie zu einem ihrer Kochkurse müsse und anschließend zu einem Seminar in Fernbergs Praxis.

»Es haut nicht hin, was?« fragte Carol, als Diana sie zum Auto hinausbegleitete.

»Es geht schon«, antwortete Diana gedrückt und wich Carols Blicken aus. »Ich habe beschlossen, unsere Ehe muß funktionieren. Es braucht halt Zeit, das ist alles.«

»Ich hoffe, du kannst dich selbst besser überzeugen als mich«, sagte Carol mitleidig; dann fuhr sie los.

Als Diana nach einem hektischen Nachmittag nach Hause kam, fand sie auf dem Anrufbeantworter eine wichtige Nachricht vor. Mr. Binghamton von der Jupiter Candy Company hatte sich endlich bei ihr gemeldet. Sie schaute auf die Uhr; an der Ostküste war es bereits acht Uhr abends. Sie müßte bis morgen früh warten, bis sie ihn erreichen könnte.

Dann rief Harvey an, er würde sich abends verspäten. Seine Worte trafen Diana bis ins Mark; ihr wurde klar, daß sie ihm nicht mehr traute, wie unschuldig seine Aktivitäten auch sein mochten. Groll stieg in ihr hoch wie Galle. Die Intensität ihrer

Gefühle ließ sie nicht zur Ruhe kommen. Sie goß sich ein Glas Wein ein und ging ins Wohnzimmer. Sie schaltete die Fernsehnachrichten ein und starrte in die Mattscheibe. Auf der ganzen Welt litten die Menschen.

Das Telefon klingelte wieder. Es war Rodney Carter. Er vermißte sie. Er wollte wissen, wie sie sich vom Tod ihrer Mutter erholte. Er wollte sie zum Lachen bringen, sie wiedersehen.

»Ich bin diese Woche zu einem großen Essen eingeladen«, sagte er, »und du bist die einzige, die ich mir als Begleiterin wünsche.« Sein Redestrom floß schon weiter, bevor sie auch nur ein Wort einwerfen konnte. »Ich habe ein Frühstückstreffen, aber ich kann dir um elf einen Wagen mit Chauffeur vorbeischicken, und wir treffen uns bei meinem Jet. Um acht können wir in D. C. sein. Wir kämen nicht einmal zu Präsident Bushs Empfang zu spät.«

»Dinner im Weißen Haus?« murmelte Diana.

»Ich kann nur die Nacht über wegbleiben. Oder, wenn dir das lieber ist, könnten wir zurückfliegen und in der Maschine schlafen«, sagte Rodney. »So würde dich Todd nicht vermissen. Ich werde meinen Stil für dich ändern –«

»Stop, Rodney«, schrie Diana fast in den Hörer. Sie sagte ihm, sie könne ihn nicht wiedersehen. »Ich habe mich mit meinem Mann versöhnt.« Die Worte blieben ihr fast in der Kehle stecken.

Er war wahnsinnig enttäuscht, sagte aber tapfer, er bewundere sie für ihren Mumm, dem »Glückspilz« eine zweite Chance zu geben. Als Harvey nach Hause kam, hatte sie bereits ein zweites und ein drittes Glas Wein geleert.

Er stand in der Küche und beobachtete sie, wie sie in ihrem beschwipsten Zustand versuchte, die üblichen Handgriffe auszuführen, und er blieb erstaunlich geduldig mit ihr, obwohl sie das ganze Essen ruinierte und wütend in den Mülleimer warf.

Erst Todd schickte sie in ihr Zimmer, als er auf dem Höhepunkt ihres Zornesausbruchs in die Küche kam und ihr mit dem Ausruf »Mama, was ist denn in letzter Zeit nur mit dir los?« die Tränen in die Augen trieb.

Sie verbarrikadierte sich in ihrem Bad, bis Harvey seinen Versuch aufgab, vernünftig mit ihr zu reden. Dann kletterte sie ins

Bett und vergrub ihr Gesicht in ihrem Kissen, um ihr Schluchzen zu dämpfen. Sie weinte sich in den Schlaf und hörte nicht, wie Harvey ins Bett neben ihr schlüpfte.

»Diana?« flüsterte er mehrmals, bis sie aufwachte.

Noch halb im Traum dachte sie einen Moment lang, es sei Chris, und erkannte dann ihren Ehemann. »Was?« antwortete sie.

»Es wird schon werden«, sagte er mit angespannter Stimme.

»Da bin ich nicht so sicher, Harvey«, sagte sie kläglich.

Er drehte sich von ihr weg. Sie war dankbar, daß er sie in Ruhe ließ, und rollte sich auf die andere Seite herum. Beide drängten sich an die entgegengesetzten Kanten ihres Betts und schliefen ein.

»Ich habe schreckliche Kopfschmerzen«, brummte Diana, als Harvey früh am nächsten Morgen seinen Arm nach ihr ausstreckte.

»Weil du so verspannt bist«, murmelte er. »Du hast Knoten im Nacken und in den Schultern.«

»Aua!« Sie zuckte zusammen, als er versuchte, sie zu liebkosen. »Bitte hör auf.«

Er ließ von ihr ab und verschwand im Bad. Sie lag auf dem Bauch, preßte ihr Gesicht ins Kissen und versuchte, mit ihrer Willenskraft den pulsierenden Schmerz zu verjagen. Ihr Kopf fühlte sich an, als würde er gleich explodieren.

»Du brauchst mir heute kein Frühstück zu machen«, sagte Harvey und beugte sich über sie, um einen Kuß auf ihren Kopf zu hauchen, bevor er in die Praxis ging. »Schau einfach, daß du deine Kopfschmerzen los wirst.«

»Danke für dein Verständnis«, murmelte sie.

»Wenn du krank bist, bist du krank«, sagte er sachlich und ging.

Todd kam herein und küßte sie vorsichtig. »Das war der Wein«, erklärte er beim Hinausgehen.

Sie wünschte sich, er hätte recht. Kein Wein, keine Kopfschmerzen. Aber sie glaubte nicht, daß der Wein bei ihr derartige Schmerzen ausgelöst hätte; sie wußte, ohne den Gedanken in

Worte fassen zu können, daß sie im Moment unter Hochdruck stand wie ein Dampftopf, randvoll mit widerstreitenden Gefühlen, und sie würde alle Kraft brauchen, die sie besaß, um nichts davon herauszulassen.

Sie schlief wieder ein und wachte um zehn auf. Sie mußte sich nicht nur auf einen Kochkurs am Nachmittag vorbereiten, sondern hatte auch vorgehabt, gleich in aller Frühe Binghamton anzurufen. Jetzt war es ein Uhr in Maine, und er war sicher weiß Gott wo. Sie schleppte sich aus dem Bett, stellte sich lange unter die Dusche und ließ sich den Wasserstrahl mit voller Wucht ins Gesicht prasseln. Der Schmerz in ihrem Kopf begann nachzulassen. Sie zog sich an und ging nach unten. Sie machte sich einen Kaffee, dann rief sie bei Jupiter an. »Mr. Binghamton bitte«, sagte sie. »Rückruf von Diana Lowe.«

Sie wurde sofort an denselben Assistenten weiterverbunden, mit dem sie vor fast zehn Tagen gesprochen hatte. »Er ist beim Essen«, informierte er sie.

»Ich bin noch zwei Stunden zu Hause«, erklärte sie. »Anschließend kann er mich unter dieser Nummer erreichen.« Sie gab dem Mann die Nummer des *Gold Grill*.

Eine Stunde lang versuchte sie, am dritten Kapitel ihres Buches weiterzuschreiben. Sie konnte sich nicht konzentrieren und legte die Arbeit weg. Sie erinnerte sich, wie Chris damals in der Gegend herumspaziert war, wenn seine kreativen Kräfte vorübergehend versiegt waren. Sein Haus war noch nicht verkauft; diese Tatsache munterte sie etwas auf.

Sie kam frühzeitig im *Gold Grill* an und stellte ihren Demonstrationstisch im Innenhof auf; dabei dachte sie an den Anruf, der noch ausstand.

Die Teilnehmer tröpfelten allmählich herein, setzten sich und lasen in den Kopien der Thanksgiving-Rezepte, die sie heute zubereiten wollten. Wie immer in Dianas Kursen herrschte Feststimmung. Während der zwei Stunden Unterricht gelang es Diana, ihre persönlichen Probleme und den Schmerz, den sie ihr zufügten, geheimzuhalten. Außer nach dem Tod ihrer Mutter, als ihr mitten im Kurs die Tränen kamen, bot Diana das Bild einer glücklichen Frau, die ihr Leben im Griff hatte.

Binghamtons Anruf platzte mitten in Dianas Zubereitung des fettfreien, teiglosen Kürbis-Pies hinein. Binghamton erklärte Diana reserviert, daß ihre Idee zwar gewisse Meriten hätte, Jupiter jedoch zum gegenwärtigen Zeitpunkt nicht geneigt sei, zur alten Rezeptur zurückzukehren. Er wich ihr aus, als sie ihn fragte, ob er ihre Idee überhaupt der Firmenleitung vorgestellt hätte. Diana hatte ihm wenig entgegenzusetzen; ihr war klar, daß seine Entscheidung gefällt war.

Sie wandte sich wieder ihren Schülern zu und versuchte, ihren Unterricht weiterzuführen, aber diesmal konnte sie das peinigende Gefühl, eine Niederlage erlitten zu haben, nicht vor ihnen verbergen. Sie ließ ihren Blick über die Gruppe schweifen, alles Leute, die sich darauf verließen, daß Diana ihnen den Weg zu einer gesunden, fettarmen Ernährung wies, die ihnen auch zu einem besseren Aussehen verhelfen würde. Alle hatten sich an das gehalten, was sie ihnen zum Thema Süßigkeiten geraten hatte – nämlich an die Amigo-Riegel –, und nun ließ sie sie im Stich. Plötzlich konnte sie nicht weitermachen.

Sie holte tief Atem und erklärte dann in allen Einzelheiten, was in den letzten paar Wochen passiert war, seit sie erfahren hatte, daß bei Jupiter ein anderer Wind wehte. Sie erzählte ihren Kursteilnehmern auch, daß sie befürchtete, ihr Buchvertrag würde platzen, weil es ihr nicht gelungen sei, die Jupiter Candy Company von der Vermarktbarkeit ihres Schokoriegels als fettarme Alternative zu überzeugen.

Einer ihrer Schüler, Ben Peters, hob die Hand. Normalerweise besuchte er den Kurs früh am Morgen, doch heute holte er eine versäumte Stunde nach.

»Ich habe eine Idee«, sagte Ben. »Wir könnten dir doch helfen.« Diana schaute ihn fragend an. »Ich bin Sekretär in der Pressestelle des Landratsamts. Ich arbeite auf politischem Sektor und bin der Ansicht, daß wir hier sehr gut ein paar politische Strategien einsetzen könnten.«

»Was meinst du denn damit?« fragte Diana.

»Bürgerinitiativen, Wühlarbeit – so wie die Öffentlichkeit Coca Cola überzeugt hat, Coke Classic wieder einzuführen. Wir könnten Unterschriftenlisten herumgehen lassen.«

Nancy Gumbel, Dianas eifrigste Anhängerin, war ebenfalls in diesem Kurs. Sie sagte: »Die Idee mit den Unterschriftenlisten finde ich wunderbar. Diana, wir könnten alle Teilnehmer deiner Kurse dazu bringen, mitzumachen. Wir könnten Susans Aerobics-Leute einspannen. Wir könnten sogar die Mädchen im Stony Ridge motivieren, die dich alle anbeten. Wir könnten –«

»Wir könnten den ganzen Landkreis auf die Beine stellen!« rief eine Frau voller Begeisterung.

»Wie wär's mit einer kalifornienweiten Initiative?« sprudelte eine Frau hervor und fuchtelte aufgeregt in der Luft herum.

Nancy Gumbel sagte: »Warum gründen wir nicht sofort ein Komitee? Wer schließt sich mir bei einer Unterschriftenaktion an?«

Mehrere Hände reckten sich.

»Gut«, sagte Nancy. »Gestern Coca-Cola, morgen Amigos!« donnerte sie ihren Schlachtruf.

Diana bekam mit, wie eine der Damen in der vordersten Reihe sarkastisch und weithin hörbar ihrer Freundin zuflüsterte: »Nancy hat sich in der Schule bestimmt als Cheerleader hervorgetan!«

Nach dem Kurs blieb das selbsternannte Komitee noch da, um gemeinsam mit Diana ihr weiteres Vorgehen zu überlegen. Die Schüler würden ihre Tische vor allen Supermärkten der Umgebung aufstellen; dazu eingeplant wurden die Teilnehmer von Dianas Kochkursen, ihre Studenten von Dr. Fernbergs Seminaren und die Mädchen vom Stony Ridge. Sie würden auch versuchen, Todds Fußballteam und die anderen Sportler an seiner Schule anzuwerben. Als sie das Restaurant verlassen mußten, um den Abendgästen Platz zu machen, nahm Diana den ganzen Trupp mit nach Hause, wo sie ihre Besprechung fortsetzten.

Harvey kam eine Weile darauf nach Hause und fand sein Arbeitszimmer voll besetzt mit fremden Leuten vor. Das Komitee arbeitete hart, und Diana hatte darüber das Abendessen ganz vergessen. Voller Elan erklärte sie die Sachlage und bat Harvey, ob er nicht Todd zum Essen ausführen könne.

»Keine Kopfschmerzen mehr?« erkundigte sich Harvey kühl.

»Die sind ganz weg«, antwortete Diana lebhaft.

»Du siehst auch ganz erholt aus«, sagte er. »In deinen Augen blitzt wieder dieses Funkeln. Aber mach keine Dummheiten«, warnte er sie, als er mit Todd aus dem Haus ging.

Diana schlenderte zu ihren Leuten zurück; sie konnte Harveys letzte Worte und den Ton seiner Stimme nicht abschütteln. Erstaunlich, wie er mit einem kurzen Satz immer noch ihr Selbstbewußtsein untergraben konnte, sie verunsichern konnte, Selbstzweifel und das Gefühl, dumm und albern zu sein, in ihr auslösen konnte!

Aber manchmal wächst eine Initiative – sogar eine dümmliche – über ihre Gründer hinaus und entwickelt eine eigene Dynamik.

29. Kapitel

»Hausfrau nimmt gegen Jupiter den Kampf auf!« Das ist ja erstaunlich, dachte Diana, als sie in der *Los Angeles Times* die Überschrift des Artikels halblaut vor sich hin murmelte. Als sie den zweiseitigen Leitartikel im Meinungsteil fertiggelesen hatte, gewann sie allmählich die Überzeugung, daß das starke Medienecho auf ihre Initiative tatsächlich einen Sieg über Jupiter herbeiführen könnte.

Als Ben Peters Diana mit der Nachricht angerufen hatte, er hätte eine Presseerklärung herausgegeben, die von den Nachrichtenagenturen zur Weitergabe an alle Medien im Landkreis aufgenommen worden wäre, hatte Diana keine Ahnung, was das zu bedeuten hatte. Sie hatte eigentlich überhaupt keine Reaktion erwartet. Doch Ben hatte eine Riesenlawine ins Rollen gebracht, denn am ersten Tag ihrer Unterschriftenaktion herrschte eine Flaute an sonstigen Ereignissen, und so gut wie jeder lokale Fernsehsender und mindestens drei Zeitungsreporter waren aufgetaucht, um Diana vor Gelsons Supermarkt in Encino zu interviewen, wo sie ihren Stand aufgebaut hatte.

Als die Leute, die hier einkauften, die Fernsehkameras sahen, wuchs das Interesse an der Unterschriftensammlung enorm. Die Leute purzelten fast übereinander, um ihre Unterschrift auf die Listen zu setzen, mit denen die Jupiter Candy Company dazu aufgefordert wurde, den fettarmen Schokoriegel wieder auf den Markt zu bringen.

Ein lokaler Fernsehsender sowie zwei Radiosender brachten die Story in ihren Fünf-Uhr-, Sechs-Uhr- und Zehn-Uhr-Nachrichten. Die Berichterstattung war in leicht amüsiertem Ton gehalten, und man begann, Diana Lowe als Schokolady zu betiteln.

An jenem Wochenende sammelte Dianas Kerntrupp fünftausend Unterschriften vor Supermärkten, Fitneßclubs und Kinos in der ganzen Stadt.

In der folgenden Woche sammelten Todds Fußballteam und die anderen Sportler seiner Schule, Nancy Gumbel und ihre Kochkurskollegen sowie Sean Gumbel und ihre Freundinnen vom Stony Ridge weitere zehntausend Unterschriften.

Ben Peters verfaßte eine weitere Presseerklärung. Noch mehr Kameras und Reporter tauchten auf, um über dieses »hochinteressante Phänomen« zu berichten.

Reuters nahm die Story auf, Associated Press ebenfalls. Tom Brokaw schloß seine abendliche Nachrichtensendung mit einem schrulligen Kommentar über die kriegerische Vorort-Hausfrau in Los Angeles, die Schokolady, die wegen des Fettgehalts des neuen Amigo-Riegels gegen die Firma Jupiter in den Kampf gezogen war. »Wer hier kichert, dem wird ein Riegel vorgeschoben«, sagte er noch, bevor er ausgeblendet wurde.

Harvey fand das gar nicht witzig.

Am nächsten Abend stürmte er ins Haus. Wie gewöhnlich stand das Essen nicht auf dem Tisch, befand sich nicht einmal im Frühstadium der Zubereitung. Diana hing am Telefon und unterhielt sich mit einem Reporter aus Lompoc, und Todd sah einen Stapel Unterschriftenlisten durch.

»Leg auf!« kommandierte Harvey.

Diana blickte ihn ungeduldig an. Sie deckte die Sprechmuschel des Telefons mit ihrer Hand ab und zischte: »Pst! Noch eine Minute.«

Harvey stand da, die Hände in den Hosentaschen, und schleuderte wütende Blicke abwechselnd auf Diana und Todd. Todd blieb vornübergebeugt und prüfte konzentriert die Papiere auf seinem Schoß.

Schließlich hatte Diana ihr Interview beendet und den Hörer aufgelegt. »Was ist denn jetzt wieder los?« fragte sie mit müder Stimme.

»Du bist los!« brüllte er. »Weißt du, was du mir mit diesem... diesem Publicityrummel antust?«

Diana blickte ihn verständnislos an.

»Antworte mir, verdammt noch mal!«

»Was hat meine Unterschriftenaktion mit dir zu tun?« fragte sie schließlich fast flüsternd. Sie wußte, würde sie lauter sprechen, dann würde sie zu kreischen beginnen.

»Du bist meine Frau. Wenn du dich wie eine entsprungene Irre benimmst und dich wegen *Schokoriegeln* mit einer Milliardenfirma anlegst, dann schlägt das auf mich nieder.«

Diana sah ganz entgeistert aus und konnte nicht antworten. Sie merkte, wie Todd sie ansah und auf ihre Reaktion wartete. »Die Milliardenfirma *produziert* diese Schokoriegel«, sagte sie schließlich einige Nuancen lauter, als ihre Erregung stieg. »Weswegen sollte ich mich sonst mit ihnen anlegen?« Harvey setzte zu einer Antwort an, doch sie unterbrach ihn. »Und was die Tatsache anbelangt, daß ich deine Frau bin«, sagte sie und begann fast zu keuchen, »*dieses* Problem läßt sich leicht lösen.«

»Mama«, rief Todd, aus dessen Gesicht alle Farbe gewichen war, dazwischen, »sag das nicht.«

»Halt die Klappe, Todd!« fauchte Harvey. »Endlich kommen wir zum Kern der Sache. Du sitzt also auf dem hohen Roß, ja? So selbstsicher. Mir wird kotzübel davon. Weißt du überhaupt, was für eine lächerliche, aufgeblasene Figur du in Wirklichkeit bist?« Er machte eine Pause und wippte vor auf die Zehenspitzen, dann zurück auf die Absätze. Er zischte höhnisch: »Ich werd's dir gleich sagen.«

»Schrei mich nicht an«, warnte Diana.

»Papa!« flehte Todd.

Harvey dehnte seine Wut auf seinen Sohn aus, baute sich drohend vor ihm auf und ballte die Fäuste. »Wenn ich dir noch einmal sagen muß, du sollst deine Klappe halten, dann –«

»Harvey, reiß dich zusammen«, sagte Diana eindringlich und stand auf.

»Wie kann ich das, wenn ich mit einer lächerlichen Figur verheiratet bin? Die Leute sind grinsend auf mich zugekommen und haben über *meine Frau* und ihren lächerlichen Kreuzzug wegen blödsinniger Schokoriegel gelacht. ›Wie geht's der Schokolady?‹ fragten sie zwinkernd. Weißt du, wie ich mich dabei fühle? Weißt du das überhaupt?«

Diana stand sprachlos da.

»Ich fühle mich gedemütigt. Ja! Gedemütigt. Und jetzt hast du auch noch unseren Sohn – *meinen* Sohn – in dein aberwitziges Vorhaben eingespannt.«

»Ich habe mich freiwillig zur Verfügung gestellt«, sagte Todd tapfer. »Ich wollte die Unterschriftenkampagne an meiner Schule leiten.«

»Siehst du, was du angerichtet hast, Diana?« fragte Harvey, wobei ihm ein Spucketropfen entwischte und auf Dianas Bluse landete. Beide sahen auf den nassen Fleck; keiner sagte etwas. Diana dachte, daß er sie wahrscheinlich geschlagen hätte, wenn sie dasselbe mit seinem Hemd angestellt hätte.

»Siehst du, was du aus diesem Jungen gemacht hast?« fuhr er fort und steigerte sich in schäumende Wut hinein. »Einen Wahnsinnigen wie du. Er glaubt tatsächlich, daß seine Bemühungen einer guten Sache dienen. Daß diese Aktion es wert ist, seine Zeit darauf zu verschwenden. Er sollte Mathe lernen, nicht an Straßenecken herumlungern wie ein Junkie.«

»Aber Papa –«

Harvey wirbelte herum und funkelte Todd an. »Ab heute, ab sofort *verbiete* ich dir, dich an dieser Verrücktheit deiner Mutter zu beteiligen. Und sollte ich herausfinden, daß du mir nicht gehorchst, nehme ich dir dein Auto weg. Für immer.«

Todds Augen füllten sich mit Tränen. Er legte die Unterschriftenlisten auf den Fußboden und stand aus dem Sessel auf. Körperlich überragte er seinen Vater jetzt, doch psychisch war er noch von geringerem Format. Er verfügte weder über Harveys Redegewandtheit noch über seinen beißenden Spott und war dem verbalen Angriff seines Vaters machtlos ausgeliefert. Er stand da und schaute Diana hilfesuchend an.

»Harvey, so kannst du mit deinem Sohn nicht umgehen«, sagte sie.

Harvey blitzte Diana triumphierend an und höhnte: »Sieht so aus, als hätte ich's gerade getan.«

»Ich will die Scheidung«, sagte Diana.

»Damit du zu diesem Chaoten Chris Berry zurückkannst? Steckt das dahinter, Diana?«

»Laß ihn aus dem Spiel, Harvey.« Diana wurde blaß, ihre Hände zitterten, und mit bebender Stimme sagte sie: »Ich werde ihn wahrscheinlich nie wiedersehen. Aber mit dir kann ich es keine Minute länger aushalten. Du bist ein verachtenswerter, unangenehmer, kleinlicher Mensch. Ich lasse mich von dir keine Sekunde länger schikanieren. Und ich werde es nicht zulassen, daß du unsere Kinder noch einmal mit einem solchen Mangel an Achtung behandelst.«

»Mama, es ist schon gut«, sagte Todd. »Laßt nur mich aus dem Spiel.« Er rannte aus dem Zimmer.

»Jetzt hast du's geschafft, Diana«, sagte Harvey.

»Verdreh die Dinge nicht. Ich lasse mir diese Taktik nicht länger bieten.«

»Du solltest dir lieber überlegen, was du sagst. Wenn du mich weiter vor meinen Kollegen, meinen Patienten und sogar vor meinen eigenen Kindern lächerlich machst, werde ich dir nie verzeihen.«

Er stürmte aus dem Arbeitszimmer und verließ das Haus. Sie hörte die Reifen auf der langen Einfahrt knirschen. So unruhig sie selbst auch war, so wütend über die Ungerechtigkeit von Harveys Angriff, zuallererst dachte sie an Todd.

Sie fand ihn weinend auf seinem Bett liegen, sein Gesicht war ganz fleckig. Sie setzte sich neben ihn und rubbelte seinen Rükken, ohne ein Wort zu sagen. Er hörte auf zu weinen, wollte sie aber nicht anschauen.

Diana blickte sich in seinem Zimmer um. Er war immer noch eine solche Mischung von kleinem Jungen und heranreifendem jungen Mann! Auf dem Boden stand eine Armee von Zinnsoldaten, die er sammelte, seit er sechs Jahre alt war. Er spielte immer noch gelegentlich mit ihnen, wenn er nicht mit seinen Computerspielen beschäftigt war. Neben den Zinnsoldaten lehnte sein neuer Tennisschläger. Auf seinem Schreibtisch stand ein Glas mit Gummi-Dinosauriern, und dahinter hatte er ein Poster an die Wand gepinnt. Über seinem Bett hing das gerahmte Plakat eines roten Lamborghinis.

»Mein Schatz«, sagte sie sanft, »wir müssen uns miteinander unterhalten.«

Todd schüttelte den Kopf, drehte sich aber doch zu seiner Mutter um und schaute sie an.

»Wir müssen es unbedingt.« Sie ließ nicht locker.

»Ich will nicht der Grund sein, wenn du dich von Papa scheiden läßt«, sagte er gramvoll.

»Du könntest nie der Grund für eine derartige Sache sein.«

»Aber ihr habt euch wegen mir gestritten.«

»Wegen dir und zugleich wegen einer Million anderer Dinge. Todd, ich begreife deinen Vater nicht. Vielleicht habe ich es nie getan.«

Todd setzte sich auf und sagte: »Wir sind keine glückliche Familie. Ich dachte immer, wir wären eine.«

Sie mußte sich hochrecken, um ihren Arm um seine Schultern zu legen. Er lehnte sich an sie.

»Ich bin wirklich traurig«, sagte er. »Es ist, als ob etwas in mir zerbricht.«

»Mir geht's auch so. Ich habe mir so gewünscht, daß die Beziehung zwischen mir und deinem Vater funktioniert. Jetzt weiß ich auch nicht mehr weiter.«

»Kommt er wieder zurück? Ich habe gehört, wie er losgefahren ist.«

»Ich weiß nicht.« Diana seufzte. »Aber ich muß weiterschreiben und mit den Leuten vom Komitee reden. Möchtest du erst etwas zu essen haben?«

Sie stand auf und blickte mit traurigen Augen auf Todd herab. Er schüttelte den Kopf und legte sich wieder hin.

»Hab keinen Hunger«, nuschelte er und schloß die Augen.

»Wenn du doch Hunger kriegst, sag's mir einfach. Ich bin im Arbeitszimmer.«

Sie verbarrikadierte sich hinter geschlossenen Türen, hörte aber, wie Harvey zurückkam. Sie bekam mit, wie Todd die Treppe hinunterraste, um ihn zu begrüßen. Sie konnte ihre gedämpften Stimmen in der Küche ausmachen. Sie arbeitete jedoch weiter.

»Kommst du hinauf ins Bett?« fragte Harvey gegen Mitternacht.

Er hatte schon seinen Pyjama an, sein Gesicht war rosig sauber. Wahrscheinlich hatte er sich auch schon die Zähne mit Zahnseide gereinigt. Er sah aus, als wolle er wieder Freundschaft mit ihr schließen.

Sie hatte nicht die Energie, auch nur den geringsten Versuch dazu zu unternehmen. »Es hat sich nichts geändert«, sagte sie zu ihm. »Diese Ehe ist tot.«

»Aha«, antwortete er. »Ich habe übrigens nicht vor, wieder auszuziehen«, sagte er, als er sich umdrehte und hochging.

Einsam, verzagt und voller Sehnsucht nach Chris, den anzurufen sie ihrer Meinung nach kein Recht hatte, wandte sich Diana wieder ihrer Arbeit zu. Das war das einzige, das sie von ihren Sorgen ablenken konnte.

Sie schlief in ihren Kleidern, auf der Couch im Arbeitszimmer. Sicher war sie sich nicht, doch sie glaubte, das erste Morgenlicht durch die Fensterläden dringen zu sehen, als sie ihre Augen schloß.

Sie träumte, sie sei in ihrem Rosengarten hinter dem Haus. Ihr Gärtner war bei ihr, und sie bewunderten einen weißen Sack, der an der größten Eiche des Grundstücks aufgehängt war. Der Sack war bunt bemalt, wie ein chinesischer Lampenschirm, in kräftigen Rot-, Gelb- und Grüntönen. Plötzlich stieß etwas rhythmisch gegen den Sackboden; er platzte auf, und eine riesige, behaarte Spinne krabbelte heraus. Diana sprang zurück und stopfte sich ihre Hand in den Mund, um nicht loszukreischen. »Nur keine Aufregung. Das ist eine harmlose Spinne, auch wenn sie furchterregend giftig aussieht«, beruhigte der Gärtner sie. »Aber ich hasse ihren Anblick«, antwortete Diana. »Was ist, wenn sie auf mich zukrabbelt?« Er sagte ihr, das würde die Spinne nicht tun, doch dann tauchte eine zweite Spinne auf, die noch viel größer als die erste war, und krabbelte sogar noch dichter an Diana heran. »Oh, bitte, töten Sie sie«, bettelte sie den Gärtner an. »Nicht nötig«, sagte er mit beruhigender Stimme. »Wenn Sie sie loswerden wollen, sagen Sie ihnen einfach, sie sollen in den Sack zurückkrabbeln; sie werden Ihnen gehorchen.« »Werden sie das?« fragte sie und staunte sehr darüber, daß Spinnen ihr aufs Wort folgen würden. Dann wurde sie wieder von Furcht überwältigt. »Aber der Sack ist doch aufgeplatzt, weil sie raus wollten«, sagte sie zu dem Gärtner. »Wie kann ich mich darauf verlassen, daß sie drinnen bleiben werden?« Er erklärte wie ein Lehrer einem Schüler, der etwas schwer von Begriff ist, daß sie die aufgerissene Öffnung nur mit einer Schnur zusammenzubinden brauchte, damit sie zublieb, wie eine Klammernaht bei einer Schnittwunde. »Ah«, sagte sie erleichtert. Sofort schickte sie die Spinnen in den hübschen Sack zurück und verschloß ihn nach Anweisung des Gärtners. Sie stand noch da und bewunderte den Sack, staunte darüber, wie etwas so Schönes einen so fürchterlichen, häßlichen Inhalt haben konnte, als eine Klingel schrillte –

Diana öffnete die Augen. Das Telefon läutete auf dem Tisch neben ihrem Kopf. Ihr Traum kreiste noch beunruhigend in ihrem Kopf herum. Sie wunderte sich, was er wohl zu bedeuten hätte; als sie auf die Uhr schaute, sah sie, daß es sieben Uhr früh war.

Sie setzte sich auf, rieb sich die Augen und verschmierte dabei ihre Wimperntusche. »Hallo?« meldete sie sich.

»Diana Lowe, bitte. Guinivere Wineberg am Apparat.«

»Guinivere?« sagte Diana. »Ich bin's.«

»Ich hoffe, ich habe nicht zu früh angerufen«, sagte Guinivere. »Aber es geht um etwas Wichtiges.«

»Wie kann ich Ihnen helfen?«

Guinivere klang sorgenvoll, als sie sagte: »Ich habe Sie in den Nachrichten gesehen. Bei Tom Brokaw.«

Diana spürte, wie ihr Gesicht weiß wurde. »Das war wohl ein Schock für Sie.« Sie lachte.

»Das kann man sagen«, antwortete Guinivere. »Warum haben Sie uns denn nicht Bescheid gegeben, auf welche Schwierigkeiten Sie bei Ihrem Buch gestoßen sind?«

»Nun ja, äh.« Diana machte eine Pause und nahm einen neuen Anlauf. »Ich wollte Sie damit nicht gern belästigen, bevor alles geklärt wäre. Die Sache hat sich explosionsartig ausgeweitet, wie ich es nie erwartet hätte.«

»Und *ist* jetzt alles geklärt?« fragte Guinivere.

Nur meine Ehe, dachte Diana, und die ganze Tragweite der Auseinandersetzung mit Harvey gestern abend wurde ihr blitzartig klar. »Nicht mit Jupiter«, gab Diana zu. »Die Entscheidung der Jury steht noch aus.«

»Diana, Beecham Press steht immer noch hinter Ihnen. Aber wenn die Jury ein negatives Urteil fällt, müssen wir leider einen Rückzieher machen. Ich bin sicher, Sie verstehen das.«

»Das habe ich befürchtet«, murmelte Diana. Sie war froh, daß sie die erste Rate ihres Honorars noch nicht ausgegeben hatte. »Wenn Jupiter den fettarmen Riegel nicht wieder einführen will, könnten wir dann bei meinem Buch nicht den Aspekt ›Fettallergie‹ hervorheben? Ich meine, er ist genauso wichtig wie der Schokoriegel, wenn nicht wichtiger.«

»Das ist richtig«, sagte Guinivere und klang dabei genauso schroff und ungeduldig wie Prescott Dickson. »Aber für unsere Leute hier hat dieses Konzept nicht dieselbe Durchschlagskraft. Es *klingt* nicht, wenn Sie verstehen, was ich meine.«

»Schreib einfach weiter«, riet Alison Rifkin Diana, als sie sie anrief und ihr mitteilte, daß Beechams Interesse an ihrem Diätbuch offenbar erlahmt war. »Denk gar nicht mehr an sie, bis du genau weißt, welche Pläne bei Jupiter gefaßt werden.«

»Ich glaube, mit Harvey und mir ist es jetzt aus«, sagte Diana noch, bevor sie auflegte.

»Bist du sicher?«

»So sicher, wie ich je über etwas gewesen bin. Aber er will das Haus nicht verlassen. Das hat er mir bereits kundgetan. Bei mir fährt der Karren jetzt wirklich in den tiefsten Dreck.«

»Noch ein Grund mehr, warum du mit deiner Arbeit am Ball bleiben solltest«, sagte Alison.

Als nächstes rief Diana Carol an. »Dieser Scheißkerl!« rief Carol. »Er will wirklich nicht gehen?«

»Das hat er jedenfalls gesagt. Gestern abend.«

»Sag ihm, daß du ihn hier raushaben willst«, schlug Carol vor. »Laß dir nichts gefallen.«

Diana traf Harvey in der Küche, als er sich sein Frühstück selber machte. Todd saß ihm gegenüber und schaufelte Müsli in sich hinein. Als er zu Diana hochblickte, konnte sie sehen, daß seine Augen immer noch rot gerändert waren. Er sah niedergedrückt und elend aus.

»Morgen«, sagte sie zu den beiden.

Sie grunzten.

»Harvey, wir müssen die Sache mit dem Haus klären.«

Er trank einen Schluck Kaffee, schnitt eine Grimasse und goß ihn in den Abfluß. »Die Sache ist schon klar«, sagte er. »Ich werde das Haus nicht verlassen. Nie mehr.«

Diana atmete laut aus. Todd heftete seine Augen auf sie, äußerst gespannt, was sie jetzt sagen oder tun würde.

»Dann muß ich wohl gehen, oder?«

»Ganz wie dir's beliebt«, antwortete Harvey nüchtern.

»Ich werde auch gehen«, sagte Diana.

»Wohin denn, Mama?« fragte Todd. Schreck breitete sich auf seinem Gesicht aus.

»Irgendwohin, wo ich mich geliebt fühlen kann. Glücklich.«

»Kannst du dich mit mir nicht so fühlen?« fragte Todd.

»Doch, natürlich!« rief Diana. »Du kannst mit mir kommen.«

»Er gehört zum Haus«, brüllte Harvey. »Wenn du hier weggehst, verläßt du auch ihn.«

»Uns wird schon was einfallen«, versprach Diana ihrem Sohn, doch er ging trotzdem in Tränen aufgelöst zur Schule.

Harvey sagte seine Vormittagstermine ab; offensichtlich wollte er sein Eigentum bewachen, während Diana mit grimmiger Entschlossenheit ein paar Koffer packte, größtenteils mit ihren Kleidern und den Papierbergen, die mit ihrer Arbeit zusammenhingen. Als sie die Radiouhr in ihren Koffer legen wollte, schnappte er sie ihr aus der Hand.

»Das bleibt hier«, sagte er nachdrücklich. »Es gehört zum Haus.«

»Wie unser Sohn?« gab sie zurück.

»Diese Bemerkung ist einer Antwort unwürdig«, sagte er mit einem affektierten Lächeln.

Sie schleppte die schweren Koffer zu ihrem Auto. Harvey beobachtete sie vom Fenster ihres Schlafzimmers aus.

Sie umarmte die Hunde, die ihr das Gesicht leckten, als ob nichts wäre. »Ich werde euch vermissen«, flüsterte sie. Dann ging sie zurück ins Haus, um ihre Handtasche zu holen.

»Laß die Hausschlüssel auf dem Eingangstisch liegen«, sagte Harvey eisig.

»Harvey, sei doch nicht so.«

»Wie denn?« fragte er unschuldig.

»Rachsüchtig«, antwortete Diana müde.

»Laß die Schlüssel einfach liegen«, sagte er, dann drehte er sich um und ging in sein Arbeitszimmer.

»Richte Todd aus, ich werde ihn heute abend anrufen«, rief Diana seinem sich entfernenden Rücken nach. Er zeigte keine Reaktion. Mit zitternden Händen zog sie ihren Hausschlüssel vom Ring ab und ließ ihn auf dem Tisch bei der Haustür zurück.

Als sie sich von ihrer Straße, ihren Nachbarn, dann von der Stadt, dann aus dem Landkreis entfernte, begann Diana die Ungeheuerlichkeit ihres Tuns zu dämmern. Auf halbem Weg nach Palm Desert zur Wohnung ihrer Mutter wurde sie sich des Bruchs mit Harvey und vielleicht auch mit ihren Kindern mit solcher Heftigkeit bewußt, daß sie am Straßenrand stehenbleiben mußte, so sehr zitterte sie.

Ihr wurde klar, daß sie nicht nach Palm Desert weiterfahren wollte; die Wohnung ihrer Mutter würde sie zu schmerzlich an die letzten wirklich glücklichen Tage erinnern, die sie mit Chris verbracht hatte, bevor Betty starb.

Auf keinen Fall wollte sie zu Harvey zurückkehren. Bei dem Gedanken an ihn wurde ihr körperlich übel. Aber sie wußte nicht, was sie sonst tun könnte. Und sie mußte an Todd denken.

Und das war alles, was in der nächsten Stunde in ihrem Kopf vorging, als sie nach Los Angeles zurückfuhr – sie dachte an Todd. Wäre er wirklich glücklicher mit beiden Eltern im Haus, die einander haßten? Und was wäre mit Jessica? Würde sie in den Ferien gern in ein liebesleeres, spannungsgeladenes Haus zurückkehren?

Wäre einer von ihnen glücklicher, wenn sie alle ihre gesamte Energie dafür aufwandten, um den Haß zwischen ihr und Harvey in Schach zu halten, oder ginge es ihnen besser, wenn sie das Scheitern der Ehe akzeptierten und ihr eigenes Leben weiterlebten?

Plötzlich wußte sie, was ihr Traum in der Nacht zu bedeuten hatte. War es nicht besser, den bunt bemalten Sack offenzulassen und die spinnenhafte Häßlichkeit, den Zorn, die Bitterkeit ein für allemal herauszulassen, anstatt sie wieder hineinzustopfen und so zu tun, als seien Gefühle darin, die so schön waren wie die Außenseite?

Sie könnte nicht zurück. Nie.

»Natürlich kannst du bei uns bleiben, Mädel«, sagte Carol Benton, als Diana sie von einer Telefonzelle in Pomona aus in ihrem Reisebüro anrief. »So lange du willst. Das Gästehaus steht zu deiner Verfügung.«

Carols Gästehaus stand hinter ihrem Pool am hinteren Ende ihres Grundstücks. Es war ein unauffälliger Bau, im Unterschied zu dem vierzig Jahre alten Haupthaus, das sie vor ein paar Jahren vollständig hatten umbauen lassen. Das Gästehaus war in seinem ursprünglichen Zustand geblieben: rustikal. Es besaß zwar einen gewissen Charme – die Wände bestanden aus dickem, astigem Pinienholz, der Kamin in einem der beiden Schlafzimmer war aus alten Ziegeln gemauert und hatte eine erhöhte Feuerstelle, und die roten Fliesenböden waren zum Teil mit großen Flickenteppichen bedeckt. Doch es gab weder Heizung noch Klimaanlage, und die Küche war kaum groß genug, daß sich eine Person darin umdrehen konnte; das Bad war sogar noch kleiner.

Bettler können nicht wählerisch sein, dachte Diana, als sie ihre Koffer in dem Schlafzimmer abstellte, das den Bentons im Winter als Lager für ihre Gartenmöbel diente.

Sie saß auf der Couch, die in der Nacht ihr Bett sein würde, und starrte aus dem Fenster. Carols Haushälterin werkelte im Garten. Der Pool-Reiniger war damit beschäftigt, Blätter aus dem Filter zu leeren, ein ständiges Problem für die Pools in Encino wegen der vielen Eichen, die ihr Laub verstreuten. Während er arbeitete, glänzte die Sonne auf seinem nackten, schweißbedeckten Rücken. Heute würde es heiß werden, denn in der Nacht war der Santa Ana aufgekommen, hatte den Smog weggeblasen und saubere Luft und mildes Wetter zurückgelassen.

Carol kam mit besorgter Miene aus der Haustür. Sie störte den ruhigen Rhythmus ihrer Arbeiter, als sie um den Pool herumsauste und den Ziegelweg zum Gästehaus einschlug.

Sie umarmte Diana, die aufstand und sich plötzlich ganz unbeholfen vorkam. »Es wird schon wieder alles gut«, sagte Carol sanft. Diana umklammerte ihre Freundin. Sie kämpfte mit Tränen. Sie konnte nicht reden. Sie ließ sich in einen Sessel fallen. Carol setzte sich neben sie und schlug nach einer Pause vor: »Diana, du bist jetzt ganz durcheinander. Komm doch ins Haus. Wir trinken ein Glas Wein zusammen. Reden drüber, was du als nächstes unternehmen mußt.«

»Als nächstes?« fragte Diana matt.

»Du mußt Webb anrufen. Wieder ganz von vorn mit der Scheidung anfangen. Schauen, ob du Harvey aus dem Haus kriegen kannst.«

Diana fühlte sich zu müde, um ein Glied zu regen. »Ich glaube, ich leg mich ein bißchen hin«, sagte sie.

»Klar. Das ist eine gute Idee«, stimmte ihr Carol liebevoll zu.

Als Diana am späten Nachmittag wieder aufwachte, war es noch heißer. Der heiße, trockene Wind war stärker geworden. Sie zog sich um und ging über den Rasen zum Haus.

Die Bentonkinder machten einen Höllenlärm. Eins hing am Telefon. Ein anderes schrie mit der Haushälterin wegen verlorengegangener Shorts herum. Das dritte backte mit zwei Freundinnen Plätzchen.

Carol hatte auf einer anderen Leitung eine Auseinandersetzung mit dem Vertreter einer Fluglinie. Billy steckte seinen Kopf in jedes Zimmer und forderte alle auf, doch leiser zu sein.

Die ganze lärmende Glückseligkeit stürmte auf Diana ein; sie begann zu weinen. Bevor Carol ihr Gespräch beenden konnte, hatte sich Diana umgedreht und war aus dem Haus gerannt.

»Machen wir einen Spaziergang«, schlug Carol vor, als sie Diana an der Tür zum Gästehaus einholte.

»Laß mich allein«, bat Diana. »Du kannst jetzt nichts für mich tun. Niemand kann etwas für mich tun.«

Carol ließ den Kopf hängen und zog sich zurück.

Diana schmorte in dem stickigen Gästehaus vor sich hin, während die Dunkelheit hereinbrach. Immer noch unternahm sie keinerlei Anstrengung, um aufzustehen. Von weither hörte sie Sirenengeheul. Sie konnte Rauch riechen. Morgen würde wahrscheinlich Asche auf ihrem Auto liegen. Die Santa-Ana-Winde lockten in dieser Jahreszeit die Brandstifter hervor. Ihr bevorzugtes Ziel war immer das trockene Gestrüpp auf den hügeligen Ausläufern im Valley. Je heißer es wurde, je schöner der Himmel strahlte, desto größer wurde die Wahrscheinlichkeit, daß sich jemand mit einem Streichholz hinausschlich und ganze Bergketten in Flammen setzte. Alles Gute bringt immer auch etwas Schlechtes, dachte sie trübsinnig.

Diana schlief ein und schreckte mitten in der Nacht von ihren eigenen Gedanken hoch. Wenn alles Gute und Schöne etwas Schlechtes und Häßliches mit sich brachte, traf dann nicht das Gegenteil genauso zu? »Gift kann auch heilen«, murmelte sie immer wieder vor sich hin, bis sie wieder einschlief.

Am nächsten Morgen rief sie Peter Webb an und teilte ihm mit, er würde sicher bald etwas von Harvey hören. Sie fragte Webb, ob Harvey im Haus bleiben könne, wenn sie doch die ganze Zeit darin gewohnt hätte.

»Es ist auch sein Haus«, antwortete er. »Auch Sie könnten darin wohnen bleiben. Sie beide könnten sich darin verschanzen und die Sache ausfechten.«

»Kein Bedarf«, lehnte Diana müde ab. »Ich werde mich nicht in einen verbiesterten Kampf hineinziehen lassen. Er kann das Haus haben. Ich brauche es nicht«, sagte sie mit gespielter Tapferkeit.

Als sie sich in dem winzigen Schlafzimmer auszog, ging sie in Gedanken noch einmal das Gespräch mit ihrem Anwalt durch; ihr wurde klar, daß sie nicht gelogen hatte.

»Ich brauche kein Haus, um glücklich zu sein«, sagte Diana etwas später zu Carol.

»Natürlich nicht«, erwiderte Carol beschwichtigend.

»Ich meine es ernst!« beteuerte Diana. »Häuser machen einen nicht glücklich. Es kommt darauf an, was drinnen ist. Die Leute. Die Liebe.«

»Todd hat gestern abend angerufen«, sagte Carol ruhig. »Er wollte nicht, daß wir dich stören. Er wollte nur wissen, ob mit dir alles in Ordnung ist.«

»Er ist ein erstaunlicher Junge. Ich sollte ihn von der Schule abholen und mit ihm reden. Ich sollte auch Jessica anrufen.«

Carol sagte zu Diana, sie sei froh, daß sie wieder Feuer in Dianas Augen leuchten sähe. Sie hätte sich gestern wegen Dianas unzusammenhängenden Geredes und ihres seltsamen Zustands Sorgen gemacht.

»Ich bin wie einer dieser aufblasbaren Clowns. Du boxt dagegen, und sie fallen um, aber sie stehen immer gleich wieder auf.«

»Ich bin froh, das zu hören«, sagte Carol glücklich. »Weil du auch einen Anruf von Binghamton von der Firma Jupiter bekommen hast, und seine Botschaft war nicht berauschend.«

»Erzähl!« forderte Diana ihre Freundin auf.

Carol reichte ihr den Zettel, auf dem sie das Gespräch notiert hatte. Diana studierte ihn eingehend.

»Damit wäre das erledigt«, sagte sie. »Wenigstens haben sie die Absage zuerst mir mitgeteilt, bevor sie eine öffentliche Presseerklärung abgeben.«

»Du hast alles getan, was in deinen Kräften stand. Jupiter ist eine Riesenfirma. Es hätte an ein Wunder gegrenzt, wenn sie deinem Druck nachgegeben hätten.«

»Ich weiß«, sagte Diana. »Ich hatte einfach gehofft...«

»Du hast immer noch deine Kurse. Schüler in rauhen Mengen. Du nimmst einiges ein. Und du hast dein Buch.«

»Den Buchvertrag kann ich jetzt in den Wind schreiben«, sagte Diana. »Am besten ruf ich gleich Guinivere an, bevor sie wieder alles durch die Abendnachrichten erfährt.«

Wie oft kann ein Aufstehclown umgeboxt werden, bevor ihm endgültig die Luft ausgeht? fragte sich Diana. Nach Erledigung der deprimierenden Aufgabe, die Beecham-Leute über den Fehlschlag ihrer Bemühungen bei Jupiter zu unterrichten, hatte Diana das Gefühl, sie hätte kaum noch genug Luft in sich, um sich fortzubewegen.

Sie sagte ihre privaten Beratungsstunden ab und fuhr zu Todds Schule, um ihn abzufangen, bevor er ins Fußballtraining abzog. Ihr Wiedersehen im Auto war liebevoll und tränenreich. Sie versprach, rasch eine Wohnung zu finden, und wenn er wolle, könne er bei ihr einziehen.

»Das möchte ich gern«, sagte er ruhig.

»Ich weiß«, erwiderte sie.

»Ich habe mit Jessica geredet, Mama. Sie sagte, sie sei nicht da gewesen, als du angerufen hast. Ich habe ihr von dir und Papa erzählt.«

»Ich werde sie später noch einmal anrufen. Wie geht's ihr?«

»Sie ist traurig. Wie ich.«

»Und ich«, sagte Diana.

»Papa ist nur wütend.«

Das überraschte Diana nicht. »Er wird darüber hinwegkommen.«

»Vielleicht.«

»Ich habe meinen Buchvertrag verloren«, sagte Diana noch, als Todd aus ihrem Auto stieg.

»Ach Mama. Das tut mir so leid.« Er beugte sich noch einmal zu ihr vor und rieb ihre Schulter. Dann war er weg.

Sie saß im Auto und schaute ihm eine Weile zu, wie er und sein Team in voller Montur trainierten. In weniger als einem Jahr hätte er die Schule hinter sich und würde aufs College gehen. Sie hatte den Verdacht, er würde sich für eine Uni entscheiden, die möglichst weit weg von zu Hause wäre. Sie konnte es ihm nicht verübeln.

Auch sie wäre jetzt am liebsten ganz weit weg. Plötzlich mußte sie an Chris denken.

»Meinst du, ich sollte mich bei ihm melden?« fragte sie Carol nach dem Abendessen.

»Natürlich meine ich das, Mädel!«

»Nach allem, was ich ihm angetan habe?«

»Du mußtest schließlich den Versuch machen, deine Ehe zu retten. Hat er das nicht selbst gesagt?«

»Trotzdem.«

»*Nichts* trotzdem! Der Mann liebt dich. Ich würde ihn nicht einmal anrufen, Diana. Manche Dinge muß man persönlich in die Hand nehmen. Und das gehört entschieden dazu.«

»Einfach aufstehen und gehen?«

»Ja. Jajajaja. Du verdienst ein bißchen Glück.«

Diana lächelte Carol an. »Stimmt.«

»Das wollte ich hören«, sagte Carol mit einem Grinsen. »Morgen früh um neun gibt es einen Flug. Los Angeles–Kona, nonstop!«

»Aber glaubst du nicht, daß wegen des Flugstreiks alles ausgebucht ist?«

»Ich kenne da ein gutes Reisebüro, das – gegen entsprechende Honorierung – in der Lage sein könnte, dir ein Ticket zu beschaffen.«

30. Kapitel

Chris hat recht, dachte Diana, als sie die Rollbahn überquerte und zur Gepäckausgabe des KeAhole-Flughafens hinüberging, die sich unter offenem Himmel befand – die Luft in Hawaii ist lieblicher, der Himmel blauer, die Wolken weißer.

Nicht einmal die heißen, schwülen Windböen machten ihr etwas aus, die sie durchpusteten. Nach fünfeinhalb Stunden in der abgestandenen Luft eines Flugzeugs empfand sie den Wind sogar als angenehm.

Sie zog ihren Gepäckabschnitt heraus und studierte den Zettel, auf dem sie Chris' Adresse notiert hatte. Im Moment war dieser Zettel ihre einzige Verbindung zu ihm. Obwohl sie es sich lange überlegt hatte, ob sie nicht doch lieber auf eine Überraschung verzichten sollte, kamen sie und Carol letzten Endes zu dem Schluß, es sei das beste, sie würde unangekündigt bei Chris anklopfen.

Der Flug war wegen des Streiks voll ausgebucht gewesen, daher standen die ungeduldigen Passagiere in Dreierreihen vor den Förderbändern dieses Flughafens, der nur mit einem Strohdach gedeckt war; die hinteren versuchten, sich vorzudrängen, um ihr Gepäck als erste zu ergattern.

Während Diana wartete, stieg ihr der süße, kräftige Duft aller Arten aromatischer tropischer Früchte und Blumen in die Nase. Mehrere Verkaufsstände in der Nähe boten Orchideenkränze an. Andere Buden hielten Ananas feil.

Den Eindruck eines allgemeinen Gewühls verstärkten die Träger und Hotel-Chauffeure, die zwischen dem Gehweg und den Gepäckausgaben hin- und hereilten, um ihre Fahrgäste ausfindig zu machen.

Nach kurzer Wartezeit ratterte Dianas Koffer die Rutsche herunter; halb schleppte sie ihn, halb stieß sie ihn mit ihrem Oberschenkel die kurze Strecke bis zu einem wartenden Taxi.

Ihr Fahrer war ein dickbäuchiger Hawaiianer, der ein türkis-orange-gemustertes Aloha-Hemd trug; es hatte große Ähnlichkeit mit einem Hemd, das Diana an Chris gesehen hatte. Plötzlich wurde ihr die Wirklichkeit ihres Unternehmens so richtig bewußt, und ihre Aufregung stieg noch.

Im Taxi lehnte sich Diana auf dem Rücksitz mit seinem rissigen Kunstlederbezug zurück; sie genoß den warmen, feuchten Wind, der durch die offenen Fenster blies, während der Fahrer vom Flughafen auf den Highway 19 zuflitzte.

Der Highway lief bei Kona parallel zur Küste und durchquerte eine wogende Lavalandschaft. Auf der Küstenseite ergossen sich die erstarrten Lavaströme ins Meer, wobei sich das schwarze Gestein in einem verblüffenden Kontrast gegen das blaueste aller blauen Gewässer abhob.

»Es dauert noch ein bißchen«, sagte ihr Fahrer und wies sie auf die exklusiven Ferienorte hin, die die Küste säumten. Schließlich bogen sie ins Landesinnere ein und begannen, den Berg zu Chris' Ranch hinaufzufahren.

»Die muß in der Nähe der Kohala- und Parker-Ranch liegen«, sagte der Fahrer.

»Von Parker habe ich schon gehört«, erwiderte Diana.

»Jeder kennt Parker. Über 100000 Hektar!« informierte er sie. »Zweitgrößte Viehranch der Welt.«

»Irgendwie kann ich mir Cowboys auf Hawaii gar nicht vorstellen.«

»Seit sechs Generationen haben wir Cowboys – *paniolos* – und Ranchen«, sagte er stolz. »Echt Wildwest – nur im Hawaiistil«, fügte er hinzu. »Rodeos und Brandeisen. Nirgendwo ist es schöner. Sie werden sehen.«

Diana begann tatsächlich zu verstehen, warum ihr Fahrer so mit diesem Ranchland prahlte, das sich ihr wie ein wunderbares Geheimnis enthüllte, zu dem die meisten Reisenden, die auf die Insel Hawaii kamen, keinen Zugang hatten. Sie fuhren durch hügeliges grünes Weideland, durch Eukalyptus- und Pinienwälder.

»Ich dachte immer, Hawaii sei die Insel der Vulkane und Orchideen«, gestand Diana. Der Fahrer erklärte ihr, daß die Insel zwei stark unterschiedliche Küstenregionen besitze: einmal die mit Felsbrocken übersäten Wüstenstriche und Weidegebiete mit ihren schneebedeckten Bergen, wo es vor Wildschweinen wimmelte, zum anderen ein regenreiches, dicht besiedeltes Gebiet mit üppiger Vegetation, das sich zum Anbau von Anthurien, Orchideen und Zuckerrohr anböte.

»Jetzt sind wir ganz in der Nähe«, sagte er plötzlich. Diana spürte, wie ihr das Blut in den Schläfen pochte; sie wühlte nach ihrer Haarbürste und fuhr sich damit durch die Haare.

Die Einfahrt zu Chris' Ranch lag oben an einem schmalen Kiessträßchen, das Chris mit drei weiteren Ranchern teilte. Die Grundstücke waren voneinander durch weißgetünchte, einfache Lattenzäune getrennt.

Über dem Tor zu Chris' Ranch hing ein Schild: zwei gekreuzte Mistgabeln, darüber der Name Twin Forks Ranch – offensichtlich eine Anspielung auf seine Zwillinge.

Gott, ist er albern! dachte Diana, und ihr Gesicht zog sich zu einem breiten Lächeln auseinander; sie spürte, wie sie sich am ganzen Körper entspannte.

Sie stieg aus dem Taxi und drückte auf den Knopf der Gegensprechanlage am Tor. Ein Mann mit ausländischem Akzent fragte, wer da sei. Diana stellte sich als Chris' Freundin aus Los Angeles vor, und als sich das Tor öffnete, sprang sie zurück in den Wagen. Auf einer mit riesigen Eukalyptusbäumen bestandenen Allee fuhren sie auf das Haupthaus zu. Der starke, erfrischende Duft der Bäume durchdrang die Luft.

Der Hausmann, ein Eingeborener, stand auf den dunklen Granitstufen des Eingangs und schaute dem unerwarteten Besuch verblüfft entgegen.

Diana bezahlte den Taxifahrer, der gleich wieder davonbrauste. »Ich bin Diana Lowe«, erklärte sie. »Mr. Berry weiß nicht, daß ich komme. Ich bin sozusagen eine Überraschung«, setzte sie mit einem verlegenen Lächeln hinzu.

»Aha«, sagte er und lächelte ebenfalls. »Ich bin Sami.«

Diana fiel auf, daß auf einem von Samis Vorderzähnen eine

Goldkrone saß, die blitzte, wenn er lächelte. Er hatte freundliche Augen und schien in den Fünfzigern zu sein. Er trug ein weißes Aloha-Hemd, eine weiße Hose und Jutesandalen.

Rasch kam er die Treppe herunter und nahm Diana den Koffer ab. »Lassen Sie mich tragen«, sagte er bestimmt. »Ist zu schwer.« Diana ließ den Koffer dankbar los. »Kommen Sie bitte herein«, bat er herzlich.

Von außen sah das Haus mit seinem weit überstehenden Dach, den weißen Mauern und den auf Hochglanz polierten Teakbalken mehr wie eine Hawaii-Phantasie als wie ein Ranchhaus aus, dachte Diana. Drinnen klapperten Dianas Absätze auf dem Schieferplattenboden der offenen, zwei Geschosse hohen Eingangshalle, von deren dramatischer Raumwirkung Diana beeindruckt war. Die Halle öffnete sich zu einem glasüberdachten Atrium hin, das mit feingliedrigen Orchideen, Zwergpalmen, Bromelien und Ingwerstauden bepflanzt war.

Geradeaus ging es zwei Stufen hinunter in einen Wohnraum mit einer Glaswand, deren Scheiben offenstanden und einem das Gefühl vermittelten, genauso im Freien wie drinnen zu wohnen. Die weite Aussicht war atemberaubend: Diana blickte auf limettengrüne Weiden, die immer wieder von dunkelgrünen Baumgruppen durchbrochen waren; dahinter glitzerte der Ozean.

Die wenigen Möbel im Wohnzimmer waren moderne Einbaumöbel; überall lagen prall gefüllte Haitikissen aus Baumwollstoffen. Die Schieferböden waren teilweise von Sisalmatten bedeckt.

»Sie hier sitzen«, ordnete Sami mit einer Verbeugung an. »Ich bringe Gepäck in Megs Zimmer.«

Diana hätte ihm fast gesagt, er solle ihren Koffer lieber in Chris' Schlafzimmer stellen, doch sie überlegte sich, daß sie und Chris dieses unwichtige Detail später klären könnten.

»Wann wird Mr. Berry zurückkommen?« fragte Diana, als Sami zurückkehrte.

»Bald«, sagte Sami. »Ist beim Reiten. Keine Arbeit heute nachmittag.«

»Und die Mädchen?« erkundigte sich Diana, denn sie dachte, daß Chris vielleicht mit seinen Töchtern ausgeritten war.

»In der Schule. Sie wohnen jetzt dort. Kommen nächstes Wochenende nach Hause.«

»Ah, ich verstehe«, sagte Diana.

»Tee oder Saft, Missus?« fragte Sami, als er sich schon auf dem Rückzug befand. »Wollen Sie Mr. Berrys Mango-Spezial probieren? Wir machen das von den Bäumen draußen.«

»Das klingt ausgezeichnet«, sagte sie.

Ein paar Augenblicke später trank Diana bedächtig ihren Saft aus dem hohen, geeisten Glas, in dem Sami ihn ihr serviert hatte; sie malte sich aus, wie sie mit Chris in dieser Idylle leben würde.

Sie stand auf und schlenderte aus dem Wohnraum durch die offene Glaswand auf die Terrasse hinaus. Drei Stufen führten zu einem Pool aus natürlichem Felsgestein.

Diana streifte ihre hochhackigen Schuhe ab und ging um den Pool herum, tauchte ihre Zehen ab und zu ins sonnenerwärmte Wasser und fühlte sich ausgelassen und frei.

Eine verirrte Regenwolke wehte heran, und ein Schatten fiel über Diana und das Wasser und verdunkelte plötzlich alles. Diana schaute zum Himmel hoch, während die Wolke einen Teil ihrer Fracht über ihr entleerte; der Regen fühlte sich auf ihrer Haut wie ein sanftes Kitzeln an. Dann zog die Wolke vorüber; die Sonne strahlte wieder so stark, daß Diana blinzeln mußte.

Seit ihrer Ankunft war fast eine Stunde vergangen. Sie trödelte auf Umwegen ins Haus zurück und füllte ihr Glas noch einmal aus dem Krug, den Sami für sie hingestellt hatte. Dann setzte sie sich aufs Sofa. Die Wände waren kahl; überall standen ungeöffnete Umzugskartons herum, und in den beiden Bücherregalen am anderen Ende des Raums am Kamin waren erst wenige Bücher. Chris' Persönlichkeit hatte dieses Haus noch nicht wirklich geprägt; das meiste von ihm steckte noch in der Live Oak Lane.

Diana hörte, wie die Eingangstür auf- und zuging. Sami begrüßte jemanden. Ja, das war Chris' Stimme. Nach einem zittrigen Moment, in dem sich ihr Magen zusammenkrampfte, stellte sie ihr Glas ab und stürzte aufgeregt auf die Eingangshalle zu, dabei rief sie laut seinen Namen.

»Diana?« fragte Chris. Er blieb zögernd auf den Stufen stehen, die zu ihr hinunterführten.

Diana blieb stehen, als sie sah, wie ein unheilverkündender Blick seine Augen verdüsterte. Sie sagte: »Ich weiß, daß du überrascht bist, aber –« Diana stockte mitten im Satz. Sie war wie vom Blitz getroffen, als sie JoJo Jenkins erblickte, die ein paar Sekunden nach Chris mit federnden Schritten die Eingangshalle durchquerte.

»Wen haben wir denn hier?« fragte JoJo mit gedehnter Stimme, und in ihre Augen trat ein fast hochmütiger Ausdruck, als sie ihren Arm besitzergreifend durch Chris' schlang.

JoJo war die schönste Frau, die Diana je gesehen hatte, auch jetzt, wo ihre Haare von einem forschen Ritt zerzaust waren und in alle Richtungen standen. Sie sah damit sogar aus, als hätte sie frische Energie getankt. Ihre wachen Augen waren veilchenfarben, und ihre berühmten vollen Lippen öffneten sich zu einem unbefangenen, kessen Lächeln. Diana kam es vor, als strecke JoJo ihr spitzes Kinn auf eine leicht herausfordernde Weise vor, während sie allmählich die Situation richtig erfaßte. Sie lehnte sich an Chris, ihr großer Busen, der ihr schamlos enges T-Shirt zu sprengen drohte, streifte seinen Arm.

Diana blieb die Luft weg. Sie versuchte, sich unbeschwert zu geben, aber sie wußte, daß sie ungefähr genauso niedergeschmettert aussehen mußte, wie sie sich fühlte. Schließlich war ja nicht *sie* die Schauspielerin.

Chris räusperte sich nervös, blickte erst kurz Diana, dann JoJo an und sagte: »JoJo, erinnerst du dich an die Frau, von der ich dir erzählt habe – äh, meine Nachbarin.« Er machte eine linkische Pause. »Meine – äh – Freundin. Diana Lowe.«

Diana wünschte sich, der Boden hätte sich unter ihr geöffnet und sie verschluckt. Erst vor ein paar Minuten hatte sie geglaubt, die größte Liebe in Chris' Leben zu sein. Jetzt war sie zu einer »Nachbarin« und »Freundin« degradiert!

Falls JoJo sich durch Chris' Unbehagen verunsichert fühlte, zeigte sie es nicht. Im Gegenteil; sie schob ihren Arm noch weiter durch seinen und schien sogar naiv die Röte zu übersehen, die an Chris' Hals hochstieg, während er Diana beobachtete: Ihre Augen folgten den verführerischen Bewegungen von JoJos talentiertem Oberkörper, wie er sich an Chris schmiegte.

»Chrissyschatz, warum hast du mir denn nicht erzählt, daß deine Nachbarin in der Stadt ist und auf einen Besuch vorbeikommt?« säuselte JoJo. »Nett, Sie endlich kennenzulernen. Chrissy hat mir schon so viel über euch alle erzählt«, setzte sie mit ihrem aufreizenden Weltklasse-Lächeln hinzu, jenem Lächeln, bei dem ihre Zungenspitze gerade nur so ein ganz kleines bißchen zwischen ihren feuchten Lippen hervorlugte.

Diana war schlecht. In was war sie denn hier hereingeplatzt? »Vielleicht, äh…« Sie lachte nervös. »Vielleicht sollte ich lieber gehen.«

»Nein! Bleib. Bleib, Diana«, sagte Chris, und seine Stimme klang ganz unnatürlich. »Du mußt bleiben – wenigstens für einen Drink.«

»Wenigstens«, trällerte JoJo, die von Minute zu Minute als Verteidigerin ihres Territoriums zu erstarken schien.

»Nein, ich kann nicht bleiben«, protestierte Diana.

»Nun, ich sehe, Sami hat Ihnen schon etwas gebracht. Ist er nicht wunderbar?« zwitscherte JoJo. Endlich ließ sie Chris los und schlenderte die Steinstufen herunter; ihre staubigen Reitstiefel sahen großartig an ihr aus.

»Ja, das ist er«, antwortete Diana leise; plötzlich trocknete ihr der Mund aus. Nie im Leben hatte sie sich unwohler gefühlt, gekränkter, gedemütigter, dümmer.

Plötzlich stand Chris neben ihr. »Wo ist Harvey?«

Diana wich einen Schritt zurück. »Es gibt keinen Harvey, Chris«, sagte sie beinahe flüsternd. Gequält setzte sie hinzu: »Ich habe ihn verlassen.«

»Ich weiß nicht, was ich sagen soll«, murmelte Chris.

»Schau an«, sagte JoJo mit gezwungener Fröhlichkeit, »ist das nicht eine interessante Entwicklung der Dinge?«

»JoJo!« sagte Chris. »Sei still. Bitte.«

»Ich habe meinen Buchvertrag verloren.«

Chris sah jetzt schwer angeschlagen aus. »Es tut mir so leid«, sagte er schließlich. Er sah aus, als ob er seinen Arm ausstrecken und sie an sich ziehen wollte. Doch dann entschied er sich anders und ließ seine Arme unbeholfen sinken. »So leid. Alles.«

»Ich glaube, ich brauche einen Drink. Einen echten«, sagte

JoJo. »Wie steht's mit dir, Chris? Diana? Scotch? Gin? Zyankali?«

»JoJo!« rief Chris.

»Ich muß jetzt wirklich gehen«, sagte Diana und begann, die Treppe hinaufzusteigen.

Plötzlich kam Bewegung in Chris; er fing Diana oben auf den Stufen ab. »Warte«, bettelte er. »Willst du nicht wenigstens eine Minute mit mir alleine reden?«

»Was gibt's denn da noch zu reden?« fragte sie.

»Das mit uns gehörte doch zur Vergangenheit, Diana. Du bist zu deinem Mann zurückgekehrt.« Er sah ihr zu, wie sie sich von ihm entfernte. »Was hast du denn von mir erwartet?« rief er ihr lahm nach.

Diana blieb stehen und wandte sich zu ihm um. »Du hättest wenigstens warten können, bis die Leiche kalt ist«, sagte sie.

Chris schien wie betäubt; er stand da und sagte nichts mehr.

Schließlich brach Diana das angespannte Schweigen. »Wo kann ich Sami finden?«

»In der Küche. Was brauchst du?«

»Meinen Koffer«, sagte Diana schwach; sie fühlte sich sogar noch lächerlicher und gedemütigter, weil Chris jetzt sicher wußte, daß sie gekommen war, um bei ihm zu bleiben. »Er hat ihn in Megs Zimmer gestellt.«

Chris schaute Diana mitfühlend an, dann brach er in eine hektische Aktivität aus und holte ihr den Koffer selbst. »Bitte bleib«, bat er noch einmal.

»Ich brauche ein Taxi«, entgegnete sie eisig.

»Wo gehst du hin?«

»In ein Hotel, vermutlich.«

»Ich fahr dich hin«, drängte Chris.

»Nein«, lehnte Diana entschieden ab.

»Ich bestehe darauf«, sagte er halsstarrig. »Ich will dich hinfahren, verdammt noch mal.«

»Und ich will ein Taxi. Dazu gibt's nichts mehr zu sagen, Chris.«

»Es dauert ewig, bis hier ein Taxi raufkommt. Dann soll wenigstens Sami dich fahren.«

»Ich will nichts von dir.«

»Jetzt sei nicht so. Laß dich von Sami fahren. Bitte.«

Da gab sie nach und setzte sich schweigend auf den Beifahrersitz von Chris' Jeep. Als Sami durch das Tor fuhr, fühlte sich Diana so verzweifelt wie an dem Tag, an dem ihre Mutter gestorben war.

»Wohin, Missus?« fragte Sami, als sie den Highway erreichten.

Diana schüttelte den Kopf. Wohin wollte sie eigentlich? Sie erblickte einen großen Lavabrocken und dachte, sie wäre am liebsten daruntergekrochen und gestorben. »Gibt es ein Hotel in der Stadt?«

»O ja. Ich fahre Sie hin.«

Die Hauptstraße in Kona wirkte auf Diana schäbig und irgendwie zwielichtig, aber sie dankte Sami fürs Hinbringen und ging zur Rezeption des Hotels, von dem Sami glaubte, daß sie ein Zimmer für die Nacht bekommen könnte.

Es war ausgebucht.

Diana war teilweise erleichtert. Ihr wurde klar, daß sie hier keine Minute länger bleiben wollte, geschweige denn die ganze Nacht.

Sie winkte einem Taxi, und zwanzig Minuten später stand sie vor dem Ticketschalter im KeAhole-Flughafen und bat um ein Ticket für den nächsten Flug nach Los Angeles.

»Der nächste Flug geht in zwei Stunden«, informierte sie die Angestellte und sah sofort am Computer nach. »Oje! Ausgebucht.«

»Das darf doch nicht wahr sein«, stöhnte Diana.

»Der Streik. Sie wissen ja, was hier los ist.«

»Kann ich über Honolulu fliegen?« fragte Diana.

Auch das war ausgebucht, ebenso wie alle anderen Flüge mit Zwischenlandung auf den äußeren Inseln. »Ich habe ein First-Class-Ticket für morgen«, sagte die Angestellte.

»Ich nehm's«, sagte Diana. Um jeden Preis mußte sie so weit weg vom Paradies wie nur möglich. Sie bezahlte ihr Ticket, ging zu einer Telefonzelle und rief im *Mauna Kea* Strandhotel an, wo ein Zimmer für die Nacht frei war.

Wieder winkte sie einem Taxi und verbrachte die ganze Fahrt auf dem Rücksitz mit geschlossenen Augen, versuchte, sich zu beruhigen, konnte aber das demütigende Bild von Chris und JoJo Jenkins Arm in Arm, wie zwei Liebende, nicht aus ihren Gedanken verscheuchen.

»Wir sind da, gnädige Frau«, verkündete ihr Fahrer, als er vor dem Eingang des *Mauna Kea* vorfuhr.

Ein Träger nahm ihren Koffer, und sie ging langsam in die Empfangshalle. Vor vielen Jahren war sie einmal mit Harvey und den Kindern über Weihnachten hierhergekommen, und das Hotel war noch genauso, wie sie es in Erinnerung hatte, im Stil einer eleganten Südseeplantage; die Räume gingen von einem zentralen Atrium ab, in dem anmutige Palmen und andere tropische Pflanzen zwischen Wasserfällen und Teichen, wo Karpfen ihre Kreise zogen, üppig gediehen.

Als sie an der Rezeption wartete, bis sie mit ihrer Anmeldung an die Reihe kam, fühlte sie sich plötzlich von dem glücklichen Geschnatter der Hotelgäste ringsum überwältigt. Wenn sie jetzt von glücklichen Menschen umgeben wäre, ginge es ihr nur noch schlechter. Sie konnte keine Minute länger hierbleiben. Sie konnte in keinem Hotel bleiben.

Diana verließ ihren Platz in der Warteschlange und suchte einen Träger, der ihr den Koffer vor den Eingang trug. Bald saß sie wieder im Taxi.

»Wohin?« fragte der Fahrer.

»Egal«, sagte sie; sie fühlte sich völlig geschafft und dem Wahnsinn nahe. »Ich sage Ihnen, wenn Sie anhalten sollen.«

»Okay, Lady. Ich habe Zeit, wenn Sie das nötige Geld haben.«

»Red wenigstens mit mir«, bettelte JoJo.

Mehrere Stunden waren verstrichen, seit Diana auf und davon gegangen war, und Chris hatte seither kein Wort mit JoJo gewechselt. Sie saßen auf der Terrasse an einem Rattantisch mit Glasplatte; ihr Abendessen wurde kalt. Keiner von ihnen hatte die köstlichen Gerichte auch nur angerührt, die Sami und seine Frau gekocht und ihnen bei Kerzenlicht serviert hatte.

Chris schaute sie nur stumm an.

»Verdammt noch mal!« sagte JoJo, stand auf und warf ihm mit dramatischer Geste ihre Stoffserviette quer über den Tisch ins Gesicht. »Was habe ich denn getan, um eine solche Behandlung zu verdienen?«

Chris legte die Serviette auf den Tisch. Er starrte JoJo an und sagte dann mürrisch: »Du bist hier. Das ist schon Grund genug.«

Sie kam auf ihn zu, baute sich breitbeinig vor ihm auf und stemmte herausfordernd die Hände in die Hüften. »Hast du vergessen, daß *du mich* angerufen hast? Daß *du mir* ein First-Class-Ticket geschickt hast – nur den Hinflug – und mich gebeten hast, zu kommen und dich über deinen Schmerz hinwegzutrösten?«

Chris stand auf und ging schweren Schritts in den Wohnraum, wo er sich trübsinnig auf die Couch fallen ließ.

JoJo lief ihm nach. »Was hätte ich deiner Meinung nach denn tun sollen?« fragte sie, und in ihren veilchenblauen Augen stiegen Tränen auf. *»Weggehen?«*

Er blickte sie traurig an und sagte nichts.

»So darfst du mit mir nicht umspringen, Chris. Ich verdiene es nicht, wie eine Nutte behandelt zu werden. Jedesmal, wenn eine deiner Frauen dich verläßt, schreist du nach mir. ›Ich brauch dich, JoJo. Komm und halt mich fest. Liebe mich.‹ Und ich komme angerannt. Weißt du, warum, Chris?«

Er schaute sie stumpfsinnig an.

»Weil ich dich liebe, du Blödmann«, sagte JoJo, und die Tränen quollen ihr über. »Darum.«

Chris sah krank aus.

»Aber du liebst mich nicht, oder? Du willst mich nur dahaben, wenn du mich brauchst. Du bringst mich dazu, dich immer mehr zu lieben. Dann kommt deine Frau zurück. Dann verläßt sie dich wieder. Dann verliebst du dich Hals über Kopf in deine *Nachbarin*! Dann verläßt *sie* dich. Und ich warte wie bescheuert, immer in den Startlöchern, auf deinen Anruf. Und jedesmal komme ich zu dir. Jedesmal, Chris.« Sie begann zu schluchzen.

Chris zog JoJo auf seinen Schoß. Er wiegte sie in seinen Armen und kam sich dabei wie ein Scheißkerl vor, weil er an nichts anderes denken konnte als an Diana.

»Liebe mich, Honey«, gurrte JoJo.

»Das würde nichts ändern«, sagte Chris und entließ sie aus seiner Umarmung. Er stand auf und schaute sie traurig an. »Du irrst dich, JoJo. *Ich* bin bescheuert. Ich hatte kein Recht dazu, dich so auszunutzen. Das ist mir klar. Aber ich bin wohl manchmal ziemlich selbstsüchtig. Das weiß ich ganz sicher.«

»Du liebst sie wirklich, nicht?«

Chris nickte. »Ich wußte nicht, wie sehr, bis ich sie heute in diesem Raum stehen sah.«

JoJo ging zum Flur, der zu Chris' Schlafzimmer führte. »Es wird schon spät, mein Honigbär. Wenn du das Mädel aufhalten willst, solltest du dich jetzt lieber auf dic Socken machen.«

»Nach dem, was passiert ist, wird sie nie wieder ein Wort mit mir reden«, sagte er voll Selbstmitleid.

»Wenn du das glaubst, Christopher Berry, dann hast du keine Ahnung von dieser Frau.«

»Was hast *du* denn vor?«

»Keine Bange. Ich werde bei dir und Diana nicht mehr dazwischenfunken.«

»Danke«, sagte Chris. »Danke für alles. Das meine ich wirklich«, sagte er, während er schon losrannte, um Sami zu finden. Sami berichtete Chris, er hätte Diana mitten in Kona Village am *Kona Lagoon* Hotel abgesetzt.

Chris schäumte jetzt geradezu vor Energie, stürmte aus dem Haus und fuhr in die Stadt, schnurstracks zum *Kona Lagoon*. Diana war dort nicht gemeldet.

Niedergeschlagen, aber noch nicht besiegt legte Chris einen Zwischenstop bei der Hotelbar ein und fragte den Barkeeper nach den Namen aller Hotels in der Gegend. Mit der Liste des Barkeepers und gestärkt mit einem doppelten Mai Tai machte sich Chris auf die Suche nach Diana. Im Morgengrauen kehrte er auf seine Ranch zurück – allein. Diana war verschwunden.

»Wo ist JoJo?« fragte er Sami, der so aussah, als ob er ebenfalls nicht viel geschlafen hätte.

»Sie ist weg, Mr. Chris.« Sami händigte Chris einen Umschlag aus. Chris riß ihn auf und las JoJos Verabschiedung: »Bin zurück nach Los Angeles. Irgendwie finde ich die Vorstellung von Smog, Verkehrschaos und Männern, die verrückt nach mir sind, im Moment ziemlich gut. Ich werde dich immer lieben, Chris. Aber tu mir einen Gefallen: Wenn Diana dich noch einmal verläßt, dann *ruf mich bitte nicht an.* JoJo.«

»Wann ist sie gefahren?« fragte Chris.

»Sehr früh. Bevor Sonne aufging.«

Chris war deprimiert und sagte: »Ich geh jetzt ins Bett.«

Diana spürte, wie jemand sie an der Schulter rüttelte. Ihr Kopf fiel mit einem Ruck zurück, und sie öffnete die Augen. Erst jetzt merkte sie, daß sie eingeschlafen sein mußte. Nach einer weiteren ziellosen Taxifahrt hatte sie die halbe Nacht wie eine Obdachlose auf diesem unbequemen Stuhl am Flughafen verbracht.

»JoJo?« fragte Diana und rieb sich die Augen.

»Die einzig wahre.« JoJo ragte vor Diana auf wie eine schöne Erscheinung.

Diana setzte sich im Stuhl auf. Ihr Hals tat weh, ihr Rücken und ihr Kopf auch. »Was machen Sie denn hier?« fragte sie.

»Ich frage lieber, meine Süße, was machen *Sie* denn hier?« erwiderte JoJo. »Chris hätte Sie schon vor Stunden finden sollen.«

»Wovon reden Sie eigentlich?«

JoJo ließ ihre Reisetasche auf einen Stuhl gegenüber Diana fallen und setzte sich dann neben sie. »Chris und ich haben gestern abend klar Schiff gemacht. Er kann mir nicht geben, was ich will.« Sie lachte hohl, ihr Gesicht sah dabei traurig aus.

Diana schaute JoJo fragend an.

»Liebe, meine Süße. Er kann mir keine Liebe geben, weil er Ihnen schon alles davon gegeben hat! Ich weiß es, er weiß es. Vermutlich sind Sie die einzige, die es immer noch nicht weiß.«

»Aber –«

»Nichts aber!« sagte JoJo. »Wenn er zu blöd ist, um Sie zu finden, dann gehen Sie doch zu ihm.«

»Aber ich fliege mit dem nächsten Flug hier weg.«

»Sie haben tatsächlich ein Ticket?« rief JoJo.

»Das letzte, hat man mir gesagt.«

»Süße, Sie werden es jetzt nicht brauchen – aber *ich* brauche es.« Sie zog ein Scheckheft aus ihrer Tasche und fragte: »Wieviel schulde ich Ihnen?«

»Nichts – ich stehe in Ihrer Schuld! Jetzt bin ich dran.« Diana sprang auf, überreichte JoJo das Flugticket und rannte hinaus zum Taxistand.

Chris rührte sich. »JoJo?« murmelte er halb betäubt. »Bist du wieder da?« Er öffnete die Augen.

»Nein, ich bin's«, sagte Diana leise. »Sami hat mir erzählt, daß du die ganze Nacht auf warst, deshalb wollte ich dich nicht stören.«

»Bist du nicht weggefahren?« fragte Chris erstaunt.

»Das ist eine lange Geschichte«, schnurrte Diana und schmiegte ihren nackten Körper an ihn. »Willst du sie sofort hören?«

»Später«, sagte er und bedeckte ihre Lippen mit den seinen.

Chris benahm sich, als könne er nicht nahe genug an sie herankommen, ihr ging es genauso. Es war, als müßten sie ineinander sein, nicht nur im Sinne von Sex, sondern tatsächlich einer in der Haut des anderen. Es war fast eine Schande, dachte sie flüchtig, bevor ihre Sinne völlig das Ruder übernahmen, daß sie die geistige und emotionale Beziehung, die zwischen ihnen wuchs, nur durch körperliche Akte des Einsseins ausdrücken konnten.

Zwei Tage später kehrten sie wenigstens mit einem Bein wieder auf die Erde zurück. Chris mußte in Honolulu weiterarbeiten. Er bestand darauf, daß Diana ihn zum Drehort begleitete, zur Schofield-Kaserne, wo sie wieder drehten. Sie wollte nicht stören, aber er konnte es nicht ertragen, tagelang ohne sie zu sein. Vom Filmteam und den Schauspielern wurde sie wie eine Königin behandelt, einschließlich von Barbie Mallory, die jetzt rasend in Chris' Koproduzenten verliebt war und gelernt hatte, sich lammfromm Chris' Anweisungen zu fügen, da die Serie von der Kritik begeistert aufgenommen worden war. Überall hieß es, ohne Christopher Berrys Fingerspitzengefühl im Umgang mit schwierigen Themen, Stories und *Leuten* wäre kein solcher Riesenerfolg zustande gekommen.

Als sie zur Twin Forks Ranch zurückkehrten, um dort das Wochenende mit Meg und Missy zu verbringen, fand Diana eine

Nachricht vor. Dierdre Nieuwirth hatte sie aufgespürt und wollte sofort mit ihr reden.

Diana rief Dierdre im Haus ihrer Tochter in Dallas an. Offenbar hatte Dierdre Diana und ihre Schokoriegel-Unterschriftenaktion im Fernsehen gesehen und die Angelegenheit bis zu ihrem Scheitern verfolgt. »Ich bin vielleicht in der Lage, Ihnen unter die Arme zu greifen, meine Liebe«, säuselte Dierdre in ihrem Singsang. »Ich habe Beziehungen zu einem Schweizer Schokoladenhersteller. Vielleicht haben Sie den Namen schon gehört: Noedle Haus.«

»Noedle Haus!« rief Diana. »Meinem bescheidenen Urteil nach handelt es sich lediglich um die beste Schokolade der Welt!«

»Nun, das finde ich auch.« Dierdre lachte. »Ich besitze ein paar Aktien bei der Firma. In meinem Herzen bin ich Schweizerin, wie Sie wissen. Jedenfalls habe ich Karl Noedle angerufen, und der gute Mann möchte sich sofort mit Ihnen zusammensetzen. Er hat einen interessanten Vorschlag zu machen.«

»Ich habe mich schon so an den Gedanken gewöhnt, daß du als Arbeitslose immer Zeit für mich hast«, sagte Chris später beim Abendessen, als sie über Dierdres Angebot redeten. »Du müßtest mich wieder verlassen«, schmollte er.

»Ich weiß. Aber ich kann sowieso nicht unbegrenzt lange hierbleiben. Schließlich gibt es noch Todd. Ich habe meine Kunden, meine Kurse. Auch wenn der Buchvertrag futsch ist.«

»Nun, vielleicht bekommst du einen neuen, wenn diese Schweizer Schokoladenfabrik in die Bresche springt. Ich finde, du solltest das Buch auf jeden Fall schreiben. Du könntest es über meinen Agenten anderen Verlagen anbieten.«

Diana lächelte Chris an. Erst war er leicht verstimmt gewesen, aber je länger er über ihre Karriere redete, desto begeisterter klang er. Sie wies ihn darauf hin.

Er lächelte sanft. »Ich weiß, wieviel dir das bedeutet, deshalb«, sagte er.

»Dierdre will mich noch einmal treffen, bevor sie nächste Woche nach Europa zurückkehrt.«

»Ich werde nicht aufhören, dich zu lieben, wenn du weg bist«, sagte er. »Ich verspreche dir, nicht einmal JoJo anzurufen!«

Diana lachte. »JoJo ist die Frau mit dem größten Sexappeal, die ich je gesehen habe. Jetzt, wo sie aus deinem Leben verschwunden ist, kann ich das zugeben. Die war sicher eine tolle Nummer!«

»Sagen wir mal: Sex ist Sex... und Diana ist eine Klasse für sich.«

»Wie kann ich wegfahren, wenn du mich so umschmeichelst?«

Am nächsten Morgen, als Diana noch nackt im Bett lag, kam Chris aus seinem Arbeitszimmer, setzte sich neben sie und hängte ihr mit großem Brimborium eine Schnur mit einem Schlüssel um den Hals. »Das ist mein Hausschlüssel für Encino«, sagte Chris feierlich. »Ich habe den Makler angerufen und das Haus vom Markt genommen. Du kannst darin wohnen. Betrachte es als dein eigenes. So bist du in Todds Nähe. Und ich weiß immer, wo ich dich finden kann«, setzte er hinzu und startete noch eine letzte lustvolle Attacke, bevor sie sich auf den Weg machte.

Epilog
Fünf Jahre später...

Die Stimme des Piloten knarrte durch den Lautsprecher und schreckte Diana auf, die in einen Stapel Papiere auf dem kleinen Arbeitstisch vor ihr vertieft war.

»Schnallen Sie sich lieber an«, kam die Warnung. »Es wird gleich turbulent werden.«

Diana zog sofort ihren Gurt fest. Ihr Chefpilot kannte seine »Luftlöcher«, er war der Beste in der Branche, und sie hatte das Glück gehabt, ihn für ihre bundesweiten Flüge in ihrer neuen *Gulfstream II* engagieren zu können. Nachdem Rodney Carter gezwungen gewesen war, ihn wegen schwerer geschäftlicher Rückschläge zu entlassen – die zwielichtigen Papiere, mit denen er seine Immobilienprojekte finanzierte, waren in den Keller gesackt –, wurde sein ehemaliger Pilot mit Angeboten überschüttet, doch er entschied sich, für Diana zu arbeiten.

Diana schloß die Augen und stellte sich innerlich auf ein paar unbehagliche Minuten ein. Sie ließ ihre Gedanken schweifen: Gelegentliche Erschütterungen bei stürmischem Wetter schienen ungefähr die einzigen Turbulenzen, die sie zu bewältigen hatte, seit ihr Buch *Allergisch gegen Fett* vor vier Jahren den Buchmarkt erobert hatte. Bald darauf war ein Kochbuch gefolgt, und Diana empfand ihren Anstieg an Popularität wie einen berauschenden Flug in einem Segelflugzeug, in dem sie von warmen Aufwinden immer höher getragen wurde, bis sie an die Spitze ihrer Firma *Allergisch-gegen-Fett-GmbH*, die mit ihrer Expansionsrate an der achten Stelle aller Unternehmen in den USA lag.

Diana, die die Firma gegründet hatte, wachte über die Eröffnung von Beratungszentren im ganzen Land; auch in Europa würden demnächst zwei Filialen gegründet. Diana liebte die Herausforderung. Sie widmete jetzt einen beträchtlichen Teil ihrer Zeit der Entwicklung von Trainingsgeräten und Tiefkühlkost. Zum Glück war Jessica vor kurzem mit eingestiegen; sie arbeitete für ihre Mutter in der Marketing- und PR-Abteilung.

Und gesegnet sei Carol Benton mit ihren kreativen Reise-Ideen! Sie hatte die AgF-Clubreisen auf die Beine gestellt, für alle, die die Welt sehen wollen, ohne zuzunehmen.

Erst kürzlich hatte Diana mit Todd telefoniert. »Seit unseren Pioniertagen, als wir vor Supermärkten herumstanden und Unterschriften für Petitionen sammelten, haben wir es ganz schön weit gebracht«, erinnerte Diana ihren Sohn, einen reifen jungen Mann, der in Kürze eine dreijährige Juristenausbildung an der renommierten Stanforder Universität beginnen würde.

Todd hatte gleich eine witzige Bemerkung losgelassen; endlich konnte er über diese schrecklichen Monate vor der endgültigen Trennung Harveys und Dianas lachen. »Erinnerst du dich, wie Papa mir angedroht hat, mein Auto zu konfiszieren, falls ich dich weiter in deinem Wahnsinn unterstützen würde?« fragte er Diana. Allerdings könne sie sich daran erinnern, hatte sie geantwortet. Sie konnten sich jetzt ohne Bitterkeit über diese Zeit unterhalten und waren froh, daß sie schon weit hinter ihnen lag. »Und jetzt schau dich mal an, Mutter«, fuhr Todd fort. »Du bist ein Konzern und eine Berühmtheit!«

Was zutraf.

Wenn nur ihre Mutter noch gelebt hätte, um ihre Aufregung über alles, was sie erreicht hatte, mit ihr zu teilen! Ob sie wohl ihr neues Ich gutheißen würde? überlegte Diana. Jetzt war sie doch eine ganz andere Persönlichkeit. Schlank. Glücklich. Unabhängig. In Interviews sagte sie gern, ihr Leben sei für sie wie ein köstlicher Kuchen – ein fettarmer, natürlich –, und der Zuckerguß darauf sei Chris.

O Chris. Ihre außergewöhnlichen Erfolge hatten ihn nie eingeschüchtert; er hielt sich immer still im Hintergrund und blieb mit seinen eigenen wichtigen Projekten beschäftigt. Trotzdem war er immer für Diana da, um sie moralisch zu unterstützen, ihr Mut zu machen und sie in seiner ruhigen, aber leichtlebigen Art dazu anzuspornen, alles zu verwirklichen, wovon sie je träumen konnte. Als der Jet holprig die schwarzen Wolken durchquerte und auf den Flughafen zusteuerte, dachte Diana plötzlich an Harvey. Bei Landungen tauchte oft sein Bild in ihr auf, warum, wußte sie nicht.

Sie überlegte, ob sie ihn wohl je vergessen könnte. Sie zweifelte daran. Eine Frau kann aus ihrer Ehe ausbrechen, aber ihre Spuren lassen sich nicht völlig auslöschen. Sie würde sich ihm immer ein kleines bißchen verbunden fühlen. Immer ein kleines bißchen Anteil an ihm nehmen. Immer ein kleines bißchen wütend auf ihn sein...

Nein. Davon hatte der Erfolg sie befreit. Endlich konnte sie großmütig gegenüber Harvey sein. Er war schließlich der Vater ihrer Kinder, dachte sie, als ihre Maschine sicher auf der Landebahn aufsetzte. Und sie wünschte ihm alles Gute.

Harvey durchstöberte seinen Schrank, bis er endlich die Jeans fand, die er anziehen wollte. Er zog sie mit einem Ruck vom Bügel und steigerte sich in Rage, als er sah, daß sie in der falschen Abteilung seiner Freizeithosen hing. »Carlos und Sophia sind gefeuert!« schrie er.

Carlos und Sophia waren das dritte Haushälterpaar, das er und Laurie in den letzten Monaten eingestellt hatten. Harvey tobte, sie seien genauso unfähig wie die letzten beiden Paare.

»Was?« schrie Laurie aus dem Schlafzimmer zurück. Seit fünf Wochen hütete sie auf Anweisung ihres Arztes das Bett, und Harvey hatte ihr eines dieser Fernsehgeräte mit 150-cm-Bildschirm besorgt, damit sie sich die Zeit vertreiben konnte. Es lief gerade auf voller Lautstärke.

»Schalt doch mal für eine Sekunde die verdammte Glotze aus!« rief Harvey. Obwohl er versuchte, mit seiner ihm seit vier Monaten angetrauten Frau verständnisvoll, ruhig und sogar geduldig umzugehen, trieb ihn der auch an seinen freien Tagen ständig laufende Fernseher zum Wahnsinn.

Harvey und Laurie hatten geheiratet, kurz nachdem sie ihm eine Riesenszene wegen seines ständigen Ausweichens vor einer festen Dauerbeziehung gemacht hatte; mit bewundernswerter

Würde und Tapferkeit hatte sie erklärt, daß sie ihre Babys auch bekommen würde, wenn er sie nicht heiratete.

Harvey zog den Reißverschluß seiner Jeans hoch. Sie spannten ein bißchen. Er hatte in der letzten Zeit selbst ein paar Pfund zugenommen, aber er wußte, daß er sie jederzeit wieder loswerden konnte. Im Moment hatte er nur keine Lust, sich damit zu beschäftigen.

Er schlüpfte in ein Hemd und ging ins Schlafzimmer hinüber. Laurie lag auf dem Rücken, den Kopf auf riesige Kissen gestützt, die Beine mit einem weiteren Kissen unterlegt, damit ihre Knöchel nicht weiter anschwollen. Sie erinnerte ihn an einen gestrandeten Wal. Ihr Gesicht war so aufgedunsen, daß ihre Augen nicht mehr rund, sondern wie kleine Schlitze aussahen; ihre Finger waren so dick, daß sie den Verlobungsring mit dem Diamanten, den er ihr geschenkt hatte, nicht mehr überstreifen konnte; ihre Füße paßten in keinen Schuh mehr hinein, und ihr Silikonbusen hatte erschreckende Ausmaße angenommen.

Die Zwillingsschwangerschaft, inzwischen im sechsten Monat, setzte Lauries Körper hart zu, aber auch Harvey setzte sie zu. Er konnte Laurie kaum *anschauen*, so grotesk sah sie aus.

»Was hast du gesagt?« fragte sie und stellte per Fernbedienung den Ton ab.

Harvey stand mit dem Rücken zum Fernseher und blickte vage in Richtung seiner Frau. »Ich sagte, unser Dienstmädchen und ihr Faulenzer von Mann taugen nichts.«

»Was hat Sophia denn jetzt wieder angestellt?« stöhnte Laurie und strich sich die ungekämmte Masse ihrer dauergewellten Locken aus der Stirn.

»Meine Jeans zu meinen weißen Hosen gehängt. Ist das zu fassen? Wie oft habe ich ihr schon gesagt –«

»Mindestens fünfmal«, stimmte Laurie in sein Klagelied ein, denn sie war in solchen Dingen genauso starrsinnig und pedantisch wie ihr Mann geworden. Sie schaltete ohne Ton von einem Kanal zum anderen. »Ach, schau«, sagte sie. »Jetzt kommt die Talkshow von Daniella Devereaux. Sie sendet eine Woche lang eine Diät-Serie.«

Harvey wandte sich abwesend der Mattscheibe zu. »Mach mal

lauter«, befahl er plötzlich, als die Kamera über die Zuschauer schwenkte; er glaubte, seinen Sohn und seine Tochter in der ersten Reihe erblickt zu haben.

»Das ist gut möglich. Ihre Mutter ist heute Gast bei der Show«, erklärte Laurie informiert. »Jessica hat mich neulich angerufen, damit ich Bescheid weiß und bestimmt zugucke.«

»Und mir hast du nichts davon gesagt?«

»Natürlich nicht«, sagte Laurie entrüstet. »Du flippst doch jedesmal aus, wenn du diese Frau nur siehst.«

»Das stimmt nicht«, protestierte Harvey.

Er merkte nicht, daß Laurie ihn nur verschaukelte, da er jetzt aufmerksam verfolgte, wie Daniella Devereaux seine Exfrau vorstellte.

»Willkommen bei unserer Diätsendung: *Diesmal klappt's bestimmt*«, hub Daniella mit ihrer seidigen Stimme an und ging dazu über, Dianas Leistungen seit ihrem ersten kurzen Auftritt als Autorin des Bestsellers *Allergisch gegen Fett* über den grünen Klee zu loben. Sie sei nicht nur die Gründerin und Generaldirektorin der *Allergisch-gegen-Fett-GmbH,* sondern auch Vorsitzende des staatlichen Ausschusses für Fitneß und Ernährung sowie Pressesprecherin für Noedle Haus, den Schweizer Schokoladenhersteller, der die *Süße Sensation* produzierte, einen köstlichen fettarmen Schokoriegel.

Die Kamera zoomte Diana in Großaufnahme auf den Bildschirm. Nie hatte sie schöner ausgesehen, dachte Harvey voller Neid. Sie trug einen schlichten eierschalenfarbenen Kaschmirpulli mit Rock, und sie bewegte sich mit der Anmut einer Gazelle über die Bühne, wo sie neben Daniella Platz nahm. Ihre Haare waren immer noch leicht gelockt und schimmerten in einem seidigen Karamelton. Und als sie sie hinter die Ohren zurückstrich, bemerkte Harvey ihre schlichten neuen Ohrringe und eine Kette aus großen, vollkommen geformten Südseeperlen. Ihre tiefgebräunte Haut unterstrich ihre grünen Augen. Offensichtlich bekam es ihr gut, daß sie einen Teil des Jahres auf Hawaii lebte. Sogar nach so langer Zeit konnte Harvey nicht zugeben, daß Chris Berry ein bißchen mit dem Feuer zu tun haben könnte, das sie ausstrahlte.

»Sie sieht älter aus, findest du nicht?« bemerkte Laurie.

»Vermutlich«, antwortete Harvey müde. Der Anblick von Diana auf der Höhe ihres Erfolgs – sie sah genau nach den hundert Millionen Dollar aus, die sie Berichten zufolge jetzt wert war –, saugte ihm immer alle Energie aus.

»Sophia bringt mir natriumfreie Bouillon herauf. Soll ich runterrufen und für dich auch etwas bringen lassen?« erkundigte sich Laurie.

»Okay«, antwortete Harvey einsilbig und kletterte auf das Riesenbett neben seine Frau, um den Rest von Daniellas Talkshow zu verfolgen.

»Ihre Diät ist die einzige, die bei mir je gewirkt hat – und ich habe sie alle durchprobiert«, sagte die erst seit kurzem schlanke Moderatorin zu Diana und dem Publikum, nachdem die Sendung von Werbespots unterbrochen worden war. »Wie Sie wissen, haben wir die ganze Woche lang andere Diäten unter die Lupe genommen – solche, die viel Geld kosten, aber keinen dauerhaften Erfolg bringen.«

»Meine scheint zu funktionieren, Daniella, weil sie keine wirkliche Diät ist. Diäten sind Vorschriften, an die sich die Leute für eine kurze Zeit halten können. Sie nehmen ab, dann hören sie auf mit der Diät. Alte Eßgewohnheiten brechen wieder durch, und bevor man es mitkriegt – wumm! ist man wieder fett.«

Diana lächelte in die unbarmherzige Linse der Kamera, und ihre Ehrlichkeit strahlte durch bis in Harveys Schlafzimmer, wo er Diana vor Jahren erklärt hatte, er wolle im Leben weiterkommen und etwas Besseres finden.

Harvey warf einen Blick auf Laurie, die sich die Nägel feilte und Diana nur mit halbem Ohr zuhörte.

»Aber warum sind Süßigkeiten erlaubt?« fragte Daniella Diana nach einer neuerlichen Werbepause.

»Es war mir wichtig, daß sich meine Diät von allen anderen abhebt. Niemand hat es je für möglich gehalten, wirkliche Schokolade zu essen und dabei auch noch abzunehmen. Aber ich habe bewiesen, daß es tatsächlich möglich *ist.*«

Das hat sie allerdings bewiesen, dachte Harvey; so viel mußte er Diana lassen.

»Ich weiß, die meisten Diäten lassen sich unmöglich lebenslänglich durchhalten, weil genau das verboten ist, was die Leute mit einem Hang zum Molligsein gern essen. Ich dagegen bin losgezogen und habe nach fettarmen Dingen gesucht, die dicke Leute wie ich mit voller Befriedigung essen können, dabei aber trotzdem abnehmen und gesund bleiben.«

»Noedle Haus hat unter Ihrer Mitarbeit einen neuen Riegel herausgebracht, bin ich da richtig informiert?« erkundigte sich Daniella.

Diana nickte und hielt das dritte neue Produkt hoch, das Noedle Haus vor kurzem auf den Markt gebracht hatte. Die Kamera fuhr heran, um den bunt verpackten Knusperriegel mit nur 20 Prozent Fettgehalt ganz groß zu zeigen. »Als ich vor ein paar Jahren verzweifelt nach einer geeigneten Süßigkeit suchte, kam mir eine Freundin zu Hilfe. Sie ist heute hier. Dierdre Nieuwirth.«

Die Kamera richtete sich auf Dierdre, die im Publikum neben Todd und Jessica saß, und die eindrucksvolle Frau stand kurz auf. Harvey hatte über seine Kinder von Dierdre gehört; als er sie jetzt sah, war er unwillkürlich in den Bann geschlagen. Er war so in Dierdres Anblick versunken, daß er nicht merkte, wie das Dienstmädchen ins Schlafzimmer trat. Sie ging sehr leise, weil sie recht schüchtern war, stets fluchtbereit, um bei den unvorhersehbaren Zornesausbrüchen ihres neuen Dienstherrn das Weite zu suchen.

»Dierdre ist finanziell an Noedle Haus beteiligt, und sie hat mich mit dem Präsidenten der Gesellschaft bekannt gemacht«, erklärte Diana. »Es traf sich gerade, daß Noedle Haus seine Produkte im großen Stil auf den amerikanischen Süßwarenmarkt puschen wollte, und man beschloß, sich mit einem neuen fettarmen Schokoriegel in den USA einzuführen. Wie Sie wissen, hat sich unsere Verbindung als ausgesprochen erfolgreich erwiesen.«

»Mister, wollen Suppe und Cracker jetzt?« fragte Sophia scheu in ihrem gebrochenen Englisch.

Harvey war offensichtlich gereizt und fuhr sie grob an: »Ha?«

»Deine Suppe ist da, mein Lieber«, vermittelte Laurie gönnerhaft.

Harvey nahm das Tablett, das Sophia ihm entgegenhielt, und entließ sie mit einem knappen Wink. Er probierte einen Löffel und ignorierte das Essen dann, da er seine gesamte Aufmerksamkeit dem zweiten Teil von Daniella Devereauxs Talkshow widmete: »Frauen auf Diät und die Männer in ihrem Leben.«

Harvey kicherte. »Das dürfte interessant werden. Wahrscheinlich haben sie niemand zum Interviewen gefunden.«

»Also wirklich, Harvey«, tadelte Laurie und schlürfte ihre Suppe.

Harvey blickte sie voller Verachtung an. »Wie oft habe ich dir schon gesagt, daß mir schlecht wird, wenn ich dich essen höre? Für dich bräuchte ich auch einen Knopf, mit dem ich den Ton abdrehen kann«, brauste er auf.

»Suchst du Streit?« fragte Laurie.

War es das? Er wußte wirklich nicht, warum ihn alles so störte, was sie heute tat. Er schüttelte den Kopf und rieb mit seiner Hand über ihren Bauch. Unter seinen Fingern spürte er winzige Stöße. Eine seiner ungeborenen Töchter strampelte gerade energisch herum. Eine Flut von Zuneigung erfüllte sein von inneren Widersprüchen zerrissenes Herz.

Daniella bat zwei weitere Frauen und ihre Männer zu Diana auf die Bühne. Beide Frauen berichteten, wie sehr ihre Männer sie unterstützt hatten, als sie Dianas Diät befolgten.

Dann kündigte Daniella mit großem Tamtam eine Überraschung für Diana an – und zauberte den Emmy-Preisträger, Produzenten, Regisseur und Herzensbrecher Christopher Berry hervor. Chris war gerade rechtzeitig für die Show von einer Fernostreise zurückgekommen.

»Was für ein Recht hat *der* denn, mit auf der Bühne zu stehen?« rief Harvey aus.

»Er ist Dianas Mann, Harvey. Wann wirst du akzeptieren, daß sie ihr eigenes Leben weiterlebt?«

Da hatte Laurie den Nagel auf den Kopf getroffen. Wann würde er sein eigenes Leben weiterleben, anstatt nur wie ein Schlafwandler dahinzutaumeln und mechanisch lebensähnliche Bewegungen auszuführen?

»Wie mein eigener Freund gesagt hat«, führte Daniella aus,

»liebte er mich, als ich dick war, aber er gibt zu, daß er mich schlank schöner findet. Wie geht's dir damit, Chris?«

Harvey zuckte zusammen, als er sah, wie liebevoll Chris seine Augen auf Diana ruhen ließ. Daß es zwischen den beiden knisterte, war nicht zu übersehen.

»Bevor ich diese Frage beantworte, Daniella«, sagte Chris mit einem mutwilligen Augenzwinkern, »habe ich für meine Frau noch eine Überraschung.«

Diana sah Chris neugierig an.

»Diana glaubt, ich sei in Asien gewesen, um für das Fernsehspiel zu recherchieren, an dem ich gerade schreibe. Nun, gearbeitet habe ich schon, aber nicht an meinem Skript.« Er warf Diana einen Blick zu und grinste wie ein Kater, der gerade den Kanarienvogel verspeist hat. »Die Reise habe ich ganz allein für sie gemacht.«

»Ich werd verrückt!« rief Diana. »Ist das wahr?«

Chris nickte und sah jeden Moment selbstzufriedener aus. Er griff rasch in seine Jackentasche und holte einen Mini-Taschenrechner an einem Band heraus. Feierlich hängte er ihn Diana um den Hals. »Für dich, Liebling«, sagte er zärtlich. »Dein allererster Fettallergie-Rechner.«

Er wandte sich Daniella zu und sagte: »Dieses Modell wurde eigens für Diana hergestellt, doch unsere anderen Rechner werden bis Weihnachten im Laden erhältlich sein.«

Dianas Augen erfüllten sich mit Stolz, als sie den auf eine einzige Funktion programmierten Rechner betrachtete. Um den Fettgehalt eines Nahrungsmittels zu berechnen, brauchte man nur die Gesamtkalorien und die enthaltenen Gramme Fett einzutippen und dann auf einen kleinen Knopf zu drücken; die restlichen Berechnungen erledigte der Rechner. Diana spielte damit herum und begann dann zu lachen.

»Weihen Sie uns in den Witz ein«, bat Daniella Devereaux.

»Oh, dieser Rechner ist kein Witz«, erwiderte Diana. »Er macht meine Diät genauso einfach, wie bis drei zu zählen. Ich lache, weil mein Mann meine Idee aufgegriffen, aber mit seiner Kreativität und seinem einzigartigen Humor aufgepeppt hat.«

Diana nahm den Rechner ab und zeigte ihn Daniella und dem

Publikum. Chris hatte als Design ein Gesicht entworfen. Die Tasten für die Kalorien und Gramme Fett waren die Augen, die Zahlentasten bildeten die Nase, und die Angabe des prozentualen Fettgehalts den Mund. Lag der Fettgehalt unter 30 Prozent, lächelte der Mund. Überstieg er 30 Prozent, verzog er sich bedenklich.

»Ich weiß nicht, wie Chris das macht«, sagte Diana liebevoll, »aber er schafft es, jede ernsthafte Aufgabe in einen Spaß zu verwandeln.«

Chris nahm die Hand seiner Frau und streichelte sie sanft. »Sie ist viel zu bescheiden«, sagte er und baute Diana auf, wie er es immer machte. »Sie tut gern so, als könnte sie nichts alleine zustande bringen. Aber ich kenne die wahre Diana«, sagte er leise. »Sie ist zäh und unverwüstlich. Sie besitzt die geradezu unheimliche Fähigkeit, selbst noch aus Widrigkeiten Positives herauszuschlagen. Und sie arbeitet unermüdlich. Das Leben ist seltsam. Denen, die am härtesten dafür arbeiten, scheint der Erfolg wie zufällig in den Schoß zu fallen.«

»Das können Sie laut sagen!« stimmte Daniella unter kräftigem Applaus des Publikums zu.

»Um auf Ihre Frage zurückzukommen, Daniella«, sagte Chris, als das Publikum verstummt war, »ich habe Diana schon mitsamt ihren Extrapfunden geliebt. Jetzt bete ich sie an. Was mich immer zu ihr hingezogen hat, ist ihre Warmherzigkeit, ihre großzügige Denkweise, ihr unbeschwerter Humor. Diese Wesenszüge waren für mich genauso klar vorhanden, als sie noch dick war, wie jetzt in ihrem schlanken Körper.

Was ich wirklich rüberbringen will, Daniella: Manchen Männern ist es nicht so wichtig, ob die Frauen, die sie lieben, dick oder dünn sind. Für manche Männer ist äußere Schönheit nur etwas Oberflächliches. Ich habe diese Art von Schönheit kennengelernt. In meinem Beruf bin ich ständig davon umgeben. Und das hat mein Bewußtsein dafür geschärft, was in einer Beziehung wirklich zählt.«

Harvey grinste blöde, als er Chris in den höchsten Tönen von Diana schwärmen hörte. Dieser Kerl ist ein schamloser Lügner, dachte er schadenfroh. Eines Tages wird er über einer dieser oberflächlichen Schönen den Verstand verlieren, von Diana die Hälfte ihrer Millionen einklagen und sie dann in der grellen Sonne Hawaiis sitzenlassen, wo sie dann alleine einschrumpeln und alt werden kann. Harvey seufzte und schloß die Augen. Er brauchte nicht weiter zuzuhören. Der Gedanke, daß Diana irgendwann scheitern würde, beruhigte ihn. Plötzlich hatte er nicht mehr das Gefühl, die Wände würden ihn erdrücken.

Schließlich gab es doch noch eine Gerechtigkeit in diesem Leben.

Wir bedanken uns

Dieses Buch wäre nicht zustande gekommen ohne den Scharfblick, die Offenheit und sachverständige Mithilfe folgender Personen: Angela Barton, Judi Bramlett, Adrienne Cantor, Barbara Federman, Dr. Susan Krevoy, Dr. Roger Lewis, Dr. Andrea Rich, Dr. Robert Rosser, Teri Schwartz, Hilarie Taub und Linda Thomas.

Für einen Beitrag anderer Art danken wir unseren Eltern, Anne und Eddie Schwartz, Ben und Thelma Maltz sowie Ann Massman, die an den richtigen Stellen geweint und gelacht haben.

Besonderer Dank gilt unseren Lektoren bei Crown Publishers, Arlene Friedman und Jane Meara, die immer begriffen haben, was wir sagen wollten, und uns geholfen haben, es besser auszudrücken, als wir für möglich gehalten hätten.

Danken möchten wir auch unserem Agenten, Harvey Klinger, der zu jeder Tages- und Nachtzeit alle unsere Anrufe entgegengenommen und alle unsere Fragen beantwortet hat. Wir sind froh, daß er an dieses Buchprojekt genauso geglaubt hat wie wir.

GOLDMANN

Frauen heute

Mitreißende und spritzige Unterhaltung über Liebe und Karriere, Familie und Freundschaft – und über Frauen, die mit beiden Beinen im Leben stehen und dennoch wagen, Träume zu haben.
Witzig und frech, provokant und poetisch, selbstironisch und romantisch zugleich.

Wenn zwei sich streiten 43055

Auf den Kopf gestellt 43117

Schlaflose Nächte 42636

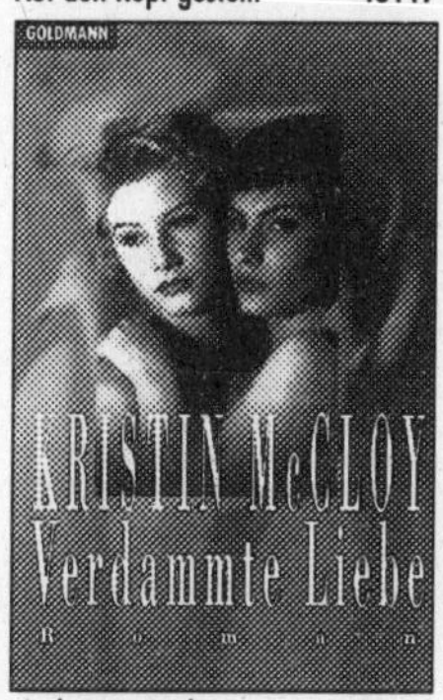

Verdammte Liebe 43214

Goldmann · Der Taschenbuch-Verlag

GOLDMANN

Historische Kriminalromane im Goldmann Verlag

Robert Goddard und Kate Ross:
In ihren Kriminalromanen ersteht das alte England in all seinen Facetten. Sie verbinden brillante Zeit- und Sittengemälde mit packenden Krimihandlungen und ziehen die Leser bis zur letzten Seite in Bann.

Robert Goddard. Dein Schatten, dem ich folgte. Roman 9856

Robert Goddard. Die Krallen der Katze. Roman 9857

Kate Ross. Der zerrissene Vorhang. Roman 42791

Kate Ross. Bis ins Mark. Roman 42552

Goldmann · Der Taschenbuch-Verlag